DONGSUH MYSTERY BOOKS 77

The 12:30 from Croydon
크로이든발 12시 30분
크로프츠/맹은빈 옮김

동서문화사

옮긴이 맹은빈(孟銀彬)
동국대영문과 졸업. 한국출판편집인 100인 문학동인 이양하상 운영위원. 지은책 시집《사랑이 아픔을 느낄 때》. 옮긴책 토마스 하디《테스》등이 있다.

DONGSUH MYSTERY BOOKS 77

크로이든발 12시 30분

크로프츠 지음/맹은빈 옮김
초판 발행/1977년 12월 1일
중판 발행/2003년 6월 1일
발행인 고정일/발행처 동서문화사
창업 1956. 12. 12. 등록 16-345(윤)
서울강남구신사동540-22 ☎ 546-0331~6 (FAX) 545-0331
www.epascal.co.kr

*

이 책의 출판권은 동서문화사(동판)가 소유합니다.
의장권 제호권 편집권은 저작권 법에 의해 보호를 받는 출판물이므로
무단전재와 무단복제를 금합니다.

편찬·필름·제작 일체「동판」자본으로 이루어짐에 따라
출판권 소유권자「동판」에서 제조출판판매 세무일체를 전담합니다.
사업자등록번호 211-90-02201
ISBN 89-497-0162-6 04840
ISBN 89-497-0081-6 (세트)

크로이든발 12시 30분
차례

앤드루, 이륙하다 …… 11
찰스, 재정을 염려하다 …… 28
찰스, 기계설비를 생각하다 …… 43
찰스, 결혼을 신청하다 …… 59
찰스, 필사적이 되다 …… 75
찰스, 유혹을 느끼다 …… 92
찰스, 갈 길을 알다 …… 108
찰스, 준비를 시작하다 …… 120
찰스, 준비를 끝내다 …… 134
찰스, 배수진을 치다 …… 150
찰스, 목적을 이루다 …… 163
찰스, 구경꾼이 되다 …… 182
찰스, 방문을 받다 …… 209
찰스, 복병을 만나다 …… 235
찰스, 공격하다 …… 254
찰스, 경찰을 도와주다 …… 269
찰스, 위기에서 벗어나다 …… 284
찰스, 체포되다 …… 302
찰스, 법정에 서다 …… 316
찰스, 절망을 견뎌내다 …… 336
찰스, 다시 희망을 품다 …… 351
찰스, 운명을 알다 …… 371
프렌치, 설명을 시작하다 …… 384
프렌치, 설명을 끝내다 …… 402

완전범죄의 허실을 추적하는 재미 …… 422

등장인물

찰스 스윈번 중년의 공장 주인. 독신
앤드루 클라우더 찰스의 외숙부. 재산가
엘시 앤드루의 딸
피터 몰리 엘시의 남편
유나 멜러 찰스가 사랑하는 여자
존 웨더랩 클라우더 집안의 집사
폴리펙스 부인 앤드루의 누이동생. 미망인
마거트 폴리펙스 부인의 딸
클로스비 앤드루의 변호사
애플비 콜드 피커비 경찰서 경감
루커스 콜드 피커비 경찰서 총경
프렌치 런던 경시청 경감
에벌러드 빙 변호사. 미스터리소설 작가

앤드루, 이륙하다

 로즈 몰리가 아버지 외할아버지 외할아버지의 집사와 함께 빅토리아 공항에 닿았을 때는 그야말로 흥분으로 가슴을 설레이는 작은 숙녀였다. 이제부터 태어나서 처음으로 하늘을 날게 되는 것이다!

 사실 흥분은 지난밤부터 줄곧 그녀의 가슴을 뛰게 하고 있었다. 어젯밤 어머니가 파리에서 택시에 치어 중상을 입었다는 끔찍한 소식이 전해져 왔다. 로즈는 학교 친구들과 함께 요크셔의 서스크에 가 있었다. 침대에서 막 잠들려고 하는데 블레싱턴 부인이 조용히 들어와 아버지께서 찾아오셨으니 일어나 옷을 입으라고 말했다. 무슨 일일까 생각하며 로즈는 시키는 대로 했다. 아래층 응접실로 내려가니 아버지가 혼자 서서 기다리고 있었다. 아버지는 애써 그녀에게 미소를 띠었으나, 몹시 당황하여 어쩔 줄 몰라하는 감정을 감추지 못했다. 첫눈에 알 수 있었다. 아버지는 재빨리 사건을 설명해 주었다. 로즈는 그런 아버지를 몹시 좋아했다. 아버지는 언제나 그녀를 어른으로 대해주었고, 무슨 일이든 사실대로 이야기해 주었기 때문이다. 가엾게도 어머니가 파리에서 뜻밖의 큰 사고를 당해 아버지와 외할아버지가 그리로 갈 텐데, 너도 함께 어머니를 만나러 가지 않겠느냐고 물었다.

로즈는 가겠다고 대답했다. 처음에 그녀는 어머니가 얼마나 괴로워할까 생각하니 가슴이 죄어들 듯이 아팠다. 그러나 곧 여러 가지 흥분된 일이 잇달아 생겨 그 슬픔도 어느덧 무뎌지고 말았다.

맨 먼저 로즈는 운전하는 아버지 옆자리에 앉아 어둠을 뚫고 자동차로 급히 집으로 돌아왔다. 그리고 한밤중 2시 30분에 다시 일어났다. 이런 시각에 일어나는 것은 처음이었다. 식당에서 커피와 샌드위치를 간단히 먹은 다음 한참 동안 자동차에 흔들리며 요크로 갔다. 역에서는 졸려서 견딜 수가 없었다. 어마어마하게 큰 역이 텅 비어 있어 몹시 춥고 무서웠다.

이윽고 기차가 들어왔다. 그녀는 기차에 올라가 잠잘 수 있도록 침대를 들여놓은 매우 기분좋은 작은 방으로 들어갔다. 한참 뒤 이제 일어나야 할 시간이라고 아버지가 그녀를 흔들어 깨웠다. 정신을 차리고 보니 런던에 닿아 있었다. 그녀는 옷을 단정히 차려 입고 곧 아버지와 외할아버지 함께 아침식사를 하러 호텔로 갔다. 얼마 뒤 그들이 런던 시내를 드라이브하고 돌아올 때까지 외할아버지는 호텔에서 쉬고 있었다. 그리고 지금 막 공항에 이르러 이제부터 하늘을 날게 된 것이다.

여행의 흥분이 최고조에 이른 지금 아득한 여행길 끝에 어떤 일이 기다리고 있느냐 하는 생각 따위는 로즈의 마음에서 깨끗이 사라지고 없었다. 오로지 현재의 일에만 열중해 있었다. 작은 기적이 나타나는 것이다! 그녀의 표정은 아버지나 외할아버지의 표정과는 달랐다. 무리도 아니다. 그녀는 이제 겨우 10살인 것이다.

그녀의 아버지 피터 몰리는 40대에 접어든, 중키에 몸이 마르고 등이 굽은 음울한 성격의 사나이였다. 그의 얼굴은 운명의 여신이 베푸는 선(善) 따위는 믿지 않는 듯 우울해 보였다. 아버지는 온 정열을 농장경영에 쏟고 있었다. 엘시 클라우더와 결혼했을 때 그는 오래 전부터 갖고 싶어했던 작은 저택을 사들였다.

오터튼 농장은 그의 장인 앤드루 클라우더가 사는 콜드 피커비 가까이 있었다. 농장은 작으나 매력있는 고풍스러운 저택 훌륭한 안뜰 그리고 부속 사무실과 1백 에이커 남짓한 비옥한 토지로 이루어져 있었다. 피터의 경영 솜씨는 견실했으므로 이 모험적인 사업에서 성공했다. 그러나 뜻밖에 경제불황이 찾아왔다. 그는 같은 업종인 농장주들과 마찬가지로 곤경에 빠지게 되었다.

그에게는 아들과 딸이 하나씩 있다. 13살 난 아들 휴——그는 지금 여행을 떠나 집에 없다——와 딸 로즈이다.

피터의 아내 엘시의 아버지인 앤드루 클라우더는 뒷전에 물러앉아 조용히 살고 있지만, 전에는 공업가였고 부자였다. 그가 주는 첫인상은 나이에 관계된 것이다. 그는 노인이었다. 그리고 나이에 비해 훨씬 늙어보였다. 나이는 65살밖에 안되었는데, 머리가 하얗고 얼굴은 온통 주름투성이인데다 마르고 몹시 쇠약해져 있었다. 더욱이 얼마 전부터 면도를 하지 않았으므로 듬성듬성 난 턱수염과 콧수염이 제멋대로 자라 있었다.

그 모습을 볼 때마다 피터는 헨리 어빙이 분장한 샤일록——매부리코에 굽은 등, 동물의 발톱처럼 구부러진 손가락을 가진 샤일록을 연상했다. 왜 그런지 샤일록이 허리를 굽히고 말라빠진 손을 난롯불에 쬐는 모습을 언제나 연상케 되는 것이었다. 5년 전만 해도 앤드루는 품위있고 당당한 풍채의 신사였는데, 그 뒤 그의 활력을 빨아내고 생명 이외의 모든 것을 빼앗아버린 중병에 걸렸다. 위기는 가까스로 넘겼으나, 퇴원한 그는 이전의 잔해에 불과했다.

이번 여행만 해도 피터는 장인과 함께 가는 게 현명한 일인지 아닌지 망설여졌다. 그러나 엘시는 앤드루의 외동딸이며, 그가 진심으로 사랑하는 유일한 사람인데다 본인이 한사코 가겠다고 해서 어쩔 수 없었다. 피터는 그의 심장이 몹시 쇠약한 것을 알고 있었기 때문에 전화로 의사를 불러 긴 여행에 견딜 수 있을지 특별히 진찰시켰다. 하지만 그레고리 박사는 아무 걱정할 필요가 없다고 말했다. 그래도 피터는 불안한 마음으로 그를 살펴보고 있었다. 다행히도 노인은 그다지 피로한 빛을 보이지는 않았다.

이 여행의 네 사람째 동행자는 존 웨더랩이었다. 이 사나이는 앤드루 노인의 일을 하나에서 열까지 보살펴주는 간호사 겸 집사였다. 그도 역시 중키에 몸이 말랐고, 거무스름하고 우울한 얼굴에 태도 역시 음울했다. 앤드루의 병이 거의 나아가는 회복기에 고용되었는데, 남자 간호사로서의 훌륭한 자격을 갖추고 있었다. 앤드루가 위험한 고비를 넘겨 이제 걱정없다는 희망이 보여 간호사가 필요없게 되었을 때도 웨더랩은 전혀 개의치 않고 집사로서 계속 머물렀다. 여행 동행자로서라면 결코 피터가 고용할 만한 인물이 아니었지만, 그는 자기 직책을 잘 해낼 것 같았고 또한 주인의 비위를 잘 맞추었다.

피터 몰리는 공항에 한시 빨리 닿기를 바라고 있었다. 아내의 그 뒤 용태를 알려주는 전보가 공항으로 오도록 손써 놓았기 때문이다. 택시가 런던 시내를 달리는 동안 그의 불안은 차츰 견디기 어려울 만큼 심해졌다. 자동차가 멎자 그는 서둘러 뛰어내려 대합실로 달려갔다.

피터의 모습이 사라지자 산뜻한 감색 제복 차림의 짐꾼 두 사람이 다가왔다.

"자리 예약을 하셨습니까?"

어젯밤에 예약해 놓았을 거라고 웨더랩이 대답했다. 짐꾼들은 그들의 짐을 받아들어 로즈가 흥미롭게 지켜보는 앞에서 그것을 대합실

벽에 뚫려 있는 구멍으로 던져넣었다. 슈트케이스는 평면 충계처럼 뻗어 있는 기묘한 금속 롤러에 실려 천천히 기분나쁘게 땅 밑으로 빨려들어갔다. 로즈가 이 이상한 광경에 대해 외할아버지에게 말할 틈도 없이 피터가 노란 종이쪽지를 펄럭이며 나타났다.

그는 다가오며 말했다.

"생각했던 것만큼 나쁘지 않은 것 같습니다. 이것을 보십시오, '오늘 아침 회복되었음. 상처는 그다지 심하지 않음.' 정말 다행입니다! 좋은 소식입니다, 아버님! 너도 기쁘겠지, 로즈?"

그는 택시 운전 기사에게 요금을 지불하는 것도 잊을 만큼 흥분해 있었다. 그리고 모두들 대합실로 향하는 좁은 길을 걸어갈 때도 되풀이해 말했다.

"정말 다행이야! 네 시간 뒤에는 만날 수 있어! 하마터면 목숨을 잃을 뻔했는데 말이야!"

다른 사람들도 모두 안도의 숨을 내쉬며 그의 뒤를 따라 대합실로 들어갔다. 대합실은 큰 방이었다. 설계가 근대적이고 의자들도 편안했다. 한쪽에 카운터가 마련되어 있고 그 뒤에서 말쑥한 젊은 남자들이 사무를 보고 있었다. 여기저기 긴의자가 놓이고, 승객인 듯한 사람들이 앉아서 쉬고 있었다. 앤드루 클라우더는 그들 틈에 끼었고, 피터와 로즈는 카운터 앞으로 다가갔다.

사무원이 물었다.

"비행기표를 보여주시겠습니까?"

"여기 있을 겁니다. 어젯밤 전화로 예약해 두었으니까요, 피터 몰리입니다."

비행기표는 마련되어 있었다. 여권을 보여달라고 했으므로 피터는 건네주었다.

"크로이든에서 돌려드리겠습니다."

그리고 말쑥한 제복 차림의 젊은 사무원은 손가락으로 저울 쪽을 가리켰다.

"저울에 올라가주십시오, 짐과 함께. 죄송합니다."

그들은 규정대로 무게를 달았다. 로즈는 무게를 알고 싶었으나 항공회사 광고에도 나와 있듯이 이런 개인적인 비밀에 속하는 일은 베일에 가려져 숫자는 사무원의 머릿속에만 기록될 뿐이다. 그들은 지도와 하늘을 나는 여행에 대해 쓴 책자를 받았다.

이윽고 안내 방송이 들렸다.

"파리 행 손님들은 이리로 오십시오!"

어떤 사람은 열심히, 어떤 사람은 태연히 줄지어 출구로 갔다. 밖으로 나가자 크로이든 행 버스가 기다리고 있었다. 모두 올라타자 버스는 천천히 움직이기 시작했다.

요크를 떠날 때는 하늘이 맑게 개어 있었는데 지금은 어느새 구름이 뒤덮여 음산한 비가 내리고 있었다. 로즈는 몹시 흥분해 있었다. 하지만 몇 마일이나 이어지는 젖은 거리를 지나고 우중충한 갈색 건물 사이를 빠져나가는 동안 그녀의 흥분도 어느 정도 가라앉았다. 울적한 버스 드라이브였다. 그러나 크로이든에 가까워짐에 따라 얼마쯤 기분이 나아졌다. 그곳에는 아직 비가 내리지 않으나 언제 쏟아질지 알 수 없는 잔뜩 찌푸린 날씨였다.

마침내 비행장에 도착했다! 큰길을 향한 건물 뒤에 여러 채의 오두막과 높은 사각탑과 초록 풀밭이 보였다. 비행기의 모습도 여기저기 보였다. 버스는 갑자기 좁은 문으로 들어가더니 커다란 건물 포치 앞에서 멎었다. 모두들 버스에서 내렸다. 승객들은 몇 명씩 무리지어 포치를 지나 넓은 방으로 들어갔다. 거기서 여권을 돌려받고, 직원에게 안내되어 비행장으로 나가는 문으로 걸어갔다.

이제 곧 굉장한 순간이 올 것이다! 눈앞에 비행기가 있었다. 승객들은 길게 줄지어 건물에서 3, 40야드쯤 떨어진 곳에 있는 큰 비행기를 향해 포장도로를 걸어갔다.

로즈의 눈에는 이미 다른 것은 아무것도 보이지 않았다. 어쩌면 저토록 클까 생각하며 그녀는 날개와 길고 좀 휘어진 동체를 연결하는 비스듬한 십자 모양의 기둥을 뚫어지게 바라보았다. 새와 조금도 닮지 않았다. 하지만 본 적이 있는 무언가와 비슷했다. 무엇일까? 마침내 생각났다…… '그래, 잠자리야!' 아주 길다란 머리가 날개 앞으로 터무니없이 큰 부리처럼 불쑥 튀어나온 커다란 잠자리와 똑같았다. 그리고 저 네 개의 혹은 발동기일 것이다. 한 날개에 두 개씩 날개 앞쪽 끝에 달렸으며, 양쪽 모두 커다란 프로펠러가 그 앞에서 돌아가고 있었다. 그리고 머릿부분에 비행기 이름이 씌어 있었다. H, E, N, G, I, S, T. 헨기스트. 헨기스트(쥬트족 추장으로 5세기 무렵 동생 호서와 함께 잉글랜드에서 켄트 왕국을 세웠음)와 호서. 어디선가 들은 기억이 있는 이름이지만, 어떤 사람인지 확실히는 몰랐다.

하지만 이 이상한 기계를 언제까지나 바라보고 있을 여유는 없었다. 날개와 꼬리의 중간쯤에 문이 열려 있고, 그 안으로 이어지는 트랩이 걸려 있었다. 로즈가 자신이 어디 있는지 깨달았을 때는 이미 아버지의 뒤를 따라 트랩을 올라가고 있었다. 문 앞에서 한 발자국 내딛자, 그녀는 이미 비행기 안에 들어가 있었다.

그것은 스쿨버스와 비슷했다. 네 개의 자리가 옆으로 나란히 놓이고, 그 가운데에 좁은 통로가 나 있었다. 그녀 자리는 문 바로 앞이었고, 아버지 자리는 그녀 옆이었다. 옆은 창문이었지만, 문이 뒤로 열려 있어 창문을 가렸기 때문에 바깥이 보이지 않았다. 그래서 로즈는 비행기 안을 둘러보았다.

외할아버지는 바로 앞에 웨더랩과 나란히 앉아 있었다. 이 객실에는 좌석이 열 여덟 개 있었다. 어느새 좌석이 모두 찼다. 그보다 많은 승객들이 다른 문을 통해 들어갔음을 알았다. 아마 저 칸막이에 붙어 있는 문을 통해 들어간 것이리라고 로즈는 상상했다.

승객들은 저마다 짐을 창문 위의 선반에 얹고 신문이나 잡지를 꺼내들고 자리에 앉았다. 아무도 이제부터 하늘을 나는 일에 대해 신기하게 생각하는 것 같지 않았다.

'어째서일까? 아마 이 사람들은 전에도 여러 번 이런 여행을 해본 적이 있기 때문이겠지.'

마침내 그녀 뒤에서 문이 닫혔다. 갑자기 창문을 가렸던 방해물이 없어져 바깥이 내다보였다. 주로 보이는 것은 아랫날개로, 바로 옆이어서 엄청나게 커보였다. 그리고 커다란 기둥이 윗날개를 향해 뻗어 있었다. 윗날개는 허리를 굽히고 올려다보아야만 보일 정도였다. 기둥 가운데 하나가 그녀의 키보다 더 큰 타이어가 달린 착륙바퀴 쪽으로 뻗어 있었다.

양쪽 바퀴에 커다란 나무쐐기가 끼워져 있었는데, 어떤 남자가 와서 그것을 벗겼다. 그러자 멋진 감색 제복 차림의 항법사가 비행기 위에 있는 누군가에게 신호를 보냈다. 이어서 발동기가 부르릉 소리를 냈고, 그때까지 빙빙 돌고 있던 프로펠러가 눈에 보이지 않을 만큼 빨라졌다. 갑자기 그녀는 땅이 움직이는 것을 느꼈다. 마침내 움직이기 시작한 것이다!

큰 착륙바퀴에는 진흙이 묻어 있었다. 로즈는 황홀한 기분으로 빙글빙글 돌아가는 바퀴에 정신이 팔렸다. 비행기는 오른쪽으로 휘었다. 공항 건물과 구경하는 사람들의 작은 모습이 훌쩍 뒤로 물러서더니 어느새 시야에서 사라졌다. 이윽고 비행기는 콘크리트 바닥을 벗어나 비행장 풀밭으로 나아갔다. 비행기는 아주 편안하게 달려갔다. 로즈는 버스를 타고 있을 때와 같은 동요를 느꼈으나 덜컹덜컹 흔들리지는 않았다. 비행장 한가운데에 이르자 비행기는 속력을 떨어뜨리고 방향을 바꾸었다. 바람을 맞기 위해서라고 아버지가 설명해 주었다. 이때 갑자기 발동기가 굉장히 큰소리를 냈다. 그리고 거대한 손이 비행기를 움켜쥐고 앞으로 홱 잡아당기는 듯한 느낌을 받았다. 속력이 무섭게 빨라지며, 로즈는 좌석에 찰싹 붙여진 듯한 기분을 느꼈다. 그녀는 더욱 매혹되어 커다란 바퀴에 묻은 진흙이 차츰 더 빨리 돌아가는 것을 넋놓고 바라보았다.

비행기는 이내 급행열차 같은 속도로 비행장을 가로질러가고 있었다. 바퀴가 더욱 빨리 돌아가 로즈에게는 이미 진흙자국이 거의 보이지 않게 되었다. 그녀는 숨죽이고 그것을 바라보며 흥분으로 두 손을 꼭 쥐었다. 그러자 별안간 기적이 일어났다.

조금도 달라진 느낌이 없었는데 바퀴 아래가 몇 인치쯤 뜨는 것이 보였다. 그 간격은 차츰 커져서 1피트, 1야드, 몇 야드가 되었다. 이미 날고 있었던 것이다!

"오오!"

로즈의 가슴은 기뻐서 팔딱팔딱 뛰었다. 무섭다는 느낌은 조금도 들지 않았다.

"드디어 떴군."

피터가 중얼거렸으나 그녀의 귀에는 거의 들리지 않았다. 크로이든을 내려다보는 데 열중해 있었기 때문이다. 눈에 보이는 한 그들이 하늘로 올라가는 게 아니라 땅이 자꾸만 아래쪽으로 가라앉는 것 같이 보였다. 2, 3백 야드 아래의 크로이든은 시내를 자동차로 달리며 보았던 것보다 훨씬 아름다웠다. 언덕과 움푹 파인 땅과 꾸불꾸불한 도로가 보였다. 집들 사이에 초록빛이 조금 보였다. 버스에서는 도로와 상점밖에 보이지 않았었는데…….

갑자기 심장이 입으로 튀어나올 듯하여 그녀는 공포에 떨며 앞좌석 등받이를 움켜쥐었다. '헹기스트 호'가 덜컥 떨어진 것이다. 마치 커다란 배의 꼬리가 파도를 빠져나갈 때와 비슷했다. 로프가 끊어진 엘리베이터 같기도 했다. 엘리베이터가 바닥에 닿듯이 그것은 우뚝 멎었다. 그리고 잠시 동안 로즈가 언젠가 타본 적이 있는 빠른 엘리베이터보다도 더 빨리 올라갔다 내려갔다하며 흔들렸다. 좌우로 흔들리는 게 아니라 완만하게 오르내리는 것이었다.

로즈는 속이 메슥거렸다. 그러나 오래 계속되지는 않았다. 잠시 뒤 본디대로 안정되었다.

수증기 같은 것이 창문을 스치며 지나갔다. 비행기는 어느덧 안개 속에 잠겼다. 로즈의 눈에 다시 커다란 날개와 바퀴가 보였으나, 땅은 이미 어디론가 사라지고 없었다. 날개와 바퀴 말고는 진줏빛 안개 밖에 보이지 않았다.

그녀는 아래쪽 세계가 보이지 않아 실망하며 말했다.

"아빠, 안개예요!"

"저것은 구름이란다. 구름 속에 박혀버렸구나. 저것을 보니 무슨 생각이 나니?"

피터는 몸을 앞으로 내밀었다.

"기분이 어떠십니까, 아버님? 그다지 유쾌한 흔들림은 아니지요?"

"괜찮아. 비행기를 처음 타보지만, 유쾌하군. 자동차를 탄 것과 그다지 다르지 않군그래."

"그렇습니다. 요즈음에는 그다지 흔들리지도 않고 소음도 심하지 않습니다. 초기의 비행기보다 굉장히 진보됐지요. 옛날에는 귀에 솜마개를 하고도 반쯤 귀가 먹을 정도였답니다."

"기차보다 시끄럽지 않다는 이야기를 들었는데, 정말 그렇구먼."

로즈는 외할아버지의 모습을 살펴보았다. 조용히 앉아 있지만 외할아버지도 이 경험에 자기만큼 흥분해 있는 듯하다고 느꼈다. 그녀는 정말 그다지 시끄럽지 않다고 생각했다. 그래도 일정한 간격을 두고 이어지는 발동기의 요란한 소리가 들려왔다. 그러나 조금만 지나면 그것도 거의 귀에 거슬리지 않을 정도로 익숙해지리라고 생각했다.

"저기 작은 계기반이 보이지?"

피터가 손가락으로 가리켜 보였다.

시계 비슷한 것이 세 개 조종실로 통하는 문 옆 앞쪽 벽에 걸려 있었다. 하나는 틀림없이 시계였다. 그러나 다른 두 개는 무엇인지 알 수 없었다.

피터는 설명했다.

"저것은 비행기의 높이와 속력을 표시하는 기계란다. 보렴, 지금 우리는 3천 2백 피트 높이에서 시속 120마일의 속력으로 날고 있다. 급행열차보다 두 배나 빠른 속력이지. 저것 좀 보십시오, 아버님."

피터는 다시 장인에게 설명을 되풀이해 주었다.

로즈는 참으로 굉장하다고 생각했으나 그보다도 빨리 구름 밖으로 나갔으면 싶었다. 바다를 보고 싶었던 것이다. 아까부터 바다를 보고 싶다고 생각했지만 아무래도 보일 것 같지 않았다.

그러나 지루함을 느끼기 시작하기 전에 새로운 흥미거리가 생겼다. 승무원이 돌아다니며 승객들에게 점심식사를 들겠는지 어떤지 물어보았던 것이다.

사람들은 점심식사를 들었다. 앞의 의자등받이에 달린 판자를 내리자 식탁이 되었고, 당구대의 분필 넣는 통처럼 생긴 작은 고리가 컵받침 역할을 했다. 네 가지 음식이 나온 점심식사가 끝나자 커피가 나왔다. 모두 아주 맛있었고, 식사 시중도 기분좋게 들어주었다. 창문으로 바퀴를 매단 기둥이 달린 날개와 잿빛 안개밖에 보이지 않았으므로 로즈는 점심식사를 하는 1분 1분이 무척 즐거웠다.

점심식사 도중 그녀는 안개의 모습이 달라지고 있음을 알았다. 그 것이 무엇인지 그녀는 이해할 수 없었으나 아버지가 설명해 주었다. 비행기가 구름을 빠져나와 푸른 하늘 속을 날고 있다는 것이었다.

땅도 태양도 보이지 않았다. 위에도 아래에도 구름층이 여러 겹 포개져 있었다. 비행기는 차츰 아래의 구름층보다 더 높이 위로 올라갔다. 위로 올라감에 따라 풍경은 더욱 인상적이 되었다. 밀도가 짙어 보였고, 언덕이 있는 평원과 비슷했다. 그 언덕들은 풀어헤쳐진 목화처럼 폭신한 테에 둘러싸여 있었다. 그것은 눈길이 닿는 한 끝없이 멀리 펼쳐져 있었고, 골짜기는 밝은 봉우리와 봉우리 사이에서 어둡게 보였다. 그러나 위쪽은 땅 위의 비오는 날 하늘처럼 평평하고 갈라진 틈이 없는 것 같았다.

이윽고 앞쪽이 밝아지기 시작했다. 위에 있는 구름의 가장자리에 다가왔음을 알 수 있었다. 아래에 있는 구름의 선명한 일직선 위에서 햇빛이 비쳐나왔다. 비행기는 그 햇빛 속으로 날아갔다. 위의 하늘은 파랗지 않았다. 아래에서는 망막한 평원의 언덕들이 흰빛을 더해갔고, 거기에 따라 골짜기는 더욱 어두워지고 있었다.

음식 접시를 바꾸러 온 승무원에게 피터가 물었다.

"지금 어디쯤 날고 있지요?"

"영불해협 위에 있습니다."

로즈는 조금 실망했다. 비행기로 간다는 이야기를 듣고 하늘 위에서 꼭 내려다보고 싶다고 생각했던 영국의 모습을 보지 못했기 때문이다. 그러나 위에서 구름을 내려다보았으니 그것만으로도 굉장한 일이라고 생각했다.

마침내 로즈는 아래의 구름바다가 어두운 빛으로 변해가고 있음을 알았다. 그녀는 잠시 동안 멍하니 그것을 바라보고 있었는데, 그것이 무엇인지 깨닫자 갑자기 가슴이 두근거리기 시작했다. 그녀는 흥분하며 외쳤다.

"아빠, 저기 보세요, 육지예요!"

그 말이 맞았다. 3천 2백 피트 아래쪽에 프랑스 땅이 펼쳐져 있었다. 피터도 몸을 내밀고 아래를 내려다보았다. 앤드루 클라우더 노인도 확실히 매혹당한 듯했다. 무뚝뚝한 웨더랩까지도 흥미를 보였다.

그것은 확실히 넋을 잃고 볼 만한 지도였다. 육지는 초록과 갈색과 빨강 등 여러 가지 색깔의 작고 비뚤어진 우표처럼 여러 개의 불규칙한 사각형으로 나뉘어져 있었다.

새털같이 보이는 초록빛 지대는 숲이었다. 이리저리 줄이 달리고 있었다. 아름다운 줄의 그물코는 철도와 도로와 수로였다. 직선도 있고 평행의 커브도 여러 개 있었다. 그것은 틀림없이 큰 도로와 철도 선로였다. 작고 새하얀 깃발을 드리운 듯한 머리의 검은 뱀이, 한 줄기의 검은 선이 무엇인지를 뚜렷이 나타내주고 있었다. 집은 작은 네모꼴로 보였고, 마을은 흔히 죽은 도시를 표시할 때 쓰이는 돈을새김 모형을 연상시켰다. 처음에는 성냥개비 대가리만한 노란 원형이 무엇인지 짐작할 수가 없었다. 그러나 마침내 그것이 건초더미임을 알았다. 밭은 그보다 더 알아볼 수가 없었다. 그것들은 구식 장갑에 붙은 작은 구슬처럼 장식을 위해 여러 줄로 늘어놓은 듯한 작은 점의 무늬로 덮여 있었다.

로즈는 그것들을 가리키며 물었다.

"아빠, 저것이 무엇이지요?"

피터 몰리는 확실히 알 수는 없지만 아마 밭에 뿌리기 위해 쌓아놓은 비료 더미일 거라고 말했다.

그런 풍경 가운데 가장 눈에 띄는 것은 그림자였다. 모든 물체들이 북쪽으로 그림자를 뻗치고 있었다. 그림자는 물체에 높이가 있음을 보여주었다. 다리도 산울타리도 둑도 그림자를 가지고 있었다. 새털

같이 희미하게 듬성듬성 나 있는 나무들도 그림자로 말미암아 보다 뚜렷하게 보였다.

비행기 반대쪽으로 뒤돌아보니 바다가 조금 보였다. 거무스름한 바다는 슬레이트 같은 파란빛의 평야처럼 보였다.

역시 그쪽을 내려다보고 있던 피터 몰리가 설명했다.

"저것은 솜므 강 어귀란다. 그리고 저것은⋯⋯."

이번에는 로즈 옆의 창문으로 돌아와 손가락으로 가리켰다.

"저 곧게 뻗은 검은 선은 칼레와 블로뉴에서 파리로 가는 노르 철도란다. 그 너머에 있는 거리는 아베비유지."

로즈는 눈을 크게 뜨고 아래를 내려다보았다. 그것은 가슴이 두근거릴 만큼 멋진 경치였다. 저 괴상한 모양으로 보이는 나라가 프랑스인 것이다. 저 집들 사이에 있는 괴상한 작은 틈이 사실은 길이다. 그 길에 있는 사람들의 모습은 보이지 않을 정도로 작았다. 마치 높은 건물 꼭대기에서 개미집을 내려다보고 있는 것 같았다.

"아빠, 저 하얀 동그라미는 무엇이지요?"

멀리 아래 벌판의 한가운데에 글씨가 새겨진 동그라미가 보였던 것이다.

피터는 다시 지도를 보며 대답했다.

"포아란다. 비행장이지. 비행기가 좀더 아래를 날고 있으면 그 이름이 보일 텐데. 저렇게 해서 조종사가 어디에 착륙하면 좋을지 알수 있게 한 것이란다."

로즈가 아직 그것에 대해 생각하고 있는데 멀리 아래쪽에 작은 주름덩어리가 여러 개 생기고 있는 것이 보였다. 처음에는 작고 산산이 흩어져 있던 구름들이 차츰 커지더니 마침내 서로 한데 모여 육지가 아주 조금밖에 보이지 않았다. 이윽고 그 틈도 없어져 뭉글뭉글 이어지는 구름 물결 밖에 보이지 않게 되었다. 참으로 아름다운 프랑스 경치였는데 안타깝다고 로즈는 생각했다.

언뜻 보니 외할아버지는 잠들어 있었다. 그녀의 흥미는 이제 그쪽으로 쏠리기 시작했다. 외할아버지는 비행기 벽에 머리를 대고 좌석 구석에 기대어 잠들어 있었다. 이런 때 잠을 자다니! 그녀는 놀라지 않을 수 없었다. 이토록 흥분에 싸여 있는데 어떻게 잠들 수 있을까? 하지만 노인이라서 그런지도 모른다. 노인은 금방 지쳐버리니까. 그녀의 아버지도 그것을 알아차린 모양이었다.

그는 웨더랩에게 말했다.

"잠드신 모양이로군."

"네, 나리께서는 언제나 점심식사가 끝난 뒤 잠깐 눈을 붙이십니다. 아마 습관 탓이겠지요."

"낮잠은 해롭지 않지."

"그렇습니다. 나이드신 분의 건강에는 아주 좋습니다."

이때 승무원이 왔다.

"비행기는 보베에 착륙하겠습니다."

승무원은 이유를 설명하지 않았으나 파리에 안개가 끼었기 때문일 거라는 속삭임이 주위에서 일었다.

그와 동시에 로즈는 편안한 엘러베이터처럼 비행기가 조용히 내려가는 것을 느꼈다. 발동기는 여전히 요란한 소리를 내고 있었으나 구름층이 급속도로 올라왔다. 그러나 조금도 불쾌한 움직임은 아니었다. 매우 편안하고 부드러웠다. 마침내 발동기가 속도를 늦추었다. 로즈의 눈에도 프로펠러의 회전이 보이기 시작했다. 그러자 비행기는 갑자기 구름 속으로 들어가 다시 젖빛에 에워싸이고 말았다. 그 속에서 날개와 바퀴만 보였다.

비행기는 구름 속을 계속 내려갔다. 발동기는 여러 번 멎기도 하고 움직이기도 했다. 문득 땅이 보였다. 지금의 높이는 아마 3, 4백 피트에 지나지 않을 거라고 피터는 생각했다. 다시 발동기가 요란한 소리를 내며 그 높이에서 계속 벌판 위를 날았다.

곧 착륙하리라 생각했는데, 이번에는 끝없이 날고 있는 것 같이 여겨졌다. 그러나 로즈는 마침내 자기들의 목표물을 볼 수 있었다. 하얀 동그라미가 있는 비행장으로, 아주 커다란 동그라미에 큰 글씨로 '보베'라고 씌어 있었다. 비행기는 여전히 땅에 닿을락 말락할 정도의 높이로 날고 있었다. 착륙하고 싶은 듯이 불규칙한 파도처럼 위아래로 움직이며 날았다. 마침내 날개가 흔들렸다. 날개는 땅바닥과 45도 각도를 유지하고 천천히 커다란 원을 그리며 돌았다. 그리고 갑자기 비행기는 조용히 내려갔다. 땅이 그들을 환영하듯 획획 다가왔다. 50, 40, 30, 20피트 앞으로 다가왔다.

땅이 굉장한 속도로 뒤로 날아갔다. 지금은 로즈도 비행기의 속도를 실감할 수 있었다. 무시무시할 정도였다. 땅은 날 듯이 뒤로 달아났다. 그녀가 지금까지 타보았던 어떤 기차보다도 빨랐다.

비행장 끝을 스쳐지나갈 때에는 이미 4, 5피트 높이에 떠 있는 것 같았다. 이윽고 커다란 바퀴가 땅에 닿고 크로이든 비행장에서처럼 회전하기 시작했다. 바퀴에 묻어 있는 진흙자국이 로즈에게 보이지 않을 만큼 빠른 속도였다.

착륙의 충격을 조금도 느끼게 하지 않은 채 비행기는 착륙한 것이다. 차츰 속도를 떨어뜨리며 풀밭을 활주할 때 기체가 조금 흔들렸다. 그리고 아주 천천히 비행장 건물로 다가갔다. 마침내 하늘을 나는 여행은 끝난 것이다.

피터가 일어서서 손가방과 코트를 집으며 딸에게 말을 걸었다.

"어떠냐, 로즈, 마음에 들었니?"

그녀는 소리치듯 대답했다.

"굉장해요, 아빠! 즐거웠어요. 돌아갈 때도 비행기를 탔으면 좋겠어요."

"그러자꾸나. 코트를 들고 가겠니?"

그녀는 몸을 일으켜 코트를 받아들고, 역시 내릴 준비를 하고 있는 승객들을 바라보았다. 외할아버지는 여전히 잠들어 있었으므로 웨더랩이 그 위로 몸을 굽혔다. 그러더니 놀란 듯 몸을 일으키고 다급히 피터에게 뭔가 속삭였다.

"뭐라고!"

피터는 날카롭게 소리치며 노인을 보았다. 그리고는 얼른 로즈 쪽으로 몸을 돌려 다급한 어조로 말했다.

"로즈, 빨리 나가거라, 꾸물대지 말고! 사람들을 기다리게 하면 안돼!"

로즈는 깜짝 놀랐다. 그것은 여느 때의 아버지 말투가 아니었고, 그녀는 아무도 기다리게 하지 않았던 것이다. 그러나 아버지의 얼굴에는 심상치 않은 표정이 떠올라 있었다. 그것을 보자 로즈는 아무 말도 하지 않고 빨리 나가는 편이 좋겠다고 생각했다. 피터는 딸의 손을 붙잡고 비행기에서 내리게 해주었다.

"거기서 기다리고 있거라. 오래 기다리게 하지는 않을 테니까."

그리고 피터는 다시 비행기 안으로 들어갔다.

그러나 그는 오래 기다리게 했다. 꽤 긴 시간이었다. 다른 승객들은 모두 가버려, 아버지가 다시 모습을 나타냈을 때에는 아무도 없었다. 아버지의 얼굴은 몹시 침울했다.

이윽고 그는 딸에게 말했다.

"슬픈 일이다만 외할아버지는 병이 나셨단다. 비행기에서 실어내야 하니까 너는 저 대합실에 가서 기다리고 있거라."

그리고 얼마 뒤 로즈는 비행기가 착륙했을 때 외할아버지 앤드루 클라우더가 숨져 있었다는 사실을 알았다.

앤드루, 이륙하다

찰스, 재정을 염려하다

앤드루 클라우더가 최후의 비행기 여행을 하기 약 4주 일 전에 그의 조카 찰스 스윈번은 콜드 피커비에 있는 클라우더 전동기 제작소 본사의 가죽의자에 의젓하게 앉아 좀 답답한 방의 맞은편 벽에 걸린 소프 공학회사의 달력을 물끄러미 바라보고 있었다.

맨 위에 '8월'이라고 씌어진 달력에는 화려한 색채와 흑요석 같은 그림자로 그려진 대형 기중기가 거대한 배의 절벽 같은 갑판 안으로 엄청나게 큰 기관차를 끌어올리는 그림이 인쇄되어 있었다. 그러나 충분히 주의를 끌 만한 가치가 있고 또 그것을 목적으로 만들어진 이 힘찬 그림도 찰스의 주의를 끌지는 못했다. 왜냐하면 첫째로 그는 거의 8월 한 달 동안 날마다 그 그림을 보아왔고, 둘째로 지금 눈앞에 닥쳐온 일을 생각해야 했기 때문이다.

이 사나이의 얼굴에 나타난 몹시 난처해 하는 표정으로 미루어 틀림없이 뭔가 중대한 일이 있는 듯했다. 그는 한창나이의 남자로 서른다섯 번째 생일 파티를 연 지 며칠밖에 지나지 않았다. 창백한 타원형 얼굴에는 고생한 흔적이 없었고, 검은 머리카락도 아직 잿빛으로 변할 염려가 없었다. 좀 좁은 듯하지만 그런대로 번듯한 이마 밑에는 지성적으로 빛나는 눈이 세상을 넓게 내다보고 있었다. 여기까지의 얼굴 생김새는 훌륭했다. 코도 모양이 좋았다. 그런데 얼굴 아랫부분은 좀 격이 떨어졌다. 입매가 아무래도 야무지지 못했다. 턱도 지나치게 좁았다. 그의 얼굴은 이지적인 충실함과 도덕적인 약점이 기묘하게 혼합되어 있었다.

찰스가 불안한 표정을 짓는 데는 이유가 있었다. 불안보다 더한 표정을 짓는 이유가 있었다. 그는 아주 끔찍한 문제를 골똘히 생각하고 있었던 것이다. 필사적으로 어떤 방법을, 다시 말해서 자기 몸의 안전을 지키며 외숙부 앤드루 클라우더를 죽일 방법을 골똘히 생각하고 있었던 것이다.

외숙부를 죽인다! 이것이 그가 요즈음 사로잡혀 있는 생각이다. 그가 놓인 절망적인 상황은 만일 외숙부의 생명을 빼앗지 않으면 자기 생명이 위험하다는 끔찍한 결론에 이르도록 만들었다.

2주일 전만 해도 범죄에 대한 생각 따위는 그의 마음속에 전혀 없었다. 2주일 전에는 지금과 같은 곤경을 뚫고 나갈 방법 같은 건 생각지도 않았던 것이다. 그때도 역시 지금과 같이 고뇌에 찬 표정으로 사무실에 앉아 있긴 했지만, 그때의 고뇌는 명예를 존중하고 법을 지키는 사나이로서의 고뇌였다.

그때의 고뇌에도 지금과 마찬가지로 충분한 이유가 있었다. 찰스 스윈번은 극히 일반적인 고민에 시달리고 있었던 것이다. '전염병적'이라는 형용사를 쓰는 편이 옳을 만큼 그 고민은 일반화된 것이었다. 그는 글자 그대로 몹시 곤란한 처지에 놓여 있었다. 지난 몇 달 동안 사태는 자꾸만 악화되어 이제 파멸 직전에 이르렀다.

그는 공장을 하나 가지고 있는데, 지금 그 공장의 자기 방에 앉아 있었다. 그는 자동차용 경적이며 축음기, 그리고 소형 기구의 저동력 기계용 소형 전동 모터를 만들어냈다.

아버지의 유산으로 이 사업을 물려받았을 무렵에는 작지만 꽤 번성했었다. 지금도 규모가 작다는 점에는 변함이 없으나 그 번영은 이미 사라지고 없었다. 불경기 때문에 주문이 부쩍 줄어들었던 것이다. 이익이 차츰 줄고, 마침내 1주일치 일거리도 구할 수 없을 만큼 곤란해졌다. 처음에는 자기 돈으로 적자를 메웠지만, 불경기가 점점 악화되자 사업을 계속해 나갈 수 없음을 깨달았다. 그는 무일푼이 되었고, 은행에 빚도 졌다. 경기가 좋아지지 않는 한 문을 닫아야 할 형편이었다.

그는 갑자기 몸을 벌떡 일으켜 주머니에서 열쇠다발을 꺼내 사무실 구석에 있는 금고문을 열었다.

높은 창문이 둘 있는 그 방은 꽤 넓었다. 찰스의 책상은 창문을 향해 놓이고 그 위에 평범한 갓이 씌워진 스탠드, 전화, 등나무 껍질로 만든 문서 바구니가 있었다. 난로 옆에는 푹신해보이는 가죽 안락의자가 놓여 있었다. 이것은 찰스가 좀 피로할 때와 중요한 고객을 위한 비품이었다. 그리 중요하지 않은 손님을 위해서는 책상 앞에 작은 의자를 마련해 놓았다. 가구류는 훌륭했으나 칠이 초라했고, 벽도 벽지를 다시 발라야 할 정도였다.

찰스는 금고에서 자물쇠가 달린 검은 가죽 표지 장부를 꺼냈다. 그는 장부를 책상 위에다 놓고 작은 열쇠로 열었다. 그것은 그의 비밀 장부로서, 그런 것이 있는 줄은 그의 심복비서도 지배인도 전혀 모른다. 거기에는 지금 그가 골똘히 생각하고 있는 난처한 사실이 기록되어 있었다. 그의 부하들은 사태가 악화되어 가고 있다는 것은 알았으나, 지금 어느 정도의 위기에 있는지는 아무도 몰랐다.

찰스는 한참 동안 장부의 숫자를 열심히 계산하고 있었는데 문을 노크하는 소리로 방해를 받았다. 그는 대답하기 전에 장부를 서랍 속에 넣고 그 밑에 놓인 서류에 몰두해 있는 척했다. 초라한 검은 양복을 입은 나이 지긋한 사나이가 혈색 나쁜 얼굴에 우울한 표정을 띠고 들어왔다. 그리고는 머뭇거리며 책상 앞에 섰다.

찰스 스윈번은 애써 우울한 표정을 떨쳐버리고 명랑하게 물었다.

"무슨 일이오, 게언즈?"

제임스 게언즈는 찰스의 사무직원 우두머리로, 명목상으로는 심복비서 겸 회계원이며 총지배인이었지만 실제로는 찰스의 사환이고 잡역계원에 지나지 않았다. 찰스는 무엇이든지 그와 의논하는 척하면서 중요한 용건은 모두 자기 혼자 처리하고 있었다.

게언즈는 정직하고 믿을 수 있으며 하루하루의 직무를 또박또박 잘 했지만 자주성이 없어 권한을 부여받지 못하고 있었다. 그는 체념하고 최악의 경우를 각오하는 마음으로 날마다 판에 박힌 듯한 일을 했으며, 그 밖의 모든 일은 찰스의 지휘에 따랐다. 그는 이 공장이 창립되었을 때부터 일해 온 직원이다. 10년 동안 일반사무원으로 일했는데, 찰스의 아버지가 어쩌다 불쑥 마음이 내켜 사무장으로 승진시킨 뒤 23년 동안 이 지위에 계속 머물러 있는 것이다.

찰스가 다시 물었다.

"무슨 일이오, 게언즈?"

게언즈는 천천히 오른쪽 손바닥을 왼쪽 손가락으로 문질렀다. 그것은 자주 되풀이되는 손놀림으로 찰스의 신경에 거슬리는 동작이었다.

"사장님, 요즈음 블렌트 매그너스 회사에서 무슨 말을 듣지 못하셨습니까?"

"나는 어제 블렌트 씨와 점심식사를 했소."

게언즈는 다시 두 손을 비벼댔다. 그리고 기운없이 말했다.

"그렇습니까? 그렇다면 그리 대단한 일은 아닌가 보군요."

찰스는 독촉하듯이 말했다.

"무슨 이야기를 들었는지 어디 한 번 말해 보시오."

찰스는 게언즈를 대하고 있으면 언제나 정신적으로 매우 너그러운 기분이 되었다.

"팀 뱅크스를 잠깐 만났을 뿐입니다."

티머시 뱅크스는 블렌트 매그너스 유한 책임회사의 주임이었다.

"잠깐 은행에 들를 일이 있었거든요. 그 프리트의 수표 때문이었습니다. 사장님도 알고 계시겠지요?"

"알고 있소. 그래서?"

"돌아오는 길에 팀 뱅크스를 만났습니다. 그는 마침 은행으로 들어가려던 참이라 잠깐 서서 이야기를 나누었지요."

"그래서? 부디 간단하게 이야기하시오, 게언즈."

게언즈는 또다시 손을 비비기 시작했다.

"그는 블렌트 씨로부터 무슨 말을 듣지 않았느냐고 묻더군요. 내가 알고 있는 한 아무 말도 듣지 못했다고 대답하자, 그렇다면 언젠가 이야기가 있을 거라고 말했습니다. 무슨 말이냐고 물어도 그는 설명해 주지 않았습니다. 처음에는 한사코 말하지 않으려고 했지만 자꾸 따져 묻자 겨우 힌트를 주더군요. '좋소, 아주 조금만 힌트를 드릴 테니 블렌트 씨에게서 이야기가 있을 때까지 아무것도 모르는 척하시오'라고 그는 말했습니다."

찰스는 참을성있게 물었다.

"힌트라니?"

게언즈는 슬픈 듯이 고개를 내저었다.

"계약이 안됐다고 합니다."

"뭐라고? 설마…… 뱅크스의 말이 틀림없소?"

"그런 것 같았습니다."

찰스는 세차게 손을 내저었다.

"큰일났군. 그건 나쁜 소식이오!"

게언즈는 절망적으로 고개를 저었다. 찰스가 말했다.

"우리 회사의 입찰이 얼마였는지 아시오? 1,720파운드였소. 큰일 났어요. 이럴 때 그만한 계약이 성립되지 않는다는 것은 우리 회사로서는 치명적인 일이오. 우리 회사가 살 수 있는 유일한 계약인데……."

찰스는 벌떡 몸을 일으켜 방 안을 서성거리기 시작했다.

참으로 뜻하지 않은 불쾌한 소식이었다.

블렌트 매그너스 회사는 많은 사원을 거느린 중요 완구 제조회사이다. 완구 제작용 기계는 모두 작고 치밀한 굴대로 조작된다. 그런데 그 굴대를 회전시키는 데 기계 자체의 힘이 거의 반 이상 소비되므로 중역들은 이 굴대를 빼버리고 대신 전동 모터를 달기로 결정했다. 그래서 이 일의 입찰을 공고했던 것이다.

마침 찰스가 만들어내는 모터 중 가장 큰 것이 거기에 알맞은 크기였으므로, 그는 부리나케 입찰에 응했다. 그는 가격을 최소한으로 잡았기 때문에 입찰이 성공하리라 기대하고 있었다.

그러므로 이 소식은 충격적이었다. 찰스는 그것을 숨길 수가 없었다. 그는 서성거리던 걸음을 멈추고 다시 몸을 내던지듯 의자에 앉았다.

"잠깐 앉으시오, 게언즈."

그는 작은 의자를 가리켰다.

"우리 차근차근 의논해 봐야겠소."

게언즈는 쭈뼛거리며 의자 끝에 앉아 와야 할 것이 오기를 기다렸다. 난관에 맞닥뜨린 것이다. 이것을 어떻게 뚫고 나가느냐 하는 문제는 찰스가 할 일이고, 게언즈는 내려진 명령을 실행하여 돕기만 하면 되는 것이다. 그의 머리로는 묘안을 짜낼 수 없었다. 묘안을 짜내라는 명령이 내려지지 않은 게 그로서는 다행이었다. 왜냐하면 내놓을 만한 묘안이 하나도 없었기 때문이다. 그리고 의논해야 할 일도 없는 것 같았다. 입찰에 떨어진 이상 유감스럽지만 이미 어쩔 도리가 없는 것이다.

하지만 찰스는 다른 생각을 가지고 있었다. 그는 입을 열었다.

"일이 이렇게 되고 보면 아무래도 전부터 생각해 온 문제를 꺼내야만 할 것 같소. 말하고 싶지 않은 일이지만, 홈비와 새터 두 사무원 가운데 누가 더 낫소?"

게언즈는 천천히 손을 비볐다.

"홈비와 새터 말입니까? 글쎄요…… 둘 다 좋은 젊은이입니다. 요즈음 젊은이치고는."

"누가 더 나으냐고 묻고 있소."

"홈비는 장부 정리를 잘합니다. 기입을 또박또박 하고 실수도 없습니다. 큰 실수가 없다는 말이지요. 그러나 어떤 색다른 문제를 맡기면 새터가 잘합니다. 거리에 심부름을 보내신다면 새터가 더 나을 겁니다."

찰스는 본론을 이야기해야겠다고 생각했다.

"당신에게 물어본 이유는 그 둘 가운데 한 사람을 그만두게 해야 할지도 모르기 때문이오."

게언즈는 어리둥절했다. 그는 눈을 깜박거리며 고용주를 쳐다보았다.

"어느 한 사람을 그만두게 하신다고요? 하지만 그러면 일에 지장이 있지 않을까요?"

그는 찰스가 진심으로 그런 말을 한다고는 믿을 수가 없었다. 지금까지는 타이피스트와 사환과 사무원이 둘 있었다. 그런데 어떤 근본적인 변화가 일어난다면 나날의 업무를 전체적으로 바꾸어야만 할 것이다.

찰스가 말했다.

"지장이 있다는 것은 알고 있소. 나로서도 그들 가운데 한 사람을 그만두게 한다는 것은 생각조차 하기 싫은 일이오. 둘 다 좋은 사람이라는 것을 알고 있으니까. 하지만 어쩔 수가 없소. 이대로 유지해 나갈 여유가 없으니까. 어느 모로든 절약해야 할 단계에 이르렀소. 여느 다른 회사처럼 나도 그렇게 하지 않을 수 없다는 것을 당신은 이해해 줄 거요."

게언즈는 몸을 부들부들 떨고 있었다.

찰스는 이 노인의 헌신적인 근무태도를 보아서 신경에 거슬리는 사소한 버릇도 너그럽게 보아주었던 만큼 가엾은 생각이 들었다. 그는 다정하게 말했다.

"우리로서도 어쩔 수 없는 일이오, 게언즈. 그럼, 나가보시오. 그리고 사무원 한 사람만 데리고 일해 나갈 수 있는 방법을 생각해 보시오. 요즈음에는 그전만큼 통신도 많지 않고, 리링스턴 양이 조금은 장부정리를 도와줄 수 있을 테니까. 그리고 맥스턴 소년도 지금보다 좀더 일을 할 수 있을 거요. 홈비와 새터 두 사람 가운데 누구를 그만두게 하면 좋을지 생각해 두시오. 갑자기 그만두게 하는 것은 좋지 않으니 한 달쯤 유예기간을 주도록 하는 게 좋겠지요."

찰스는 동정심많은 고용주였으므로 자기를 잘 섬겨온 사람을 길가에 내버리는 것은 마음내키지 않는 일이었다. 그러나 얼마 전부터 사업이 부진하자 직원이 너무 많다는 결론을 내리고 있었다. 블렌트 매그너스와 계약을 맺지 못한 것이 이 문제를 다시 머리에 떠오르게 했다.

찰스는 게언즈의 말이 사실임은 조금도 의심하지 않았다. 그렇게 될지도 모른다고 두려워하고 있었으며, 또한 그 믿음직한 사원 티머시 뱅크스는 거짓말할 사람이 아니라는 것도 알고 있었다.

게언즈가 방에서 나가자 침울한 표정이 다시 찰스의 얼굴에 나타났다. 이처럼 부하 앞에서 마음의 고통을 감추고 웃는 얼굴을 보여야 한다는 건 견딜 수 없는 일이었다. 하지만 그래야만 하는 것이다.

그에게는 클라우더 공장이 부진하다는 소문이 밖에 나돌게 해서는 안될 특별한 이유, 어쩔 수 없는 절대적인 이유가 있었다. 즉 찰스 스윈번은 사랑을 하고 있었던 것이다. 상사병으로 죽을지도 모를 만큼 필사적인 사랑을. 게다가 유나 멜러는 가난뱅이와는 결코 결혼하지 않으리라는 것을 그는 알고 있었다.

여섯 달 전 멜러 대령이 콜드 피커비로 이사왔다. 그리고 1주일 뒤 찰스는 골프장에서 유나와 만났다. 그녀는 골프 솜씨가 뛰어났다. 그도 역시 잘했으므로 가끔 승부를 겨루었다. 찰스는 그야말로 한눈에 반해버렸다. 그때까지 비교적 여자에게 마음끌린 적이 없었던 만큼 일단 열병에 사로잡히자 거의 발작적일 만큼 대단했다.

유나는 곧 이 사실을 꿰뚫어보고 그를 냉정하게 대했다. 하지만 이러한 그녀의 태도는 그의 정열을 식게 하기는커녕 오히려 더 크게 불러일으켰다. 마침내 사람을 애태우는 이 젊은 여성을 획득하는 것이 그의 인생의 유일한 목적이 되고 말았다. 의기소침한 몇 주일이 지나자 그는 조금씩 앞으로 나아가고 있는 듯한 느낌이 들었고, 요즈음에는 얼마쯤 자신을 갖게 되었다. 그러나 파산은 말할 것도 없고 조금이라도 재정적인 곤란을 겪고 있다는 사실을 알게 되면 그녀는 마치 달나라 사람처럼 손이 미치지 않는 먼 곳으로 가버릴 것임을 그는 잘 알고 있었다.

잠시 동안 찰스는 책상 앞에 앉아 고개를 숙이고 풀죽은 표정으로 꼼짝도 하지 않았다. 이윽고 그는 어깨를 한 번 으쓱한 다음 그 장부를 서랍에 집어넣고 모자를 들고 나갔다.

공장 지배인 겸 기사로 스코틀랜드 출신의 몸집 큰 맥퍼슨이라는 사나이가 일하고 있었으나, 실제로는 찰스가 지배인이었다. 공장은 찰스의 도락이자 수입원이며 그의 자식이기도 했다. 그는 공장 안에서 시간을 보내며 거기서 이루어지는 작업을 보기 좋아했다. 사무실 일에 싫증나면 그는 언제든지 '일터'를 둘러보았다. 사무실에 앉아 생각하는 일이 참을 수 없을 만큼 괴로워지면 그는 이 '성소(聖所)'로 피했다. 지금이 바로 그런 경우였다.

그는 창고계 직원에게 인사를 하고 안으로 들어가 전깃줄이며 주물이며 볼트며 터미널 등 온갖 종류의 예비품이 가득 얹힌 선반에 눈길을 보냈다. 완성된 모터는 크기와 모양에 따라 분류되어 쌓여 있었다. 찰스는 모든 물품의 정확한 수량을 한눈에 알 수 있는 카드 시스템——그가 도입한 것이었다——으로 운영되는 이 창고를 자랑으로 여겼다. 그리고 모든 물건이 가지런히 정리되어 있는 모습을 보기 좋아했다. 그는 청소가 잘되어 있는 바닥과 단정한 선반을 보고 창고계 직원을 칭찬했다.

창고에서 작은 주물공장으로 들어가 단 한 사람뿐인 주형공과 두세 마디 이야기를 나눈 다음 안뜰을 지나 코일을 감는 작업장으로 갔다. 그곳에서는 전동자(電動子)와 계자(界磁)에 줄을 감고 있었다. 찰스는 아무 생각 없이 작은 기계 앞에 멈춰서서 그것이 움직이는 모습을 바라보았다.

그것은 머리카락같이 가는 구리선을 코일에 감는 작업이었다. 가는 실이 리일에서 뽑혀나와 절연 니스 통 속을 지나 뜨거운 복사열 속에서 건조된 다음 코일에 감겨지는데, 그것은 마치 살아 있는 것처럼 리드미컬했다. 코일에 층을 이루며 잇달아 감겨지는 광경이 찰스를 황홀하게 만들었다. 그는 언제나 넋을 잃고 서서 이 작업 광경을 바라보곤 했다.

스코틀랜드 사투리가 심한 목소리가 말을 걸어왔다.

"댈튼 탄광에 보낼 원격 계전기 가운데 하나입니다. 아주 작지만 굉장한 기계지요."

찰스는 맞장구쳤다.

"나는 하루 종일 서서 보고 있어도 싫증나지 않네."

"그러신 것 같습니다" 라고 스코틀랜드 인이 말했다.

"너무 많이 만들기 전에 계전기를 조립해서 테스트해 봤으면 좋겠네."

그리고 두 사람은 전문적인 일에 대해 토론했다.

앨릭잰더 맥퍼슨은 지금까지 부정기 화물선의 기관실에서 일하며 바다를 돌아다닌 사나이다. 그런데 그가 갑자기 글래스고우의 아가씨와 사랑에 빠졌다. 한곳에 머물러 차분히 살고 싶다는 그녀의 부탁에 못 이겨 그는 다급히 구직 광고에 도움을 청했다. 바로 그때 클라우더 전동기 제작소는 기사가 없어 역시 광고를 냈었다. 그리하여 맥퍼슨은 공장 지배인 겸 기사가 되었다. 그 자신에게도 찰스 스윈번에게도 안성맞춤이었다.

마침내 찰스는 말했다.

"이것은 우리들만의 비밀 이야기인데, 좀 좋지 않은 소식을 들었네. 그 블렌트 매그너스 건이 성립되지 않은 모양일세."

기사는 바짝 긴장했다.

"그 일이 안 됐습니까?"

그는 놀란 얼굴로 커다란 머리를 내저었다.

"정말 좋지 않은 일이군요, 사장님. 정말 좋지 않은데요. 이럴 때 그 일이 성립되지 않으면 곤란합니다. 그게 정말입니까?"

"팀 뱅크스가 게언즈에게 말했다는군. 팀은 거짓말할 사람이 아니야, 아직 정식으로 통고받지는 않았지만."
"팀 뱅크스의 말이라면 틀림없을 겁니다. 그거 참, 안됐군요. 나는 저 큰 슬로터를 움직여볼 수 있으리라고 크게 기대했었는데……."
"나는 슬로터를 움직이는 것 이상의 일을 기대하고 있었지. 아무래도 줄여야 할 필요가 있을 것 같네, 샌디."
"줄이다니요?"
"인원 말일세. 안됐지만 그밖에 방도가 없네."
기사는 고개를 끄덕였다.
"나도 그 점을 두려워하고 있었습니다. 이렇게 되지 않을까 염려했었지요. 해고당하고 싶은 사람은 없을 테니까요. 모두 좋은 사람들뿐입니다."
"그건 자네 말이 맞네. 나도 자네 못지않게 이런 일은 하고 싶지 않네. 하지만 하는 수 없잖나."
그들은 코일 감는 공장에서 나와 건물 사이의 안뜰을 거닐었다. 이윽고 찰스가 말했다.
"그렇지 않으면 임금을 내리는 방법도 있긴 하지."
"그건 안됩니다. 일거리가 없으니 회사로서도 누군가를 물러나게 하는 수밖에 없겠지요. 가능한 한 절약해야 하니까요."
이때만큼은 찰스도 공장 안을 돌아보는 것이 괴로웠다.
 앞으로 며칠 안에 많은 사람들이 직장을 잃을 것을 알면서 부하들의 작업 광경을 지켜보고 그들의 인사를 받을 기분이 나지 않았다. 기계와 조립공장을 잠깐 들여다보고 그는 무거운 마음을 안고 자기 방으로 돌아왔다.
 블렌트 매그너스로부터 편지가 와 있었다.

  매우 안됐습니다만, 어제 중역회의 결과 우리 회사가 희망하는 제품 변경에 대한 귀사의 입찰은 최저 입찰가격보다 상당한 차이가 있어 받아들일 수 없다고 결정되었습니다.

찰스는 편지를 서류바구니에 넣고 한숨을 내쉬었다.
'역시 그랬었군.'
그는 이 사실을 견딜 수 없어 일부러 몇 분 동안 화려한 백일몽에 잠겼다. 눈 깜짝할 사이에 유나 멜러가 다른 모든 것을 밀어내고 그의 마음을 차지했다.

언제나 상냥하고 언제나 기꺼이 자기를 만나주는 유나, 자기의 사랑을 받아들이는 유나, 그리고 자기와 결혼해 주는 유나를 그려보았다. 애타는 마음으로 자기 집에 있는 유나를 그려보았다. 그렇게 되면 집안이 얼마나 천국 같을까! 갈증에 허덕이던 지친 나그네가 마침내 오아시스에 다다르는 기분으로 오랫동안 떠나 있던 집 안뜰로 들어서는 자신의 모습을 그려보았다.

이윽고 그는 문득 제정신으로 돌아왔다. 노크 소리가 들리고 맥퍼슨이 들어왔다. 그는 조심스럽게 손을 뒤로 돌려 문을 닫고 책상 앞으로 다가와 권하지도 않았는데 의자에 앉았다.

그는 강한 어조로 말했다.
"다시 한 번 생각해 보았습니다, 사장님. 전에도 한 번 말씀드린 것 같습니다만, 아무도 해고시키지 않아도 되는 방법이 한 가지 있습니다. 사장님이 조금만 자금을 마련하여 그 기계를 두세 대 구입하시면 우리는 퍼킨슨 회사를 누를 수 있습니다. 우리의 경비는 지금 대체적으로 그들과 비슷하지만, 만일 저 슬로터와 두 대의 선반만 있으면 충분히 경비를 낮출 수 있으리라고 생각합니다."

새로운 제의도 아니었다. 몇 달 전부터 맥퍼슨은 공장에 있는 세 대의 기계를 좀더 신형으로 바꾸자고 주장하고 있었다. 원칙적으로는 찰스도 그 말에 찬성이었으나 돈을 감당할 수 없어 받아들이지 못했던 것이다.

찰스는 겨우 입을 열었다.

"잘 생각해 보고 말하게, 샌디. 이럴 때 누가 우리 공장에 자금을 대겠나? 그 기계의 성능에 대해서는 나도 잘 알지만, 그것을 구입할 수가 없어."

"그리 큰 자금이 필요하지는 않을 겁니다. 슬로터가 2백 파운드, 선반 두 대가 6백 파운드…… 모두 합해야 1천 파운드도 안됩니다. 물론 설비비도 모두 포함시켜서 말입니다."

"그렇지만 과연 그 기계가 우리에게 블렌트 매그너스의 일거리를 맡게 해줄지 어떨지 모르는 일 아닌가."

스코틀랜드 인은 고개를 옆으로 저으며 동정하는 듯, 업신여기는 듯한 표정을 지었다. 그리고 낙심한 투로 중얼거렸다.

"그럴까요? 하지만 그뿐만이 아닙니다. 그밖의 다른 회사와도 계약을 맺을 수 있으니까요. 경비만 싸게 하면 주문은 얼마든지 들어오리라 생각합니다."

"나는 거짓말하고 있는 게 아닐세, 샌디. 기계를 살 수 있다면 물론 사지. 하지만 가망성이 조금도 없다네."

그래도 기사는 끈질기게 물고늘어졌다.

"물론 이것은 내가 이러쿵저러쿵할 문제가 아닙니다만, 이럴 때 조금만 자본을 끌어들이면 좋을 텐데 하는 생각이 들어서 말씀드리는 겁니다. 사장님 같은 분에게는 1천 파운드쯤 대단한 돈이 아니잖습니까?"

찰스는 풀이 죽었다. 그리 오래 전 일은 아니지만, 그 의견이 옳다고 여겨진 때가 있었다. 하지만 찰스와 거래하고 있는 은행 지점장 말고는 그 수천 파운드의 돈이 사업을 위해 어떤 식으로 투입되었고,

지금 얼마 남아 있는지 아는 사람이 아무도 없었다. 찰스늘 고개를 저었다. 그리고 딱 잘라 말했다.

"나로서는 할 만큼 다 했네. 그러니 이제 아까 말한 방법 말고는 길이 없네. 누가 없어도 일을 계속해 나갈 수 있는지, 누구를 그만두게 하면 좋은지 한 번 차분히 생각해 보게."

찰스는 숨을 내쉬고 다시 말을 이었다.

"자네는 그 기계만 있으면 모든 일이 잘될 거라고 주장하는데, 어째서 그런 확신이 드나?"

스코틀랜드 인 기사는 비로소 생기를 띠며 손을 주머니에 넣더니 한다발의 서류를 꺼냈다.

"실은 이것을 보여드려려고 왔습니다. 이것은 지난번 그 일에 대한 대체적인 견적서입니다. 모두 1,275파운드로 되어 있습니다. 그런데 퍼킨슨 회사는 1,250파운드로 견적을 냈습니다. 하지만 만일 우리에게 그 기계만 있었다면 1,190파운드 정도로 내릴 수 있었을 겁니다. 아시겠습니까? 그리고 여기 또 한 가지 경우가 있습니다."

찰스는 흥미를 느꼈다. 두 사람은 책상 위에서 머리를 맞대고 30분쯤 이야기를 나누었는데, 마침내 찰스는 말투를 바꾸어 다시 한 번 차분히 생각해 보겠노라고 대답했다.

이때 마침 1시를 치는 소리가 들렸다. 맥퍼슨은 가볍게 머리숙여 보이고 물러갔다. 찰스는 금고를 잠그고 모자를 쓴 다음 직공들 뒤를 따라 회사에서 나왔다.

찰스, 기계설비를 생각하다

 클라우더 전동기 제작소는 금세기 첫무렵 찰스의 외숙부에 의해 설립되었다.
 그 무렵 젊은 발명가였던 앤드루 클라우더는 자신이 외무사원으로 일하던 전기기구 상회의 쇼윈도에 장식할 움직이는 광고를 고안해 냈다. 그의 윗사람은 이 착상을 높이 평가하여 그에게 간판 만들기를 허가했다. 앤드루는 곧 그것을 만들었는데, 막상 그것을 움직일 12분의 1마력의 전동기를 사들이는 단계에 이르자 쉽사리 입수할 수 없음을 알았다.
 그의 날카로운 머리는 곧 그 이유를 알아냈다. 그리하여 틀림없이 소형 모터의 잠재적인 수요가 있으리라고 확신했다. 그는 그 수요가 상당하리라는 것을 믿어 의심치 않았다. 가망성이 있음직한 분야를 조사한 결과 그는 자신의 의견을 더욱 확고한 것으로 굳혔다. 그는 직장을 그만두고 작은 공장을 세워야겠다고 마음먹었다.
 거기에 필요한 전문지식을 익히기 위해 그는 박봉을 마다않고 어떤 전기공장에서 3년 동안 참아냈다.

그 다음 최대의 난관인 자금 문제를 해결하기 위한 일에 착수했다. 그것은 생각보다 쉬웠다. 12년 전 헨리 스윈번이 그의 누이와 결혼했는데, 헨리는 이 처남의 기술적 재능에 경의를 나타내고 있었던 것이다. 그는 앤드루의 계획을 듣자 자기도 사업에 참가하여 자금을 댈 생각이 있다고 말했다. 자금은 1천 파운드도 못되는 액수였으나 그것으로 충분했다.

두 젊은이는 요크의 빈민가에 있는 낡은 집을 한 채 사들여 최소한의 기계설비를 갖추었다. 대부분이 낡은 고물이었으나, 아무튼 그것으로 일을 시작했다. 앤드루가 기계 방면에는 밝으나 사업가 자질이 없는 한편 헨리는 계산에 능숙하며 뛰어난 선전가였다. 그들은 착실하게 공장과 사원을 늘려나갔다. 얼마 지나자 인접한 두 채의 작은 집까지 사들여 더 많은 기계를 구입했으며, 사원도 열 두명으로 늘렸다.

이때 제1차 세계대전이 일어났다. 처음에는 그들도 사업을 집어치우고 왕의 군대에 가담해야 할 형세인 듯했다. 그런데 그 무렵 육군성은 어떤 종류의 야전용 신호장치에 쓸 소형 전동기가 대량으로 필요하게 되었다. 그래서 각 방면으로 조사한 결과 클라우더 공장에서 그들이 바라는 것을 만들어내고 있음을 알았다.

그로부터 4년 동안 일거리가 끊이지 않았다. 앤드루와 헨리가 가장 곤란했던 점은 육군성의 주문에 응할 수 있는 충분한 공장과 노동력의 조달이었다. 그들은 요크 공장을 버리고 콜드 피커비에 있는 어떤 공장을 사들였다. 그것을 조금 개조하여 그들의 목적을 이룰 수 있었다.

전쟁으로 그들은 많은 돈을 벌었다. 전쟁이 끝나자 앤드루는 이미 일을 충분히 했으니 죽기 전에 한 번 세계를 돌아보고 싶다고 생각했다.

그는 사업에서 손을 떼고, 그의 자본금 19만 파운드를 빼냈다. 그는 가까운 곳에 있는 모트 장(莊)이라는 낡은 집을 한 채 샀다. 그리고 세계 일주에서 돌아오자 사진과 원예 등 여러 가지 취미를 즐기기 위해 그곳에 자리잡았다.

헨리 스윈번은 외아들 찰스를 데리고 그대로 사업을 계속했다. 찰스는 리즈 대학에서 과학을 공부하며 훌륭한 훈련을 쌓았다.

1927년에 헨리가 세상을 떠나자 찰스는 공장 주인이 되었다. 어머니 스윈번 부인은 몇 년 전에 죽어서 찰스는 혼자 고독하게 남겨졌다. 그는 조그마한 집을 사서 살림을 보살펴주는 하인 부부를 고용하고 오로지 사업에만 몰두했다. 그의 손에서 공장은 세계적인 불황이 덮치기 전까지 꽤 번창했다. 그런데 지금 찰스는 아까 말한 대로 파산 직전에 몰려 있는 것이다.

공장에서 나온 찰스는 몰턴 거리를 따라 걸어가 변두리의 게일 강에 이르렀다. 잠시 일에서 벗어난 그의 마음은 언제나 머릿속에서 떠나지 않는 유나 멜러의 생각으로 가득차 있었다. 그는 강둑을 따라 난 오솔길을 즐겨 걸었다. 그곳은 오가는 사람이 적어 마음놓고 백일몽에 젖을 수 있었기 때문이다. 여자에 대한 생각으로 마음이 가득차 있는데다 또 늘 보아온 경치였지만, 눈앞에 펼쳐진 넓은 전원 풍경은 감탄하지 않을 수 없었다. 오늘은 풍성한 8월의 햇빛을 받아 더욱 아름다워 보였다. 작은 강은 평화롭게 곡선을 그리며 넓은 전원을 흘러가고 있었다. 그리고 거기서 좀더 앞으로 가면 울창한 나무숲이 있었다. 그 나무숲에서 백목련꽃을 돋을새김한 교회의 뾰족탑이 무언가를 가리키는 손가락처럼 불쑥 튀어나와 있었다. 나무숲 오른쪽에 집들이 옹기종기 모여 있고, 그 뒤로는 동북쪽을 향해 불규칙적으로 펼쳐진 전원이 좀 높은 황야로 이어져 있었다.

찰스는 강둑을 따라 나무숲까지 걸어갔다. 그리고 교회 앞까지 오자 손질이 잘된 교회 부지를 돌아서 모올 장으로 들어갔다.

콜드 피커비는 인구 약 8천 명의 깨끗하고 상쾌한 작은 곳으로 서스크, 이징월드, 헬름즈리의 모퉁이가 맞닿는 세모꼴 속에 위치해 있다. 이곳의 가장 큰 자랑은 피커비 성이다. 이 성은 서쪽에 우뚝 솟은 바위산 꼭대기를 뒤덮고 있는 12세기의 폐허로, 그 구조의 특이성 때문에 많은 고고학자들의 연구과제가 되었다. 또한 이곳에는 양(羊)시장이 있는데, 그 때문에 1년에 한 번씩 거리는 호소하듯 울어대는 동물들의 우울한 강으로 바뀐다. 그리고 엘리자베스 여왕이 머문 적 있다는 집과 '토지대장(11세기에 윌리엄 1세의 명령으로 만들어진, 영국의 모든 토지를 대대적으로 조사한 기록임)'이 편찬되었다는 여관이 있다.

찰스의 목적지는 모올 장——콜드 피커비 클럽——이었다. 이곳은 실업가며 명사들이 점심식사를 하는 곳이다.

찰스가 홀에 들어서자 먼저 와 있던 대여섯 사람이 인사했다. 블렌트 매그너스 유한 책임회사의 블렌트도 와 있었다. 은행지점장 위덜로도 있었고, 변호사 클로스비의 모습도 보였다. 스팀슨과 휴즈도 와 있었다. 이 두 사람은 큰 상점의 주인이다. 스팀슨은 마침 금융에 대한 이야기를 하고 있었다.

"8푼이라면 그리 나쁘지 않군요. 하지만 지난해의 1할 5푼을 생각하면 사정이 크게 달라졌다고 할 수 있지요."

찰스는 그 무리에 끼어들었다.

"이익을 반으로 줄인 건 누굽니까, 스팀슨 씨?"

"벤더 앤드 톨세트지요. 배당이 방금 발표되었는데, 8푼이랍니다."

그러자 위덜로가 잘라말했다.

"하지만 그들은 잘해내고 있습니다. 요즈음 이익이 5할로 떨어지지 않은 회사가 있다고 장담할 사람은 아마 없을 겁니다."

찰스는 놀랐다. 여기서 다시 한 대 맞은 것이다. 그에게 남은 돈은 대부분 벤더 앤드 톨세트에 투자되어 있었던 것이다. 물론 이제 원금은 얼마 남지 않은 상태이므로 실제의 현금 손실은 대단한 액수가 아니지만, 그래도 거의 절망상태에 가까운 지금으로서는 한푼도 큰 것이다.

찰스는 되도록 밝게 말했다.

"그렇다면 야단났군요. 주식을 좀 가지고 있거든요."

은행지점장 위덜로는 찰스가 주식을 가지고 있음을 알고서 다른 누구보다도 그의 곤경을 이해했다. 그가 주식을 가지고 있음을 말하지 않았다면 손실을 인정하는 것보다 더 나빴을 것이다.

클로스비가 말했다.

"나도 가지고 있지만, 운이 나빴습니다. 벤더 앤드 톨세트는 이 북동부에서 가장 든든한 회사라고 모두 생각하고 있었으니까요."

그러자 스팀슨이 말했다.

"확실히 든든하긴 합니다. 지난해에 비해 1천 7백쯤 여분으로 적립금이 들어왔으니까요. 모든 점을 고려해 볼 때 나는 그다지 나쁘다고 생각지 않습니다."

그 말에 클로스비가 대답할 때 찰스는 누군가 팔꿈치를 치는 것을 느꼈다. 블렌트였다. 그는 찰스를 구석 쪽으로 끌고가 목소리를 낮추어 말을 꺼냈다.

"조금 전에 당신에게 편지를 보냈지요……."

그는 난처하고 불안한 표정으로 말을 끊었다. 찰스는 자신을 충분히 억제하고 있었다. 그는 선선히 말했다.

"네, 받았습니다."

블렌트는 고개를 끄덕였다.

"그 일에 대해 우리 모두 참으로 유감스럽게 생각합니다. 스윈번 씨. 정말 어쩔 수가 없었습니다. 당신네 것이 최저 입찰가격이 아니었거든요. 꽤 차이가 있었답니다. 우리로서는 당신에게 입찰시키고 싶었지요. 우리는 서로 친한 사이니까요. 이곳에서 일거리가 끊이지 않기를 바라고 있습니다만, 아시다시피 사정이 너무 각박해서 우리로서도 어쩔 도리가 없었습니다."

"그러실 테지요. 괜찮습니다. 나는 유감스럽게 생각하고 있지 않은 체하지는 않겠습니다. 참으로 안타깝게 생각합니다. 그 일이 나에게 돌아왔다면 형편이 아주 나아졌을 테니까요. 하지만 좋은 교훈이 되었습니다. 맥퍼슨은 새로운 기계가 필요하다고 자주 주장했었는데, 드디어 그것을 사들여야 할 것 같습니다. 그것만 있었다면 당신네 일을 맡을 가능성이 좀더 있었겠지요."

블렌트는 마음을 놓은 듯했다.

"이해해 주시니 오히려 미안한 마음이 드는군요. 아무튼 실제적으로 당신에게 별지장이 없는 것 같아 우선 마음이 놓입니다."

"전혀 그렇지 않다고 할 수는 없지만, 그 때문에 파산하지는 않을 겁니다."

그리고 찰스는 미소지었다.

그러나 찰스의 머리에 있던 것은 바로 그 일이었다. 그런 만큼 겉으로 보기에 아무렇지도 않게 점심식사 자리에서 대화를 나누고 잡담에 끼어들었다는 것은 그의 자제력이 얼마나 강한지 말해 주고 있었다.

벤더 앤드 톨세트 회사 이야기를 비롯하여 잠시 동안 사업 이야기가 오가더니 어느새 화제는 크리켓으로 옮겨졌다. 그 이야기로 한바탕 꽃을 피웠다. 스팀슨과 다른 두 사람은 다음 토요일에 요크셔 켄트를 물리치는 것——스팀슨은 그렇게 말했다——을 보기 위해 리즈에 갈 작정이라고 말했다. 그들은 마치 초등학생처럼 크리켓 군대항 대회를 놓고 떠들어댔다.

점심식사가 끝나자 사람들은 끽연실로 자리를 옮겼다. 미인 여종업원이 커피를 날라오자 그들은 작은 무리로 나뉘어져 더욱 친밀한 대화를 나누기 시작했다.

은행지점장 위덜로와 정치 토론을 하고 있던 찰스는 그를 한쪽 구석으로 데리고 갔다.

찰스는 정부의 부정에 대한 이야기가 일단락되자 말했다.

"어제 오후 당신을 찾아가려고 했었지요. 내 용건은 2, 3분이면 끝납니다. 여기서 이야기하면 서로 시간을 벌 것 같아서요."

위덜로는 선뜻 응했다.

"좋습니다. 여기가 편리하시다면 어서 말씀하시지요."

찰스는 천천히 여송연을 피웠다.

"실은 새 기계를 세 대쯤 공장에 넣으려고 생각 중입니다. 얼마 전부터 그 문제에 대해 검토를 하고 있었습니다만, 그때가 가장 좋은 시기라고 보지 않았었지요. 그런데 그것이 잘못임을 알았습니다. 한 달 전에 새 기계를 사들였어야 했습니다."

"당신 공장은 꽤 최신식이라고 생각하고 있었는데요."

"그렇다고 할 수도 있지만, 역시 그다지 좋지 않습니다. 위덜로 씨, 이것은 비밀 이야기입니다만, 우리 회사가 블렌트 매그너스 회사의 시설 전환 입찰에서 탈락되었다는 것을 지금 알았습니다. 그 이유는 새로운 기계를 구입해 놓지 않았기 때문입니다. 그 기계만 있었다면 우리는 낙찰자의 입찰가격보다 훨씬 싼 가격으로 응찰할 수 있었을 겁니다."

위덜로는 입속으로 중얼중얼 정중하게 유감의 뜻을 나타냈다. 찰스는 말을 이었다.

"그것은 모두 내 잘못이니 이제 와서 불평할 수도 없지요. 퍼킨슨 회사는 매우 근대적인 시설을 갖추고 있기 때문에 낙찰을 따냈습니다. 그 기계만 있었다면 나도 그를 이겨낼 수 있었을 겁니다. 첫째, 우리의 수송비가 훨씬 싸게 먹히거든요."
"당신 회사는 인재도 잘 갖추고 있지요?"
"아주 뛰어납니다. 이 지방 어디에든 나는 그들을 추천할 수 있습니다."
"이번 일은 참으로 안됐군요. 당신 일은 제쳐놓고라도, 돈이 이 거리에서 나가지 않도록 막고 싶었는데……."
찰스는 고개를 끄덕였다.
"물론 나도 유감입니다. 하지만 그 일에 대해서는 마음 쓰지 않겠습니다. 지금 말했듯이 우리가 잘못 생각하고 있었음을 알았으니 그 잘못을 고치기만 하면 되니까요. 그래서 말씀인데, 용건이란 바로 이것입니다, 위덜로 씨. 사정이 허락한다면 그 기계 구입비를 당신이 조달해 주셨으면 합니다."

위덜로는 매우 난감한 표정을 지었다. 그는 대답하기 전에 느릿느릿 주의깊게 담배를 파이프에 채웠다. 마침내 그것이 만족스럽게 채워지자 그는 고개를 들었다.

"스원번 씨, 사실 다른 어느 분보다도 당신을 도와드릴 수 있다면 나로서도 기쁘겠습니다. 하지만 당신도 아시다시피 지금은 아주 상태가 좋지 않답니다."
찰스는 고개를 끄덕였다.
"알고 있습니다. 물론 무리한 부탁을 드릴 생각은 없습니다. 그 정도의 돈이라면……. 아니, 그 이상이라도 돌아가신 아버지가 갖고 계시던 그림을 두세 점 팔면 쉽사리 조달할 수 있습니다. 그러나 당신도 이해해 주시겠지만 정말로 부득이한 때 말고는 그렇게 하고 싶지 않기 때문이지요."

위덜로는 상대에게 들리지 않도록 살짝 휘파람을 불었다.
"그 기계는 대체 얼마나 합니까?" 하고 그는 물었다.
"약 1천 파운드 있어야 합니다. 기계는 8백 파운드 정도지만, 그것을 설치하는 데 2백 파운드쯤 들지요."
"그렇다면 그리 큰 액수는 아니군요. 더 많이 들 줄 알았는데……"
"겨우 세 대인걸요. 선반 두 대에 슬로터 한 대. 다른 시설은 그런대로 쓸 수 있습니다. 세 대의 낡은 기계에 무언가 이상이 있어서가 아니라 시간을 절약하는 최신식 장치가 없기 때문입니다. 요즈음은 그 점이 중요하거든요."
은행지점장은 잠시 사이를 두었다가 물었다.
"그 담보는?"
찰스는 어깨를 움츠렸다.
"지금까지의 대부로 당신네 은행에 잡혀 있는 것과 같은 담보지요. 공장 전체가 담보로 되어 있는데, 물론 이 새 기계도 함께 포함됩니다. 이거라면 설마 달아나지는 않을 테니까요."
여기에 대해 위덜로는 그다지 달가운 표정을 짓지 않았다. 그래도 그는 곧 대답했다.
"어쨌든 이사회를 열어 의논해 보기로 하지요. 아시다시피 이런 일은 이사회에서 최종적인 결정을 내리니까요. 되도록 잘 설명해 보겠습니다. 결과는 나중에 알려드리지요. 이사회에 제출할 서류를 한 통 마련해 주시겠습니까?"
찰스는 어깨를 으쓱했다.
"그렇게 하는 것이 당신에게 편리하다면 해드리지요. 당신에게 모든 것을 맡기는 데 대해 나는 조금도 이의가 없습니다."
"그럼, 힘써보겠습니다."

위덜로는 일그러진 미소를 지었다.

"문제는 다른 사람들도 나와 같은 의견을 가지고 있어야 한다는 점입니다."

"물론 그렇겠지요."

그리고 화제는 다른 방향으로 옮아갔다.

찰스는 되도록 고개를 번쩍 들고 태평스러운 태도를 취했으나 이 회견의 결과에 대해 완전히 낙관하고 있지는 않았다. 어쩌면 이 요구는 거절당할지도 모른다. 물론 가장 감정을 상하지 않게 하는 방법으로 거절해 오겠지만, 그것도 거절임에는 틀림없다. 찰스는 생각했다.

'위덜로는 내 본심이 어디 있는지, 즉 기계를 사기 위해서가 아니라 돈이 필요해서라는 점을 꿰뚫어 보았을까?'

어쨌든 찰스는 일을 진행시키기 위해 돈이 필요했다. 결혼을 하든지, 아니면 결혼할 가망이 없다는 생각이 들 만큼 유나 멜러가 자기를 차버리든지 둘 중 어느 한쪽에 다다를 때까지 밀고 나가야만 했다.

이것이 정직하지 못한 위태로운 줄타기라는 점을 찰스는 깊이 생각해 보지 않았다. 그는 다만 한 가지에 대해서만 생각할 뿐이었다. 그는 유나를 갖고 싶었다. 유나를 얻기만 하면 그녀와 함께 돈도 들어온다——돈이 본디 목적이 아니라 하더라도. 그녀를 잃는다면 다른 일 따위는 아무래도 좋다. 자신의 흥망 따위는 아무래도 좋은 것이다.

아니, 아직 맥을 못 추게 된 것은 아니다. 반드시 노던 캘런티즈 은행만 의지해야 한다는 법도 없으니까. 그는 어느새 사람들이 사라져버린 방을 둘러보았다.

'저런, 보스톡은 벌써 가버린 모양이군, 좀더 있다 그를 따라가보자.'

앤소니 보스톡은 콜드 피커비에서 여러 가지 역할을 하고 있었다. 그는 우선 주식중매인이었다. 그러나 이 직업 외에도 여러 가지 일——이편이 더 벌이가 좋은 듯하지만——을 하고 있었다. 중개업을 하고 있었던 것이다.

무언가 색다른 일을 해야 할 일이 생기면 누구나 보스톡을 찾아갔다. 그는 동작이 빠르고 일도 능률적이었으며 또한 매우 치밀했다. 사람들은 그가 있어 주기만 하면 모든 일이 문제없이 잘된다고 믿었다. 그러나 만일 그가 자기 생각을, 장사의 비밀을 털어놓았다면 아마 사람들은 대부분 거기서 발을 씻고 싶어질 게 틀림없다.

지금 찰스의 관심을 끈 보스톡의 부업이란 돈을 빌려주는 것이었다. 보스톡은 누구에게든 '약속어음만 받고도' 기꺼이 돈을 빌려준다는 평판이 나 있었다. 물론 찰스는 '누구에게든'이라는 말에 한계가 있음을 알지만, 자기라면 그 한계에서 벗어나지 않으리라고 생각했다.

클럽을 나오자 모올 장에서 하이 스트리트를 지나 시청 모퉁이를 돌아서 좁은 골목길로 접어들었다. 두 채 건너에 보스톡의 사무실이 있었다.

찰스는 문을 열고 들어갔다.

보스톡은 태도가 부드럽고 통통하게 살찐 키 작은 사람이었다. 그는 찰스를 상냥하게 맞이했다.

찰스는 이야기를 꺼냈다.

"점심식사 뒤 당신에게 잠깐 할 이야기가 있어 찾아보니 벌써 가셨더군요. 어떻습니까, 경기는?"

보스톡은 그리 좋지 않다고 말했지만, 진심으로 그렇게 생각하고 있는 것 같지는 않았다.

"벤더 앤드 톨세트의 배당이 인하되어 곤란을 겪게 될 것 같습니다. 나는 상당한 액수의 주식을 가지고 있거든요. 아주 큰 액수지요."

찰스가 말했다.

"나도 좀 가지고 있습니다. 다행히 그다지 대단치 않은 액수입니다만, 그래도 요즈음에는 한푼이 아쉽지요. 실은 내가 이렇게 찾아온 것도 그런 문제 때문입니다."

"아무튼 뵙게 되어 기쁩니다. 말씀해 보시지요."

보스톡은 여송연 상자를 내밀었다.

"고맙습니다만, 나는 궐련을 피웁니다."

보스톡은 다른 상자를 꺼냈다. 두 사람은 궐련에 불을 붙였다.

"무슨 일이신지 내가 도움이 될 수 있다면 좋겠습니다만, 스윈번 씨. 어떤 용건이십니까?"

찰스는 희미하게 미소 지었다.

"무엇일 것 같습니까, 보스톡 씨? 돈이지요. 돈이 좀 필요해서 왔습니다."

보스톡도 조금 웃어보였다. 그리고 그는 말했다.

"이런 때에도 세상에는 돈이 득실거린답니다. 우리가 붙잡을 수만 있다면 말씀입니다만, 무슨 일 때문에 돈이 필요하신지요."

"실은 기계 때문입니다."

찰스는 위덜로에게 설명한 것을 다시 되풀이했다. 보스톡은 조금도 흥미 없는 모양이었다.

"그 기계만 있으면 경쟁 상대를 이길 수 있다고 생각하시는 것 같습니다만, 그러나 스윈번 씨, 그렇다고 주문이 마구 들어온다는 보장이 있습니까? 내가 보기에는 그것이 생각지 못한 장애가 될 것 같은데요. 아마 일거리가 전혀 없을 겁니다."

찰스는 쓴웃음을 지었다.

"당신은 확실히 대단한 낙천가로군요. 일거리가 전혀 없다면 우리가 무엇을 빌리든 빌려주든 아무 소용없다는 이야기가 됩니다. 우리 모두 함께 망해버리겠지요. 하지만 그렇지 않습니다. 그 점은 당신이 잘못 생각하고 계신 겁니다, 보스톡 씨. 일거리는 반드시 있습니다. 그리 많지 않을지는 모릅니다만."

"그렇다면 얼마나 좋겠습니까. 하지만 직접 해보지 않고는 돈이 벌릴지 안 벌릴지 알 수 없지요. 당신도 나와 마찬가지로 잘 알고 계시겠지만, 세상 사람들의 일반적인 고민이 바로 주문의 부족에 있으니까요."

"그것은 잘 알고 있습니다. 하지만 그렇다고 해서 눈앞에 다가오고 있는 것을 붙잡아선 안된다는 이유가 되지는 않겠지요."

"그야 물론 그렇지요. 해보셔야지요. 하지만 솔직히 말해서 스윈번 씨……."

보스톡은 거북한 듯이 잠깐 말을 끊었다.

"나로서는 누구보다도 당신을 도와드리고 싶습니다. 하지만 내 재정상태가 과연 당신이 원하는 액수만큼 융통해 드릴 수 있을지 모르겠습니다. 당신에게는 말씀드리지 않았지만, 실은 지금 뼈아픈 타격을 받고 있답니다. 벤더 앤드 톨세트 때문만 아니라 그 밖의 여러 방면으로 말입니다. 이를테면 스웨덴 성냥에도 좀 투자했고, RMSP에도 좀 넣었지요. 게다가 전시공채를 교환하는 데도 얼마쯤 차질이 생겼답니다. 그건 그렇고, 당신은 담보로서 공장을 제공하시겠지요?"

"내 생각은 그렇습니다."

"그렇다면 공장을 저당잡히겠다는 말씀인데, 이미 저당되어 있지 않습니까?"

"아니, 아직 저당되어 있지 않습니다. 은행에 빚이 조금 있어 담보로 내놓기는 했습니다만, 그 액수가 얼마 안됩니다."
보스톡은 고개를 끄덕였다.
"확실히 알지는 못합니다만, 스윈번 씨, 아무래도 좀 무리인 듯해서 걱정이 되는군요. 언제까지 대답해 드리면 되겠습니까?"
"글쎄요, 딱잘라 말씀드리기는 곤란합니다만, 그리 급하지는 않습니다. 하지만 되도록 빠른 편이 좋겠지요."
보스톡은 분명히 구원받은 듯한 표정으로 대답했다.
"곧 손써보지요. 우리 쪽 상황이 어떻게 되어 있는지, 변통할 수 있는지 어떤지 조사해 보고 틀림없이 내일 오전 중으로 알려드리겠습니다."
"그래 주신다면 고맙겠습니다, 보스톡 씨."
"아까도 말씀드렸듯이 나로서는 어느 누구보다도 당신의 요구를 들어드리고 싶습니다. 그건 그렇고, 토요일에 시합 구경을 가시지 않겠습니까?"
적당히 이야기의 결말을 짓고 찰스는 그곳을 나왔다. 이것 역시 헛일이었다! 보스톡이 어떤 대답을 해올지 다음날 아침까지 기다릴 필요도 없었다. 찰스는 마치 머리를 한 대 세게 얻어맞은 듯이 이 거절에 견딜 수 없는 고통을 느꼈다.

그러나 아직 또 한 가지 수단이 남아 있다. 절대적인 마지막 수단이지만, 잘만 하면 가장 가능성 높은 수단이다. 그러나 잘못하면 가장 위험한 수단이기도 하다.

앞에서도 말했듯이 앤드루 클라우더는 전쟁의 물결을 탄 호경기 뒤에 19만 파운드의 재산을 지니고 사업에서 물러났다. 그는 아직 그 무렵 사들인 모트 장에서 살고 있었다. 조용히 검소하게 살고 있으므로 아직도 부자이리라.

그가 사망한 뒤 그 재산의 절반은 찰스의 손에 들어오기로 되어 있었다. 앤드루 클라우더는 자기 딸 엘시와 찰스를 유산 상속인으로 하겠다고 여러 번 말했었다. 이 외숙부가 죽으면 6, 7만 파운드쯤은 기대할 수 있으리라고 찰스는 믿었다. 순조롭게 되기만 하면 바라는 대로 될 것이다.

그러나 찰스에게는 반드시 순조롭게 된다는 보증이 없었다. 이 외숙부는 성질이 유별나서 아주 신중하게 다루어야 했다. 이 노인은 반드시 인색하다고 할 수는 없으나 금전의 가치를 꽤 높이 평가하고 있었다. 그런 만큼 그가 '자격없다'고 생각하는 사람에게는 결코 재산을 남겨주지 않을 것이다. 그런데 앤드루의 인생관으로 볼 때 '자격없다'는 것은 사업의 실패에 의해 증명되기 때문이다.

찰스는 외숙부의 성격——아니, 그 노인이 입에 올린 말로 미루어 보아 만일 자기가 사업에 실패하면 아주 적은 액수밖에 돌아오지 않으리라는 것, 그 나머지는 모두 외사촌 누이동생에게 넘겨지리라는 것을 잘 알고 있었다. 앤드루는 무일푼으로 회사를 일으켜 크게 성공한 사람이다. 한창 번성하고 있는 회사를 물려받아 그것을 유지하지 못했다면 외숙부는 결코 그를 인정하지 않을 것이다.

찰스가 앤드루에게 가서 결국은 자기에게 돌아올 것이나 조금만 먼저 달라고 말하는 건 간단한 일이다. 그 액수가 많지 않으니까. 그러나 노인은 그렇게 생각하지 않을 것이다. 미주알고주알 캐물어 전체적인 사정을 듣지 않고는 승낙하지 않을 것이다. 그렇게 되면 자기의 앞날에 닥칠 결과가 어찌될 것인지 찰스는 잘 알고 있었다.

그러므로 모든 일은 이 노인을 어떻게 다루느냐 하는 데 달려 있었다. 찰스가 이 문제를 납득되도록 설명하면 한마디의 군소리도 듣지 않고 필요한 액수를 얻을 수 있을지 모른다. 그러나 만일 잘못하면 이 회견은 단순한 거절에 그치는 게 아니라 유산상속마저 무효로 만들 가능성이 있다. 그러면 유나를 잃는 결정적인 결과가 되리라는 것은 두말할 나위도 없다.

 찰스가 오늘에 이르기까지 외숙부에게 그런 요구를 하지 않은 것도 이런 까닭에서였다. 그러나 만일 위덜로도 보스톡도 모두 거절해 온다면 운을 하늘에 맡기고 부딪쳐보는 수밖에 없다고 생각했다.

찰스, 결혼을 신청하다

 찰스가 외숙부와 부딪쳐보겠다고 결심한 다음 맨 먼저 만난 사람이 공동 유산상속자인 엘시의 남편이었다는 것은 인생에서 이따금 일어나는 우연의 하나였다.

 어떤 뜻에서 보면 그는 자기의 공동 유산상속자를 만났다고 할 수도 있을 것이다. 왜냐하면 엘시와 피터는 서로 깊이 사랑하는 부부이며, 엘시가 상속받는 돈은 모두 그 남편이 마음대로 처리할 수 있었기 때문이다.

 피터 몰리는 처음 얼마 동안 농장경영에 성공했으나, 나중에는 그 이익이 꽤 줄어들고 있음을 찰스는 알아차렸다. 그것은 영국 농업이 큰 불황기를 맞이하기 전부터였다. 지금은 다른 사람들도 피터의 운이 기울어지고 있음을 느끼고 있다. 그러나 겉으로는 그런 내색을 조금도 보이지 않았고, 또한 이 두 사람 사이에서 그 문제에 대해 이야기를 주고받은 적도 없었다.

 찰스는 이 외사촌 매부와 그리 자주 만나지 않았다. 왜냐하면 두 사람은 서로에게 매력을 느끼지 못하고 있기 때문이었다. 찰스에게는 피터가 도량이 좁고 사교성이 없으며 자기 일, 자기 문제에만 매달려 있는 사람으로 보였다. 반대로 피터는 찰스를 진지함과 동정적인 관심이 결여되어 있는 사람으로 보았다. 그러나 두 사람 사이에 틀어질 만한 일은 거의 없었다. 다만 서로 융합되는 기분이 되지 못했을 뿐이다.

찰스는 보스톡의 사무실에서 공장으로 돌아가다가 담배를 사기 위해 담배가게 쪽으로 향했을 때 마침 거기서 나오는 피터와 마주쳤다.

찰스가 먼저 인사했다.

"여어, 피터! 꽤 오랜만이군. 무슨 좋은 일 없나?"

피터는 부쩍 늙고 야윈 것 같았다. 그는 우울한 얼굴로 고개를 저었다.

"없네, 찰스, 좋은 일이 전혀 없어, 자네는 어떤가?"

"비틀거리고 있다고 해야 옳을 것 같네."

찰스가 담배가게로 들어가자 피터도 따라 들어왔다. 이야기가 하고 싶은 모양이었다.

찰스가 그에게 물었다.

"뭔가 난처한 일이라도 생겼나?"

피터는 찰스가 담배를 살 때까지 대답하지 않았다. 가게에서 나오자 그는 우울한 목소리로 말했다.

"톰프슨을 내보내야 하게 되었다네."

"톰프슨을? 자네의 운전 기사 겸 하인 겸 정원사인 그 쓸모 많은 팔방미인을 말인가? 저런! 나는 그를 자네의 가장 유능한 부하로 생각하고 있었는데."

"물론 그렇지. 틀림없이 그는 유능한 사람일세. 하지만 그를 데리고 있을 만한 여유가 이제 없어졌다네."

찰스는 놀라서 상대를 바라보았다.

"놀랍군. 그렇게까지 경기가 나쁜가?"
피터는 풀이 죽어서 말했다.
"이 이상 더 나빠질 수 없는 데까지 와 있다네. 툭 터놓고 말하지만, 대체 앞으로 어떻게 해야 할지 나 자신도 모르겠네, 찰스."
"그거 참, 안됐군, 피터."
"올해는 그 어느 때보다도 심해. 수확은 좋았지. 거의 모두 평년작 이상이었으니까. 그런데 그것이 문제란 말일세, 시장에 내놓아도 값이 맞지 않아. 이러다가는 결과가 어떻게 될지 짐작도 할 수 없네."
"그렇다면 썩어버리겠군."
"자네의 일이 땅을 상대로 하는 장사가 아닌 데 대해 감사해야 할 걸세. 자네도 알다시피 토지에 대해서는 몇 년째 이러쿵저러쿵 논란이 거듭되어 왔고 정부도 이 문제 때문에 늘 머리를 앓고 있지만, 무슨 좋은 방안이 없는 모양일세. 이러다가는 영국에 농사짓겠다는 사람이 하나도 없게 될 것 같네."
"공업도 역시 마찬가지라네. 지금 막 듣고 오는 길이네만, 벤더 앤드 톨세트가 배당을 절반으로 낮추었다고 하더군."
피터는 그를 보았다.
"설마, 정말인가? 그렇다면 자네도 타격을 입겠군."
"그렇다네. 하지만 다행히도 그다지 심하지는 않아. 조금 가지고 있긴 해도 큰 액수는 아니니까."
"그렇겠지. 자네의 장사는 잘만 하면 꽤 괜찮은 노다지를 캘 수 있을 테니까. 하지만 나는 야단났네."
피터는 주위를 둘러보고 목소리를 낮추었다.
"그래서 나는 운을 하늘에 맡기고 최후의 방법을 써야겠다고 결심했네. 장인에게 한 번 부딪쳐볼 생각일세."

찰스는 놀란 표정을 감추려고 애썼다. 이것은 정말 마음에 들지 않는 말이다. 만일 피터가 앤드루 클라우더에게 도움을 구하면 같은 일을 계획하고 있는 자기에게는 가망성이 없을지도 모른다. 어떻게든 피터가 자기보다 나중에 부탁하도록 미루게 해야겠다고 생각했다.

"앤드루 외숙부님에게서 대단한 게 나오려구."

"그렇지 않을 걸세. 엘시를 위한 일이기도 하니까. 게다가 나는 그리 큰 돈을 요구하려는 것은 아니거든. 어차피 나중에 엘시에게 돌아올 몫을 조금만 미리 융통해 달라는 것뿐이니까."

"그럼, 어째서 엘시가 직접 말하도록 하지 않나?"

피터는 머뭇거렸다. 이윽고 그는 대답했다.

"실은 아직 경기가 얼마나 나쁜지 엘시에게는 말하지 않았다네. 엘시에게까지 걱정시키고 싶지 않았기 때문이지."

찰스는 고개를 저었다.

"나라면 앤드루 외숙부님을 건드리지 않겠네."

"어째서 그렇게 생각하나? 장인이 만일 내키지 않으면 거절하시면 그만일 텐데."

찰스는 날카롭게 말했다.

"바로 그것이 자네가 잘못 생각하는 점일세, 피터. 그런 것을 기대하고 있다면 자네는 터무니없는 큰 실수를 저지르는 결과를 가져올지도 모르네. 자네도 나도 그 노인의 기분을 어지럽혀서는 안되네. 자네가 그런 부탁을 한다는 것은 즉 엘시가 한 것과 같은데, 노인은 엘시와 내가 공동 유산상속인으로 되어 있다고 말씀하셨지. 그런데 그것을 절대로 바꾸지 않는다는 보장이 없거든. 노인이 생각을 바꿀 수도 있지 않겠나?"

"하지만 그렇게 하시지는 않을 것 같은데……."

"그럴까? 아닐세, 당장 바꿀지도 모르네. 자네도 능률이니 뭐니

하는 일에 대한 노인의 생각을 알고 있겠지? 만일 자네가 가서 농장경영에 실패했다고 말한다면 노인이 어떻게 나올 것 같은가?"

피터는 대답하지 않았다. 확실히 그는 이런 사태에 대해서는 생각지 못했던 것이다.

찰스는 자기의 말이 가져온 효과에 만족했다. 그는 교묘하게 말을 이어나갔다.

"그야 물론 자네는 노인을 자네에게 편리한 방향으로 끌고 갈 수 있을지도 모르지. 하지만 거기에는 위험이 따르네. 노인은 대뜸 딱 잘라서 말할지도 모르네. '사위는 자기 사업을 제대로 보살피지 못하는 사람이군. 그런 사람의 뒤치다꺼리나 하기 위해 나의 귀중한 돈을 처넣을 수는 없어' 하고. 절대적이라고 단언할 수는 없지만 내가 자네 입장이라면 이제 이 수단밖에 없다고 생각되지 않는 이상 그 노인에게 가지 않겠네."

"그것이 바로 나의 마지막 수단이라네, 지금으로서는."

"기운내게, 피터. 아직 거기까지 이르지는 않았을 걸세. 엘시가 받을 유산을 담보로 돈을 빌 수도 있잖나?"

"그 점에 생각이 미치지 못할 만큼 내가 바보인 줄 아나? 맨 먼저 해본 일이었네. 하지만 글렀어."

찰스는 자기도 같은 것을 해보았기 때문에 이해할 수 있다고 말하지는 않았다.

"그럼, 농장을 팔고 불경기가 걷힐 때까지 검소하게 살면 어떤가? 노인이 언제까지나 살아 계실 것도 아니니까."

"그거 참, 좋은 생각이군, 확실히 좋은 생각이야. 단 자네가 살 사람을 물색해 준다면 말일세. 사실은 노스 폴을 팔 수 있는 좋은 기회가 있었다네."

"그렇다면 그 일에 대해서는 자네가 더 잘 알겠군. 어쨌든 내가 자네 입장이라면 앤드루 외숙부님에게 부딪쳐보는 것만은 삼가겠네."

찰스는 이쯤 말해 두면 충분하다고 생각하자 화제를 돌렸다. 그가 지금 이런 이야기를 한 것은 피터에 대한 불친절이나 성의없는 감정 때문이 아니었다. 피터가 미련하게도 장인에게 그런 요구를 하면 노인은 화를 낼 뿐 아니라 자기마저 성공의 기회를 잃게 될지 모른다고 진심으로 믿었기 때문이다. 자기라면 좀더 능숙하게 노인을 다룰 수 있고, 잘만 하면 자기뿐만 아니라 피터에게도 이득이 되게 할 자신이 있었다. 만일 앤드루 노인이 자기에게 유산을 미리 내준다면 같은 사정에 놓인 피터의 요구를 거절할 이유가 없을 것이다.

한순간 찰스는 피터와 공동전선을 펴고 싶은 유혹을 느꼈으나 곧 그것은 좋지 않다는 것을 깨달았다. 첫째, 자기가 그보다 이 문제를 잘 다룰 수 있다는 것을 피터는 인정하지 않을 것이다. 둘째, 자기가 곤경에 처해 있다는 것을 피터에게 알리는 것은 현명하지 못하다. 피터가 일부러 배신하지는 않는다 하더라도 무심히 정보를 흘릴 염려가 있었기 때문이다. 비밀을 유지하는 최선의 방책은 그대로 비밀에 붙여 두는 것이다.

찰스가 말했다.

"공장까지 다 왔는데, 사무실에 들어가서 한잔하지 않겠나? 다른 해결책이 없는지 좀더 생각해 보세."

피터는 갑자기 걸음을 멈추더니 자기 시계를 들여다보고 거절했다——찰스가 바란 대로.

"아닐세, 그만두겠네. 클로스비와 만날 약속이 되어 있어서…… 자네를 만나서 반가왔네. 언제 한 번 집에 들러 주지 않겠나?"

"글쎄, 되도록 며칠 안에 한 번 가보도록 하지. 엘시와 아이들에게 안부 전해 주게."

두 사람은 손을 흔들고 헤어졌다. 찰스는 자기 공장 쪽으로 급히 갔고, 피터는 하이 스트리트로 되돌아갔다.

찰스는 세심한 주의를 기울여 끼얹은 찬물이 피터의 머리에서 앤드루 노인에게 도움을 청하려던 열을 어느 정도나 식혀주었을까 생각해 보았다. 두 사람이 우연히 만난 것은 서로에게 정말 다행한 일이었다. 찰스가 먼저 발을 내딛게 된다면 그야말로 행운이다. 만일 자기가 앤드루 노인에게서 돈을 얻어낼 수 없다면 누구든 성공할 가망성이 없다고 찰스는 믿고 있었다.

찰스는 이제부터라도 곧 모트 장에 가서 자신의 운을 시험해 보고 싶은 유혹을 강하게 느꼈다. 하지만 좀더 깊이 생각해 보고, 이것이 얼마나 미친 짓인가를 깨달았다. 앤드루 노인은 다그침받기를 몹시 싫어한다. 그리고 이렇게 성급하게 구는 것은 자신이 얼마나 위급한 처지에 놓여 있는가를 드러내는 일이므로 매우 불리하다. 앤드루 노인은 더욱 의심하며 단순하게 받아들이지 않을 것이다. 그러므로 이 문제는 적당히 준비한 다음에 착수해야 한다. 그 준비는 곧 이루어졌다.

사무실에 이르자 그는 모트 장으로 전화를 걸었다. 집사의 힘없는 목소리가 대뜸 들려왔다.

"안녕하시오, 웨더랩, 앤드루 외숙부님은 오늘 좀 어떻소?"

앤드루 노인의 건강상태는 여느 때와 다름없는 모양이었다. 서재에서 책을 읽고 계시니 이야기하기에 적당하다며 전화를 돌려 드리겠다고 웨더랩은 말했다.

곧이어 찰스의 귀에 가냘픈 외숙부의 목소리가 들려왔다.

두 사람은 서로 인사를 나누었다.

이윽고 찰스는 용건을 말했다.

"실은 공장 일에 대해 잠깐 외숙부님께 말씀드리고 싶은 일이 있는

데, 언제가 좋을지 여쭤보고 싶어서 전화드렸습니다. 그다지 급한 일은 아닙니다. 언제라도 좋으니 만나뵐 수 있는 시간을 알려주시 겠습니까?"

이 말은 찰스가 기대했던 반응을 가져다주었다.

"내가 뭐 그리 까다로운 사람이라고 그러느냐, 찰스. 너도 알다시피 지금 나는 만날 약속 때문에 지쳐 있거나 시간이 없는 상태가 아니다. 너는 언제쯤이 좋으냐?"

"다음 주에는 안됩니다. 하지만 내일은 마침 요크에서 점심식사를 하기로 되어 있으니 형편 좋으시다면 돌아오는 길에 들르고 싶은데요."

다음날 오후에는 앤드루 노인도 지장이 없었다. 찰스도 알고 있는 일이지만 4시 30분에 차를 마시게 되어 있으니 그 조금 전에 오는 게 어떻겠느냐는 대답이었다.

여기까지는 그럭저럭 잘되었다. 찰스는 우선 후유 안도의 숨을 내쉰 다음 서류를 들여다보기 시작했다. 점심식사하러 나간 동안에 많은 서류가 쌓여진 것이다.

그날 밤에는 찰스의 생애에서 가장 큰일이 일어날 예정이었다. 오후 시간이 느릿느릿 지나감에 따라 그는 차츰 불안해 하고 흥분하기 시작했다. 지난 사흘 동안 유나를 만나지 못했다. 하지만 오늘 밤에 만나기로 약속되어 있었다. 두 사람 모두 클로라 백작부인의 자선무도회에 초대받은 것이다. 그것은 사교계에서 가장 성대한 연중행사로, 콜드 피커비에서 약 5마일 떨어진 클로라 저택에서 개최된다.

유나는 어떤 태도로 맞아줄까? 지난번 만났을 때는 왠지 쌀쌀한 것 같았다. 여느 때보다도 더 쌀쌀했다. 그런 느낌이 든 것은 그녀가 진심으로 그에게 친밀하게 대해주지 않았기 때문이리라. 오늘 밤에야말로 자신의 입장을 분명히 알게 될 것이라고 그는 생각했다.

사실 찰스는 오늘 밤에 자기의 운명을 똑똑히 알아보고 싶어서 견딜 수 없었다. 지금 참아내고 있는 이 의심하는 생각보다 더 괴로운 것이 있을까? 비록 결정적인 거절을 당하더라도 똑똑히 알아버리는 편이 낫다.

 그러나 그것이 잘못임을 그는 깨달았다. 결정적인 거절은 아무래도 몇백 배 더 나쁘다. 지금 그는 희망에 의지하여 살고 있다. 만일 이 희망이 부서진다면 그것으로 끝장이다. 모든 것이 끝장이다. 인생 자체가 끝나고 만다. 유나 없이는 살아나갈 희망이 없는 것이다.

 '하지만 유나가 내 편이 되어 준다면…….'
 이윽고 하루의 일과가 끝났다. 퇴근시간을 알리는 벨이 울리자 그는 집으로 곧 돌아갔다. 그는 언제나 집에서 공장까지의 1마일이 못 되는 거리를 걸어서 다녔다. 이 운동이 건강을 지켜준다고 믿었기 때문이다.

 그 길은 쾌적했다. 황야 쪽으로 뻗은 언덕길. 게일 골짜기를 잠시 올라가다가 강 쪽을 향해 직각으로 꼬부라지면 길은 골짜기 옆으로 올라가게 된다. 그리고 밤나무며 너도밤나무들이 빽빽한 깊은 잡목숲을 꾸불꾸불 지나가게 된다. 잡목 숲은 차츰 떡갈나무와 느릅나무로 바뀐다.

 찰스는 작은 저택에 혼자 살고 있었다. 롤링즈라는 노인 부부가 그의 살림을 맡아 해주고 있었다. 저택은 언덕 중턱의 쾌적한 곳에 자리잡고 있었다. 집 앞 나무들을 베어 내어서 콜드 피커비 남쪽의 아름다운 경치가 보였다. 바위와 폐허가 된 성과 기복이 심한 평야 저쪽의 요크까지 모두 보였다. 북쪽과 동쪽은 늙은 나무숲이 찬바람을 막아주었고, 그 숲 너머에는 광막한 황야가 있었다. 이 저택과 그 위치와 경치와 애써 가꾸어놓은 정원을 찰스는 더없이 사랑했다. 만일 유나 멜러가 옴으로써 이 저택의 고독이 거두어진다면 여기야말로 지상의 낙원이리라.

저녁식사를 마치고 무도회에 참석할 차림을 하며 그는 공상의 날개를 마음껏 폈다. 만일 유나가 승낙해 준다면 맨 먼저 무엇을 할까? 그렇다. 이 집에 나래를 펼 설계를 하자. 지금은 아무래도 적당치 못하다. 집의 절반, 중요한 방이 몇 개 있는 절반은 좋지만, 현관과 층계와 부엌은 빈약하다. 저쪽 끝에 좀더 큰 응접실과 새 방을 두 개 들이면 나무랄 데 없이 훌륭할 것이다.

찰스는 길흉 두 개의 길을 생각하고 부르르 몸을 떨었다. 그중 하나는 마음 깊숙이 집어넣었다. 유나와의 결혼——그야말로 천국이다. 지상의 낙원이다! 다른 일은 모두 아무래도 좋다. 아니, 또 한 가지 좋은 일이 있다. 돈이 생기는 것이다. 그렇게 되면 지금의 곤경도 어디론가 날아가 버릴 것이다.

'유나와 나'——마음속으로 이 말을 외어보니 훈훈했다——'유나와 나는 집을 증축하는 동안 외국에 가 있자. 안개와 차가운 동풍에서 멀리 떨어져 이집트나 사이프러스나 태양이 빛나는 어느 따뜻하고 평화로운 고장으로 가자. 겨울 동안 가서 지내는 것이 좋겠지. 그리고 봄에 돌아오자. 봄이 되면 모든 일은 잘되어 있을 것이다. 완전무결한 주위 경치에 에워싸인 멋진 저택, 나도 유나도 사랑하는 이 고장으로 다시 돌아오게 된다. 하지만 만일 그렇게 되지 않으면?'

그렇게 되지 않으면 희망없는 폐허와 절망이 있을 뿐이다. 아니, 죽음이 있을 뿐이다. 유나가 없으면 살아갈 희망이 어디 있겠는가? 이 이상 살아갈 목적이 없어진다. 외곬으로 노력을 기울일 일이 없어지는 것이다. 파산한들 대수롭겠는가?

'그렇게 되면 단숨에 끝장을 내버려야겠다. 나는 아마 불면증에 걸릴 것이다. 의사에게서 수면제를 받아야지. 그리고 그 약을 한꺼번에 먹어버리자. 마침내 나는 잠들 것이다. 그리고 그것으로 끝장이 난

다. 아주 쉬운 일이 아닌가······.'

찰스는 좀처럼 하지 않는 일, 특히 유나를 만나러 가기 전에는 하지 않는 일을 했다. 브랜디를 잔에 넘치게 따라 한 방울도 남김없이 마셔버린 것이다. 그러자 기운이 솟아나고 불길한 생각도 사라졌다.

그는 차고로 가서 자동차의 엔진을 걸었다. 다시 냉정과 침착을 되찾았고, 지금부터 갈 무도회를 생각하자 기분이 좋아졌다.

클로라 백작부인의 자선무도회에서 찰스가 한 행동을 일일이 적을 필요는 없을 것이다. 자선무도회란 모두 비슷하며, 이 무도회도 예외가 아니었기 때문이다. 그러나 유나 멜러와 찰스의 만남은 나중에 일어난 무서운 사건과 깊은 관계가 있으므로 얼마쯤 설명해 두어야겠다.

찰스는 유나가 오기 전에 가 있는 편이 좋을 것 같아 조금 일찍 출발했다. 잇달아 도착하는 손님들을 지켜볼 수 있는 자리를 차지하자 그는 브랜디의 힘을 빌어도 여전히 가시지 않는 불안을 안고 유나가 나타나기만을 기다렸다. 만일 그녀가 나타나지 않으면 어떻게 할까? 돌발적인 일, 뜻하지 않은 사건도 있을 수 있다. 실제로 손에 넣기 전까지는 절대로 마음놓을 수 없다. 이런 일에는 절대적인 안심이란 있을 수 없는 것이다.

찰스는 자신도 느끼지 못하는 채 몇 사람에게 인사말을 중얼거리고 있음을 깨달았다. 그러나 그것은 아무래도 좋았다. 이런 시시한 이들은 아무래도 상관없었다. 빨리빨리 지나가 그 혼자 있게 해주면 그만인 것이다.

도착하는 손님들이 차츰 뜸해졌다. 그녀는 아직도 나타나지 않았다. 찰스는 이제 가만히 있을 수가 없었다. 아는 사람을 피하고, 도저히 피할 수 없는 사람은 되도록 재빨리 쫓아버렸다.

마침내 그녀가 왔다.

층계를 올라오는 그녀를 보자 찰스의 심장은 뛰기 시작했다. 드디어 천국의 문이 열리는 것이다!

그러나 찰스는 아직 땅 위에 있었다. 그리고 땅 위에서의 운명의 여신은 한쪽 손이 준 것을 다른 한쪽 손으로 빼앗는 심술궂은 버릇을 가지고 있다. 이 경우가 바로 그러했다. 유나는 모습을 나타냈다. 이와 같은 공식 모임에 나올 때는 언제나 아버지 멜러 대령과 함께 왔었는데, 오늘 밤에는 달랐다. 그녀 옆에서 반들반들하게 손질한 머리에 훤한 이마와 토끼 같은 입매의 프레디 앨럼을 발견하자 찰스의 눈에서 불꽃이 튀었다.

그 순간 찰스는 자기의 장점은 생각지도 않고 다만 프레디가 위험한 경쟁상대임을 뚜렷이 느낄 뿐이었다.

프레디는 게으르긴 해도 근본이 나쁜 젊은이는 아니었다. 예절바르고 착하며 본능적으로 사교성이 풍부했다. 어느 파티에서나 초대측 주부는 그의 참석을 기뻐했다. 그가 나타나면 분위기가 환해지고 따분한 파티도 활기를 띠기 때문이었다. 게다가 언젠가는 부자가 될 가능성도 있었다.

한순간 찰스는 한 대 얻어맞은 듯한 기분이었다. 유나는 그를 보자 방긋 미소 지었다. 그러자 프레디 따위는 이미 없는 거나 다름없게 되었다.

사실 유나는 어느 남자든지 피를 끓어오르게 할 만큼 아름다웠다. 훤칠한 키에 균형잡힌 몸매, 눈이 번쩍 뜨일 정도로 아름다운 금발이 자연스럽게 물결치는 모습이었다. 그 머리카락은 그녀를 더욱 환히 빛나게 했다. 편견없는 관찰자라면 그 머리가 유행에 따라 짧게 커트된 것을 아쉬워하며 한탄할 것이다. 얼굴 생김새도 훌륭했으나 특별히 뛰어나지는 않았다. 그러나 꼭 다문 작은 입매와 푸른 눈은 개성이 총명함을 나타내주었다. 몸가짐에도 기품이 있었다. 그녀가 층계를 다 올라가 방 안으로 들어갈 때까지 그녀를 바라보지 않는 사람은 거의 없었다.

손님들 속에 섞여 있으면서도 다른 사람은 전혀 눈에 들어오지 않는 찰스는 그녀가 클로라 백작부인에게 인사를 마치자 부리나케 옆으로 다가갔다.

그녀는 아무 감정도 담지 않은 채 그에게 인사했다.

"안녕하세요, 찰스. 저어, 프레디 앨럼을 아시지요?"

찰스는 그 구더기 같은 존재에게 눈길을 보내지 않을 수 없었다. 괘씸한 녀석이다. 건방지기 짝이 없는 녀석이다. 마치 자기야말로 그녀의 주의를 끌 권리가 있다는 듯 유나 옆에 꼭 붙어서서 미소짓고 있다니! 만일 소원만 품어도 사람을 죽일 수 있다면 프레디 따위는 당장 무덤으로 돌아갈 것이다.

"유나, 나는 당신이 아버님과 함께 오실 줄 알았습니다. 아버님께서 어디 편찮으신가요?"

"아버님은 우울증에 걸리셨답니다. 이 추위 때문이라는군요. 마침 프레디가 와 주어서 다행이었지요. 그렇지 않았더라면 정말 난처했을 거예요."

"나에게 전화를 걸지 그러셨습니까? 돌아가실 때는 내가 바래다드리지요. 꼭 그렇게 하게 해주십시오. 프레디 앨럼 씨는 스포츠맨이니까 아마 나와 명예를 나누어가질 겁니다. 안 그렇소, 앨럼 씨?"

"유나가 그렇게 하겠다고 말하지 않는 한 안됩니다."

그리고 프레디는 쌀쌀맞게 히죽 웃었다.

유나는 특별히 기뻐하는 듯한 빛이 없었다. 찰스는 이 화제에서 벗어났다.

"그럼, 기마행렬이나 해보실까요?"

그는 이렇게 선언한 다음 춤 상대를 신청하는 가장 중대한 일로 화제를 돌렸다.

그들은 만찬이 끝나자 춤을 추었다.

그런 다음 온실 구석의 사람 눈이 미치지 않는 곳에서 잠깐 쉬자고 그녀에게 권유했다. 그녀는 싫다고 하지 않았다. 두 사람이 온실 구석으로 걸어가는 도중 찰스를 당황하게 만들고 그 때문에 조심성 따위는 대번에 날아가버린 돌발 사건이 일어났다.

여러 가지 꽃을 심은 화분이 놓여 있는 선반 한쪽 구석을 돌아갈 때 유나가 거기에 걸려서 넘어진 것이다. 크게 다치지는 않았다. 누군가 먼저 지나간 사람이 선반에서 화분을 떨어뜨렸던 모양인데, 거기에 걸려서 넘어진 것이다. 그녀는 곧 일어났다. 아니, 일어나려고 했다.

찰스는 그녀가 앞으로 고꾸라지는 것을 보자 대뜸 몸을 날려 손을 내밀었다. 그러나 그 결과를 계산했던 것은 아니었다. 손이 그녀의 살에 닿자 전류 같은 것이 온몸을 달렸다. 마치 둑이 무너져 홍수가 그 근처 일대를 온통 물바다로 만들 듯이 그는 그 전류에 압도당하고 말았다. 때와 장소에 대한 감각도 잃고, 그녀 옆에 있다는 사실 말고는 모든 것을 다 잊고 말았다. 눈깜짝할 사이에 그녀는 그의 팔에 안겨 있었다. 그리고 그의 정열적인 입맞춤이 그녀의 얼굴을 덮었다.

정신이 들었을 때 그의 심장은 마구 뛰고 있었다. 그녀는 아무 저항도 하지 않았다. 화도 내지 않았다. 눈을 감은 채 그의 가슴에 몸을 내맡기고 있었다. 순간 그는 그녀를 으스러지도록 껴안았다. 그러자 그녀가 눈을 뜨고 구슬을 굴리는 듯한 웃음소리를 냈다.

"당신은 늘 이런 짓을 하세요, 찰스? 놓아주세요."

찰스는 강하게 말했다.

"싫습니다. 나의 목숨이 붙어 있는 한 결코 당신을 놓지 않겠습니다!"

"그렇다면 나를 안고 우리집까지 데려다주셔야겠군요."
"그렇게 하겠습니다!"
"바보 같은 말은 그만하세요, 찰스. 누가 와요. 놓아주세요."
"와도 상관없습니다."
"놓아주세요!"
그녀의 목소리는 명령투였다.
"내 말을 똑똑히 들으세요. 내 뜻에 거역하고 거친 짓을 하면 나는 결코 용서하지 않을 거예요."
그는 천천히 그녀의 말에 복종했다. 그리고 처음에 가려고 했던 곳으로 그녀의 손을 이끌고 갔다. 이제 장벽은 이미 걷힌 셈이다.

그는 넘쳐흐르는 사랑과 열망을 계속 이야기해 나갔다. 유나를 처음 보았을 때부터 사랑하게 되었고 그날 이후 사랑은 더욱 더해갈 뿐이었으며 지금으로서는 유나의 사랑만이 문제이다. 만일 유나가 결혼해 주지 않는다면 자기는 살 보람을 잃을 것이며 자신의 운명이 어떻게 될 것인지. 지금처럼 괴로운 의문 상태에 오래도록 놓여 있으면 도저히 살아나갈 수 없을 거라고.

그러나 유나의 냉정한 상식이 그의 정열에 찬물을 끼얹었다. 자신이 진실로 당신을 사랑하고 있는지 어떤지 스스로도 잘 모르나 확실히 좋아하고는 있다. 그러나 당신이 생각하듯 연애라고 할 정도로 사랑하고 있지는 않으므로 당신과 결혼하게 될지 어떨지는 알 수 없다. 그리고 진심으로 사랑하든 않든 그것은 자신의 자유라고 그녀는 말했던 것이다.

그들이 이 문제를 이성적으로 이야기해 나가는 동안 찰스로서는 매우 중대하다고 할 수 있는 문제가 튀어나왔다.

유나는 또렷한 어조로 말했다.
"이런 말을 하면 매우 천박하다고 생각하실지 모르지만, 이 자리에서 말씀드려 두는 편이 나을지도 모르겠군요. 나는 어떤 경우이든지 절대로 가난한 사람과는 결혼하지 않아요. 이것은 반드시 욕심이 많거나 이기적이기 때문만은 아니에요. 나는 자신이 늘 친숙하게 지내던 것이 없으면 행복을 느끼지 못해요. 따라서 나의 남편도 행복하게 되지 못할 거예요. 어려운 상태에서 결혼하면 결국 비참하게 될 게 뻔하니, 그것은 아주 어리석은 짓이에요. 나는 그런 어리석은 짓을 할 생각은 조금도 없어요."

"유나, 그 점이라면 내 경우에는 해당되지 않는다고 생각합니다. 나는 결코 부호는 아니지만, 가난뱅이도 아닙니다. 나와 결혼해 주시면 지금까지 해온 당신의 생활과 큰 차이 없이 지낼 수 있습니다."

찰스가 애원하는데도 그녀는 약혼에 동의하지 않았다. 그래도 그는 절망적인 상태는 아니라고 생각했다.

그날 밤 아니, 다음날 아침 늦게까지 침대에서 몸을 이리저리 뒤척이던 찰스는, 이 세상에서 행복을 차지하려면 지금의 생활을 이어나가는 데 필요한 돈을 손에 넣어야만 한다는 것을 깨달았다.

찰스, 필사적이 되다

 찰스가 내일 요크에서 점심을 들기로 되어 있다고 외숙부에게 말한 것은 사실이었다. 정오 조금 지나 그는 자동차를 꺼내 타고 유서깊은 도시를 향해 떠났다.

 맑게 갠 여름날의 햇볕은 다양한 풍경의 빛깔을 선명히 돋보이게 해주었다. 북쪽에서 조용히 불어오는 산들바람 덕분에 그리 덥지 않았고 공기도 맑았다. 그리고 멀리 또는 가까이 있는 물체들이 마치 돋을새김을 한 보석의 연속처럼 아름답게 떠올라보였다.

 찰스는 깊은 생각에 잠기며 천천히 자동차를 몰았다. 오늘만큼은 아름다운 경치도 눈에 들어오지 않았다. 그래도 아스팔트 길을 달리는 자동차 바퀴의 희미한 울림은 상쾌하게 들려왔다.

 그는 손님으로 초대받은 상공회의소 오찬회에 대한 것도 염두에 없었다. 찰스는 여러 사람 앞에서 연설하는 일에 매우 익숙했다. 아무 준비도 하지 않았지만 막상 닥치면 적당한 말이 생각나리라는 자신이 있었다. 지금 그의 정신이 쏠려 있는 문제는 좀더 개인적인 일이었다. 머릿속에 유나의 생각이 없을 때는 앞으로 있을 외숙부와의 회담이 대신 자리를 차지했다. 이 만남이 중대하다는 건 의심할 여지도 없다. 따라서 터무니없는 실수를 저지르지 않도록 충분히 조심해야만 한다.

'그 노인을 상대로 이런 술책을 써야 하다니, 참으로 한심하군' 하고 그는 생각했다.

앤드루 노인에게 가서 불쑥 손을 내밀며 갖고 싶은 것을 달라고 할 수 있다면 얼마나 좋을까! 하지만 그런 일을 했다가는 큰일난다. 앤드루 노인은 병으로 마음마저 비뚤어져 버렸다. 노인은 지금 현실에서 격리되어 이른바 마음속 세계에 살고 있는 것이다. 요즈음 세상의 변화를 쫓아가지 못한다기보다 따라갈 수 없게 되어 있는 것이다.

모트 장은 품격이 높은 건물이다. 낡긴 했으나 그 이름이 풍기는 것만큼(모트란 성 둘레에 판 못을 말함) 낡지는 않았다. 이 집에서도 찰스의 집에서처럼 울퉁불퉁한 평야를 바라볼 수 있었다. 그러나 찰스의 저택이 더 높은 곳에 있어 전망도 더 좋았다.

모트 장의 네모진 정면이 바깥 세계를 바라보며 서 있었다. 우아한 추녀의 곡선도 돌출부도 내닫이창도 전혀 없지만, 균형과 각도와 위엄을 갖춘 건물이었다. 돌은 풍화작용으로 말미암아 무어라 말할 수 없을 만큼 부드러운 음영을 띠고 있으며, 그것이 주위의 나뭇잎과 아름답게 조화를 이루었다. 과연 속세에서 멀리 떨어진 평화로운 은신처다운 저택이었다.

어째서 '모트 장'이라고 불려지는지 아무도 모른다. 예나 지금이나 집 밖으로 둘러 판 연못 따위는 하나도 없는데. 그러나 이름 같은 건 아무래도 좋았으므로 앤드루 노인은 이 저택을 왔을 때 이름을 바꾸려 하지 않았다. 집과 도로 사이에는 깨끗이 다듬어진 꽤 넓은 잔디밭이 있고, 거기에는 몇 그루의 큰 너도밤나무가 의젓하게 망을 보는 씩씩한 보초처럼 서 있었다. 뒤쪽에는 도로에서는 보이지 않으나 앤드루 노인이 취미삼아 가꾸는 채소밭이 있었다.

하지만 이 작은 저택에서 가장 볼만한 것은 호수였다. 호수 전체가 아니라 절반이라고 해야 할지도 모르겠다. 나머지 절반은 이웃 저택의 소유이기 때문이다. 호수는 꽤 넓어 약 50에이커나 되었다. 이 호수의 가장 큰 매력은 호숫가에 늘어선 나무들과 숲이 울창한 대여섯 개의 섬이었다. 너도밤나무, 떡갈나무, 느릅나무 등이 섬 둘레에 심어져 있는데, 한껏 자라 아랫가지가 수면에 닿았다. 꽤 잘 보존되어 온 듯했다. 모트 장에서 낚시질하는 사람은 없었지만 보트를 넣어 두는 오두막이 있고 보트도 두 척이나 되었다.

찰스가 초인종을 누르자 웨더랩이 나왔다. 웃지도 않는 이 사나이의 무뚝뚝한 얼굴을 보며 찰스는 말했다.

"잘 있었소, 웨더랩? 날씨가 무척 좋군요."

웨더랩은 분명 마음속으로는 내키지 않았겠지만 그 사실을 인정했다.

"오늘 앤드루 외숙부님의 기분은 어떻소?"

"아주 좋으십니다. 죽 누워 계시다가 조금 전에 일어 나셨습니다."

찰스는 웨더랩의 뒤를 따라 현관 홀로 들어섰다. 여유있게 넓고 조화가 잘 이루어진 훌륭한 홀이었다. 홀에서 2층으로 올라가는 층계는 산뜻하면서도 당당한 취향을 보여주고 있었다. 앤드루 노인은 가구들도 아주 수수한 것으로 골라서 보는 사람들로 하여금 편안한 느낌을 갖게 했다.

앤드루 노인의 서재는 2층에 있었다. 웨더랩이 앞장서서 층계를 올라갔다. 그는 고양이같이 소리나지 않게 걸었다. 이것이 찰스의 신경에 거슬렸다. 자신도 모르게 반발이 느껴져 찰스는 마룻바닥이 쿵쿵 울리게 걸으며 크고 명랑한 목소리로 지껄였다. 그러나 웨더랩은 전혀 '반응'이 없었다. 찰스의 떠벌림은 입에서 튀어나옴과 동시에 죽어버리는 것이었다.

찰스가 안내된 서재는 검은 떡갈나무 재목의 반들반들한 판자로 벽을 둘러친 작은 방이었다. 두 개의 창문 가운데 하나에 책상이 붙여져 있었다. 앤드루 노인은 오래 전부터 일을 하지 않고 있었으나 아직도 일하기를 단념하지 않은 척하기를 좋아했다. 그밖의 가구류는 모두 가정적이며 산뜻했다. 카펫은 두껍고 이끼 같았다. 가죽의자는 푹신했고 스프링도 쾌적했다. 벽의 그림들도 값진 것들이었다.

이 집 주인은 안락의자에 앉아 있었다. 찰스는 몇 주일 전에 그를 만났었는데, 그때보다 쇠약해진 것 같았다. 확실히 앤드루 노인은 매우 빠르게 쇠잔해져가고 있었다. 대부분의 병자가 그렇듯이 노인의 건강상태도 좋아졌다 나빠졌다했다. 어떤 때는 걸어다니기도 하고 자동차로 콜드 피커비에 나가거나 멀리 런던까지 여행하는 일이 있는가 하면, 또 어떤 때는 우울하게 방 안에 틀어박혀 꼼짝도 하지 않으며 방문자도 만나려들지 않았다. 공교롭게도 오늘은 그 나쁜 쪽 날인 모양이었다.

"어서 오너라, 찰스."

노인은 가느다란 피리 같은 목소리로 말하고 악수를 하기 위해 축 늘어진 손을 내밀었다.

"나를 찾아 여기까지 오다니, 참으로 뜻밖의 영광이로구나. 그런 영광을 받을 만한 이유도 없을 텐데."

"제가 이렇게 찾아왔다고 해서 그다지 나쁠 것도 없잖습니까?"

찰스는 명랑하게 지껄이며 악수를 했다.

"오늘은 몸이 좀 어떠십니까?"

노인은 호소하는 듯한 목소리로 말했다.

"이렇게 멀리까지 일부러 와달라고 부탁할 생각은 없었는데…… 내가 불러서 왔다고 생각하지는 않겠지?"

찰스는 환한 미소를 지으며 말했다.

"네, 그렇게 생각하지 않습니다. 의논드릴 일이 있어 좀 뵙고 싶다고 지난번에 말씀드렸었지요. 그래서 찾아온 겁니다. 하지만 외숙부님 건강에 대해 전혀 무관심한 것은 아닙니다."

"그야 그렇겠지. 나는 언제나 너의 순수한 친절을 기쁘게 생각하고 있다. 그런데 찰스, 용건이 무엇이냐?"

찰스는 비위를 맞추는 미소 지으며 말했다.

"외숙부님은 아직 건강이 어떠신지 말씀해 주시지 않으셨습니다."

"그랬었군, 웨더랩에게 물어보지 않았니?"

찰스는 느닷없이 큰소리로 웃음을 터뜨렸다.

"웨더랩은 좋은 사람입니다. 저도 크게 경의를 나타내고 있지요. 하지만 외숙부님, 설마 외숙부님도 그가 무엇이나 다 가르쳐주는 사람이라고 생각지는 않으시겠지요? 그보다는 입을 꼭 다물고 있는 굴조개 따위에게나 물어보는 편이 더 나을 겁니다."

"그럴지도 모르겠군. 굳이 말하라면 나는 아주 상태가 좋다고 해야겠지. 건강이 화제에 올랐으니 묻겠는데, 너는 어떠냐?"

"저 말입니까? 고맙습니다, 외숙부님. 저는 매우 건강합니다. 지금도 요크에서 열린 상공회의소 오찬회에 다녀오는 길인데, 여러분들이 외숙부님 안부를 묻더군요."

"물론 너는 그분들에게 걱정끼치는 말은 결코 하지 않았겠지?"

"오늘 돌아가는 길에 들를 참이라고 말했더니 모두들 안부전해 달라고 했습니다. 디그비, 홀트, 글레인저 씨…… 그밖에도 여러분들이 있었습니다."

"그거 정말 감격스러운 일이구나. 그들도 역시 나처럼 감격했겠지만."

"버스웍의 그 사나이가 왔었는데, 여전히 지나치게 굴어 웃음거리가 되었었지요."

찰스는 그 모임에서 있었던 일을 이야기했다.

찰스가 기대한 대로 앤드루는 재미있어했다. 앤드루는 상공회의소의 옛회원들을 알고 있었고, 가끔 그 자신도 오찬회에 참석했던 것이다. 앤드루는 찰스가 예상했던 대로 의심도 잊은 채 감상적인 말투로 옛날일을 회상했다. 그러나 그는 곧 현재로 돌아왔다.

"하지만 네가 이런 이야기나 하러 여기까지 온 건 아니겠지, 찰스? 요크의 오찬회에서 있었던 이야기를 들려주러 온 것은 아니겠지. 안 그러냐?"

찰스도 그것을 인정했다.

"맞습니다. 말씀대로 그렇지는 않습니다. 좀더 개인적인 일로 뵈러 왔습니다. 하지만 그다지 유쾌한 일은 아닙니다. 실은 사업에 대한 일입니다, 외숙부님. 정말 유감스럽습니다만, 좋지 않은 뉴스입니다."

앤드루 노인은 주의깊게 찰스의 이야기를 듣고 있었다. 그는 한마디도 대답하지 않았다. 교활한 건지 멍청한 건지 분간할 수 없는 표정으로 찰스의 말을 기다리고 있었다.

"정말 유감스러운 일입니다만, 저도 다른 사람들과 마찬가지로 요즈음 곤경에 빠져버렸습니다. 일반적으로 모두 그렇습니다만, 여러 가지 경비는 불어나는데 이윤은 줄어들기만 합니다. 벤더 앤드 톨세트의 배당에 대해서 들으셨겠지요?"

"들었다. 벤더는 바보가 아닐 텐데 대체 어째서 건들거리고 다니는지 모르겠구나."

찰스는 때를 놓치지 않고 이 일을 최대한 이용해야겠다고 마음먹었다.

"네, 벤더는 바보가 아닙니다. 하지만 벤더든 톨세트든 사업하는 사람이라면 누구나 어떻게도 손쓸 수 없게 된 것입니다. 불황 때문이지요. 불황…… 바로 그것입니다. 불황이 모두를 이렇게 만들어 버렸습니다."
"너도 불황이라는 생각에 사로잡혀 있는 모양이로구나."
앤드루 노인의 목소리는 떨리고 있었다.
"사업이란 올바른 방향을 향해 열심히 밀고 나가면 번성하고 열심히 일하지 않으면 실패하게 마련이다. 이것은 옛날부터 어떤 경우에나 맞는 말이야. 앞으로도 변함이 없겠지. 아마 벤더는 자기 사업은 돌보지 않고 테니스나 골프만 치러 다닌 모양이다."
"아닙니다. 그 점에 대해서는 외숙부님이 잘못 생각하고 계신 것 같습니다. 벤더와 톨세트는 둘 다 부지런하고 훌륭한 동업자입니다. 사실 어느 회사나 요즈음은 허덕이고 있지요. 외숙부님도 신문을 보셨을 테니 어느 분야에서나 수익이 떨어지고 있다는 것을 아실 겁니다."
노인은 어린아이처럼 키득키득 웃었다.
"그건 요즈음 사람들이 모두 일을 하지 않기 때문이다. 점심시간이니 주말이니 하며 툭하면 일을 쉰단 말이야. 내가 일할 무렵에는 날마다 아침 6시면 공장에 출근해서 밤 7, 8시 전에 집으로 돌아온 적이 좀처럼 없었단다. 너도 그렇게 하고 있느냐, 찰스?"
찰스는 상냥하게 대답했다.
"그 정도까지는 못합니다만, 외숙부님 말씀대로 지금은 아무도 그렇게까지 긴 시간 동안 일하지 않습니다. 그러나 근무 중에는 아주 열심히 합니다."
"모두들 승부 따위에나 열중해 있겠지."
앤드루 노인은 마치 꿈꾸는 듯한 표정을 지었다.
"요즈음은 그것만이 중대한 문제인 것 같더구나. 국내에 머물러 자기 사업에 전념하는 대신 오스트레일리아에라도 가보렴. 어디 놀고 있을 틈이 있는 줄 아니? 그런데도 배당이 내려간다고 하면 펄쩍 뛰거든."

찰스는 한껏 그럴싸하게 대답했지만 노인은 말문이 터진 듯 언제 그칠지 알 수 없었다. 그러나 찰스는 다시 적당한 기회를 잡아 자기의 곤경을 자세히 설명했다.

"이런 사정입니다. 외숙부님도 아시겠지만, 저는 제 돈을 무척 많이 사업에 투입해 왔습니다. 불황도 이제 물러갈 기세이므로 앞으로 조금만 더 버텨내면 모든 일이 잘될 거라고 모두들 믿고 있습니다. 저도 그렇게 되도록 애쓰고 있습니다.

우리 공장 사람들은 모두 좋은 일꾼들입니다. 가능하다면 단 한 사람도 해고하고 싶지 않습니다. 그래서 지금 상태를 유지해 나가기 위해 제 자본을 투입했습니다. 그런데 이번에 좀더 투입할 필요가 있어······."

여기서 찰스는 기계에 대해 설명했다.

"제가 이 기계를 들여놓으려는 것은 외숙부님께서 권하시는 건 물론 최신식 기계를 모두 갖춰놓고 싶기 때문입니다. 요즈음 쓰여지는 기계는 모조리 갖다놓고 싶습니다."

노인은 중얼거리듯 대꾸했다.

"아주 믿음직한 바램이구나. 정말 믿음직스럽다. 하지만 조금 때늦은 느낌이 들지 않니? 그렇게 하는 데 필요한 돈을 쓰기 전에 기계를 들여놓았어야 하지 않았겠니?"

찰스의 이야기는 앤드루 노인의 눈을 뜨게 했고, 날카로운 의심을 더욱 부채질한 결과가 되었다.

"그편이 현명했을지도 모르지요. 하지만 어떻든 큰 차이는 없으리라 생각합니다. 현상유지를 위한 현금이 실제로 들어오지 않는다면 문을 닫는 길밖에 없으니까요."

노인은 심각한 고통을 느끼는 모양이었다. 그는 강한 어조로 말했다.

"이처럼 지독한 실망을 맛보기는 이번이 처음이다. 나는 온 생애를 그 사업에 바쳤다. 그런데 지금 너는 이제 와서 그 사업을 망쳐버렸다고 말하고 있구나. 이것은 정말 큰 충격이다. 알겠니? 말이 재난을 불러들인다는 속담이 있다. 네가 일부러 여기까지 와서 그런 냉혹한 소식을 전해주다니, 참으로 친절하구나."

찰스는 속으로 욕지거리를 퍼부었다. 이것이야말로 그가 두려워하던 일이었다. 앤드루 노인이 거절하면 그는 망하는 것이다. 그는 씁쓸한 미소를 지었다.

"외숙부님, 외숙부님께서 생각하시는 것만큼 냉혹한 일은 아니라고 봅니다. 사실 이런 특별한 경우가 아니라면 외숙부님께 도움을 청하러 오지도 않았을 겁니다."

교활하고도 의심깊은 표정이 앤드루 노인의 얼굴에 나타났다. 그는 떨리는 목소리로 말했다.

"나의 도움이 아니라 충고라는 뜻이겠지. 하긴 너는 무척 오랫동안 충고를 들으러 오지 않았어. 이 늙은이가 쓸모없는 존재가 된 지 꽤 오래되었어."

찰스는 싹싹하게 말했다.

"충고도 듣겠습니다, 외숙부님. 하지만 그와 함께 다른 것도 받고 싶습니다. 미리 조금만 융통해 주셨으면 고맙겠습니다."

노인은 어린아이처럼 고개를 끄덕였다.

"좋은 생각이다, 정말 좋은 생각이야. 잘못은 제가 저질러놓고 뒤처리는 나더러 해달라는 말이로구나. 아주 영리한 생각이다, 찰스. 너는 틀림없이 성공할 거다."

찰스는 터져나오려는 울화통을 가까스로 눌렀다. 그리고 그는 부드럽게 말했다.

"그렇게 나쁘게만 보지 마십시오. 저는 외숙부님께서 약속하시지 않은 돈을 달라는 게 아닙니다. 우선 제 말이나 좀 들어주십시오."

노인은 심술궂게 껄껄 웃었다.

"너는 공짜로 무언가를 얻어가려고 하는구나, 찰스. 안 그러냐? 사람이란 모두 그런 욕심을 가지고 있지. 모두 그렇게 하고 싶어 해. 그러나 그것은 그처럼 쉽게 마음대로 되는 일이 아니란다."

찰스는 억지로 미소 지었다. 그리고 참을성있게 자신의 제안을 설명했다.

"너는 대단한 사업가로구나, 찰스. 이제 알겠는데, 너는 이 귀찮은 존재인 내가 빨리 없어졌으면 좋겠다고 바라고 있는 게야."

노인은 교활하게 히죽 웃었다.

"이 늙은이가 길을 비켜주기만 하면 재산이 고스란히 네 손에 들어온다는 말이겠지."

찰스는 정말로 당황했다. 그는 따지듯이 말했다.

"설마 외숙부님께서 정말로 그렇게 생각하시는 건 아니겠지요? 저는 그런 뜻의 말은 한마디도 하지 않았습니다. 외숙부님께서도 진심으로 그렇게 생각하고 계시지는 않으시겠지요?"

앤드루 노인은 뜻밖이라는 표정을 지었다.

"그야 그렇겠지, 아마 그럴 거다. 하지만 대체 무슨 이유로 내가 너에게 돈을 주어야 하느냐? 그 이유를 똑똑히 설명할 수 있겠니, 찰스?"

"그런 뜻으로 말씀드린 게 아닙니다, 외숙부님. 다만 외숙부님께서 내게 주시겠다고 약속하신 돈에 대해 말했을 뿐입니다. 제가 필요로 하는 얼마 안되는 금액쯤은 외숙부님께는 아무것도 아니잖습니까?"

"물론 그렇지. 하지만 그것은 내 질문에 대한 대답이 아니다. 안 그러냐?"

찰스는 솔직히 대답했다.

"그렇습니다. 그 대답이 되지는 못하겠지요. 저는 외숙부님의 조카입니다. 그러므로 다른 사람에게 하는 것과는 다른 방식으로 기분 좋게 도와주실지도 모른다고 생각했을 뿐입니다. 외숙부님께서 나에게 지불해야 할 이유는 없습니다."

앤드루 노인은 고개를 내저었다.

"감정과 사업을 혼동해서는 안 된다, 찰스."

"하지만 공장이 있습니다. 외숙부님께서 창설하시고 크게 성공을 거두었던 외숙부님의 공장입니다. 그것이 지금 쓰러져가고 있는데 일으켜 세우기 위해 뭔가 도와주실 수도 있지 않습니까!"

"나는 공장이 쓰러져가는 것을 일으켜 세웠지. 그것이 내 소유였을 때는. 하지만 지금은 내 것이 아니야."

"그럼, 공장 사람들에 대해서는 어떻습니까? 그들은 모두 좋은 사람들입니다. 외숙부님은 그들 대부분을 직접 알고 계십니다. 그들이 직장을 잃지 않도록 외숙부님께서 좀 힘써 주셔도 좋잖습니까. 제발 부탁입니다, 외숙부님. 제가 부탁드리는 것은 얼마 안 되는 돈입니다."

노인이 피로한 표정을 보이기 시작하자 찰스는 뼈아픈 실망을 느꼈다. 익숙지 못한 의론이 노인을 흥분시킨 것이다. 그는 금방 쓰러질 정도로 지쳐버린 것 같았다. 온몸이 축 늘어져 의자 속에 힘없이 기대앉아 있었다. 한순간 노인은 무슨 말인가 하려고 했다. 찰스는 날카로운 경련과도 비슷한 낭패감을 맛보았다. 이윽고 앤드루 노인은 웨더랩이라고 중얼거렸다.

찰스는 초인종을 눌렀다. 이상하다고 생각될 만큼 금방 문이 열리더니 침울한 얼굴의 집사가 나타났다.

찰스는 다급하게 말했다.

"외숙부님이 이상하시군요. 기분이 언짢으신 모양이니 빨리 좀 봐드려야겠소."

웨더랩은 주인을 흘끗 보더니 노인의 의자 가까이 있는 탁자로 가서 어떤 약을 잔에 따라 주인의 입에 갖다댔다. 앤드루 노인은 그것을 마시자 곧 기운을 되찾았다.

노인은 찰스를 비웃었다.

"이제 드디어 너에게 유산이 들어오리라고 생각했겠구나. 하지만 그렇게는 안돼. 이 늙은이에게도 아직 생명이 남아 있으니까."

"솔직히 말씀드려서 당황했습니다, 외숙부님. 제가 드린 말씀이 외숙부님을 지치게 했다면 용서하십시오."

"아니, 그렇지는 않아. 금전과 관계없는 방문이라면 나는 언제나 고맙게 생각한다. 이제 괜찮아, 웨더랩. 찰스와 사업이야기가 있어."

"이제 됐습니다."

찰스가 자리에서 일어났으나 웨더랩은 말없이 나가버렸다.

"말씀드려야 할 것은 이미 모두 말씀드렸습니다. 한 번 이 문제를 신중히 생각해 주시기 바랍니다. 외숙부님의 호의를 기대하는 것은 이번이 처음입니다. 저를 도와주셔도 좋다고 생각하신다면, 이것이 마지막일 겁니다. 다시는 이런 부탁을 드리지 않겠습니다. 그러나 이번 일은 제 자신을 위해서가 아니라 회사 사람들과 공장을 위해서인 만큼 꼭 들어주시기 바랍니다."

노인은 어깨를 으쓱했다. 약이 노인에게 효과가 금방 나타나는 자극을 주었는지 아까보다 기운 있어 보였고, 핏기없던 얼굴에 건강한 빛이 감돌기 시작했다.

"감정이야, 모든 게 다 감정에서 나온 말이야. 나는 알고 있다. 나도 돈 때문에 여러 번 괴로움을 당한 적이 있었다만, 내가 친구에게 의지했을 것 같니? 아니다. 나는 나 자신에게 의지했을 뿐이야. 너도 그래야 한다, 찰스, 그 돈을 준다 해도 결코 너에게 이롭지는 않을 거야. 나는 마차를 끄는 말처럼 일해서 그 곤경을 뚫고 나왔다. 너도 그렇게 하거라. 그러면 언젠가는 나에게 감사하게 될 거다."

약의 효과가 차츰 사그라지는지 앤드루 노인은 다시 기진맥진한 몸으로 의자 속에 기운없이 앉아 있었다.

"어떻게 되어가는지 나중에 와서 알려다오."

노인은 중얼거리고 나서 의자팔걸이에 달린 초인종을 눌렀다. 웨더랩이 소리없이 나타나자 노인은 말을 이었다.

"피곤해. 좀 자야겠어. 찰스에게 차를 대접하도록 폴리펙스 부인에게 이르게."

그는 새의 발톱을 연상시키는 손을 또 한 번 내밀었다.

"그럼, 잘 가거라, 찰스. 어떻게 되어가는지 다시 알려다오."

웨더랩의 뒤를 따라서 방을 나올 때 찰스가 느낀 실망은 컸다. 큰 희망을 품고 왔는데 곤경에서 빠져 나갈 수 있는 손쉬운 길이 끊어지고 만 것이다. 노인은 그가 염려했던 대로 나왔다. 그로서는 노인을 나무랄 수도 없었다. 나무라야 할 것은 외숙부의 노쇠와 병 쪽이었는지도 모른다.

지독한 실망이었으나 찰스는 완전히 풀죽지는 않았다. 외숙부에게 익숙지 못한 방법을 썼기 때문에 큰 자극을 준 것이다. 앤드루 노인은 언제나 무엇이든지 새로운 것에 반대해 오지 않았던가. 사정을 곰곰이 생각하는 동안에 반대하는 기분이 차츰 누그러질지도 모른다.

조금이라도 곤경에 빠져 있는 기색을 보이는 것이 얼마나 현명하지 못한 방법인가를 찰스는 곧 깨달았다. 그래서 기분을 누르고 웨더랩에게 기꺼이 차를 마시겠다고 하며 폴리펙스 부인도 만나고 싶다고 말했다.

페넬로프 폴리펙스 부인은 앤드루 노인의 여동생으로, 그다지 신통치 못했던 런던 주식 중매인의 미망인이다. 남편이 세상을 떠난 다음 생활이 어려워지자 앤드루 노인은 그녀와 딸 마거트를 집에 들여놓으며 대신 집안일을 보살펴 달라고 말했다. 이 제안은 성공을 거두었다. 폴리펙스 부인은 약속대로 그녀의 임무를 착실히 해냈다. 앤드루 노인은 두 개가 이어진 자기 방에서 지내며 모든 집안일에 신경쓰지 않아도 되었다. 그 두 방을 빼면 사실상 이 집은 폴리펙스 부인의 것이라고 할 수 있었다. 앤드루 노인이 그녀에게 주는 생활비와 그녀 자신의 돈으로 그녀는 마음 편히 살았다. 마치 앤드루 노인 따위는 안중에 없는 듯 친구들을 불러들여 대접하기도 했다.

웨더랩은 앞장서서 층계를 내려가 문을 열었다. 그리고 우울한 목소리로 말했다.

"찰스 스윈번 씨입니다."

찰스는 방 안으로 들어갔다.

홀과 마찬가지로 넓고 조화가 잘 이루어진 방이었다. 천장에서 바닥까지 닿을 만큼 큰 세 개의 창문이 방 안을 밝게 해주었다. 벽도 바닥도 떡갈나무 재목이었다.

안락의자에 수수하지만 품위있는 옷을 입은 60살쯤 되어보이는 부인이 기대앉아 있었다. 겉으로 보기에는 2층의 가엾은 노인과 완전히 대조적이었으나, 잿빛 눈과 얼굴 생김새에는 과연 핏줄이란 어쩔 수 없구나 하고 느끼게 하는 많은 점이 있었다. 어딘지 모르게 건강했던 예전의 앤드루 노인을 연상시켰다. 세상 물정에 밝고 실제적이며 기지가 넘쳐흐르는 부인, 속이 후련해질 정도로 유능한 부인으로 보였다. 그리고 사실 그러했다.

찰스가 안으로 들어가자 그녀는 보고 있던 책에서 얼굴을 들었다.

"안녕하세요, 페넬로프 이모님. 오랫동안 뵙지 못했습니다."

부인은 미소지으며 대답했다.

"그건 내 탓이 아니야, 찰스. 요즈음 어떻게 지내니?"

일어나지도 않고 그녀는 예쁘게 매니큐어한 손을 내밀었다. 찰스는 정중하게 악수하고 의자에 앉으며 말했다.

"제 탓입니다. 요즈음 몹시 바빴거든요. 세상살기가 차츰 어려워지는군요."

"너도 다른 사람들처럼 느끼고 있는 모양이구나."

"느끼고 있는 정도가 아닙니다. 달아나고 싶어도 달아날 수 없으니까요. 모두 허덕이고 있습니다."

"그래. 내 배당도 아주 뚝 떨어졌단다."

그녀는 품위있게 어깨를 으쓱해보였다.

"어쨌든 우리가 파산하면 다른 사람들도 파산하겠지 생각하니 조금 위안이 된다. 2층의 외숙부님을 뵙고 왔니?"

"네, 오랫동안 뵙지 못했거든요."

"외숙부님의 용태를 어떻게 보느냐, 찰스?"

찰스는 잠시 머뭇거렸다.

"그다지 좋지 않으신 것 같더군요. 실은 몹시 당황했습니다. 발작 비슷한 현상이 일어났거든요. 정말 어떻게 되시는 게 아닌가 하고 깜짝 놀랐습니다. 웨더랩을 부르시는 것도 힘들어하실 정도였으니까요. 하지만 웨더랩이 무슨 약인지 잡수시게 하자 기운을 차리시더군요."

"그런 발작을 자주 일으키셔서, 전과 아주 달라지셨어. 지난 겨울보다 더 쇠약해지신 것 같아…… 마음도 몸도."
"저도 그렇게 생각합니다. 사물을 파악하는 힘이 약해지신 것 같더군요."
"요즈음 몹시 우울하시지. 소화불량 탓인지도 몰라."
찰스는 눈살을 찌푸렸다.
"정말 야단났군요. 누구나 다 기분이 우울해지지요. 저는 외숙부님이 어떤 기분이신지 알 수 있습니다."
"네가? 너는 아직 소화불량에 시달릴 만한 나이가 아닐텐데. 무슨 일이 있니, 찰스?"
"제 자신도 잘 모르겠습니다. 아마 운동부족 탓이겠지요. 외숙부님도 전에 소화불량으로 고생하신 적이 없으셨잖습니까? 저는 그렇게 기억하고 있습니다만……."
"아니야, 벌써 몇 년 전부터 고생하신단다. 저토록 심해지신 것은 얼마 안됐지만. 누군가가 어떤 알약을 드렸는데, 그것 때문에 조금 나아지신 것 같아."
"어떤 알약인데요? 알고 싶군요."
"날마다 광고에 나오는 그 특효약의 일종이지. 그 약을 복용하시는 것은 의사 선생님도 모르신단다. 의사가 알면 틀림없이 야단나겠지. 외숙부님은 식사 뒤에 한 알씩 꼬박꼬박 복용하고 계신단다. 아주 효력이 좋은가 봐."
"그런 특효약은 대개 잠시 잘 듣다가 나중에 큰일 나는 수가 있지요. 그런데 마거트는 어디 갔습니까?"
"테니스 치러 갔지. 너를 못 만나 서운해 하겠구나."
마거트는 찰스의 이종사촌 누이동생으로 폴리펙스 부인의 외동딸이다. 사치를 좋아하는 24살의 예쁜 처녀로, 콜드 피커비를 싫어하며 그곳 사람들과 사교계를 업신여겼다. 런던에서 살고 싶어하지만, 아직 한 번도 가보지 못해 그것이 몹시 큰 불만이었다. 그러므로 시골에서 인기를 끄는 것 따위는 그다지 바라는 바도 아니었지만, 이 예쁜 아가씨는 파티를 즐겁게 만드는 독특하고 예민한 위트를 지니고 있어 어느 집 주부든 자기 집에서 파티를 열 때는 기꺼이 그녀를 초대했다.

찰스는 모트 장에 그리 오래 있지 않았다. 신경쓰이는 일이 있어 시시한 이야기를 하기가 고통스러웠던 것이다. 30분 동안 마음속에서 깨끗이 몰아냈던 고통스러운 기분이 다시 무겁게 짓누르기 시작했다. 이 참기 어려운 실망을 맛보자 그는 자포자기하는 기분에 빠졌다. 어디로 돌아서 가야 할지 알 수 없었다. 그의 지평선 어디에도 한 줄기 빛도 없는 것 같았다.

찰스, 유혹을 느끼다

 그날 저녁식사가 끝나자 찰스의 생각은 다시 지금 그가 놓인 다급한 상황으로 돌아갔다. 물론 지금까지 그 생각이 머리에서 깨끗이 사라졌던 것은 아니다. 지금은 거의 희망이 없는 상태지만, 어떻게 해서든 곤경에서 빠져나갈 방법——비록 일시적인 방법이라 하더라도——이 없을까 차분히 앉아 신중하게 생각해 보았다.
 온갖 생각이 한꺼번에 밀려왔다. 아까 사무실에서 나오기 전 그는 다시 그 비밀장부를 들여다보았다. 그리고 앞으로 2주일 안에 현금이 들어오지 않으면 종업원들에게 지불할 돈마저 없다는 사실을 알았다.
 찰스는 당장 공장문을 닫아야겠다고 생각했다. 종업원에게는 만 1주일의 해고 예고기간을 주어야 한다. 문 닫는 게 1주일만 늦어도 그것마저 할 수 없게 된다.
 하지만 막상 이것으로 끝맺어야겠다고 생각하자 거기에 뒤따르는 모든 조건이며 여러 가지 일들을 도저히 감당할 용기가 나지 않았다. 공장이 없어지면 자신의 지위도 없어져서 실업자가 되는 것이다. 아마 가난뱅이가 될 것이다. 그래도 그것은 견딜 수 있다. 하지만 유나를 잃는 것만은 도저히 견뎌낼 수 있을 것 같지 않았다. 무슨 일이 있어도 자신을 그런 상황으로 몰아넣을 수는 없다. 목숨이 있는 한 희망은 있는 법이다. 어떤 방법으로든 금융상의 희망이 있는 한 막다른 상황으로 자신을 몰아넣을 생각은 결코 없었다.

그는 앤드루 클라우더 노인과의 만남을 떠올려보았다. 그 노인의 생각을 돌려놓을 수만 있다면 빠져나갈 길이 트인다. 외숙부에게 어떤 압력을 가할 방법이 없을까?

찰스는 노인에 대해 몹시 씁쓸한 기분을 느끼지 않을 수 없었다. 돈 때문에 크게 괴로움당하고 있다는 말이 전혀 거짓이라는 듯한 태도가 아니었던가? 그가 진지하게 도움을 바란 것은 이번이 처음이었다. 그런데도 노인은 마치 학교를 쉬게 해달라고 애원하는 초등학생을 내쫓듯했다! 정말 참을 수 없는 처사였다.

그뿐 아니라 앤드루 노인의 그 태도는 참으로 불쾌하기 짝이 없었다. 비웃음, 우롱, 소아병적 시의심(猜疑心), 사람을 조롱하고 기뻐하는 인간에게는 아무 볼일이 없다. 게다가 마지막에는 자기가 죽으면 조카인 너는 기쁘겠지 하는 따위의 절대로 용납할 수 없는 말까지 했다. 정말 너무하다. 하나에서 열까지 모두 부당하다.

찰스는 침울하게 생각했다.

'하지만 이 마지막 생각만은 그렇게 부당하다고 할 수 없다. 마음속 깊은 곳에서는 노인이 죽었으면 하고 바라고 있잖은가? 당연한 일이다. 나 같은 입장에 서게 된다면 누구나 그렇게 생각할 것이다. 쓸데없는 늙은이가 오래 살고 앞길이 유망한 젊은이가 일찍 죽는다면 참으로 유감스러운 일이다.'

여기 앤드루 클라우더라는 노인이 있다. 그의 존재는 주위 사람들에게 성가시다. 그런 노인이 언제까지나 목숨을 부지하고 이 세상에서 큰 사업을 할 수 있는 한창 나이의 젊음이가 죽어야 하다니, 그건 말도 안 된다. 아무리 생각해도 옳다고 할 수 없다. 앤드루 노인은 죽는 편이 낫다.

찰스의 머릿속에 끔찍한 생각이 뛰어들기 시작한 것은 바로 그때였다.

'앤드루 노인은 죽어도 좋지 않은가?'

한순간 자기가 무슨 생각을 하고 있는지 얼른 납득되지 않았다. 그런데 다시 생각하자 번쩍 이해되었다.

앤드루 노인은 죽어도 좋지 않은가? 그는 늙은이다. 어차피 머지않아 죽을 사람이다. 그러니 지금 죽어도 좋지 않겠는가?

찰스는 지금 자기가 무슨 생각을 하고 있는지 깨달았다. 그의 마음은 그 생각에 반발했다. 이 무서운 생각을 머리에서 몰아내려고 했다. 그러나 끔찍하고 말도 안 되는 생각은 억지로 사람의 머릿속으로 밀고들어오는 법이다. 사람은 그것을 되도록 빨리 내모는 일밖에 하지 못한다. 사실 이런 생각이 문제가 되는 것은 아니다. 진지하게 생각하기에는 너무나도 현실에서 멀리 동떨어져 있다는 것이 문제인 것이다.

그러나 만일 앤드루 노인이 죽는다면 어떻게 될까? 아아, 그런 일이 정말 일어난다면 사태는 완전히 달라질 것이다. 노인이 가끔 일으키는 그 발작은 틀림없이 심장에서 오는 것이리라. 노인이 그런 발작을 일으켰을 때 약을 먹어도 다시 기운을 되찾지 못한다면 어떻게 될까? 앤드루 클라우더 노인의 죽음, 그것은 찰스 스윈번에게 있어 아무 뜻도 없는 것일까?

찰스는 공상이 이끄는 대로 그 앞일까지 생각해 보았다. 4, 5일 뒤에는 유서가 발표될 것이다. 일단 유언장 조항이 발표되면 자신의 곤란은 해결된다. 위덜로는 금융 대출을 주저하지 않을 것이다. 보스톡에게서 돈을 빌릴 필요도 없으리라. 자신의 신용은 곧 뛰어오른다.

유나는 자기와 결혼해 주고…….

일종의 공포 비슷한 기분이 들어 찰스는 벌떡 일어섰다. 터무니없는 생각이다! 농담으로라도 이런 생각을 품어서는 안 된다. 물론 위험은 하나도 없다. 그러나 이런 생각은 머리에서 반드시 밀어내야만 한다.

그러나 찰스 스윈번은 이 생각을 밀어내지 못했다.

'유나! 유나와 공장. 나는 그녀와 내 재산을 위해 노력다운 노력도 해보지 않고 패배를 인정하려는 것인가? 이 정도의 돈 때문에 무참히도 쓰러지려고 하는가? 아니면 내가 바라는 것——공장을 지키고 유나와 결혼하기 위해 싸울 생각이 있는가?'

유나와 결혼한다! 그는 이 생각만으로도 황홀해졌다. 그것은 이 세상의 어느 무엇과도 바꿀 수 없을 만큼 가치있는 일이 아닐까? 어느 무엇과도, 이를테면……

'아니다. 그런 생각을 해서는 안 된다. 틀림없이 다른 방법이 있을 것이다. 앤드루 노인의 마음을 움직이게 하는 어떤 방법이 있을 것이다. 이모님이 도와줄 수 없을까? 아니면 마거트라도 좋다. 엘시 몰리라도 좋다. 노인은 마거트와 엘시 두 사람만 생각하고 있다. 노인은 나를 위해서라면 하지 않을 일도 그 두 사람을 위해서라면 해줄지 모른다.'

그날 밤 찰스는 오랫동안 이리저리 몸을 뒤척이며 이 문제를 생각했다. 물론 또 하나 빠져나갈 길은 있었다. 그것은 끔찍스러운 양자택일의 길이다. 끔찍스럽기는 해도 아까부터 생각해 오던 일과 비교하면 조금 낫다. 차라리 모든 일을 끝장내는 것이 가장 쉬운 방법이 아니겠는가? 조용히 목숨을 끊어버리는 것이. 자살이 이 문제의 해결책이 될 수는 없을까?

여기에 대해서는 아무 도덕적인 주저감을 느끼지 않았다. 내세 따위는 믿지도 않았다. 그에게 있어 육체의 소멸은 모든 일의 종말일 뿐이었다. 스스로 원한다면 누구에게나 자신의 목숨을 끊을 권리가 있다고 그는 생각했다. 그 길을 택할 것인가?

이때 문득 그토록 무서운 일은 또 없다는 것을 깨달았다. 싫다! 절대로 싫다. 추상적으로 멀찌감치 놓고 생각하면 자살도 무섭지 않다. 그러나 막상 눈앞에 놓고 정면으로 대해 보니 온몸이 부르르 떨렸다. 죽을 힘을 다해서라도 살고 싶다고 생각했다.

마침내 찰스는 불안한 얕은 잠에 빠졌다. 잠에서 깨어나도 새로운 기분은 들지 않았고 우울할 뿐이었다. 그는 말을 타고 아침식사 전에 들판을 한바탕 돌고오려고 나갔다. 그 다음 샤워를 하기 위해 욕실로 들어가 힘껏 온몸을 문질렀으나 머릿속에 이미 자리잡아버린 끔찍한 생각을 쫓을 수는 없었다.

그날 찰스는 억지로 평정과 미소를 짓는 수밖에 도리가 없었다. 현실적으로 최악의 사태가 올 때까지——정말 그런 사태가 온다면——누구에게도 사태의 절박성을 알려서는 안 된다. 그런 기색을 보였다가 그 때문에 뜻밖의 사태를 잘 이용하지 못하게 되면 큰일이기 때문이다.

이런 식으로 자신의 문제와 씨름하고 있는 동안 그의 생각은 차츰 다음 수단을 궁리하는 방향으로 옮겨갔다. 다시 한 번 모트 장으로 가서 좀더 강력하게 앤드루 클라우더 노인에게 호소해 보자. 노인에게 비밀장부를 보이고 자기의 처지가 구원 또는 자살 둘 중 하나를 택해야 하는 막다른 곳에 몰려 있다는 사실을 알리자.

그리하여 찰스는 곧 앤드루 노인에게 전화를 걸었다. 비꼬는 투가 조금도 없는 것으로 미루어보아 노인은 기분이 좋은 모양이었다. 노인은 기꺼이 만나겠다며, 지장이 없다면 내일 점심식사를 함께 하자고 말했다.

이 말을 듣자 찰스는 크게 희망을 품었다. 그래서 그날 밤 그의 생각도 아주 정상적이었다. 자기든 외숙부든 이제 죽는다는 생각을 할 필요가 없다. 그는 깊이 잠들었다.

다음날 찰스는 훨씬 건전한 사고방식을 갖게 되었다. 1시 조금 전에 자동차를 몰고 모트 장으로 달렸다. 그는 이제 고민이 끝날 날도 머지않은 듯한 기분을 얼마쯤 품고 있었다.

앤드루 클라우더 노인은 기분이 좋을 때면 아래층으로 내려와 식사를 한다. 찰스는 응접실로 안내되었을 때 뜻밖에도 외숙부가 거기 있는 것을 보고 행운의 전조로 여겨도 좋겠다고 생각했다. 앤드루 노인은 상냥하게 그를 맞이했다. 그러나 곧 이어서 폴리펙스 부인과 마거트가 들어왔으므로 비밀이야기를 할 기회는 없어졌다.

점심식사는 가족적이었다. 네 사람뿐이었다. 그러나 식사는 그다지 즐겁지 못했다. 앤드루 노인은 확실히 많이 달라져 있었다. 화제에 따라가려고 하지 않고 문득 생각난 것처럼 아무 관계도 없는 말을 내뱉곤 했다. 확실히 무언가 마음에 걸리는 일이 있는 것 같았다. 폴리펙스 부인도 겉치레로 상대하고 있는 것 같았다. 그녀 역시 자기만의 어떤 생각에 사로잡혀 있어 대화에 끼어들기가 귀찮아진 것 같았다. 마거트는 다른 사람들과 함께 있을 때는 그렇지 않은데, 애서 유쾌한 척하지 않았다. 이때도 그녀는 콜드 피커비 전체에 대한 혐오감, 특히 외숙부의 집에 대한 혐오감을 감추려고 하지 않았다. 찰스도 여느 때의 넉살이 나오지 않았다. 걱정거리가 너무나 마음을 사로잡고 있었기 때문이다. 그래서 식사가 끝나가는 것을 일종의 구원을 안는 듯한 기분으로 지켜보고 있었다.

폴리펙스 부인과 딸은 적당히 자리를 떴다. 겨우 찰스와 앤드루가 식탁을 사이에 두고 단둘이 마주 앉게 되었다. 이윽고 두 사람은 2층 서재로 올라갔다. 인생의 위기가 다시 찰스에게 덮쳐왔다.

그런데 두 사람이 2층으로 옮기기 전 사소한 일이 있었다. 그 일 자체는 별것 아니지만, 그것은 찰스에게 그 다음의 만남이나 지금까지 그에게 있었던 어떤 일보다도 더 중대한 결과를 가져다주었다.

2층으로 옮기기 전 아직 두 사람이 식탁에 앉아 있을 때 앤드루 클라우더 노인은 조끼주머니에서 작은 유리병을 꺼냈다. 그리고 그 뚜껑을 돌려서 열고 병을 흔들더니 식탁보 위에 너덧 알의 작고 하얀 알약을 떨어뜨렸다. 그런데 필요 이상 많이 떨어진 모양이었다. 왜냐하면 병을 식탁에 내려놓고 한 알만 남기고 모두 병에 다시 집어넣었기 때문이다. 그리고 뚜껑을 닫은 다음 병을 주머니에 도로 넣었다. 한 알 남겨두었던 알약은 삼켰다.

찰스는 특별히 그 동작에 관심을 가지고 있었던 것은 아니다. 아무 생각 없이 노인을 지켜보고 있었을 뿐 거기에 대해 아무 말도 하지 않았다. 병에 붙어 있는 라벨을 보고 그것이 잘 알려진 특허 소화제임을 알았다. 지난번 방문했을 때 폴리펙스 부인이 말한 약이었다.

앤드루 노인은 가까이에 있는 벨을 눌렀다. 그러자 웨더랩이 나타났다. 노인은 웨더랩의 부축을 받아 서재로 올라갔다. 찰스는 그 위를 따라갔다. 웨더랩이 방에서 물러났다. 이리하여 중대한 회견이 시작되었다.

찰스는 지난번 방문 때 말했던 것을 다시 한 번 되풀이한 다음 현실적인 숫자를 보면 사태의 중요성을 직접 알게 될 거라고 설명했다. 그는 비밀장부를 내놓고 설명했다. 그리고 마지막으로 자신이 받을 유산에서 조금 가불해 줄 수 없겠느냐고 간곡히 호소했다. 그는 자기의 입장을 찬찬히 설명했다. 상대가 거절하기 힘들 만큼 설명했다. 이야기하는 동안 이번만큼은 요구가 받아들여질 것 같다는 확신이 강해져 왔다.

그러나 앤드루 클라우더 노인에게는 도와줄 마음이 조금도 없음을 알았을 때의 충격은 이루 말할 수 없었다. 노인은 그의 말에 반응을 보이기도 했고, 좀더 열심히 일해서 그다지 날쌔지 못한 동업자들에게 돌아가는 주문을 빼앗으면 좋을 거라고 혼잣말처럼 중얼거리기도 했다. 노인은 자기가 해온 방법과 조금이라도 다른 방법은 생각할 수 없었던 것이다.

찰스는 화가 나서 마침내 최후의 수단을 내밀었다. 그는 거의 자포자기한 목소리로 말했다.

"그렇다면 외숙부님, 도리가 없습니다. 이런 적은 돈을 융통해 주실 수 없다고 말씀하신다면 파멸만 있을 뿐입니다……. 완전하고도 절대적인 파멸입니다. 종업원들에게 급료를 지불할 수 없고, 공장은 문을 닫을 수밖에 없습니다. 그리고 저는 그들과 마찬가지로 빈털터리 실업자가 되겠지요. 하지만 저로서는 도저히 그렇게 할 수 없습니다. 그런 굴욕과 파멸과 파산을 당하느니 차라리 죽어버리겠습니다. 공장과 종업원들과 저의 목숨을 구해 주십사고 다시 한 번 진심으로 부탁드립니다. 저를 생각해 주시기 싫으시다면 훌륭한 가문을 생각해 주십시오."

마침내 앤드루 노인은 마음이 움직여진 모양이었다. 노인은 의자에서 신경질적으로 몸을 꿈틀거렸다. 그러나 얼굴은 여전히 결심이 서지 않는 표정이었다. 찰스는 바로 이때다 싶어 바싹 밀고 들어갔다. 그는 긴장하여 말했다.

"오늘날까지 클라우더 집안에서도 스윈번 집안에서도 집안의 명예를 더럽힌 사람은 하나도 없었습니다. 오늘날까지 클라우더 전동기 제작소 사장이 한번 한 약속은 그의 신용이었고, 그 신용은 언제나 세상에서 존중받아 왔습니다. 외숙부님, 공장의 훌륭한 이름이 진창 속에 처박히게 되면 외숙부님은 마음놓고 주무실 수 없을 겁니다. 중요한 책임은 물론 내게 있지만, 결국 그것은 외숙부님에게 돌아갑니다. 그리고 외숙부님의 이름과 명예가 더럽혀지겠지요, 그런데 외숙부님은 그것을 아주 쉽게 구출할 수 있습니다."

이런 호소 방법이 효과를 거둔 듯하여 찰스로서는 정말 기묘하게 여기지 않을 수 없었다. 그로서는 먼젓번 설명이 훨씬 더 강력한 호소라고 생각했는데 외숙부에게는 아무 감명도 주지 못했던 것이다. 앤드루 노인은 망설이더니 마침내 떨리는 목소리로 얼마나 필요하냐고 물었다.

찰스는 5천 파운드 정도라고 대답했다. 최소한 그 정도가 없으면 아무 도움도 되지 못한다고 말했다. 그러나 이 금액은 앤드루 노인을 몹시 놀라게 했다. 많아야 5백 파운드 정도겠지 생각했다고 노인은 말했다. 5천 파운드라니! 찰스의 머리가 어떻게 된 게 아니냐고 말하기도 했다.

찰스는 어째서 5천 파운드가 필요한지 숫자를 들어 설명했다. 그러나 앤드루 노인은 이미 숫자를 이해할 만한 힘이 없었다. 게다가 지쳐 있었다. 이제 무슨 말을 하든 그만한 금액을 내놓을 마음이 생기게 될 것 같지 않았다. 한참 더 입씨름을 한 다음 마침내 노인이 양보했다. 이 자리에서 1천 파운드의 수표를 주겠다, 그러나 유언에 따라 나중에 찰스 손으로 들어갈 금액에서 그 금액만큼 빼겠다는 조건을 붙임으로써 새삼스럽게 유언장을 복잡하게 만들지는 않겠다, 이 1천 파운드는 무조건 주는 것이다, 그러나 이것은 예외이며 앞으로 어떤 사정이 있든 두 번 다시 되풀이하지 않겠다고 노인은 말했다.

찰스는 적어도 지금으로서는 이 이상 더 받을 수 없으리라는 것을 알아차렸다. 어쨌든 1천 파운드는 1천 파운드이다. 그것으로 구제받지는 못하겠지만, 최악의 날까지 끌고 나갈 수는 있다. 그리고 이 1천 파운드가 앤드루 노인의 마지막 호의가 아닐 가능성도 있는 것이다.

무서운 불안에서 잠시나마 벗어나게 된 찰스는 외숙부에게 감사하며 그런 조건일지라도 1천 파운드를 받게 되어 참으로 다행이라고 말했다.

30분 뒤 그는 모트 장에서 나와 자동차를 몰고 돈을 맡기기 위해 문닫기 직전인 은행으로 갔다.

은행 입구에서 창구까지 걸어가는 동안에 스팀슨을 만났다. 클럽에서 벤더 앤드 톨세트 배당 인하에 대한 이야기를 주고받은 사람이었다. 스팀슨은 키가 작고 공격적인 사람으로, 독단적인 말을 즐겨하는 버릇이 있었다. 그는 스스로 제 목소리에 도취되어 의론의 기회를 결코 내놓으려 하지 않았다. 찰스는 그가 자기를 오래 붙잡고 이야기할지도 모른다고 생각했다.

그런데 스팀슨은 걸음을 멈추지 않았다. 열띤 제스처로 과장된 말을 지껄이며 다가오는 대신 잠깐 멈칫하더니 찰스의 눈길을 피하며 뜻밖에도 날씨가 나쁘지 않다는 말을 중얼거리고는 그대로 지나치려고 했다.

그 행동이 너무나도 이상해 무슨 생각에 잠겨 있었음에도 불구하고 찰스는 그것을 재빨리 알아차렸다. 뜻밖이라는 기분도 들었고, 원망스러운 생각도 들었다. 찰스는 몸을 홱 돌려 물었다.

"잠깐만, 스팀슨 씨, 오늘 클럽에서 무슨 재미있는 일 없었습니까?"

상대는 마침내 걸음을 멈추지 않을 수 없었다.

그는 중얼거리듯 말했다.

"당신은 그 자리에 없었던 모양이군요."

"외숙부님 댁에서 점심식사를 했지요."

"클라우더 씨 말이오? 건강은 좀 어떠시던가요?"

"좋지 않답니다. 내리막길로 접어드신 것 같더군요."

"이제 나이가 꽤 드셨으니 그러시겠지요. 그럼 실례하겠습니다. 에드워드가 사무실에서 기다리고 있습니다."

스팀슨의 태도는 결코 예의에 벗어났다고 할 수는 없으나 분명히 침착하지 못했고, 헤어질 때도 찰스와 눈길을 마주치지 않으려고 애썼다. 찰스는 마음에 걸렸지만 까닭을 알 수 없었다. 그는 기분을 누르고 창구로 다가갔다.

그는 출납계원에게 인사했다.

"안녕하시오, 핸드콕! 날씨가 좋군요."

"정말 좋은 날씨입니다, 스윈번 씨, 너무 더운 것이 옥의 티입니다만."

찰스는 자신이 조금 신경과민이 아닌가 생각했다. 이 은행원의 태도에도 아까 스팀슨에게서 느낀 것과 비슷한 어색함이 있었다. 확실히 이 사나이도 어딘지 딱딱했다. 찰스는 자신이 내민 수표를 그가 굉장히 불안한 눈초리로 살펴보고 있음을 알았다.

그러나 그가 흘끗 보았을 때 은행원은 곧 밝은 얼굴을 지었다. 태도도 분명히 달라졌다. 그는 마음을 놓은 듯이 미소지으며 이번 일요일의 크리켓 시합이 어떻게 될 것 같으냐고 물었다. 그와 동시에 누군가 뒤에 있는 사람에게 신호 같은 것을 보내는 듯했다. 아무렇지도 않은 듯 자세를 바꾸며 흘끗 등 뒤로 눈길을 보냈던 것이다. 거기에는 위덜로가 지금 막 들어온 듯한 자세로 서 있었다.

위덜로가 창구 앞에 서서 말했다.

"오늘 점심때 클럽에 오지 않으셨더군요."

찰스는 설명해 주었다.

"클라우더 씨를 오래 못 뵈었습니다. 건강하신지요?"

찰스는 다시 또 설명했다.

은행원이 옆에서 물었다.

"이 예금은 당좌예금으로 하시겠습니까, 스윈번 씨?"

"네, 당좌예금으로 해주시오."

찰스는 다시 위덜로 쪽으로 몸을 돌리며 은밀한 태도를 취했다. 그리고 무뚝뚝하게 말했다.

"결국 그 돈은 빌지 않아도 될 것 같군요. 외숙부님과 이야기가 됐답니다. 뒤를 봐주시겠다고 하셨지요. 이것은 우선 당좌예금에 넣을 1천 파운드입니다."

거짓말이 술술 나왔다. 그 자리의 분위기를 알아차렸던 것이다. 오늘 현금을 끌어내리려고 했다면 찰스는 거절당하게 되어 있었던 것이다. 출납계는 불쾌한 장면이 벌어질 것을 염려했던 모양이다. 그리하여 위덜로가 부하를 도와주기 위해 나와 있었다. 그런데 찰스가 돈을 꺼내기 위해서가 아니라 예금하기 위해 왔음을 알자 그들의 태도가 금방 달라졌다. 그들로서는 정말 뜻밖이었고 예기치 못한 일이었으므로 고마워했다. 그러나 위덜로는 아무렇지도 않은 태도를 취했다. 그는 좀 어색하게 말했다.

"이야기가 되셨다니 다행입니다. 틀림없이 잘되리라 생각했습니다. 틈이 있으시면 시의 구제사업 문제로 뵙고 싶었던 참입니다. 점심 식사 때 그 이야기가 나왔었지요. 내 방에 들렀다 가실 수 없겠습니까? 아니면 아무 때라도 편리할 때 시간을 내주셨으면 합니다만……."

지점장 위덜로가 창구까지 왔을 때 그의 머릿속에는 구제 사업 문제 따위는 전혀 없었을 거라고 생각했으나, 찰스는 순순히 받아들였다. 그들은 그 문제에 대해 대충 의견을 나누었다. 그리고 나서 찰스는 지점장의 방을 나왔다.

찰스는 자동차를 몰며 생각했다.

'아슬아슬했군. 나 같은 입장의 사람으로서 수표를 현금으로 만드는 일을 거절당하면 그것으로 끝장이다. 그 점에 한해서는 얼마 동안 여유가 생겼다고 할 수 있지만, 그 1천 파운드가 언제까지 갈 것도 아니고…… 마침내 그것이 다 없어졌을 때…….'

찰스는 이를 악물었다. 어쨌든 오늘은 그런 것을 생각할 필요가 없다.

찰스가 모퉁이를 돌아 몰턴 거리 쪽으로 핸들을 꺾었을 때 그의 심장은 크게 뛰었다. 콜드 피커비에서 첫째가는 포목상 올리버 상점으로 지금 막 들어간 사람이 바로 유나 멜러였기 때문이다. 찰스는 자동차를 우체국 앞에 세워놓고 큰길을 가로질러 갔다.

무도회가 있던 날 밤 이후 그녀를 만나지 못했지만, 내일 오후 그와 함께 스카밸러로 드라이브하겠다고 동의해 주었었다. 돌아오는 길에 그 근처 어디서든 저녁식사를 하기로 했던 것이다. 그녀가 이 드라이브 제안을 받아들인 것은 희망이 있다는 증거라고 생각했기 때문에 찰스는 손꼽아 이 날을 기다리고 있었다.

간단한 양품도 파리나 런던 아닌 데서는 사고 싶지 않다는 젊은 여성이니만큼 유나는 가게에 꽤 오래 머물렀다. 찰스가 새로 불을 붙인 여송연을 반쯤 피웠을 때 모습을 나타냈다. 그를 보자 유나는 왠지 움찔하는 듯했다.

"안녕하세요, 찰스!"

그녀는 인사하는 태도도 쌀쌀했다.

"지금 이런 곳에서 뭘 하고 계세요?"

찰스는 애매하게 대답했다.

"여기저기 찾아가볼 데가 있어서요. 하지만 당신을 만나다니 운이 좋습니다, 유나."

"누구를 위해서요?"

"우리 두 사람을 위해서지요."

찰스는 힘있게 말했다.
"어쩐지 당신 편이 나보다 그 행운에 대해 잘 알고 계실 것 같군요. 무슨 일 때문에 오셨나요?"
"당신을 만나는 것이 일이지요."
찰스는 멋진 말을 찾아낸 것이 기뻤다.
"지금 만나고 있잖아요. 그것이 어쨌다는 거예요?"
"자동차로 바래다드릴까요, 아니면 어디 드라이브라도 할까요? 자동차는 바로 길 건너편에 있습니다."
"미안하지만, 지금부터 스미스 상점으로 갈 참이었어요."
"그럼, 기다리지요."
"어머나, 그렇다면 저녁식사 시간까지 기다리셔야 해요. 클럽에 차를 마시러 가게 되어 있거든요."
"그럼, 저녁식사 시간 조금 전에 돌아오면 되겠군요."
"아니, 괜찮아요. 앨럼이 데려다주기로 되어 있어요."
찰스는 피가 머리로 솟구쳐 올라옴을 느꼈다.
"유나, 오늘 오후에는 전혀 안 되겠다는 말입니까?"
"찰스, 무리하지 마시고 일보시는 편이 좋을 거예요. 아참, 그리고……."
그녀는 거침없이 걸어가고 있었는데, 문득 걸음을 멈추고 그와 마주 섰다.
"내일 드라이브할 수 없을 것 같아요. 점심때 손님이 오는데, 그들은 그리 빨리 돌아갈 사람들이 아니거든요."
찰스는 기가 막혔다. 유나는 대개는 쌀쌀맞고 동정심없는 태도를 보이곤 했지만, 지금의 태도는 너무도 차가웠다. 마치 일부러 그의 감정을 상하게 하려는 듯했으며, 그것은 확실히 성공했다. 찰스에게도 다투어봐야 소용없음을 알아차릴 만한 이성은 있었다.

"유감이지만 당신을 붙잡아도 소용없을 것 같군요. 당신이 편리할 때 언제든지 드라이브하기로 합시다."

그녀는 쌀쌀하게 고개를 끄덕이고 독서 클럽으로 들어갔다. 찰스는 불쾌했다.

'설마 그 시시한 앨럼 때문은 아니겠지. 맞아, 그는 바보 같은 녀석이야. 남창(男娼) 같은 녀석, 사팔뜨기 원숭이 같은 녀석. 분별있는 여자라면 그런 괴상한 바보에게 걸려들지 않겠지……'

찰스는 아까 보인 스팀슨의 태도를 생각했다. 어쩌면 그 이야기가 벌써 퍼진 게 아닐까? 앨럼은 돈이 있다. 찰스는 자동차를 거칠게 몰았다.

그날 오후에는 특별한 하느님의 은총이 몰턴 거리의 아이들에게 내렸던 모양이다. 찰스는 클라우더 공장 쪽으로 자동차를 마구 몰았다. 문 밖에서 자동차를 내려 공장을 지나 급히 안뜰로 들어갔다. 그러자 맥퍼슨이 부리나케 다가와 그를 한쪽으로 끌고 갔다.

"왜 그러나, 공장 일로 좋지 않은 소문이라도 났나?"

스코틀랜드 인은 떨떠름한 얼굴로 그를 바라보았다. 그는 조심스럽게 대답했다.

"네, 그렇습니다."

"무슨 일인데?"

"정말 알고 싶으십니까?"

"물론 알고 싶지. 빨리 말해 보게, 어서!"

"마침내 사장님이 파산했다는 소문입니다."

'역시 그랬었군! 스팀슨도 그 소문을 들었군. 위덜로도 출납계원도 그리고 유나도 틀림없이 들었겠지. 그렇다면 다른 사람들도 모두 들었을 거야.'

찰스는 멍하니 큰 기중기가 육중한 기관차를 큰 배에 싣기 위해 끌

어울리고 있는 그림을 바라보며 이 상태는 앞으로 얼마 계속되지 못할 거라고 생각했다. 어떻게 해서든 돈을 손에 넣어 이 사람들과 함께 다시 일어서든지, 아니면 수면제를 먹고 돈도 고민도 사랑도 세상 사람들도 영원히 잊어버리든지 둘 중 하나를 택해야 한다고.

찰스, 갈 길을 알다

찰스는 그날 아침 깨진 유리를 갈아끼우기 위해 손목시계를 시계포에 맡겼다. 공장일이 끝나자 집으로 돌아가기 전에 시계를 찾으려고 걸어서 다시 거리로 갔다. 도중에 피터 몰리를 만났다.

"여어, 피터, 이렇게 다시 또 만나다니 참으로 묘하군, 언제나 반년에 한 번쯤밖에 만나지 못했는데. 경기는 어떤가?"

피터는 여느 때보다 활기있는 어조로 말했다.

"찰스, 자네는 그때 노인에게 가겠다는 말은 하지 않았잖나!"

찰스는 웃었다. 그리고 아무렇지도 않은 듯이 대답했다.

"물론 말하지 않았지, 그때는 가려는 생각이 없었으니까. 실은 자네 말을 듣고 그런 생각이 들었다네. 자네는 갔었나?"

피터는 우울하게 대답했다.

"갔었지. 설마 자네마저 불경기 바람에 휩쓸리고 있는 건 아니겠지?"

"지금은 누구나 다 그렇다네. 나는 돌이 아닐세. 어떻게 돌일 수가 있겠나? 그러나 돈이 아주 조금만 있으면 일어설 수 있어. 단가를 내리기 위해 새로운 기계를 두세 대 구입하려고 하네."
피터는 소리쳤다.
"놀랐는데! 다른 사람 아닌 자네마저…… 그처럼 큰 사업을 하고 있는 자네가 이럴 수 있나! 나는 자네가 아무 지장 없이 잘해나가고 있는 줄 알았다네."
찰스는 미소 지었다.
"세상일이란 모두 상대적인 게 아닌가. 그런데 자네는 어떤가? 자네 말투로 보아 아무래도 다녀온 것 같군."
"갔더니 장인이 자네에 대해 몹시 화를 내더군. 나도 같은 용건으로 왔다는 사실을 알자 장인은 그만 미칠 지경에 되어버리셨다네. 찰스, 자네의 행동은 우호적이라고 볼 수 없네."
찰스는 그를 똑바로 쳐다보았다.
"무슨 말을 하는 건가, 피터, 나의 행동이라니?"
"그런 식으로 노인을 찾아간 것 말일세. 그건 내가 생각해 낸 계획이 아닌가? 자네는 쉽게 나를 방해할 수 있었겠지만……."
"그런 말 하지 말게. 내 요구는 자네와 아무 관계없네. 아니지, 오히려 내가 감으로써 자네에게 도움이 되었을지도 모르네. 길을 터 놓았으니까. 외숙부님이 나에게 융통해 주겠다고 마음먹었다면 자네에게도 거절할 이유가 없지 않겠나."
피터는 고개를 저었다. 그는 몹시 시무룩한 얼굴로 잘라 말했다.
"그건 알 수 없네. 뭐 지금 와서 이러쿵저러쿵 해봐야 아무 소용없지. 그런데 노인께서 자네에게 무언가 해주시던가?"
"내가 바라고 있던 것은 전혀 해주시지 않았네. 하지만 1천 파운드를 주시더군. 전혀 안 주는 것보다는 조금 낫지만, 그 정도로는 아무 도움이 안 되네."
피터는 휘익 휘파람을 불었다.

"1천 파운드라! 굉장하군, 찰스, 나도 1천 파운드만 얻었으면 좋겠네."

"자네는 무엇을 받았나?"

"현금은 안 주시고 농장을 저당잡힐 것을 고려해 보겠다고 하시더군. 그것으로 많은 액수를 얻을 수 있다면 그럭저럭 헤쳐 가게 될지도 모르겠네."

"저런! 그처럼 악화되어 있는 줄은 몰랐군. 외숙부님은 그 금액에 대해 어느 정도 말씀하시던가?"

"클로스비와 의논해 보겠다고 하셨지."

"그야 물론 의논하시겠지. 외숙부님은 클로스비를 믿고 있으니까. 그는 쩨쩨한 인간이라네."

"나는 그를 잘 모르지만, 그래도 훌륭한 변호사라는 인상을 늘 받고 있네."

"그는 노파 같은 인간일세. 지나치게 조심성이 많아. 무언가 해보려면 하늘에 운을 맡기고 덤벼야지. 이 점은 자네도 역시 알고 있겠지만."

"하지만 운을 하늘에 맡기고 해본다는 건 변호사가 할 일이 아니지."

"아무튼 얼마 뒤 그가 농장은 저당물로서 충분히 안전하다고 할 수 없다고 말하면 자네도 내 말을 이해할 수 있을 걸세."

"내가 그를 만나보면 어떨까 생각하네만……."

찰스는 고개를 저었다.

"아니, 만나지 않는 편이 좋을 걸세. 만나면 그는 곧 외숙부님께 보고하러 갈 테니까. 그렇게 되면 외숙부님은 더욱 언짢아하실걸. 그래서 결국 저당도 글렀다고 말씀하실지 모르네. 가만히 내버려두는 편이 좋을 걸세."

"그럴지도 모르겠군."

"언제 자네에게 대답하겠다고 하시던가?"

"확실한 말씀은 없으셨네. 클로스비와 의논하겠다고 하셨지만, 그것도 언제 만날지 말씀하시지 않았네."

찰스는 선선히 말했다.

"그렇다면 내가 돈을 얻어갔다는 이유로 자네에게 좋은 구실이 생긴 셈이로군. 만일 외숙부님이 선뜻 들어주지 않는다면 찰스에게는 잘해주고 내게는 이렇게 거절하는 법이 어디 있느냐고 따질 수 있지 않겠나? 나는 자네가 바라는 일의 선례를 만든 셈이네, 외숙부님이 나에게 1천 파운드를 주셨으니 자네도 그냥 쫓아버릴 수는 없겠지."

피터는 우울하게 고개를 끄덕였다.

"그렇게 되었으면 좋겠구먼······."

이윽고 이야기는 다른 방면으로 옮겨갔다.

다음날 아침 찰스가 사무실에 나가니 많은 우편물이 와 있었다. 모두 제임즈 게인즈가 이미 뜯어본 것이었다. 그 우편물이 찰스의 책상 위에 작은 산더미를 이루고 있었다.

모두 청구서였다.

찰스는 거리의 가게와 대개 그 달 끝 무렵 또는 하반기쯤 계산하고 있었다. 공장에서 쓰는 재료는 대부분 다른 곳에서 구입해야 했지만, 콜드 피커비에서 해결할 수 있는 경우는 이곳에서 구입했다. 청구서는 바로 그 시내의 가게에서 보내온 것들이었다.

청구서를 보낸 것은 당연했지만, 중대한 것은 그 날짜였다. 오늘은 아직 18일로, 지불기일까지는 앞으로 2주일이나 남아 있기 때문이다.

어느 청구서에나 변명투의 개인적인 편지가 덧붙여져 있었다. 스팀슨의 편지는 다음과 같이 시작되었다. 다른 편지도 모두 이와 비슷했다.

스윈번 님

기한도 되기 전에 얼마 안 되는 계산서를 보내드리는 실례를 너그러이 용서해 주십시오. 실은 많은 도매상으로부터 조기지불 청구를 받은데다 믿고 있던 약간의 배당도 돌아오지 않게 되어 곤란을 겪게 되었습니다. 동봉한 청구액을 청산하여 우리를 이 궁지에서 구해주시리라 믿습니다. 대수롭지 않은 액수지만 이런 액수가 여럿 모임으로써 우리는 크게 도움을 얻게 된답니다. 대단히 죄송합니다만, 잘 부탁드립니다. 이런 어수선한 시대가 어서 끝나기를 빌어 마지않습니다.

J.L. 스팀슨

편지를 차례차례 읽어가는 동안 찰스의 얼굴은 어두워졌다. 청구하는 이유도 가지각색이었고, 또한 우의를 표시하는 형식도 가지각색이었으나 본질적인 점에서는 모두 일치하고 있었다. 즉 받을 돈이 있는 한도껏 찰스에게서 돈을 받아내려 하고 있다는 점이었다.

대체 자기에 대해 어떤 소문이 퍼진 것일까, 하고 찰스는 씁쓸한 기분으로 생각했다. 자기 입장의 진상이 알려져 있다고 여겨지지는 않았다. 그 사실을 아는 사람은 자기뿐이니까. 비록 앤드루 클라우더 노인이 그 비밀장부에서 알아낸 사실을 누구에게 말했다 하더라도──그런 일은 있을 수 없겠지만──그 이야기가 여느 사람들에게 퍼질 만한 시간적 여유가 아직 없었을 테니까.

찰스는 연필을 들고 종이에 그 액수를 베끼기 시작했다. 모두 큰 돈은 아니었다. 10파운드, 20파운드, 40파운드 등 여러 가지였다.

찰스는 그것을 계산해 보았다. 총계는 그다지 놀랄 만한 것이 아니었다. 모두 345파운드 12실링 8펜스였다.

찰스의 공장쯤 되는 곳으로 보면 대단한 액수가 아니다. 그러나 345파운드라면 2, 3 주일 동안 이 상태를 지탱하기 위해 은행에 넣어둔 1천 파운드에 꽤 큰 구멍이 뚫어지게 된다. 가라앉아가는 배에서 달아나는 쥐 같은 비겁한 생각을 하며 그는 벨을 눌렀다.

우울한 얼굴의 게언즈가 들어오자 찰스는 청구서 더미를 가리켜 보였다.

"대체 이게 어떻게 된 일이오, 게언즈?"
게언즈는 우울하게 고개를 내저었다.
"이들이 하룻밤 사이에 이토록 모두 돈에 곤란을 받게 되지는 않았을 텐데. 다른 사람들도 이런 청구서를 받았다는 이야기를 들었소?"
"아니오, 못 들었습니다. 무슨 속셈인지 나도 모르겠습니다. 봉투를 뜯었을 때는 숨이 막힐 지경이었습니다."
"그렇다면 다른 데는 보내지 않았다는 말이로군."
"어쨌든 스트링거즈네 회사는 받지 않았답니다. 그곳 주임 캑스턴과 이야기를 해봤지요. 그는 테이블 보 일로 여기에 왔습니다. 그래서 좋은 기회라 생각하고 물어보았습니다. 아주 우연이었지만, 그 회사도 이 가게들에 외상값이 있답니다."
게언즈는 손으로 퉁기듯하며 계산서를 가리켰다.
"그런데 아무 데서도 청구서를 보내오지 않았답니다."
찰스는 고개를 끄덕였다.
"그럴 줄 알았소. 무슨 소문이 나돌고 있는 모양이오, 게언즈, 우리 회사에 대해 무언가 들은 말이 없소?"
게언즈는 망설였다. 찰스는 답답하다는 듯이 말했다.

"망설일 것 없소, 게언즈. 어떤 이야기든 염려 말고 해보시오."

게언즈는 고개를 내둘렀다.

"참으로 벌려진 입이 다물어지지 않을 만큼 지독한 것입니다! 모두들 우리 회사가 파산 직전에 있다고 말하고 있습니다. 지금까지 잘해왔는데 그런 지독한 소문을 듣다니!"

그는 몸을 떨고 있었다.

찰스가 껄껄 웃었던 것은 그가 얼마나 자신을 억제하고 있었는가 보여주는 것이었다.

그는 부드럽게 말했다.

"염려 마시오, 게언즈. 그들이 잘못 알고 있다는 것을 똑똑히 보여줍시다. 그런데 어째서 그런 소문이 났을까?"

"나도 짐작이 가지 않습니다. 우리 공장 사람들은 아무 말도 하지 않았습니다."

게언즈는 갑자기 생각난 듯이 덧붙였다.

"하긴 말할 거리도 없지만."

"인원을 줄이기 위해 사무원 한 사람을 그만두게 하자는 말을 우리 둘이 나누었지."

"그것은 아무 문제도 되지 않습니다, 사장님. 이곳의 공장들이 대부분 일손을 줄이고 있으니까요. 그 점에 대해서는 한마디도 말이 없습니다."

"그렇다면 무엇일까?"

게언즈도 몰랐다. 그러나 소문이 퍼지고 있는 것만은 이미 의심할 여지가 없었다. 그러나 어째서 그런 소문이 퍼졌는지 아무리 생각해도 알 수가 없었다.

이윽고 찰스는 말했다.

"어쨌든 좋소. 걱정할 것 없소. 누군가가 장난친 것이니. 어쩔 수 없지요. 그럼, 나가보시오, 게언즈."
그래도 게언즈는 우물쭈물하며 서 있었다.
"그 돈을 지불할 생각은 없겠지요, 사장님? 정말 무례하기 짝이 없는 이야기입니다. 지불할 필요없습니다!"
"당장 모두 지불할 생각이오. 당신은 모르겠소? 지불하지 않으면 그들의 의혹은 더욱 커질 뿐이오."
게언즈는 고개를 끄덕이고 나갔다. 그가 나갈 때 찰스는 희미한 안도의 표정이 얼굴에 떠올라 있는 것을 언뜻 보았다. 찰스는 갑자기 쓸쓸한 기분이 들어 의자등받이에 맥없이 몸을 기댔다.
'이 공장의 주임인 게언즈도 소문을 믿고 있었군!'
여기저기로 회답 편지를 쓰게 하며 찰스는 심술궂은 기분으로 엷은 미소를 띠고 있었다. 어느 회답에나 모두, 그처럼 곤란을 겪고 있다니 참으로 안됐으며 그것이 일시적인 현상이기를 진심으로 바란다고 쓰게 했다. 그리고 물론 그 쪽에서 바라는 대로 청구한 금액을 동봉한다고 쓰도록 했다. 한두 명 가장 불쾌한 상대에게는, 만일 사정이 그토록 딱하다면 친구로서 많은 액수가 아니라면 잠시 융통해 줄 수도 있다고 덧붙이게 했다.
그러나 이런 감정적인 울분의 발산도 효과가 없었다. 타이피스트가 방에서 나가자 찰스는 위기가 시작된 뒤로 가장 심한 괴로움을 느꼈다.
'아, 저 보기 싫은 노인이 얼른 죽어 주었으면!'
그러자 문득 자신도 모르게 몸이 굳을 만한 생각이 머리에 번뜩였다. 숨을 죽이고 그는 그것을 생각해 보았다.
'만일 내가 앤드루 노인이 죽기를 정말 바란다면 어떻게든 해치울 방법이 있다. 한 가지 방법이 있다. 안전한 방법, 절대로 확실하고 안전한 방법이 있다! 어쩌면 의심받을지도 모르지만 증거가 없다.

나와——또는 다른 누구든——노인의 죽음을 연결시킬 증거가 하나도 없다.'

찰스는 소름이 끼쳤으나 그래도 머릿속에서 그 생각을 쫓아버릴 수가 없었다.

'얼마쯤의 노력, 절대로 안전한 노력, 어떤 경우에도 절대로 꼬리 잡히지 않을 노력, 이런 노력만 좀 하면 이 고민은 해결되는 것이다. 공장도 일어서고 내 목숨도 이어갈 수 있다. 유나도 내 것으로 만들 수 있다! 그 노력을 하면 안 되는 것일까?——안 된다. 절대로 안 된다! 나는 사람을 죽여서는 안 된다!'

찰스는 자신의 생각에 몸을 부르르 떨었다.

'살인! 그 살인의 배후에 숨어 있는 것은? 아니아니, 그런 것을 생각해서는 안 된다! 용기가 없는 것은 아니다. 내게는 어떤 일이라도 할 수 있는 용기가 있다. 그러나 이것은 나쁜 일이기 때문이다. 결코 용서받을 수 없는 나쁜 일이기 때문이다. 만일 그런 것을 저지르면 나는 다시는 행복해질 수 없을 것이다.'

그런 도덕 따위는 하찮은 어린아이의 횡설수설에 지나지 않는다고 찰스는 자신에게 타일렀다. 이 찰스가 그처럼 시대에 뒤떨어진 생각에 얽매여야 하는가? 약삭빠르게 구는 게 옳다. 최대다수의 최대행복이란 무엇인가? 그렇다, 앤드루 노인 따위는 죽어도 좋다. 직장을 잃고 길거리에 나서야 하는 직공들은 어떻게 될 것인가? 사무원들은 어떻게 될 것인가? 저 가엾는 게언즈 노인은 어떻게 될 것인가? 그리고 게언즈의 병든 아내는? 앤드루 클라우더 노인의 쓸모없는 목숨 따위는 그런 사람들의 괴로움에 비하면 아무 값어치도 없는 것이다.

그러나 살인 뒤에 오는 것은 무엇인가? 아무것도 없다! 불쾌한 결과가 생기는 것은 살인이 발각되었을 때뿐이다. 그런데 이 살인은 발각당할 리가 없다. 만일 예기치 않았던 사태가 일어나 일이 발각된다 해도 자살이라고 생각될 것이다. 그것으로 모든 일은 끝이다. 찰스는 죽은 다음의 세계 따위는 믿지 않았다.

이리하여 찰스는 마음속으로는 의론이 논거가 빈약하다는 사실을 알면서도 자신에게 납득시키려고 애썼다.

그의 생각은 지난번 모트 장을 방문했을 때 본 그 장면으로 돌아갔다. 다시 그의 마음의 눈앞에 앤드루 클라우더 노인이 조끼주머니에서 작은 병을 꺼내 마개를 열고 서너 알의 작고 하얀 알약을 식탁 위에 떨어뜨리던 모습이 떠올랐다. 외숙부는 약병을 식탁 위에 놓고 그 중 한 알만 남겨 놓고 모두 병 속에 다시 넣었다. 노인이 병을 주머니에 넣고 남겨 놓은 한 알을 집어드는 모습이 떠올랐다. 앤드루 클라우더 노인은 날마다 아침, 점심, 저녁에 규칙적으로 이런 동작을 하고 있는 것이다.

상상을 되풀이하는 동안 끔찍한 생각이 그의 머릿속에 스며들어왔다. 만일 병 속의 알약 하나에 독이 들어 있다면 앤드루 노인은 죽을 것이다. 한 알만 병에 넣으면 된다. 그러면 노인이 그 약을 먹을 때까지 며칠의 기간이 있을 것이다. 노인이 죽으면 남은 알약은 분석되어 모두 이상없음이 밝혀진다. 그 병의 알약이 이상하다고 의심되더라도 독이 들어 있었다는 것을 입증할 수는 없다. 독약을 넣은 사실을 아무도 모른다면 거기 대해 입증할 수 있는 사람도 없을 것이다.

찰스는 이미 이런 생각을 머리에서 몰아내려고 하지 않았다. 오히려 생각하면 할수록 매력이 더해졌다. 안전성은 있는가? 문제없다. 마치 내 집처럼 안전하다. 그럼 확실성은? 역시 죽음이라는 것만큼이나 확실하다.

조금의 노력으로 즉 독이 든 알약을 구해 살짝 노인의 약병에 넣기만 하면 모든 일은 바라는 대로 된다! 그 이상 행동할 필요도 없다. 이 계획은 저절로 열매를 맺을 것이다. 언젠가는 앤드루 노인이 독이

든 알약을 먹고, 그러면 찰스는 이 곤경에서 벗어나게 된다.

그는 마치 꿈꾸는 기분으로 의자에 앉아 머릿속으로 이 문제와 눈이 빙빙 돌 만큼 씨름하고 있었다. 물론 곤란한 점도 많았다. 그러나 곤란이란 극복되기 위해 있는 게 아닌가!

찰스가 이 일을 이리저리 깊이 생각하고 있는 동안 무섭고 불쾌한 면은 차츰 뒤로 물러나고, 구체적인 것, 좀더 뚜렷한 것이 되어 나타났다.

문제는 크게 두 개의 중요한 부분으로 나누어진다. 어떻게 비밀리에 독이 든 알약을 구하느냐, 그리고 어떻게 그것을 앤드루 노인의 약병 속에 몰래 넣느냐 하는 것이었다. 처음에는 두 가지 모두 쉬울 듯했으나 곰곰이 생각해 보는 동안 모두 꽤 어려운 일임을 깨달았다.

당장 독이 든 알약을 사는 것은 불가능했다. 첫째, 그것은 앤드루 노인 약병의 약과 크기며 모양이 똑같아야 한다. 그런데 그런 것이 있을 리 없다. 더구나 단순히 독이 들어 있기만 하면 되는 게 아니다. 사람을 죽일 만한 독이 들어 있어야 한다. 그리고 앤드루 노인이 그것을 먹은 다음 의심 품을 경우 주위 사람들에게 알릴 수 없을 만큼 신속하게 노인의 힘을 빼앗는 것이어야 한다. 그 중에서도 가장 곤란한 것은, 그런 알약이 있다 해도 함부로 팔지 않는다는 점이다. 만일 살 수 있다 해도 독약 구입자 명단에 서명해야 할 것이다. 그러니 그처럼 위험한 행동을 섣불리 할 수는 없지 않은가?

찰스는 그런 알약이 필요하다면 직접 만드는 수밖에 없음을 깨달았다. 그러나 이 방법에도 곤란이 있다. 어떤 독약을 쓰며 얼마만큼의 양이 필요할까? 어떤 종류의 독이 필요한지 알았다 해도 그것을 어떻게 구한단 말인가? 그리고 그것을 구했다 해도 다른 사람들이 가려내지 못할 만큼 겉 모양과 맛이 비슷한 알약을 직접 만들 수 있을까?

그리고 가장 어려운 문제가 남아 있다. 즉 그 알약을 만들었다 해도 어떻게 아무도 모르게 앤드루 노인의 약병에 넣을 수 있을까? 이 목적이 이룩되기 전에 며칠의 여유가 생기도록 다른 알약 속에 넣을 수 있을까?

이런 곤란들은 도저히 극복하기 힘들 것 같았다. 자신의 곤란을 해결하기 위한 완벽한 방법이 있는데도 실행할 수 없는 안타까움과, 그 덕분에 살인죄를 저지르지 않아도 된다는 기분 사이에서 찰스는 방황했다. 혐오감을 느끼며 범죄에 대해 생각하는가 하면 다음 순간 무슨 짓을 해서라도 자신을 파멸에서 구해야겠다고 마음먹는 것이었다. 그러는 동안 이 계획은 마음 속에 자리를 잡아갔다.

그날 밤 찰스는 잠을 못 이루며 밤새도록 이 문제와 씨름했다. 머리가 아주 맑아지며 지금 자기가 놓인 입장에서 어떻게든 뚫고 나갈 수 있을 것 같은 기분이 들었다. 그러자 동시에 곤란에 대한 하나의 해결책이 떠올랐다. 그것이 그를 자극하여 다른 곤란에 대해 생각을 집중시켰다.

그날 밤 찰스는 놀라운 경험을 했다. 한 가지 문제를 놓고 그토록 뚜렷한 승리를 거둔 경험은 한 번도 없었다. 곤란은 차례차례 그의 노력 앞에 굴복했다. 그리고 졸음이 오기 시작한 새벽 4시 무렵에는 이 무서운 계획은 어떻게 하면 수행할 수 있는지 똑똑히 파악할 수 있었다. 만일 이 계획대로 한다면 남은 일은 다만 줄거리를 따라 행동하면 되는 것이다.

그러나 물론 그대로 하려고는 전혀 생각지도 않았다.

찰스는 마음 속으로 생각한 것을 받아들이려 하지 않았다. 자기에게도 외숙부에게도 현실생활에 영향을 미치지 않는 추상적인 문제를 해결했을 뿐이라고 스스로에게 납득시키며 그는 잠들었다.

하지만 찰스는 불장난이 얼마나 위험한 것인지를 잊고 있었다.

찰스, 준비를 시작하다

다음날 아침 찰스는 우울한 기분으로 잠에서 깨어났다. 무서운 꿈, 살인의 꿈에 시달렸던 것이다. 하지만 그것이 단순한 꿈에 지나지 않았음을 알았을 때, 영혼을 짓누르는 무서운 짐이 꿈에 지나지 않았음을 알았을 때, 그는 괴로울 정도로 안도감을 느꼈다.

그러면서도 밤새도록 골똘히 생각했던 그 계획의 교묘함에는 스스로도 감탄하지 않을 수 없었다. 만일 그가 살인을 저지르려고 한다면 그 이상 완전한 계획은 아마도 생각해 낼 수 없으리라. 확실하고도 피해자에게 전혀 고통을 주지 않는 방법이니까.

그것은 찰스 자신에게도 아무 정신적 고통을 주지 않으며 또한 무엇보다도 중요한 것은 절대 안전하다는 점이다. 이토록 완벽한 창작품이 그대로 파묻혀버리는 건 정말 유감스럽다고 그는 반쯤 장난스러운 기분으로 생각했다.

그러나 사무실에 나가 자신의 재정상태를 새삼스럽게 알자 다시 그 생각이 덮쳐왔다.

'나는 악과 선 둘 중 하나를 고르는 게 아니라 두 개의 악 가운데 어느 것을 골라야 하는 처지에 몰려 있다. 그 두 개의 악 가운데 하나는 반드시 골라야만 한다. 둘 중 어느 것이 더 나쁜 악일까?'

그는 여느 때와 마찬가지로 통신 사무를 처리했다. 그다지 많지 않았고, 만족할 만한 것은 하나도 없었다. 그 일이 끝나자 찰스는 여느 때처럼 공장을 돌아보러 나갔다. 우울할 때 기계가 움직이는 모습이며 제품이 완성되는 것을 보고 있으면 언제나 우울감이 사라졌다.

그러나 지금 무엇보다도 강하게 마음을 때린 것은 들어온 일거리가 아주 적다는 사실이었다. 재고는 잔뜩 있다. 지금도 제품을 팔려면 팔 수 있겠지만, 손해를 볼 뿐이다. 공장을 계속 움직이게 하기 위해 뭔가를 잡아먹으면서까지 팔 필요가 있을까? 이것은 다급한 사태였으므로 자연히 지난 밤에 꼬박 생각했던 그 무서운 문제로 그의 생각은 다시 이끌려 갔다.

기계공장에서 그는 한 조립공을 눈여겨보고 있었다. 이 공장에서 가장 숙련된 공원이었다. 그는 며칠 동안 결근했었는데, 아직도 병색이 가시지 않은 듯 야위어보였다. 찰스는 그에게 다가가 상냥하게 말을 걸었다.

"며칠 결근한 모양이더군, 매슈즈."

그는 아랫사람에게 친숙하게 대해야 한다는 옛날식 경영 방법을 취하고 있었던 것이다.

"무슨 좋지 않은 일이라도 있었나?"

매슈즈는 흐릿한 눈으로 그를 보며 기운없이 대답했다.

"아내가 병났었습니다. 감기에 걸렸으나 대단치 않게 생각했지요. 그런데 폐렴을 일으키더니······."

그는 사이를 두었다가 나직한 목소리로 말을 이었다.

"······그저께 죽었습니다."

"저런! 그런 일을 모르고 있었군. 안됐네. 결혼한 지 얼마나 되나?"

"12월이면 7년이 됩니다."

"아이들은 있나?"

매슈즈는 셋 있다고 대답했다. 막내가 이제 겨우 1년 3개월 되었다는 것이었다. 우선 급해서 이웃사람에게 돈을 주고 돌봐달라고 부탁했으나 비용이 많이 들어 앞으로 어떻게 해나가야 할지 모르겠다고 말했다. 이야기도 제대로 하지 못할 정도로 그는 어쩔 줄 모르고 있었다.

찰스는 생각했다. 선량하고 양심적인 공원인 이 사람이 앞으로 해고당하여 실직이라는 무거운 짐을 짊어져야 하는 것이다. 이 사람은 살고 있는 집마저 내놓아야 할 것이다. 아이들은 어떻게 될 것인가? 이것은 한 예에 지나지 않는다. 직장을 잃으면 그날부터 완전히 파멸할 사람이 틀림없이 몇십 명이나 있을 것이다.

이런 비참한 상태의 위협을 받는 것은 자신이 두려워하고 싫어하는 구제수단을 취할 만한 배짱이 찰스에게 없기 때문이다. 이대로 나가면 마침내 그도 이 사람들과 같은 운명을 짊어져야 하리라. 그도 실업자가 될 것이다. 집과 재산은 물론 미래의 아내도 잃고 말 것이다. 과연 그것을 견디어 낼 수 있을까?

이 순간부터 주사위는 던져진 것이다. 찰스는 그 계획을 절대로 인정하려고 하지 않았으나 마음속 깊은 곳에서는 이미 인정하고 있었다. 아무 쓸모 없는 한 목숨이 수많은 귀중한 목숨을 방해하고 있는 것이다. 마땅히 앤드루 클라우더 노인은 죽어야만 한다.

이 행위의 끔찍스러움에 대해서는 애써 마음의 문을 닫고 사무실로 돌아온 찰스는 계획의 사전준비에 착수했다. 절대적인 안전을 기하려면 신중해야 한다. 세밀한 부분까지 면밀히 생각해야 할 필요가 있다. 실수하지 않도록 천천히 일을 진행시켜야 한다.

오전 내내 책상 앞에 앉아 찰스는 계획을 짰다. 점심때쯤 앞으로 해야 할 일에 대해 상당히 뚜렷한 윤곽이 잡히게 되었다. 이 계획의 제1부에는 세 가지 일이 포함되어 있었다. 첫째, 외부 사람들이 자신의 재정적 안정을 믿도록 만들어야 한다. 둘째, 자신이 과로로 말미암아 몸이 아주 좋지 않다는 인상을 주고 휴가를 얻어 다른 곳으로 가야 한다. 그리고 셋째, 어떤 수단을 써서든 일이 벌어질 때까지 버틸 만한 돈을 마련해야 한다.

그런데 우연히도 그가 이미 취한 두 개의 수단이 이 첫째 목적, 즉 신용회복에 큰 도움이 되었다. 우선 첫째로 앤드루 노인에게서 받아낸 1천 파운드의 수표를 맡길 때 위덜로에게, 외숙부와의 이야기가 잘되어 어려움을 뚫고 나갈 희망이 생겼으며 이 1천 파운드는 앞으로 받게 될 돈의 일부에 지나지 않는다고 말했던 것이다. 둘째로 이 고장 가게에서 보내온 자잘한 청구서를 어제 모두 지불했으니 틀림없이 사람들에게 강한 인상을 주었을 것이다. 그가 파산 직전에 있다는 소문은 이제 많이 사그라졌을 거라고 그는 생각했다.

클럽에서 점심식사를 할 때 사람들의 태도가 어딘지 달라져 있음을 알고 예측이 맞았다는 확신을 얻었다. 어제는 분위기에 어딘지 쌀쌀한 데가 있었다. 그를 피하는 듯한 공기가 감돌았었다. 클럽 회원들이 그와 눈을 마주치지 않으려고 했었다. 그런데 오늘은 모든 것이 완전히 달라져 있었다. 그들의 지어낸 듯한 상냥한 표정에는 악의에 찬 부당한 생각을 품었던 데 대해 사과하는 빛이 있었다. 그들은 그의 말을 주의깊게 들어주었고, 그의 의견에 경의를 나타냈다.

이것은 행운의 조짐이다.

그러나 찰스는 거기에서 그치지 않았다. 점심식사가 끝나자 그는 위덜로와 보스톡을 찾아 이야기를 나누었다. 그 두 사람에게 외숙부가 도와주기로 되어 있다고 말한 뒤, 보스톡에게는 자기가 전에 빌려달라고 부탁한 돈은 이제 필요없게 되었다고 덧붙였다. 그리고 머지 않아 새 기계를 주문할 생각이라는 말도 잊지 않았다.

이것은 그들을 안심시키는 데 큰 효과가 있었다. 그리고 나서 찰스는 공장으로 돌아갔는데, 그의 왕국 역시 지금으로서는 아무 일없음을 느낄 수 있었다. 이제는 자기 뒤에 돈이 무진장 있으니 모든 일에 대해 걱정할 필요없다는 표정으로 차근차근 해나가기만 하면 되는 것이다.

그러나 그와 동시에 피로 때문에 몸이 쇠약해진 것처럼 꾸며보여야 한다. 이 점에 대하여는 그다지 가장할 필요가 없었다. 사실 그는 피곤하고 쇠약해 있었던 것이다. 그러므로 그런 기분을 그대로 겉으로 드러내보이기만 하면 되었다. 그러나 덮어놓고 그런 증세를 보이지는 않도록 마음썼다.

오후에는 맥퍼슨을 사무실로 불러 새 기계를 세 대 주문하기로 결정했다는 사실을 알려줌으로써 그를 기쁘게 했다. 그들은 언제나 셰필드에 있는 공장과 거래해 왔기 때문에 맥퍼슨은 지금까지처럼 그곳에 주문하기를 원했다. 그러나 찰스는 런던으로 나갈 구실이 필요했다. 그리하여 리딩의 공장에서 같은 종류의 기계를 만들어내고 있으니 어디에 주문할까 결정짓기 전 그곳에서 어떤 기계를 만들고 있는지 보았으면 좋겠다고 말했다. 만일 그 기계가 셰필드 공장의 기계보다 좋다면 맥퍼슨이 리딩으로 와서 본 다음 결정지으면 되지 않겠느냐는 의견이었다.

그리고 찰스는 맥퍼슨과 게인즈에게 감원을 연기하겠다고 말했다. 이 두 사람에게 뚜렷이 설명하지는 않았으나, 이런 방침의 변경은 외숙부의 도움 덕분이라고 넌지시 풍겨 두었다. 그리고 지난 몇 주일 동안 애를 많이 썼는데 지금은 이미 걱정도 해결되었으니 잠시 동안 휴가를 얻어야겠다고 말했다.

세 번째 준비는 돈을 좀더 마련하는 일이었다. 이 점에 대해서는 뚜렷한 계획이 서 있었다. 그의 아버지는 늘그막에 미술품 수집 취미를 가졌었는데, 생활이 넉넉했으므로 좋은 그림을 사들이고는 기뻐했었다. 그 그림들은 옛날 유명한 화가의 작품은 아니었으나 꽤 괜찮은 것들로, 한 점에 2백 파운드 내지 그 이상 내고 사들인 것들이었다. 모두 열 네 점이니까 아마 3천 파운드는 받을 수 있을 것이다. 그러므로 전당포에 맡기면 적어도 1천 5백 파운드는 얻을 수 있으리라고 생각했다.

물론 지난 몇 주일 동안 여러 번 그 그림을 팔아버릴까 생각해 보았으나 이따금 유나가 그것들을 칭찬했으므로 없어지면 그녀가 곧 알아차리리라고 생각했다. 그녀가 그 이유를 물어오면 불에 기름을 부은 것과 같은 결과가 될 것이다. 하지만 전당포에 맡긴다면 이야기가 다르다. 그 그림들이 집에 없다는 것을 그녀가 알 리 없다. 그녀를 집으로 초대하기 전에 다시 찾아다 걸어놓으면 되니까. 지금은 휴가를 떠날 생각이므로 마침 기회가 좋다.

다음날은 일요일이었다. 찰스는 여느 때와 마찬가지로 테니스를 치며 하루를 보냈다. 그러나 월요일에는 계획의 첫째 항목, 즉 런던행을 실행에 옮겼다. 출발하기 전에 그는 깨끗이 손질하기 위해서라며 롤링즈에게 열 네 점의 그림을 꾸려서 자동차에 싣도록 했다. 그는 점심 도시락도 준비시켰다. 그러면 굳이 호텔 같은 데 들르지 않아도 적당한 때 식사할 수 있기 때문이라고 말해 두었다. 롤링즈가 다른 일을 보고 있는 틈을 타 그는 몰래 휴대용 타이프라이터를 자동차에 쑤셔넣었다. 타이프라이터에 끼워져 있는 보랏빛 리본 이외에 여벌 리본도 넣었다. 그밖에 검은 윗옷과 조끼, 회색 줄무늬 바지——이른바 타운웨어라는 것이다——와 검은 구두 한 켤레에 머릿솔 등을 넣은 여행가방도 실었다. 그리고 공장에 들러 이틀쯤 나오지 못하겠다고 이른 다음 드디어 떠났다.

그는 미리 대체적인 계획을 세워 두었는데, 거기에 따라 되도록 짧은 시간 안에 모든 일을 끝마쳐야겠다고 생각했다. 그리하여 클럽에 비치된 상공인명록에서 필요한 가게와 주소를 조사해 두었다. 이 여행의 표면적인 이유인 리딩 방문, 꼭 비밀에 붙일 필요는 없으나 되도록이면 은밀히 하고 싶은 그림을 전당잡히는 일밖에도 많은 용건이 있었다. 이 '그밖의 용건'을 볼 때는 어떤 경우에도 자기와 연결시켜서는 안 된다. 절대적으로 덜미를 잡히지 않아야 한다.

그리하여 찰스는 변장이라는 문제를 생각해 보았다. 본격적으로 변장할 마음은 없었다. 어설픈 변장은 아예 하지 않는 것보다 더 위험하다는 사실을 알고 있었기 때문이다. 그러나 적어도 자기가 늘 입고 다니는 것과 좀 다른 옷을 입어야 하고, 뿔테안경을 쓰고 머리 모양도 조금 바꾸어야겠다고 생각했다.

열기 때문에 엷은 안개가 끼었으나 그날도 상쾌한 날씨였다. 좋은 날씨에 이끌려 휴가를 즐기는 사람들이 나돌아 다니고 있었다. 영국 사람들이 모두 자동차를 몰고 나온 게 아닌가 생각될 정도였다. 찰스는 남의 눈길을 끌지 않도록 하며 서둘렀다. 빨리 런던에 닿을 수 있다면 그림 문제는 그날 오후에 처리할 수 있을지도 모른다.

그는 이런 끔찍한 결심을 했는데도 마음이 가볍고 몸의 컨디션이 좋은 데 놀라지 않을 수 없었다. 이미 결심해 버렸다는 사실만으로 마음이 가라앉았던 것이다. 비참한 불안은 어느새 사라지고 없었다. 계획이 위험하면 할수록 모험에 스릴이 더해지기 마련이다.

약 2백 마일의 거리를 여섯 시간 만에 달려 오후 3, 4시 사이 런던에 닿았다. 그는 상공인명록에 있던 수많은 전당포 명부에서 제이미슨 앤드 툴러브라는 이름을 골라냈다. '미술상'이라는 광고를 내고 있었기 때문이다. 그는 가까운 공원에 자동차를 세워놓고 걸어서 앨런

돌 거리에 있는 그 전당포로 갔다.

용건을 말하자 툴러브의 방으로 안내되었다. 툴러브는 유대인같이 생긴 나이 지긋하고 침착한 풍채의 신사였다. 그는 찰스에게 의자를 권하고 손을 비비며 무슨 용건이냐고 물었다.

찰스는 용건을 말했다. 그림을 맡기고 돈을 빌리고 싶은데, 만일 그것이 툴러브 씨의 전문분야라면 가져온 그림을 보아 주기 바라며 그렇지 않다면 어디로 가져가면 좋은지 가르쳐 주기 바란다고 말했다.

그림을 맡고 돈을 융통해 주는 것은 툴러브가 진심으로 기뻐하는 일이었으므로 찰스가 가져온 그림을 기꺼이 보겠다고 대답했다. 그래서 찰스는 그림을 툴러브의 방으로 가져오게 했다. 툴러브는 정중하지만 얕잡아보는 듯한 태도로 그것을 바라보더니 얼마 동안 맡길 생각이냐고 물었다. 찰스는 정확하게 말할 수는 없지만 약 여섯 달쯤이라고 대답했다.

"조금은 빌려드릴 수 있습니다, 스원번 씨, 물론 알고 계시겠지만, 이것은 그리 값나가는 그림이 아닙니다. 하지만 얼마쯤은 융통해 드려도 좋습니다."

찰스는 무뚝뚝하게 말했다.

"값어치란 상대적인 것이지요, 물론 당신도 알고 계시겠지만, 얼마나 융통해 주시겠습니까?"

툴러브는 안됐다는 듯이 두 손을 펼쳐보였다. 자신이 감정가가 아니라 매우 유감이라며, 그림을 전문가에게 보여야 하므로 다시 한 번 와줄 수 있겠느냐는 것이었다.

찰스는 다음날 오후라면 다시 올 수 있다고 대답했다.

그러자 툴러브가 말했다.

"그러시다면 좋습니다. 그때는 정확한 금액을 말씀드릴 수 있을 겁니다. 이것은 그림을 맡겼다는 보관증입니다. 쓸데없는 일인지 모르지만, 이 장사는 가능한 한 신중을 기해야 하기 때문에……."

여기까지는 모든 일이 잘되어가는 듯하다고 찰스는 생각했다. 그 전당포는 장사가 아주 잘되는 것 같았다. 다른 전당포에 가도 역시 이런 결과였으리라.

찰스가 해야 할 다음 용건은 비밀스러운 것이었다. 자신이 한 행동의 자취가 남지 않도록 생각을 거듭한 끝에 빈틈없이 조직적인 경계를 했다. 그는 자동차로 돌아가 여행가방을 꺼냈다. 자동차를 그대로 세워놓고 올드위치 지하철 역으로 가서 홀번 행 전동차를 탔다. 홀번에서 내려 서쪽으로 걸어가 뉴옥스퍼드 거리를 조금 벗어난 큰길까지 가자 한 헌옷가게로 들어갔다. 그의 목적을 충분히 이룰 수 있을 만한 고급 헌옷가게였다.

찰스는 그 가게에서 낡긴 했어도 질좋은 수수한 갈색 양복을 사서 여행가방에 넣었다. 다음 모퉁이에 모자가게가 있었다. 거기서 잿빛 홈버그 모자를 샀다. 그 다음 가게에서 수수한 무늬의 넥타이를 샀다.

네 번째 물건을 살 때에는 차마 늘 입고 다니는 옷 그대로 살 수가 없었다. 그래서 거리의 공중변소에 들어가 옷과 넥타이와 구두와 모자를 바꿔입었다. 그리고 콧수염과 눈썹과 머리도 여느 때와 다른 모양으로 고쳤다. 나가기 전에 잠깐 거울을 들여다보고 모습이 완전히 달라져 있어 만족했다.

크게 자신을 얻은 찰스는 셔프츠베리 가로수거리에 있는 연극 소도구가게에 들어가 '아동극에서 자기가 할 역할에 필요한 것'이라며 도수 없는 뿔테안경을 샀다. 이것을 써보고 그는 이만하면 자신의 변장 솜씨도 꽤 쓸 만하다고 생각했다. 이것으로 무서운 연극의 제1막에 등장할 준비가 갖추어진 셈이다.

체링 크로스 거리에서 과학서적을 전문으로 다루는 헌책방에 들러 천천히 책들을 살펴보는 척했다.

그는 어떤 책을 사야 할지 알 수가 없어 조금 당황했다. 독물(毒物)에 관한 책——여러 가지 독물의 효과뿐만 아니라 치사량에 대해서도 씌어 있어야만 한다. 그리고 그 독물을 어떤 방법으로 어디서 구할 수 있는지도 씌어 있어야만 한다.

이과 대학 출신이라 찰스는 화학지식을 꽤 지니고 있다. 조금 알고 있긴 해도 물론 독물을 전공한 것이 아니었다. 그러나 운좋게 그런 책을 구하기만 한다면 필요한 지식은 그럭저럭 얻을 수 있으리라 생각되었다. 그는 제법 한가롭게 책장을 살피며 다녔다. 책은 항목별로 나누어져 있었다. 천문학, 식물, 화학, 전기, 콘크리트 구조학 등을 다룬 저서에 눈길을 보냈다. P항으로 서둘러 가다가 M항에서 언뜻 걸음을 멈추었다.

《법의학》——이거야말로 그가 찾고 있던 책이 아닌가! 사실 찰스는 법의학의 범위가 어느 정도인지 아주 막연하게밖에 몰랐다. 그래서 좀 머뭇거리며 두꺼운 책을 차례로 빼내 죽 훑어보았다. 틀림없이 찾고 있던 책인 듯했다. 그것은 범죄를 일으켰을 경우 의사가 제출할 수 있는 증거에 관한 책이었다. 의사가 찾아내는 징후, 예를 들어 여러 가지 방법으로 죽임을 당한 시체의 모습, 갖가지 결과를 낳는 원인 등이 자세히 기록되어 있었다.

찰스는 점원의 주의를 끌지 않도록 일부러 느릿느릿 행동했으나 눈은 재빨리 차례차례 훑어나갔다. 점원들은 바빴고, 많은 손님이 책장 앞에 서서 찰스와 마찬가지로 책을 찾고 있었으므로 그는 방해받지 않았다.

갑자기 몸이 부르르 떨려오는 만족감을 느꼈다. 이것이야말로 틀림없이 그가 찾고 있던 책이었다! 테일러의 《법의학 논리와 실제》로,

제2권에 '독물 및 독물학'이라는 항목의 긴 장(章)이 있고 거기에 '극약, 독약의 작용 및 그 증상'이라는 몇 절(節)이 있었다.

찰스는 이 두 권의 책을 골랐다. 헌책이긴 해도 30실링은 너무 싸다고 생각되었다. 그는 책을 종이에 꾸려 옆구리에 끼고 가게를 나왔다. 과로에 지친 듯 몹시 나른해보이는 점원은 그에게 어떤 주의도 기울이지 않았다. 이렇게 되면 결코 덜미를 잡힐 염려는 없다고 그는 확신했다.

찰스는 이런 행동을 두 번 되풀이했다. 다른 두 서점에서도 역시 세심한 주의를 기울여 책을 샀다. 첫번째 서점에서는 마틴딜과 웨스코트가 함께 저술한 《특별 약국방(藥局方)》을 샀다. 이것은 학생시절 조제약사의 '성서'라고 알고 있었던 책이었다. 다음 서점에서는 요술에 관한 입문서를 샀다.

그리고 다른 거리의 공중변소에서 찰스는 다시 본디 옷으로 갈아입고 책들을 그 전에 산 다른 물건들과 함께 여행가방에 넣었다. 그리고 자동차가 있는 데로 돌아가 런던에 오면 늘 묵었던 노덤벌랜드 가로수거리의 콘월 호텔로 당당하게 몰고 갔다.

호텔에서 몇몇 아는 사람을 만났다. 한시바삐 책을 들여다보고 싶었으나 그들과 함께 저녁 한때를 보내기로 했다. 그렇게 하면 나중에 그날 하루의 행동을 설명할 수 있으리라 생각했기 때문이다. 천천히 런던으로 드라이브해 온 다음 잘 때까지의 시간을 다른 사람들과 함께 보낸 것으로 설명된다. 여기까지 자기가 어떤 비밀스러운 행동을 했다고 여겨질 만한 대목은 하나도 없는 셈이었다.

찰스는 호텔 방으로 들어가자 부리나케 책을 꺼내 알고 싶었던 장을 들추었다. 그러나 쉬운 일이 아님을 알았다. 독물 부분은 너무도 방대하여 원하는 지식을 얻기 위해 어디를 들춰야 할지 알 수가 없었다. 찰스는 밤을 새워서라도 모두 읽어봐야겠다고 마음먹었다.

먼저 제15장 '독물 및 독물학'의 제1절 '독약에 관한 법령, 독약 또는 독물의 정의'부터 읽기 시작했는데, 그것은 쓸모가 없었다. 게다가 40종 이상의 독약, 또는 독약류가 있다는 사실을 알고 그는 당황했다. 자신의 목적에 가장 적합한 것을 어떻게 찾아내면 좋을까?

그 다음 제2절 '극약'으로 옮겼는데, 여기서도 얻은 바가 전혀 없었다. 그 다음 제3절 '독약의 작용'으로 옮겼다. 이 부분을 대강 훑어보는 동안 '독약을 삼킨 다음 징후가 나타나는 시간'이라는 제목에 부딪쳐 그는 문득 눈을 크게 떴다.

그에게는 이것이 아주 중요한 대목이었기 때문이다. 앤드루 클라우더 노인의 알약병을 노인에게 눈치채이지 않도록 손에 넣을 수는 없을지도 모른다. 그러므로 만일 그가 의혹을 일으켰을 경우 그 의혹을 겉으로 드러내기 전에 독약이 급속히 작용해야 하는 것이다. 그래서 찰스는 이 점을 주의깊게 읽었다.

이어서 다음 문장을 읽어내려갔다.

'다량의 청산가리는…… 2분 안으로 목숨을 파괴한다.' 이것은 분명 가장 효과가 빠른 독약이다. 다음에는 옥살산에 대해 씌어 있었는데, 이것은 '10분 내지 한 시간 안에' 목숨을 파괴한다고 적혀 있었다. 나머지는 더 길게 걸리는 것뿐이었다.

다른 것은 모두 엇비슷했고 청산가리가 가장 목적을 신속하게 이루어줄 것 같았다. 청산가리에 대해 무언가 좀더 씌어 있지 않을까?

그는 색인란을 펴서 빽빽이 인쇄되어 있는 그 페이지를 손가락으로 더듬어갔다. 있었다!──'청산가리에 의한 독살', 661페이지.

그는 661페이지를 들췄다.

그리고 읽어보았다. 읽어가는 동안 여기에 대한 지식이 늘어갔다. 청산가리 또는 시안화수소산의 의약품에 대해 씌어 있었다. 이것은 여느 사람은 구하기 어려운 모양이다. 산에서 유도된 시안화물은 '미술, 사진 등에서 자유로이 사용된다'고 기록되어 있었다. 그렇다면 시안화물은 쉽게 구할 수 있다는 이야기다. 그 중에서도 청산가리가 가장 적당할 것 같았다.

찰스는 청산가리에 관해 열심히 읽어보았다. 그것은 딱딱하고 흰 물질로 화학자들 사이에는 가장 무서운 독약의 하나로 알려져 있으며, 5그레인(1그레인은 0.0648그램)을 복용하고 3분 뒤면 치명적이 되고, 죽음에 이르기까지 몇 분 걸릴지 모르나 감각은 보통 몇 초 안에 잃어버린다고 씌어 있었다. 그 독약은 신경계통 및 심장을 마비시킴으로써 사람을 죽음에 이르게 한다는 것이었다. 찰스는 앤드루 클라우더 노인처럼 심장이 약한 사람의 경우에는 아주 적은 양으로도 가능하리라 생각했다.

찰스는 차분히 앉아서 이 책을 연구했다. 앤드루 노인의 병에 있는 것과 같은 크기의 알약에 과연 치사량의 청산가리를 넣을 수 있을까? 만일 넣을 수 있다면 어떻게 어디서 그 독약을 구할 것인가?

첫번째 의문은 알약 한 알의 무게를 다루어보면 대답이 나올 것이다. 물론 완벽한 것이라고는 할 수 없지만, 왜냐하면 이 독약의 비중은 그 알약 내용물의 비중과 다를지도 모르기 때문이다. 하지만 대체적으로는 알 수 있으리라. 두 번째 의문은 더욱 어려웠다.

이때 언뜻 청산가리는 말벌집을 퇴치시킬 때 사용된다는 것, 그리고 독약 구입 장부에 서명하면 아무나 그 목적에 필요한 양을 구입할 수 있다는 것을 여러 번 들은 기억이 떠올랐다. 그것은 과연 정말일까?

찰스는 꽤 지략이 풍부한 사나이였다. 단 2분 만에 그 곤란을 해결할 길을 생각해 냈다. 다음날 아침 그것을 시도해 보아야겠다고 그는 결심했다.

책을 덮고 잠자리에 들었을 때는 이미 3시가 다 되어 있었다. 다음날의 계획은 이미 짜여져 있었다.
 이윽고 그는 친애하는 동료를 위한 애타적인 계획밖에 염두에 없는 사람처럼 편안히 잠들었다.

찰스, 준비를 끝내다

 다음날 아침 찰스는 택시를 불러 여행가방을 싣고 피커딜리 서커스까지 갔다. 그는 거기서 전날과 같은 일을 또 했다. 역 화장실에서 낡은 옷으로 갈아입고, 벗은 옷을 여행가방에 넣어 잠근 다음 역의 휴대품 보관소에 맡겼다. 그리고 가장 가까운 약국으로 갔다.
 그는 점원에게 설명했다.
 "우리집 마당에 말벌집이 두 개나 있어 아주 곤란을 겪고 있답니다. 마당에 나가려면 그야말로 목숨을 걸다시피해야 하지요. 그것을 없애기 위한 적당한 약품이 없을까요?"
 가솔린을 뿌리고 불을 붙이면 어떻겠느냐고 점원은 말했다.
 "아, 그 이야기는 들었습니다. 하지만 가솔린은 성가시지요. 그처럼 큰 통은 필요하지도 않고 자동차에서 빼내기도 쉬운 일이 아니니까요. 간단히 벌집 속에 넣을 수 있는 독약이나 그 비슷한 게 있을 것 같은데……"
 그러자 점원이 대답했다.
 "흔히 청산가리를 씁니다만, 이것은 아무에게나 팔지 못합니다."

"네, 그런 이야기를 들은 적이 있지요. 그거라면 잘될 것 같군요. 그것을 사려면 어떤 수속이 필요합니까?"

"글쎄요…… 살 분을 우리가 직접 잘 알고 있든지, 아니면 우리가 개인적으로 잘 아는 사람의 보증이 있어야 합니다. 그리고 물론 사가는 분은 독약 구입 장부에 서명하셔야 합니다."

"의사의 편지가 있으면 되겠지요?"

"네, 그 의사가 우리들이 아는 사람이면 됩니다."

찰스는 미소 지었다.

"그렇다면 집 가까이 있는 단골 약국에서 사는 수밖에 없겠군요."

그는 점원에게 인사한 다음 약국에서 나왔다.

이 일은 당장 해치울 수가 없었다. 그 밖에도 할일은 또 있었다. 거기에서 조금 더 가자 다른 약국이 눈에 띄었다.

그는 그곳으로 들어갔다.

그는 다가온 젊은 점원에게 말했다.

"솔터 소화제 알약을 한 병 주시오."

"네, 몇 알들이로 드릴까요?"

"가장 작은 것으로."

점원은 아무 말도 하지 않고 작은 약병을 꾸려주었다. 찰스는 짤막하게 고맙다고 인사하고 약국을 나왔다.

이 약을 살 때 찰스는 어딘지 기운없어 보이는 듯한 표정을 짓는 것을 잊지 않았다. 그것은 그의 조심성의 한 면을 보여주는 일이었다. 즉 이처럼 건강해 보이는 사람이 소화불량에 걸렸을까 하는 생각을 점원이 갖지 않도록 하기 위해서였다.

그는 이 알약병이 30정 또는 50정 등 몇 종류가 있는지 몰랐기 때문에 쓸데없는 말을 주고받지 않도록 가장 작은 것을 달라고 했던 것이다. 다음 거리의 공중변소에 들어가 그는 약포장을 뜯었다. 그것은 앤드루 클라우더 노인의 약병만큼 크지 않았다. 광고에는 병 크기에 세 종류가 있다고 나와 있었다. 앤드루 노인이 가지고 있는 것은 틀림없이 가장 큰 것인 듯했다. 그래서 찰스는 또 다시 다른 약국에 들어가 '가장 큰 것을' 한 병 샀다.

이번에도 특별한 주의를 끌지 않도록 조심하며 약병을 받아들었다. 이튿날쯤이면 그에게 약을 판 두 점원은 그런 약을 판 일조차 잊어버리리라 생각하며 그는 기뻐했다.

다음에 처리해야 할 용건이 두 가지 있었다. 상공인명록을 들춰 의료기구 가게를 찾아내고, 거기서 가장 작은 약품용 저울과 분동(分銅)을 샀다. 이윽고 가장 힘든 일을 해야 할 단계에 이르렀다.

그것은 독약 구입의 첫단계로, 세심한 주의를 기울여 진행시켜야 한다고 생각했다. 전에 들어갔던 약국보다 한가한 곳을 골라 손님을 놓칠까봐 조바심내는 점원을 압도하여 대담하게 나가야겠다고 마음 먹었다. 그러기 위해서는 어떤 인물, 실제로 존재하는 어떤 인물인 척해야 할 필요가 있다고 생각했다.

그러려면 우선 그 인물이 사는 주소가 문제였다. 잠시 생각한 뒤 찰스는 새비튼을 골랐다. 그곳은 큰 거리인데다 정원이 있는 집들로 둘러싸여 있으므로 말벌집이 있는 정원도 틀림없이 많으리라. 아무튼 일단 새비튼에 가볼 필요가 있다.

찰스는 변장한 채 워털루 역을 떠나는 첫 전차를 탔다. 새비튼에 이르자 남쪽을 향해 걸어갔다. 그쪽이 넓은 교외와 이어져 있을 듯했기 때문이다. 한 책방 앞에 이르자 그 안에 들어가 이 거리의 인명주소록을 사가지고 나와서 다시 걸어갔다.

이윽고 얼마 안 가서 적당한 장소, 시카모어 가로수거리로 나왔다. 조용한 곳이었다. 작은 정원이 딸린 별장이 드문드문 떨어져——또는 아주 많이 떨어져——있었다. 전화선이 이어진 그럴 듯한 집을 골라 더브 코트 장이라는 그 집의 이름을 적었다. 인명주소록을 보니 집주인은 프랜시스 커즈웰이라는 사람이었다.

역으로 돌아가는 도중 공중전화를 이용하여 커즈웰이라는 인물이 실제로 살고 있음을 확인했다. 시내로 돌아가자 그는 인쇄점에 들어가 놋으로 만든 표찰과 명함을 1백 장 주문했다. '새비튼 시카모어 가로수거리 더브 코트 장, 프랜시스 커즈웰'이라는 명함이었다. 특별히 서둘러달라고 말하자 명함은 내일 오전 중이면 된다고 했다.

이로써 찰스의 오전 일은 끝났다. 생각보다 시간이 많이 걸려 이미 점심때가 가까웠다. 하지만 어쩔 수 없는 일이었다. 피커딜리 역의 휴대품 보관소에서 가방을 찾아 본디 옷으로 갈아입고, 알약과 저울을 가방에 넣어 잠갔다.

그런 다음 자동차를 타고 패딩턴으로 향했다. 그곳에 이르자 찰스는 가방을 클로크룸에 맡기고 급히 식당에서 점심식사를 한 뒤 곧장 리딩 행 지하철을 탔다.

이번에는 런던 여행을 정당화시켜 둬야 할 차례이다. 그는 그것을 완전히 해냈다. 택시로 공작기계 제작소에 가서 거기 진열된 제품을 당장에라도 구입할 듯이 주의깊게 살폈다. 그리고 그 자리에서 대답할 수 없는 많은 질문을 했다. 마지막으로 거기에 대한 보고서를 보내주면 살지 어떨지 결정짓겠다고 말한 뒤 그곳을 나왔다.

시내에 도착하자 전당포가 문닫기 전이어서 그림 문제를 결정지을 시간이 있을 것 같았다. 그리하여 다시 지하철을 타고 앨런돌 거리로 갔다.

툴러브가 정중하게 손을 비비며 그를 맞이했다.

"어서 오십시오. 그 그림은 굉장히 값진 것이었습니다. 내가 처음에 생각했던 것보다 훨씬 훌륭한 것이므로 틀림없이 돈을 융통해 드릴 수 있습니다."

"물론 그렇겠지요. 얼마만큼 값어치있는 것인지 나는 알고 있지만, 문제는 당신이 얼마를 융통해 주느냐 하는 겁니다."
"여섯 달 동안 맡기시겠다고?"
"딱잘라 말할 수는 없지만 여섯 달쯤 될 겁니다."
"우리는 적어도 2년 동안은 보관합니다. 만일 2년이 지나도 찾아가지 않으면 우리에게 주신 것으로 여기고 적당히 처분합니다."
"좋습니다. 2년 안에 내 일이 번창하든지 망하든지 둘 중 하나로 결정되겠지요."

툴러브는 자신의 장사에 대해 우는 소리를 늘어놓기 시작했다. 요즈음은 불경기이다, 그림을 간수하려면 비용이 든다, 보관 장소에도 돈이 든다, 깨끗하고 습기차지 않게 보관해야 하기 때문이다, 게다가 보험료가 비싸다. 요컨대 물건의 값어치만큼 돈을 빌려줄 수가 없다는 것이었다.

찰스는 참을성있게 말했다.
"알았습니다. 대체 얼마나 빌려줄 수 있겠습니까?"

툴러브가 한참 만에 입에 올린 금액은 찰스가 기대했던 것보다 컸다. 거의 비슷하다고는 하지만, 그림이란 모두 한결같이 값을 매길 수는 없다. 그러나 툴러브는 그림 한 점마다 똑같이 150파운드씩 매겨 모두 2천 1백 파운드를 융통해 주겠다고 제의했다.

찰스는 기뻤으나 얼굴에 나타나지 않도록 조심했다. 2천 1백 파운드면 3, 4주일 동안은 공장의 적자를 메울 수 있다. 지금 있는 돈과 합치면 한 달 이상 그럭저럭 견딜 수 있다. 그리고 한 달 안에 그는 부자가 될 것이다.

툴러브는 필요한 서류를 준비했다. 그리고 찰스가 서류에 서명을 마치자 2천 1백 파운드를 건네주었다. 일이 잘 되었으므로 마음속으로 크게 기뻐하며 그는 전당포에서 나왔다.

호텔로 돌아가는 도중 두세 가지 물건을 더 샀다. 종이의 질과 크기가 다른 여러 종류의 봉투와 우표와 탄소가루 조금과 동판화용 펜을 한 자루 샀다.

그날 밤, 앞일을 생각하니 찰스의 마음은 차분해지지 않았다. 다음날 해야 할 일에는 운을 하늘에 맡겨야 하는 위험이 따르기 때문이다. 다른 사람으로 변장하는 일에는 언제나 위험이 따르기 마련이다. 상대할 약국 점원이 진짜 프랜시스 커즈웰을 알고 있을지도 모른다. 어쩌면 새비튼 토박이일지도 모른다. 또 커즈웰을 모른다 해도 찰스가 어물어물 받아넘길 수 없는 그 고장 이야기를 꺼낼지도 모른다. 확실히 운을 하늘에 맡겨야 할 위험이 있다.

그렇기는 해도 위험률은 그리 크지 않다. 접촉해야 할 상대방에게 치명적인 사실이 알려질 확률은 아마 1백만분의 1쯤에 지나지 않을 것이다.

찰스는 자기 방으로 들어가자 문을 잠그고 저울과 분동 꾸러미를 펼쳤다. 그에게는 해결해야 할 두 가지 중요한 의문이 있었다. 첫째, 과연 정확한 크기의 알약 속에 청산가리를 치사량 넣을 수 있을까 하는 것이었다. 두 개의 병에 든 알약은 크기가 모두 같았는데, 물론 큰 병보다 작은 병 쪽에 적게 들어 있었다. 찰스는 시험용으로 작은 병의 알약을 쓰기로 했다. 섣불리 큰 병의 알약을 써서는 안 되기 때문이다.

알약은 꽤 컸다. 찰스는 몇 알을 포개놓고 무게를 달아 보았다. 평균 무게를 내보니 5그레인이었다. 그래서 만일 청산가리가 이 알약 무게와 비슷하다면 3그레인쯤 넣을 수 있을 것 같았다. 테일러가 쓴 책을 읽어보니 앤드루 외숙부같이 심장이 약한 사람을 죽게 하기 위해서는 3그레인 정도면 충분할 듯했다.

여기까지는 순조로웠다. 그는 알약을 치우고 두 번째 의문으로 넘어갔다. 사온 봉투에서 종이질이 다른 사무용 봉투를 두 장 골랐다. 종이질이 좋은 봉투에는 집에서 가지고 온 타이프라이터에 검은 리본을 끼워서 '새비튼 시카모어 가로수거리 더브 코트 장 프랜시스 커즈웰 귀하'라고 썼다. 그리고 다른 또 하나의 봉투에는 낡은 보랏빛 리본을 끼워 'F 커즈웰님'이라고 타이프한 다음 역시 같은 주소를 썼다.

 그런 다음 빛깔이 다른 정사각형 봉투를 두 장 골라냈다. 주머니에서 두 통의 편지 원고를 꺼내 앞에 놓고 그 필적과 똑같도록 쓰는 연습을 했다. 그리고 이 두 가지 거짓 필적으로 두 봉투에 '프랜시스 커즈웰 귀하'와 'F 커즈웰님'에게 보내는 주소를 적었다. 한두 장째는 마음에 들지 않았으나 열 두세 장째에는 만족할 만한 것이 되었다.

 1펜스 반짜리 우표 석 장과 반 펜스 짜리를 한 장씩 붙였다. 우표를 붙이는 것은 쉬웠으나 그 다음 일――진짜와 똑같이 소인을 찍는 일은 어려웠다. 콜드 피커비 우체국 소인 견본을 앞에 놓고 그와 비슷하게 새비튼 우체국 소인 도안을 그려보았다. 한 시간쯤 수없이 그리는 동안 그럭저럭 진짜와 비슷한 도안이 나왔다. 가느다란 제도용 펜과 유연으로 선을 그리고 거의 말라갈 때쯤 손으로 소인을 문질렀다. 그러자 아주 그럴 듯해 보였다. 수없이 연습하여 익숙해지자 그는 네 장의 봉투에 그 희미한 소인을 네 개 그렸다.

 그 다음 네 장의 편지지를 넣고, 석 장의 봉투에는 1펜스 반짜리 우표를 붙이고 네 장째는 개봉우편으로 했다.

 이어서 이 봉투들을 비비기도 하고 구기기도 하고 카펫 위에 대고 가볍게 문지르기도 한 다음 거칠게 봉투를 뜯어 알맹이를 꺼냈다가 다시 집어넣었다. 그러자 새것 같은 느낌이 사라지고 우체국을 거쳐 배달된 편지다운 느낌이 들게 되었다.

 찰스는 자신의 솜씨에 매우 만족했다. 확대경으로라도 보지 않는 한 이 위조를 눈치채지 못할 것이다. 마침내 그는 이 네 통의 봉투를 다른 서류들과 함께 주머니 속에 넣었다.

이미 오전 3시가 다 되었으나 아직 할 일이 남아 있었다. 책방에서 사온 새비튼 인명주소록을 펼쳐놓고 그 거리의 의사와 몇몇 명사의 이름과 주소를 외기 시작했다. 더브 코트 장 가까운 시카모어 가로수 거리에 사는 거주자들의 이름도 물론 외었다. 이 일로 또 한시간을 소비한 다음 겨우 잠자리에 들었다. 찰스는 자리에 눕자 올바른 사람들만이 맛볼 수 있는 깊은 단잠을 잤다.

다음날 아침에는 맨 먼저 쿠크 여행사를 찾아갔다. 휴가를 즐기려 하는데 기간은 아마 3주일쯤 될 것이며, 여기 저기 돌아다니고 싶다, 쿠크 여행사에서 무언가 좋은 계획을 제공해 줄 수 없겠느냐고 물었다.

쿠크 여행사 직원은 북 유럽의 수도를 두루 돌아다녀보는 게 어떻겠느냐고 권했다.

찰스는 얼른 동의하지 않았다. 굳이 이 나라에서 달아날 필요는 없고, 다만 휴가를 즐기기만 하면 되는 것이다. 그래서 북유럽의 수도를 돌아보는 계획은 좋지 않다고 말했다. 이미 대부분 가본 적이 있으므로, 그리고 자기는 햇빛이 그립다고 말했다.

"그렇다면 지중해 쪽은 어떨까요? 조금 더울 듯합니다만."

"아니, 나에게는 더운 게 좋습니다."

이윽고 찰스는 자기 이름을 대고 여행안내서를 잔뜩 받은 다음 마음이 결정되면 전화로 연락하겠다고 말한 뒤 거기서 나왔다.

호텔로 돌아오자 찰스는 자동차로 드라이브할 때는 경치가 좋은 곳에서 자유로이 도시락 먹는 것을 좋아한다며 점심 도시락을 주문했다. 그 값을 치르고 자동차로 돌아온 찰스는 북쪽으로 가는 척하며 호텔을 나왔다.

그러나 북쪽으로 가지 않고 워틸루 광장 가장자리에 자동차를 세웠

찰스, 준비를 끝내다

다. 그리고 여행가방을 들고 자동차에서 내리자 어제와 똑같은 행동을 되풀이했다. 거리의 공중변소에서 명함을 주문할 때 입었던 양복으로 갈아입고 그 가게에 가서 명함을 찾았다. 그런 다음 다시 다른 공중변소로 들어가 집에서 가져온 양복으로 바꿔입고 휴대품 보관소에 가방을 맡겼다. 이리하여 마침내 계획의 결정적인 장면으로 발을 내디뎠다.

새비튼에서 온 듯한 얼굴로 워털루에서 걷기 시작하여 시내 쪽으로 가다가 첫번째 보이는 약국으로 들어갔다.

그는 약국 점원에게 말했다.

"새비튼의 우리집 마당에 말벌집이 있어 성가십니다. 그것을 없애기 위해 청산가리를 좀 샀으면 싶은데요."

약국 점원은 머뭇거리며 정중하게 대답했다.

"죄송합니다만, 드릴 수 없습니다. 개인적으로 알지 못하는 손님에게는 그런 종류의 독약을 팔 수 없게 되어 있습니다. 이것은 법률로 규제하고 있고, 만일 발각당하면 우리는 처벌받게 되니까요."

찰스는 조금 놀라는 척했다.

"그처럼 까다로운 줄은 몰랐군요. 서명만 하면 되는 줄 알았는데…… 그렇다면 이름만으로는 안 되겠군요."

찰스는 새 명함을 한 장 건네주고 나서 주머니에 손을 넣어 준비해 온 서류묶음을 꺼냈다. 아무렇지도 않은 척하며 그것을 들여다보다가 네 통의 봉투 가운데 하나를 내밀었다.

약국 점원은 마음이 움직인 것 같았다. 그래도 손님이 바라는 것만큼 움직여지지는 않았다. 손님의 요구를 들어줄 수 없음을 그는 매우 미안하게 생각했다. 자기로서는 기꺼이 팔고 싶으나 법을 지켜야만 한다고 말했다. 그리고 말벌집을 없애기 위해서라면 굳이 청산가리를 쓸 필요없이 가솔린을 쓰면 된다고 일러주었다.

찰스는 가솔린이 그런 일에 쓸모있는 줄 몰랐는데 좋은 방법을 가르쳐줘서 고맙다, 가솔린이라면 자기 집 치고에 있으니 그리 힘들이지 않고 해볼 수 있을 거라고 말하며 대단히 고맙다고 인사했다.

약국 점원은 법을 어기면서까지 팔지 않아도 되어 마음이 놓인 듯했다. 두 사람은 기분좋게 작별인사를 했다.

다음 약국에서도 같은 장면이 벌어졌다. 처음에 공손히 맞았고, 그 다음에는 안됐다는 뜻을 표시했으며, 이어서 청산가리는 팔 수 없다고 말했다. 세 번째도 마찬가지였다. 네 번째도 다섯 번째도 똑같았다.

아무래도 이 큰 계획은 실패로 끝날 모양이라는 생각이 들기 시작했다. 그러자 문득 사진관에서, 또는 사진용으로 쓰겠다며 약국에서 그것을 구할 수 없을까 하는 생각이 들었다. 이 계획은 그리 쉽사리 단념할 수 없었다. 찰스는 마침내 여섯 번째 약국으로 들어갔다.

그곳은 작고 어두웠으며, 지금까지 들렸던 가게보다 낡고 어수선했다. 안경을 낀 등이 굽고 마른 노인이 나왔다. 약국에는 그 노인 한 사람뿐이었다.

이 사람이 약국 주인이리라고 찰스는 판단했다. 그는 노인에게 설명했다.

이윽고 노인이 대답했다.

"글쎄올시다. 모르는 분에게는 독약을 팔지 못하게 되어 있습니다만, 얼마쯤이나 필요하십니까?"

이곳은 가능성이 있을 것 같았다. 찰스는 무뚝뚝한 사람인 척했다.

"글쎄요, 잘 모르겠군요. 조금이면 되겠지요. 필요하리라고 여겨질 만큼쯤만 있으면 될 겁니다."

찰스는 그 명함을 한 장 건네주었다. 그리고 미소 지으며 서류묶음을 꺼내 편지를 하나씩 보여주었다.

"내 신원에 대해서라면 걱정 마시오."

노인은 수상쩍다는 태도를 보였다. 조금 머뭇거리더니 태평스러운 얼굴로 물었다.

"혹시 데이비스 박사님을 아십니까?"

그것은 찰스가 지난밤 아니, 오늘 새벽녘에 외어둔 이름 가운데 하나였다. 운좋게도 그는 이 의사의 주소도 외고 있었다.

"이든 거리에 사시는 분 말입니까? 조금 알지요. 나의 주치의는 센트 킬더 테라스 25번지의 제니퍼 박사님입니다."

약국 주인은 새비튼을 얼마쯤 알고 있는지 이 말이 효과를 나타냈다. 그는 마음놓은 듯이 말했다.

"그렇다면 좋습니다. 독약 구입 장부에 서명하시면 괜찮습니다."

찰스는 기입란에 필요한 사항을 적어넣고 굵은 글씨로 '프랜시스 커즈웰'이라고 서명을 마치자 갑자기 말이 많아졌다. 정원에 대해, 말벌이며 히스며 공유지에 대해, 과실의 수확이 좋은 해와 나쁜 해에 대해, 아무튼 화제가 새비튼으로 돌아가는 걸 막기 위해 닥치는 대로 지껄였다. 화제가 그쪽으로 돌려지면 어떤 터무니없는 결과가 될지 모르기 때문이다.

2분 뒤 약국에서 나온 그의 조끼주머니에는 1온스의 딱딱하고 하야스름한 화합물이 담긴 작은 양철갑이 들어 있었다. 그 갑에는 '청산가리, 독약'이라고 씌어진 빨간 레테르가 붙어 있었다.

약국 주인이 말했다.

"부디 조심해서 쓰셔야 합니다, 커즈웰 씨. 알려지면 성가시게 되니까요."

찰스는 기분좋게 대답했다.

"잘 알았습니다. 친절한 말씀 고맙습니다."

찰스는 태평스러운 모습으로 가게를 나오며 기쁜 듯이 자신에게 말했다. '나의 최악의 장애물이었다!' 절대로 덜미를 잡히지 않도록 하며 독약을 구입하는 일은 확실히 쉽지 않았다. 그것을 이처럼 쉽게 해냈으므로 남은 일도 문제없이 잘되리라 생각하며 그는 만족했다. 타고난 낙천적인 기질 탓으로 그는 벌써 외숙부의 수천 파운드나 되는 돈이 자기 주머니에 들어온 듯한 기분에 젖었다. 찰스는 자신의 사업은 구제받을 것이며 유나도 틀림없이 결혼해 주리라는 마음이 들었다.

찰스는 이런 일에 뜻밖으로 시간을 많이 소비했음을 알았다. 벌써 12시가 지나 있었다. 적당한 시간에 집에 도착하기를 그는 원했다. 휴대품 보관소에 가서 맡겨놓은 여행가방을 찾아가지고 찰스 스윈번의 양복으로 갈아입은 다음 주차장으로 돌아갔다.

5분 뒤 그는 혼잡한 거리를 누비며 그레이트 노스 거리로 향했다. 그리고 런던을 떠나기 전에 세 번 자동차를 세웠다. 잡화상과 약국과 주유소에서 각각 가장 질좋은 설탕 한 봉지와 백묵과 가솔린 한 통을 샀다.

이제 런던에서의 볼일을 마무리짓기 위해서는 사용한 도구를 처분하면 된다. 명함과 플레이트 판, 커즈웰의 주소와 성명이 적힌 네 장의 봉투, 테일러의 책 두 권, 그리고 비밀스러운 물건을 살 때 입었던 양복. 이런 증거물들을 없애지 않고는 안전하다고 할 수 없다.

그래서 그레이트 노스 거리 어귀를 벗어나자 상쾌한 삼림 지대를 향해 뻗어난 좁은 오솔길로 접어들었다. 그는 사람 눈에 띄지 않고 주위의 풀에 화톳불이 번져붙을 염려가 없는 조용한 곳으로 가고 싶었다.

뜻밖에도 그것이 어렵다는 사실을 알았으나 귀중한 시간을 많이 소비한 끝에 겨우 알맞은 장소에 이르렀다. 그곳은 폐기된 모래 채취장이었는데, 곧바로 자동차를 거기까지 몰고들어갈 수 있었으므로 길에서는 보이지 않았다. 우뚝 튀어나온 모래더미 뒤쪽에는 인부나 소풍 나온 사람들이 화톳불을 피웠었는지 땅이 거무스름하게 그을러 있었다. 글자 그대로 찰스는 거기에 달려들었다.

가솔린을 붓자 명함과 양복은 눈깜짝할 사이에 타버렸다. 그러나 두 권의 책은 그리 쉽게 타지 않았다. 나뭇가지로 뒤적이기도 하고 페이지를 펼쳐 공기를 넣으며 꽤 시간이 걸렸다. 마침내 그것은 엷은 재가 되었다.

이제는 플레이트 판이 남아 있을 뿐이다. 자동차 나사돌리개로 글자를 벗겨낸 다음 마치 수세기 동안 아무도 손대지 않은 듯한 곳의 나무 밑에 묻었다.

그리고 다시 자동차를 몰고 그레이트 노스 거리로 돌아오자 그는 자동차가 낼 수 있는 속력을 한껏 내어 달렸다.

자동차를 몰며 찰스는 도시락을 먹었다. 그러나 마지막으로 술을 한잔 마실 때는 잠깐 세웠다. 차는 전혀 마시지 않았다. 가능한 한 속도계의 바늘이 50 이하로 떨어지지 않게 했다. 거의 40마일을 달리는 동안 바늘을 60에서 한 번도 떨어뜨리지 않았고, 어떤 긴 언덕기슭에서는 70을 가리킨 적도 있었다.

찰스는 콜드 피커비 가까이 이르자 차츰 속력을 떨어뜨렸다. 혹시 아는 사람이 여느 때와 달리 속력을 내어 달리고 있는 자기를 보면 좋지 않다고 생각했기 때문이다. 온종일 걸려 자동차를 천천히 몰아왔다고 이야기하려면 그렇게 해야 하는 것이다.

하지만 아무리 서둘러도 공장문이 닫히기 전에 닿을 수는 없었다. 그러나 저녁식사 전에 집으로 들어설 수가 있었다. 그는 곧 게언즈를 전화로 불러 도중에 좀 늑장부렸더니 이제야 도착했다고 변명하고, 무언가 중요한 일이 없었느냐고 물어보았다. 아무 일도 없었다.

그날 밤은 무척 피곤했으나, 계획의 다음 단계에 손대지 않고는 견딜 수가 없었다. 그는 침실문을 잠그고 알약 만드는 방법을 연구하기 시작했다. 이때 그 마틴딜과 웨스코트가 함께 쓴 《특별 약국방》이 이용된 셈이다. 알약 제조에 관한 장이 있으므로 그것을 읽기만 하면 되는 것이었다.

이윽고 그는 일에 착수했다. 물에 질좋은 설탕가루를 조금 풀어 걸쭉한 꿀 같은 액체를 만들었다. 여기에 백묵을 넣었다. 그 혼합물이 꽤 굳어질 때까지 백묵의 양을 차츰 늘려갔다. 그는 미리 소량의 점토를 준비해 두었다. 이번에는 그 점토를 동그랗게 빚어 몇 개의 작은 공을 만들고 거기에 아까의 혼합물을 씌워보았다.

당의(糖衣)를 씌우는 것은 문제없었으나 진짜 알약처럼 표면을 딱딱하고 윤기있게 만들기는 그리 쉬운 일이 아니었다. 하지만 찰스는 다 만들어진 것을 알코올램프 위에서 따뜻하게 달군 양철판자에 얹어 굴리며 끈기있게 실험을 되풀이했다. 당의는 차츰 딱딱하고 매끈매끈해져서 마침내 정말 기계로 만든 알약과 똑같은 모습이 되었다. 찰스는 그때야 비로소 이 정도라면 문제없다고 생각했다.

그런 다음 찰스는 고무장갑을 끼고 작은 양철갑에서 조심조심 청산가리 덩어리를 꺼냈다. 그것을 주의깊게 펜나이프로 잘라내어 당의를 씌우기에 알맞은 크기와 모양이 될 때까지 다듬었다.

그는 이것을 약제용 저울에 달아보았다. 그리고 그 결과에 만족했다. 무게가 3그레인을 넘었다. 테일러의 설명에 따르면 이것은 목적을 달성하기에 충분한 양이다.

그런 다음 설탕과 백묵을 개기 시작했다. 혼합물은 조금 전 점토의 경우처럼 청산가리에 달라붙었다. 이리하여 마침내 찰스는 진짜와 똑같은 알약을 만들었다. 병의 알약과 크기가 똑같지는 않으나 그 정도 차이라면 알아차리지 못하리라 생각하고 만족했다.

이 일이 끝나자 찰스는 외숙부의 것과 똑같은 크기의 약병을 열었다. 세심히 주의를 기울여 외숙부 집에서 보았을 때와 같은 높이가 되도록 병에서 알약을 꺼냈다. 남은 알약을 책상 위에 쏟아놓고 세어보니 일흔 여섯 개였다.

찰스가 모트 장에서 점심식사를 하고 그 약병을 본 것은 17일 목요일이었다. 그 뒤 엿새가 지났다. 이 엿새 동안 앤드루 노인은 날마다 세 알씩 먹었을 것이다. 그러므로 지금은 열 여덟 개가 줄어 쉰 여덟 개쯤 있을 것이다. 앞으로 19일 지나면 병이 비게 된다는 계산이 나온다. 만일 독이 든 알약을 맨 밑바닥에 넣어둔다면 노인은 약 2주일 뒤 그 독약을 먹게 될 것이다.

이것은 찰스에게 매우 좋은 일이었다. 그때쯤이면 그는 이 고장에서 1천 마일이나 떨어진 곳에 있을 것이다. 3주일 동안의 휴가여행이 바로 그때쯤 될 것이기 때문이다.

여전히 장갑을 낀 채 찰스는 병 속에 알약이 두 겹으로 포개질 정도로 넣었다. 이어서 자신이 만든 걸작품을 살펴보니 딱딱하게 말라 있었다. 그것을 병 속에 넣고 그 위에 나머지를 넣었다. 그리고 조심스럽게 병을 똑바로 세워서 조끼주머니에 가만히 넣었다.

남은 청산가리가 자기에게서 발견되면 큰일이라고 생각했다. 그리하여 찰스는 그것을 물에 녹여 세면대 배수구로 흘려버렸다. 청산가리가 들었던 작은 양철갑은 주머니에 넣어두었다가 내일 아침 맨 먼저 버려야겠다고 생각했다. 아직 해야 할 일이 또 한 가지 남아 있었다. 그것은 자신이 가지고 있는 약병을 외숙부의 약병과 바꾸는 일이다. 그는 자기 것을 손바닥에 감춰쥐고 있다가 앤드루 노인의 주의를 다른 곳으로 돌려놓고 그 틈에 얼른 바꿔야겠다고 생각했다. 요술책을 산 것도 그 때문이었다.

그는 요술책을 읽기 시작했다.

그는 곧 손바닥에 물건을 감추는 일이 쉽지 않음을 깨달았다. 아주 어려운 수업으로, 오랜 연습을 쌓아야만 비로소 가능한 일이었다. 그런 일을 해야 한다는 것은 그가 비참한 운명을 지니고 있음을 뜻하는 것이었다.

하지만 저자의 다음 말에서 그는 용기를 얻었다. 즉 손바닥에 물건을 감추는 일은 어떤 종류의 간단한 요술을 부릴 경우 말고는 필요가 없다는 것이었다. 관객의 주의를 다른 곳으로 돌리기만 하면 작은 물건을 바꿔치는 일은 드러내 놓고도 할 수 있다. 즉 이런 종류의 속임수 비결은 '동작'과 '주문(呪文)'을 만들어내는 데 있다고 그 책은 말하고 있었다. 바꿔치기하는 순간 무언가 다른 행동을 해야 한다. 그러면 모든 사람의 주의가 그쪽으로 쏠리기 때문에 진짜 동작은 보지 못하기 마련이다.

찰스는 피곤했으나 거의 한 시간쯤 이 충고를 깊이 생각했다. 마침내 그는 방법을 깨달았다. 이제야 비로소 잠자리에 들 수 있었다. 만일 내일이라도——아니, 이미 자정이 훨씬 지났으니 오늘이라고 해야겠지만——기회가 주어진다면 언제든지 행동에 옮길 수 있게 된 것이다.

찰스, 배수진을 치다

 다음날 아침 자리에서 일어나자 찰스는 계획이 잘되어가고 있음을 몹시 기쁘게 생각했다. 이제는 약병을 바꿔놓기만 하면 되는 것이다. 그로써 이 끔찍한 일은 완전히 끝난다. 그리고 자신은 휴가여행을 떠나버리면 되는 것이다.

 독약을 넣어가지고 온 양철갑은 찌그러뜨려 작은 덩어리로 만든 다음 공장으로 가는 도중 게일 강 속에 던져버렸다.

 다음 단계는 모트 장으로 식사초대를 받는 것이다. 그것을 노리고 그는 점심때 조금 전 외숙부에게 전화를 걸었다.

 그는 되도록 명랑하게 말을 꺼냈다.

 "외숙부님, 좋은 소식이 있습니다."

 그러나 다음 말을 이을 수가 없었다. 뜻밖에도 고통스러울 정도로 혐오감을 느꼈기 때문이다. 그늘 늘 '양심'이라는 관념을 무시하고 있었다. 그러나 애써 명랑해지려고 노력하는 이때 양심 비슷한 것에 마음이 사로잡혔던 것이다. 자신이 목숨을 빼앗으려고 하는 노인에게 아무래도 태연하고 다정하게 말을 걸 수가 없었다. 그는 지금 자신이 하는 일을 언뜻 엿보고 갑자기 어떤 구토증을 느꼈다. 마치 자기를 믿고 있는 친구를 등 뒤에서 찌르려 하는 배신자같이 더럽고 치사한 인간처럼 느껴졌기 때문이다.

한순간 찰스는 머뭇거렸다. 이것이 자신의 행동에 대해 받아야 하는 대가의 첫 알림인 것일까 하고 생각했다. 그러나 그는 곧 공장과 직공들에 대해, 엄마 없는 아이들을 거느린 매슈즈에 대해, 직장을 잃은 게언즈 노인에 대해, 실업자가 된 자신과 유나에 대해 생각했다. 그리하여 그는 마음을 단단히 먹었다.

찰스는 다시 명랑한 어조로 말을 이었다.

"이제 겨우 얼마쯤 자금을 얻었습니다. 그 일에 대해 말씀드리고 싶은데, 찾아가 뵈면 만나주시겠지요?"

앤드루 클라우더 노인이 그거 참 잘됐다고 대답했을 때, 그 말투에서 여느 때와 같은 비웃음은 느껴지지 않았다. 찰스가 예상했던 대로 노인은 그리 바쁘지 않으니 언제든지 만날 수 있다면서, 오늘이든 내일이든 차 마시는 시간에 오면 어떻겠느냐고 덧붙여 말했다.

차는 찰스가 원하는 것이 아니었다. 그래서 그는 오후에는 언제나 바쁘기 때문에 외숙부만 좋다면 내일 저녁식사를 끝낸 뒤 가겠다고 말했다.

"다시 말해서 외숙부님 혼자 계실 때가 좋겠다는 말입니다. 누가 함께 있으면 돈 이야기를 할 수 없으니까요."

이 말에 대해서도 바라던 반응이 나타났다. 앤드루 노인은 단둘이 있을 수 있으니 저녁식사를 함께 하지 않겠느냐고 말했다. 찰스는 적당히 망설인 다음 기꺼이 가 뵙겠다고 대답했다.

이제 됐으므로 다음에는 집을 비우는 일에 대해 생각해야 했다. 너무 급하게 서둘러 떠나는 것도 좋지 않지만, 적당히 서둘러야만 한다. 내일은 25일 금요일이다. 다음주 화요일이나 수요일쯤에 출발하면 어떨까?

그는 쿠크 여행사의 광고를 들여다보았다. 그것은 그가 사무실에 들어왔을 때 눈에 띄도록 책상 위에 펼쳐놓았던 것이다. 곧 눈에 띄는 것이 있었다.

퍼플 스타 라인이 2만 5천 톤의 주피터 호로 21일 동안 주유항해(周遊航海)하는 계획이 있었다. 그것은 마르세이유에서 출발하여 빌프랑슈, 제노바, 나폴리, 메시나, 마르타, 튀니스, 알제, 바르셀로나를 거쳐 마르세이유로 돌아오는 여행이었다. 비행기는 30일 수요일에 런던을 출발한다. 만일 내일 약병을 바꿔치는 일에 성공하면 이 주유여행을 떠나기로 마음먹었다. 당장 준비하는 것이 좋겠다. 만일 이 여행계획을 실행할 수 없게 되면 예정이 바뀌었다고 말하면 그만이다.

잠시 뒤 사무주임이 우울한 얼굴로 나타났을 때 찰스는 말했다.

"나는 수요일에 여행을 떠날 생각이오. 3주일 동안의 항해여행이지요. 요즈음에는 돈 때문에 몹시 지쳐서 도무지 기운이 없소. 하지만 돈 문제도 그럭저럭 해결되었으니 잠깐 쉬고 싶소. 지난해에도 휴가를 얻지 못했으니까."

게언즈는 기뻐했다. 마치 자기가 휴가여행을 떠나기라도 하는 듯이 기뻐했다. 이로써 끔찍한 회사의 어려움이 거두어진다면 이처럼 좋은 세상에 아무 불평도 없다, 사장님은 확실히 휴가를 얻을 권리가 있다, 열심히 뛰어 그들 모두를 구했으니까……

그날의 남은 시간과 다음날 하루는 찰스에게 믿을 수 없을 만큼 느릿느릿 지나갔다. 신경이 곤두서 무엇을 해도 마음을 가라앉힐 수가 없었다. 이 무서운 계획에 대한 그의 반응은 끊임없이 변했다. 어떤 때는 칭찬할 만한 일은 아니지만 어쩔 수 없는 행동이며, 한 사람의 목숨을 희생시켜 많은 사람의 이익을 얻는 거라고 생각되었다. 또 어떤 때는 이 행위의 결과를 언뜻 들여다보고 자신은 아마도 남은 생애 동안 이 죄가 얼마나 큰지 깨닫고, 언제 어떤 일로 발각당할지 모른다는 공포감을 마음속 깊이 간직하고 살아야 하리라고 생각되었다.

다음날 아침 7시에야 비로소 마음이 가라앉았다. 아무 일도 손에 잡을 수 없던 시간이 끝난 것이다.

저녁식사는 전처럼 네 사람뿐이었다. 찰스, 앤드루 클라우더, 폴리펙스 부인, 그리고 마거트. 앤드루 노인은 기분이 아주 좋았다. 모든 점에서 여느 때보다 상태가 좋은 것 같았다. 명랑했고, 여느 때만큼 눈물을 잘 흘리지도 않았고, 게다가 사리판단도 분명했다. 자기만의 생각에 잠겨 있는 순간도 적었고, 옛날처럼 자진해서 이야기에 끼어들었다.

페넬로프 폴리펙스 부인도 그녀의 딸도 기분이 좋은 듯했다. 폴리펙스 부인은 식사가 유쾌하게 진행되도록 애쓰고 있었고, 마거트도 이때만큼은 웬일인지 거만하게 굴지 않았으며 불평도 하지 않았다.

찰스만이 자연스럽게 행동할 수가 없었다. 아무리 애써도 이상한 생각 같은 건 머리에 없다는 듯이 행동할 수가 없었다. 그리하여 모두의 주의를 자신의 건강 문제로 끄는 편이 무난하리라 생각될 정도였다.

찰스는 화제가 끊겼을 때 말했다.

"저는 다음 주에 휴가여행을 떠날 생각입니다. 지난해에도 휴가를 얻지 못했고, 게다가 요즈음 여러 가지 일로 너무 지쳤거든요. 3주일쯤 다녀올 작정입니다."

그들은 흥미를 가지고 여러 가지로 캐물었다. 찰스는 여행 일정이며 북쪽보다 남쪽을 택한 이유 등을 자세히 설명했다.

폴리펙스 부인이 말했다.

"부럽구나, 찰스. 그 예정 가운데 한두 군데는 아직 한 번도 가보지 못해 늘 가고 싶다고 생각한 곳이지. 이를테면 카프리 말이다, 카프리를 구경할 시간이 있겠니?"
"네, 있습니다. 나폴리에서 사흘 머물 예정이므로 카프리, 소렌토, 베수비어스, 폼페이를 구경할 겁니다. 그 다음 나폴리 거리, 아니면 바이이 또는 포토톨리 중 하나를 골라서 구경할 수 있겠지요."
"나폴리나 폼페이라면 가보았지만 카프리는 아직 가보지 못했어. 언젠가는 나도 꼭 가봐야겠다."
찰스는 문득 어떤 생각이 머리에 떠올랐다. 이모를 함께 데려가면 어떨까? 만일 그럴 수만 있다면 모트 장의 관리가 엉망이 될 테고, 따라서 그가 은근히 바라고 있는 자살설이 합리화되지 않겠는가.
그리하여 찰스는 진심으로 권해보았다.
"이모님도 함께 가시면 어떨까요? 물론 마거트도 함께. 두 분의 건강에도 좋을 테고, 아마 꼭 마음에 드실 겁니다. 선실은 틀림없이 남아 있을 겁니다. 앤드루 외숙부님도 괜찮으시겠지요? 다른 일도 아니니까. 어떻습니까, 외숙부님?"
폴리펙스 부인은 망설였다. 그러나 함께 가자는 말을 들어 기쁜 모양이었다.
"지금은 안되겠어. 좀더 늦게라면 갈 수 있겠지만. 더위에 지쳐버려서 떠날 수가 없구나. 그리고 2주일 뒤에는 마거트가 스코틀랜드로 가야 하거든, 스카이 백작부인께서 댈비니 근처 별장으로 초대하셨단다. 고맙긴 하지만, 이 다음 기회로 미루자, 찰스."
찰스는 끈질기게 말했다.
"바다 위는 그리 덥지 않습니다, 이모님. 그리고 마거트는 스코틀랜드 방문을 1주일쯤 연기하면 되지 않습니까? 저도 이모님과 함께 배를 타면 유쾌할 텐데!"
하지만 그들은 끝내 동의하지 않았다. 스코틀랜드로 초대받지만 않앉아도 마거트는 곧 동의했을 것이다. 그러나 스카이 백작부인의 손님이 된다는 화려함이 평범한 지중해 여행보다 더 매력적인 모양이었다.

식사가 거의 끝나 결정적인 순간이 다가옴에 따라 찰스는 더욱 불안해졌고 흥분되어 갔다. 여느 때보다도 꽤 많이 포도주를 마셨다. 술이 어느 정도 그의 신경을 가라앉혀 주었다. 모두들 이러한 자신의 태도를 과로 때문이라고 여겼으려니 확신했다. 그래도 앞으로 한두 시간 동안은 정신을 바짝 차리고 냉정을 잃어서는 안 된다. 모든 일은 여기에 달려 있는 것이다.

마침내 여자들이 식당에서 나갔다. 앤드루 노인은 식탁 윗자리에, 찰스는 그 오른쪽에 앉아 있었다. 마거트가 늘 노인 왼쪽에 앉는다는 것을 알고 있었으므로 찰스는 이 배치도 미리 계산에 넣고 있었다. 그는 외숙부의 잔에 포도주를 따라주고 의자를 조금 그에게로 바싹 당겼다. 그들은 이야기를 시작했다.

"어제 말씀드렸듯이 겨우 자금이 조금 마련되었습니다. 아주 간단한 일이었는데, 어째서 좀더 빨리 생각해 내지 못했는지 제 자신으로서도 알 수가 없을 정도입니다. 그림을 전당포에 맡겼습니다."

"네 아버지의 그림을 말이냐? 그 말을 들으니 서운하구나, 찰스, 정말 서운해. 나는 늘 기억하고 있지."

노인은 의자등받이에 몸을 기대고 회상에 젖었다.

"네 아버지가 처음 그 그림을 샀을 때의 일을 마치 어제 일처럼 잘 기억하고 있단다. 가게에서는 그 그림에 250파운드를 붙였었지. 네 아버지는 그것을 막대한 값으로 생각하며 나에게 그 이야기를 하기에, 나는 이렇게 말해 주었다.

'사는게 좋을 거요, 헨리. 그것도 하나의 투자이니까. 필요할 경우가 생겼을 때 그림은 언제나 내 손에 있지 않겠소.'

내 말이 맞긴 했지만, 내가 생각했던 것과는 다르게 되었구나."
"다르지 않습니다. 물론 그것을 처분해야 한다면 저도 서운하겠지요. 하지만 잠시 맡기는 것뿐입니다. 어떤 행운을 잡아 사정이 달라지면 다시 찾아오겠습니다. 외숙부님께 이런 일을 두 번 다시 말씀드리고 싶지 않습니다."
앤드루 노인은 여느 때의 어조로 돌아가 말했다.
"그럴 가망성이 있느냐? 나는 내 조카의 행동을 여러 사람들에게 알려주고 싶을 만큼 자랑스럽게 여길 수가 없구나. 나라면 트럼프의 패를 속일 때처럼 그런 일은 살며시 감춰두겠다. 너에게 그렇게 하라는 건 아니지만, 아무튼 실망한 것만은 사실이다. 좀더 기특한 일을 할 수는 없니?"
다른 때였다면 찰스는 이런 노골적인 말에 울컥 화가 치밀었을지도 모른다. 하지만 지금은 그 말이 오히려 그에게 강장제 같은 역할을 했다. 노인이 이런 말을 입에 담으면 담을수록 그는 일을 하기가 쉽기 때문이었다. 다시 찰스는 쓸쓸한 격정의 물결에 휩쓸렸다. 만일 외숙부가 세상의 다른 외숙부들처럼 호의를 베풀어주었다면 그도 이런 끔찍한 계획을 실행할 필요는 없었을 것이다. 따라서 이것은 자업자득이다. 찰스는 마음을 독하게 먹었다.

그러는 동안 신경의 발작이 가라앉고 냉정을 되찾아 능률적이 되었다. 다행히도 그때 마침 그 순간이 찾아왔다. 앤드루 노인이 주머니에서 약병을 꺼냈다. 노인은 천천히 조심스럽게 그것을 열었다. 그편이 더욱 좋았다. 그만큼 찰스에게 그 일을 해치울 수 있는 여유를 주었기 때문이다. 앤드루 노인이 병을 열자 찰스도 자기 병을 열었다——식탁 밑에서. 찰스는 병 주둥이를 손목 쪽으로 향하게 하고 오른손에 쥐고 있었다. 그리고 준비해 온 한 장의 서류를 왼손으로 주머니에서 꺼냈다. 그리고 천천히 돈이야기를 하며 기회를 기다렸다.

앤드루 노인은 전에 했던 대로 식탁보 위에 두세 알을 꺼내놓았다. 그리고 병을 식탁 위에 똑바로 세웠다. 한 알만 남기고 나머지는 모두 다시 병에 집어넣었다. 이것이 바로 찰스가 노리고 있던 기회였다. 앤드루 노인이 병을 집어들기 전에 해치워야만 한다.

"여기에 정확한 숫자가 있습니다만……."

찰스는 서류를 쥔 왼손을 내밀었다.

찰스는 그 행동을 신중하게 주의를 기울여 했다. 그의 손이 앤드루 노인의 포도주 잔에 걸려 잔이 노인 쪽으로 쓰러졌다. 붉은 포도주가 식탁 저쪽까지 흘러가더니 앤드루 노인의 무릎에 떨어졌다.

"아, 외숙부님, 죄송합니다!"

찰스의 당황한 목소리는 진짜 같았다. 그는 급히 일어나 오른손을 식탁 위의 약병 가까이로 짚으며 자기 병을 놓고 외숙부의 병을 감쪽같이 집어들었다. 한편 왼손으로 빈 잔을 집어 똑바로 세워놓았다. 눈깜짝할 사이에 앤드루 노인의 병은 찰스의 주머니 속으로 들어갔다. 그리고 그는 손수건으로 앤드루 노인의 바지에 흐른 포도주를 닦고 있었다.

"벨을 눌러 웨더랩을 불러야겠습니다."

찰스는 거듭 자기의 실수를 사과했다. 앤드루 노인은 그다지 언짢아하지 않았다. 곧 웨더랩이 들어와 노인의 바지를 닦고, 식탁보가 더러워진 곳에 새 냅킨을 깔고 카펫 위에 쏟아진 술을 닦아냄으로써 이 법석은 깨끗이 처리되었다. 마침내 흥분이 가라앉자 앤드루는 병과 마개를 집어 들었다.

찰스는 갑자기 불안을 느꼈다. 만일 병이 정확한 기준대로 만들어져 있지 않아 뚜껑이 맞지 않는다면?

그러나 뚜껑은 꼭 맞았다. 앤드루 노인은 뚜껑을 닫고 병을 주머니에 넣었다. 확실히 아무것도 의심하지 않았다. 찰스는 후유, 들리지 않는 한숨을 내쉰 다음 이마에 송송 맺힌 땀방울을 몰래 닦았다.
 앤드루 노인이 물었다.
 "무슨 숫자를 보여준다고 했지?"
 이것으로 일은 끝났다.
 끝났다고? 아니다. 지금 막 시작되었을 뿐이다.
 그날 밤 그 뒤의 일을 어떻게 헤치고 나왔는지 그로서는 전혀 기억이 없었다. 앤드루 노인과의 대화가 마치 무서운 악몽처럼 여겨졌다. 이윽고 그들이 응접실로 자리를 옮기자 겨우 마음이 조금 가라앉았다. 10시 조금 전 노인이 잠자리에 들 때까지 찰스는 있는 노력을 다 기울여 머물러 있어야만 했다.
 그 다음에는 휴가 여행계획을 세워야 했다. 다음날 아침 사무실에 나가자 곧 쿠크 여행사로 전화를 걸었다. 25분 뒤 그는 B갑판의 1인용 선실을 예약했다. 지중해 연안 유람과 기차 요금을 포함하여 65기니였다.
 그날 오후에는 또 한 가지 결정적인 회견을 하게 되어 있었다. 어쩐지 착잡한 기분으로 애타게 기다리던 회견이었다. 그 날은 토요일이었으므로 테니스를 치러 클로스비 집에 가기로 되어 있었다. 거기서 유나를 만날 수 있는 것이다.
 여느 때에도 유나와의 만남은 어쩐지 믿을 수 없는 날씨와도 같았다. 기분좋은 유나를 상대하고 있을 때는 천국이었다. 그러나 유나는 늘 기분좋지만은 않았으므로 언제 형세가 바뀔지 알 수 없었다. 하지만 오늘은 여느 때와 경우가 달랐다. 그는 몰턴 거리의 올리버 상점 앞에서 그녀가 쌀쌀맞게 대한 날 뒤로 아직 그녀를 만나지 못했다. 이번에는 어떤 태도로 맞아줄까 생각해 보았다.
 찰스가 현관에 자동차를 갖다댔을 때 플란넬 양복을 입은 클로스비가 앤 여왕 시대 건물인 쾌적한 잉글 장 층계 위에 서 있었다. 나이는 60살쯤으로, 그의 직업에 어울리는 소탈하고 착실한 인품이었다. 그는 이 지방의 거의 모든 전통 있는 집안의 고문변호사로 일하고 있었다. 그 의뢰인 가운데 앤드루 노인도 들어 있었다. 찰스가 외숙부에게서 물려받은 사업을 완전히 근대화시킨 데 대해 클로스비는 외숙부와 조카의 이익이 반드시 일치할 수 없으니 당연하다고 생각했다. 클로스비는 성품이 곧고 근면해서 많은 사람들로부터 호감과 존경을 받고 있었다.

그는 입가에 미소를 띠며 말했다.

"어서 오게, 찰스, 존즈와 핼럼 형제가 그만두어 남자가 모자라는 참이었다네."

찰스는 빙그레 미소지었다.

"제가 쓸모있다니 기쁩니다. 비록 개인적인 이유가 아니더라도."

"너무 우울해하지 말게. 나는 자네가 그만한 가치가 있다고는 말하지 않았네. 그건 그렇고, 휴가여행을 떠난다면서?"

"어떻게 아셨지요? 오늘 아침에 결정지었는데."

"하하하…… 작은 새지, 한 마리의 작은 새. 자네의 사촌 누이 마거트로부터 들었네. 오늘 아침 사무실 밖에서 만났다네."

"어젯밤에 저녁식사를 함께 했지요. 물론 모트 장에서 말입니다. 당신의 그 사무실 밖에서가 아니라…… 그렇습니다, 한 3주일쯤 여행을 할까합니다."

"여행하는 동안 일은 어떻게 할 셈인가?"

"게언즈와 맥퍼슨에게 맡기겠습니다. 요즘은 그리 바쁘지 않으니까요. 그다지 고마운 일은 아니지만……."

클로스비의 태도가 전보다 훨씬 정다워진 대신 살피는 듯하다고 찰스는 생각했다.

"찰스, 자네의 오랜 친구로서 말하겠네. 자네 사업에 대한 그 소문이 전혀 근거 없는 일이었음을 나는 무엇보다도 다행으로 생각하네."

찰스는 얼른 생각했다. 만일 나중에 무슨 문제가 생겼을 경우 클로스비가 자기를 의심하면 안 된다. 그래서 찰스도 터놓고 이야기하기로 마음먹었다.

"아닙니다. 전혀 근거 없다고 할 수는 없습니다, 클로스비 씨. 실은 당신에게만 말씀드립니다만, 거의 파산 직전에 몰렸다고 해도 좋았을 겁니다. 새로운 기계가 두세 대 필요했는데, 그것을 마련할 방법이 없었지요. 하지만 이제는 괜찮습니다. 외숙부님께 사정을 털어놓았더니 1천 파운드를 주시더군요. 그리고 우리집에 있는 그림을 전당잡혀 기계를 사기로 했지요. 세밀한 부분에 대한 보고서가 오기만 하면 곧 주문할 생각입니다."

"그거 참, 잘됐군. 정말 잘됐네. 외숙부님께서는 아직 내게 그 이야기를 하지 않았지만, 아마 곧 하시겠지. 그런데 왜 휴가를…… 하기야 휴가를 얻는 게 당연하겠지만."

"변화는 즐거운 것이지요. 요즘 정말 골치아팠거든요."

찰스는 유나가 도착하기 전에 먼저 가 있으려고 좀 일찍 잉글 장에 왔었다. 그런데 이 집 주인과 함께 테니스코트로 가보니 놀랍게도 그녀는 이미 와 있었다. 방금 시합 편이 짜여져 그녀는 파트너와 함께 네트를 향해 걸어가는 중이었다. 그를 보자 유나는 라켓을 흔들어보였다. 찰스는 가슴이 뛰었다. 그것은 찰스가 바라고 있던 명랑하고 다정한 태도였다. 오늘 오후에는 형세가 달라질까 걱정하지 않아도 될 것 같았다.

그런데 반드시 그렇지도 않았다. 운이 나쁜지, 아니면 그녀가 교묘하게 그렇게 만들었는지 둘이서 이야기하는 것이 쉽지 않음을 알았다. 코트가 하나밖에 없으므로 한 세트가 끝날 무렵이면 다음 세트가 결정되어져 그는 코트로 나가야만 했던 것이다. 양쪽 모두 만만치 않은 실력이어서 언제 끝날지 알 수 없는 채 양쪽이 번갈아 승리했다. 겨우 끝나자 유나는 많은 사람들 틈에 끼어서 차를 마시고 있었다. 찰스는 마치 벌써 지중해에 가버린 듯 그녀와 멀리 떨어져 있는 느낌이 들었다.

돌아갈 준비를 하고 있을 때 겨우 그녀에게 말을 걸 수 있었다. 아주 잠깐 동안이었다. 하지만 그것은 만족할만 했다. 그녀는 그전처럼 미소를 지어보였다.

"어떠세요, 찰스?"

그는 그 말에 매달렸다.

"지중해 여행을 떠나신다고요? 잘하셨어요. 요즈음 당신은 그리 기분이 좋지 않은 것 같았으니, 변화가 필요할 거예요."

새로운 맛이 없는 말이긴 했으나 그는 열띤 투로 말했다.

"당신도 함께 간다면 얼마나 좋겠소, 유나. 내가 살아가는 희망이란 언젠가는 우리가……."

유나는 얼른 그의 말을 막았다.

"안돼요! 그 이야기는 하지 마세요. 돌아오신 다음에 하기로 해요. 약속은 못하겠지만. 어서 저 벤텀 씨 댁 아가씨들을 집까지 바래다주세요. 그녀들의 자동차가 고장 났대요."

"하지만 당신은 어떻게 하고요, 유나?"

"나는 당신 없이도 여기까지 왔으니까 얼마든지 돌아갈 수 있어요. 소형 오스틴을 가지고 왔거든요."

이야기는 그뿐이었다. 그러나 그녀는 클로스비 부인 쪽으로 몸을 돌려 말을 걸려고 할 때 모든 것을 보충하고도 남을 만한 눈길을 그에게 보냈다. 가슴이 두근거리는 것을 누르며 찰스는 씩씩한 벤텀 자매를 자동차로 바래다주기 위해 그쪽으로 갔다.

여행으로 자리를 비우는 동안을 위해 많은 일을 해야 했는데도 찰스에게는 그 사흘 동안이 끝없이 길게, 시간이 느릿느릿 가는 것처럼 느껴졌다. 공포가 끊임없이 따라다녔다. 발각당할지도 모른다는 이루 말로 표현할 수 없는 공포, 그리고 자기가 떠나기 전에 앤드루 노인이 병을 흔들어 그 무서운 알약을 먹지 않을까 하는 두려움에 시달렸다.

그는 게언즈와 맥퍼슨에게 각기 일을 분담시키고, 어떤 수단을 강구해야 할 때에는 반드시 함께 의논하도록 일렀다. 그리고 나서 그는 게언즈에게 말했다.

"이것이 내가 앞으로 갈 곳들의 주소요. 만일 무슨 일이 생기거든 전보를 쳐도 좋소."

찰스는 끊임없이 공포를 느꼈으나 출발하기 전에는 아무 일도 일어나지 않았다. 모트 장에서는 여느 때와 마찬가지로 아무 변화도 일어나지 않았다.

수요일 아침 찰스는 자동차로 역까지 전송받았고, 요크 행 기차에 올라탔다. 요크에서 런던행 급행열차로 갈아탔다. 오후 2시에 빅토리아 역을 떠나는 부두 행 열차에 대어갈 수 있게 런던에 닿았다. 급행열차가 천천히 템즈 강을 건너갈 때에는 공포도 얼마쯤 가라앉았다. 아무튼 콜드 피커비에서 떠나온 것이다. 돌아올 때까지는 그의 운명이 어느 쪽으로든 뚜렷이 결정나 있을 것이다.

찰스, 목적을 이루다

 그날 오후 영불해협을 건너갈 때 바다는 찰스에게 미소를 던졌고, 블로뉴 부두의 푸른 열차는 그가 줄곧 찾아헤매던 피난의 방주(方舟)처럼 다정하고 믿음직스럽게 보였다. 안도의 한숨을 쉬고 기차를 탄 그는 차분히 자리를 잡고 스물 두 시간의 여행길에 올랐다.
 파리의 북역에 닿았을 때는 이미 어둑어둑했다. 그리고 생튜르를 도는 태평스러운 관광 코스를 마치고 ＰＬＭ 역을 출발했을 때는 이미 캄캄했다. 찰스는 기차가 움직이기 시작하자 곧 침대로 들어갔다. 그리고 퐁텐블로를 지날 무렵에는 이미 잠들어 있었다. 한두 번 밤중에 눈을 떴으나 그것은 언제나 기차가 어떤 역에 멎었을 때였다. 마치 온 세상이 죽음 속에 빠진 것 같은 느낌이 들었다. 마콘에서부터 날이 새기 시작하여 리용의 펠러쥬 역을 떠나 로느 강을 건널 무렵에는 슬슬 일어나야 할 시간이라고 생각했다.
 그날 오전 내내 로느 강을 따라 내려가는 동안 찰스는 강가의 풍경으로 마음을 돌리려고 애썼다. 여기까지 쫓아와 있는 공포를 잊으려고 애썼다.

비앙느와 발랑스에서는 분명히 전에 여행할 때 본 기억이 있는 강을 열심히 바라보았다. 오랑쥬에서는 로마 시대 극장의 벽면을 보며, 로마 황제 시대에는 어떤 모양이었을까 마음속으로 그려보았다. 잘 알고 있는 아비뇽에서는 중세의 화려한 행렬, 말 위에서의 창 시합, 기사와 교황의 영화로움, 지금 기차가 달리고 있는 성벽 바깥에 진을 쳤던 포위군에 대해 생각해 보았다.

마침내 탈라스콘에 닿았다. 언젠가 이곳 성을 구경한 적이 있으므로 찰스는 그때의 인상을 되새겨보았다. 문득 그것이 아직도 감옥으로 사용되고 있다는 사실이 생각나자 소름이 끼치고 몸이 떨려와 급히 다른 생각으로 바꾸었다. 아를르는 그에게 그리스 여자들, 호화롭고도 간소한 석조 원형경기장에 얽힌 옛날의 비극과 현재의 투우에 대한 이야기, 그리고 로마의 큰 원형극장 등을 생각나게 해주었다.

이윽고 기차는 광막한 클로 황야로 접어들더니 베르 늪을 지나 라넬트의 터널과 바위산을 꾸불꾸불 통과하여 마르세이유로 가는 비탈길을 힘차게 내려갔다.

4시에 찰스는 주피터 호를 탔다. 광고에서 호화선이라고 선전하고 있듯이 과연 훌륭한 배였다. 찰스는 지금까지 어떤 배에서도 이토록 규모가 큰 라운지며 거대한 식당을 본 적이 없었다. 이토록 긴 복도, 넓은 갑판, 편안한 선실, 호화로운 장식을 본 적이 없었다. 바다 위에 있다는 사실을 잊어버릴 만큼 모든 것이 잘 갖추어져 있었다. 물론 갑판이며 선실 창문으로 바다가 보이기는 했으나, 저 멀리 아래쪽에서 가물거릴 뿐 선객의 생활에까지 파고들어오지는 못했다. 그래서 이처럼 많은 사람들이 선객이라고는 생각되지 않았다. 찰스는 마치 거대한 호텔에 묵고 있는 관광객 같은 인상을 받았다.

주피터 호는 한밤중까지 출범——이런 표현이 이 거대한 배에도 쓰일 수 있다면——하지 않기로 되어 있었다.

찰스는 마르세이유에 흥미가 없었으나 같은 식탁을 쓰게 된 다른 세 명의 손님들과 함께 바닷가의 오락장을 구경하러 나가보았다. 그래서 아무것도 생각하지 않고 하룻밤을 지낼 수 있었다.

생각했던 것과 달리 그는 깊이 잠들었다. 다음날 아침 선실 창으로——B갑판에는 선창(船窓)이 없었다——바깥을 내다보니 빌프랑슈의 작은 마을이 보였다. 그는 이 마을을 알며 사랑하고 있었다. 그것은 리비에라 일대에서 가장 아름다운 고장——아니, 그렇게까지 말할 수는 없으나 적어도 가장 아름다운 곳의 하나라고 생각했다.

갑판에 나가 주위 풍경을 즐기노라니 자신이 휴가를 즐기러 온 게 아니라 지금 모든 힘을 기울여 혐오하는 계획의 일부를 위해 와 있다는 사실도 거의 잊을 정도였다.

주피터 호는 빌프랑슈에 이틀 동안 정박했다. 여러 가지 유람계획이 제공되었으나 코르니슈는 전에도 여러 번 구경 한 적이 있고 몬테카를로는 별로 좋아하지 않아 펠라 카바와 소스펠을 구경하는 무리에 끼었다.

당연한 일이지만 식탁을 함께 쓰는 사람들과는 아주 빨리 친해졌다. 시어맨이라는 아주 젊어보이는 중년의 미망인이 인기였다. 시어맨 부인은 찰스에게 호감을 가지고 있는 듯했다. 마침내 찰스는 자기의 생활이며 유나에 대해 품고 있는 희망 등을 이것저것 그녀에게 이야기했다.

그녀가 말했다.

"어쩐지 무언가 근심이 있는 것 같이 보였어요. 내 친구 카듀 부인과 나는 여기에 대해 의견이 일치했지요. 그렇다고 당신을 비평한 건 아니에요. 다만 내가 '저분은 무언가 깊이 생각하고 있는 것 같아'라고 말했더니 그녀도 그렇게 생각했다며 누가 보나 그렇게 말할 거라고 하지 않겠어요. 그래가지고는 훌륭한 범죄자가 될 수 없어요. 그러나 범죄 같은 건 저지르려고 하지 마세요."

그리고 그녀는 태평스럽게 웃으며 화제를 돌렸다.

찰스는 몹시 당황했다. 그는 부인의 새로운 화제에 따라 갈 수가 없었다.

"당신이 그런 말씀을 하시니 어째서 내가 여기에 왔는지 이야기하지 않을 수 없군요. 건강이 나빠졌기 때문입니다. 아무래도 신경이 쇠약해진 것 같아서 기분전환을 하기 위해 온 겁니다. 별로 심하지는 않지만 이 기회에 완전히 고치려고요. 나 자신에 대해서만 지껄여서 죄송합니다. 하지만 이 화제는 당신 쪽에서 꺼냈지요."

그녀는 겉치레의 대답을 했을 뿐 그 화제는 그것으로 끝났다. 하지만 그때부터 찰스는 그녀와 함께 있으면 조금도 마음이 편치 않았다. 그러나 부인의 친구들과 교제를 끊을 만한 용기도 없었다. 그런 일로 그녀들의 주의를 끌어서는 안 된다고 생각했기 때문이다.

이틀 뒤 또 사소한 일이 일어나 그것이 찰스를 더욱 괴롭혔다. 그들은 빌프랑슈를 떠나 제노바에 이르렀다. 찰스도 시어맨 부인도 제노바 시내는 잘 알고 있었으나 그 변두리는 몰랐으므로 다른 서너 사람과 함께 라팔로, 산타 마르게리타, 폴토피너 등을 구경하러 갔다.

그 일이 일어난 것을 라팔로에서였다.

그들이 호텔에서 점심식사를 마치고 정원의 종려나무 그늘 밑에서 쉬고 있을 때 시어맨 부인이 느닷없이 놀란 소리를 질렀다.

"프랜시스 경이에요! 저분 프랜시스 경이 맞지요?"

무거운 듯한 눈까풀의 지쳐보이는 마른 남자가 주위를 둘러보다가 손을 내밀며 다가왔다.

"시어맨 부인 아니십니까? 이거 참, 놀랍군요. 대체 어디서 튀어나오셨습니까?"

부인은 방긋 미소 지으며 물었다.

"당신이야말로 어디서 튀어나오셨지요?"

"나요? 나는 무슨 인과(因果)인지 볼일이 생겨서 왔습니다. 라팔로가 아니라 그 일 때문에 로마로 가야 했지요. 그런데 이곳은 아직 한 번도 와본 일이 없어서 돌아가는 길에 잠깐 들렀습니다. 부인은 여기에 묵고 계십니까?"

그 질문에 대답한 다음 그녀는 찰스와 가까이 앉아 있던 다른 한두 사람을 소개했다. 프랜시스 경도 자리에 앉았다. 그들은 주피터 호로 돌아가야 할 시간까지 담배를 피우며 이야기꽃을 피웠다.

그들이 루타와 제노바를 향해 튀어나와 있는 폴토피너 곶(串) 위를 달리는 멋진 꾸불꾸불한 길을 올라갈 때 시어맨 부인이 물었다.

"그분이 누군지 아세요?"

설명을 덧붙이기 전에 웬일인지 부인이 잠깐 머뭇거리는 것 같아 찰스는 이상하게 여겨졌다.

"그분은 프랜시스 스미스 경으로, 경찰일을 하고 계시답니다."

부인이 머뭇거렸는지 머뭇거리지 않았는지 확실치는 않으나 어쨌든 그렇게 말하며 자기의 얼굴빛을 살피는 듯하다고 찰스는 생각했다. 뚜렷이 알 수는 없지만 어쨌든 부인은 자기를 쳐다보았던 것이다. 무슨 뜻이 담겨 있었는지 그로서는 알 수 없었다. 부인의 입가에 어린 미소에 과연 의혹이 담겨 있었는지 어떤지 알고 싶었다.

자신의 신경이 이쯤의 일도 참아내지 못하는가 싶어 그는 몹시 마음이 동요되었다. 조심해야겠다. 공연히 여러 가지 상상을 하기 시작하면 결국 좋은 일이 없을 것이다. 마음을 굳게 먹고 그는 제노바로 돌아가는 자동차 안에서 적당히 지껄였다.

주피터 호에 가까워짐에 따라 하루의 불안이 무겁게 그를 짓눌렀다. 오늘로서 나흘 동안 여행하고 있는 셈인데, 저녁마다 배로 돌아갈 때의 흥분이 점점 커지고 있었다. 이렇게 지내다 보면 어느 날엔가 전보가 올 것이다.

 배의 트랩을 올라가며 그는 냉정하게 이야기하는 것도, 꽁무니빼는 것도 이미 불가능함을 알았다. 차라리 달려가서 애타게 기다리는 것을 빨리 보는 편이 낫겠다는 생각마저 들었다.

 오늘도 역시 아무 소식 없었음을 알자 그는 안도와 실망이 묘하게 뒤섞이는 기분을 느꼈다. 아직 그 끔찍한 일이 일어나지 않았다는 안도, 또다시 하루를 기다려야 한다는 실망이었다. 찰스는 유쾌한 주위 사람들과 조금도 즐기고 있지 않았던 것이다. 마음의 평안을 얻을 수만 있다면 이 아름다운 주위를 리즈(영국 요크셔의 공업도시)의 빈민굴이나 라프라돌의 황야와 바꾸어도 좋다고 생각되었다.

 저녁식사가 끝난 뒤 배는 제노바를 떠났다. 갑판에서 보고 있노라니 아름다운 도시는 천천히 잿빛어린 진주빛 저 너머로 사라져갔다. 맨 마지막으로 보인 것은 낮에 그들이 걸어서 보러 갔던 폴토피너 등대의 깜박이는 불빛이었다.

 다음날 아침, 이미 육지는 보이지 않았다. 밤 사이에 코르시카 섬과 엘바 섬을 지나온 것이다. 낮에는 이따금 저 멀리 항구 쪽의 산들이 보였고, 때로는 먼 곳의 섬이 보이기도 했다.

 게임을 좋아하는 사람들이 서둘러 모습을 나타냈다. 이때 만큼은 찰스도 그들을 환영했다.

 차를 마신 다음 얼마 안되어 앞쪽에 섬들이 보이기 시작했다. 그 위에 하얀 구름 같은 것이 걸려 있었다. 선객들은 금방 게임을 그만두고, 책을 내던지고, 여자의 비위맞추기를 그만두고 난간으로 달려가 바라보았다. 그 큰 섬은 나폴리 만 끝에 있는 이스티어였다. 무럭무럭 피어오르는 검붉은 연기 밑에 베수비오스 화산이 있었다.

 야회복으로 갈아입을 시각을 알리는 종이 울릴 무렵에 배는 항구에 닻을 내렸다. 찰스는 아직 나폴리를 본 적이 없었으므로 마음에 걸리는 일이 있음에도 불구하고 아름다운 항구에 감탄하지 않을 수 없었다.

내항으로 깊숙이 들어가자 선창이며 건물이며 쌓여 있는 짐 등으로 좋은 경치가 보이지 않았다. 그러나 항구로 들기 바로 전에 바닷가 전체를 한눈에 볼 수 있는 멋진 경치를 보게 되었다.

왼쪽으로 포실리포 언덕과 곶이 있고 종려나무, 감람나무, 실버들 등이 우거진 사이로 나폴리 부호의 별장이 보였다. 앞쪽에는 도시가 뒤의 높은 대지로 이어져 있어 이처럼 멀리 떨어진 곳에서 보니 하얀 건물들이 층층이 늘어선 모습이 한 폭의 그림 같았다.

그 오른쪽에 위대한 베수비오스의 이중 원뿔이 우뚝 솟아 있고, 딱딱한 원기둥 같은 검붉은 연기가 푸른 하늘을 향해 세차게 뿜어올라갔다. 어떤 힘을 연상시키는 새하얀 덩어리로 된 기둥 사이에 유황의 누런 빛과 불꽃의 붉은 빛이 여기저기서 번뜩였다. 그것은 들끓는 작은 여러 개의 소용돌이를 이루며 뿜어올라갔는데, 위로 올라갈수록 차츰 흩어져서 천천히 육지 쪽으로 퍼져나갔다. 베수비오스 저쪽에 길다란 소렌토 반도의 선이 바다 쪽으로 튀어나와 있었다. 그리고 배가 원을 그리며 항구로 들어가자 고물 쪽에서 높고 울퉁불퉁한 카프리 섬의 윤곽이 보이기 시작했다.

찰스는 이상하리만큼 감동했다. 그리고 전체를 바라보기에는 나폴리 만이 너무 크다고 생각했다. 좀더 가까운 곳에서 바라본다면 더욱 아름다우리라고 생각되었다.

찰스도 시어맨 부인도 사람 손으로 만들어진 것보다 대자연의 걸작을 더 좋아했다. 그래서 그들은 사흘 머물러 있는 동안 거리구경보다도 주로 그 언저리를 더 많이 구경했다.

첫날에는 베수비오스에 올라가 폼페이 폐허를 헤매다니며 경탄을 연발했다. 이튿째에는 카프리 섬을 구경했고, 돌아오는 길에 소렌토에 들렀다. 사흘째는 나폴리 북쪽 해안을 따라 포토리와 바이이에서 시간을 보냈다.

찰스를 몹시 괴롭힌 그 사소한 일이 또 일어난 것은 이 사흘째 되는 날이었다.

그들은 솔파타라 산을 구경하러 갔었다. 단테가 그런 착상을 얻었던 것도 당연하다고 여겨질 만큼 무서운 곳이었다.

솔파타라 분화구는 이미 7백 년 동안이나 불을 뿜어올리지 않고 있으나, 결코 완전히 사화산이 된 것은 아니었다. 분화구는 굳어버린 진흙의 호수 바닥이 되어서 완전히 불모의 땅으로 바뀌어 풀 한 포기 돋아나 있지 않았다. 기분나쁠 정도로 얇은 껍데기가 응고되어 있을 뿐이었다. 여기저기 구멍 같은 것이 입을 벌리고 있는데, 불과 4, 5피트 깊이에 걸쭉하고 뜨거운 흙탕이 괴어 있어 그것이 비등점에 이르면 이따금 부글부글 끓어오르는 것이었다. 진흙 호수 바닥은 공허한 울림을 내며 발을 들여놓으면 흔들릴 것 같은 인상을 주었다. 대지는 뜨거웠으며, 전체적으로 악몽을 연상시켰다.

이 진흙바닥을 가로지르고 있을 때 시어맨 부인이 찰스를 당황하게 만든 말을 불쑥 했던 것이다.

"정말 끔찍한 곳이로군요! 내가 만일 살인을 할 마음이 있다면 여기야말로 가장 적당한 장소라는 생각이 들어요. 상대가 꼼짝 못하게 되어 있을 때 저 구멍 가운데 하나로 밀어넣는 거예요. 스윈번 씨, 당신이라면 어떤 방법으로 살인을 하시겠어요?"

찰스를 섬뜩하게 한 것은 그 말이 아니라 그 말 뒤에 숨겨져 있을 의도였다. 엉겁결에 그는 부인을 흘끗 쳐다보았다. 그 말은 그녀의 말투만큼 천진스러운 장난이었을까, 아니면 무언가 알아내려고 한 말이었을까? 그녀는 어떤 의심을 품고 있는 것일까?

부인의 태도나 표정에는 아무 기색도 드러나 있지 않았다. 그러나 마음을 놓을 수는 없었다. 여자는 요물이다. 선천적인 배우이다. 여자는 모두 그렇다. 상대가 남자라면 그가 어떤 입장에 놓여 있는지 대개 짐작할 수 있지만, 상대가 여자일 경우에는 곤란하다.

부인이 어떤 의혹을 품으려 하든 않든 그녀에게 조금이라도 확신을 주어서는 안 된다. 그러기 위해서는 굳은 결심이 필요했다. 그는 농담을 했다. 농담으로 화제를 돌렸다. 부인도 다시 그 화제로 돌아가려고 하지는 않았다. 결국 그녀의 말에는 아무 뜻도 없었다고 찰스는 확신했다.

그렇지만 '살인'이니 '경찰'이니 '런던 경시청'이니 하는 말이 나올 때마다 그것을 억누르지 않는 한 어느 때든 자기를 옭아매는 공포감에 시달릴 거라는 불안한 사실이 있다는 것만은 확실했다. 몇십 번이나 그는 이 비참한 상태를 극복해야 한다고 자신에게 타일렀다.

어서 빨리 일이 일어났으면 좋겠다고 그는 생각했다. 지금 겪고 있는 공포감은 바로 신경의 고문이었다. 도저히 오래 참아낼 것 같지 않았다. 일이 끝나기만 하면 자신이 어떤 입장에 놓일지 알 수 있다. 아니, 그렇다 해서 끙끙 앓을 필요는 없다. 계획은 완벽했고, 이미 무죄방면을 받은 것과 다를 바 없을 만큼 안전하니까.

나폴리에서 머문 마지막 날 저녁 그들이 주피터 호로 돌아왔을 때 찰스는 거의 고통 비슷한 공포가 가슴을 죄어옴을 느꼈다. 그러나 이번에는 편지가 와 있는지 어떤지 급히 묻지 않기로 했다.

5분 이상 갑판에서 그날 카프리 섬을 구경하고 온 사람들과 이야기를 나누었다. 그런 다음 아래로 내려갔다.

마침내 와 있었다! 한 통의 전보가 그에게 건네졌다. 그는 선원에게 인사하고 거기서 나왔다. 선실에 가서 혼자 읽어야겠다고 생각했다.

선실에 들어가자 얇은 봉투를 찢을 수 없을 만큼 손이 부들부들 떨렸다.

 장인 어른께서 파리로 여행 중 오늘 사망하셨음. 유해와 함께 지금 돌아감.

피터

 찰스는 술병을 움켜쥐고 손가락 두 개의 너비만큼 브랜디를 따라 한 방울도 남기지 않고 마셨다.
 파리로 여행 중에 숨졌다고? 대체 이것은 무슨 뜻일까? 어째서 외숙부를 모트 장에서 끌어냈을까?
 그 전보는 보베에서 친 모양이었다. 보베! 보베는 파리로 가는 도중이 아닌가. 대체 무슨 일이 일어난 것일까?
 그러나 그런 의문은 지금 당장 문제가 되지 않는다. 마침내 행동을 해야 할 때가 온 것이다. 그 무서운 기다림의 기간은 끝났다.
 그는 벨을 눌러 사환을 불렀다.
 "전보가 왔기 때문에 배에서 내려야겠소. 친척 한 분이 파리에서 돌아가셨다 하오. 지금 사무장에게 가서 이야기하고 올 테니 그동안 내 짐을 꾸려주시오."
 사환은 팁을 듬뿍 받을 것으로 생각하고 기꺼이 그 말을 받아들였다. 그는 찰스에게 조언했다.
 "서두르셔야 합니다. 이제 곧 출항할 예정이니까요."
 찰스는 서둘렀다. 운좋게 사무장은 선실에 있었다.
 "서두르시면 아마 내릴 수 있을 겁니다, 스윈번 씨. 짐을 다 챙기셨습니까?"
 "사환이 지금 꾸리고 있습니다."
 "그렇다면 빨리 준비하십시오. 내가 선장에게 알려드리겠습니다."

사무장은 선장에게 전화로 연락한 다음 급히 장부를 뒤적였다.

"여분의 지불이 조금 있군요. 이것은 지금 청산해 주시고, 나중에 회사로 환불청구를 내십시오."

배에서 찰스를 내려주기 위해 주피터 호의 출범은 5분 정도 늦춰졌다. 그는 함께 여행하던 사람들에게 작별인사를 할 겨를도 없이 내려야만 했다. 배와 마지막 작별을 하는 것도 그다지 슬프지 않았다. 호화로운 분위기에 유쾌한 선객들과의 교제가 있긴 했어도 그에게는 배의 생활이 견딜 수 없을 만큼 싫었던 것이다.

역에 가보고 그날 밤 직행열차로 로마에 가기는 이미 늦었음을 알았다. 그래서 옛 선로를 경유하는 열차를 탔다. 열차는 밤새도록 기다시피 느릿느릿 달려서 다음날 아침 6시 30분쯤에야 로마에 닿았다. 운좋게도 침대차가 달려 있어 침대를 차지할 수 있었다.

기차 안에서 그는 전보문을 다시 생각해 볼 시간이 있었다. 아무리 생각해 보아도 외숙부가 어째서 여행을 했는지 짐작할 수 없었다. 이윽고 아무래도 어쩔 수 없음을 알고 그는 체념했다. 그러나 이해할 수 없다는 점에서는 마찬가지나 뜻하지 않은 기쁜 소식이 한 가지 있었다.

피터가 유해를 지키며 귀국한다면 변사(變死) 혐의는 전혀 받지 않은 모양이다. 찰스는 프랑스 법률에 대해 아무것도 몰랐지만, 의심받았다면 당연히 영국 검시관의 검시가 있으리라 생각되었다.

만일 이 생각이 옳다면 이것은 참으로 생각지도 않았던 덤이라고 해야 할 것이다. 그는 독약 문제를 피할 수 있으리라고는 꿈에도 생각지 못했었다. 가장 희망을 건 것은 자살로 추정되는 일이었는데, 그 점에 대해서도 결코 낙관하지 않았다.

'외숙부는 정말 자살한 것일까? 그리고 그 끔찍한 알약은 아직 병 속에 들어 있는 게 아닐까? 만일 그렇다면 얼마나 멋진 일인가! 내

양심은 살인이라는 괴로움에서 벗어날 수 있다. 나는 안전하게 된다. 체포당하는 일도 없게 된다!'

찰스는 스스로에게 자신은 안전하다고 말하면서도 마음속 깊은 곳에서는 결코 그것을 완전히 믿으려 하지 않았다. 만일 이 놀라운 행운이 정말 그에게 떨어졌다면 우선 그 끔찍스러운 병을 손에 넣어 증거를 없애야 한다. 그렇게 하면 아무 일 없었던 게 되고, 꺼림칙한 삽화도 모두 영원히 씻겨 나갈 것이다.

찰스는 11시 20분발 '호화 열차'로 로마를 출발했다. 열차는 해안선을 달려갔다. 만일 그에게 자기 문제 이외에 무언가를 생각할 여유가 있었다면 이 풍경을 즐겼으리라. 피사와 스페차를 지난 다음 리갈리아 지방의 리비에라 바닷가를 달려 전에 본 적 있는 라팔로를 지났다. 그 그림같이 아름다운 바위투성이 바닷가를 따라 수많은 터널을 낀 매혹적인 아름다운 경치가 뒤로 날아갔다.

제노바에 닿을 무렵에는 이미 어둑어둑했다. 그 뒤 곧 찰스는 침대로 들어갔다. 잠에서 깨어났을 때 열차는 암벨류 부근의 프랑스 평야를 달리고 있었다. 한밤중에 알프스를 넘은 것이다.

라로슈에서 찰스는 파리의 아침신문을 살 수 있었다. 그것을 보고 그는 나폴리를 떠날 때부터 반쯤 예기했던 충격을 받았다. 역시 독약이 발견되었던 것이다! 그가 바랐던 것처럼 무사하게 해나갈 수 있을 것 같지 않았다. 사건은 조사받기 위해 영국 경찰에 넘겨져 있었다.

이 사실은 아주 작은 기사로 나와 있을 뿐, 그밖에는 아무것도 없었다. 찰스는 기운을 되찾으려고 애썼다. 미리 짐작하고 있었던 일이다. 자신의 견해로 볼 때 안전하지 않다고 여길 만한 이유는 하나도 없지 않은가.

파리에 도착해 보니 낮에 떠나는 런던행 배가 이미 출발한 뒤였다.

하는 수 없어 다음날까지 기다리기로 했다. 그는 자신의 끔찍한 계획의 결과를 알기 위해 귀국하는 게 아니라 외숙부와 마지막 작별을 하기 위해 돌아가는 것이라고 바꾸어 생각했다. 그러므로 나폴리에서 요크셔까지 밤을 새워가며 달려갈 필요는 없으며 현실적으로도 사려 깊은 방법이라고 할 수 없었다.

그는 다음날 아침 8시 25분에 출발해 마치 꿈꾸는 듯한 기분으로 여행을 계속하여 예정대로 런던에 닿았다. 자동차로 거리를 달려 5시 30분 킹스 크로스 역 발 북행 열차를 탔다. 지선(支線)으로 갈아타는 요크 역에서 저녁판 지방신문을 샀다. 그는 곧 조사가 진행되고 있음을 알았다.

'앤드루 클라우더 씨의 죽음'이라는 제목 아래 다음과 같은 기사가 실려 있었다.

오늘 오후 콜드 피커비에서 지방검시관이며 배심원인 W.J. 에머슨 박사는 모트 장 주인 앤드루 클라우더 씨의 시체를 검증했다. 클라우더 씨는 이 거리의 클라우더 전동기 제작소 창립자 가운데 한 사람으로 알려져 있다. 그는 지난 7일 런던에서 파리로 가던 도중 비행기 안에서 숨을 거두었는데, 프랑스 측에서는 그 원인이 청산가리에 의한 독살이 아닌가 보고 있다. 그의 사위 피터 몰리 씨에 의한 정식 시체 확인이 있은 다음 프랑스 측 구술서 낭독이 있었으며, 에머슨 박사는 다음 달 2일까지 휴정을 선언했다.

찰스는 10시가 되기 전 집에 닿자 곧 모트 장으로 자동차를 몰았다.
피터가 몹시 걱정스러운 얼굴로 그를 맞았다.
"잘 돌아왔네, 찰스. 모처럼의 휴가를 이렇게 중단시키게 되어 정말 유감이지만, 이런 뜻하지 않은 사건이 일어나 어쩔 수 없었네. 나는 장인 어른이 자살했다고는 생각지 않네."

역시 자살이라는 추측이 있었던 것이다! 만일 그것을 여느 사람들로부터 인정받는다면 얼마나 좋을까! 찰스는 진심으로 당혹한 듯한 표정을 지으며 고개를 흔들었다. 그는 큰소리로 대꾸했다.

"나도 그렇게 생각하네. 대체 무슨 까닭인지 도무지 영문을 모르겠군. 무엇 때문에 파리로 갔었나? 그것도 비행기를 타고? 그리고 외숙부님의 사망, 더욱이 그것이 자살일지도 모른다니…… 솔직히 말해서 피터, 나로서는 도무지 까닭을 모르겠네."

폴리펙스 부인이 옆에서 말했다.

"물론 넌 아직 아무것도 모를 테니 그렇겠지. 설명해 주게, 피터."

피터가 말했다.

"실은 간단한 일이라네. 마지막의 이상한 일만 빼놓는다면 말일세. 실은 엘시가 몇 년 만에 미국에서 온 친구를 만나기 위해 파리에 갔었지. 그런데 며칠 전 밤늦게 엘시가 거리에서 자동차에 치어 의식을 잃었다는 전보가 왔네. 물론 나는 곧 달려가려고 했지. 그러자 장인께서 함께 가겠다고 나서시잖겠나. 나는 어떻게 해서든 말리려고 했지. 그처럼 어수선한 여행을 건강이 나쁘고 나이도 많은 노인이 감당할 것 같지 않아서 말일세. 하지만 무슨 일이 있어도 가겠다고 하시는 걸세. 자네도 알다시피 장인은 엘시를 무척 사랑하고 계셨으니까."

"알고 있네. 당연하지…… 외숙부님에게는 하나밖에 없는 딸인데다 엘시는 늘 아버지에게 다정했으니까."

"어쨌든 가시겠다고 고집부리시기에 고모님과 나는 우선 진찰받은 다음 결정해야겠다는 생각에서 그레고리 박사를 불렀지. 박사는 여행해도 좋다고 말씀하셨네. 하지만 이 비행기의 고도 때문에 심장에 영향이 있을지도 모르므로 그 점에 대해 물어보았으나 염려없다고 하시더군. 그래서 웨더랩도 함께 가며 노인을 돌봐드리기로 했다네. 그런 다음 나는 서스크 근처의 친구 집에 가 있던 로즈를 부르러 갔지. 엘시가 어느 정도 심하게 다쳤는지 모르지만, 어쩌면 그녀가 로즈를 보고 싶어할지도 모른다는 생각에서였지. 휴는 데리고 갈 틈이 없었어. 그애는 노스랜턴의 학교 친구 집에 가 있었거든."

"혼났겠군, 피터. 얼마나 괴로웠겠나."

"빅토리아 공항에 닿을 때까지는 정말 괴로웠네. 그곳에서 전보를 받을 수 있도록 손써놓았었거든. 가보니 엘시의 부상은 대단치 않다는 전보가 와 있었네. 우리는 그대로 출발했지. 그런데 이런 일이 생겼다네."

찰스는 낮은 목소리로 말했다.

"자세히 좀 설명해 주게."

"나도 도무지 까닭을 모르겠네. 우리는 영불해협에서 점심식사를 했는데 장인도 잘 드셨지. 여느 때와 다를 바 없다고 웨더랩이 말했거든. 웨더랩은 장인 옆에 앉았고, 로즈와 나는 그 뒷좌석에 있었지. 점심식사가 끝나고 장인은 잠이 드신 모양일세. 좌석 구석에 등을 대고 머리는 비행기 벽에 기대고 계셨지. 나는 잠드신 줄 알았고, 웨더랩도 그렇게 생각했다는군.

그런데 보베에 착륙해서 보니 이미 숨져 있었단 말일세. 나는 로즈를 비행기에서 내리게 하고 의사를 불렀지. 의사는 오랫동안 조사했는데, 나중에 그 이유를 알았네. 독살 혐의가 있었기 때문이었던 걸세.

그래서 일은 크게 되었지. 경찰이 오고, 판에 박힌 절차가 끝없이 계속되었네. 그리고 사건은 영국 경찰에 넘겨져 경찰이 오게 되었네. 이 지방 경찰의 애플비 경감이 왔지. 나는 관을 준비해도 좋다는 허가를 받았기 때문에 애플비 경감이 도착했을 때에는 이미 준비가 다 되어 있었네.

경감이 올 때까지 하루쯤 여유가 있었네. 영국에서 보베까지 오기는 그리 쉬운 일이 아니니까. 그래서 나는 그동안 로즈와 함께 파리에 가서 엘시를 만났네. 다행히도 아내는 그다지 다친 데가 없더군. 나는 아내를 데리러 다시 가야 한다네."
"그거 참, 다행이군, 피터."
"고맙군. 그건 그렇고, 사건 이야기인데, 애플비 경감은 저녁때 도착했네. 그리고 다음날 우리는 유해를 런던까지 모셔왔는데, 그날 안으로 여기까지 모셔올 수는 없었네. 그래서 다음날, 즉 오늘 아침 일찍 기차로 여기에 도착했지. 그리고 오후에 시체검증심리가 열렸었네. 그것이 다음 달 2일까지 휴정되었다는 건 자네도 신문에서 읽었겠지?"
"읽었네."
"이야기는 그것뿐일세. 독약은 청산가리라고 하는데…… 장인이 어떻게, 그리고 왜 먹었는지 알 수가 없네. 그날 아침 내내 이상한 점은 없었고, 비행기 여행을 즐기고 계신 듯했거든. 장인은 비행기를 타본 일이 없었다고 하시더군."
"고도가 영향을 미친 것 같지는 않던가? 다시 말해서 노인의 신경을 동요시켰다거나 그 비슷한 일은 없었을까?"
"모르겠네. 나로서는 전혀 알 수 없는 일일세."
"출발 전에 기운이 없었다거나 뭐 그런 일은 없었나?"
피터는 폴리펙스 부인을 바라보았다. 그녀가 대답했다.
"글쎄, 요즈음은 왠지 늘 우울하셨어. 확실히 출발 전에도 그랬지. 여느 때보다 심한 것 같지는 않았지만."

찰스가 말했다.
"만일 외숙부님께서 몸에 독약을 지니고 계셨다면, 언제부터였는지는 모르지만 자살하실 생각을 품고 계셨다고 볼 수 있겠군."
피터는 고개를 끄덕였다.
"나도 그 점을 생각해 보았네, 찰스. 확실히 그렇게 생각할 수도 있겠지, 그렇지만 참으로 때가 이상하다고 생각되지 않나? 엘시를 만나려고 애타게 기다리고 계셨는데…… 그 점이 무엇보다도 납득이 안 된단 말일세."
이번에는 찰스가 고개를 끄덕였다.
"그렇군, 그렇다면 사건 전체를 이해할 수가 없는데, 대체 외숙부님께서 독약을 어떻게 구했는지 그 점도 알 수가 없군."
"아무도 알 수 없지. 바로 그 점이 맨 먼저 머리에 떠오른 의문인데, 그 해답을 찾아낼 수가 없네."
그러자 폴리펙스 부인이 똑똑히 말했다.
"아무리 생각해도 요즈음 구했을 것 같지는 않아. 좀처럼 거리에 나가시지 않으셨거든. 나갔다 해도 혼자 가신 적은 한 번도 없었으니까. 뿐만 아니라 아무도 노인에게 그런 약을 팔 리가 없어. 틀림없이 오래 전부터 어딘가에 감추어두고 계셨을 거야. 나로서는 그렇게밖에 생각할 길이 없구나."
찰스가 동의했다.
"아마 그랬을 겁니다. 아무래도 외숙부님답지 않은 일입니다만. 뭐 확신을 가질 수는 없지만, 어쨌든 외숙부님은 비밀주의셨으니까요. 그 나이가 되면 대개 그렇게 되나 보지요?"
피터도 동의했다. 잠시 침묵이 흘렀다.
마침내 찰스가 그 침묵을 깨뜨렸다.
"동기에 대해서는 아무 이야기도 없었나?"

찰스는 정보를 알아내고 싶다는 생각보다도 무언가 말하고 싶은 기분에서 물은 것이었다.

피터는 고개를 가로저었다. 폴리펙스 부인이 머뭇거리며 대꾸했다.

"꼭 한 가지 나에게 짚이는 일이 있어. 이것은 아직 아무에게도 말하지 않았지만, 앤드루는 그 전날 밤 몹시 흥분했던 게 아닐까? 그리고 다음날 그 반동이 일어났는지도 모르지. 그 수요일 저녁에 피터와 클로스비 씨가 여기서 저녁식사를 했단다. 파리에서 전보가 온 것도 바로 그날 밤이었어. 자네와 클로스비 씨는 앤드루에게 무언가 용건이 있었겠지, 피터?"

피터는 불안한 듯이 그것을 인정했다.

"네, 농장을 저당잡히는 일 때문이었습니다. 아무 결정도 짓지 않았지만, 아주 부드러운 분위기 속에서 이야기를 주고받았지요. 하지만 폴리펙스 고모님, 전에도 말했듯이 장인어른은 조금도 동요하거나 흥분하시지 않았습니다."

플리펙스 부인은 고개를 끄덕였다.

"그건 알고 있네. 나는 다만 달리 짚이는 데가 없어서 말해 본 것뿐일세. 그리고 저녁식사 때의 일은 여행의 그 큰 흥분에 비하면 아무것도 아니었지."

폴리펙스 부인은 부드럽게 말하고 있었으나 그 사건으로 말미암은 격심한 피로가 역력히 드러나보였다. 피터도 침착해 보이지 않았다. 비극은 분명 이 두 사람을 뒤흔들어 놓았던 것이다.

찰스가 말했다.

"아무튼 연기된 시체검증이 다시 열리면 무언가 뚜렷해지겠지. 그럼, 장례식은 언제?"

"내일 2시 30분일세."

"때맞춰온 셈이군. 페넬로프 이모님은 누구와 함께 가시겠습니까?

마거트와 함께 제가 모실까요?"

"고맙다. 하지만 나는 피터와 함께 가겠어."

대체적으로 찰스는 지금 들은 이야기로 마음을 놓았다. 비행기에서 비극이 일어나 널리 세상에 알려진 것은 좋지 않았지만, 다른 점은 그를 만족하게 했다.

처음부터 그는 꼭 한 가지 중대한 위험을 무릅써야 한다고 각오하고 있었다. 외숙부가 알약을 눈치챌지도 모르고, 엎지른 포도주에 대한 이야기가 나올지도 모른다는 점이었다. 아무것도 증명할 수 없다 하더라도 그 점이 말썽을 일으키면 굉장히 위험한 처지에 빠질지도 모른다. 그러나 그런 염려는 이제 할 필요가 없어졌다. 외숙부는 한마디도 하지 않고 죽어버렸으니까. 찰스는 이제 안전한 것이다.

아니, 안전할 뿐만 아니라 그는 부자가 되었다. 세상 사람들이 재산을 척도로 하는 그런 뜻에서의 부자가 아니라 사업을 이어나가며 새 기계를 구입하고, 만일 유나가 받아들인다면 그녀와 결혼할 수 있을 만큼의 부자가 되는 것이다.

찰스의 불안은 가셨다. 이제부터는 모든 일이 잘될 것이다. 그것은 참으로 끔찍하고 꺼림칙한 일이었다. 하지만 그것도 지금은 끝났다. 모든 일이 잘된 것이다.

찰스, 구경꾼이 되다

  공장으로 돌아갔을 때 찰스를 기다리고 있는 것은 좋은 소식이었다. 공장을 비운 동안 네 건의 주문이 들어왔던 것이다. 솔직히 말해서 모두 큰 주문은 아니었다. 그러나 그것으로 종업원들이 2주일 동안 일할 수 있게 되었다. 맥퍼슨이 단가를 내렸기 때문에 이익은 현미경으로 보아야 겨우 보일 정도였지만, 적어도 손해는 없었다.
  찰스는 진심으로 그에게 축하의 말을 했다.
  "새 기계는 어떻게 되었나, 맥퍼슨? 리딩에서 설명서가 왔나?"
  "네, 저기 있습니다. 그리고 셰필드에서도 왔습니다."
  기사는 작은 서류뭉치를 찰스 쪽으로 밀어주었다.
  "저는 그들을 만나기 위해 셰필드까지 갔다 왔습니다."
  맥퍼슨은 굵은 엄지손가락으로 선반의 도해(圖解)를 가리켰다.
  "이것은 훌륭한 기계입니다. 우리 일에 크게 도움이 될 겁니다."
  찰스는 서류를 살펴보며 물었다.
  "리딩의 회사에서 만든 것보다 좋다고 생각하나?"
  맥퍼슨은 그렇게 생각한다고 말하며 전문적인 이야기로 들어갔다.

그의 논점은 언제나 확고했으므로 찰스는 그 자리에서 동의했다.
"그럼 주문하게. 오늘 당장 주문서를 보내게."
지시를 내리고 그는 다른 새로운 일에 대해 의논했다. 이야기가 끝났는데도 맥퍼슨은 우물쭈물하며 서 있다가 투박스럽게 말했다.
"이번 일은 참으로 안됐습니다, 사장님. 하지만 우리 공장에는 좋은 일이 있을지도 모른다는 생각이 드는군요. 그건 그렇고, 여러 가지로 큰일을 치르셔야겠습니다."
두 사람이 한창 이야기하고 있을 때 게언즈가 들어와 끼어들었다.
"나도 같은 말씀을 드리고 싶습니다. 우리는 사장님에게 좋은 일이 생길 것에 대해서는 축하를 드립니다만, 그 원인에 대해서는 참으로 유감스럽게 생각합니다."
찰스는 그들에게 고맙다고 말했다. 그들도 역시 앤드루 노인의 죽음으로 이익을 얻게 되는 셈이지만, 비록 자기 혼자 이익을 얻게 되었다 해도 그들은 축하해 주었을 거라고 찰스는 생각했다.
일찌감치 점심식사를 마치고 찰스는 자동차로 모트 장을 향해 떠났다. 장례식은 집안식구끼리 치르기로 했지만, 클로스비같이 노인과 특별히 가까웠던 친구들도 참석했다.
다행히 날씨가 좋았다. 이런 작은 위안 속에서 장례식은 침울하게 긴 시간 동안 계속되었다. 겨우 장례식이 끝나자 클로스비와 집안식구들은 유언장을 읽기 위해 모트 장으로 돌아갔다.
찰스에게는 아직 불안이 남아 있었다. 앤드루 노인은 가끔 찰스에게 그와 엘시가 공동 유산 상속인으로 되어 있다고 말했었다. 그러므로 노인의 마음이 변할지도 모른다고 염려해 본 적은 거의 없었다. 그러나 오래도록 쌓은 공로가 마지막 한 번의 실수로 무너졌을지도 모른다는 어두운 생각 때문에 마음을 죄지 않을 수 없었다.
그러나 클로스비가 유언장을 읽기 시작하자 곧 그런 염려는 아무

근거가 없음을 알았다.

유언장은 여러 가지 적은 액수의 유증(遺贈)부터 시작되었다. 폴리펙스 부인은 1만 파운드, 마거트는 2천 5백 파운드를 받게 되어 있었다. 웨더랩에게는 '친절한 봉사에 감사하는 뜻에서' 5백 파운드가 주어졌다. 그 밖에도 적은 액수의 유증이 대여섯 가지 있었다.

이어서 본론으로 들어갔다. 앞에서 말한 유증을 지불한 다음 상속세를 제외한 나머지 재산은 모두 찰스와 엘시에게 똑같이 나누어준다는 것이었다. 모트 장은 엘시에게 주는데, 그 평가액은 1만 파운드로 환산되어 있었다. 세금 등을 모두 지불하면 찰스는 약 6만 2천 파운드, 엘시는 5만 2천 파운드와 모트 장을 받게 되리라는 것이 클로스비의 견해였다.

6만 2천 파운드! 이것은 괜찮은 재산이다. 찰스는 간신히 흥분을 누를 수 있었다. 그토록 애타게 바라던 경제적 안정을 마침내 얻을 수 있게 된 것이다. 이것으로 유나와 결혼할 수도 있다. 뿐만 아니라 공장의 모든 어려움도 뚫고 나갈 수 있다. 이제 은행에서도 얼마든지 요구하는 대로 돈을 빌려줄 것이다. 그가 지금까지 해온 일은 이것에 의해 의의가 주어지고 보답을 받는 것이다! 그 꺼림칙한 몇 분의 시간을 보냄으로써 이만한 대가를 받게 된 셈이다. 참으로 그것은 다른 모든 어려운 일에 비길 만한 것이었다. 호랑이 굴에 들어가지 않으면 호랑이새끼를 잡을 수 없다는 말과 같다.

찰스는 방 저쪽에 있는 피터의 모습을 보고 놀라지 않을 수 없었다. 피터는 자신의 행운에 조금도 감동한 것 같지 않았다. 엘시가 유산 상속인이기는 하지만 사실 남편인 그가 돈을 마음대로 쓰게 되어 있지 않은가? 지금 그가 빠져 있는 곤경을 생각하면 노인의 죽음이야말로 굉장한 일일 텐데도 그는 오히려 몹시 걱정스러운 표정을 짓고 있었다. 그렇다. 그는 어젯밤에도 걱정스러운 얼굴을 하고 있었다고 찰스는 생각했다.

'피터는 참으로 묘한 사람이란 말이야. 무슨 생각을 하고 있는지 짐작할 수 없거든.'

찰스는 유산 이외에도 다른 이유로 흥분하고 있었다. 저녁식사가 끝난 뒤 유나를 만나러 갈 생각이었기 때문이다. 마침내 해결지어야 할 때가 왔다고 그는 자신에게 타일렀다. 두 사람을 가르고 있던 두꺼운 장벽이 이제 겨우 무너진 것이다. 그녀는 어떤 태도로 나올까? 결혼신청을 받아들여 결혼날짜를 잡는 것에 동의해 줄까? 아니면 결정을 늦추기 위해 뭔가 그럴싸한 이유를 댈까? 아니면 거부할까?

멜러 집안의 호화로운 저택이 있는 디얼러 댄을 나오는 찰스의 모습을 본 사람이 있다면 누구나 이같은 의문에 대한 답이 무엇이었는지 추측할 수 있었으리라. 그의 얼굴은 억지로 참고 있으나 기쁨 때문에 환히 빛나고 있었다. 유나는 결혼날짜를 잡는 것에는 동의하지 않았으나, 가까운 장래에 그렇게 하겠다고 말해 주었던 것이다. 얼마 동안은 모든 것이 찰스에게 옳게 여겨졌다. 그의 용기는 보답을 받은 것이다. 이것 역시 호랑이 굴에 들어가지 않으면 호랑이 새끼를 잡지 못한다는 실증이 아닌가!

다음날 찰스는 그가 태어난 고향에서 그전보다 더 큰 인기를 얻고 있음을 알았다. 클럽에 가자 모두들 그에게 애도의 뜻을 나타내는 동시에 축하의 말도 잊지 않았다. 형식적인 애도의 뜻은 격식대로 표현되었지만, 형식적이 아닌 축하의 말은 진심으로 호의를 가지고 있는 사람들에게서는 물론 세력가와 교제하고자 하는 사람들에게서도 받았다. 그 동기가 무엇이든 모두 참으로 유쾌했다. 이처럼 대접받는 분위기에 싸이자 찰스는 더욱 의기양양해졌다.

"미리 축하해야겠군!"

그는 과장된 태도를 보이며 여종업원에게 샴페인 몇 병을 가져오게 했다.

점심식사 뒤에 그는 경찰서로부터 전화를 받았다.

애플비 경감이 말했다.

"오늘 밤에 댁으로 찾아가면 만나뵐 수 있겠습니까? 돌아가신 클라우더 씨에 대해 좀더 자세한 정보를 수집하고 싶습니다."

찰스의 들뜬 기분은 얼마쯤 움츠러들었다. 그러나 조금도 겁낼 것 없다고 자신에게 타일렀다. 앤드루 클라우더의 조카에게 경찰이 여러 가지 질문을 하는 것은 당연하지 않은가?

다만 침착해야 한다. 그들이 묻는 말에는 무엇이든지 되도록 재빠르고 성실하게 대답하지만, 결코 스스로 나서서 지껄여대서는 안된다. 그렇게만 하면 된다. 아니, 또 한 가지, 흥분해 보여서는 안 된다. 그 정도 일은 할 수 있을 것이다. 신경을 곤두세울 이유는 하나도 없지 않은가.

그런데도 불구하고 그날 밤 초인종이 울리고 현관에서 무거운 구두 소리가 났을 때 찰스는 심장이 마구 뛰는 것을 억누를 수 없었다. 문이 열렸다.

"애플비 경감님이 오셨습니다" 하고 롤링즈가 말했다.

찰스는 명랑하게, 그러나 이런 때에 어울리는 엄숙함을 조금 곁들여 말했다.

"어서 오십시오, 경감님…… 그리고 잘 오셨습니다, 경사님."

뒷말은 애플비 뒤에 사복경관이 따라 들어왔기 때문에 덧붙인 것이었다.

"앉으시지요."

"고맙습니다. 방해해서 죄송합니다만, 이번 클라우더 씨의 죽음에 대한 보고서를 만들기 위해 여러 가지로 조사하고 있답니다. 그리 오래 걸리지는 않을 겁니다."

찰스는 담뱃갑을 내밀며 말했다.

"좋습니다, 경감님. 무엇이든지 물으십시오. 시작하기 전에 한 잔 드시겠습니까?"

"아닙니다. 고맙습니다만 근무 중에는 마시지 않습니다. 그러나 담배는 고맙게 피우겠습니다."

찰스는 조금 마음을 놓았다. 경관이란 그들의 목적에 적의가 있을 경우에는 담배조차 받지 않는다고 믿고 있었기 때문이다. 그는 성냥과 재떨이를 내밀고 조용히 기다렸다.

이윽고 애플비 경감이 묻기 시작했다.

"당신은 다른 곳에 가 계셨다지요?"

따라온 경사는 책상 앞에 자리잡고 앉아 수첩을 펼치더니 연필을 들고 대기했다.

"그렇습니다. 휴가여행을 떠나 있었지요. 몹시 지쳐 있었기 때문에 3주일쯤 쉬려고 생각했던 겁니다."

"그거 참 부럽군요, 배여행을 하셨다고 들었는데……."

"글쎄요, 했다고 할 수도 있고 안했다고 할 수도 있을 것 같군요. 서쪽 지중해를 도는 순항선을 탔었지요. 퍼플 스타 라인의 주피터 호였습니다. 배 안에서의 생활은 좋았습니다만, 사실 바다 위에는 그다지 떠 있지 않았습니다. 날마다 여러 곳에 상륙했으니까요."

"그런 이야기를 나도 어떤 책에서 읽은 적이 있습니다. 그런데 당신은 그 순항을 모두 마치지 못하셨지요?"

"네, 나폴리에서 외사촌매부의 전보를 받았기 때문에 장례식에 참석하기 위해 돌아왔습니다."

"알았습니다. 돌아가신 외숙부님을 마지막으로 만난 것은 언제였습니까?"

"떠나기 직전이었습니다. 잠깐만 기다리십시오."

찰스는 주머니에서 비망록을 꺼내 펼쳤다.

"나는 8월 30일 수요일 아침에 주피터 호를 타고 출발했는데, 그 지난주 금요일에 모트 장에서 저녁식사를 했습니다. 클라우더 외숙부님은 그날 밤 건강상태가 무척 좋아보였고, 저녁식사도 2층에서 내려와 드셨습니다. 외숙부님을 만난 것은 그때가 마지막이었습니다."

"그렇다면 당신에게서는 그리 도움될 만한 정보를 얻지 못하겠군요. 하지만 당신이 클라우더 씨의 용태를 어떻게 생각하셨는지 일단 들어두는 것이 좋을지도 모르겠군요."

"그러고 보니 어쩐지 좀 쇠약해지신 것 같기도 했습니다. 병이 났다는 뜻이 아니라 그리 나쁜 데는 없지만 갑자기 부쩍 늙으신 것 같았습니다. 내 말뜻을 아시겠습니까?"

"클라우더 씨의 정신상태는 어떠했습니까? 우울하셨다거나 아니면 무언가 걱정거리라도 있는 것 같지 않았습니까?"

"우울하신 것 같았습니다. 하지만 나는 소화불량 때문이리라 생각했지요. 폴리펙스 이모님은 외숙부님이 소화불량으로 고생하신다고 말씀하셨으니까요. 내가 알고 있는 한 외숙부님은 아무 걱정거리도 없었습니다."

"그렇다면 그 우울증이 자살로 몰고 갔을지도 모른다는 생각은 들지 않는다는 말씀이군요."

"그렇습니다. 그런 일은 생각해 본 적도 없습니다. 하긴 이제 와서 생각하니 그다지 확신을 가질 수는 없습니다만."

경감은 천천히 고개를 끄덕였다.

"최근 외숙부님을 자주 만나셨습니까?"

찰스는 그 비망록을 다시 들여다보았다.

"두 번, 아니 세 번쯤 만났습니다."

"늘 그러셨습니까? 즉 그처럼 짧은 기간 동안에 세 번이나 만나셨느냐는 뜻입니다."
"아니오, 늘 그렇지는 않았습니다."
찰스는 잠시 망설이다가 대담하게 말을 이었다.
"사실은 외숙부님께 어떤 용건이 있었던 겁니다."
"그 용건이 어떤 성질의 것인지 이야기해 주실 수 있겠습니까?"
"못해드릴 것도 없지요——당신 혼자만 알고 계시겠다면——다른 사람들이 알게 되는 것은 싫습니다. 실은 외숙부님께 돈을 조금 얻고 싶었습니다."
애플비 경감은 고개를 끄덕였다.
"말씀하고 싶지 않다면 굳이 대답하지 않아도 좋습니다. 하지만 그다지 이의가 없다면 계속 말씀해 주십시오. 그래서 돈을 받으셨습니까?"
"내가 바라던 액수의 일부를 주셨습니다. 나머지도 약속하시지는 않았지만, 주실 작정이었으리라고 생각합니다. 먼저 1천 파운드를 주셨지요. 나는 그것을 공장에 들여놓을 세 대의 새 기계 구입을 위해 쓸 생각이었습니다. 1천 파운드면 되었거든요."
"그 1천 파운드는 당신이 바라던 액수의 일부에 지나지 않았다는 말씀이지요? 그렇다면 당신은 얼마나 바라고 있었습니까?"
찰스는 미소지었다.
"얼마든지 받을 수 있는 만큼 바랐겠지요. 실은 5천 파운드를 부탁드렸습니다. 2천 파운드 정도는 받을 수 있을지도 모른다는 생각에서 말입니다. 그러자 외숙부님은 그 자리에서 1천 파운드만 주시더군요. 그 정도면 지금도 말했듯이 기계 건은 해결됩니다. 나머지 1천 파운드는 직접 약속하지는 않았지만 외숙부님의 태도로 미루어 보아 틀림없이 주실 것으로 생각하고 기뻐했었지요."

"알았습니다. 그래, 그 기계는 구입하셨습니까?"

"아직 못했습니다…… 주문은 해놓았습니다만."

경감은 고개를 끄덕이고 잠시 동안 잠자코 있었다. 이윽고 그는 느릿하게 말을 이었다.

"알겠습니다. 당신의 외사촌매부인 피터 몰리 씨도 역시 고인에게 돈을 달라고 하셨다지요?"

찰스는 어깨를 으쓱했다.

"그렇다고 들었습니다. 외숙부님은 피터의 농장을 저당잡힐 생각을 하고 계셨다는 말을 들었습니다만, 자세한 일은 아무것도 모릅니다. 그 일에 대해서는 피터를 만나 물어보시면 될 겁니다."

"그렇겠지요."

애플비 경감은 무언가 깊이 생각에 잠긴 사람 같은 의젓함을 보였다. 그는 다시 말했다.

"내가 알고 싶은 일은 모두 질문한 것 같습니다만, 한 가지만 더 묻겠습니다. 클라우더 씨가 어떤 방법으로 독약을 구했는지 무언가 짚이는 점이 없습니까?"

찰스는 모르겠다는 듯한 몸짓을 해보인 뒤 열심히 대답했다.

"전혀 짐작되지 않습니다. 폴리펙스 이모님도 말씀하셨듯이 외숙부님은 좀처럼 거리에 나가시지 않았고, 더구나 혼자서 외출하신 적은 한 번도 없었습니다. 그리고 설마 그런 것을 외숙부님께 갖다드린 사람은 없었겠지요. 이모님은 어쩌면 오래 전부터 숨겨놓았었는지도 모른다고 말씀하셨는데, 나도 그렇지 않을까 하는 생각이 드는군요. 하지만 이것은 확실한 의견이 아닙니다."

경감은 자리에서 일어섰다.

"잘 알았습니다. 대단히 고맙습니다."

"천만에요, 경감님. 당신은 해야 할 일을 하신 것뿐이니까요. 이제 근무도 끝났으니 무얼 좀 드시지 않겠습니까?"

경감은 고맙지만 유감스럽게도 아직 근무 중이므로 규칙을 어길 수 없다고 말하고 무거운 걸음걸이로 부하와 함께 나갔다.

찰스는 이마를 닦았다. 반드시 싫은 일이었다고 할 수는 없지만, 아무튼 끝나서 기뻤다. 잘해낸 것 같은 기분이 들었다. 1천 파운드 일을 털어놓은 것은 현명했다. 어쩌면 경감은 이미 거기에 대해 알고 있었을지도 모르기 때문이다. 더욱이 앤드루 외숙부가 돈을 더 줄 생각이 있었던 것 같았다고 말한 것은 참으로 천재적인 재치였다고 하지 않을 수 없었다. 그것이 사실이 아니었다 하더라도 아무도 노인이 그런 생각을 하지 않았다는 것을 증명할 수는 없다. 그럼으로써 어떤 특별한 동기를 제거한 셈이다. 확실히 아주 잘 해치웠다.

그 다음 며칠은 찰스가 지난 석 달 동안 한 번도 느끼지 못했을 만큼 빨리 지나갔다. 공장 일이 여느 때와 달리 바빴던 탓도 있었다. 공장을 비운 동안 들어온 네 군데의 주문이 그의 부하에게는 물론 그로서도 매우 고마운 일이었다. 게다가 그는 댈링턴 부근의 큰 입찰 건에 몰두해 있었다. 하지만 무엇보다도 가장 뚜렷한 이유는 그 끔찍한 계획이 성공한 뒤 생긴 마음의 해방감 때문이었다. 만일 시체검증이 아무 탈없이 끝나기만 하면 이 무서운 사건을 마음에서 쫓아내버리고 유나와 결혼하여 그 뒤로는 언제까지나 행복한 생활을 할 수 있는 것이다!

피터는 오터튼 농장을 팔고 모트 장으로 옮겨가 앤드루 노인이 하던 채소밭을 대규모로 확대하여 해나가기로 결심하고 있었다. 그는 폴리펙스 부인과 마거트에게도 자기들과 함께 모트 장에서 살자고 권했으나 그녀들은 그 제안을 거절하고 보베로 이사가기로 했다. 물론 이런 변화가 실행에 옮겨지려면 아직 많은 시간이 걸릴 것이다.

마침내 연기되었던 시체검증날이 다가왔다. 콜드 피커비의 구공회당에서 10시 30분에 열릴 예정이었다. 시작되기 조금 전에 찰스는 안으로 들어갔다. 이미 사람들로 가득차 있었다. 사건이 비상한 흥미를 불러일으켰기 때문이기도 했지만, 많은 실업자들이 비록 하루의 오전 동안만이라도 마음을 무겁게 짓누르는 우울에서 벗어날 기분전환의 수단으로 삼았기 때문이었다. 그러나 대부분의 사람들은 그 이상의 개인적인 동기가 있었다. 왜냐하면 이들 가운데는 앤드루 노인을 알고 있는 사람, 그 밑에서 일한 적 있는 사람들이 적지 않았기 때문이다.

애플비 경감과 함께 찰스를 방문했던 블레이 경사가 미리 마련해 놓은 자리로 그를 안내해 주었다. 몇 분 뒤에는 폴리펙스 부인, 마거트, 파리에서 돌아온 피터와 엘시가 나란히 앉게 되었다. 웨더랩과 그 밖의 하인 몇 사람이 그들 뒷좌석에 조용히 들어와 앉았다.

피터는 여전히 지쳐보였고 근심스러운 표정이었다. 찰스는 피터의 모습을 보고 놀랐다. 틀림없이 그는 병에 걸린 듯했다. 그리하여 기회를 보아 피터에게 물어봐야겠다고 마음먹었다.

검시관은 에머슨 박사였다. 그는 의학지식뿐만 아니라 법률에도 정통한 사람이라는 평판을 듣고 있었다.

예비적인 절차가 재빨리 진행되었다. 배심원들이 저마다 이름을 말하자 에머슨 박사는 이미 수집된 증거를 대충 낭독했다.

피터 몰리는 고인이 아내의 아버지임을 밝히고, 임페리얼 항공편으로 크로이든에서 보베로 가던 도중 자기 앞좌석에서 숨을 거두었다고 진술했다. 보베의 프랑스 인 의사가 보낸 진술서——고인의 시체를 조사했으나 아무런 자연적 사인을 발견할 수 없었으므로 해부해 보아야 할 거라는 의견이 첨부된 진술서가 제출되어 있었다.

마지막으로 애플비 경감이 보베에 가서 그곳 프랑스 당국으로부터 유해를 인수받아 콜드 피커비로 옮겨왔음을 진술했다. 이어서 검시관이 배심원들에게 시체검증을 연기한 것은 경찰이 조사를 좀더 깊이 한 다음에 하는 편이 좋겠다는 생각이 들었기 때문이라고 설명했다.
"그럼, 이제 클로드 잉글럼 박사가 출정하시겠습니다."
잉글럼 박사는 시원한 태도의 몸집 큰 사람이었다. 그는 성큼성큼 힘차게 증언대로 올라가 선서했다.
"당신은 이 지방의 경찰의사십니까, 잉글럼 박사님?"
"그렇습니다."
마치 이 말에 이의를 내세우는 자가 있다면 누구하고든 흑백을 가리겠다는 듯한 투였다.
"당신이 고인의 시체를 검시 해부했습니까?"
"그렇습니다. 해링턴 박사의 도움을 빌어 했습니다."
"그 결과가 어떠했습니까?"
"위와 그 밖의 장기를 분석전문가인 그랜트 앤드 콜비 연구소의 그랜트 씨에게 보냈습니다. 청산가리를 발견했다는데, 그랜트 씨가 오늘 여기 와 계시니 그 점에 대해서는 그분이 직접 이야기하실 겁니다."
"그랜트 씨의 증언은 나중에 듣기로 하지요. 당신은 그 밖에 사인이 될 만한 다른 것을 발견했습니까?"
"아무것도 발견하지 못했습니다. 내장은 완전히 건강하다고 할 수는 없었지만, 생명이 위험할 정도로 병에 걸려 있는 징후는 없었습니다."
"그렇다면 비행기의 고도나 흥분 때문에 숨졌다고 여겨지는 점은 없습니까?"
"나는 그렇게 생각지 않습니다."
"그랜트 씨가 나중에 뭐라고 하실지 모르지만 거기에 대한 선입관은 빼고, 당신이 배심원 여러분에게 청산가리의 작용에 대해 설명해 주시겠습니까?"

잉글럼 박사는 엄숙하게 몸을 움직였다. 그는 강의실에서 강의하는 대학교수 같은 태도로 설명을 시작했다.

"청산가리는 흔히 알려져 있는 독약 가운데서도 가장 치명적이고 신속한 작용을 합니다. 이것을 삼키면 몇 초 안에 의식을 잃고, 3분 내지 4분도 못되어 죽습니다. 물론 그 작용이 언제나 이처럼 신속하다고 할 수는 없지만, 보통 몇 분이면 끝납니다. 그 징후는……."

여기서부터 잉글럼 박사의 설명은 매우 전문적이 되었다. 검시관이 죽음을 가져오는 이 독물의 치사량에 대해 물었을 때도 마찬가지였다.

"치사량에 대해서는 그랜트 씨께서 증거를 말씀드릴 때 좀더 자세히 설명해 주실 것입니다."

에머슨 박사는 말을 마치자 배심원 쪽을 보았다. 그리고 애플비 경감도 포함시켜 물었다.

"질문없습니까?"

애플비 경감은 루커스 총경과 나란히 앉아 있었다.

아무도 잉글럼 박사로부터 그 이상의 것을 알아내려 하는 사람이 없었으므로 그는 증언대를 물러났다.

마침내 피터 몰리가 불려나갔다.

신문이 시작되자 피터는 지금까지보다 훨씬 더 괴롭고 조심스러운 얼굴을 지었다. 신문은 오랜 시간 동안 자세히 진행되었다. 피터가 검시관의 많은 질문에 대답하자 불운한 여행의 전모가 차츰 밝혀졌다.

엘시가 파리에 갔다가 그곳에서 사고를 만났다는 것, 급히 파리로 가려고 결심했다는 것, 고인이 함께 가겠다고 끝내 고집했다는 것,

웨더랩과 로즈를 함께 데려가게 되었다는 것, 그리고 피터는 고인이 과연 여행을 견뎌낼 수 있을지 불안한 나머지 폴리펙스 부인과 의논하여 밤늦게 일부러 그레고리 박사를 불러 노인을 특별히 진찰시켰는데, 박사의 낙관적인 대답을 듣고 한밤중에 런던으로 출발했다는 것을 설명했다. 이어서 런던에서의 앤드루의 용태를 말하고, 크로이든 비행장을 출발한 다음 비행기 안에서 점심식사를 들었는데, 노인의 건강상태는 아주 좋았으며 비행기 여행을 즐기고 있는 듯했다고 설명했다. 마지막으로 노인이 좌석에 몸을 깊숙이 파묻고 비행기 벽에 머리를 기대고 있던 모습을 설명했다. 노인이 잠든 줄만 알았기 때문에 보베에 닿아 이미 숨져 있음을 알았을 때의 놀라움은 이루 말할 수 없었다는 것이었다.

검시관이 물었다.

"비행기가 착륙했을 때에는 이미 사망해 있었습니까, 아니면 다만 의식을 잃고 있었습니까?"

"사망해 있었다고 생각합니다만, 확실치는 않습니다. 하지만 약 20분 뒤 의사가 도착했을 때에는 틀림없이 숨이 끊어져 있었습니다."

"점심식사를 들 때 당신은 비행기 안에서 어떻게 앉아 있었습니까, 몰리 씨?"

"좌석은 옆으로 나란히 놓여 있었습니다. 버스처럼 통로 양쪽에 두 개씩 나란히 있지요. 장인과 웨더랩이 함께 앉았었는데, 고인은 창문 쪽이고 웨더랩은 통로 쪽이었습니다. 나는 딸과 함께 그 바로 뒤에 앉아 있었습니다. 딸은 장인의 뒤, 나는 웨더랩의 뒤였습니다."

"좌석은 모두 앞을 향해 있었습니까?"

"그렇습니다."

"비행 중 당신은 고인에게 말을 걸었습니까?"

"네, 여러 번 말을 걸었습니다."

"이야기할 때 몸을 일으켰습니까?"

"아니오. 몸을 앞으로 내밀고 장인의 어깨 너머로 이야기를 건넸습니다."

"그때 고인은 기운 있어 보이던가요?"

"아주 건강해 보였습니다. 하지만 잠드신 것을 본——그렇게 생각했습니다만——다음부터는 말을 걸지 않았습니다."

검시관은 천천히 고개를 끄덕였다.

"알았습니다."

검시관은 잠시 사이를 두었다가 이윽고 자기의 메모를 살펴본 다음 다시 질문을 시작했다.

"그런데 몰리 씨, 프랑스로 떠나기 전에 마지막으로 고인을 만난 것은 언제였습니까?"

"여행 전날 밤이었습니다. 그날 밤 모트 장에서 저녁식사를 했습니다. 파리에서 보내진 전보가 우리집에 배달되었을 때 나는 거기에 있었습니다."

"다른 손님도 있었습니까?"

"변호사 클로스비 씨가 있었습니다."

"그렇습니까? 그것은 사교적인 모임이었습니까, 아니면 고인과 특별한 용건이 있었습니까?"

"고인과 어떤 용건이 있었습니다."

"그 용건이란 어떤 것이었습니까?"

"나는 그전부터 장인어른께 재정적인 도움을 부탁드렸는데, 그 자세한 절차를 밟기 위해 만났었습니다."

"그럼, 당신은 재정적으로 곤경에 빠져 있었습니까?"

"아니오. 그다지 악화되어 있었던 것은 아닙니다. 하지만 농장경영으로는 요즈음 그다지 이익을 올릴 수 없기 때문에 현금이 얼마쯤 필요했습니다."

"알았습니다. 그렇다면 당신은 고인이 돌아가시기 전날 밤 그 문제에 대해 이야기를 주고받았군요?"

"그렇습니다. 도움을 부탁드렸습니다. 그러자 장인은 어떻게든 해보겠다고 말씀하셨습니다. 하지만 어떤 방식으로 할 것인지는 아직 결정짓지 못했었지요. 그 마지막 날 밤, 그 문제를 의논하기 위해 만났던 것입니다. 장인은 그 일로 클로스비 씨와 의논하고 싶어했습니다."

"그 의논은 이루어졌습니까?"

"네."

"만족할 만한 결론이 내려졌습니까?"

"아니오. 여러 가지 방법이 나왔습니다만, 결정지을 단계에는 이르지 못했습니다. 장인께서는 나의 농장을 저당잡혀도 좋다고 호의를 보여주셨지만, 뚜렷하게 결심하신 것은 아니었습니다."

"하지만 어떤 방법으로든 당신을 도와주겠다고 결심하셨겠지요?"

"그것은 틀림없습니다."

이어서 에머슨 박사는 고인의 건강에 대해 질문했다. 피터는 앤드루 노인이 갑자기 쇠약해진 듯한 기색이 있긴 했어도 사망 당일 다른 때에 비해 특별히 용태가 나쁜 것 같지는 않았다고 대답했다. 그리고 장인이 자살할 것 같다는 생각은 전혀 해본 일도 없으며, 가끔 우울해 보인 적은 있지만 특별히 심하지는…… 스스로 목숨을 끊을 만큼 심하다고 생각지는 않았으므로, 자기는 이 사건 전체를 어떻게 해석해야 할지 전혀 모르겠다, 어째서 장인이 자살했는지, 특히 왜 그런 경우에 자살했는지 도무지 모르겠다, 그리고 장인이 어떤 수단으로 독약을 손에 넣었는지도 전혀 짐작이 가지 않는다고 말했다.

찰스, 구경꾼이 되다

아무도 질문하겠다는 사람이 없었으므로 피터는 선서 증언 서류에 서명하고 물러났다. 우울해 보이던 그의 얼굴에 안도와 불안이 섞여 있었다. 심리에 대한 흥미는 더욱 높아졌고, 거기 모인 사람 가운데에는 에머슨 박사의 질문이 사건에 완전히 새로운 빛을 던졌다고 보는 사람도 있는 듯했다.

에머슨 박사는 메모지를 들여다보고 있었는데, 이윽고 얼굴을 들고 무의식 중에 상대방을 독촉하는 듯한 표정으로 주위를 둘러보았다. 그러나 아무 반응도 없었다. 그러자 그는 말했다.

"그럼, 다음은 페넬로프 폴리펙스 부인 나오십시오."

폴리펙스 부인이 증언대로 나갔다. 침울하고 수수한 표정이었으며, 다소곳이 검은 상복을 입고 있었다. 그녀는 확고하고 침착한 태도를 보이며 낮으나 잘 울리는 목소리로 질문에 대답했다.

검시관은 부인에게 상냥하게 대했다.

"죄송합니다만, 폴리펙스 부인, 오늘은 부득이 출두해 주시기를 바라지 않을 수 없었습니다. 되도록 빨리 끝내겠습니다. 당신은 고인의 누이동생이십니까?"

부인은 고인의 누이동생임을 말한 뒤 몇 년 전부터 모트 장에서 함께 살며 오라버니를 위해 집안일을 맡아 해주었다고 대답했다. 그 밖에도 그녀 자신에 대한 질문을 두세 가지 받았다.

마침내 에머슨 박사는 앤드루 노인에 대해서 물었다. 폴리펙스 부인의 증언은 피터의 진술을 좀더 확대시킨 데 지나지 않았다. 오라버니는 65살로 풍채가 좋았으며, 약 5년 전 중병을 앓게 되기 전까지는 아주 건강했다, 그 중병을 앓고 난 다음부터 많이 달라졌다, 병자가 되어 여러 가지 도락에 흥미를 갖고 있긴 했어도 그런 것을 그다지 즐기지는 못했다, 최근에는 부쩍 쇠약해져 있었으며 이렇다할 속병은 없었으나 서서히 내리막길을 가고 있는 듯했다. 그 점에 대해서는 아마 주치의가 자세히 설명해 줄 것이라고 그녀는 말했다.

에머슨 박사는 의사의 증언은 앞으로 들을 테니 지금은 우선 당신의 생각을 말해 달라고 부탁했다. 그리고 요즈음 고인의 건강이 갑자기 쇠약해진 듯한 점은 없었느냐고 물었다.

폴리펙스 부인은 그런 기색이 뚜렷이 나타나지는 않았지만 서서히 나빠지고 있었다, 그러나 갑작스러운 변화는 전혀 없었으며 우울이 자살의 원인이라고는 생각되지 않는다, 오라버니는 죽기 얼마 전까지 취미 가운데 하나인 사진을 이따금 만들고 있었다고 대답했다.

이것이 모두인 듯했다. 에머슨 박사는 증인에게 정중하게 고맙다는 인사를 하고 무언가 색다른 일이 일어날지도 모르니 그 경우를 위해 가지 말고 잠깐만 남아 있어달라고 부탁했다.

마침내 웨더랩이 불려나왔다.

웨더랩은 약 5년 전부터 앤드루 노인의 시중을 들어왔으며, 노인이 병났을 때 남자 간호사로 채용되었으나 병이 다 나은 뒤에도 집사 겸 간호사로 모트 장에 눌러 살았고, 그전에는 던스터블 부근의 정신병원에서 근무한 경험이 있는 충분한 자격을 갖춘 간호사인데 고인의 건강에 대해서는 앞의 증인들이 진술한 의견과 같다. 확실히 노인은 건강이 나빠져 앞으로 그리 오래 살 것 같지 않다고 생각했지만 사망 당시 갑작스럽게 나빠진 점은 없었다고 말했다.

마침내 에머슨 박사는 프랑스로 향하던 비행기 여행에 대한 그의 증언을 들었는데, 웨더랩은 피터의 증언을 다시 확인해 주었을 뿐이었다.

마지막으로 에머슨은 비행기에서 한 점심식사에 대해 물었다.

"고인은 점심식사로 무엇을 들었습니까?"

"다른 승객들과 같은 것이었습니다. 맑은 수프, 냉육(冷肉) 샐러드, 치즈와 비스킷, 사과, 그리고 커피였습니다."

"무엇을 마셨습니까?"

"위스키 소다였습니다. 위스키는 아주 조금이었습니다."

"그 밖에 또 무엇을 들었습니까?"

"여느 때와 마찬가지로 식사가 끝나자 알약을 드셨습니다. 그 밖에는 아무것도 드시지 않았습니다."

"어떤 알약이었습니까?"

"솔터의 소화제였습니다."

"설마 그것 때문에 목숨을 잃은 것은 아니겠지요? 식사 뒤에 늘 복용했다고 했지요?"

"네, 그렇습니다."

"그것은 언제부터 복용했습니까?"

"몇 주일 전부터였습니다."

"당신은 점심식사 때 고인의 옆자리에 앉아 있었다고 했는데, 고인이 주머니에서 무언가를 꺼내 입에 넣거나 음식에 넣은 일이 있었습니까?"

"아니오, 없었습니다."

"알았습니다. 그러나 만일 고인이 그런 짓을 했다면 당신은 그것을 볼 수 있었겠지요?"

"볼 수 있었을 겁니다."

"틀림없이 볼 수 있었으리라고 확신합니까?"

웨더랩은 망설였다.

"절대적이라고 단언할 수는 없지만 틀림없이 볼 수 있었으리라 생각합니다. 그리고 나는 확실히 못 보았습니다."

"누군가가 당신이 모르는 사이 음식물에 무언가를 살짝 넣을 수 있지 않았을까요?"

"아마 그럴 수는 없었을 겁니다."

에머슨 박사는 몸을 앞으로 내밀었다.

"당신은 식사 도중 반대쪽을 보거나 반대쪽 창문으로 바깥을 내다본 일이 없었습니까?"

웨더랩은 다시 머뭇거렸다.

"글쎄요…… 한 번은 구름에 비친 햇빛이 너무나 아름다워 한참 내다본 적이 있습니다."

"한 번뿐이었습니까?"

"아니오, 한 번 이상 봤을지도 모릅니다."

"그렇다면 당신은 자신이 한눈팔고 있는 틈에 고인이 주머니에서 뭔가를 꺼내지 않았다고 단언할 수 없겠군요?"

웨더랩은 불안한 듯이 그럴지도 모른다고 인정했다. 검시관은 확실히 못마땅한 모양이었다. 그는 사이를 두었다가 다음 질문을 던졌다.

"그건 그렇고, 고인이 어떻게 독약을 손에 넣었는지 설명할 수 있겠습니까?"

하지만 이 질문에는 아무 수확도 없었다.

"아니오" 하고 웨더랩은 딱잘라 말했던 것이다.

에머슨 박사는 다시 잠시 동안 자기의 메모지를 들여다보았다. 법정 안은 쥐죽은 듯 조용했다. 모두들 최면에 걸린 듯이 손 끝 하나 움직이지 않았다.

마침내 검시관은 얼굴을 들었다.

"어느 분이든 증인에게 질문하실 것은 없습니까?"

그는 배심원 쪽을 둘러보았으나 아무도 꼼짝하지 않았다.

"애플비 경감님, 당신은?"

애플비 경감은 고개를 옆으로 저었다.

"그럼 좋습니다. 수고했습니다, 웨더랩 씨. 다음은 제임스 블래드리 씨!"

정력적으로 보이는 젊은이가 나와 선서했다.

"당신은 임페리얼 항공회사에 근무하는 안내원으로 9월 7일 12시 30분에 크로이든을 출발하여 프랑스로 향한 여객기의 승무원이었습니까?"

"그렇습니다."

"고인은 물론 지금 나왔던 증인과 아까의 증인과 작은 아가씨가 점심을 들었을 때를 기억하고 있습니까?"

"기억하고 있습니다."

"당신은 식사를 마친 접시와 컵과 그 밖의 물건을 거두어 갔습니까?"

"그렇습니다. 모두 한데 모아가지고 비행기에서 내려 씻었습니다."

"그렇다면 음식물의 남은 찌꺼기를 화학분석시키지 못했겠군요?"

"네, 어떤 독약이 묻어 있을지도 모른다는 이야기를 들었을 때 나는 이미 그 그릇들을 씻고 있었습니다."

"나중에 비행기 안을 살펴보았습니까?"

"네, 프랑스 경관과 함께 살펴보았습니다."

"무엇을 찾아내려고 했습니까?"

"독약이 들어 있었을지도 모를 작은 갑이나 병 같은 것을 찾아보았습니다. 경관이 그런 것을 찾고 싶어했기 때문입니다."

"하지만 찾지 못했겠지요?"

"네, 아무것도 찾아내지 못했습니다."

에머슨 박사는 배심원석을 둘러보았다.

"배심원 여러분, 부디 여기서 프랑스 경관의 보고를 상기해 주시기 바랍니다. 아까 낭독했으므로 들으셨으리라 생각합니다만, 프랑스 경관은 시체도 조사해 보았으나 그런 작은 갑이나 병 같은 것은 찾아내지 못했다고 합니다. 또 질문없으십니까? 수고했습니다, 블래드리 씨. 아참, 당신이 탄 비행기가 루브르제에 내리지 않고 보베에 착륙한 것은 무엇 때문입니까?"

"루브르제에 안개가 끼어 있었기 때문입니다."

그레고리 박사가 다음 증인으로 나왔다. 그는 고인의 건강상태를 지난 몇 년 동안 늘 진찰해 왔으므로 잘 알고 있다며 다음과 같이 말했다. 9월 6일 밤에는 특별히 진찰했는데 파리 여행을 떠나도 지장없다는 결론에 이르렀다, 고인은 확실히 소화불량증에 걸려 있었다, 자기는 그 치료를 해왔지만 아까 다른 증인이 말한 그 알약은 처방하지 않았다, 소화불량은 이따금 기분을 우울하게 만드는데 이 경우도 그랬던 것 같다, 고인의 우울증이 자살하게 만들었다고 생각할 수는 없지만 우울한 기분이 그런 방향으로 몰고 갈 수는 있다, 고인의 건강이 쇠약해져 있긴 했으나 급격하게 악화되어 있지 않았다고 말한 다른 증인들의 의견에 자기도 동의한다……

이어서 애플비 경감이 증언했다. 그는 프랑스까지 가서 고인의 유해를 인수하여 콜드 피커비로 옮겨왔고, 주머니에서 약병을 찾아냈으므로 그것을 분석전문가에게 보였으며, 의사 및 분석전문가와 의논한 끝에 고인의 암실에서 몇 개의 병을 들고 나와 그것도 분석전문가에게 보냈다고 말했다.

그 다음에는 그랜트 앤드 콜비 연구소의 개빈 그랜트가 불려나왔다. 그는 잉글럼 박사로부터 위와 그 밖의 장기를 분석해 달라는 의뢰를 받고 그 내용물을 분석한 결과 청산가리가 있음을 발견했다고 증언한 다음 그 양에 대해 전문적인 설명을 했는데, 정상적으로 건강한 사람을 죽이기에도 충분할 만큼이었다고 진술했다. 즉 고인을 죽게 하기에 충분한 양이었다고 그는 분석결과를 자신있게 보고했다.

그는 애플비 경감으로부터 약병을 받고 그 속의 알약을 모두 분석했으나 독약의 흔적은 발견되지 않았다고 증언했다.

그런 다음 독약 입수 방법의 가능성에 대해 애플비 경감으로부터 질문을 받았다. 그 물음에 대해 그는 고인이 아마추어 사진가였다는 말을 듣고 암실에 어떤 병이 있는지 조사해 보라고 경감에게 부탁했더니 경감이 병을 몇 개 찾아 가지고 왔으므로 병의 내용물을 분석한 결과 어떤 병에 청산가리가 있음을 발견했다고 대답했다. 그것은 사진에서 엷은 네가티브의 촉매로 쓰이는 것이었다. 만일 고인이 이 병의 내용물을 얼마쯤 마셨다면 그 결과는 지금 일어난 것과 같았을 거라고 그는 말했다.

검시관이 물었다.

"지금 말씀하시는 그 포타슘은 고체였습니까, 아니면 액체였습니까?"

"액체였습니다."

"그렇다면 병에 넣지 않고는 비행기에 가지고 탈 수 없었겠군요?"

"나에게 보낸 것을 말씀하신다면 그렇습니다."

"나는 당신에게 보낸 것에 대해 말하고 있습니다. 그 밖에 또 무엇이 있었다는 이야기는 듣지 못했으니까요. 그렇다면 그 병 이외에서도 독물이 발견되었다는 말씀입니까?"

"아니오, 내가 아는 한 그렇지 않습니다. 내 말뜻은 이렇습니다. 청산가리는 고체로 판매되고 있습니다. 그러므로 약국에다 그것을 녹여달라고 특별히 주문하지 않은 한 고인은 그것을 고체로 받아가지고 손수 녹였음에 틀림없습니다."

검시관은 고개를 끄덕였다.

"그 말씀에 따른다면, 고인은 손에 넣은 고체의 독약을 모두 녹이지 않았을지도 모른다는 말씀입니까?"

"반드시 그렇다는 뜻은 아닙니다. 그런 가능성에 대해서도 생각하셔야 한다는 의견입니다. 다만 그뿐입니다."

"아주 흥미 있는 일이로군요. 그렇다면 당신은 고인이 청산가리를 종이에 싸서 주머니에 넣어 두었을지도 모른다는 말씀이십니까?"

그랜트는 어떤 암시도 주고 싶지 않다고 말하며 여기에 대한 증언을 거부했다. 다만 이 점에 대해 검시관의 주의를 환기시켜야 한다고 생각했을 뿐 추론은 자기의 임무가 아니라고 말했다. 에머슨 박사는 무뚝뚝하게 그 말을 인정하며, 그랜트의 엄정한 태도에 경의를 나타냈다.

마지막 증인은 클로스비였다. 그는 고인이 살아 있던 마지막 날 저녁식사가 끝난 뒤 주고받은 대화에 대한 피터의 진술을 확증했다. 그는 고인의 고문변호사로서 상담받기 위해 불려갔던 것이다. 어떤 결정을 내릴 단계에까지 이르지는 못했으나 그 역시 고인이 피터를 도와줄 생각이 있는 듯한 인상을 받았다고 증언했다.

그는 자신이 고인의 유언장을 작성했다며 그 조항을 설명했다. 그는 유언장 내용을 열거했다. 그 조항에는 아무 비밀도 없었다. 하인들을 뺀 모든 관계자는 자기가 무엇을 받을 것인지 잘 알고 있었다.

이로써 증언은 끝났다. 검시관이 메모지를 들여다보고 있는 동안 법정은 물을 끼얹은 듯 조용했다. 배심원들의 평결에는 아무 의념도 갖지 않았으나 찰스에게 있어 이 시체 검증은 무서운 시련이었다.

독약이 사진을 만들기 위한 병에서 나온 게 아닌가 하는 암시는 그를 매우 기쁘게 했다. 이것이야말로 자살설의 유일한 현실적 난점——앤드루 노인이 어디서 독물을 구했을까 하는 난점에 꼭 맞는 해답이 아닌가. 이 점을 미처 생각 못했다니, 참으로 우습다. 지금 생각해 보니, 테일러의 저서에 청산가리가 사진에 쓰인다고 씌어 있었던 것이 떠올랐다.

다시 한 번 찰스는 노인이 여행 중에 독약을 먹은 지독히 나쁜 운을 한탄했다. 만일 이 비극이 암실로 들어갈 수 있는 범위 안에서 일어났다면 사진과 청산가리설도 더욱 납득이 갔을 테고, 독약을 넣어 가지고 다닐 만한 용기가 있었느냐 없었느냐는 그다지 문제되지 않았을 것이다.

이윽고 검시관은 메모지를 정리한 다음 입을 열었다. 그는 먼저 배심원들의 의무에 대해 말했다. 평결은 증거에 의해서만 결정되어야 하며 누구에 대한 두려움이나 편들어 주는 일없이 결정되어야 한다고 말했다. 이어서 그의 이야기는 더욱 구체적으로 되어갔다.

"맨 먼저 이 시체가 누구인지, 그 죽음의 원인이 무엇인지를 결정해야 합니다. 이것이 배심원들의 첫째 의무입니다. 그러나 부수적인 의무도 있습니다. 만일 배심원들이 누구에게 죄가 있다고 생각한다면, 그것이 고인 자신인지 아니면 다른 사람인지 그 점을 밝혀야 합니다. 그럼으로써 배심원들의 의무는 끝나는 것입니다.

이 경우에는 사망자가 모트 장의 앤드루 클라우더 노인이고, 원인은 청산가리에 의한 중독이었다는 것을 확신하는 데 아무 곤란도 없으리라 봅니다. 이것은 많은 증인의 증언으로 미루어 확실합니다.

범죄의 가능성은 그다지 뚜렷하지 않습니다. 그러나 이것이 우연한 사고가 아닌 이상 누군가가 죄를 지었다는 이야기가 됩니다.

그러므로 배심원 여러분은 먼저 이것이 우연한 사고인지 아닌지를 생각해야 합니다. 나는 성가시게 참견하고 싶지는 않지만 우연의 사고로 보지 않는다는 결정을 내리는 데는 아무 곤란이 없다고 생각합니다.

만일 배심원 여러분이 이 견해를 받아들인다면 누군가에게 죄가 있다는 이야기가 됩니다. 그 인물이 누구인가? 이것은 자살인가? 자살이라면 죄는 바로 고인 자신에게 있다고 할 수 있습니다. 아니면 타살인가?

자살이라는 주장을 받아들여보기로 합시다. 고인은 노인인데다 몸이 쇠약해진 상태에 있었으며, 소화불량에 의한 우울증에 시달리고 있었다고 합니다. 그러나 고인의 우울증을 증언한 증인들은 모두 그 우울증이 자살의 원인이 될 만큼 심했다고는 믿고 있지 않다는 사실을 상기해 주시기 바랍니다.

그리고 증언을 받아들이면서 배심원 여러분은 이 증인들이 그런 의견을 펴는 데 어느 정도 적격자인지 고려해 볼 필요가 있습니다.

또한 배심원 여러분은 고인이 점심식사가 끝난 뒤 이상한 상태에 빠졌을지 모른다는 가능성을 제쳐놓아서도 안됩니다. 고인은 소화불량에 걸려 있었으므로 점심식사 때 먹은 어떤 음식이 위에 맞지 않아 더욱 심한 소화불량을 일으켜 그렇지 않아도 우울해 하던 고인을 더욱 비참하게 만들었을지도 모릅니다. 의문의 여지가 없을 만큼 명확하게 밝힐 증거는 없지만, 배심원 여러분은 각자의 상식에 따라 이 가능성을 생각할 권리를 가지고 있습니다.

배심원 여러분은 검시관의 이른바 사진과 청산가리에 대한 관계를 들었습니다. 고인은 아마추어 사진가였고, 암실에 청산가리를 갖추어놓고 있었습니다. 거래하는 약국과 특별한 체결을 맺지 않는 한——여기에 대해서는 아무 증거도 없습니다만——고인은 청산가리를 고체로 구입했으리라 여겨집니다. 더구나 고인에게는 청산가리가 액체상태여야 했으므로, 아무튼 그 일부는 용해되어 있었습니다. 입수된 청산가리가 모두 용해되었는지 어떤지, 얼마쯤은 고체상태로 그냥 두었는지 어떤지 하는 점도 생각할 필요가 있습니다. 후자의 경우에는 고인이 고체 청산가리를, 아마도 종이에 싸서 주머니에 넣고 다녔을지도 모릅니다.

여기에 관련하여 간호사 웨더랩 씨의 증언을 상기해 주시기 바랍니다. 그는 자기가 미처 알아차리지 못한 동안에 고인이 주머니에서 무언가를 꺼내 그것을 입에 넣을 수도 있었다고 증언했습니다.

지금까지는 자살의 경우를 말했습니다.

또 한 가지 경우가 있는데, 그것은 타살입니다. 많은 사람들이 고인의 죽음에 이해 관계를 가지고 있습니다. 배심원 여러분은 유언장에 관한 클로스비 씨의 증언을 기억하고 있으리라 생각합니다. 점심식사 때 먹은 음식에 독약을 넣을 수 있었는지 어떤지 여러분은 생각해 봐야 할 것입니다. 만일 그 일이 가능하다고 여겨진다면, 만일 그것을 증명할 증거가 있다고 여겨진다면, 이런 일을 했을 만한 인물이 누구인지 지적해 주기 바랍니다."

마지막으로 에머슨 박사는 결론을 내려 말했다.

"어떤 주장이 이루어지든 그것을 받아들이는 데는 곤란에 빠집니다. 그러나 배심원 여러분은 저마다 일상생활에서 어떤 사건에 부딪쳤을 경우 그 증거를 비교 검토할 때와 같은 태도로 증거를 검토해 주기 바랍니다.

이 사건이 우연한 사고이든, 자살이든, 타살이든 판단되어진 그대로 대답해 주기 바랍니다. 하지만 그런 결론에 이를 만한 충분한 증거가 없다고 여겨진다면, 고인은 청산가리를 먹고 숨지기는 했으나 그 독약을 쓴 방법을 뚜렷이 제시할 만한 증거가 없다는 이야기가 됩니다.

그럼, 이제부터 배심원 여러분은 이 자리를 떠나 평결을 생각해 주시기 바랍니다. 만일 결정내리는 데 내가 뭔가 도움될 만한 일이 있다면 사양치 말고 말씀해 주십시오."

배심원의 협의는 오래 걸리지 않았다. 10분도 채 못되어 그들은 돌아왔다. 평결이 내려진 것이다. 앤드루 클라우더 노인은 일시적인 정신이상을 일으켜 자살했다는 것이 그 평결이었다.

찰스, 방문을 받다

 찰스도 그 밖의 다른 평결은 생각하고 있지 않았으나, 심리가 완전히 끝났을 때 그의 기쁨은 굉장했다. 드디어 앤드루 노인의 죽음은 과거의 일이 되어 버렸다. 평결은 권위를 가지고 그 사건을 흥미도 중요성도 없는 것으로서 과거로 밀어내 버렸다. 두 번 다시 찰스는 이 사건에 대해 듣는 일이 없을 것이다.

 그런데 그로서는 이 1막의 비극을 깨끗이 마음속에서 내몰기 전에 두세 가지 해야 할 일이 남아 있었다. 이를테면 그 그림이다. 유나가 언제 그의 집을 방문할지 모른다. 그의 집 벽은 열 네 벽면이 모두 비어 있다. 그녀는 그림이 없는 것을 서운해 하며 꼬치꼬치 캐물을지도 모른다. 그녀에게서 그런 질문이 나오도록 해서는 안 된다.
심리가 끝나고 사흘째 되는 날 밤 찰스의 동창생이 베푸는 만찬회가 런던에서 열렸다. 그런 모임에 지금까지 이따금 얼굴을 내밀었지만 이번에는 못 가겠다고 해두었었다. 그런데 지금 그는 간사에게 전화를 걸어, 사실은 그날 지중해를 항해중일지도 모른다는 생각 때문에 거절했었는데 외숙부가 사망하여 뜻하지 않게 여행을 중단하고 돌아왔으나 만찬회에 참석할 수 있겠다고 말했다.

그날 아침 찰스는 다시 런던으로 자동차를 몰았다. 이번에도 역시 그는 굉장한 속력으로 자동차를 몰았다. 그래서 오후 일찍 런던에 닿았다.

찰스는 4시 30분까지 스틀랜드 거리 끝 베드포드의 스필러 앤드 모건 상회에 닿을 수 있었다. 그는 이 상회의 이름을 상공인명록에서 찾아내어, 콜드 피커비에서 이제부터 가겠다고 전화를 걸어두었었다.

스필러는 그를 기다리고 있다가 안으로 맞아들였다. 그리고 예절을 갖춘 정중한 태도로 말을 꺼냈다.

"돈을 대부받고 싶으시다고요? 바라시는 대로 해드릴 수 있으면 정말 좋겠습니다만, 어느 정도 필요하신지요? 그리고 기간은 얼마 동안이나?"

"먼저 거래가 성립될지 여쭈어봐야겠군요. 나는 지금 담보의 진실성을 증명할 만한 것을 제공할 수 없습니다. 사실은 상속세를 빼고 약 6만 2천 파운드의 유산을 물려받게 되어 있습니다. 유언장 발표는 있었습니다만, 아직 검증이 끝나지 않았습니다."

스필러는 고개를 끄덕이며 말했다.

"그것은 우리도 알고 있습니다."

찰스가 놀란 얼굴을 하자 스필러는 조심스러운 미소를 띠고 말을 이었다.

"우리 같은 장사를 하는 사람들은 그런 일을 조사하는 방법이 여러 가지 있지요. 당신의 전화를 받고 그쪽에 있는 우리 대리점과 연락을 취해 아주 자세한 정보를 수집했습니다. 물론 만족할 만한 건 못됩니다만, 거기에 의거하여 얼마쯤 빌려드릴 생각으로 기다리고 있었습니다."

"그 말을 들으니 마음이 놓이는군요. 내가 바라는 것은 유언장 검증이 끝날 때까지…… 아니, 내가 실제로 유산을 받을 때까지 융통해 주셨으면 하는 겁니다. 그것이 어느 정도 걸리는지는 아마 당신이 더 잘 아시리라 생각합니다. 석 달쯤 걸리지 않을까 싶지만, 확실한 것은 말씀드릴 수 없군요. 다만 이 문제에는 법률적으로 성가신 일이 아무것도 없다는 점은 말씀드릴 수 있습니다."
"알겠습니다. 그렇다면 석 달 내지 넉 달 정도겠군요. 그럼 액수는?"
"5천 파운드."
스필러는 다시 또 고개를 끄덕였다.
"그 정도라면 어렵지 않습니다. 언제까지 필요하십니까?"
"지금 필요합니다. 적어도 내일 아침까지는 마련되어야겠습니다. 그때까지 필요한 조사를 모두 끝낼 수 있겠습니까?"
스필러는 조사라니 당치도 않다는 듯한 몸짓을 했다. 그는 너그럽게 말했다.
"찰스 스윈번 씨에게 빌려드리는데 이 이상 더 무슨 조사가 필요하겠습니까? 하지만……."
그는 유감스럽다는 듯이 미소지었다.
"우리로서는 당신이 정말 스윈번 씨라는 보증이 필요합니다. 이런 무례한 경계를 용서해 주시겠지요?"
찰스는 동의했다.
"물론입니다. 그 정도로 된다면 고마운 일이지요. 내가 거래하는 은행의 런던 지점장이라면 잘 알고 있는데, 그 사람이 적당할 것 같지만 지금은 이미 은행문을 닫았을 테고…… 내가 묵는 호텔 지배인이나 나의 클럽 간부라면 어떻겠습니까?"
"어느 분이든 좋습니다. 하지만 우리 쪽에서 제안을 해도 괜찮겠습니까? 돈은 내일 아침까지 필요하시다고요?"

"그러면 좋겠습니다만, 반드시 그래야 한다는 건 아닙니다."
"아닙니다. 그리 어려울 것도 없습니다. 내일 당신과 함께 은행에 가서 지점장을 만나 정식으로 신원증명을 받으면 어떨까요? 그 자리에서 수표를 떼어드릴 수 있습니다. 그러면 당신은 그 은행에서 당장 현금으로 바꿀 수 있지요."
찰스는 잠시 머뭇거렸다. 그리고 대답했다.
"그것은 조금 난처합니다, 스필러 씨. 쓸데없는 허세라고 여길지 모릅니다만, 내가 돈을 빌린다는 사실이 세상에 알려지는 것을 바라지 않습니다. 내 거래 은행 지점장을 만나는 것은 좋습니다만, 보험이나 다른 일 관계 때문이라고 해주셨으면 좋겠군요. 은행에서 다시 이 사무실로 돌아와 현금으로 주십시오. 실례인지 모르겠습니다만, 내 거래 은행을 통해 당신 상회와 거래하는 것은 좀 곤란합니다."
스필러는 그 말을 이해하고 기꺼이 동의해 주었다.
"다른 손님들 중에도 당신과 같은 기분을 가진 분들이 많으므로 그다지 염려하실 필요는 없습니다. 그럼, 내일 아침 몇 시쯤이 좋겠습니까?"
스필러와 약속을 하고 찰스는 제이미슨 앤드 툴러브 상회로 자동차를 달렸다.
"며칠 전에 맡겨둔 그림 때문에 왔는데, 그 그림을 맡긴 뒤 내가 유산을 받게 되었다는 사실을 들으셨겠지요, 툴러브 씨? 아니, 듣지 못하셨다고요? 실은 일이 그렇게 되었으므로 그 그림을 되찾아가고 싶습니다. 자동차에 싣고 갈 수 있도록 포장해 주십시오. 그러면 내일 아침 가지러 오겠습니다."
런던에서의 나머지 볼일도 계획대로 끝났다. 제이미슨 앤드 툴러브 상회에서 호텔로 돌아갔다가 만찬회에 참석하여, 거기서 연설을 했다.

 다음날 아침 그 두 가지 용건을 처리했다. 은행 지점장과의 만남도 순조롭게 끝났다. 찰스는 스필러 씨를 전동기 제조업자라고 지점장에게 소개하고, 그와 거래를 맺고 싶어한다고 말해 두었다. 그리고 난 다음 찰스는 5천 파운드 지폐 묶음을 받았다. 이자는 매달 4푼, 기한은 넉 달이었다. 찰스는 전당포로 가서 돈을 치르고 그림을 도로 찾았다. 그리고 다시 자동차를 급히 북쪽으로 몰아 적당한 시간에 콜드피커비로 돌아왔다.

 이 무렵, 폴리펙스 부인과 마거트는 모트 장을 떠났다. 전에 보베에 갔을 때 마음에 꼭 든 작은 집이 아직 비어 있었으므로 좋은 조건에 빌리기로 약속했던 것이다. 두 사람이 떠난 다음 곧 피터와 엘시가 모트 장으로 옮겨왔다. 운좋게도 당장 소유할 수만 있다면 오터튼 농장을 사겠다는 사람이 나섰던 것이다. 실제금액은 적었으나 피터는 그 제안을 받아들여 곧 매매가 성립되었다.

 찰스가 좀 놀란 것은, 엘시가 농장에서 고용했던 두 하녀를 그만두게 하고 앤드루가 부리던 사용인들을 그대로 있게 한 사실이었다. 그 사용인들이란 집사 역할을 하는 웨더랩과 하녀와 여요리사였다.

 찰스의 생활은 차분히 가라앉았고 다시 정상으로 돌아간 듯했다. 가끔 심한 발작적인 후회가 덮치는 경우도 있었다. 그럴 때면 과거로 다시 돌려놓을 수만 있다면 가진 것을 모두 내던져도 좋다고 생각되기까지 했다. 하지만 그런 후회도 언젠가는 반드시 극복될 수 있으리라고 그는 믿었다. 언젠가는 죽은 외숙부에 대해서도, 외숙부의 죽음을 에워싼 어두운 시기의 기억도 모두 쫓아버릴 수 있으리라고 믿었다. 유나는 분명 차츰 다정하게 대해주는 것 같았다. 그녀가 결혼까지 생각하고 있지는 않더라도, 적어도 찰스의 행복한 기대를 뒤엎을 만한 일은 아무것도 하지 않았다.

공장에는 새로운 기계가 도착해 있었다. 그래서 찰스와 맥퍼슨은 그것을 설치하느라 즐거운 시간을 보냈다. 댈링턴의 일은 놓쳤지만, 다른 두세 가지 작은 주문이 들어왔다. 덕분에 한 사람도 해고시키지 않고 견디어낼 수 있었다.

찰스는 다시 그전처럼 클럽에서 점심을 들며 아는 사람들과 함께 그곳 거리며 국가며 세상에 대한 이야기를 주고받는 일과로 돌아갔다. 모든 일이 그 위기 이전의 상태로 돌아갔다. 다만 다른 것이라면 지금의 찰스는 돈 때문에 끙끙 앓을 필요가 없어졌다는 점이다. 사업상 손해를 보고 있긴 해도 그것은 대단치 않았다. 그 정도의 손해쯤은 얼마든지 견디어낼 수 있을 것 같았다.

이 무렵, 모든 일이 다시 차분하게 자리를 잡은 것 같은 이 무렵, 태평스러운 꿈을 무참히 깨뜨리고 한참 동안 그를 몹시 당황케 만든 소식이 들려왔다.

그것은 10월 중순 무렵의 일이었다. 하루 종일 우중충한 날씨로, 구름이 낮게 드리워져서 누구나 폭풍우가 올 것을 예상하고 있었다. 찰스가 점심식사를 마치고 걸어서 공장으로 돌아가는 동안에 폭풍우가 일기 시작했다. 꽤 붐비던 큰길은 마치 마술에라도 걸린 듯이 사람 그림자 하나 없이 텅 비어 버렸고 찰스도 사람들과 함께 어떤 가게로 뛰어들어갔다. 그곳은 맬링이라는 책방으로, 들어가니 거기에 피터가 있었다.

찰스는 그에게 인사했다.

"여어, 피터! 비를 피해 들어왔나?"

피터는 앤드루 클라우더가 죽은 뒤로 계속 찌푸리고 다녔는데, 지금도 그 고민의 표정을 보이고 있었다. 지금은 그 표정이 일종의 체념으로 바뀌어 있어 찰스는 더욱 놀랐다. 틀림없이 무언가 어마어마한 일이 이 사람의 마음을 무겁게 짓누르고 있는 것이다.

피터는 찰스의 말을 곧이곧대로 받아들여 대답했다.
"아니, 책 사러 들어왔다네."
찰스는 놀리듯이 말했다.
"자네도 책을 다 읽나?"
"사람은 책을 읽어야 해."
그리고 나서 피터는 종잡을 수 없는 말투로 덧붙였다.
"사실은 채소밭 경영에 관한 책을 찾고 있었다네."
"그런가?"
찰스는 머리를 흔들었다.
"자네 무언가 걱정거리가 있는 것 같군, 피터. 채소밭이 잘되지 않나?"
피터는 씁쓰레한 얼굴을 지었다.
"아니, 잘되고 있네. 이상한 상상은 하지 말아주게, 찰스. 자네가 놀려대지 않아도 요즘은 싫은 일들뿐일세."
찰스는 놀랐다. 그는 피터 옆으로 다가가 좀더 정다운 어조로 물었다.
"여보게, 피터, 무슨 일이 있었나? 왜 그러나?"
피터는 주위를 둘러보았다. 책방 구석에는 그들뿐이었다. 피터는 목소리를 낮춰 말했다.
"자네 모르나? 모른다고? 하지만 여기서는 이야기할 수 없어. 이 지독한 비가 그치면 자네 사무실로 가세."
찰스는 까닭을 모르는 채 고개를 끄덕였다. 피터는 책값을 치르기 위해 가게 안쪽으로 갔다.
그 심한 비는 곧 멎었다. 피터가 돈을 치렀을 때쯤에는 억수같이 쏟아지던 비도 그쳤고, 약 2분 뒤 두 사람은 거리를 걷고 있었다. 그들이 공장에 닿을 때까지 찰스는 아무것도 묻지 않았다. 피터가 가죽 안락의자에 앉아 담배를 피우기 시작하자 비로소 그는 말했다.
"어서 말해 보게, 피터."
"자네는 정말 아무 소문도 듣지 못했단 말인가?"
찰스는 답답하다는 듯한 몸짓을 했다.
"왜 자꾸 그렇게 뜸을 들이나! 대체 무슨 일이 있었단 말인가? 빨리 들려주게!"
피터는 문 쪽을 흘끗 돌아본 다음 몸을 앞으로 내밀고 목소리를 낮추었다.
"장인 어른이 돌아가신 원인에 관한 조사가 다시 시작되었단 말일세!"
찰스의 심장은 미친 듯이 뛰기 시작했다. 한순간 토하고 싶은 기분을 느꼈다. 참으로 생각지도 못한 일이었다. 예기치 못한 충격이니만큼 더욱 지독했다.

'설마 경찰 당국이 무언가 의심하고 있다는 뜻은 아니겠지. 맞아, 그렇지는 않을 거야. 그런데 피터의 태도, 어째서 피터는 이 소식을 저런 태도로 말하고 있을까? 피터가 의심하고 있을 리는 없는데…… 맞아, 그럴 리는 없어. 그렇다면 큰일이지.'

찰스는 다급한 나머지 학교시절에 익힌 수법을 썼다. 천천히 주의 깊게 재채기를 한 다음 코를 풀었다. 그리하여 2, 3초의 여유가 생겼다. 그동안 그는 마음을 가다듬었다.
"놀랍군, 피터."
그리고 이 정도라면 이상한 태도도 이 자리에 어울리는 정도로 보이겠지 하고, 그는 생각했다.
"무슨 조사인가? 그 검시관이 무언가 깜짝 놀랄 만한 것이라도 알아냈단 말인가?"
"아닐세. 그가 아니라 경찰이 조사를 시작했다네. 그 정도라면 또

낫겠지만……."

피터는 다시 좀더 목소리를 낮추었다.

"런던 경시청에서 수사관이 왔다네."

이 말을 듣자 지난 몇 주일 동안 태평스러웠던 찰스는 이루 말할 수 없이 당황했다. 아무리 애써도 말을 할 수가 없었다. 꼼짝하지 않고 앉아 땀을 흘리며 그는 피터를 뚫어지게 바라보았다.

그러나 피터는 찰스를 보고 있지 않았다. 아주 불안한 표정을 짓고 공허한 눈으로 책상 위를 물끄러미 바라볼 뿐이었다.

찰스는 다시 한 번 기운을 북돋아 일으켰다. 그는 천천히 일어나 방 안을 걸어다니기 시작했다. 그리하여 말을 할 수 있다는 자신이 생기자 찰스는 입을 열었다.

"그거 참, 놀라운 소식이군, 피터. 런던 경시청에서 나왔다고? 자네는 그것을 어떻게 알았나?"

"어떻게 알았느냐고? 그 사람이 우리집에 왔었거든. 아주 상냥하고 기분나쁠 정도로 정중하면서도 여러 가지로 캐물었다네."

"놀랍군! 뭘 묻던가?"

피터는 어깨를 으쓱했다.

"결국 거의 모두 말하게 되는군. 런던 경시청 사람이 어젯밤 모트장에 왔었지. 경사와 함께 말일세. 저녁식사가 끝난 뒤였는데, 웨더랩이 '조제프 프렌치'라는 이름이 씌어진 명함을 들고 왔네. 나는 웨더랩에게 어떤 사람이냐고 물었지. 그는 잘 모르겠지만 실업가인 듯하다고 말하더군. 나는 서재로 들어갔네. 그런데 그 사나이가 또 다른 명함을 주지 않겠나…… '런던 경시청 프렌치 경감'이라고 인쇄되어 있는 명함을. 나는 정말 놀랐네, 상상할 수 있겠지? 그런데 그 사람이 무엇 때문에 왔는지 알았을 때 나는 더욱 놀랐다네.

'나는 돌아가신 앤드루 클라우더 씨의 죽음에 대해 조사하기 위해 파견된 사람입니다' 하고 그는 말했다네. 그래서 나는 물었지.
"그분의 자살에 대해서 말입니까?"
"'실은 그 점이 문제입니다. 정말 자살이었는지 아닌지가 문제가 되었기 때문에 내가 명령을 받고 그 조사를 하기 위해 온 것입니다'라고 그는 대답했다네."
"놀랍군!" 하고 찰스는 세 번째로 똑같은 말을 소리쳤다.

그는 어느새 여느 때의 그로 돌아가 있었다. 이런 조사가 시작되었다는 것은 참으로 유감이다. 다시 또 여러 가지 걱정과 번거로움과 불안에 휩쓸리게 될 것이다. 하지만 그뿐이리라. 그는 자신이 얼마나 세심한 주의를 기울여 일을 해치웠는지 생각해 보고 자기는 안전하다고 다짐했다. 냉정을 잃지 말아야 한다. 모든 걸 폭로시킬 수 있는 사람은 자신밖에 없으니까.

피터가 말을 이었다.
"그리고 그는 많은 질문을 했다네. 그래서 마지막에는 나 스스로도 뭐가 뭔지 알 수 없게 되었지. 나의 여러 가지 사정에 대해, 노인이 돌아가시기 직전에 함께 든 식사에 대해서 꼬치꼬치 캐물었네. 머리에 떠오른 질문을 하나도 남김없이 하는 것 같았지. 아니, 그 이상이었을지도 모르네. 그는 꼬박 두 시간 넘게 나를 붙잡고 질문했으니까."
"그 다음에는?"
"그 다음이라니, 그것으로 충분하지 않은가."
"아주 혼났겠군. 하지만 그렇다고 어떻게 되는 것도 아니잖나, 피터. 우리는 그가 묻는 말에 대답을 하면 그뿐이네. 그것으로 끝나는 걸세."
피터는 우울하게 머리를 내저었다.
"그럴까, 찰스? 정말 그렇다면 좋겠지만……."

찰스는 다시 격심한 낭패감을 맛보았다.

'설마 그 경감이 나에게 혐의가 있다고 말하지는 않았겠지. 무슨 수를 써서라도 그 점을 알아내야 한다.'

찰스는 조금 화난 듯이 물었다.

"아니, 그게 무슨 뜻인가? 나로서는 그렇게 말하는 게 당연하잖나? 그것을 의심할 이유라도 있단 말인가?"

피터는 더욱 괴로운 표정을 지었다. 의자 속에서 몸을 조금 움직거린 다음 다시 한 번 문 쪽을 흘끗 보는 등 불안한 태도를 감추지 못했다.

찰스는 그를 지켜보고 있는 동안 다시 커다란 낭패의 물결에 흔들리지 않을 수 없었다.

'나에게 혐의가 걸려 있는 것이다. 피터는 그 점을 어떻게 내게 알려주어야 좋을지 몰라 쩔쩔매는 것이다!'

찰스는 더 이상 참을 수가 없어 저도 모르게 목소리가 날카로워졌다.

"피터, 제발 부탁이니 어서 속시원히 말하게. 대체 왜 그러나?"

피터는 찰스의 이런 표정에 놀란 모양이었다.

"자네도 그걸 느끼고 있나?"

피터는 갑자기 비밀을 털어놓는 듯한 목소리로 바꾸어 말을 이었다.

"그럼, 자네에게 털어놓겠네, 찰스. 지금까지는 아무에게도 이야기하지 않은 일일세. 그리고 지금 나는 괴로워서 견딜 수가 없다네. 그날 밤 나는 모트 장에서 저녁식사를 했지. 장인이 돌아가시기 전날 밤 말일세."

"그건 나도 알고 있네. 그래서?"

찰스는 갑자기 안도감을 느끼며 땀을 흘렸다. 아무튼 자기와는 관계없는 일인 듯했다.

피터는 말했다.

"그 알약을 기억하고 있겠지? 장인은 식사 뒤 한 알씩 복용했다고 웨더랩이 시체검증 때 말했잖나. 정말 그랬네. 나는 내 눈으로 장인이 그 약을 드시는 것을 보았다네. 장인에게 말을 걸려고 몸을 앞으로 내밀었을 때 그것을 드시는 걸 보았단 말일세!"

"외숙부님이 소화불량 때문에 먹던 알약 말인가?"

찰스는 다시금 새로운 불안을 느꼈다.

"그것이 어쨌다는 건가?"

"아무도 아직 생각이 미치지 못한 모양이로군…… 독약이 그 알약 속에 들어 있었을지도 모른다는 것을."

찰스는 다급하게 말했다.

"설마 그런 일이 있을 수 있겠나! 그 알약은 얼마든지 살 수 있는 것이었네. 게다가 그것을 분석했지만 아무 이상도 없다고 했잖나."

"남은 알약은 분석되었지만 장인이 먹은 한 알은 분석되지 않았네."

찰스의 불안은 더욱 더 커졌다.

'피터는 무슨 말을 하려는 것일까?'

마침내 찰스는 울화를 터뜨렸다.

"제발 빨리 말해치우게, 피터! 대체 자네는 무슨 말을 하려는 건가?"

피터는 불안한 듯이 쭈뼛거렸다.

"자네 정말 모르겠나? 누군가에게 장인을 죽일 생각이 있었다면 독이 든 알약 하나를 그 병에 넣어두기만 하면 되었을 게 아닌가!"

"바보 같은 소리! 어떻게 그 병을 손에 넣을 수 있겠나? 또 어떻게 독이 든 알약을 구할 수 있었겠나!"
"누군가가 그렇게 했을지도 모른다고 생각하는 모양일세."
"경감이 그렇게 말하던가?"
"아니, 경감은 물론 그런 말을 하지는 않았네. 그가 어떤 사람인지 모르나? 그는 경찰관일세. 하지만 경감은 아무래도 그렇게 생각하고 있는 것 같았네."

찰스는 화를 내며 소리쳤다.

"빌어먹을! 경감이 그렇게 생각하고 있는 것 같다고? 그렇지 않을 걸세. 외숙부님이 방울뱀에게 물렸다고 생각하고 있을지도 모르지. 대체 자네는 무슨 말을 하려고 그러나? 나는 도무지 모르겠군, 피터."

또다시 피터는 멈칫거렸다. 이야기를 계속하기가 몹시 거북한 모양이었다.

마침내 그는 결심한 듯 말했다.

"운나쁜 일이 그날 밤에 있었단 말일세. 그 일 자체는 그리 대수로운 것이 아니었지만, 지금은 장인이 돌아가셨으니 아주 중대한 문제가 될지도 모르네. 내 말 좀 들어 보게, 찰스."

그는 문 쪽으로 또 흘끗 눈길을 던진 다음 목소리를 더욱 낮추었다.

"저녁식사가 끝나자 노인과 클로스비와 나는 포도주를 들며 앉아 있었네. 그때 클로스비가 외투주머니에서 어떤 서류를 가져오기 위해 복도로 나갔지. 그는 아마 2, 3분 쯤 방에 없었을 걸세. 그동안 노인이 약을 먹으려고 약병을 꺼내더군. 그래서 나는 무심코 그 병을 집어들어 레테르를 읽어보았다네. 그런 일은 누구나 흔히 하잖나. 무슨 뚜렷한 목적이 있었던 건 아닐세. 무슨 약인지 알고 싶었던 것도 아니고, 다만 종이에 낙서라도 하는 기분으로 병을 집어들었던 걸세. 알겠나?"

"물론 알지. 하지만 무슨 까닭인지 모르겠군. 그게 어쨌단 말인가?"

"어떤 뜻에서는 아무것도 아니지. 그런데 내가 그것을 손에 들고 있을 때 우연히 웨더랩이 지나가다가 그것을 보았단 말일세."

찰스는 숨이 막히는 것 같았다.

'그랬었군! 피터는 자기에게 혐의가 씌워질까봐 겁내고 있었던 것이다.'

찰스는 마음이 놓여 커다랗게 웃음이라도 터뜨리고 싶었다. 사실 터져나오는 웃음을 참을 수가 없었다.

"난 또 무슨 일인가 했네. 자네도 참 어리석군, 피터! 자네는 자신에게 혐의가 걸려 있다고 생각하나?"

피터는 대답하지 않았다.

"피터, 설마 그렇지는 않겠지? 자네가 설마 그런 바보는 아니겠지?"

피터는 우울하게 말했다.

"하지만 이번은 자네가 생각하고 있는 것만큼 하찮은 일이 아니란 말일세. 이런 식으로 한 번 생각해 보게. 장인은 죽을 때 정상적인 정신상태에 있었네. 웨더랩은 노인이 동요하는 빛이 없었고 침울하거나 심한 흥분상태에 있지도 않았다고 말했는데, 나도 그 의견에 동의하지 않을 수 없네. 장인은 점심식사도 여느 때와 비슷하게 들었고, 엘시를 만나보기 위해 한시바삐 파리에 닿기를 고대하고 있었네. 이런 점으로 미루어볼 때 노인이 스스로 목숨을 끊었다는 것은 결코 있을 수 없다는 이야기가 된단 말일세."

"그런 일은 배심원들도 모두 알고 있잖나. 그런데도 그들은 자살이라고 평결을 내렸지."

"그건 알고 있네. 하지만 그것은 그들이 달리 설명할 방법이 없었기 때문이 아니었겠나? 그런데 만일 지금 이렇게 덧붙인다면 어떻겠나? 누군가가 그 괘씸한 약병 속에 독약을 넣었으며, 노인이 죽기 전날 밤에 내가 그 병을 들고 있는 것을 누군가가 보았다고 하세. 그렇다면 일이 어떻게 될 것 같나?"
"어떻게 된 뭐가 어떻게 되나! 병을 만질 수 있는 사람은 자네뿐이 아닐세. 그 집 사람이라면 누구든 그 병을 마음대로 만질 수 있었겠지."
"그야 그렇지만, 그 집 사람 중 돈이 궁해서 노인에게 현금을 얻어 내려고 한 사람은 하나도 없었네. 더구나 그때까지 나는 장인으로부터 거절당하고 있는 상태였거든."
"클로스비 변호사도 자네의 진술을 확인해 주었지만, 자네는 외숙부님이 자네에게 얼마쯤 도와줄 생각이었던 것 같다고 말하지 않았나?"
"그야 그렇지…… 주실 생각이 있었으니까. 하지만 아직 주지는 않았었네. 게다가 장인이 돌아가셨을 경우 엘시가 받을 유산에 비하면, 내가 농장을 저당잡히고 융통해 받겠다던 금액은 아주 하찮은 액수였으니까."
"하지만 피터, 일부러 자신에게 불리한 경우만 생각할 필요는 없네. 그건 비뚤어진 생각일세."
"이것은 경찰에서 꾸며낸 일일지도 모르네. 사실 그들의 관점에서 보면 이유가 있다고 인정하지 않을 수 없겠지. 자네도 그렇게 생각지 않나? 땅에 머리를 처박아도 이제는 어쩔 수 없네. 내가 지금 한 말은 모두 사실이므로 경찰이 그렇게 생각할지도 모른단 말일세."
"바보 같은 소리 말게. 경찰이 그렇게 생각한다고 해서 그게 어떻단 말인가? 하나도 입증할 수가 없잖나."
"아니, 입증할 수 있네. 그 이상 더 무슨 증거가 필요하겠나?"
다시 공포의 차가운 손길이 찰스의 심장을 움켜쥐었다.
'과연 피터의 말이 옳을까? 그들에게는 더 이상의 증거가 필요없을까? 만일 그렇다면 나는 대체 어떻게 될 것인가?'

이런 곳에, 몹시 열중해 있을 때도 끝내 예기치 못했었던 뜻밖의 사태가 이런 곳에 있었다. 그의 계획은 그 자신에게는 혐의가 걸리지 않을 뿐만 아니라 피터에게 혐의가 주어질 만큼 성공한 것이다! 구슬 같은 땀방울이 찰스의 이마에 송송 배어나왔.

'만일 그런 무서운 일이 실제로 일어난다면 나는 어떻게 하면 좋을까? 안된다. 이 괴로움을 피터에게 짊어지워서는 안된다. 하지만 만일 피터가 짊어지지 않으면 그때는 나 자신이 짊어져야 한다. 그리고 유나가…… 하지만 아무리 경찰이라도 그 정도의 증거로 피터를 유죄로 만들 수는 없을 것이다. 아니, 정말 할 수 없을까?'

찰스는 몸이 떨려왔다. 사태는 생각하면 할수록 험난했다. 더구나 그 경감이 피터에게 그날 밤의 그의 행동을 물었다는 사실을 생각하면, 확실히 경감은 그런 일을 염두에 두고 있는 것 같았다. 그러나 그들은 피터가 어떤 독약을 가지고 있었는지 어떤지는 입증할 수 없을 것이다.

찰스는 피터를 똑바로 바라보았다.
"자네는 어떤 독약도 가지고 있지 않았겠지?"
피터는 신음하듯 대답했다.
"물론 그 점은 나도 생각해 보았네. 독약을 가지고 있지 않았다는 점은 나에게 유리할지도 모르네. 하지만 찰스, 그것이 결정적인 사실은 아닐세, 그들은 내가 2층으로 올라가 암실에서 독약을 가지고 왔다고 주장할 수도 있을 테니까."

"2층에 올라갔었나?"
"그때는 올라가지 않았지만, 올라간 적이 있거든."
"그렇다면 문제없네, 피터. 독약을 가지고 있지 않은 한 유죄로 단정할 수는 없을 걸세. 더구나 자네는 실제로 독약을 가지고 있지 않았으니까, 그들도 자네가 독약을 가지고 있었다고 입증할 수 없겠지."
피터는 얼마쯤 위안을 받은 듯했다.
"정말 그럴까?"
피터는 슬프게, 그러나 열심히 매달렸다.
찰스는 자신의 마음이 덜덜 떨릴 만큼 괴로웠으나 되도록 그를 안심시켜 주었다.
"자네가 해야 할 일은 되도록 자신이 무죄라는 이유를 생각해 내는 것일세. 만일 그들이 자네에게 혐의를 둔다면 클로스비에게도, 웨더랩에게도, 페넬로프 이모님에게도, 마거트에게도 혐의를 두어야 할 걸세. 무엇 때문에 자네를 고르겠나?"
피터는 우울하게 고개를 저었다.
"그렇지 않아, 찰스. 바로 동기일세. 나 말고는 아무도 동기다운 것을 가지고 있는 사람이 없으니까. 다른 사람들은 아무도 곤경에 빠져 있지 않았네."
"자네도 참 답답하군. 조사해 보니 웨더랩——이것은 다만 맨 먼저 머리에 떠오른 이름에 지나지 않네만——이 그런 짓을 할 만큼 나쁜 놈이라는 사실이 드러나게 될지 누가 알겠나? 안 그런가? 그가 비행기 안에서 노인의 음식물에 무언가를 슬쩍 넣었을지도 모르니까. 내가 말하는 뜻을 이제 알겠나? 만일 그들이 자네를 노린다면 증거를 제시해야 하지 않겠나."
"그들은 내가 돈 때문에 곤란을 겪고 있었다는 것을 알고 있네. 어느 정도로 곤란했는지는 은행을 조사해 보면 금방 알 수 있네, 찰스, 그러니 사정은 결코 유리하지 않아. 물론 경감은 그런 의심을 품고 있다는 말은 한마디도 하지 않았네. 하지만 그렇지 않다고도 말하지 않았다네."

찰스는 천천히 말했다.

"아마 그렇게 생각하고 있지 않을 걸세."

잠시 침묵이 이어졌다. 마침내 찰스가 다시 말했다.

"하지만 아무래도 모르겠군…… 대체 어째서 그런 문제가 다시 일어났을까? 무슨 새로운 사실이라도 발견되었단 말인가?"

피터는 기운없이 고개를 저었다.

"그런 걸 내가 어떻게 알겠나. 아마 그들은 전혀 만족하지 않았던 모양일세. 달리 어떻게 할 수 없었기 때문에 일단 검시관에게 맡겼던 같네. 경찰이란 검시관 따위는 대수롭지 않게 생각하거든."

찰스는 건성으로 동의했다. 피터는 담뱃불을 끄고 일어섰다.

"어쨌든 너무 걱정하지 말게, 찰스."

그러나 피터는 그 말과는 정반대의 표정을 짓고 있었다.

"마음이 가라앉는 대로 언제든 저녁이나 함께 하러 와주겠나?"

"고맙네, 기꺼이 가겠네."

"그럼, 나중에 연락하지. 아니, 나오지 말게. 출입구는 알고 있으니까."

피터가 나가자 다시 강렬한 공포가 찰스를 덮쳤다. 만일 피터가 정말 체포당한다면 얼마나 끔찍스러운 일인가! 정말 그렇게 된다면 어떻게 해야 할까? 재판이 끝날 때까지 입을 꾹 다물고 있을까? 그러면 물론…… 찰스는 이 무서운 생각을 깨끗이 떨쳐버리려고 했다.

'모두 쓸데없는 걱정이다. 절대로 무슨 일이 일어날 리 없다. 나는 공연히 쓸데없는 걱정과 불안에 떨고 있는 것이다. 경찰이 피터에게 불리한 증거를 들이댈 수는 없잖은가? 하지만 만일 증거를 제시할 수 있다면…… 아니, 그런 생각은 하지 말자. 그런 일은 있을 수 없으니까.'

사무실에서 나와 집으로 돌아갈 때 찰스의 얼굴은 창백했고 무릎이 덜덜 떨렸다. 피터와의 만남이 무서운 충격을 주었음을 그는 깨달았다.

그러나 얼마 뒤 그는 바로 이 일이 자신을 건져주는 구원의 손길이라고 생각했다. 이 일이 없었다면 자기는 어쩔 수 없이 파멸해 버렸을 것이다.

며칠이 지난 어느 날 밤 저녁식사를 마치고 포트와인을 한 잔 마시고 있을 때 롤링즈가 '조제프 프렌치'라고 씌어진 명함을 가지고 왔다.

그 순간 찰스의 심장은 껑충 뛰어올랐다. 명함을 받아들자 2, 3초의 여유를 얻으려고 그 위로 몸을 굽혔다. 그리고 되도록 침착하게 대답했다.

"서재로 안내하게, 롤링즈. 그리고 이제 곧 식사가 끝날테니 잠깐만 기다리시라고 말씀드리게."

찰스는 복도에서 나는 발소리를 마치 운명의 신의 발소리처럼 열심히 들었다. 지금이야말로 용기와 자제력으로 자신을 보호해야 할 때이다. 적어도 이미 경고를 받았었다. 피터가 이야기해 주지 않았던가! 만일 피터를 만나지 않았다면 이 무섭고 느닷없는 방문을 받고 엉겁결에 정체를 드러냈을지도 모른다. 그러나 지금은 그리 불리하지 않다. 무엇이 올 것인지 알고 있기 때문이다.

발소리가 들리지 않게 되자 찰스는 식기장으로 걸어가서 강한 브랜디 소다를 가득 따랐다. 이윽고 기분이 가라앉자 그는 서재로 갔다.

중키보다 조금 작은 통통한 사나이가 난로 가까이에 앉아 있었다.

또 한 사람은 사복경관인 듯 입구 가까이에 앉아 있었다. 찰스가 들어가자 그들은 자리에서 일어섰다. 통통한 사나이는 뜻밖에도 말끔히 면도한 얼굴에 유쾌한 미소를 짓고 있었고, 민첩하면서도 친절해 보이는 푸른 눈을 가지고 있었다. 그 겉모습을 보자 찰스는 얼마쯤 마음이 놓였다. 생각했던 것보다 무섭게 보이지 않았다. 처음 본 손님이 먼저 말했다.

"안녕하십니까? 이런 시각에 찾아와서 죄송합니다. 그러나 이것도 우리들 일의 하나라 생각하시고 용서해 주십시오. 내 이름은 아까 드린 명함으로 아셨으리라 생각합니다만, 직무가 무엇인지 말씀드려야겠군요."

그는 주머니에서 다시 다른 명함을 꺼내 찰스에게 건네주었다.

"그리고 이쪽은 카터 경사입니다."

찰스는 대답했다.

"성함은 알고 있습니다. 경감님이시지요? 며칠 전에 매부 피터 몰리 씨를 만났는데, 당신이 오셨더라고 말하더군요."

"그렇습니다. 지난주 수요일에 만나뵈었지요. 그렇다면 내가 무엇 때문에 찾아왔는지 이미 아시겠군요?"

"이야기는 들었습니다만, 정말 놀라운 일입니다. 돌아가신 외숙부님이 자살했다는 점에 대한 의문이 있다는 말씀이지요?"

"아닙니다. 내가 짐작하기에는 아무래도 이 지구 경찰부장이 의심을 품고 있는 모양입니다. 이곳 경찰은 충분히 만족하고 있는 듯합니다만. 아무튼 마침 내가 이쪽에 와 있던 관계로, 그만 붙잡혀 억지로 일을 떠맡게 된 셈이지요."

경감은 조금 웃어보였다.

"경감님은 어떻게 생각하십니까?"

"아직 이 사건에 대해 잘 알지 못하므로 의견을 말할 정도에 이르지도 못했습니다. 지금 무언가 의견을 말해야 한다고 생각하는 중입니다. 그래서 당신으로부터 어떤 도움을 받을 수 있지 않을까 하고 찾아왔습니다."

찰스는 뜻밖이라는 생각이 들며 왠지 마음이 놓였다.

그가 짐작하고 있던 경찰의 태도와는 전혀 달랐다. 굵은 목소리와 거친 태도로 사람을 위협하여 겁먹게 하는 데가 조금도 없었다. 경감은 친절하다고까지 할 수는 없어도 온화한 인물인 듯했다. 그러나 확실히 바보는 아닌 것 같았다.

찰스가 말했다.

"무슨 말씀이든 물어보십시오, 경감님."

"고맙습니다."

경감은 수첩을 꺼내 펼치더니 만년필과 함께 옆 책상 위에 놓았다.

"우선 일반적인 질문부터 하겠습니다. 이 조사에 도움이 될 만한 것을 말씀해 주실 수 있겠지요?"

찰스는 불안한 마음으로 주춤거렸다.

"글쎄요. 당신 말씀은 이를테면 지난번 시체검증에서 알아낸 사실이 아닌 나 자신의 지식으로 알고 있는 사실을 이야기해달라는 뜻입니까?"

"무엇이든지 좋습니다. 당신이 직접 알고 계시는 일이라면 무엇이든지 좋습니다."

"아무것도 없는 것 같은데요. 실은 자살이 아니었다고 의심해 본 적이 한 번도 없거든요."

"나는 당신이 해석한 견해를 말해 달라고 한 것이 아닙니다."

프렌치는 상대방의 주의를 환기시켰다.

"아무래도 구체적인 자질구레한 문제로 이야기를 돌려야 할 것 같군요. 외숙부님의 건강에 대해 당신은 어떤 의견을 가지고 계셨습니까? 자살할 듯한 경향이 있었다고 생각하십니까?"

찰스는 어쩌면 신경과민 탓인지 모르나 이것은 함정일지도 모른다고 생각했다. 여기에 대해 너무 뚜렷한 의견을 말하면 이 문제를 미리 생각하고 있었다고 여길지도 모른다.

"외숙부님의 건강은 상당히 나빠져 있었다고 생각합니다. 마지막 몇 달 동안은 마음도 몸도 모두 쇠약해져 있었지요. 하지만 자살할 정도였다고는 한 번도 생각해 본 적이 없습니다. 당신은 시체검증 전에 내가 어떻게 생각했었는지 듣고 싶은 거겠지요?"

"시체 검증 전…… 네, 그렇습니다."

"시체검증 전에는 한 번도 그런 생각을 해보지 않았습니다. 그러나 시체검증 뒤에는 정말 뜻밖이긴 했으나 역시 자살일지도 모른다고 생각되었습니다. 피터에게서 이야기를 듣기 전까지는 자살 이외의 다른 가능성은 전혀 생각해 보지 않았습니다."

프렌치 경감은 고개를 끄덕였다.

"마지막으로 외숙부님을 만난 것은 언제였습니까?"

찰스는 비망록 수첩을 주머니에서 꺼냈다.

"8월 25일 금요일입니다. 그날 밤 나는 모트 장으로 저녁식사 초대를 받았습니다."

"그때 외숙부님의 상태는 어땠습니까?"

"아까 말씀드린 대로입니다. 모든 점에서 쇠약해져 있었습니다. 하긴 그날 밤에는 그런대로 기분이 좋으신 듯 했습니다만."

"그렇습니까? 그 며칠 전 또 만나신 적이 있습니까?"

"네, 있습니다."

찰스는 다시 수첩을 들여다보았다.

"그 지난주 목요일 8월 17일입니다. 외숙부님과 점심을 들었습니다. 그날은 용태가 좋지 않았습니다. 일종의 발작 비슷한 것을 일으켜 몹시 당황했지요, 돌아가시는 게 아닌가 싶어 나는 급히 웨더랩을 불렀습니다. 그가 어떤 약을 드시게 하자 다시 숨을 돌리셨습니다."

프렌치 경감은 이 발작에 흥미를 느낀 모양이었다. 그는 찰스가 설명할 수 있는 한 자세히 물었다.

"이 질문에 대답하고 싶지 않다면 대답하지 않아도 좋습니다만, 가능하다면 어떤 이야기를 주고받았는지 알고 싶군요. 그 이야기 때문에 발작을 일으키셨는지 알고 싶기 때문입니다."

찰스는 이것 역시 함정이 아닐까 의심했다. 그러나 정직이야말로 최선책이라고 그는 생각했다.

"어쩌면 그 때문이었는지도 모르겠습니다."

찰스는 후회하는 표정을 떠올렸다.

"나중에 괜한 짓을 했구나 하는 생각이 들었습니다. 우리가 주고받은 이야기에 대해서는 이미 애플비 경감님께 모두 말씀드렸습니다. 단 부득이한 경우 말고는 누설하지 말아달라고 그분께 부탁했지요. 실은 외숙부님에게서 돈을 좀 얻고 싶었습니다."

찰스는 애플비 경감에게 했던 이야기를 다시 되풀이했다. 사실 그것은 거짓말이 아니었다. 프렌치 경감은 그것을 메모하고 잠시 생각에 잠겨 있더니 이윽고 말했다.

"그럼, 이 일에 대해서는 모두 끝난 것 같군요. 내가 메모한 날짜가 틀림없는지 확인해 보겠습니다. 당신은 17일에 외숙부님과 점심을 들었고, 25일에는 저녁식사를 함께 하셨습니다. 그렇다면 첫 번째 방문과 두 번째 방문 사이에 8일의 간격이 있는데, 이런 문제를 결정짓는 기간으로는 너무 긴 것 같군요. 당신이 하신 말씀에 의심을 품는 것은 아닙니다. 다만 내 생각을 똑똑히 말씀드리는 것뿐입니다."

"나는 그렇게 생각하지 않습니다."

이 만남은 찰스가 생각했던 것보다 훨씬 편한 상태로 이어지고 있었다.

"여러 가지 이유가 있었습니다. 첫째, 이 문제는 그다지 급한 일이 아니었습니다. 급하긴 했지만 아주 급박한 일은 아니었다는 말씀이지요. 1주일이나 2주일 안에 결정되지 않았다고 해서 큰일날 것도 없었으니까요."

"그렇습니까? 그럼, 17일의 방문 때 기계 구입비로 돈을 받으셨습니까?"

"네, 실은 그 문제에 대해 그날 처음 말씀드린 게 아닙니다. 지금 우리가 이야기하고 있는 두 번의 방문 중 첫번째 방문이었다는 뜻이지요."

"알았습니다. 그렇군요. 그리고 또 다른 이유가 있다고 말씀하셨지요?"

"네, 또 한 가지는 재촉하거나 재촉하는 듯한 인상을 드리고 싶지 않았기 때문입니다. 그리고 실은 나도 바빴지요. 런던에 가야 했거든요. 기계 구입에 대해 사전 조사를 하기 위해서."

프렌치 경감은 고개를 끄덕였다.

"이제 알겠습니다. 런던에는 오래 계셨습니까?"

"이틀 있었습니다."

여기서 많은 정보를 제공해 주면 경감도 쉽게 납득하리라고 찰스는 생각했다. 그래서 곧 이어 말했다.

"월요일에 자동차로 가서 노덤벌랜드 가로수거리의 콘월 호텔에서 묵고, 화요일에 리딩의 엔디코트 형제상회에 가서 기계를 본 다음 수요일에 돌아왔습니다."

프렌치는 어깨를 으쓱했다.

"그처럼 자세히 말씀해 주시지 않아도 좋습니다. 물론 도움은 되겠습니다만. 덕분에 내 보고는 더욱 완벽하게 보일 겁니다. 내가 일을 훌륭하게 처리한 것처럼 말입니다. 이만큼 애쓴 보람이 있다는 이야기가 되겠지요."
경감은 빙그레 미소 지었다.
"우리 경시청 경감들은 습관적으로 질문하고 있지 않나 하는 생각이 들 때가 있습니다. 물론 거기에도 이유가 있긴 합니다만, 우리는 거의 다른 일은 하지 않기 때문이지요."
경감은 이야기를 하면서 천천히 수첩과 만년필을 챙기기 시작했다.
"클라우더 씨가 돌아가셨을 때 당신은 외국에 나가 계셨다는 이야기를 애플비 경감으로부터 들었습니다만······."
"그렇습니다. 지중해를 여행하고 있었지요."
"그거 정말 부럽군요. 나는 산 레모(이탈리아 북서부의 보호지)에서 더 앞으로는 가본 일이 없답니다. 언젠가는 로마까지 가보았으면 좋겠다고 생각하고 있습니다."
그는 자리에서 일어섰다.
찰스도 일어나며 대꾸했다.
"그렇다면 내가 갔던 시기보다 좀더 빨리 가시든지 늦게 가시는 편이 좋을 겁니다. 너무 더워서 견디기 어려웠지요."
"더위라면 나는 그다지 개의치 않는답니다. 너무 실례가 많았습니다. 나중에 또 다른 질문이 생각날지도 모르지만, 지금으로서는 이것뿐입니다."
찰스는 이들에게 술을 내놓을까말까 망설였는데 내놓지 않는 편이 좋으리라고 생각되었다. 시골 경관도 아니고, 시간도 이미 너무 늦었다. 그들은 정중하게 다시 한 번 실례했다고 인사하더니 가버렸다.
가장 중요한 핵심적인 질문을 다시 하지 않을까 하고 몹시 두려워하던 참인데 이렇게 쉽게 끝나 찰스는 기뻤다.

경관들이란 모두 비슷하다. 그들은 똑같은 말만 묻는다. 이 신문도 사실 애플비 경감의 질문과 거의 똑같았다. 무엇보다도 다행스러운 것은 그들에게 아무것도 털어놓지 않았다는 사실이다. 특히 프렌치 경감에게는 절대로 아무것도 털어놓지 않았다. 그가 캐낸다면 모를까 이쪽에서 직접 말하지는 않았다. 그가 알 리 없는 일은 일체 말하지 않았다. 그의 신문방법은 정말 어이없을 정도로 형식적이었다. 그야말로 얼빠진 것이었다. 차라리 찰스 자기더러 하라면 훨씬 더 잘했을 것이다.

어쨌든 경감은 찰스의 답변에 아주 만족한 모양이었다. 확실히 그는 지금으로서는 아무것도 의심하고 있지 않았다. 사실 그가 의심할 이유는 아무것도 없다. 피터의 경고는 잘못된 것이었다.

나는, 이 찰스는 안전하다!

찰스, 복병을 만나다

 영국 어떤 지방에는 지금도 '비가 내렸다 하면 반드시 억수같이 쏟아진다(설상가상과 같은 뜻)'는 속담이 흔히 인용되고 있다. 이것은 불행이 어떤 식으로 오는가 하는 데 대한 노인들의 생각을 나타낸 말이다. 찰스는 늙기도 전에 이 속담의 진실성을 경험할 운명에 놓였다.
 프렌치 경감과의 면담을 잘해냈는데도 찰스는 피터가 털어놓은 이야기로 받은 심한 충격에서 완전히 벗어날 수가 없었다. 그리고 그 충격에서 겨우 헤어났을 때쯤 그보다 더 놀랄 만한 두 번째 충격을 받았던 것이다.
 그것은 3주일쯤 뒤 일어났다. 찰스가 모트 장에서 만찬을 끝마치고 난 다음의 일이었다.
 그날은 하루 종일 어떤 좋지 않은 예감이 마음을 짓눌러 불안하고 비참한 기분에 젖어 있었다. 그러나 무엇이 두려운 건지 자기로서도 잘 알 수가 없었다. 어떤 때는 자신에게 혐의가 걸려 있는 게 아닐까 하는 두려움이었고, 또 어떤 때는 피터가 체포당하지 않을까 하는 두려움으로 바뀌었다. 이 후자의 가능성은 완전히 그를 동요시켰다. 그토록 완벽한 계획을 세우면서도 남에게 혐의가 걸릴지도 모른다는 이런 중대한 점을 어째서 알아차리지 못했는지 자기로서도 알 수가 없었다.

사무실에서의 지루한 시간이 겨우 끝나 찰스는 옷을 갈아입기 위해 집으로 돌아갔다.

마침 보름달 밤이었으므로 운동도 할 겸 자동차를 타지 않고 모트 장까지의 약 1마일 길을 걸어가기로 했다. 자기 집 서쪽에 있는 나무숲을 지나 황야로 뻗어 있는 좁은 오솔길로 나아갔다. 이 오솔길에서 다져진 길이 서쪽으로 휘어지며 1마일쯤 앞쪽의 작은 마을과 이어져 있었다. 길은 호수에서 그리 멀지 않은 모트 장을 에워싸고 있었다. 한 가닥의 갈림길이 이 저택을 둘러싼 관목 숲을 꿰뚫고 지나갔다. 비오는 날이라면 도저히 지나갈 수 없는 길이었지만 오늘 밤에는 땅이 딱딱하게 굳어 있었다.

찰스는 검은 그림자가 자신과 피터를 어둡게 덮치고 있었으나 이날 저녁을 즐겼다.

피터는 우울해지기 쉬운 성격이지만 근본은 선량한 사람이었으며, 그 아내 엘시에게 찰스는 늘 호감을 가지고 있었다. 키가 작고 뚱뚱하며 말솜씨가 상당히 좋아서, 세상에 이토록 친절하고 선량한 사람이 또 있을까 생각될 정도였다. 피터는 그 불안을 아내에게 털어놓은 모양이었다.

그러나 그녀는 두서없는 말을 명랑하게 지껄였을 뿐 남자들의 근심 따위는 전혀 염두에도 없었다. 그편이 찰스로서도 마음 편했고 매우 고마웠다.

11시쯤 찰스는 충분히 머무른 것으로 생각되어 그곳을 물러나와 집 쪽으로 걸어갔다. 하늘에는 구름이 떠 있었으나 달빛이 환히 빛나 조금도 길을 분간하기 어렵지 않았다. 관목 숲을 걸어가자 주위는 쥐 죽은 듯 조용했고, 공기는 살을 에는듯이 차가워 새벽에는 아마 서리가 내릴 모양이었다.

얼마 가지 않았는데 등 뒤에서 무슨 소리가 들렸다. 우뚝 멈춰서서 뒤돌아보았더니 한 사나이가 다가오고 있었다. 그 사나이는 걸음을 멈추고 조용히 말을 걸어왔다. 웨더랩의 우울한 사투리가 들려왔다.

"실례합니다, 찰스 님. 바쁘시지 않으시다면 말씀드리고 싶은 것이 있는데요."

"웨더랩이오? 말해 보오, 무슨 일이 생겼소?"

"괜찮으시다면 함께 걷고 싶습니다. 그편이 나리의 시간을 절약할 수 있을 테니까요."

"시간을 절약할 필요는 없지만 뭐 아무튼 함께 갑시다."

"고맙습니다."

두 사람은 나무 아래를 천천히 걸어갔다.

"실은 만일 모르고 계시다면 꼭 알려드려야 할 일이 있습니다."

찰스는 다음 말을 기다렸으나 웨더랩은 말을 잇기가 어려운 모양이었다. 찰스가 참다못해 말했다.

"무슨 일인지 설명해 주지 않으면, 내가 아는 일인지 아닌지 알 수가 없지 않소."

"네, 그럼, 말씀드리겠습니다. 실은 주인님에 대한 일입니다. 돌아가신 앤드루 님 말씀입니다."

찰스는 곧 마음을 도사렸다.

"그분이 어쨌단 말이오?"

"아실 줄 생각합니다만, 다시 조사가 시작되었습니다."

"물론 알고 있소. 그런데 그게 어쨌단 말이오?"

웨더랩은 머뭇거렸다.

"런던 경시청에서 오신 분이 조사를 하고 계십니다."
찰스는 잠시 사이를 두었다가 말했다.
"프렌치 경감 말이오? 알고 있소. 그런데?"
웨더랩은 화제를 돌렸다.
"그 시체검증 말씀입니다. 그것에 대해 여쭈어보고 싶은 일이 있습니다만……."
"그것이 어떻다는 건지 말해 보오. 무슨 걱정이 있소?"
웨더랩은 얼른 말하기가 거북한 모양이었다.
"찰스 님께서는 거기에 만족하셨는지, 그 점을 여쭈어보고 싶습니다."
"무엇에 만족했느냐는 거요?"
찰스의 목소리에는 좀 화난 어조가 담겨 있었다.
"검증 방법, 아니면 증언? 대체 무엇 말이오?"
"양쪽 모두입니다만, 주로 증언 쪽입니다."
찰스는 이제야 똑똑히 알았다. 이런 식으로 말을 꺼내는 것이 마음에 들지 않았다. 문득 어떤 위험이 다가와 있다는 느낌을 받았다. 더 듣지 말고 대답해 주어야겠다고 마음을 다져 먹었다.
"무슨 말을 하려는 건지 모르겠군. 그 증언이 옳다고 여기느냐는 뜻이라면 나는 그렇게 생각하오. 그런데 그것이 어떻다는 거요?"
웨더랩은 다시 주춤거렸다.
"내가 보기에 경찰에서는 그 증언을 그대로 받아들이지 않으려는 것 같습니다."
"지금은 그런 모양이더구먼. 하지만 그때는 그런 말을 하지 않았었소."
"그것은 증거를 잡을 수 없었기 때문이지요."
찰스의 신경은 힘을 잃어가고 있었다. 그는 초조하게 말했다.

"다시 한 번 묻겠는데 그것이 어떻다는 거요? 무슨 말인지 얼른 요점을 말해 보오, 웨더랩."
"내가 경찰이 바라고 있는 증거를 제공할 수 있을 것 같습니다."
"증거를 제공할 수 있다고?"
"네."
"그렇다면 어째서 하지 않소?"
웨더랩은 흠칫 놀라는 것 같았다. 그러나 그는 곧 말을 이었다.
"그렇게 하면 다른 방면에서 좋지 않은 일이 생길 것 같기 때문입니다. 경찰이 어떻게 생각하고 있는지 그 일을 당신에게 말씀드려 두는 편이 좋을 것 같습니다."
"그것은 나도 알고 싶었소."
"경찰은 앤드루 주인님의 알약병 속에 독약이 한 알 들어 있었다고 생각하고 있습니다."
강철 같은 자제력을 가진 찰스도 마치 한 대 크게 얻어 맞은 듯이 비틀거렸다. 이 자리에서 쓰러지는 것을 도저히 막을 수 없을 것 같은 기분이 들었다. 그러나 자위본능은 그를 다시 한 번 일으켜 세웠다. 그는 조용히 물었다.
"그렇다면 당신이 그 증거를 제공할 수 있단 말이오?"
"그렇게 생각합니다."
"어떻게?"
웨더랩은 천천히 말했다.
"약 몇 주일 전 어느 날 밤의 일이었습니다. 손님이 한 분 저택으로 저녁식사를 하러 오셨습니다. 만찬이 끝나자 부인들께서는 물러가시고 손님과 앤드루 님만 식당에 남아 계셨습니다. 여느 때도 늘 그랬습니다만."
"그래서?"

찰스는 노여움을 느꼈다. 피터가 그 병을 만지작거렸기 때문에 이런 어이없는 일이 튀어나온 것이다. 그건 그렇고, 무엇 때문에 웨더랩은 이런 말을 하는 것일까? 협박하려는 것일까? 만일 그렇다면 당치도 않은 헛다리를 짚은 셈이라고 찰스는 마음속으로 생각했다.

"당신도 알고 계시는지 모릅니다만, 그 식당의 난로와 마주보이는 벽에는 음식물이 드나드는 창구가 있습니다. 그것은 식기실과 이어져 있습니다. 그날 밤 만찬이 끝나자 나는 식기실로 들어갔습니다. 그 창구는 꼭 닫혀 있지 않고 조금 열려 있었습니다. 그래서 나는 식당 쪽을 엿보지 않을 수 없었지요."

"스파이 짓을 했단 말이오?"

"아닙니다. 천만의 말씀입니다. 전혀 우연이었습니다. 그 창구가 열려 있는 것을 보고 닫으려고 손을 댔던 거지요. 그리고 그런 광경을 보지 않았다면 금방 그 자리에서 창구를 닫았겠지요. 그런데 솔직히 말씀드려서 나는 흥미를 느꼈습니다. 하지만 곧 창구를 닫았습니다."

갑자기 격심한 불안이 찰스의 마음에 뛰어들었다.

"그래서 무엇을 보았단 말이오?"

찰스가 묻는 목소리는 본의 아니게 쉬어 있었다. 아무리 해도 쉰 목소리로밖에 나오지 않았던 것이다.

"그 손님이 갑자기 앤드루 님의 포도주잔을 쓰러뜨리는 것을 보았습니다."

잠시 긴박한 침묵이 흘렀다. 찰스는 다시 이상하리만큼 쉰 목소리로 독촉했다.

"그래서?"

"당연히 나는 깜짝 놀랐지요. 그래서 계속 지켜보았습니다. 그러자 그 손님은 이상한 짓을 하셨습니다. 한쪽 손——오른손입니다만

──을 식탁에 얹고 앤드루 님의 알약 병을 집어들더니 다른 병을 거기에 놓았습니다. 앤드루 님은 알아차리지 못하셨지요."

지금이야말로 위험과 마주쳤음을 알게 된 찰스는 두려움이 사라지고 반대로 그에 맞서야겠다는 용기가 솟아올랐다.

"그것을 모두 보았다는 말이로구먼, 웨더랩. 그런데도 경찰에 고발하지 않다니, 나중에 사후종범(事後從犯)으로 문책받게 되겠는걸. 그걸 모르고 있었소?"

"아닙니다. 나는 무엇 때문에 그런 짓을 했는지 알 수가 없었던 겁니다."

"나는 사후라고 말했소. 노인이 독약으로 죽었을 때 무엇 때문이었는지 당신은 알고 있었을 게 아니오?"

"추측할 수는 있었지만, 뚜렷이 알 수는 없었습니다."

찰스는 가시돋친 웃음소리를 냈다.

"배심원이 그런 말을 믿어주리라 생각한다면 당신은 내가 생각했던 것보다 훨씬 바보요."

웨더랩은 확신을 가지고 말했다.

"아닙니다. 나에게 죄가 있다고 하지는 않을 겁니다. 애플비 경감님께 가서 이렇게 말씀드리지요.

'나는 참을 수 없을 만큼 비참한 생각때문에 괴롭습니다. 나는 이러이러한 것을 보았습니다. 그것이 사실은 아무 관계없는 일이라고 마음속으로 다짐하려 애썼지만, 더 이상 그렇게 생각할 수가 없어서 정보를 제공합니다.'

그리고 또 이렇게 말씀드릴 수도 있겠지요.

'좀더 빨리 왔어야 했겠지만, 실은 이 사건이 다른 방면에서 밝혀지기를 바라고 있었습니다'라고요.

죄를 받는다 해도 나는 고작 몇 달이면 되겠지만, 그 손님은 아

찰스, 복병을 만나다

마 교수형을 받게 될 겁니다."
이윽고 찰스는 말했다.
"좋소. 내 조언을 듣고 싶다면 가르쳐주지. 당신은 내 조언이 필요한 거지? 그렇지 않다면 이런 말을 나에게 할 리가 없으니까. 그 정보를 가지고 내일 아침 경찰에 가보오. 아니, 오늘 밤이라도 좋겠지. 그리고 경찰이 당신 행동에 대해 당신의 견해를 받아들일지 내 견해를 받아들일지 시험해보오."
"나는 한두 달 갇힐지도 모른다는 위험을 무릅쓰는 편에 찬성합니다. 아무튼 일단 보고해 버리면 앞으로는 마음이 편안하겠지요."
"그렇다면 어째서 마음이 편해지는 방향으로 행동하지 않소? 무엇 때문에 나와 의논 따위를 하는 거요?"
"솔직히 말씀드리면 나는 돈이 궁합니다. 돈만 들어온다면 그 증거를 없애는 위험도 마다하지 않을 생각입니다."
"그랬었군. 말하자면 협박이로군!"
"어떻게 생각하시든 그것은 자유이십니다. 무슨 말씀을 하시든 나는 개의치 않겠습니다. 나로서는 돈의 액수만 맞으면 그만이니까요.

그럼, 내 사정을 말씀드리지요. 내게는 미국에서 결혼해 살고 있는 누이동생이 하나 있습니다. 그 남편은 미주리 주에서 농장을 하고 있는데, 지금 파산 직전에 있습니다. 지금의 곤경을 헤쳐나갈 만한 돈만 있으면 다시 일어날 수 있답니다. 땅은 비옥하고 그 밖의 조건도 나무랄 데 없으니까요.

자세한 이야기는 할 필요가 없겠지요. 요컨대 나는 지금 돈을 얼마 내놓고 공동경영자로서 동생의 남편과 함께 일하고 싶습니다. 그렇게 하면 나도 새출발할 수 있고, 누이동생 부부를 살려줄 수 있으니까요. 그 때문에 돈이 필요합니다.

지금 문제되는 건 그날 밤 오신 손님이 돈을 지불해서라도 증거를 없앨 가치가 있느냐 없느냐 하는 점입니다.

  돈을 내놓을 만한 가치가 있는지 없는지 그 점에 달려 있다고 생각했습니다."
"하지만 그 손님과의 약속을 과연 지킬지 그 보장이 없지 않소?"
"보장은 없습니다. 내 말을 믿어주시는 수밖에 도리가 없습니다. 손님 쪽에서는 내가 돈을 받았다는 사실을 쥐고 있게 되는 셈인데, 그것이 보증이 될 수 있겠지요. 하지만 물론 내 조건 가운데 하나는 나중에 증거가 남지 않는 방법으로 돈을 받는 겁니다. 그때까지 그 사실을 경찰에 신고하지 않는다면, 나중에는 더 신고하기 어려워지겠지요. 이유는 아까 말씀드린 대로입니다. 그리고 내가 미국으로 떠나버리면 그 뒤부터는 이 고장에서 내 이야기가 나오지 않게 되겠지요."
"대체 얼마를 달라는 거요?"
"손님이 앞으로 받으실 유산의 약 1할 6부, 즉 1만 파운드입니다."
찰스는 거칠게 웃었다.
"아주 좋은 기회인데, 10만 파운드라고 하지 그러오!"
"그 손님이 10만 파운드는 내놓을 수 없기 때문입니다. 1만 파운드라면 내놓을 수 있겠지요. 그 손님은 6만 파운드의 유산을 받게 됩니다. 그 6만 파운드에서 나에게 1만 파운드를 주시면 그분은 5만 파운드의 유산을 받는 셈입니다. 5만 파운드라면 대단한 돈이 아닙니까?"
찰스는 지독히 쌀쌀하고 엄격한 목소리로 물었다.
"그 손님이 당신을 해치우지는 않을까? 앤드루 노인을 해치웠다고 자네가 상상하는 그런 방법으로?"
"솔직히 말씀드리자면……."

찰스, 복병을 만나다

무슨 까닭에서인지 찰스로서는 짐작할 수 없었지만 웨더랩은 집사로서의 말투와 공손한 태도를 끈질기게 지키고 있었다.

"나는 이 제의에 대해 그런 보복을 하실지도 모른다는 생각에서 대비책을 마련해 두었습니다. 그 방법을 말씀드리지요."

찰스는 그 말을 들으며 태연한 척했으나 용기가 차츰 줄어들고 있었다. 웨더랩은 확실히 자신을 가지고 있는 듯했다. 이처럼 침착하게 이야기하고 있는 것이 그 증거이다. 이 사나이는 위협적인 태도를 취할 필요가 없는 것이다.

다시 찰스는 당황하는 자신을 발견하고 억지로 마음을 가다듬었다.

웨더랩은 잠시 사이를 두었으나 찰스가 대답하지 않자 그대로 말을 이었다.

"내가 본 광경에 대해 날짜와 시간과 이름까지 써서 자세한 설명서를 만들었습니다. 그것을 봉투에 넣어 단단히 봉인하여 피터 님에게 드렸습니다. 그리고 피터 님에게 이것은 어떤 집안에 대해 쓴 것으로 속에 귀중한 증거서류가 들어 있으니, 내가 죽거든 내 아들과 딸에게 보내달라고 말씀드렸지요.

덧붙여 말씀드립니다만, 내게는 아들도 딸도 없습니다. 하지만 피터 님은 그 사실을 모르십니다. 그래서 피터 님에게 그 봉투를 안전하게 보관하셨다가 만일 나에게 무슨 일이 일어나거든 봉투를 뜯어보시고 처리해 달라고 부탁드렸습니다. 이렇게 해두었으니 모든 일은 염려할 것 없다고 생각합니다. 거기에는 앤드루 님의 사망에 대한 것 외에 나를 죽인 동기까지 써놓았으니까요."

찰스는 이것이 사실일까 거짓말일까 생각해 보았다. 아무튼 그것을 알아내야겠다고 그는 결심했다.

그래서 찰스는 호통을 쳤다.

"시시한 소리 마오, 웨더랩! 당신은 설마 피터가 그런 어린아이

같은 짓을 진심으로 받아들였다고 생각지는 않겠지?"
"그런데 정말로 받아들이셨습니다."
찰스는 비웃었다.
"하지만 지금쯤 그는 이미 그 중요한 증거서류라는 것을 잃어버렸을 거요."
"아닙니다. 잘못 생각하고 계십니다. 피터 님은 틀림없이 갖고 계십니다. 나는 피터 님이 그것을 집어넣고 열쇠를 잠그는 것을 보았습니다."
찰스의 머리는 날카롭게 돌아갔다. 역시 정말인 모양이다. 그렇다면 그 편지는 피터의 서재에 있을 것이다. 그렇다면 자신은 중대한 위기에 놓여 있는 셈이다. 체포, 재판, 그리고 그 뒤에 올 필연적인 결과를 바라지 않는다면 지금 깨끗이 처리해야 한다.
"그 1만 파운드만 받으면 알고 있는 사실을 잊어버리겠단 말이오, 웨더랩? 다시 말해서 당신이 잊어버린다는 것을 돈으로 살 수 있다면 그 손님으로서는 1만 파운드를 내놓을 만한 값어치가 있지. 알겠소, 웨더랩?"
찰스는 상대방 쪽으로 다가가 목소리를 한층 낮추었다.
"내가 만일 1만 파운드를 당신에게 준다 해도 틀림없이 약속지켜 준다는 것을 내가 어떻게 알지? 이 말에 대답만 하면 돈을 주겠소."
웨더랩은 이처럼 단도직입적인 질문에 좀 당황한 듯했다.
그는 쭈뼛거리며 말했다.
"그것은 나도 모릅니다, 찰스 님. 당신께서 마음놓으실 만한 방법은 없는 것 같습니다. 물론 나는 맹세하겠지만, 그것만으로는 만족하지 않으시겠지요. 어떻게든 이 곤란한 요청을 받아들이고 싶습니다만, 어떤 방법이 있는지 나는 모르겠군요. 당신에게 무언가 좋은 생각이 없습니까?"

"나는 다음 두 가지 점을 확실히 해두고 싶소. 첫째로 내가 1만 파운드를 주면 당신은 그 사실에 대해 절대로 입을 다물 것…… 우선 이것을 확실히 해두고 싶소. 둘째로 2, 3주일 또는 몇 달이 지난 다음 또다시 돈을 달라고 요구하지 말 것. 나는 이 두 가지를 확실히 해두고 싶소. 웨더랩, 당신은 영리하오. 이 행동이 그것을 증명하고 있소. 그런 당신의 지혜로 우리 두 사람이 만족할 만한 방법을 짜낼 수 있으리라 생각하는데……"

"하지만 이것은 당신께서 받아들이느냐 거절하느냐 하는 제안인 줄 압니다. 나로서도 되도록 조용히 타협짓고 싶습니다. 그러므로 이 난점을 뚫고나갈 만한 방법을 말씀해주신다면 나는 기꺼이 거기에 따르겠습니다. 나는 1만 파운드 이상은 바라지도 않고, 그 일만 끝나면 나는 미국으로 가버리겠습니다. 이것은 진심으로 말씀드리고 있는 겁니다."

"당신은 참으로 영리하군. 덮어놓고 나를 괴롭히려 하지 않는 걸 보니. 그럼, 이렇게 하면 어떻했소? 이것은 그다지 깊이 생각한 일이 아니라 문득 떠오른 생각에 지나지 않지만.

당신은 그 알약 일로 내 약점을 잡았소. 그것은 나도 인정하지…… 그럴 수밖에 없으니까. 그런데 내가 그 입을 막기 위해 당신에게 돈을 주면 그 돈을 받음으로써 당신 역시 사후종범이 되는 셈이오. 그러면 이미 당신도 달아날 길이 막힌 거요. 그리고 나도 당신에 대해 털어놓을 수가 없소. 왜냐하면 그 사건 전체의 가장 중요한 핵심은 내가 그 병을 바꿔치기했다는 데 있으니까. 한편 당신도 나에 대한 것을 털어놓을 수가 없소. 살인한 사실을 폭로하지 않겠다는 조건으로 돈을 받았으니까.

이런 계획이면 나도 동의하겠소. 당신도 군말없겠지? 당신은 1

만 파운드를 받고 이상한 짓만 하지 않으면 아무 일도 일어나지 않는 거요. 나는 당신이 어떤 사람인지 알았소, 웨더랩. 그러므로 당신이 이상한 짓을 하리라고는 조금도 생각지 않소. 그러므로 지금도 말했지만, 당신에게도 이의가 없으리라 생각하오."
"하지만 지금으로서는 나는 결백합니다. 지금 당신이 하신 말씀은 나의 특권적인 입장을 버리고 궁지에 뛰어들라고 하는 것과 다를 바 없습니다. 그 사실은 우연히, 또는 어떤 다른 사람의 입을 통해 흘러나올 수도 있습니다. 이 점에 대해 이야기해 둘 필요가 있다고 생각지 않으십니까?"
"지금도 당신은 결백하지 못해. 바로 그 점이 잘못 생각하고 있는 점이지. 경감에게 가서 털어놓겠다는 것은 어리석은 생각이오. 당신은 결백하지 않으니까. 자신이 더 잘 알고 있겠지. 나와 협정하지 않으면 당신은 그 돈을 한 푼도 쓸 수 없소. 그렇게 되면 당신에게 이로울 게 하나도 없지."
"나는 언제든지 쓰고 싶을 만큼 쓸 수 있습니다."
"아니, 쓸 수 없소! 만일 당신이 쓴다면, 그리고 만일 우리 사이가 벌어져 당신이 나를 배신한다면 나도 당신을 배신하겠소. 경찰에서는 당신에 대해 조사할 테고, 집사에 지나지 않는 사람이 어울리지 않게 큰 돈을 쓰고 있음을 알아내겠지. 경찰은 어디서 그 돈이 생겼느냐고 물을 것이고 당신은 적당히 대답하겠지만, 경찰은 그 대답을 조사할 거요. 그러면 모든 일은 끝장이오. 알겠소? 빠져나갈 길을 만들지 않고 돈을 쓰기 시작하면 결과는 그렇게 된단 말이오.

웨더랩, 당신은 내 아픈 데를 움켜쥐고 있소. 그 점은 나도 인정하지. 그러나 나는 내 인생을 그 일 때문에 망치고 싶지 않소. 그것은 이렇게 되기 전부터 깊이 생각해 온 일이오. 만일 일이 성가시게 되면 나는 자살하고 말겠소. 그러면 끝나는 거요. 당신이 얌전히 이치에 맞게 행동하면 현금으로 1만 파운드를 주겠소. 그러나 만일 그렇게 하지 않으면 나를 자살시킬 수는 있어도 돈은 한푼도 당신 손에 들어가지 않을 거요."

찰스는 웨더랩의 마음이 크게 움직여지고 있는 데 놀랐다. 이 타협에 가치를 매기고 있는 모양이었다. 쇠가 달아 있는 동안에 찰스는 다시 한 번 내리쳤다.

"우리가 어떻게 하면 되는지 가르쳐주지. 둘 다 하루나 이틀쯤 이 일에 대해 다시 한 번 곰곰이 생각해 봅시다.

그렇게 하지 않을 수 없으니까. 아무튼 지금 나는 1만 파운드를 가지고 있지 않소. 당신도 나도 잘 생각해 본 다음 서로의 생각을 합쳐보는 거요. 당신도 알고 있겠지만 나는 언제든 타협할 수 있는 사람이오. 며칠 뒤 다시 한 번 만나 결정지읍시다. 어떻소, 웨더랩?"

"옳으신 말씀입니다. 한 가지만 빼면 나도 찬성입니다. 만일 그 프렌치 경감이 그 동안에라도 나에게 와서 거북한 질문을 하면 어떻게 해야 좋을지 그 점도 알아두어야 할 필요가 있는 것 같습니다만......"

"그렇군. 그럼, 가르쳐주지. 아까 말한 확실한 보증에 대한 내 생각에 당신이 동의한다면 1만 파운드를 주겠소. 동의하지 않는다면 물론 내놓을 수 없지. 그리고 당신이 폭로하면 나는 자살하겠소. 이제 알겠소? 어느 쪽을 택하든 그건 자유요."

"당신 입장은 잘 알았습니다. 그럼, 언제 만나뵐 수 있을까요?"

찰스는 생각했다.

"지금 이 자리에서는 말할 수 없소. 어떻게 연락하면 되겠소?"

"전화로 연락하시면 되지 않겠습니까? 그때 집안분들에게 뭐라고 전해두시면 좋겠지요."

"좋소. 그럼 그렇게 하지. 그리고 전화에서는 서로 이름을 대지 않기로 합시다. 당신은 제프리즈, 나는 오딘 우드라고 하는 게 좋겠군. 알겠소?"

"알았습니다. 그럼, 안녕히 가십시오."

웨더랩은 어두운 나무숲 속으로 그림자처럼 사라졌다. 찰스는 주위의 것은 거들떠보지도 않고 자동인형처럼 집을 향해 걸어갔다. 참으로 무섭고 소름끼치는 매를 한 대 얻어맞은 것이다. 지금까지 절대로 안전하다고 생각했던 그 계획이 모두 무너져버렸다. 지금은 앤드루 클라우더의 목숨을 노리는 계획을 짜기 전보다 더 나쁜 입장에 몰려 있다. 그의 사업도 지위도 위협받고 있는 것이다. 이것이 자신의 인생인가! 웨더랩이 그 치명적인 정보를 누설하면 찰스는 교수형을 받게 된다. 이렇게 생각하자 그는 식은땀이 흘렀다.

웨더랩이 폭로할까? 그로서는 알 수 없었다. 찰스는 자신이 그에게 말한 것은 쓸데없는 허세에 지나지 않았음을 깨달았다.

웨더랩이 경찰에 가서 그 이야기를 지금까지 숨기고 있었던 일을 용서해 달라고 말하기는 아주 쉽다. 그도 말했듯이 죄가 된다면 겨우 몇 달 갇혀 있으면 된다. 어쩌면 아무 벌도 받지 않을지 모른다. 그의 말이 맞는다. 서로 아픈 곳을 덮어준다는 말은 그에게 해당되지 않는다. 그는 돈을 받았다는 증거를 남기는 일에 동의할 만큼 바보가 아니다. 하지만 찰스로서는 다른 방법으로 그를 억압할 길이 없다. 그러나 그렇게 해서 그를 붙잡아둔들 무슨 가치가 있겠는가? 아무것도 없다. 그 집사에게 덜미를 잡혀 있는 한 그의 어떤 비밀을 쥐고 있다 해도 소용없다.

틀렸다. 아무리 앞을 내다보아도 자신의 남은 생애는 집사의 손에 쥐어져 있을 뿐이다. 찰스는 고의적이든 우연이든 언젠가는 진상이

탄로되리라는 공포에 끊임없이 시달려야 할 것이다. 그리고 끝없는 돈 요구에 응해야 할 것이다. 그 요구를 거절할 수는 없다. 웨더랩은 1만 파운드만 주면 이 나라에서 모습을 감출는지도 모른다. 그것은 아마 정말이리라. 그러나 그 돈을 다 써버렸을 때, 그의 농장이 또 다른 위기에 부딪칠는지 누가 알겠는가. 그는 또 돈을 요구하러 돌아 올지 모른다. 아니, 틀림없이 돌아올 것이다!

그와 동시에 찰스는 소액 지폐로 1만 파운드를 마련해야겠다는 생각을 하기 시작했다. 집에 지금 2천 파운드가 있다. 지난번 런던에 갔을 때 빌어온 돈의 나머지이다. 웨더랩에게 우선 그것을 주기로 하자. 그는 그다지 꽉 막힌 사람이 아닌 듯하니 앞으로 몇 달만 있으면 찰스에게 많은 돈이 들어온다는 것을 충분히 이해할 것이다.

찰스는 꿈꾸는 듯한 기분으로 집에 발을 들여놓았다. 강한 위스키 소다를 두 잔 마신 다음 그는 침대에 누웠다. 그러나 잠을 이룰 수 없었다. 고요 속에 묻히자 자신의 입장이 얼마나 무서운지 더욱 절실하게 느껴졌다.

'내 인생이, 아니, 인생 이상의 것이 전부터 꺼림칙했던 사나이의 자비에 매달려 있다니…… 나는 그것을 견뎌낼 수 있을까? 끊임없이 덮치는 이런 공포에 떨며 생활을 이어나갈 수 있을까? 미쳐버리지나 않을까? 차라리 죽어버리는 편이 낫지 않을까?'

그는 자기의 마음을 얼버무리려고 애썼다. 웨더랩도 말했지만 하루하루가 지날수록 그로서는 경찰에 신고하기가 더욱 어려워질 것이다. 그러므로 선뜻 돈을 내주면 1년쯤은 얌전히 있을지도 모른다. 1년쯤 지나면 제아무리 웨더랩일지라도 경찰에 가기가 거북해지리라. 자신도 종범죄를 면할 수 없을 테니까.

그는 그 자신도 말했듯이, 가벼운 형벌로 끝나려면 경찰에 가서 후회하는 마음을 털어놓으면 된다. 좀더 일찍 신고하려고 했는데, 다른 방면에서 정보가 들어가기를 바라다가 이렇게 늦어졌다고 설명할 수 있을 것이다. 그러나 물론 입막음 돈을 받았다는 사실이 밝혀지면 문제는 달라진다. 그렇게 되면 그는 틀림없이 당할 것이다.

아무튼 웨더랩의 신상에 어떤 일이 생기든 안 생기든 찰스의 인생이 끝장났다는 것은 이미 의심할 여지가 없었다. 그것을 생각하자 공포로 속이 메스꺼워졌다.

그때 다른 생각이 그의 머리에 번뜩였다. 그러자 그는 정말 무서워졌고 진땀이 배어나왔다. 웨더랩이 술을 좋아한다는 사실을 잊고 있었다. 지나치게 마시는 일은 그다지 없지만, 이따금 몹시 취하는 수가 있다. 사람을 못 알아볼 정도는 아니더라도 기분이 들뜰 만큼은 마신다. 술에 취하면 입이 가벼워지는 타입이다.

바로 여기에 또 한 가지 문제가 있다. 아무리 웨더랩이 동의했다 해도, 또 아무리 그를 묶어놓았다 해도 과연 안전하다고 할 수 있을까? 그의 의지야 어떻든 한잔 마시고 얼근하게 취한 기분에 입을 열지도 모른다.

이 문제 해결에는 한 가지 방법밖에 없다. 웨더랩이 그 사실을 알고 있다고 털어놓은 첫순간부터 필사적으로 떨쳐 버리려고 애쓴 생각, 그러나 찰스의 마음속 깊은 곳에 숨어 있던 생각이었다. 그가 지금 자기 몸의 안전을 도모하려면 다시 한 번 그 절대적인 비상수단을 쓸수밖에 없다. 다시 한 번 자기 목숨이냐 다른 사람의 목숨이냐 하는 문제에 직면하고 말았다. 전에 이 비상수단을 썼을 때는 자기 목숨이라고는 해도 매우 간접적이었다. 그러나 지금은 그런 간접적인 것이 아니다. 끔찍할 만큼 또렷하게 그의 눈앞에 소름끼치도록 뚝뚝 흐르는 피, 늘어져 있는 밧줄, 바닥의 네모난 윤곽이 떠올랐다. 바로 그렇게 되리라 생각하자 공포가 온통 그것으로 향해졌다. 그렇게 되지 않으려면 웨더랩의 목숨을 앗아야 하지 않겠는가?

찰스, 복병을 만나다

이때 그는 봉인한 편지에 대한 생각이 떠올랐다. 사람은 한 번 살인을 저지르면 다시 또 할 가능성이 있다는 점을 웨더랩은 알고 있었던 것이다. 그리하여 거기에 대비한 예방조치를 취해 놓았다.

찰스는 이 편지에 대해 곰곰이 생각해 보았다. 만일 웨더랩이 정말로 그런 글을 써놓았고, 그 이야기가 단순한 협박이 아니라면 어떻게 될까? 만일 피터가 그 편지를 가지고 있다면? 이 난관을 뚫고 나갈 방법은 없을까?

있을지도 모른다고 찰스는 생각했다. 만일 웨더랩을 없애는 큰 장애를 뚫고 나갈 수만 있다면 이 난관도 뛰어넘을 수 있을 것이다. 실제 문제로서 그 편지는——정말 그런 것이 있다면——무슨 일이 있어도 없애버려야 한다. 만일 웨더랩이 거리에서 자동차에 치어죽었다면 어떻게 될까? 그렇게 되면 피터는 편지를 열어보지 않겠는가? 만일 열어 본다면 자신은 어떻게 될 것인가?

그 편지에 대해 생각하면 할수록 그 존재를 믿고 싶지 않았다. 그것은 양쪽에 날이 선 칼과도 같았다. 어떤 계기로 그것이 개봉되었다고 하면——그런 일은 흔히 있을 수 있다——웨더랩은 곧 당하게 되지 않겠는가? 그러면 모든 게 들통나고 만다. 웨더랩이 본 사실뿐만 아니라 그가 그런 것을 일부러 감추고 있었다는 사실까지 폭로될 것이다. 그가 그런 모험을 할 수 있을까 하고 찰스는 오히려 의심스러웠다.

만일 웨더랩이 단순히 협박으로 그 말을 했다면 그만큼 그를 죽이기 쉽다. 그러나 협박 아니라 정말 그런 편지가 있다 해도 그것은 처분할 수 있다고 찰스는 생각했다.

하지만 웨더랩을 과연 없애버릴 수 있을까? 몇 시간이나 꼼짝하지 않고 생각하는 동안 차츰 하나의 계획이 마음속에 형성되었다. 간단한 계획이었다. 독약 든 알약보다도 더 간단한 것이었다. 그 계획만큼 물샐 틈 없는 준비도 필요없으리라.

　찰스에게는 선택의 여유가 없었다. 행동을 일으키든 꾸물거리든 위험하기는 마찬가지이다. 아무 일도 저지르지 않고 살아갈 수도 있겠지만, 그것이 생지옥이라면 뭔가 할 수 있을 때 운을 하늘에 맡기고 해보는 것이다. 실패로 끝난 다 해도 그만이 아닌가? 그때는 자살하면 될 테니까.

　그리하여 찰스가 잠들기 전에 웨더랩의 운명은 결정지어져 있었다.

찰스, 공격하다

 다음날 아침 찰스가 눈을 떴을 때 그의 계획은 대충 윤곽이 서 있었다. 자세한 점은 아직 연구해야 하지만, 그다지 어려운 일은 없을 듯싶었다.
 다만 한 가지 염려스러운 점은 이것을 실행하기 전에 웨더랩이 털어놓지 않을까 하는 것이었다. 그러나 웨더랩이 털어놓을 것 같지는 않았다. 집사에게 있어 1만 파운드는 굉장한 금액일 것이다.
 눈앞에 닥쳐온 불안에 정신이 팔려 찰스는 머리 위에 떨어지려고 하는 또 하나의 칼을 거의 잊어버릴 뻔했다. 그것은 피터가 의심받고 있다는 점이었다. 그러나 여기에 대해서는 어떻게 해볼 방법이 없었다. 웨더랩이 자신이 본 사실을 털어놓지 않는 한 피터는 안전하리라 생각되었지만, 웨더랩은 피터도 협박하고 있는 게 아닐까 하고 의심해 보았다. 어쩌면 협박하고 있을지도 모른다. 웨더랩이 모트 장에 눌러 있는 것은 그 때문일지도 모른다.
 피터를 위해서도 무언가 해줄 일이 없을까 하고 찰스는 생각했다. 문득 그는 자신의 명청함에 깜짝 놀랐다. 할 수 있다! 자기와 마찬가지로 피터도 안전하게 해줄 수 있다. 어떻게? 물론 똑같은 방법에 의해서이다. 피터의 위험은 그의 위험과 똑같은 원인에 근거하고 있다. 앤드루 노인이 죽기 전날 밤 피터가 노인과 단둘이 식당에 있었다는 사실, 그때 그가 알약병을 만지작거리고 있었다는 사실을 웨더랩이 알고 있다. 웨더랩이 말하지 않으면 아무도 이 사실을 모르게 된다. 요컨대 웨더랩으로 하여금 털어놓지 못하게 만들면 되는 것이다.

치명적인 상상력이 풍부한 찰스는 이제 웨더랩을 없애고 피터를 구출하는 것이 신성한 임무라고 생각되기 시작했다. 아무리 나쁘게 해석해도 이 계획은 그전 계획처럼 끔찍한 최악의 낙인을 찍을 수는 없다. 찰스는 거듭거듭 자신에게 타일렀다. 이것은 선과 악의 선택이 아니라 두 개의 악 가운데 하나를 선택하는 것이다. 한 사람의 목숨과 한 사람의 목숨이 아니라 한 사람의 목숨과 두 사람의 목숨이 문제인 것이다. 두 개의 악이 있을 경우 사람은 가벼운 쪽을 선택해야 하지 않겠는가?

이날 찰스는 사무실에 앉아 모터의 배선을 구상하듯 새로운 계획에 대한 세밀한 점을 완성하기로 했다. 그는 하나하나의 문제를 여러 각도에서 생각하고 그 해답을 찾아냈으며 그 결과를 음미했다. 이 일이 끝나자 그는 만족했다. 신중히 행동하기만 하면 지난 일과 마찬가지로 틀림없이 안전할 것이다.

맨 먼저 해야 할 일은 하룻밤 동안 피터로 하여금 집을 비우게 하는 것이다. 피터가 있으면 일을 방해할 염려가 있다. 어쩌면 이것이 전체 계획에서 가장 곤란한 부분일지도 모른다. 찰스가 이 부분에 나타나서는 안 된다. 피터는 걸핏하면 의심을 잘하게 되어버렸다. 그에게 의심을 품게 해서는 안 된다.

점심때까지 찰스는 이 계획의 다른 부분을 정리했으나 이 문제를 어떻게 해결해야 좋을지 아직 뚜렷한 결론을 내리지 못했다. 그런데 아주 놀랄 만한 일이 우연히 일어났다. 정말 우연이었다. 찰스가 만일 이 계획을 실천에 옮기기를 아직 주저하고 있었다면 이 우연이 틀림없이 그로 하여금 결심시켰을 것이다.

점심식사를 마치고 사무실로 돌아가는 도중 들를 곳이 두 군데 있어 하이 스트리트 쪽으로 발길을 돌렸다. 그때 역 쪽으로 급히 가고 있는 피터와 마주쳤다.

피터는 잠깐 걸음을 멈추고 설명했다.

"기차 시간에 대어가려고 서두르고 있다네. 오늘 밤은 런던에서 자야겠어."

그리고 피터는 주위를 둘러보며 목소리를 낮추었다.

"실은 악몽에 시달리고 있는 듯한 지금 상태에서 도저히 견뎌낼 수가 없다네. 그래서 무슨 방법이 없을까 시험해 보려는 참이라네."

찰스는 이처럼 운좋은 일이 또 있을까 생각했다. 하지만 너무 기뻐해서는 안 된다.

"그것도 좋겠지, 피터. 자네의 불안이 터무니없는 것이라는 점에 대해서는 내기를 해도 좋지만, 자네의 그 생각은 나쁘지 않네. 언제 돌아올 작정인가?"

"내일. 볼일이 있어서 가는 게 아닐세. 시험삼아 가는 거지."

찰스는 고개를 끄덕였다.

"좋겠지. 어서 가보게. 잘되기 바라네."

신을 모독한다는 불안만 없다면 나쁜 일을 하는 사람이 흔히 믿는 발작적인 이상한 미신에서 찰스는 이것을 하늘의 도움이라고 생각했을지도 모른다. 절대로 놓쳐서는 안될 좋은 기회다. 그는 그날 밤 계획을 실행에 옮기려고 마음먹었다.

여기에 필요한 일은 희생자와 만나기로 약속하는 것뿐이다. 그는 뒷골목의 공중전화 부스에 들어가 모트 장을 대달라고 했다. 예상대로 웨더랩이 전화를 받았다.

찰스는 빠른 어조로 말했다.

"전화를 받으며 도중에 네, 또는 아닙니다, 하는 대답을 하지 마오, 제프리즈, 나는 오딘우드인데, 이따가 집을 빠져나와 오전 2시에 보트 하우스에서 만날 수 있겠소? 줄 게 있는데…… 불빛이 필요할 테니 건물 밖은 좋지 않소. 그러니 열쇠를 가지고 오시오. 이 제안을 받아들이겠다면 '번호가 틀렸습니다, 미안합니다'라고 대답해주오."

"번호가 틀렸습니다, 미안합니다" 하는 웨더랩의 목소리가 들려왔다. 누가 들어도 지장이 없는 말이다. 그 다음 수화기를 놓는 금속성 소리가 들렸다.

사무실에 틀어박혀 오늘 밤 해치울 일로부터 마음을 돌릴만한 무언가에 몰두하려고 애쓰는 찰스에게 있어 이날 오후는 절망적인 악몽과 같은 시간이었다. 감출 길 없는 안절부절못하는 기분을 눈치채이지 않도록 하기 위해 그는 공장에도 얼굴을 내밀지 않았다. 같은 이유에서 게언즈와 이야기하는 일도 견뎌낼 수 있을 것 같지 않았다. 그래서 한 묶음의 서류를 안고 게언즈가 들어왔을 때 지금 개인적인 편지를 정리하고 있으니 내일 아침으로 미루자며 쫓아냈다.

가까스로 그 오후를 넘긴 찰스는 정각에 서류를 치우고 사무실을 나왔다. 누구에게도 이상한 태도를 눈치채이지 않았으므로 그는 만족했다. 그 다음에는 그의 집 사용인 롤링즈만 조심하면 되는 셈이다. 되도록 그가 가까이 오지 않도록 주의해야겠다고 생각했다.

찰스는 손님이 오지 않는 한 식사하기 위해 옷을 갈아입는 일이 없었다. 그러므로 저녁식사 때까지 시간이 좀 있었다.

그는 그 시간을 이용하여 마지막 준비를 갖추기로 했다. 작업장에 가서 연관공이 일하고 남겨둔 두께가 두꺼운 연관을 톱으로 1피트쯤 잘라냈다. 그리고 그 한쪽 끝을 부드러운 삼베 헝겊으로 싸서 그 위를 전기줄로 꽁꽁 묶었다. 이것으로 샌드백만큼이나 강력한 무기가 생겼다고 생각했다. 찰스는 그것을 나머지 3피트쯤 되는 연관과 함께 작업장 서랍 속에 숨겨두었다. 그리고 동그랗게 돌돌 감은 튼튼한 끈을 30야드쯤 끊은 것과 강도가 흔히 쓰는 끝이 날카로운 배척 같은 소형 쇠지레와 강력한 손전등을 준비하여 서랍에 넣어두었다. 다음에는 길이 25피트쯤 되는 밧줄을 윗옷 속에 감추고 아무에게도 들키지 않도록 몰래 침실로 들어갔다. 그는 밧줄을 옷장 속에 감추고, 그 문에 열쇠를 채웠다. 그리고 알약을 만들 때 쓴 고무장갑을 주머니에 넣었다. 이어서 신문지를 작게 접어 지갑에 넣었다.

이리하여 준비는 완전히 갖추어졌다. 그는 아래층으로 내려가 의자에 앉아 두 손으로 신문을 펼쳐들고 식사하라고 알려주기를 기다렸다. 그리고 여느 때와 마찬가지로 식사를 했다. 롤링즈는 식사 중 내내 옆에 있는 것이 아니라 찰스가 지시할 때마다 접시를 바꾸러 왔다. 그때마다 요리에 대해 그와 짤막한 말을 주고받는 것이 찰스의 습관이었으므로 이때도 좀 힘들긴 했지만 그 습관을 깨지 않도록 주의했다.

이날 밤에는 시간이 견딜 수 없을 만큼 느리게 지나갔다. 찰스는 서재에 틀어박혀 책을 읽는 척했으나 실은 몹시 흥분해 있었으므로 무언가를 할 마음이 전혀 없었다.

지금 그가 착수한 이 끔찍한 모험은 지난번과는 전혀 다른 종류의 모험이었다. 지난번에는 훨씬 뒤에야 효과가 나타나는 장치에 불을 붙였을 뿐, 클라이맥스에 이르렀을 때 그는 현장에 없었다. 그러나 이번 경우에는 자기가 직접 손을 대는 것이다. 직접 손대어 폭력으로 사람을 죽이는 것이다. 상징적인 뜻이 아니라 글자 그대로 두 손이 피투성이가 될지도 모른다. 이것을 생각하자 찰스는 소름이 끼쳤다.

10시 30분에 롤링즈가 언제나처럼 마실 것을 가지고 왔는데, 찰스는 책상 앞에 앉아 바쁘게 뭔가 쓰는 척하고 있었다. 찰스는 얼굴을 들지 않고 입속으로 수고했다고 말했을 뿐이었다. 조금 전에 그는 식당으로 가서 강한 페그(브랜디소다)를 마셨고 지금 또 그것을 들이켰던 것이다. 그것으로 그는 가까스로 마음을 가라앉혀 아까보다 태도가 여느 때에 가까워졌다. 그는 제시간에 2층 침실로 올라갔다.

그러나 자기 위한 것이 아니었다. 그는 옷도 갈아입지 않고 그대로 준비를 계속했다. 맨 먼저 침실문을 잠갔다. 그 다음 옷장에서 밧줄을 꺼내 2피트 간격으로 매듭을 지었다. 그런 다음 두 개 나란히 있는 창문을 열고 그 사이의 벽에 밧줄을 잡아맸다. 그리고 거기서 밧줄을 내려뜨려 끝이 아래의 땅에 닿게 했다.

찰스는 현관과 층계를 사용하고 싶지 않았기 때문에 침실 창문으로 드나들 수 있게 꾸몄던 것이다. 층계는 삐걱거리고, 현관문은 스프링이 큰소리를 낸다. 그리로 드나들면 롤링즈와 그의 아내가 모두 잠귀가 밝은 편이라 틀림없이 알아차릴 것이다. 그보다도 찰스는 반증의 자료를 마련해 놓고 싶었다. 아무 소리도 나지 않았으므로 아무도 집에서 나가지 않았다는 증언이 필요했던 것이다. 물론 이런 증언으로 알리바이가 성립되는 건 아니지만, 그래도 조금은 도움이 될 것이다.

찰스는 자기 전에 얼마 동안 책을 읽는 습관이 있었다. 그래서 이날 밤에도 얼마 동안 전등을 켜놓았다가 끄고 누워서 기다렸다.

서재에서의 시간이 천천히 걸어갔다고 한다면, 지금의 시간은 기어가는 것 같았다. 몇 번이나 마음속으로 자기를 기다리고 있을 장면을 그려보고 이제부터 해야 할 자신의 역할을 상상했다. 그리고 끊임없이 마음 속으로 앞으로 일어날지도 모를 여러 가지 사건과 그 경우에 대처할 수단을 생각해 보았다. 전등을 끄기 전에 홀의 시계가 11시를 치고 있었는데, 지금은 12시 30분을 알리는 소리가 길게 여운을 끌며 들려왔다. 마침내 1시, 그리고 1시 30분을 알리는 소리가 들렸다.

드디어 때가 왔다! 찰스는 손전등을 켜고 발끝으로 걸어 창문으로 다가가 창틀에 올라서서 바깥으로 몸을 내밀고 밧줄의 매듭을 잡으며 밑으로 내려갔다.

그를 위해서는 아주 알맞은 밤으로, 날씨는 맑게 갠데다 건조했다. 며칠 전부터 그랬으므로 땅이 굳어 있어 발자국이며 그 밖의 흔적이 남지 않을 것이다. 한 가지 좋지 않은 것은 보름달에 가까운 달이 떠 있는 점이었다. 이따금 하늘이 두꺼운 구름에 뒤덮이기도 했으나 그는 거의 나무그늘 속에서 일해야만 했다. 가벼운 밤바람이 나뭇가지를 스쳐 지나갔다. 그 소리가 혹시 그가 낼지도 모를 작은 소리를 지워 줄 것 같았다.

잠깐 멈추어서서 아무도 보고 있지 않음을 확인한 다음 찰스는 몰래 작업장으로 갔다. 거기서 두 개의 연관과 끈과 쇠지레를 들고 나와 손전등과 고무장갑을 주머니에 넣은 뒤 만날 장소를 향해 떠났다.

그는 약 서른 시간 전에 갔던 길을 되도록 빨리 걸어갔다. 자기 집을 에워싸고 있는 숲을 빠져나와 늪으로 향한 오솔길을 지나갔다. 거기서 다시 옆으로 꺾어든 다음 오솔길을 따라 모트 장 부지를 빙 돌아갔다. 거기서부터 길은 호수가의 숲 속으로 이어졌다. 숲 속은 캄캄하여 기분나빴다. 희미하게 보이는 길을 잃지 않고 따라가는 일은 쉽지 않았다. 그러나 이윽고 그의 눈에 희미한 물이 비치고 보트 하우스의 검은 모습이 떠올랐다.

입구는 반대쪽에 있었다. 찰스는 쇠지레와 끈과 연관을 아래로 살짝 내려놓았다. 삼베 헝겊으로 감은 짧은 연관은 웃옷 속에 숨겼다. 그리고 나서 입구로 돌아갔다. 문 앞에 다다랐을 때 시계를 보니 2시 5분전이었다. 그는 가만히 말을 걸었다.

"웨더랩이오?"

안에서 인기척이 나며 대답이 들렸다.

"그렇습니다."

"여기로 오는 데 아무 지장 없었소?"

"없었습니다. 피터 님이 마침 런던으로 가셔서 아주 좋았습니다. 집에 계셨더라면 아셨을지도 모릅니다만."

"그가 런던에 간다는 것은 나도 알고 있었소. 그래서 전화를 걸었지. 그가 없으면 당신이 쉽게 나올 수 있을 테니까."

"그렇습니다. 그런데 결심이 섰습니까?"

"그렇소."

찰스는 보트 하우스로 들어가 문을 닫았다.

"이제 불빛이 필요하게 되겠지만, 누군가가 보면 곤란하오. 그 문제를 잘 생각해 보았는데, 당신 말이 옳다는 것을 알았소. 당신이 맹세하는 것 말고는 성의를 보증할 방법이 없음을 알았단 말이오. 그래서 당신을 믿기로 했소. 그 제안을 받아들이기로 한 거요. 그렇게 하는 수밖에 없으니까."

"그 점은 염려 마십시오. 나는 진심으로 맹세합니다. 돈을 받으면 곧 미국으로 건너갈 수속을 밟겠습니다. 두 번 다시 나에 대한 이야기를 듣지 못할 겁니다."

"그래서 여기 돈을 가지고 왔소, 전부는 아니지만. 물론 알고 있겠지만, 유언장 검증이 끝날 때까지는 나에게 들어올 돈에 손 하나 댈 수 없소. 여기 가져온 것은 지금 내가 모을 수 있는 현금 모두로, 2천 파운드요."

캄캄한 어둠 속에서도 찰스는 이 집사의 탐욕과 만족의 희미한 기척을 느낄 수 있을 것 같았다. 만족한 기분을 드러내고 있는 그의 목소리는 확실히 쉬어 있었다.

찰스는 말을 이었다.

"언제까지나 이런 곳에 있을 수는 없겠지. 손전등을 가지고 있소, 웨더랩?"

"네, 가지고 있습니다."

"잘됐군. 그럼, 돈을 세어보오. 잔돈이 아니라 불편할지도 모르겠군. 여기서 불을 켜는 것은 좋지 않으니 창이 없는 구석 쪽으로 갑시다."

찰스는 집사의 손에 작게 접은 신문지를 넣어 불룩하게 만든 지갑을 건네주었다. 두 사람은 거무스름한 나란히꼴 모양의 창가를 떠나 더 어두운 구석으로 갔다. 찰스는 웨더랩의 왼쪽 반 발자국 뒤에 자리를 잡으려고 했다. 웨더랩은 지갑을 꼭 쥔 채 앞으로 나아갔다. 찰스는 그때 부리나케 웃옷 속에서 연관을 꺼냈다. 그리고 웨더랩이 손전등 스위치를 누르는 순간 연관을 들어올려 전혀 경계하고 있지 않은 집사의 머리를 힘껏 내리쳤다.

웨더랩은 소리도 지르지 못한 채 쓰러져 그대로 움직이지 않았다. 찰스는 자기의 손전등 불빛을 그쪽으로 돌렸다. 그의 목적은 이루어졌다. 상대는 분명 숨이 끊어져 있었다. 두개골이 부서져 있었다. 그러나 삼베 헝겊과 모자 덕분에 살갗은 거의 찢어지지 않았고, 피도 많이 흐르지 않았다.

찰스는 이마의 땀을 닦았다. 아주 생각도 하기 싫은 한순간이었다. 그러나 이로써 이 일도 끝났다. 마침내 그는 해치운 것이다. 그는 자신을 가엾게 여기지 않을 수 없었다. 이제부터 침착과 용기가 절대로 필요한 때이다.

'문제없다. 나에게는 침착도 용기도 있다' 하고 찰스는 자신에게 타일렀다.

무엇보다도 먼저 해야 할 일은 죽은 사나이의 손에서 지갑을 빼앗는 것이었다. 아무 데도 피가 묻어 있지 않음을 재빨리 확인하자 그는 그것을 얼른 자기 주머니에 넣었다. 그리고 불쾌감을 누르며 사나이의 주머니를 뒤지기 시작했다.

있었다. 바지주머니 속에 열쇠가 있었다. 무슨 열쇠인지 알 수 없으나 아마 서재의 프랑스 식 창문 열쇠일지도 모른다고 찰스는 생각했다. 만일 그렇다면 정말 다행한 일이다. 모트 장 현관은 침실 바로 아래에 있으며 서재는 거기서 훨씬 떨어져 있다.

그러나 또 하나 보트 하우스의 열쇠가 있을 것이다. 그는 입구로 가보았다. 과연 열쇠구멍에 열쇠가 꽂혀 있었다. 그는 일단 밖으로 나가 쇠지레와 끈과 긴 연관을 들고 들어왔다. 그리고 안에서 문을 잠갔다.

다음에 해야 할 일을 위해 찰스는 있는 용기를 죄다 쥐어짜야만 했다. 먼저 철저하게 주머니를 뒤져 시체가 발견되어도 단서가 될 만한 물건이 없음을 확인했다. 그리고 모자를 웃옷 속에 넣고 그대로 단추를 채웠다. 다음에 두 개의 연관을 끈으로 시체에 붙잡아매고 절대로 떨어지지 않도록 끈을 여러 겹 감았다. 마지막으로 시체를 후미에 매어놓은 두 척의 보트 가운데 하나에 실었다.

보트의 밧줄을 풀고 그는 천천히 조용한 물 위로 나갔다. 양쪽 노를 되도록 조용히 저어 차츰 호수 중심으로 향해 갔다. 이윽고 노젓기를 멈추고 끔찍한 범죄의 흔적을 지우기 위한 작업을 시작했다.

폭이 좁은 가벼운 보트를 전복시키지 않고 시체를 던져 넣은 일은 쉽지 않았다. 그러나 그는 그것을 그럭저럭 해치웠다. 세심한 주의를 기울여 그는 시체를 고물 쪽으로 밀어냈다. 그러자 시체는 갑자기 되살아나기라도 한 듯 그의 팔에서 빠져나가 가벼운 물소리를 내며 물 속으로 뛰어들어갔다. 잠시 거품이 일어났으나 마침내 모든 것이 본디대로 조용해졌다.

보트 바닥을 차근차근 살펴본 다음 보트 하우스를 향해 조용히 노 저어가고 있을 때 찰스의 얼굴에서는 땀이 비오듯 흘렀다. 그는 본디 대로 보트를 매어놓고 바닥에 물이 떨어지지 않도록 손수건으로 노를 닦아내어 노걸이에 도로 끼워놓았다. 그리고 주위를 둘러보고 아무 데도 단서가 남아 있지 않음을 확인하자 쇠지레를 집어들고 보트 하우스 밖으로 나가 문을 잠그고 열쇠를 주머니에 넣었다.

그러나 그날 밤의 일이 다 끝난 것은 아니었다. 그 편지를 처리해야만 했다. 지금은 그것의 존재를 거의 믿고 있지 않지만, 의문의 여지가 없을 때까지 철저하게 확인해 둘 필요가 있었다.

그는 발소리를 죽이며 오솔길을 따라 모트 장 쪽으로 걸어가 마침내 서재의 프랑스 식 창문 앞에 이르렀다. 열쇠는 맞았다. 세심한 주의를 기울여 그는 창문을 열고 안으로 몰래 들어가 안쪽에서 창문을 잠갔다.

그가 맨 먼저 한 일은 조용히 방을 가로질러가 문을 열고 홀로 나가 전부터 알고 있던 위치에 보트 하우스의 열쇠를 도로 걸어놓는 것이었다. 그렇게 함으로써 보트 하우스가 사건과 관계되어 있다는 의심을 일으키지 않도록 막아 주의가 호수 쪽으로 돌려지지 않게 하려는 속셈이었다.

그는 다시 서재로 돌아오자 홀 쪽 입구의 쇠를 잠갔다. 그리고 찾기 시작했다. 웨더랩의 편지가 이 방에 있다면, 어떻게 해서든 찾아내야만 한다.

그는 천천히 계획적으로 일을 진행시켰다. 방 한쪽 구석부터 시작하여 차츰 옮겨가며 모든 가구와 눈에 띄는 종이 쪽지를 샅샅이 살폈다. 다행히 금고는 이 방에 없었다. 서랍도 대부분 열쇠가 잠겨 있지 않아 쉽게 열렸다. 그러나 책상서랍만은 열리지 않았다. 책상은 가장 유망한 장소이다. 그래서 찰스는 그 방의 다른 부분을 모조리 조사한 다음 다시 책상에 손을 댔다.

쇠지레 끝을 책상 위 판자와 서랍 사이의 틈에 끼우고 조용히 비틀었다. 강력한 지레의 힘에 의해 나무가 패이며 서랍 안쪽이 보이기 시작했다. 여기까지는 일이 잘되었는 데, 마침 자물쇠 쇠붙이가 뜯기려고 할 때 권총을 쏘는 듯한 요란한 소리를 내며 나무가 빠개졌다.

'앗, 빠개졌다. 누가 소리를 들었겠지.'

그의 생각은 여러 각도로 달렸다.

재빨리 그는 서랍을 제자리에 돌려놓고 문으로 가서 쇠를 열었다. 그리고 프랑스 식 창문을 열고 밖으로 나가 그 문을 닫고 빗장을 질렀다.

확실히 소리를 들은 모양이었다. 엘시의 방에 불이 켜졌다. 찰스의 신경은 팽팽히 긴장되었다. 이 계획이 깨지면 그의 운명도 끝장나는 것이다. 그 책상서랍 속에 웨더랩의 편지가 있다면 이미 교수대에 올라간 거나 다를 바 없다.

긴 시간이 지난 다음 응접실 창에 불빛이 비쳤다. 찰스는 오솔길을 따라 그 창으로 다가갔다. 커튼이 꼭 여며져 있지 않아 안을 볼 수 있었다.

입구에 가운을 입고 덧신을 신은 엘시가 서서 겁먹은 얼굴로 방 안을 둘러보고 있었다. 다부지고 대담한 여자라고 찰스는 생각했다. 그녀는 집 안에 도둑이 들었나 보러 내려왔을 텐데 아무도 깨우지 않고 혼자 온 것이다.

대충 방 안을 살펴보더니 엘시는 전등을 끄고 나갔다. 찰스는 급히 서재의 프랑스 식 창으로 되돌아왔다. 마침 거기에 이르렀을 때 서재의 전등이 켜졌다. 이제 그의 운명은 결정된 것이다! 그녀는 쇠지레로 비틀어진 책상서랍을 볼 것인가? 그는 숨을 죽이고 커튼 틈으로 지켜보았다.

재빨리 대충 훑어보더니 엘시는 방 안으로 들어왔다. 그리고 선 채로 벽을 찬찬히 들러보았다. 아까 그 소리를 그녀는 액자가 떨어진 소리로 생각하고 있는 모양이었다. 그녀가 책상을 살펴보려고도 하지 않고 아무데서도 이상을 발견하지 못하자 찰스는 크게 마음을 놓았다.

이제는 그녀가 침실로 돌아가기를 기다리기만 하면 된다. 마침내 불빛은 그녀의 방으로 옮겨갈 것이다.

찰스가 이 모험에 발을 들여놓았을 때 시간이 느릿느릿 걸어가고 있다고 느꼈다면, 지금은 완전히 꼼짝 않고 서 있다고 말할 수 있으리라. 찰스는 언제까지나 꺼질 것 같지 않는, 영원이라고 할 수 있을 만큼 무자비하게 계속 비치는 엘시의 방 불빛을 바라보며 무한으로 느껴지는 시간을 기다리고 있었다. 절망의 밑바닥에 가라앉을 때까지 그 불빛은 꺼지지 않았다. 그러나 사실 그동안 15분밖에 지나지 않았음을 알았다. 그러나 엘시가 잠들 때까지 또 기다려야만 한다. 그리하여 앞으로 30분 동안 움직이지 않아야겠다고 마음먹었다.

이 30분을 참아내는 데는 그의 의지력이 모조리 필요했다. 추운 밤이었다. 고요하고 짙고 싸늘한 안개가 자욱이 끼어 있었다.

그러나 그는 그런 것에는 아랑곳하지 않았다. 그의 마음은 몇 가지 공포로 가득차 있었다. 그는 그 하나하나와 싸우며 30분을 보냈다. 늦어지는 게 아닐까? 일을 끝내면 날이 밝아버리지 않을까? 그리고 이번에 다시 그 서재로 들어가면 엘시가 반드시 기척을 알아차릴 것만 같았다. 그러나 이대로 돌아가면 편지가 남는다. 편지는 서재에 없을지도 모른다. 피터가 은행으로 보냈을지도 모른다. 사실 모든 일이 다 피할 수 없을 것 같은 생각이 들었다.

지금 같아서는 한 잔의 브랜디에 어떤 비싼 댓가를 요구해도 응할 것 같은 기분이었다. 브랜디를 한 병 챙겨가지고 오지 않은 것은 잘못이었다. 브랜디가 있으면 사태는 달라질지도 모른다. 이런 병적인 공포를 깨끗이 떨쳐버리고 넘치는 힘을 북돋아주었을지도 모른다. 이 다음에는 잊지 않도록 해야지 하고 그는 자신에게 말했다. 그러나 다음 순간 이런 불쾌한 경험을 다시 한 번 되풀이한다는 생각에 소름이 끼쳤다.

이윽고 30분이 지나 그의 대기 시간은 끝났다. 행동을 시작하자 그의 신경도 얼마쯤 굳세졌다. 다시 한 번 그는 프랑스 식 창문을 열고 안으로 들어가 홀과 통하는 문에 쇠를 잠그고 책상으로 돌아갔다. 이미 자물쇠가 부서져 있어 아주 성가셨으나 서랍을 열 수는 있었다. 서랍이 열리자 그는 의자에 앉아 뒤지기 시작했다.

마침내 그는 피터의 비밀서류를 찾아내고 만족했다. 거기에는 그의 수표장이며 은행통장이며 개인 예금통장 등 온갖 종류의 개인적 서류가 있었다. 이 집에 문제의 편지가 숨겨져 있다면 여기 말고 다른 곳에 있을 리가 없다.

그러나 찰스는 그것을 발견할 수가 없었다. 그는 초조했지만 철저하게 뒤졌다. 이윽고 모조리 뒤진 다음 이 서재에는 그 편지가 없다고 단정했다.

웨더랩은 틀림없이 협박하기 위해 그렇게 말했을 것이라고 생각하며 찰스는 전보다 더 마음이 놓였다. 편지 따위는 처음부터 없었던 것이다. 그리고 있든 없든 찰스로서는 이 이상 더 어떻게 해볼 수가 없었다. 이 집 안에 여기 말고는 그런 서류를 숨겨둘 만한 장소가 생각나지 않았고, 피터의 은행으로 알아볼 수도 없기 때문이었다.

편지는 발견하지 못했지만 좋은 것을 발견했다. 그것은 돈묶음이었다. 세어보니 135파운드 10실링이었다. 잠깐 망설였으나 그는 그것을 주머니에 집어넣었다.

열 때와 마찬가지로 조용히 책상서랍을 닫고 찰스는 지금까지의 행동을 모두 거꾸로 되풀이했다. 홀로 통하는 문의 자물쇠를 벗겨놓고 프랑스 식 창문을 통해 방에서 나가자 창문을 잠그고 그 열쇠를 주머니에 넣었다. 그리고 돌아가는 길에 열쇠를 묻었다.

그는 자신이 한 일에 적이 만족했다. 편지를 찾아내지는 못했으나 마지막까지 고무장갑을 끼고 행동했으므로 흔적을 남기지 않았다. 게다가 이 돈뭉음이 자기 계획을 구체적으로 도와주리라 생각하자 더욱 만족했다. 모든 일이 아주 잘 되어가고 있다고 그는 생각했다.

작업장으로 돌아가 그는 쇠지레를 본디 있던 자리에 도로 놓았다. 어딘가에 버리고 싶었으나 이것이 있다는 사실을 롤링즈가 알기 때문에 그럴 수도 없었다. 그는 작은 난로 속에서 돈뭉음을 태워버리고 그 재를 차근차근 잘게 뭉갰다.

그리고 밧줄 있는 데로 돌아가 구두를 벗어서 목에 걸고 올라가기 시작했다. 잘못하면 목이 죄어지는 무서운 모험이었다.

이윽고 그는 창문에 닿았다. 그는 밧줄을 끌어올려 매듭을 풀고 둥글게 감아 다시 옷장 속에 집어넣고 잠갔다. 10분 뒤 그는 침대에 들어가 있었다.

찰스, 경찰을 도와주다

 찰스는 그날 밤의 모험에 대체로 만족하고 있었다. 그 꺼림칙한 일을 요령있고 용감하게 해치운 것이다. 처음부터 끝까지 침착했으며 흔적도 전혀 남기지 않았다. 그런 짓을 꼭 해야 했다면 그 이상 더 잘할 수는 없을 것이다.

 그 돈뭉음이 뜻밖에도 이 일을 완전한 것으로 만들어주었다. 돈이 없어졌다는 사실이 웨더랩의 실종 동기를 제공해 주리라고 그는 믿었다. 웨더랩이 돈이 필요하여 피터의 서랍에서 훔쳐내 도망쳤다고 생각하지 않을까?

 웨더랩의 옷이며 슈트케이스며 자질구레한 소지품을 들고나올 수만 있었다면 얼마나 좋았을까 하고 그는 생각했다. 그렇게 해놓으면 정말 자발적으로 사라진 게 될테니까. 돈뭉음을 발견했을 때 그런 생각이 들었지만 더 이상 위험을 무릅쓸 수가 없었다. 웨더랩의 방이 어디 있는지 확실히 몰랐고, 아마도 하녀들 방 가까이 있을 터이므로 누군가에게 들킬 염려도 있었기 때문이었다.

 하루 이틀쯤 신경이 몹시 고통스러우리라는 것을 그는 알고 있었다. 옷을 갈아입는 동안에도 그는 거기에 대한 각오를 잊지 않았다.

맨 먼저 해야 할 일은 그때까지 처리하지 못한 것, 그의 범행과 관계있는 유일한 물건인 밧줄을 작업장에 도로 갖다놓는 일이었다. 이 일은 어렵지 않았다. 롤링즈 부부가 보이지 않을 때를 기다려 갖다놓기만 하면 되는 것이다. 몇 초 뒤 밧줄은 롤링즈가 알고 있는 늘 있던 장소에 도로 놓여져 있었다.

아침식사를 마치고 찰스는 여느 날처럼 사무실에 나가 그날의 일과를 시작했다. 뜻밖에도 모트 장에서 아무 연락이 없었다. 어떻게 되었는지 상황을 알고 싶어 견딜 수 없었다. 무슨 구실을 만들어 전화를 걸어볼까 하는 유혹을 느꼈으나 그는 자신을 억눌렀다.

11시쯤 애타게 기다리던 연락이 왔다. 엘시가 전화를 걸어온 것이다. 그녀는 웨더랩에 대해 걱정하고 있었다. 웨더랩의 모습이 보이지 않는데, 써놓은 메모도 없고 피터도 집에 없어 어떻게 해야 좋을지 모르겠다는 것이었다.

찰스는 자세히 물어본 다음 대수롭지 않은 일로 다루었다. 아무 일 아닐 것이며, 웨더랩은 곧 돌아올 것이다, 아마 개인적인 일 때문에 나갔다가 뜻밖에도 시간이 많이 걸린 모양인데, 전에는 이런 일이 없었느냐고 물었다.

엘시는 없었다고 하며 웨더랩은 그런 짓을 할 사람이 아니라고 대답했다. 그녀의 목소리는 흥분해 있었다.

모든 일이 찰스가 기대했던 대로 되어갔다. 그는 다시 한 번 대수로운 일이 아닐테니 걱정 말라고 하며, 그러나 엘시가 무척 당황한 모양이니 곧 가보겠다고 말했다. 번거롭게 해서 미안하다고 말하면서도 엘시는 마음놓이는 모양이었다. 그는 곧 가겠다고 말했다. 경찰을 불러야 한다는 것을 알고 있었으므로 그렇다면 차라리 자신이 신고하는 편이 좋지 않을까 생각했다. 그리고 되도록 경찰이 도착하기 전에 피터의 방을 보아두고 싶었다. 어쩌면 거기에 편지가 있을지도 모르기 때문이다.

대단한 일이 아니라는 의견을 뒷받침하기 위해 찰스는 일부러 30분쯤 꾸물댄 다음 모트 장으로 갔다. 엘시는 그를 반갑게 맞이했다. 그녀는 몹시 걱정스러운 듯이 자세한 설명을 했다.

"어젯밤 웨더랩의 태도에는 조금도 다른 데가 없었어요. 침대에 누웠던 흔적은 있는데, 아침에 모습이 보이지 않는 거예요. 그 뒤 아무 연락도 없고…… 전에는 이런 일이 한 번도 없었어요. 웨더랩은 그런 짓을 할 사람이 아니에요. 어떻게 하면 좋을지 모르겠어요."

찰스는 그 자리에서는 아무 말도 하지 않았다. 그 대신 여러 가지를 물었다. 웨더랩의 말이나 태도에 실종의 단서가 될 만한 무언가가 정말 하나도 없었는가? 피터와 무슨 언짢은 일이 없었는가? 최근 그에게 편지나 손님이나 연락 같은 것이 온 적 없었는가? 웨더랩의 가족이나 친척에 대해 알고 있는 건 없는가?

물론 도움될 만한 것은 하나도 알아내지 못했으나 찰스는 자신이 건 전화에 대해 아무도 모르고 있음을 확인하고 마음놓았다. 그는 차츰 심각한 태도를 취했다.

그는 물었다.

"누구든 웨더랩의 방은 살펴보지 않았나?"

"하녀가 살펴보았지요. 그런데 지난밤 침대에서 잔 흔적이 있대요."

"그가 집에서 나갈 때 무슨 옷을 입고 있었는지, 그리고 무엇을 가지고 나갔는지 하녀들은 모르더냐? 그것을 알면 계획적으로 집을 나갔는지 어떤지 알 수 있을 텐데."

"그것도 물어보았어요. 여느 때처럼 집사복을 입고 있었는데, 테일코트가 아니라 외출 때 입는 스코치 윗옷이었다는군요. 그리고 모자도 보이지 않는다는데, 그 밖에는 아무것도 없어진 게 없대요."
"정원은 살펴보았고?"
"살펴보았어요."
찰스는 더욱 심각한 표정을 지었다.
"피터는 언제 돌아오지?"
"저녁때까지는 돌아오지 않을 거예요."
"그럼, 다시 한 번 집안과 정원을 샅샅이 살펴보고 그래도 단서가 없으면 경찰에 신고하는 편이 좋을 것 같은데 어떻게 생각하느냐, 엘시?"
엘시는 두 손을 꼭 쥐고 소리쳤다.
"어쩌면! 마치 아직도 경찰에 미련이 있는 것 같군요! 하지만 그렇게 하겠어요. 신고해야지요. 오빠 말대로 샅샅이 살펴보고, 그래도 아무것도 찾아내지 못하면 경찰에 전화를 걸겠어요."

이것은 찰스에게 좋은 기회였다. 두 하녀가 불려왔고, 그는 그녀들을 지휘했다. 그는 이 일을 요령있게 했다. 아주 자연스럽게 하녀들에게서 떨어져 그 자신의 조사를 시작한 것이다. 그것은 생각했던 것보다 쉬웠다. 피터의 방에도 편지는 없었다. 편지를 감추어둘 만한 장소도 없었다.

집 안의 조사가 끝나자 그들은 정원으로 나갔다. 여기서도 역시 철저하게 조사했으나 아무 수확도 없었다. 그들은 다시 거실로 들어갔다. 찰스는 방 안을 걸어다녔다.

잠시 뒤 그는 말했다.
"벌써 점심시간이 다 됐군. 엘시, 아무래도 루커스 총경을 불러야 할 것 같아. 내가 전화를 걸까?"
"네, 부탁해요, 오빠."
루커스 총경은 이 신고를 받자 아무 의견도 말하지 않고 곧 부하를 보낼 테니 그때까지 당신도 있어주기 바란다면서, 자세한 이야기를 듣고 싶기 때문이라고 말했다.

몇 분 뒤 블레이 경사와 한 순경이 도착했다. 찰스는 그들에게 엘시로부터 들은 사실을 설명했다. 그들은 찰스와 엘시와 하녀들의 증언을 기록한 다음 웨더랩의 방을 조사하러 갔다.

엘시가 전했다.

"점심식사를 하고 가세요, 오빠."

"고맙지만 사무실에 가봐야겠어. 하지만 도울 일이 있으면 언제든지 도와주마, 엘시. 어쨌든 오후에 다시 한 번 오지. 혼자서는 아무래도 허전할 테니까."

엘시는 그렇게 해주면 고맙겠다며 기다리고 있겠다고 대답했다.

사실 찰스는 더 이상 그 집에 있을 수가 없었던 것이다. 입을 잘못 놀리거나, 무언가 알려주어야 할 일을 빠뜨리고 말하지 않았거나, 자신의 입에서 사실이 흘러나오지 않을까 하는 공포에 사로잡혀 있었기 때문이다.

그것만으로도 신경이 곤두서는데, 그보다 더한 일이 있었다. 지난밤의 일이 자꾸만 되살아나는 것이었다. 눈길을 어디로 돌리든지 보트 하우스 바닥에 쓰러져 꼼짝도 하지 않던 그 무서운 모습이 보이는 것만 같았다. 연관이 두개골에 닿았을 때의 둔탁하고 꺼림칙한 소리가 들렸다. 그리고 보트의 고물에서 시체가 미끄러져 떨어질 때의 희미한 물소리가 들렸다. 이런 광경과 소리는 영원히 기억에서 지울 수 없을지도 모른다는 생각이 들기 시작했다.

그는 클럽에서 점심을 들 마음이 없어 5백 마일쯤 떨어진 여관으로 자동차를 몰고 가서 빵과 치즈와 위스키 소다로 점심을 마치고 사무실로 돌아왔다.

할일이 그다지 없었으므로 담배를 피우며 한 시간쯤 보냈다. 그러자 기분이 좀 가라앉았다. 그리하여 다시 자동차를 타고 모트 장으로 갔다. 엘시가 직접 문을 열어주었다.

"자동차가 오는 것을 보았어요. 그런데 찰스, 이런 일이 있을 수 있을까요!"

그녀는 두 손을 비틀며 설명을 이었다.

"무엇이 발견됐는지 아세요? 글쎄, 그가 피터의 책상서랍을 비틀어 열고 돈을 훔쳐갔어요!"

"저런!"

찰스는 놀란 듯한 표정을 지었다.

"웨더랩이 그랬단 말이지? 거짓말 같군. 어쩐지 호감이 가지 않았지만 정직한 점에서는 틀림없다고 생각했는데 정말 뜻밖이로군!"

"나도 뜻밖이었어요. 이런 일이 있을 수 있을까요? 아무튼 들어오세요."

찰스는 그녀를 따라 거실로 들어갔다.

"아직 아무 소식도 없니?"

"없어요. 경사가 서재에 있어요. 나는 어젯밤 웨더랩이 무슨 짓인가 하는 소리를 들었어요."

"무슨 짓인가 하는 소리를 들었다고?"

"네, 새벽 3시쯤이었어요."

그녀는 의자에 앉으며 다른 의자를 가리켰다.

"아래층 어디선지 권총이 쏘아진 것 같은 소리가 났어요. 나는 전부터 잠에서 깨어나 있었는데, 아마 액자가 떨어지는 소리겠지 생각하며 전에도 그런 일로 깜짝 놀란 적이 있었기 때문에 아래로 내려가 살펴보았어요. 그런데 아무 이상도 없었어요. 그래서 무언가 나무 같은 게 부서지는 소리였던 모양이라고 생각했지요. 그런데 경사님은 그것이 책상을 비틀어 열 때 난 소리였을 거라고 하더군요."

"엘시는 무척 대담한 짓을 했군! 그 자리에서 웨더랩과 마주치지 않아서 다행이구나. 만일 마주쳤다면 엘시를 덮쳤을지도 모르잖아."

"경사님은 그때 틀림없이 웨더랩이 그 자리에 있었을 거라고 말해요. 책상 뒤나 창 밖에 말이에요. 경사님을 만나 직접 물어보세요. 설명해 주실 거예요."

"그러지. 아무튼 놀라운 일이로군! 웨더랩이 그런 짓을 하다니, 그 점이 나로서는 아무래도 납득되지 않아."

"나도 그래요."

"돈을 많이 가져갔니?"

"얼마 있었는지 모르지만, 1백 파운드 넘을 거예요."

"저런!"

엘시는 다시 두 손을 비볐다. 그녀는 말했다.

"돈뿐만이 아니에요. 돈을 잃어버린 것도 좋지 않지만, 나는 전체적인 것을 말하고 있는 거예요. 정말 무서워요. 그런 일이 있은 지 얼마 안되었는데…… 이젠 하루도 이런 집에서 살 수 없을 것 같은 기분이 들어요."

"안됐구나, 엘시. 피터도 걱정하겠지."

"피터…… 그이를 생각하면 견딜 수 없어요. 그렇지 않아도 그이는 걱정거리가 태산 같은데, 그이는 자기가 집에 없었기 때문에 이런 일이 생겼다고 생각할 거예요."

찰스는 재빨리 그 말의 뜻을 음미한 다음 말을 이었다.

"웨더랩이 이런 일을 계획했다면 물론 당연히 피터가 집에 없을 때를 골랐을 테니까."

"그랬겠지요."

"점심 들었니, 엘시?"
"먹고 싶은 생각이 없어요."
찰스는 엄하게 말했다.
"그러면 안돼. 뭘 좀 먹어야지. 식사 생각이 없으면 커피나 위스키 소다라도 마시렴. 너마저 이렇게 풀이 죽으면 어떻게 되겠니? 어서 가서 뭐든지 좀 먹고 와. 그동안 나는 경사와 이야기를 나눌 테니."
"오빠는 드셨어요?"
"그래."
홀을 가로질러가며 찰스는 자신의 신경이 뜻밖에도 굳센 데 놀랐다. 그는 서재문을 노크하고 들어갔다. 블레이 경사가 책상에서 몸을 일으켰다.

찰스가 말했다.
"안녕하십니까, 경사님. 무언가 발견하셨다고요?"
"그렇습니다. 뜻밖입니다. 그 집사가 이런 짓을 할 사람일 줄은 몰랐습니다."
"동감입니다. 대체 어떻게 되어 있습니까?"
블레이 경사는 고개를 설레설레 저었다.
찰스는 책상을 들여다보며 말했다.
"책상이 부서졌다고 하던데 바로 그겁니까? 엘시가 이것을 부수는 소리를 들었답니다."
그러자 블레이 경사가 보다 정확하게 고쳐 말했다.
"부인께서 무슨 소리를 들었다고 하시는데, 아마 이것이 부서지는 소리였던 모양입니다. 스원번 씨, 당신은 그 사람을 잘 알고 계십니까?"
이것은 더욱 경관다운 말이었다. 질문을 하지만 설명은 하지 않는다. 이것이 그들의 수법이다.
 찰스는 대답했다.
 "알고 있습니다. 벌써 몇 년 전부터 돌아가신 외숙부님을 모시고 있었으니까요. 나는 여러 번 만났지요."
 "가족이나 친척에 대해 무슨 말을 들은 적은 없습니까?"
 "한마디도 들은 적이 없습니다."
 "여자 관계에 대해서도?"
 "모릅니다."
 "그럼, 그의 출신에 대한 비밀 같은 것은?"
 "그런 것도 전혀 들은 적이 없습니다."
 "돌아가신 클라우더 씨를 모시고 있을 때 잠시 휴가를 얻은 적도 없었습니까?"
 "없었습니다. 적어도 내가 아는 한에서는 없었습니다. 그의 방을 살펴보았습니까?"
 찰스는 질문이 어째서 모두 일방적이어야 하는지 그 이유를 납득할 수 없었다.
 "네, 하지만 아무것도 발견하지 못했습니다."
 블레이 경사는 그다지 이야기하고 싶어하지 않았다. 그래서 찰스는 좀더 이야기를 나눈 다음 서재에서 나왔다. 엘시가 식당에서 커피를 마시고 있었다.
 "옳지, 그렇게 커피라도 좀 마셔야지."
 그는 그녀의 기운을 북돋아주고 나서 말투를 바꾸었다.
 "피터가 몇 시 차로 돌아오는지 알고 있니?"
 "저녁식사는 함께 할 수 있을 거예요."
 "그럼, 내가 마중나가지."
 찰스는 한 시간 이상 모트 장에 머물며 엘시와 이 사건에 대해 이야기를 나누었다. 아니, 그보다 엘시에게 이야기를 시키고 자기는 귀를 기울이는 척하고 있었다.

마침내 그는 더 이상 있기가 어려움을 느끼자 할일이 있다면서 모트 장을 나왔다. 그는 혼자 있고 싶었다. 하지만 어디로 가든 혼자 간다는 것은 의심받을 염려가 있어 그럴 수도 없었다. 그러나 공장에 있으면 혼자 있는 거나 다를 바 없었으므로 거기서 그럭저럭 오후를 보냈다.

역에서 찰스가 사건을 알려주자 피터는 깜짝 놀라며 자꾸만 캐물었다. 찰스는 알고 있는 사실과 모르는 사실을 신중히 가려내어 그의 질문에 대답했다.

찰스는 말했다.

"자동차를 가지고 왔네. 타게나, 집까지 바래다줄 테니."

피터는 이 사건에 대해 몹시 놀라며 동시에 아직도 뚜렷이 납득하지 못하는 모양이었다.

"웨더랩이 왜 그런 짓을 했을까?"

그는 이 말을 몇 번이나 되풀이했다.

"돈에 궁한 듯한 기색은 한 번도 없었는데. 그 정도의 돈 때문에 형무소로 가야 할 짓을 하다니! 그리고 찰스, 그뿐만이 아닐세. 내가 거기에 돈을 넣어두었다는 것을 그는 어떻게 알았을까? 나는 한 번도 이야기한 적이 없는데. 엘시에게는 이야기했지만 엘시가 그런 말을 떠벌릴 리도 없고……."

이것은 찰스가 예상하지 못한 점이었다.

"자네가 엘시에게 이야기하는 것을 엿듣지 않았을까?"

피터는 어쩔 수 없이 동의했다.

"그랬을지도 모르겠군."

찰스는 그가 동의하자 마음이 놓였다. 피터는 웨더랩에게 죄가 있다고 생각하는 것이었다.

"이 사건은 엘시의 마음을 몹시 상하게 한 것 같네. 더욱이 그런 일이 있은 뒤니까."

그리고 나서는 사건 이외의 일에 대한 이야기를 하기 시작했다.

찰스에게 이날 밤은 악몽과도 같았다. 무엇보다도 알고 싶은 것은 정보였다. 경찰은 무엇을 하고 있는가? 그들은 무엇을 발견했는가? 이 사건이 겉보기보다 훨씬 중대한 것일지도 모른다고 생각하게 만든 무엇이 발견되었을까? 그보다 더 중대한, 찰스를 사건과 연결시키는 어떤 이유가 발견된 것일까?

자신의 입장을 알고 싶어하는 이 소망은 무시무시할 정도여서 경찰서에 가서 블레이 경사에게 조사 진행 상황을 물어볼까 생각한 적도 한두 번이 아니었다. 경사의 태도로 그가 듣고 싶어하는 대답을 알 수 있을지도 모른다고 생각되었기 때문이다. 그러나 그런 짓은 상식에서 아주 벗어난 일이라는 반성이 그를 겨우 억제시켰다.

다음날도 마찬가지였다. 아아, 그것을 알 수만 있다면! 물론 그는 모트 장에 전화를 걸었다. 그러나 피터가 대답한 것은 그가 듣고 싶어하는 정보가 아니었다. 사실 피터에게는 뉴스가 없었다. 서재의 프랑스 식 창 열쇠가 없어졌다는 것 이외에 새로운 소식은 아무것도 없었다.

다음날도 그 다음날도 그런 식이었다. 새로운 정보는 아무것도 없었다. 하지만 그때쯤 되자 찰스의 불안은 고비를 넘어 그 다음부터 경과되는 시간은 그의 마음에 안식을 주었다.

무언가 무서운 사실이 발견되었다면 자기 귀에 들어올 것이다. 덤빌 필요는 없다. 모든 일이 잘되어가고 있음을 감사해야 한다. 그의 생애에서 두 번째로 닥쳐온 이 무서운 위기는 첫번째 경우와 마찬가지로 그에게 상처입히지 않고 지나갈 것이다. 두려워할 필요는 조금도 없다. 그의 계획은 성공했다. 저번과 마찬가지로 그는 완전한 것이다!

하지만 나흘째 되는 날 그는 무서운 충격을 받았다.

그날은 일요일이었다. 찰스는 일요일이면 테니스를 치지 않을 경우 언제나 골프를 치고 있었다. 그래서 골프장으로 가려는 참이었는데 피터에게서 전화가 걸려왔다. 그의 목소리를 듣고 찰스는 무언가 좋지 않은 일이 일어났음을 알았다.

"좋지 않은 소식이 들어왔네, 찰스. 이번 사건은 우리가 생각하고 있었던 것보다 훨씬 중대한 모양일세. 조금 아까 블레이 경사가 여기 왔었는데, 무슨 일인지 짐작하겠나? 경찰은 호수 바닥을 뒤질 생각인 모양일세."

찰스는 갑자기 오한을 느꼈다. 호수 바닥을 뒤진다고! 두 무릎이 떨리기 시작했다. 그는 억지로 마음을 가다듬었다.

찰스는 시간을 벌기 위해 되풀이해 말했다.

"호수 바닥을 뒤진다고? 대체 그게 무슨 소린가? 설마 경찰은……"

"맞네. 경찰은 웨더랩이 죽었다고 보고 있네. 호수 바닥에 가라앉아 있다고 생각하는 걸세. 이미 뒤지기 시작했다는군. 큰일났네, 찰스……."

"하지만 나로서는 까닭을 모르겠군. 어째서 경찰은 또 무슨 일이 있었다고 생각하는 걸까?"

"나도 모르겠네. 보트 하우스의 열쇠를 빌려갔는데, 무엇을 발견했는지 다시 오더니 보트를 쓰겠다지 뭔가."

찰스는 다시 마음을 가다듬었다.

"일이 크게 벌어졌군, 피터. 엘시가 참으로 안됐네. 무슨 일이 있다면 엘시가 얼마나 심한 충격을 받겠나."

"엘시는 지금도 몹시 흥분해 있다네. 이렇게 잇달아 사건이 일어나니 당연한 일이지. 하지만 나는 놀라지 않네. 나는 각오하고 있어."
"자네는 그렇겠지. 하지만 나로서는 아무래도 왜 그런 일이 일어났는지 믿을 수가 없군. 누구인지는 모르겠지만 무엇 때문에 그런 죄를 범했을까?"
"돈이 목적이었을지도 모르지만, 확실한 것은 나로서도 알 수 없네."
찰스는 이제 곧 그리로 가겠다고 말하고 전화를 끊었다. 그는 몹시 당황한 기색이었다.
자동차를 몰고 가며 그는 보트 하우스에서 있었던 일을 차근차근 되새겨보았다.
그 무서운 순간——그 일 하나하나가 그의 기억에 또렷이 새겨져 있었다——에 대해 되새겨보자 자신이 거기에 있었던 단서는 하나도 남기지 않았다는 확신이 강해졌다. 그래도 어떤 흔적이 발견되었을지도 모른다. 가장 큰 문제는 그 흔적이 무엇이든 그것이 찰스라는 특정 인물을 가리키는 것인지, 아니면 단순히 누군가가 거기 있었다는 사실을 가리키는 것에 지나지 않는 것인지 하는 점이었다. 어떤 희생을 치르더라도 찰스는 그것을 알아내야만 한다. 그렇지 않으면 이 불안 때문에 그는 죽어버릴지도 모른다.
하지만 그 자리의 사정에 어울리는 관심 이상의 것을 드러내보여서는 안 된다. 그렇지만 피터나 엘시나 경관 앞에서 단순히 호기심을 가진 관계없는 자로서 행동할 수 있을까? 할 수 있다. 해야만 한다. 그러나 한 치만 틀려도 그것이 목숨을 내놓는 결과가 될지도 모른다.
잠시 뒤 찰스는 피터에 대해서만은 이 점도 걱정할 필요가 없음을 알았다. 피터 자신의 태도가 예사롭지 않았던 것이다. 확실히 그는 이 사건 때문에 끙끙 앓고 있었다. 엘시도 마찬가지였다. 잠깐 이야기를 나눈 다음 두 사람은 호수 쪽으로 나갔다.

세 척의 보트가 호수 위에 떠 있었다. 두 척은 모트 장의 보트 하우스에서 빌린 것이고, 한 척은 피터네 옆집 것이었다. 한 척에 두 사람씩 탔는데, 한 사람이 노를 젓고 한 사람은 커다란 갈고랑이 같은 것으로 바닥을 더듬고 있었다. 블레이 경사도 그중 한 척에 타고 있었다. 보트 하우스에는 순경 한 사람이 서 있다가 피터와 찰스가 다가가자 공손히 인사했다.

피터는 그 순경과 이야기를 나누었다. 그러나 잘 알 수가 없었다. 호수 바닥을 뒤지는 것은 당국이 결정한 일이라 순경은 그 까닭에 대해 아무것도 몰랐다. 경찰은 아직 아무것도 찾아내지 못하고 있었다. 그것은 일을 시작한 지 얼마 안되었기 때문이었다. 보트 하우스에서 무엇이 발견되었는지, 또는 아무것도 발견되지 않았는지, 그 점에 대해서도 순경은 전혀 몰랐다. 언제까지 이 일을 계속할 것인지도 그는 몰랐다. 이 순경은 과연 나무랄 데 없는 전형적인 경찰이었다.

잠시 동안 세 사람은 가만히 서서 그 기분나쁜 작업을 지켜보았다. 경찰은 철저하게 일을 진행시키고 있어 이런 식으로 계속한다면 언젠가는 틀림없이 시체가 발견될 거라고 찰스는 생각했다. 지금은 호수 가에 가까운 곳을 훑고 있지만, 차츰 가장자리에서 멀어져가고 있었다. 호수 중심에 이르는 것은 시간 문제이다.

언제까지나 해는 지지 않았다. 찰스는 아무 일도 할 수가 없었다. 그는 골프를 단념하고 모트 장에서 피터와 함께 시간을 보냈다. 집으로 돌아가 혼자 있고 싶었으나 이 소식을 알아내지 않고 돌아갈 수는 없었다. 아무것도 발견되지 않은 채 날이 저물자 슬퍼해야 할지 기뻐해야 할지 그로서는 판단이 서지 않았다.

다음날도 마찬가지였다. 오히려 그 이상으로 나빴는지도 모른다.

이날 안으로 수색대가 호수의 중심, 그 무서운 장소를 향해 바짝 다가가리라는 것을 그는 알고 있었다. 그들이 어디까지 나아갔는지 그것을 알 수만 있다면 아무리 많은 돈이라도 내던졌겠지만, 그런 관심을 드러내보이지는 않았다. 절대로 그런 짓을 하면 안 된다. 되도록 주의깊게 자기 일 이외에 대해서는 특별한 관심을 보이지 않은 채 이 날을 넘겨야 하는 것이다.

그날 밤 극도의 피로 때문에 찰스는 온몸이 쑤셨다. 잠자리에 들기 전 그는 처음으로 몹시 취하도록 마셨다.

다음날 아침 머리가 부서질 듯이 아파 오히려 그것은 하나의 구원이 되었다. 두통은 그에게 마음을 돌리게 할 대상을 제공해 주었다기보다 그의 마음을 어느 정도 호수에서 떼어놓아 주었기 때문이다. 그는 일에 몰두하려고 애썼고, 그것에 거의 성공하고 있었다.

그런데 오전이 절반쯤 지났을 때 소식이 들어왔다.

피터에게서 전화가 걸려왔는데, 시체가 발견되었다는 것이었다.

찰스, 위기에서 벗어나다

 피터는 시체가 발견되었으며, 피살되었다는 것밖에 듣지 못한 모양이었다. 그는 찰스에게 와서 함께 식사하며 의논하자고 말했다. 찰스는 공포와 싸우면서도 그러겠다고 대답했다.
 모트 장에 닿은 찰스는 피터와 엘시 두 사람이 몹시 당황해 있음을 알았다. 이미 피터는 시체검증 때 있어야 하므로 2, 3일 동안 외출하지 말라는 명령을 받았다고 한다.
 엘시가 호소했다.
 "이런 끔찍한 일이 아직 더 일어날 거라는 말 같잖아요, 오빠. 웨더랩은 그다지 호감가는 사람이 아니었지만 그래도 정말 가엾어요. 그리고 우리는 더 가엾고요. 두 번이나 경찰에 끌려다녀야 하니 말이에요. 이런 곳에서는 더 이상 살 수 없을 것 같아요. 이 고장이 지긋지긋해졌어요!"
 찰스는 시체가 발견된 경위를 물었다. 그다지 이야기할 것도 없다고 피터는 대답했으나 찰스는 결국 자기가 짐작한 대로였음을 알았다.

피터는 찰스를 불안하게 만드는 소식과 그를 안심시키는 소식을 각기 한 가지씩 알려주었다.

"자네도 알고 있는지 모르지만, 그 경시청 사람이 아직 가지 않고 있다네. 호수 바닥을 뒤진 것도 그의 제안이었다는군. 그는 조금 아까까지도 여기서 여러 가지를 묻고 갔지. 어제도 호수에 있었고, 오늘도 어떻게 되었는지 알아보기 위해 호수 쪽으로 내려갔더니 그가 블레이 경사와 이야기를 나누고 있더군. 블레이 경사가 몹시 굽신거리던데."

이것은 뜻밖의 충격이었다. 그러나 찰스는 가까스로 아무렇지도 않은 척하며 맞장구칠 수 있었다.

"그 사람…… 그 사람 이름이 뭐였지? 아, 프렌치 경감이었지. 이미 런던으로 돌아간 줄만 알았었는데, 요즈음 전혀 소식이 없었으니까."

"나도 그렇게 생각했는데 그렇지 않았던 모양일세. 대체 무슨 짓을 하려는 걸까?"

찰스는 멍하니 고개를 내저었다. 이것이 그로 하여금 심한 혼란을 일으키게 한 문제였다.

찰스는 말했다.

"자네는 이것이 분명 살인사건이라고 말했는데, 그들이 어떻게 그것을 알았을까?"

"머리가 부서져 있었거든. 아마 어떤 무거운 물건으로 머리를 맞은 모양일세. 블레이 경사는 연관으로 맞았을 거라고 말하더군. 연관이 두 개 추처럼 시체에 매달려 있었다니까. 그래서 나는 이것을 계획적인 범죄라고 생각했지. 범인이 추까지 준비했으니 틀림없지 뭔가."

찰스는 그 말에 동의했다.

찰스, 위기에서 벗어나다

"그러니 더욱 알 수 없게 되는군. 첫째, 웨더랩이 돈 때문에 살해 당했다면, 그가 돈을 가지고 있다는 걸 범인이 어떻게 알았을까?"
피터가 대답했다.
"모르겠네. 나도 그 점이 이상해서 견딜 수 없네. 그래서 블레이 경사에게 물어보았지."
"그래, 뭐라고 하던가?"
"자기도 그 점이 이상하다고 하더군. 하지만 경찰들의 속을 누가 알겠나?"
엘시가 사이에 끼어들었다.
"그 사람들의 생각도 우리와 같지 않을까요? 당신도 그렇게 생각하셨잖아요?"
피터는 마지못해 동의했다.
"하긴 그래. 그렇긴 해도 단언할 수는 없지. 근거가 될 만한 것이 없으니까."
찰스는 외사촌 누이동생 쪽을 보았다.
"그렇다면 엘시에게 뭔가 의견이 있는 모양인데, 어떤 의견인지 말해 주지 않겠니?"
"나는 이렇게 생각했어요. 도둑이 이 집에 들어온 것을 알고 웨더랩이 내려갔겠지요. 그리고 집 밖에까지 쫓아가 잡으려고 했는데, 도둑이 대항해 왔을 거예요. 결국 도둑은 웨더랩을 죽이고 달아난 거예요."
"그거 참, 좋은 의견이군. 나도 그것이 가장 타당한 의견이리라는 생각이 드는군. 그래, 경찰도 그런 의견이라는 말인가, 피터?"
피터는 불안한 듯이 몸을 움직거렸다.
"그럴 거라고 생각하지만, 확신을 가질 수는 없네. 아까 또 말했지만, 이 의견을 블레이 경사에게 말하자 마음이 꽤 움직여진 것 같기는 했네. 이 의견은 확실히 어느 정도 타당하니까. 하지만 그러려면 도둑이 책상 속에 돈이 있다는 것을 알고 있었다는 전제가 필요하네. 그런데 도둑이 어떻게 그것을 알고 있었겠나?"
찰스는 피터의 의견에 반박했다.
"그런 전제가 과연 필요할까? 우연히 현금을 발견했을지도 모르잖나?"
"그렇다면 도둑은 무엇을 찾고 있었을까?"
"돈이 될 만한 것이었겠지. 책상 속에 돈이 있을지도 모른다는 생각은 누구나 흔히 할 수 있지. 현금이 없어도 무언가 귀중한 물건이 십중팔구 있는 법이니까."
"하지만 식당에 은그릇이 많이 있는데, 어째서 그것은 훔쳐가지 않았을까?"
"은그릇은 부피가 커서 가지고 나가기 힘들거든. 도둑이 노린 것은 현금일세. 나는 그렇게 생각하네. 엘시는 어떻게 생각하지?"
세 사람은 납득되지 않는 것이 없는 것은 아니었으나 지금까지 제출된 여러 가지 설 가운데 이것이 가장 그럴싸하다는 의견으로 일치되었다.
엘시가 말했다.
"이 의견이 맞는다면 얼마나 좋겠어요. 오랫동안 함께 살아온 사람이 치사한 좀도둑이었다면 정말 기가 막히니까요."
피터는 동의했다.
"나도 그렇게 생각하오, 엘시. 웨더랩은 악인은 아니었거든. 장인이 마음에 들어했고, 웨더랩도 장인에게는 잘 해드렸으니까."
찰스가 말했다.
"한 가지 묻겠는데, 피터, 자네는 서재 창문 열쇠가 없어졌다고 했지? 그 열쇠가 시체와 함께 발견되었나?"

피터는 그 점에 대해서는 아직 아무것도 듣지 못하고 있었다. 그는 그 점에 대해 묻는 것을 잊었고, 블레이 경사도 물어오지 않았다.

그들은 점심을 들면서도 계속 사건에 대해 이야기했다.

식사가 끝난 다음 찰스와 피터는 함께 서재로 가서 여송연을 피웠다.

포도주병이 놓인 테이블을 사이에 두고 마주 앉자 찰스가 말했다.

"한 가지 물어볼 게 있네, 피터. 이미 알고 있을지도 모르지만 이번 사건은 자네 마음에 꽤 많은 변화를 주었으리라 생각하네. 이로써 외숙부님이 세상을 떠나기 전날 밤 자네가 노인의 약병을 만지는 것을 보았다고 증언할 사람이 없어진 셈인데, 자네도 그 점을 알고 있겠지?"

피터는 여러 번 고개를 끄덕였다. 그리고 의미있는 눈길을 외사촌 처남에게로 던지며 대답했다.

"알고 있네. 실은 시체가 발견된 다음부터 다른 일은 아무것도 생각할 수 없게 되었다네. 나는 나 자신이 이 사건이 일어난 것을 기뻐하고 있음을 알고 몹시 부끄럽게 생각하네. 그 이유를 댈 수는 있지만 말일세."

찰스는 따뜻하게 말했다.

"물론 그렇지. 자네가 기뻐하지 않는다면 그것이 오히려 더 이상하겠지. 자네가 불안해 해야 할 이유가 있었던 것은 아니지만, 어쨌든 앞으로는 정신적인 부담이 모두 없어진 셈이니까."

피터는 살아난 듯한 기분이 드는 모양이었다.

"솔직히 말해서 찰스, 자네가 그렇게 말해 주니 기쁘네. 그런 뜻에서는 일이 이렇게 되어 기쁘지만, 웨더랩은 정말 안됐다고 생각하네. 그처럼 끔찍하게 죽었으니…… 하지만 어떤 뜻에서는 편히 죽었다고 할 수 있을지 모르겠네. 고통은 느끼지 못했을 테니까."

찰스는 되도록 서둘러 모트 장에서 나왔다. 이 사건에 대해 이야기 나누는 것은 몹시 신경을 피곤하게 만들기 때문이었다. 빈틈없이 잘 해냈지만, 그러나 거기에는 언제나 해서는 안 될 말을 무심코 뱉을지도 모른다는 위험이 있었다. 알고 있을 리 없는 사실을 조금이라도 비추면 큰일이다. 그러면 이미 변명할 여지가 없어지는 것이다.

찰스에게 있어 이 날의 나머지 시간은 일종의 고문이었다. 애매모호한 상태! 이것이 그를 견딜 수 없게 만들었다. 그의 이성은 안전하다고 보증하지만, 상상은 온갖 종류의 가능성을 암시해 주었다.

밤늦게 피터에게서 전화가 걸려왔다. 지금 막 경찰에서 연락이 왔는데, 내일 아침 10시 30분부터 공회당에서 시체 검증이 있다는 것이었다. 피터는 그에게도 참석하는 것이 어떻겠느냐고 권했다.

"좋아, 나도 가지. 엘시는 어떤가?"

"괜찮네. 내일의 시체 검증을 언짢아하기는 하지만."

"엘시를 증인으로 불러내지는 않겠지? 내일은 다만 시체를 확인하는 절차일 뿐일 테니까."

"연락을 하러 온 순경은 자세한 내용을 전혀 모르더군. 아무튼 엘시도 호출당하긴 했네."

자기 스스로도 놀랄 만큼 찰스는 그날 밤 깊이 잠들었다. 그런데도 잠에서 깨어났을 때는 기운이 전혀 없었고, 범죄를 저지른 그날 밤의 기억이 무겁게 마음을 짓눌렀다. 처음에는 무서운 꿈을 꾸고 있는 듯한 기분이 들었는데, 얼마 뒤에는 지금 자기가 상상하고 있는 것만큼 무서운 입장에 놓여 있는 건 아니라는 일시적인 안도감을 느꼈다. 그는 몸을 쭉 뻗고 잠시 동안 그 공포는 근거가 없다는 기쁨에 잠겨 있었다.

그러나 그는 생각이 났다! 이것은 꿈이 아니다. 공포는 현실의 것이다. 그는 두 사람을 죽인 것이다. 이 사실은 영원히 남는다. 무슨 일을 하든 그 사실을 지울 수는 없다. 그는 이 끔찍한 도의적인 중압감뿐만 아니라 죽음의 위험에 쫓기고 있는 것이다. 아니, 죽음보다 더한 위험 앞에 놓여 있는 것이다.

하지만 아침식사와 짙은 커피가 그의 신경을 가라앉혀주어 공회당에 닿았을 때는 냉정하게 자신을 되찾고 있었다. 오늘은 그리 대단한 일이 있을 것 같지 않았다. 그는 증인으로 소환되어 신문당하지도 않았으니까. 그는 다만 가만히 앉아서 아무 말도 하지 않으면 되는 것이다.

사람이 가득찬 방으로 비집고 들어갔을 때 다시 역사가 되풀이되고 있는 듯한 느낌이 들었다. 오늘도 역시 블레이 경사가 안내해 주었다. 그는 피터와 엘시와 모트 장의 두 하녀와 함께 앉게 되었다. 오늘도 역시 실업자가 방청석을 거의 모두 메웠다. 그리고 팽팽한 긴장이 감돌고 있었다.

검시관은 지난번 사건을 담당했던 에머슨 박사였다. 그는 지난번과 같은 침착한 태도로 능률적으로 일을 진행시켰다. 타살 혐의가 짙어 배심원들이 나와 있었다.

경찰 관계 사람들이 여느 때보다 많이 나와 있었다. 블레이 경사와 그 부하 외에 루커스 총경과 프렌치 경감도 와 있었다. 그들이 자리를 잡았을 때 찰스는 조금 불안을 느꼈으나 어떤 살인사건이든 그들은 오는 법이라고 스스로에게 타일렀다. 자기와는 아무 관계도 없는 것이다.

피터가 첫증인이었다. 피터는 침착했다. 심각한 얼굴이었으나 아주 침착하고 신경질적인 데는 조금도 없었다. 그는 긴장한 얼굴로 검시관의 질문을 들은 다음 시원스럽고 정확하게 대답했다. 찰스가 보기에도 그는 모범적인 증인인 것 같았다.

그는 자기가 맨 먼저 시체를 보았는데, 그것은 틀림없이 그의 집

집사 존 웨더랩이었다고 증언했다. 그런 다음 웨더랩의 경력에 대해 자기가 알고 있는 한 증언했고, 그의 장점도 이야기했다.

"언제나 아주 정직했으므로 그가 돈을 훔쳤다고는 생각할 수 없습니다. 하지만 돌아가신 장인 밑에 있기 이전의 일에 대해서는 아무것도 모릅니다. 웨더랩의 가족에 대해서도 전혀 아는 바가 없습니다. 여기에 대한 이야기를 본인에게서 들은 적이 없습니다.

웨더랩이 무슨 일을 꾸미고 있었다고 생각할 만한 이유는 하나도 없습니다. 웨더랩은 말이 없는 편이므로 그의 사생활에 대해서는 전혀 모릅니다. 돈에 궁했는지, 다른 어떤 고민이 있있는지에 대해서도 전혀 모릅니다. 그런 사정이 있다는 것을 알았다면 기꺼이 도와주었겠지요. 웨더랩도 그 점을 잘 알고 있었을 것이므로 망설이지 않고 도움을 구했을 겁니다. 죽기 전의 태도에도 이상한 점은 없었습니다."

그 다음 검시관은 도둑맞은 돈에 대해 질문했다.

피터가 대답했다.

"농기구 경매에 가서 사올 것이 많아 상당한 금액을 준비하고 있었습니다. 조금 쓰긴 했어도 아직 135파운드 10실링쯤 남아 있었습니다. 5파운드 지폐도 몇 장 있었으나 대부분 1파운드짜리 지폐였습니다. 모트 장에는 금고가 없어 그 지폐다발을 서랍에 넣어두었습니다.

나는 그 일을 아내에게만 이야기했습니다. 그 말을 누군가 엿들었으리라고는 생각되지 않지만, 물론 절대로 그렇지 않다고 단언할 수도 없습니다. 도난과 살인이 일어난 날 밤 나는 런던에 있었기 때문에 이 사건에 대해서는 놀라울 뿐, 뭐라고 말할 수가 없습니다."

한 배심원의 질문에 대해 피터는 자기가 알고 있는 한 책상열쇠는 하나밖에 없으며, 그것은 언제나 고리에 끼워 주머니에 넣어두었다고 대답했다. 그리고 서랍을 열어놓을 때도 있긴 하지만, 현금을 넣어둔 경우에는 반드시 쇠를 잠갔으므로 누구든 우연히 그것을 열어 현금을 발견하는 일은 없을 것이라고 덧붙였다.

다음에 엘시가 불려나갔다. 웨더랩의 성격이며 태도에 대한 증언은 대체적으로 피터의 증언과 같았고, 그의 가족과 사생활에 대해서는 아무것도 모른다고 대답했다. 그 다음 그녀는 비극이 일어난 날 밤의 상황을 설명했다.

"나는 침대에 누운 채 잠이 깨어 있었어요. 오전 3시쯤 아래층 어디선가 큰소리가 났어요. 언젠가 한밤중에 액자가 떨어지는 소리를 들은 적이 있었으므로 그때도 그 소리인가 싶어서 아래층으로 내려가 방을 들러보았어요. 그러나 아무데도 이상이 없었어요. 그래서 어디선지 널빤지가 부서진 모양이라고 생각했지요.

사용인들을 깨우지는 않았어요. 아무 데도 이상이 없어 별일 아니라고 안심했는데 사용인들을 깨울 필요가 있었겠어요? 다음날에야 경찰이 서재의 부서진 책상 위 판자를 보여주어 알았지요. 밤중에 들은 소리는 바로 그것이 부서지는 소리였는지도 모르겠어요. 하지만 틀림없이 그렇다고 단언할 수는 없어요. 다음날 아침 웨더랩의 모습이 보이지 않아 하녀들에게 물어보았지요. 그의 침대에는 잔 흔적이 있었어요. 외출했을지도 모르니 이제 돌아오겠지 하고 얼마 동안 그대로 있었답니다. 그런데 돌아오지 않아 고종사촌오빠 찰스에게 전화를 걸어 의논했어요.

오빠가 곧 와주었으므로 함께 집 안과 정원을 살펴보았어요. 그러나 아무 단서가 없자 오빠는 경찰에 신고하는 게 좋겠다고 말했어요. 그래서 오빠에게 경찰에 전화해 달라고 부탁했지요. 그리고 얼마 뒤 경찰이 왔어요.

무슨 일이 있었는지 나로서는 도무지 짐작이 가지 않아요. 늘 나무랄 데 없이 착실하게 일해 준 웨더랩이 돈을 훔쳤다면 정말 놀라지 않을 수 없어요."

다음 증인은 하녀들이었다.

아침이 되었는데도 웨더랩이 나타나지 않아 그녀들은 그의 방에 가 보았다고 한다. 그리하여 그의 침대에 자고 일어난 흔적이 있고, 그의 평상복이 없어졌음을 발견했다. 밤에 가까운 곳으로 갈 때 입는 조끼와 바지와 낡은 스코치 윗옷이 보이지 않았다는 것이다. 도난과 참사가 일어나기 전날 밤 그의 태도는 정상적이었으므로 그에게 어떤 일이 있었는지 그녀들로서는 전혀 상상할 수가 없다는 증언이었다. 그녀들이 알고 있는 한 웨더랩은 편지를 받은 일도 없고 연락온 일도 없었다고 했다.

다음 증인으로 런던 경시청의 프렌치 경감이 불려나오자 사람들은 더욱 긴장했다. 증언대에 서서 선서하는 그의 모습은 인상좋고 온화하며 평범한 사람처럼 보였다. 그는 조용하고 공손하게 이야기했다. 그러나 그는 모두가 기대했던 것보다 훨씬 적은 자료밖에 제공하지 않았다.

그의 진술에 의하면 웨더랩이 실종되었을 때 자기는 콜드 피커비에서 모트 장 전주인의 사인을 조사하고 있었는데, 지방경찰이 런던 경시청에 실종사건을 담당해 달라는 요청을 보내 여기에 응하라는 본청의 지시를 받게 되었다는 것이었다.

검시관은 신문을 계속했다.

"알았습니다, 경감님. 그렇다면 이 사건에 대한 당신의 의견을 직접 듣고 싶군요."

"나는 우선 모트 장으로 가서 여러 가지로 물었습니다. 그리고 그때 얻은 자료에 의해 모트 장 옆에 있는 호수를 뒤져보자고 루커스 총경님에게 제안했지요.

그래서 호수를 수색한 결과 시체가 발견되었습니다. 시체가 발견된 장소는 거의 호수 한가운데였는데, 시체의 상태로 보아 약 닷새쯤 잠겨 있던 것 같습니다. 이것은 실종된 날짜와 꼭 맞습니다. 지난번 사건을 조사할 때 나는 웨더랩 씨와 만난 적이 있으므로 그것이 그의 시체임을 확인할 수가 있었습니다."

찰스는 '그때 얻은 자료'라는 것이 무엇인지 알아낼 수만 있다면 상속받은 재산을 거의 다 내놓았을지도 모른다.

하지만 그것이 불가능한 일임은 말할 나위도 없었다.

프렌치 경감은 그 특유의 듣기좋은 차분한 어조로 증언을 계속했다.

"시체를 조사해 본 결과 나는 타살임을 알았습니다. 두개골에 얻어맞은 흔적이 뚜렷이 있고, 후두부가 움푹 들어가 있었으니까요. 머리에는 아무것도 씌워져 있지 않았고, 단추를 채운 윗옷 속에 모자가 있었습니다. 시체에는 지름 4분의 3인치짜리 연관이 두개 매어져 있었는데 하나는 길이가 14인치, 또 하나는 35인치였습니다. 시체가 떠오르지 못하도록 한 조치임에 틀림없습니다."

검시관이 물었다.

"그렇다면 당신은 이것을 타살로 단정하십니까?"

"그렇습니다. 나는 이것은 과실도 자살도 아니라고 생각합니다. 그리고 입은 옷과 주머니 속을 살펴보았지만 이렇다할 물건은 아무것도 없었습니다."

"편지라든가 서류 같은 것도 없었습니까?"

"아무것도 없었습니다."

"없어진 지폐도?"

"그것도 없었습니다."

"그렇습니까? 어서 계속하십시오."
"내가 입수한 정보는 이미 증언한 것과 같습니다. 서재의 책상은 도둑들이 흔히 사용하는 쇠지레 같은 연장으로 뜯겨져 있고, 서재의 프랑스 식 창은 잠겨 있었습니다. 그 열쇠가 없어진 사실 말고는 집 안에서도 피해자의 방에서도 그날 밤의 사정에 빛을 던져줄 만한 것이 전혀 발견되지 않았습니다. 그 열쇠는 전날까지도 늘 두던 곳에 있었다고 합니다."
"창문 곁으로 다가간 발자국이라든가 그 밖의 흔적도 없었습니까?"
"없었습니다. 날씨가 계속 맑아 땅이 굳어 있었지요. 책상을 살펴보니 책상 위쪽 자물쇠가 설치된 부근이 망가져 있었는데, 이것은 틀림없이 연장의 압력에 의해 부서졌으리라 생각합니다. 그것이 부서질 때 큰소리가 났을 터이므로, 몰리 부인이 들은 것은 바로 이 소리였으리라 생각합니다. 물론 증거는 없습니다만."
"그리고 또 다른 진술은 없습니까?"
"이것이 모두입니다."
"그렇다면 당신은 사건의 전모를 뚜렷이 설명할 만한 단계에 이르지 못하셨군요?"
프렌치 경감은 희미한 미소를 지으며 대답했다.
"그렇습니다."
검시관은 잠시 입을 다물고 있다가 천천히 말했다.
"지금 이 질문을 한 이유를 말씀드리지요. 우리가 알고 있는 한 모범적이라고 인정받고 있던 피해자가 시체로 발견되었습니다. 그 상황으로 미루어보아 그가 주인의 돈을 훔쳤을지도 모른다는 혐의가 두어졌습니다. 만일 사실은 그렇지 않은데 죽은 사람에게 이런 오명을 뒤집어씌우게 된다면 참으로 안된 일이지요. 그래서 나는 달리 해석할 방법이 없을까 하고 물어본 겁니다."
그는 말을 끊고 몸을 앞으로 내밀었다.
"프렌치 경감님에게 말씀드립니다만, 내가 이제부터 말하는 의견이 잘못되어 있다면 부디 지적해 주시기 바랍니다."
에머슨 박사는 다시 말을 끊었다. 그동안 프렌치 경감은 가만히 기다렸다. 긴장은 더욱 고조되었고 방청석은 쥐죽은 듯 조용했다.
에머슨 박사가 이야기를 시작했다.
"만일 웨더랩이 밤중에 어떤 이상한 소리를 듣고——아니면 이상한 것을 보고 아래층으로 내려갔는데, 서재에 도둑이 들어와 있거나 또는 목적을 이루고 서재에서 나가는 그를 발견했다고 합시다. 그런데 그는 도둑을 잡을 수가 없었습니다. 상대가 무기를 가지고 있을지도 모르니까요. 그래서 웨더랩은 도둑이 어디로 가는지 알아내기 위해 뒤따라갔습니다. 그러다 도중에서 도둑이 그를 알아차리고 격투가 벌어졌는데, 도둑은 나중에 일이 드러날까봐 두려워 웨더랩을 살해했다…… 프렌치 경감님, 이렇게 생각하면 웨더랩이 돈을 훔쳤다는 혐의는 풀리는 셈인데, 당신이 입수한 정보와 비교해 볼 때 이 가설 또는 이와 비슷한 가설이 옳다고 생각하실 수 있겠습니까?"
프렌치 경감은 머뭇거렸다.
"내가 입수한 자료에 지금 하신 말씀과 대립되는 것은 없습니다. 그러나 그것을 증명할 만한 자료도 없습니다."
"알았습니다. 나는 다만 웨더랩이 도둑질하지 않았다는 견지에서 사건을 해결할 수 있을지 어떨지 알고 싶었을 뿐입니다."
"그 가능성도 있긴 합니다만, 전혀 증거가 없습니다."
"알았습니다. 여러 가지로 고맙습니다."
검시관은 말을 중단하고 노트를 들여다보았다. 그리고 다시 천천히 물었다.

"하지만 반드시 그럴까요?"

그런 다음 또 잠자코 있다가 격식대로 배심원들에게 질문이 없느냐고 물었다.

배심장이 곧 일어섰다.

"책상을 비틀어 열 때 사용한 쇠지레를 찾아보았는지, 찾아보았다면 발견되었는지 어떤지 그 점을 경감님에게 묻고 싶습니다."

검시관이 고개를 끄덕였으므로 프렌치 경감이 대답했다.

"찾아보긴 했습니다만, 발견하진 못했습니다."

배심장의 질문은 그것뿐이었으므로 경감은 증언대에서 내려왔.

다음은 그레고리 박사가 불려나왔다. 그는 프렌치 경감이 시체의 부상에 대해 진술한 것을 좀더 전문적인 말로 설명했는데, 이 상처가 살해 목적으로 가해진 것이라는 경감의 의견을 확인했다.

신문이 끝났다. 에머슨 박사는 클라우더 사건 때와 마찬가지로 우선 배심원의 의무에 대해 주의를 환기시키고, 이어서 증언 내용을 총괄적으로 진술했다.

"지난번과 마찬가지로 배심원 여러분은 사망자의 신원과 사인에 대해 답변해야 합니다. 그리고 이 사건에 책임을 져야 할 사람이 있다고 생각한다면 그 점에 대해서도 설명하고, 그것이 한 사람의 특정인 또는 몇 사람으로 생각한다면 그 점에 대해서도 답변해야 합니다.

여기에 대해 판단내리기 매우 곤란하다고 여겨지지는 않습니다. 사망자의 신원과 사인에 대해 명확한 증언이 있었고 이 증언들을 믿는다면 판단을 망설일 필요는 없을 것입니다.

그리고 내가 보기에 어느 증언도 누구의 범행이라고 뚜렷이 밝히지는 않았습니다. 그러므로 배심원 여러분도 이 의견에 동의한다면, 한 사람 또는 몇 명의 알 수 없는 사람에 의한 모살(謀殺)이라고 판정해야 합니다."

배심원들은 퇴정하여 평결을 협의하기로 했다.

7분 동안 협의한 끝에 배심원들은 검시관의 의견이 옳다고 인정했다.

그들의 평결을 들었을 때 찰스는 마음속으로 낮게 노래를 불렀다.

'드디어 결정적으로 안전하게 되었구나!'

경찰에서는 누구에게도 혐의를 두고 있지 않다. 적어도 찰스와는 아무 관계가 없는 것이다. 웨더랩 사건에서 안전할 뿐만 아니라 그 원인을 이루고 있는 앤드루 클라우더 사건에 대해서도 그는 안전한 것이다.

게다가 피터도 안전하게 되었다.

지금 찰스가 해야 할 일은 그의 생애에서 이 무서운 시기를 잊어버리는 것, 그리고 오랫동안 중단되었던 여느 때의 기분과 일로 다시 머리를 채우는 것뿐이었다. 괴로움이 너무 엄청났으므로 유나도 생각할 여유가 없었다. 그러나 이제는 다 끝났다. 오늘 당장 유나를 만나 결혼식 날짜를 좀 일찍 잡자고 설득해야겠다고 그는 생각했다.

이때 피터가 이 생각을 방해했다.

"웨더랩에게 친척이 있는지 어떤지 모르니까, 광고를 내는 게 어떨까? 장례식은 우리가 치러줄 생각이네만."

찰스가 대답했다.

"나 같으면 광고를 내지 않겠네."

찰스는 되도록 빨리 이 사건을 잊고 싶었던 것이다.

"백만장자도 아니니까. 하지만 장례식을 치러준다니, 정말 친절하군. 확실히 좋은 일이야."

피터는 고개를 저었다.

"자네가 필요없다고 생각한다면 광고는 그만두겠네. 자, 돌아가세. 며칠 안으로 우리집에 와주지 않겠나, 찰스?"

찰스는 그러겠다고 대답했다. 그리고 공원에 세워두었던 자동차를 몰고 나와 공장으로 돌아갔다.

안전! 모든 것이 일제히 이 말을 외쳐댔다. 그가 운전하는 자동차의 타이어가 나른한 듯이 그렇게 중얼거렸고, 큰길의 클랙슨 소리가 그렇게 짖어댔다. 공장 근처 좁은 골목에서 노는 아이들의 목소리에서도 그 말이 들렸다. 열려진 사무실 창가에서 작은 새가 그 말을 노래했다. 리링스턴 양이 치는 부드러운 타이프라이터 소리마저 평화와 안전을 노래하고 있는 듯싶었다. 아무 의심도 받고 있지 않다! 모든 순간을 어둡게 하고 있던 무서운 검은 그림자가 사라져 찰스는 학교에서 풀려나온 어린아이 같은 기분이 들었다.

하지만 곧 작은 반동이 왔다. 어떤 뜻에서 보면 두 사건 모두 아직 끝난 것이 아니다. 경찰이란 어느 사건이든 완전히 포기하지 않는다는 이야기를 들었다. 앞으로도 수사는 계속될지 모른다.

하지만 그는 다시 스스로에게 물었다. 수사가 계속된다 해서 무슨 상관인가? 무엇이 나온단 말인가? 아무것도 나오지 않는다. 문제없다. 그에 관한 한 사건은 완전히 끝났으니까. 그리고 유나는? 오후에 유나를 만나러 가자고 그는 마음먹었다. 그동안 뜸했던 것을 그녀는 이해해 줄 것이다. 결혼식 날짜를 정하자는 말에 동의하고 기쁨의 술잔을 가득 채워줄 것이다.

그러나 그날 오후, 찰스는 뼈아픈 실망을 맛보았다. 유나는 집에 없었던 것이다. 글로세스터의 친구집에 놀러가 1주일 동안 돌아오지 않는다는 것이었다. 그는 그녀가 간 곳의 주소를 물어 그날 밤 긴 편지를 썼다.

날이 갈수록 찰스는 조금씩 본디 생활을 되찾고 있었다. 초조한 빛도 차츰 그의 얼굴에서 사라지고, 그전처럼 거리낌없고 활기찬 표정이 나타났다. 기대했던 대로 이 어두운 에피소드는 그의 의식에서 사라져가고 있었다.

공장의 실적도 꽤 좋아져갔다. 새 기계가 기일 안에 도착하여 그 설치 작업도 끝나 이미 돌아가기 시작했다. 찰스는 만족했다. "정말 근사합니다, 대장님" 하고 외친 맥퍼슨의 말은 진심에서 나온 소리였다. 그 덕분에 생산 가격을 내릴 수 있다는 사실이 밝혀졌을 때 모두들 정말 흥분했다.

맥퍼슨은 기뻐 어쩔 줄 몰라하며 말했다.

"그 기계 덕분에 표준 A형의 생산가격이 2.3펜스에서 1.5펜스로 내렸습니다. 기계 한 대로 10펜스나 내릴 수 있다는 이야기지요. 이젠 노스랜턴의 일도 72파운드나 견적을 내릴 수 있습니다. 좀더 빨리 이 기계를 구입했더라면 주문을 많이 받을 수 있었을 겁니다."

그날 밤 당장 리즈 근처의 대량 주문처에 1백 파운드 가까이나 깎아내린 견적서를 보냈다. 며칠 뒤 이 계약이 성립되었다는 소식을 듣고 온 직원이 크게 기뻐했다. 찰스는 그것으로 25파운드의 수익이 올라간다는 사실을 알았다.

찰스가 말했다.

"그 기계에 대한 자네의 견해가 맞아들어간 모양이군, 샌디."

그는 어떤 경우이든 반드시 부하의 공적을 인정해 주기로 했던 것이다.

스코틀랜드 인이 대답했다.

"나 역시 그리 나쁜 기분은 아닙니다."

또 한 가지 찰스의 생활에 새로운 흥미를 불러일으킨 것은 어떤 건축업자가 찾아온 일이었다. 그래서 두 방의 증축과 홀 확장과 그 밖의 여러 시설 개축안이 구체화되었다. 그리고 조원(造園) 기술자가 와서 개축 뒤의 건물 주위를 정비하기 위한 여러 가지 계획을 제시했다.

찰스는 이런 도면들을 유나에게 보여줄 때를 상상하며 혼자서 즐거워했다. 이런 것들을 보여주면 그녀를 잊고 있던 게 아님을 증명할 수 있을 것이다. 그런 증명이 필요하다.

피터도 몇 달 전보다 행복해 보였다. 그는 새로 집사를 고용했고, 농장에 대해서도 대규모적인 개혁안을 세워놓았다. 이 새로운 흥미가 그에게 좋은 결과를 가져다주었는지 전보다 밝아진 그의 인생관 속에 그것이 뚜렷이 나타났다.

사실 찰스는 자신의 생애가 새로운 장으로 접어들고 있음을 느꼈다. 이 장에서는 모든 일이 순조로워 피터 못지않게 그에게도 행복의 기회가 찾아오고 있는 듯한 기분이 들었다.

이때 그를 펄쩍 뛸 정도로 놀라게 하고 그 생애의 어두운 시기에서 이미 벗어났다는 그의 기쁨을 무참히 날려버릴 만한 사건이 일어났다. 그는 다시 불안과 고민에 사로잡혔다. 한편으로는 현실의 파국이 한걸음 한걸음 다가오고 있었다.

찰스, 체포되다

그것은 4분기마다 열리는 공업가 단체의 파티가 뉴캐슬에서 열리기로 된 날이었다. 그전에 중요한 사업상의 모임이 있어 찰스는 거기에 참석하기 위해 갔었다. 화요일 아침 집에서 나가 기차를 타고 가서 하룻밤 묵고 다음날 돌아왔다. 예상했던 대로 그 모임은 수확이 있어 수요일에 점심식사를 마치고 공장으로 돌아온 찰스는 매우 기분이 좋았다.

사무실에 차분히 마음을 가라앉히고 앉자 그는 게언즈를 불러 자기가 없는 동안에 배달된 우편물을 가져오도록 일렀다. 그 일은 아무 탈없이 마쳤지만, 그 뒤에 게언즈가 그 충격적인 말을 전해주었던 것이다.

"런던 경시청에서 오신 프렌치 경감이라는 분이 어제 여기에 왔었습니다. 사장님이 휴가여행을 떠나시기 전 런던으로 갔었다는 이야기를 들었는데, 그 날짜를 메모한 수첩이 어디 있는지 기억나지 않아 보고서를 작성하는 데 지장이 있어 다시 한 번 물으러 왔다고 말했습니다."

찰스는 완전히 되돌려졌다. 프렌치 경감이 아직도 있었단 말인가? 대체 그것은 무엇을 뜻하는가?

"별일도 아니군."

그러나 필사적인 노력에도 불구하고 그의 목소리는 조금 떨려나왔다.

"그런 일이라면 언제든지 대답할 수 있지요. 당신도 대답할 수 있었을 텐데?"

노인은 고개를 저었다.

"아니오, 나는 아무것도 모르기 때문에 직접 여쭈어보라고 말했습니다."

찰스는 소리내어 웃는 일에 성공했다.

"그럼, 당신은 나를 경찰에 인계하고 싶었단 말이오?"

찰스는 껄껄 웃었다.

"아니, 이건 농담이오. 그 사람이 물은 건 그것뿐이오?"

게언즈는 이 질문에 뚜렷한 대답을 하지 못했다. 찰스는 어떤 일이든 이 사나이에게서 확답을 얻은 적이 없었다.

프렌치 경감은 꽤 오랜 시간 그를 붙잡고 이야기한 모양이었다. 무슨 이야기를 하고 갔을까? 게언즈는 여러 가지 이야기를 했다고 말했다. 불경기에 대해, 특히 이 지방의 공황상태와 경감이 지금까지 일하고 있던 요크셔와 링컨의 비교, 그리고 이 공장에서는 직원이나 급료를 줄이지 않았는지, 그래야 할 필요에 몰린 적은 없었는지, 그게 언제였는지, 언제 그런 위협이 사라졌는지 등을 물었다는 것이었다.

이 보고를 듣고 있는 동안 찰스의 기분은 차츰 침울해졌다. 하지만 마음을 고쳐먹고 노인을 나가게 했다.

찰스는 되도록 가볍게 말했다.

"요즈음은 어디를 가나 그런 이야기뿐이오. 그 밖의 이야기는 없었소, 게언즈? 그럼 이 시세표를 오후 편으로 암스트롱에게 보내주시오."

서류를 챙겨가지고 게언즈가 물러가자 찰스는 뜻밖에 닥친 이 무서운 소식과 씨름했다. 프렌치 경감은 이미 콜드 피커비를 떠난 줄만 알고 있었다. 모두들 그렇게 말했으니 틀림없었을 것이다.. 그런데 무엇 때문에 다시 왔을까? 설마 그 사건을 다시 조사하러 온 것은 아니리라. 웨더랩 사건이 아니라 클라우더 사건을. 그가 런던에 갔던 날짜를 물었다고 했는데, 그것은 구실에 지나지 않는다. 런던 경시청 경감쯤 되는 사람이 수첩을 어디 두었는지 기억나지 않는다니, 있을 수 없는 일이다. 찰스가 하루 종일 자리를 비운 틈을 타서 그런 질문을 하러 온 것이다. 그렇다. 뻔한 거짓말이다. 다른 어떤 목적이 있었던 것이다.

그럼, 그것이 무엇일까? 공장에 관한 질문에는 아무 의미도 없는 것 같다. 자금난에 대해 물었다고 하는데, 그것을 알아내기 위해 온 것은 아니리라. 자기가 한때 돈이 궁했다는 사실은 감춰온 일도 아니다. 그렇다면 그가 알고자 하는 것은 무엇이었을까?

위기의 정체가 뚜렷하지 않아 찰스는 공포를 느꼈다. 하지만 이것이 정말 위기일까? 경감의 말 대로 정말 수첩을 잃어버려 보고서를 보는 데 지장이 있기 때문에 온 것이 아닐까?

찰스는 이렇게 생각하며 자신을 안심시키려고 애썼다. 그러나 그날 밤 집으로 돌아온 그는 다시 또 날카로운 불안에 시달렸다. 프렌치 경감은 집에도 찾아왔었던 것이다. 집을 지키고 있는 롤링즈 부부를 만나 비슷한 질문을 했다고 한다. 롤링즈는 조심성 있는 게언즈와 달리 무엇이든 거침없이 지껄인 모양이었다. 그런데도 프렌치 경감은 만족하지 못했던 것 같다. 그는 공장에서와 마찬가지로 아무렇지도 않게 찰스에 대해 이것저것 묻고 간 것이다. 외출이 잦은지, 손님이 어느 정도 오는지, 유나를 자주 만나는지까지도 물었다고 한다. 그리고 저택을 크게 칭찬하고 집을 한 바퀴 돌며 여러 각도에서 구경하고 싶은데 괜찮겠느냐고 물었다는 것이었다.

예사로운 일이 아니었으나 찰스는 이 일에서 아무것도 짐작해 낼 수가 없었다. 그 뒤 프렌치 경감에게서는 아무 소식도 없었다. 그는 다시 이 거리에서 사라진 모양이었다. 며칠 지나자 찰스는 보고서 작성에 필요해서 왔다는 프렌치 경감의 말을 그대로 받아들여도 괜찮을 듯한 기분이 들었다. 그토록 당황할 필요는 없었던 것이다.

그리고 나서 며칠 동안 단 한 가지 일만 빼놓고는 모두 순조롭게 진행되었다.

단 한 가지 일이란 유나와의 관계가 좀처럼 진전되지 않는 것이었다. 그녀는 상냥했다. 만나고 싶다면 언제나 만나주었다. 골프 상대도 해주었다. 건물과 정원 설계도 보아주었다. 하지만 좀처럼 결심하는 단계에 오르려고 하지 않았다. 그녀는 결혼 날짜를 정하려고 하지 않았던 것이다. 뿐만 아니라 그와 결혼할 것인지 어떤지 아직 마음을 정하지 못했다는 말도 한두 번 했다. 그녀는 집을 개축하려는 계획을 칭찬하긴 했으나 당장 착수하는 것이 좋겠다고 말하지는 않았다. 요컨대 뭐라 말할 수 없이 애매한 태도였다. 찰스는 안타까웠다. 하지만 도리가 없었다. 만일 대답을 강요하면 '노'라고 말할 기세였기 때문이다. 그는 이런 상태로 만족하는 수밖에 없었다.

마침내 어느 날 밤 그는 너무나도 뜻밖인 무서운 타격을 받았다.

그날 찰스는 공장일로 몹시 지쳐 있었다. 어떤 자료가 제때에 들어오지 않아서 중요한 일이 중단 상태에 빠져 도저히 계약기간 안에 완성시킬 수 없을 것 같았다. 모두들 열심히 일했으며, 그 때문에 신경이 곤두서 있었다. 찰스는 오늘 밤 안으로 납품처에 보낼 해명서를 써야겠다고 생각하며 관계서류를 가지고 집으로 돌아왔다. 사실대로 털어놓아서는 해결될 일이 아니었고, 잘못하면 소송문제가 일어날지도 모른다고 각오해야 했다.

찰스는 저녁식사를 마치고 여송연을 피우며 신문을 읽고 있었다. 그리고 9시쯤 서류를 들고 서재로 들어갔다.

그에게는 집중력이 있었다. 마침내 그는 자기 주장의 요점을 간추렸다. 그런 다음 각 항목의 세부에 대해 검토했다. 이 일도 생각보다 훨씬 잘됐다. 그래서 10시에는 앞으로 30분만 더 애쓰면 되겠구나 하는 전망이 보였다.

그리고 몇 분 뒤 자동차 다가오는 소리가 났고 현관의 초인종이 울렸다. 찰스는 롤링즈가 홀로 나가는 발소리에 귀를 기울였다.

잠시 뒤 사람 목소리가 났다. 무거운 발소리가 들리고 서재문이 열렸다.

롤링즈가 말했다.

"루커스 총경님과 프렌치 경감님이 오셨습니다."

그들의 얼굴을 보고 찰스는 마지막 때가 왔음을 알았다. 두 사람 모두 좋지 않은 일 때문에 온 듯 침울하고 난처한 표정을 짓고 있었다. 게다가 어느새 방 안으로 들어왔는지 정신을 차리고 보니 그의 양쪽에 서 있었다. 찰스는 저도 모르게 일어섰다.

롤링즈는 문을 닫고 물러갔다. 그때까지 아무도 입을 열지 않다가 문이 닫히자 총경이 침묵을 깨뜨렸다.

"스윈번 씨, 불쾌한 용건으로 찾아온 것은 우리로서도 본의가 아닙니다. 하지만 직무상 말씀드려야겠습니다. 나는 앤드루 클라우더 씨 및 그의 사용인 존 웨더랩을 살해한 혐의로 당신에 대한 체포영장을 가지고 왔습니다. 그리고 덧붙여 말씀드리겠습니다만, 지금부터 당신이 하는 말씀은 모두 기록되어 증거로 채택될 거라는 점을 기억하시기 바랍니다. 자동차를 가지고 왔는데 순순히 동행해 주신다면 필요 이상 거친 대우는 하지 않겠다고 약속드리겠습니다."

찰스는 무릎에서 힘이 빠져나가는 듯하여 의자에 주저앉았다. 심장이 무섭게 뛰어 숨쉬기가 힘들었다. 지금 들은 이 뜻밖의 말은 대체 무엇을 뜻하는 것인가? 단순한 혐의만으로 사람을 체포할 수 있을까? 경찰이 증거를 쥐고 있을 리 없다. 그런 일은 결코 있을 수 없다. 단서는 하나도 남기지 않았으니까. 그들은 무언가 큰 실수를 저지르고 있는 것이다. 아니면 지금 꿈을 꾸고 있는 것일까? 그렇다, 이것은 현실이 아니다! 현실이 아니다!

흐트러진 의식 속에서 그는 어떤 움직임을 느꼈다. 정신을 차리고 보니 그 앞에 컵이 있고, 프렌치 경감의 목소리가 들렸다.

"이것을 드시지요."

찰스는 사이드테이블 위의 병에서 따라온 브랜디를 벌컥벌컥 마셨다. 그것은 바로 그가 바라던 것이었다. 곧 그의 신경은 정상으로 돌아왔다. 그는 정확한 손길로 컵을 놓고 미소까지 지었다.

"정말이지 놀랐습니다, 총경님. 당신은 터무니없는 잘못을 저지르고 있습니다. 당신에게 이런 말을 해도 소용없겠지만 말입니다. 함께 가야 한다면 물론 함께 가지요. 곧 밝혀질 테니까요."

루커스 총경이 대답했다.

"그랬으면 좋겠습니다, 스원번 씨. 변호사와는 언제든지 만나실 수 있으니까 의논하셔서 가장 좋다고 여겨지는 방법을 취하십시오. 지금으로서는 함께 가셔야겠다고 부탁드릴 뿐입니다."

찰스는 일어섰다.

"알았습니다. 윗옷을 가져와야겠는데요."

"그러시지요."

뜻밖에도 그들은 붙잡지도 움켜쥐지도 수갑을 채우지도 않았다. 하지만 두 사람이 바짝 옆에 붙어 있어 무엇을 하든 붙잡힐 것이다. 그들은 한 덩어리의 트리오가 되어 홀로 나갔다. 찰스가 윗옷에 손을 뻗었다.

"집어드리지요."

프렌치 경감이 윗옷을 집어서 찰스에게 건네주었다. 찰스는 윗옷에 팔을 꿰고, 역시 프렌치 경감이 건네주는 모자를 썼다. 그런 다음 현관으로 갔다. 여기서 찰스는 멈춰섰다.

"롤링즈에게 한마디 하고 갔으면 싶은데요, 아니면 당신이 전해 주시겠습니까?"

"아무래도 좋습니다, 스윈번 씨."

"그럼, 벨을 눌러주시오. 그것입니다."

롤링즈가 나타난 속도는 그가 이 사건에 얼마나 큰 관심을 가지고 있는지를 보여주었다. 그의 얼굴에는 더할 나위 없는 공포의 빛이 감돌고 있었다.

찰스는 되도록 가볍게 말했다.

"이분들과 함께 가야겠는데, 하루 이틀이면 돌아오겠지."

"알았습니다" 하고 롤링즈는 가까스로 대답했다.

찰스는 홀에서 어두운 밤 속으로 나갔다.

그의 태도는 씩씩했으나 마음은 침울했다. 다시 이 현관 문을 볼 수 있을까 하는 의문이 떠올랐다. 이것이 단순한 에피소드, 경찰의 일시적인 실수로 그칠 수 있을까? 아니면 모두 끝난 것일까?

이때 루커스 총경 목소리가 났다.

"타시지요."

프렌치 경감은 이미 세워놓은 자동차에 올라타 있었다.

찰스는 감각이 마비된 듯한 기분으로 자동차에 올랐다. 총경이 찰스에 이어 올라타 세 사람은 뒷좌석에 나란히 앉았다. 현관 밖에서 기다리고 있던 사복경관이 조수석에 오르자 자동차는 움직이기 시작했다.

자동차가 달리는 동안 아무도 입을 열지 않았다. 찰스는 오직 공포를 느끼고 있을 뿐이었다.

그는 논리적으로 사물을 생각할 수가 없었다. 그러나 이 사람들이 정말로 그에게 불리한 사실을 파악하고 있다고는 생각되지 않았다. 하지만 상당히 확정적이라 여겨지는 증거가 없는 한 경찰이 사람을 체포하지 않는다는 것도 그는 알고 있었다. 아무튼 그것은 나중에 천천히 생각하기로 하자. 지금 생각해야 할 것은 오직 꼬리가 잡힐 만한 언동을 삼가며 당면한 위기를 벗어나는 것이다.

찰스는 경찰의 취조 방식에 대해 들은 적이 있었다. 그들은 반드시 난폭하지는 않아도 대부분의 경우 체포된 자가 겁을 먹고 떠는 한 개인인 데 비해, 그들은 여러 명이고 두뇌가 날카로우며 익숙하고 동요되지 않는 지모(知謀)의 소유자들이다. 하지만 아까 마신 브랜디와 빈틈없는 계획 덕분에 찰스는 그럭저럭 자신감을 유지할 수 있었다.

자동차는 언제까지나 달리고 있었다. 밖은 캄캄했지만 찰스는 건물을 에워싸고 있는 시커먼 나무들의 모습을 볼 수 있었다. 자동차는 넓은 교외로 나가 게일 강을 건너갔다. 드문드문 있는 집들과 길이 보였다.

이윽고 자동차는 모퉁이를 돌아 대문을 지나 어떤 건물 안으로 들어갔다. 뒤에서 대문 닫히는 소리가 났다. 찰스는 그때 문이 닫힌 의미를 생각할 여유가 없었으나 그 소리가 불길한 연상과 함께 무겁게 기억 속에 자리를 잡았다.

그들은 급히 자동차에서 내렸다. 그리고 역시 세 사람이 꼭 붙어서서 한구석에 책상이 있는 텅 빈 방으로 들어갔다. 프렌치 경감의 태도는 사무적으로 바뀌었고, 찰스가 보조를 맞출 수 없을 만큼 사태가 숨가쁘게 돌아갔다.

먼저 형식대로 8월 25일과 11월 1일에 콜드 피커비 모트 장의 앤드루 클라우더 노인과 그 집사 존 웨더랩을 살해한 혐의가 걸려 있다는 것을 알리고, 무언가 할 말이 없느냐고 물었다. 그러나 억지로 대답할 필요는 없다면서, 지금부터 그가 하는 말은 모두 나중에 증거로 채택된다고 알려주었다.

찰스는 당신네들이 무언가 잘못 알고 있으며, 그 밖에는 할 말이 없다고 대답했다.

이것으로 사무적인 절차가 끝나 찰스는 별실로 옮겨졌다. 여기서 철저하게 신체검사를 받은 다음 다시 옷을 돌려받았는데, 주머니에 있던 나이프와 접는 식 가위와 날카로운 끝이 있는 금속제 연장 등을 몰수당했다. 그 일이 끝나자 감방에 갇혀 자물쇠가 채워졌다.

이런 일들이 모두 친절하게 이루어져 찰스로서는 정말 뜻밖이었다. 답변을 강요하거나 위협하거나 함정을 만들어 무심코 수긍하게 만들지도 않았다.

신체검사를 맡은 경관은 마치 친구 같은 태도로 그의 기운을 복돋아주었다. 그를 감방에 가둔 경관은 세상 여느 사람과 별로 다르지 않은 투로 편히 쉬라고 인사했다. 프렌치 경감도 루커스 총경도 모두 본의는 아니지만 사사로운 인정이 섞여서는 안될 사무적인 절차를 밟지 않을 수 없다는 태도였다. 루커스 총경은 찰스의 고문 변호사인 앨릭잰더 킬터에게 연락해 주겠다고 말하며, 오전 중에 만나볼 수 있도록 해두겠다고 약속했다. 찰스는 그 이상의 대우를 바랄 수 없었다.

세상의 온갖 바람직한 일에서 격리되어 자물쇠가 잠겨진 문 이쪽의 딱딱한 침대에 몸을 눕힌 다음에야 비로소 참된 공포가 찰스를 덮쳤다. 그는 안전하다고 생각했었다. 하지만 많은 범인들이 역시 그런 생각을 하다 뜻하지 많은 파국으로 발을 들여놓지 않았던가! 클리펜도 그러했다. 모든 범죄 흔적을 없애고 무사히 본국을 떠났을 때 이젠 됐다고 확신했을 것이다. 스미스, 머혼, 루스, 이들 가운데 누가——그 밖의 어느 누구든——자신의 안전을 의심한 사람이 있었을까? 어찌 찰스 자기만이 그들보다 잘 해치울 수 있겠는가?

어두컴컴한 방 안에 혼자 있으려니까 어찌된 일인지 완벽하다고 믿었던 계획이 전보다 믿음직스럽지 못한 것 같았다.

그는 자기가 읽은 여러 가지 추리소설을 생각해 보았다. 범인은 하나같이 완전한 계획을 세운다. 하지만 반드시 파탄이 오고야 만다. 오스틴 프리먼의 2부작! 범인은 누구나 자신의 안전과 그 계획이 완전하다고 확신하는 법이다. 하지만 이 물샐 틈 없는 모든 계획이 사실은 체와 같아서 오산과 실책과 단서가 걸리게 마련이다.

찰스는 막다른 골목에 몰려 그 비상수단을 실행한 이후 이것이 처음은 아니지만 진정으로 마음의 고통을 맛보았다.

아무리 애써도 그를 기다리고 있는 파멸에 대한 전망을 내다볼 수가 없었다.

몇 시간이나 뒤치락거린 끝에 겨우 불안한 잠에 빠졌다. 그리고 무시무시한 악몽에 시달리고 있는데 아침식사를 날라온 친절한 순경이 깨웠다.

순경이 말했다.

"킬터 씨가 9시 30분에 오시겠답니다. 11시에 취조를 받아야 하는데, 이것은 형식적이라 5분도 걸리지 않습니다. 그전에 킬터 씨와 만나볼 수 있습니다."

"고맙소. 킬터 씨는 이리로 오십니까?"

"네, 그렇습니다."

찰스는 아직도 몹시 당황해 있었으나 지난밤의 극단적인 공포는 얼마쯤 사라져 지금은 적어도 순서를 세워 생각할 수 있었다. 그리고 킬터 변호사가 오자 기운이 날 정도로 회복되었다.

앨릭잰더 킬터 변호사는 위엄있는 얼굴의 몸집이 큰 사람으로 복잡한 법률문제보다 법정에서 홍정을 잘하기로 평판이 높았다. 한편 그의 협력자인 던스폴드는 법률문제의 권위자로, 이 두 사람이 서로 힘을 합해 무적의 콤비를 이루고 있었다.

킬터는 성격이 활달하여 찰스에게 하는 인사도 개방적이었다. 그는 문을 채 열기도 전에 큰소리로 말했다.

"여어, 어찌된 일인가? 뜻하지 않은 변을 당하는군. 하지만 곧 나갈 수 있을 걸세. 경찰은 대체 무슨 착각을 일으키고 있는 걸까."

"어서 오게, 킬터. 이렇게 일찍 와주어서 고맙군."

킬터는 이 말에도 서글서글하게 대답했다. 잠시 그는 찰스의 기운을 복돋아주기 위해 잡담을 하더니 마침내 목소리를 낮추어 용건으로 들어갔다.

"그런데 사정을 말해 보게. 자유의 몸이 되고 싶거든 무엇이든지 숨기지 말고 말해야 하네. 어떤 일이든 다 털어놓아야 한단 말일세. 그렇게 함으로써 우리 입장이 밝혀지는 거니까."

찰스는 이야기를 시작했다.

사업이 부진하여 모트 장을 찾아갔다는 것과, 그의 부탁에 대한 앤드루 클라우더 노인의 반응 등을 모두 있는 그대로 설명했다. 그리고 나서 공장의 기계에 대한 것, 은행과 보스톡에게서 돈을 빌려고 했던 것, 그림을 전당포에 맡기고 돈을 마련했다는 것 등도 이야기했다. 그러나 런던에서의 일은 그림을 전당포에 맡긴 것과 기계를 예비조사했다는 것만 말했다. 그리고 몸이 쇠약해졌기 때문에 지중해를 도는 순항선을 타고 여행하다가 나폴리에서 외숙부의 사망 연락을 받고 돌아와 장례식에 참석했다는 것도 이야기했다. 마지막으로 기계를 구입한 뒤부터 공장의 성적이 부쩍 올라갔다는 이야기도 했다. 그가 한 이야기는 모두 사실이었으나 외숙부와 웨더랩의 죽음에 대해서는 아무것도 모른다고 잘라 말했다.

이야기를 다 듣고 나서 킬터는 말했다.

"그렇다면 문제없겠군. 한두 군데 불리한 점이 있긴 해도 대수로운 건 아닐세. 그건 그렇고, 자네는 유언장 내용을 알고 있었나?"

"물론 알고 있었지. 외숙부님이 재산을 외사촌누이동생 몰리 부인과 나에게 반씩 나누어줄 생각이었다는 것은 누구나 다 아는 사실이었네. 외숙부님이 몇 번이나 그렇게 말씀하셨거든."

킬터는 질문을 시작했다. 신랄한 질문이어서 어떤 것은 찰스를 몹시 괴롭혔다. 하지만 그는 그럭저럭 꾸며댈 수가 있었다. 그는 자신의 창작에 만족했다. 그것이 끝났을 때 자기의 방비는 물샐 틈 없이 완전한 것이므로 틀림없이 무죄 방면되리라는 생각이 들었다.

마침내 킬터가 말했다.

"당장 할일은 이 정도일세. 11시에 취조가 있네. 아무튼 구치처분을 받겠지만, 본격적인 대책을 강구하는 것은 그 다음이지."

"취조받기 전에 손쓸 수 없을까?"

킬터는 고개를 저었다.

"없네. 구치를 피할 수는 없어. 이것이 당국의 상투수단이니, 그 점은 각오해야 하네. 보석도 가망없어. 안됐지만 기대하지 않는 편이 좋아. 이런 사건에서는 절대로 보석이 허용되지 않으니까. 하지만 염려 말게. 얼마 동안 답답하겠지만 곧 풀려나게 될 걸세. 검사의 논고가 있을 때까지는 손쓸 수 없네. 논고가 있어야 비로소 우리의 입장이 뚜렷해지거든. 그 다음에 신중히 대책을 세우며 의논할 수 있겠지."

이 회담의 결과에 찰스는 낙관해야 할지 비관해야 할지 판단할 수가 없었다. 킬터는 틀림없이 기소당하리라 생각하는 모양이었다. 즉 당국에 운이 달렸다고 생각한다. 그러면서도 낙관하고 있는 것이다. 하지만 겉으로 보기에만 그런 게 아닐까? 그렇게 생각하자 찰스는 다시 나락으로 떨어지는 듯한 공포를 느끼지 않을 수 없었다.

하지만 언제까지나 끙끙 앓고 있을 여유는 없었다. 얼마 뒤 그는 법정으로 끌려나갔다.

긴의자에 아는 얼굴이 네 사람 앉아 있었다. 그들은 찰스 때문에 자기들의 체면이 손상당하고 있다는 듯한 표정이었으며, 그와 그들 자신을 위해 슬퍼하고 있는 것 같았다. 그들은 아주 사무적으로 행동했다. 총경의 체포 이유를 묻고는 묵묵히 찰스에 대한 구치처분을 승인했다. 찰스는 다시 감방으로 돌려보내졌다.

이리하여 찰스는 시간이 얼마나 긴지 절실하게 느끼게 되었다. 시간은 끝없이 길었다. 대우에 대해서는 트집잡을 말이 없었다. 책도 읽을 수 있었고 음식도 나쁘지 않았다. 불쾌감을 느끼게 하는 사람은 하나도 없었다. 그런데도 그는 자신의 번민에서 헤어날 수가 없었다.

게다가 킬터가 만나러 올 때마다 차츰 그의 태도에 이 사건을 쉽게 보고 있지 않는 듯한 기운이 더해가 이것 역시 그를 불안하게 만들었다. 그리고 킬터는 이따금 아주 날카로운 질문을 했다. 예를 들어 청산가리를 산 적이 있느냐고 묻기도 했다. 킬터는 아주 진지했다.

"여보게, 찰스, 정직하게 말해 주게. 샀나, 안 샀나?"

찰스가 사지 않았다고 단언하자 그는 다시 말을 이었다.

"그럼, 검사가 샀다고 주장하면 그 말에 반박할 수 있겠나?"

찰스는 마음속으로 떨면서도 반박할 수 있다고 대답했다.

날은 느릿느릿 지나갔다. 마지막 취조에서 기소가 결정되자 찰스는 사태의 중대성이라는 위력에 질려 거의 말도 할 수 없었다. 그러나 킬터는 그다지 동요하는 빛 없이 대책이 있다고 짤막하게 말했다.

그것을 전후하여 킬터는 열심히 뛰었다. 그 결과 공판 2주일 전에는 모든 준비가 갖추어졌다. 왕실 고문변호사 중 제일인자라는 평판을 듣고 있는 루시어스 헤픈스톨이 변호를 담당했고, 역시 경제계의 거물 중 한 사람인 에벨러드 빙이 그를 보좌하기로 되었다. 여러 차례에 걸친 타합 끝에 재력과 기술로써 가능한 온갖 수단이 다 동원되었다. 찰스는 예상했던 것보다 더 큰 후원을 받게 되었던 것이다.

하지만 낙관과 희망 뒤에는 반드시 침울과 싸늘한 공포가 따랐다. 가장 괴로운 것은 밤이었다. 잠 못 이루는 밤이 많았고, 잠이 들어도 공포의 식은땀을 줄줄 흘렸다. 한 달 사이에 그는 부쩍 여위었고 얼굴빛이 나빠졌으며 흰 머리카락이 눈에 띄기 시작했다.

이리하여 마침내 피할 길 없는 날이 왔다.

찰스, 법정에 서다

9주일이나 미결로 갇혀 있는 동안 찰스는 지금까지 품었던 희망을 거의 잃고 말았다. 여전히 불리한 증거가 있을 리 없다는 신념에 죽을 힘을 다해 매달렸지만, 이따금 무서운 의혹에 사로잡히곤 했다.

킬터나 루시어스 헤픈스톨이 진심으로 어떻게 생각하고 있는지 알 수 있다면 많은 돈을 내던져도 아깝지 않다고 생각했다. 그들은 비관적인 말은 한마디도 하지 않았다. 언제나 공판은 형식적인 것이며 유쾌한 일이 아닌 것만은 틀림없지만, 어느 쪽으로 구르든 절대로 불리한 결과가 되지는 않는다고 말했다.

그러나 찰스는 언제나 미혹에 사로잡혔다. 지난 9주일 동안 나이를 아홉 살이나 더 먹어버린 듯한 기분이었다.

그 화요일 아침 찰스는 어떤 절박한 재앙에 짓눌린 듯한 막연한 기분으로 잠에서 깨어났다. 이윽고 그 정체가 뚜렷이 드러나자 그는 다시 공포 속으로 빠져들어갔다. 그는 지금까지 공판이 시작되면 마음이 편해질 거라고 여러 번 생각했었다. 판결은 틀림없이 무섭겠지만 이토록 오래 짊어져야 하는 애매모호한 불안보다 더 나쁜 건 없을 듯했다. 하지만 그는 지금 희망을 잃는다는 것이 이도저도 아닌 애매한 상태보다 더 나쁘다는 것을 깨달았다.

더구나 그는 지금 이중재판을 받게 되었다고 했다. 킬터로부터 들은 바에 따르면 두 개의 용의점에 대해 따로따로 재판받는데, 먼저 클라우더 사건을 다루고 웨더랩 사건으로 옮겨간다는 것이었다. 찰스는 이런 조치에 대해 몹시 화를 냈다. 두 가지를 함께 처리하지 않는 것은 불필요한 고통을 더해주는 것으로 여겨졌다. 그러나 킬터는 이것은 오래 전부터 해온 관례라 도리가 없다고 설명했다.

훌륭한 아침식사가 제공되었다. 그러나 음식이 잘 넘어가지 않았다. 공판정까지 가는 길은 하나의 악몽이었다. 꿈꾸는 듯한 기분으로 거기에 닿아 돌깔린 복도를 지나 별실로 끌려갔다. 거기에는 긴의자가 있었다. 그는 두 교도관 사이에 끼어 앉아 법정이 열리기를 기다렸다.

그러나 오래 기다리지는 않았다. 갑자기 문 밖에서 소리가 나더니 교도관이 벌떡 일어났다.

한 사람이 말했다.

"재판장님이 자리에 앉으셨답니다. 내 뒤를 따라 층계를 올라오시오."

찰스는 교도관의 뒤를 따라 층계를 밟고 올라갔다. 바로 뒤에 다른 한 사람이 따라왔다. 눈깜짝할 사이에 그들은 공판정에 와 있었다. 조용하고 침울한 대기실에서 갑자기 사람들이 많이 있고 조명이 환한 방으로 옮겨진 그는 당황했다. 찰스는 눈을 깜빡거렸다. 그리고 많은 눈에 에워싸여지는 것을 느꼈다. 그렇게 느꼈을 뿐 직접 본 것은 아니었다. 법정은 넘칠 만큼 만원이었다. 거기에 모인 모든 사람들이 그를 뚫어지게 바라보고 있었다.

'이처럼 뚫어지게 보다니 정말 무례한 녀석들이군!'

찰스는 얼굴을 들었다. 그러나 그 눈들을 견디어낼 수가 없었다. 그는 눈길을 떨어뜨리고 교도관이 시키는 대로 피고석으로 나아가 거기에 선 채로 기다렸다. 잠시 아무 움직임도 없어 그는 다시 주위를 둘러보았다.

이 법정은 전에 어떤 도난사건의 증인으로 불려온 적이 있어 본 기억이 있었다.

그의 아래쪽에 울짱 같은 것과 테이블이 있고 사건 담당 변호사와 그 조수가 앉았으며, 조금 떨어진 곳에 신문기자들이 있었다. 울짱 저쪽에는 법관들이 줄지어 앉아 있고, 그 뒤 한층 높은 단에는 가발을 쓰고 빨간 가운을 입은 몸집이 작은 노인이 앉아 있었다. 그의 뒤쪽 벽에는 상징적인 왕실 문장이 그려져 있었다. 그 오른쪽은 배심원석——아직 비어 있었다——왼쪽은 증인석이었으며, 그 뒤에는 여러 줄로 가득 메워진 방청석이 있었다.

급히 둘러본 찰스의 눈에 비친 것은 그것뿐이었다. 그 다음 그의 주의는 정면의 움직임으로 끌렸다. 법관석 앞에 있던 정리(廷吏)가 일어나 뭐라고 말했다. 퍼뜩 정신을 차리니 그가 자기 이름을 부르고 있었다.

"찰스 허글레이브 스윈번, 피고는 1933년 8월 25일 요크셔 주 콜드 피커비에 있는 모트 장의 앤드루 클라우더 씨 살해를 계획, 그것을 실행한 혐의로 기소되었습니다. 피고에게 묻겠는데, 그런 적이 있습니까, 없습니까?"

막상 위기에 마주치자 찰스는 갑자기 냉정해지고 기분도 가라앉았다.

"없습니다."

대답하면서 목소리가 뚜렷한 데 스스로도 놀라지 않을 수 없었다.

심리에 들어가 재판은 천천히, 그러나 사정없이 진행되었다.

찰스에게는 여기 있는 사람들이 모두 흥분 속에서 기다렸고, 또 그 자신의 목숨이 걸린 이 공판이 뜻밖에도 평범하고 극적인 점이 없다고 생각되었다. 사실 드디어 시작되었다고 깨달았을 때 심리는 이미 꽤 진행되어 있었다.

우선 배심원이 지명되었다. 어느 쪽에서도 배심원에 대해 이의를 제기하는 사람이 없어 거침없이 진행되었다. 배심원들은 남자 아홉 명, 여자 세 명으로, 하나하나 그 이름이 불려졌다.

배심원들이 한 사람 한 사람 배심원석에 앉을 때 찰스는 그 성격을 알아내려고 애썼다.

맨 처음 나타난 사람은 배심장으로, 머리가 희끗희끗하고 몸집이 단단하며 의지가 강해보이는 중견사원, 또는 웬만한 상점의 주인 같아 보였다. 이 배심장은 무슨 일이 있어도 끄떡하지 않는 인물이리라고, 그런 만큼 도량이 몹시 좁을지도 모른다고 찰스는 생각했다. 아마도 완고한 '실업가' 타입으로, 상상력이 없고 어떤 문제든 겉만 보고 쉽게 해석하는 사람일 것이다. 따라서 형이상학적이나 심리적인 고려를 '쓸데없는 의론'이라고 배척하고 의기양양해 하는 인물이리라. 그의 이름은 징크스였다.

하지만 그 다음에 불려나온 인물은 그 결점을 보충해 주었다. 키가 크고 몸이 마른 이 사람은 꿈꾸는 듯한 눈의 소유자였는데, 얼굴이 파리하고 손가락이 가늘어 새의 발톱같이 보였다. 이 사람은 아마 사사건건 배심장의 견해에 대항하여 본능적으로 '현실적'인 의견에 반대하고, 심리적으로 고려——실은 그 자신의 편견일 테지만——하리라. 아무튼 그는 자신의 독자적인 설을 주장할 것 같았다. 그는 배심장 옆자리에 앉았다.

나머지 열 명이 잇달아 나타났을 때, 찰스는 과연 이들이 한 사회를 대표하는 사람들임을 인정하지 않을 수 없었다. 몸집이 작고 턱에 힘을 주고 있는 사람은 언제나 자기 바로 앞에 진술한 사람과 같은 의견을 말할 것 같았고, 첫눈에도 우둔해 보이는 얼굴로 이 세상 그 누가 뭐라해도 자신의 주장을 바꿀 것 같지 않은 얼굴도 있었다. 평범한 시민으로, 온당하게 처신하고 인정으로 정의를 세우려고 애쓸 듯한 온후해 보이는 사람도 있었다.

세 여자 배심원 중 두 사람은 동정이 담긴 따뜻한 눈길을 찰스에게 보냈으나, 한 사람은 마르고 험상궂은 얼굴을 하고 있었다. 아마 소화불량으로 고생하는 말많은 여자이리라.

이 여자를 마지막으로 배심원 품평은 끝났다. 그들은 격식대로 선서했다.

엘리엇 재판장은 이런 진행을 지배하며, 그러나 그 자신은 가담하지 않은 채 비쩍 마른 늙은 스핑크스 같은 모습으로 가만히 앉아 있었다. 그럼에도 불구하고 그의 무표정한 얼굴에는 오래 산 노인의 풍부한 인생 지식이 담겨 있었다. 찰스는 그가 엄정한 판사로서 명성을 얻고 있음을 알고 있었다. 신중하고 공정하면서도 엄격하다는 평판이었다. 그의 법률적 지식은 인생의 지식과 마찬가지로 뛰어나다고 알려져 있었다. 그리고 그의 판결에 항소하여 성공한 예가 그다지 없었다.

그러나 사태는 움직이고 있었다. 준비는 이로써 끝났고, 수석검사가 모두(冒頭) 진술을 하기 위해 일어섰다.

찰스는 전에도 이 리처드 블랜더 검사에 대해 여러 가지로 들은 적이 있었다. 그는 용감한 투사로 직무상 목숨 또는 자유를 앗아야 할 상대에 대해 추호도 용서없는 무서운 검사로 알려져 있었다. 키가 크고 어깨폭이 넓은 사나이로, 그의 재능은 사람의 마음을 움직이는 웅변보다 냉정한 논리와 설득력에 있었다.

그는 주로 차가운 현실을 무자비하고 논리정연하게 정리하는 것을 신조로 삼고 있었다. 그리하여 감상적인 변호인 측 열변의 효과를 짤막하고 차가운 한마디로 교묘하고 완전하게 지워버리는 것이었다.

그는 아직 테이블에 몸을 굽히고 노트를 준비하면서 낮은 목소리로 진술을 시작했다. 목소리가 잘 들리지 않아 장내를 조용하게 만들고 최대의 주의를 끄는 효과를 가져왔다. 이리하여 목적을 이루자 그는 몸을 일으켜 세우고 왼손을 허리에 짚는 그 특유의 제스처를 취한 다음 잘 울리는 목소리를 법정 구석구석으로 퍼지게 했다.

사건의 중대성과 배심원의 막중한 의무에 대해 짧게 주의를 환기시킨 다음 그는 본론으로 들어갔다.

"이 불행한 사건의 성격은 결코 신기한 것이 아닙니다. 아마도 역사를 더듬어 올라가보면 이와 비슷한 사건을 발견할 수 있을 것이며, 미래에도 인류의 본질이 바뀌지 않는 한 이런 종류의 범죄는 끊이지 않을 것입니다.

이것은 개인적 욕심을 채우기 위한 살인이었습니다. 물론 나중에 증명하겠습니다만, 피고는 재정적으로 곤경에 빠져 있었고 상당한 액수의 유산을 상속받기로 되어 있었지요. 그 유산을 손에 넣어 곤경을 뚫고 나갈 목적으로 유언자를 살해했다는 혐의로 피고는 지금 기소당한 것입니다.

지금 이 혐의에 답변하기 위해 피고석에 서 있는 찰스 허글레이브 스윈번 피고는 1898년 생으로 지금 35살입니다. 그는 백스턴과 요크의 공립학교에서 교육을 받았는데, 그즈음 아주 유망한 소년이었습니다. 1913년 리즈 대학을 졸업했고, 제1차 세계대전이 일어나자 1916년 군대에 들어갔습니다. 그리고 2년 동안 프랑스에서 군무를 이행했는데, 그동안 두 번 부상당했습니다. 제대 후 그는 리즈 대학으로 돌아가 학업을 계속하여 마침내 이과계통의 학위를 받았습니다. 그리고 1921년 클라우더 전동기 제작소에 들어갔습니다. 그 무렵 이 회사는 그의 아버지와 외숙부가 경영하고 있었으나, 나중에 그 자신이 물려받게 되었습니다.

다음 해인 1922년 피고와 외숙부이며 이 전동기 제작소의 공동소유자인 앤드루 클라우더 씨가 사업에서 물러났습니다. 그는 자신의 투자를 회수하고 완전히 손을 뗐던 것입니다. 이리하여 공장은 피고의 아버지인 헨리 스윈번 씨 혼자 맡았으며, 피고는 공동경영자가 되었습니다. 5년 뒤인 1927년 헨리 스윈번 씨가 사망하자 피고는 이 공장을 혼자 소유하게 되었습니다."

이어서 리처드 검사는 공장 경영상태에 대해 진술했다. 찰스가 경영을 완전히 맡게 된 다음 한때는 활발했으나 마침내 곤경에 빠지게 되었다고 설명했다. 그는 하나하나 숫자를 들어가며 곤경에 빠진 다음부터 찰스를 괴롭힌 재정난이 차츰 악화된 경로를 더듬었다. 찰스는 이 숫자가 모두 그의 개인장부에서 베껴낸 것임을 알고 불쾌해졌다. 이 장부는 그때까지 그 자신 말고는 아무의 눈에도 띄지 않도록 감추어 두었던 것이다.

리처드 검사는 계속했다.

"이 숫자들을 증거로써 제출하겠습니다만, 이것을 보시면 지난해 여름부터 피고의 입장이 견뎌내기 어려울 정도로 악화되었음을 아실 겁니다. 사실 파멸이 바로 눈앞에 다가와 있었던 것입니다. 그리하여 어떤 비상수단을 써야 할 필요가 있었습니다. 그렇지 않으면 몰락할 수밖에 없었던 겁니다.

이것만으로도 나중에 그가 저질렀다고 여겨지는 범행의 동기를 충분히 설명했다고 생각합니다만, 피고에게는 그때까지의 생활양식을 그대로 이어나가야 할 이유가 또 한 가지 있었습니다. 이 제2의 동기가 제1의 동기보다 유력했는지 어떤지는 판단하기 어렵습니다만, 아무튼 매우 유력했던 것만은 틀림없습니다. 피고에게는 애인이 있었는데 ……."

리처드는 이런 식으로 논고를 펼쳐나갔다. 찰스는 유나의 이름이 나오자 신음했다. 그녀와 가까이 사귀어 온 경로가 냉정하고 무서우리만큼 자세하게 진술되었다.

"그러므로 파멸을 피하기 위해서는 돈이 필요했습니다. 그 돈을 어디서 얻을 것인가? 피고는 우선 보통 수단을 써보았습니다. 나중에 이것도 증거로 제출하겠습니다만, 그 무렵 은행 빚이 이미 6천 파운드나 넘어 있었는데도 피고는 8월 14일에 은행지점장을 만나 융자신청을 했습니다. 또 같은 날 그늘 어떤 금융업자로부터 1천 파운드를 빌려고 했으나 이 일 역시 실패로 돌아가고 말았습니다.

이런 보통 수단으로는 성공을 거두지 못했으나 아직 돈 줄이 하나 남아 있었습니다. 외숙부 앤드루 클라우더 씨는 자산가였으니까요."

여기서 리처드 검사는 앤드루 클라우더에 대해 그 자산과 유언장과 건강상태와 개성 등을 간단히 소개했다.

"찰스 스윈번 피고는 이 외숙부에게 도움을 구하기로 마음먹고 8월 15일과 17일 및 25일에 그를 만났습니다. 그 결과 클라우더 씨는 1천 파운드 수표를 그에게 주었으나, 그 이상 더 줄 생각이었는지 어떤지는 모릅니다. 피고 자신의 말에 따르면 우선 1천 파운드를 받고 나중에 또 1천 파운드를 받게 되어 있었다고 합니다. 하지만 배심원 여러분, 2천 파운드가 생겨도 그에게는 거의 도움이 되지 않았을 겁니다. 그의 개인장부를 보면 알 수 있습니다만, 6천 파운드 내지 7천 파운드 이상의 액수도 그를 곤경에서 건져내기는 힘들었을 것입니다."

리처드 검사는 또렷한 목소리로 논고를 계속했다.

"그럼, 어디서 이 필요한 돈을 손에 넣을 수 있을까? 돈이 나올 만한 곳은 한 군데밖에 없습니다. 피고는 외숙부의 유언장 내용을 알고 있었습니다. 앤드루 클라우더 씨가 죽으면 자신의 장래가 보증된다는 것을 그는 충분히 알고 있었던 것입니다."

리처드 검사는 말을 끊었다. 겉으로 보기에는 단순히 노트를 들여다보기 위해서인 듯했으나 실은 찰스도 알아차렸듯이 이런 중단이 필요하다는 것을 그의 본능이 가르쳐주었던 것이다.

방청객들은 조용히 귀를 기울이고 있었다. 찰스는 온 힘을 집중하려고 애썼다. 이 용서없는 폭로 밑에서 그의 동기는 캄캄한 밤의 등대불처럼 명백하게 드러나 이미 의심의 여지가 없었다. 하지만 동기 따위는 문제가 아니라고 그는 고쳐 생각했다. 그것은 그 자신도 인정했던 사실이 아닌가? 경찰은 절대로 그의 행동을 입증할 수 없을 것이다.

리처드는 다시 말을 이었다.

"그런데 앤드루 클라우더 씨는 소화불량으로 하루 세 번씩 어떤 알약을 복용하고 있었습니다. 이 알약——솔터의 '앤티 인더제스팅 알약'——은 등록약품으로, 일정한 병에 담겨 판매되고 있습니다.

이제 본인으로부터도 증언이 있겠습니다만, 피고는 외숙부가 식사 뒤 반드시 이 약을 한 알씩 복용하는 사실을 알고 있었습니다. 그래서 만일 알약 속에 독을 넣어 클라우더 노인의 약병에 넣어둘 수만 있다면 그것을 넣은 사람이 멀리 떨어져 그 자리에 없어도 머지않아 노인이 그 약을 먹고 죽으리라는 것을 그는 충분히 알고 있었다고 말할 수 있습니다.

그리고 앞으로 입증하겠습니다만, 실제로 독약이 한 개의 알약 속에 들어 있었으며, 그 알약이 고인의 약병 속에 넣어져 피해자 클라우더 노인은 독이 든 알약을 복용한 결과 사망했던 것입니다."

다시 이겨내기 어려운 공포가 찰스를 덮쳤다. 물론 그런 논고가 나오리라는 것은 각오하고 있었다. 그런데도 이처럼 단정적으로 의문의 여지없이 펼쳐지는 진술을 듣고 있노라니 논고란 정말 끝없이 무서운 것이라는 생각이 들었다. 리처드는 아주 자신만만한 것 같았다. 그러나 이것은 검찰관으로서의 그의 직무가 아닌가. 자신있는 척하여 봉급을 받고 있지 않은가? 대단한 일도 아니라고 찰스는 마음을 고쳐 먹었다.

리처드는 아직도 계속했다.

"앞에서도 말씀드렸듯이 피고는 8월 15일과 17일에 외숙부를 만났습니다. 클라우더 씨로부터 1천 파운드짜리 수표를 받은 것은 8월 17일이었는데, 아마 피고는 그날 자신의 요청이 기대했던 것만큼 받아들여지지 않았음을 의식하며 외숙부의 집을 나왔으리라고 해석해도 좋겠지요. 그때 1천 파운드를 얻고 나중에 다시 1천 파운드를 더 얻을 수 있었을지는 모르지만 그는 6천 내지 7천 파운드가 필요했던 겁니다. 나는 이때 그가 범행을 결심했고, 외숙부의 운명도 결정됐다고 생각합니다.

이 날부터 나흘 뒤인 21일에 피고는 런던으로 갔습니다. 그리고 다음날인 22일까지 이틀 동안 머물러 있었습니다. 이 출장의 표면적인 이유는 공장에 설치할 기계 때문에 어떤 상회와 교섭하기 위해서라는 것이었습니다. 그는 정말로 리딩에 갔었습니다. 하지만 그는 그 밖에도 두 가지 일을 더 처리했던 것입니다.

그중 한 가지는 앤드루 클라우더 노인이 죽더라도 현금으로 유산이 들어오려면 몇 달 아니, 그 정도는 아니더라도 몇 주일은 기다려야 하므로 이 기간을 메우기 위한 돈을 얼마쯤 마련하는 것이었습니다.

그래서 찰스 스윈번 피고는 런던으로 갈 때 세상 떠난 아버지가 수집해 놓은 시가 약 3천 파운드의 그림 열 네 점을 자동차에 싣고 갔습니다. 다시 새롭게 손봐오기 위해서라고 말했습니다만, 새롭게 꾸며진 점은 없었습니다. 그는 이 그림들을 2천 1백 파운드로 전당포에 맡겼던 겁니다.

이 돈은 그의 거래은행을 거치지 않고 직접 현금으로 받았습니다. 이 점에 대해서도 나중에 증언이 있겠습니다만, 그는 그림을 맡기는 기간을 6개월로 잡았습니다. 이것은 그가 그 기간 안에 유산이 손에 들어오리라 계산하고 있었다는 것을 말해 주고 있습니다.

런던에서 그가 한 두 번째 비밀 용건은 한층 더 악질적인 것이었습니다. 이날 즉 런던을 떠난 날 오전에 피고는 워털루 역 근처의 어떤 약국에서 남의 이름을 빌어 말벌집을 없애야겠다는 구실로 청산가리 1온스를 샀습니다. 이것이 바로 클라우더 노인을 죽게 한 독약이었습니다."

이 논고로 법정 안에는 어느새 그 의의를 인정하는 듯한 동요가 물결쳤다. 논고는 효과를 올리기 시작하고 있었다. 찰스는 무섭도록 진지한 얼굴로 배심원들의 얼굴빛을 살피며 그들이 어떤 인상을 받았을까 알아내려고 했다.

배심장은 이미 마음을 정한 것 같았다. 그의 표정은 '유죄!'라고 말하고 있었다. 그는 가능하다면 당장 심리를 그만두고 빨리 평결 결과를 보고하고 싶어하는 듯한 태도였다. 그러나 옆에 있는 성격이 비뚤어진 것 같은 사나이는 얼마쯤 의심하고 있는 듯싶었다. 하지만 이 사나이는 무슨 일이든 의심하는 사람이리라고 찰스는 생각했다. 다른 배심원들도 모두 이 사건은 이제 해결되었다고 생각하고 있는 것 같았다. 상냥하던 두 여자 배심원의 표정도 달라져 있었다. 아직 안됐다는 표정이 남아 있긴 해도 눈길을 피하려 하는 것 같았다. 마른 여자는 거의 기뻐하고 있는 것처럼 보였다. 그들을 지켜보고 있는 동안 찰스의 마음은 차츰 침울해졌다.

리처드 검사의 잘 조절된 목소리는 논고가 계속됨에 따라 음악적으로 높아지기도 하고 낮아지기도 했다. 찰스는 공포감을 안고 그를 뚫어지게 바라보았다. 찰스의 눈에는 이 검사의 모습 자체가 가증스럽고 불결한 존재로 비치기 시작했다. 억센 생김새, 커다란 코, 네모진 턱, 얇은 입술, 어마어마한 표정을 띠고 있는 그 얼굴은 빈틈없고 인정사정 없는 엄격하고 무서운 인물임을 말해 주었다. 이 인물이 찰스의 적이 된 것이다. 이 인물이 바로 찰스의 목숨을 노리고 덤벼든 것이다.

찰스는 이런 생각에 골몰하여 논고를 얼마 동안 듣지 못했다. 그러다가 그의 주의는 다시 그쪽으로 돌아갔다.

리처드 검사는 8월 25일의 모트 장 방문에 대해 설명하고 있었다. 세 차례의 방문 중 마지막이었다.

"피고가 이때 왜 모트 장을 방문했는지 생각해 보십시다. 앞에서도 말씀드렸듯이 피고는 8월 25일 런던에서 청산가리를 샀습니다. 그 뒤 피해자는 청산가리가 든 알약을 먹었고, 그 때문에 목숨을 잃었습니다. 이때의 방문이 그 두 달 동안 피고가 피해자와 만난 마지막 기회였습니다. 따라서 만일 피고가 독약을 피해자의 약병에 넣었다면 바로 이때였을 것입니다.

그리고 이런 문제도 생각해 보십시다. 피고는 어째서 그날 외숙부를 찾아갔을까? 그는 이미 그 며칠 전에 두 번이나 방문했었습니다. 따라서 단순히 문안드리기 위한 방문이었다고는 생각할 수 없습니다. 그리고 돈을 얻기 위해서도 아닙니다. 돈을 얻기 위해서라면 그는 이미 최선을 다했으니까요. 그는 독이 든 알약을 클라우더 노인의 약병에 넣기 위해 갔던 것입니다. 가지 않을 수 없었던 거지요. 이 추측이 옳은지 어떤지는 배심원 여러분의 판단에 맡기겠습니다.

 이와 관련하여 그 방문 때 일어난 한 가지 중대한 점에 여러분의 주의를 환기시키려 합니다. 이날 밤 식사가 끝나고 부인들이 물러간 뒤 피고는 피해자와 단둘이 남았습니다. 그때 포도주잔이 넘어져 식탁보가 더러워졌습니다. 이것이 우연이었는지 아니면 피해자의 주의를 일부러 다른 데로 돌려놓고 그 틈에 독약을 넣기 위해서였는지 이 점도 여러분의 판단에 맡기겠습니다."
그 다음 리처드 검사는 순항선 여행에 대해 이야기했다.
"피고가 취한 이 행동의 목적은 알리바이를 만들기 위한 것이었다고 생각됩니다. 앤드루 클라우더 씨가 죽을 때 그는 멀리 있어야만 했으니까요. 사실 그는 나폴리에 있었습니다."
그는 찰스가 배를 예약하여 순항선을 타고 다니다 나폴리에서 전보를 받고 장례식에 참석하기 위해 콜드 피커비로 돌아온 경위를 죽 설명했다.
리처드 검사는 설명을 계속했다.
"이 항해에 대해 특히 주의하셔야 할 점이 두 가지 있습니다. 첫째는 두 날짜의 관계입니다. 피고는 8월 26일 아침에 배를 예약했습니다. 그런데 그가 외숙부와 식사하고 그 알약병을 바꿔치기했으리라 추측되는 날이 바로 그 전날인 25일 밤이었습니다. 아마도 그는 알약병을 바꿔치기할 기회를 엿보고 있다가 그 일을 마치자 출항하는 배를 예약했던 모양입니다.

 둘째는 나중에 증언이 있겠습니다만 이 항해 중 피고는 늘 신경과민으로 흥분상태에 있었으며, 구경하고 돌아오면 무엇보다도 먼저 우편물이 와 있는지 묻고 선객 앞으로 전보가 오면 눈에 띄게 안절부절못했다는 점입니다. 함께 여행하던 시어맨 부인이 이러한 태도가 이상해서 물어보았더니 피고는 건강이 좋지 않아 전지요

양삼아 항해 여행하는 중이라고 대답했답니다. 생각건대 그는 외숙부의 죽음을 알리는 소식을 기다리고 있었기 때문에 불안해 했다고 해석할 수밖에 없습니다.

나의 논고는 한 가지만 덧붙이면 끝납니다. 비극이 일어났을 때 피고의 그림 열 네 점은 런던 어느 전당포에 보관되어 있었습니다. 따라서 피고의 집 벽에는 열 네 군데의 빈 곳이 생겼지요. 이 빈 곳이 사람들의 주의를 끌어 결국 재정적 곤궁 상태가 드러나게 되리라고 피고는 생각했던 모양입니다. 이것은 피고로서도 아주 위험한 일이라 무슨 수를 써서든 피해야만 했지요. 그래서 그는 그것을 메우기 위해 애썼습니다. 즉……."

리처드는 찰스가 스필러 앤드 모건 상회에서 5천 파운드를 차용한 내용을 자세히 진술했다.

이것이 리처드가 한 논고의 마지막 항목이었다. 그는 간단한 맺음 말로 논고를 끝내고 자리에 앉았다. 그러자 검사 차석인 라이오넬 코퍼드가 일어나 큰소리를 질렀다.

"피시벌 클로스비 씨!"

이때——아마도 개정 후 처음이었으리라 생각되는데——재판장이 몸을 움직였다.

"코퍼드 씨, 이제 곧 점심시간이 될 테니 일단 휴정하는 게 좋겠군요. 2시에 다시 개정하기로 합시다."

한 교도관이 곧 찰스의 팔을 잡고 층계를 내려가 대기실로 인도했다. 공판정을 나올 때 찰스는 모두들 일어나 공손히 재판장의 퇴정을 전송하는 것을 보았다.

찰스는 자신에게 들이대어진 엄격한 논고에 넋을 잃었다. 물론 논고 내용에 대해서는 취조받을 때 이미 들었었다. 하지만 리처드 검사가 직접 들이대자 생각보다 훨씬 나빴다. 굴복의 가능성이 현실화되어 갔던 것이다. 그런데 간단한 위로의 말을 하러 온 킬터는 전혀 논고에 질린 표정이 없었다.

그는 다만 이렇게 말할 뿐이었다.

"두고 보게, 헤픈스톨이 반박할 테니까."

그때는 믿음직스러웠으나 그것도 어느새 망막한 저편으로 사라지고 아무것도 남지 않았다.

교도관 한 사람이 기운을 내라고 격려해 주었다. 뭔가 먹으면 기운 난다면서 무뚝뚝하지만 친절하게 식사를 권했으나 찰스는 먹을 수가 없었다. 다만 마실 것만은 바다라도 다 마셔버릴 수 있을 것 같았다. 그는 마셨다. 그리고 가슴이 저리고 아픈 기분으로 개정을 기다렸다.

공판이 다시 열리자 진행을 방해하는 것은 하나도 없었다. 클로스비가 불려나오고, 코퍼드가 신문에 나섰다.

클로스비는 그의 직업이 직업이니만큼 나무랄 데 없는 증인이었다. 그는 뚜렷한 목소리로 간결하면서도 충분하게 대답했다. 그러나 자발적으로는 아무 말도 하지 않았다.

코퍼드는 매우 온화하고 정중하게 그를 대했다. 그의 지위와 자격을 확인한 다음 코퍼드는 질문을 클라우더 집안과 전동기 제작소의 내력으로 이끌어갔다.

오랫동안 앤드루 클라우더의 법률고문으로 일해 온 클로스비는 앤드루 클라우더의 은퇴 무렵과 유언장 작성 때의 상황을 설명했다. 클로스비는 피고가 유언장이 만들어진 것을 알고 있었고, 그 내용도 물론 잘 알고 있었다고 증언했다. 이로써 찰스의 동기는 의문의 여지가 없는 완전한 것이 되고 말았다.

코퍼드가 자리에 앉자 변호인측에서 에벌러드 빙 변호사가 반대 신문에 나섰다. 그도 역시 증인에 대해 아주 정중하고 온화했다. 찰스의 눈에는 그가 자기의 책임을 충분히 다하고 있는 것 같이 보이지 않았다. 열성이 모자란 것 같기도 했고, 어디에 질문의 초점을 맞추려는지 그로서는 짐작도 할 수 없었다. 에벨러드 빙은 코퍼드가 이미 한 질문을 대부분 되풀이했다.

그러나 그는 클로스비로 하여금 그 유언장의 수익자들은 웨더랩만 빼놓고 모두 자기에게 돌아올 금액을 알고 있었다는 말을 하도록 만들었다. 또한 앤드루 노인이 죽기 전날 밤 클로스비와 피터가 모트 장에서 식사를 함께 했다는 것, 그때 피터가 노인에게 경제적 도움을 구했다는 것, 그리고 오터튼 농장을 저당잡히면 어떨까 하는 것이 화제에 올랐었다는 것을 밝히게 했다.

"클로스비 씨, 그날 밤 당신은 고인과 무언가 비밀스러운 이야기를 했습니까?"

"아니오, 하지 않았습니다."

"즉 당신이 거기 계실 때 고인과 단둘이 있었던 적이 전혀 없었다는 말씀입니까?"

"그렇습니다. 단둘이 있었던 적은 없습니다."

"알았습니다. 그럼, 당신이 아시는 한 피터 몰리 씨는 고인과 은밀한 이야기를 나누었습니까?"

비로소 클로스비는 주저했다. 그는 잠시 뒤 대답했다.

"내가 알기로는 없었던 것 같습니다. 나는……."

빙이 그가 다시 입을 열기 전에 재빨리 막았다.

"당신은 그날 밤 잠깐 동안이라도 방에서 나가 그들을 단둘이 있게 한 적이 있습니까?"

코퍼드가 일어섰다.

"재판장님, 이 질문은 사건과 전혀 관계없다고 생각합니다."

빙은 그 자리에서 응수했다.

"관계가 없지 않습니다."

그리고 재판장을 향해 말했다.

"나는 고인이 그 생애의 마지막 날 밤에 의혹을 품을 만한 어떤 의견을 말할 기회가 있었는지 어떤지 알고 싶습니다."

잠시 옥신각신이 이어졌으나 결국 재판장은 질문을 허가했다. 빙은 정의를 깨뜨리려는 비열한 수단에 맞서는 듯이 분연히 질문을 계속했다.

"그럼, 클로스비 씨, 질문에 대답해 주시기 바랍니다. 그날 밤 당신은 잠깐이라도 방에서 나가 그들을 단둘이 있게 한 적이 있습니까?"

클로스비는 대답했다.

"있습니다. 하지만 겨우 2, 3분 동안이었습니다. 식사가 끝난 다음 나는 그들을 식당에 남겨 놓고 외투주머니에 있는 서류를 가지러 홀로 나갔었습니다."

빙은 찰스가 보기에 전혀 아무 목적이 없는 것 같은 질문을 계속했다. 자신도 열성도 없는 듯한 투로 그는 계속하는 것이었다. 마침내 그는 그 노력마저 그만두고 자리에 앉았다.

이것은 찰스를 몹시 실망시켰다. 이 문답은 결국 아무 이득도 없었다. 빙이 이런 식으로 자기를 돕는다면 희망은 전혀 없었다.

다음 증인은 피터였다. 그는 리처드의 신문을 받았다. 먼저 프랑스로 가게 된 이유와 앤드루 클라우더 노인이 죽었을 때의 상황을 자세히 물었는데, 이로써 피터와 웨더랩이 모두 앤드루 노인이 점심식사가 끝난 뒤 알약을 먹는 것을 보았다는 사실이 밝혀졌다.

그 다음 리처드는 피터 개인에 대한 질문으로 들어갔다. 피터는 이미 클로스비가 진술한 사실을 되풀이했다. 자기도 역시 재정상의 곤경에 빠져 있었으므로 그 사실을 피고에게 호소한 적이 있다, 그의 아내와 피고는 앤드루 클라우더 노인의 주요한 상속자이며 그는 물론 피고도 그 사실을 알고 있었을 거라고 증언한 다음 피터는 클로스비가 클라우더 집안의 과거와 현재와 공장의 연혁에 대해 증언한 내용을 대체로 인정했다. 그는 흥미 있는 자료를 갖고 있지 않았고, 새로 덧붙일 만한 것도 전혀 없었다.

에벌러드 빙 변호사가 반대 신문을 했을 때도 중요한 증언은 하나도 없었다. 빙 변호사는 여행 이야기는 언급도 하지 않았다. 그도 피터 개인에 대해서 질문했다. 피터는 자기도 돈이 들어오지 않았다면 파산했을지 모른다는 사실을 긍정했다. 그리고 피터는 이 곤궁이 농장경영에 충분한 노력을 기울이지 않았기 때문이라는 생각에서 클라우더 노인이 도와주려 하지 않았다는 사실도 인정했다.

그러나 바로 이제부터 무언가 두드러진 내용을 얻을 것 같다는 생각이 들 때 빙은 질문을 중단했다. 분노로 떨고 있는 찰스를 남긴 채 그는 자리에 앉았다. 그렇게 칠칠치 못하게 굴지 말고 좀더 온전하게 일해 달라고, 나는 막대한 돈을 치르고 있지 않느냐고 찰스는 마음속으로 욕설을 퍼부었다. 온 생애를 통해 이토록 절망과 고독을 느끼고 당황한 적은 없었다.

다음에는 비행기 승무원 제임즈 블래드리가 불려나와 크로이든과 보베 사이의 항공과 비행기 안에서의 점심식사에 대한 질문에 대답했다. 고인은 점심식사를 모두 먹었고, 커피도 다 마셔 빈 접시와 찻잔을 거두어갔다는 것이었다.

프랑스 측 의사와 경관의 진술서도 제출되었다. 애플비 경감은 시체를 영국으로 송환해 왔다는 것, 알약을 그랜트에게 보내 분석을 의뢰했다는 것, 찰스의 비밀장부를 발견했다는 것 등을 진술했다. 그리고 취조 첫무렵에 받아쓴 찰스의 진술서를 읽은 다음 비밀장부를 들고 나와 일일이 숫자를 제시하며 설명했고, 사업상 또는 사생활에 대해서도 몇 군데 설명을 덧붙였다. 이 증인에 대한 반대 신문에서도 중요한 것은 하나도 얻지 못했다.

윌프레드 위덜로가 다음 증인으로 나왔다. 그는 노던 카운티즈 은행의 콜드 피커비 지점장이라고 신분을 밝혔다. 그리고 찰스의 재정 상태가 좋았었는데 차츰 빚을 지게 되었다며 그 경위를 진술했다. 찰스는 빚진 상태에 있었는데도 1천 파운드를 더 융자해 달라고 하기에 거절했다고 말했다. 그리고 앤드루 클라우드가 발행한 1천 파운드짜리 수표를 은행에 입금시킨 사실도 인정했다.

이번에는 루시어스 헤픈스톨이 반대 신문에 나섰다. 그와 동시에 찰스의 긴장도 훨씬 강해졌다. 이번에야말로 무언가 유리한 사실을 끌어내지 않을까?

하지만 헤픈스톨 변호사는 후배인 빙 변호사와 마찬가지로 안일하고도 열성없는 태도밖에 보여주지 않았다. 그는 유리한 사실을 전혀 끌어내지 못했다. 끌어내려고 애쓰는 기색도 없었다. 그는 위덜로로 하여금 찰스가 이제 외숙부가 도와주겠다고 약속했으므로 돈을 융자받을 필요가 없다고 말했다는 사실을 인정시켰을 뿐이었다.

이 어릿광대짓——찰스는 거의 절망상태에 빠져 마음속으로 그렇게 이름지었다——이 끝났을 때 보스톡이 증언대로 걸어나왔다. 그의 증언은 짧았다. 그는 찰스로부터 1천 파운드를 빌려달라는 부탁을 받았으나 유감스럽게도 그 말에 응할 수 없었다고 진술했다. 빙 변호사의 반대 신문에서 그는 그 뒤 찰스가 외숙부의 도움을 받게 되어 돈을 빌지 않아도 된다고 말했다는 사실을 인정했다.

다음 증인은 찰스를 더없이 비참한 기분으로 몰아넣었다. 유나 멜러가 증언대에 섰던 것이다. 그때까지 이 법정에 그녀가 와 있다는 사실을 몰랐기 때문에 찰스에게 있어 그녀의 등장은 이중의 충격이었다. 그녀는 얼굴이 몹시 파리했으나 다른 점에서는 그다지 동요하고 있는 것 같지 않았다. 찰스는 재판 결과가 어떻게 되든 그녀를 영원히 놓쳤다는 사실을 깨달았다.

신문에 나선 리처드 검사는 이 증인에 대해 더없이 정중했다. 그는 본의 아니게 불쾌한 질문을 하지 않을 수 없으니 용서해 주기 바란다고 사과했다. 그의 정중한 질문에 대해 유나는 찰스가 그녀와 결혼하기를 희망하여 여러 번 구혼해 왔으나 결심이 서지 않아 뚜렷한 대답을 하지 않았으며, 따라서 약혼한 적도 없고 지금도 그런 사이가 아니라고 대답했다.

헤픈스톨 변호사가 일어나서 반대 신문할 뜻이 없다고 말하고는 다시 앉았다. 찰스는 이것이 마지막 지푸라기라고 생각했다. 그는 울고 싶었다. 이들은 아무것도 해주지 않으려는가? 변호사란 그런 자들인가? 막대한 돈을 받아먹고 그것에 상당하는 일은 조금도 해주지 않는 것일까? 공포가 다시 그를 휩쌌다. 그들이 아무것도 해주지 않는다면 이제 끝장이다! 그는 킬터 변호사의 눈길을 잡으려고 애썼으나 소용없었다.

이미 유나의 모습은 보이지 않았고, 휴정할 것인지 어떤지를 협의하고 있었다. 클라우더 집안 사정에 대한 클로스비의 증언이 시간을 많이 뺏었고, 피터와 위덜로의 증언이 길어져 이미 5시가 지나 있었던 것이다.

이윽고 재판장은 휴정해야 할 시간이라는 결정을 내렸다. 피로와 공포와 배고픔으로 찰스는 거의 쓰러질 것만 같았다. 그는 꿈꾸는 듯한 기분으로 감방까지 끌려갔다.

그의 동기는 마침내 철저하게 입증되었다. 내일은 어떻게 될까? 그것을 생각하며 그는 크게 신음했다.

찰스, 절망을 견뎌내다

한 가지만은 찰스도 감사해야 할 일이 있었다. 밤새도록 깊이 잠들 수 있었던 것이다. 손발에 심한 통증을 느낄 만큼 지쳐 있었으므로 그는 침대에 몸을 내던지자마자 깊은 잠에 빠졌다. 마치 약이라도 먹은 듯이 곤히 잤다. 꿈도 꾸지 않았다. 다음날 아침 감방문이 열리고 아침식사가 들어 올 때까지 그는 아무것도 몰랐다.

어제 그토록 충격을 받았는데도 그는 상상할 수 없을 만큼 낙관적인 기분이 되어 있었다. 검사의 논고가 어떤 결론에 이르러 있을 때 재판에 입회한 사람들은 반드시 피고가 유죄인 듯한 생각이 들기 마련이라고 그는 자신에게 말했다. 그와 마찬가지로 변호인측의 변론이 끝났을 때에는 피고가 무죄라고 믿는 법이다.

헤픈스톨 변호사의 변론을 들을 때까지는 절망할 필요가 없다. 그는 이름난 변호사이다. 지금 와서 생각하니 그가 유나를 반대 신문하지 않은 것은 현명했다. 그 이상 유나를 괴롭히면 배심원들의 동정을 잃게 될 것이다. 헤픈스톨은 그 위험을 미리 알고 있었던 것이다.

이날 아침도 전날과 마찬가지로 공판정 아래 대기실에서 불안에 떨며 기다려야만 했다. 그리고 재판장이 자리에 앉자 전날과 같은 일이 되풀이되었다.

그러나 이날 아침에는 전날과 달리 심리에 들어가기 전에 하는 행사가 없었다. 배심원들의 이름이 불려지고 그들이 자리에 앉자 심리는 시작되었다.

첫증인은 페넬로프 폴리펙스 부인이었다. 그녀는 유나처럼 얼굴이 파리했고, 머뭇거리며 대답했다. 자기는 틀림없이 피고에게 소화제에 대한 이야기를 했다. 하루 세 번 식사 뒤에 복용한다는 이야기도 했다. 피고는 8월 17일 모트 장에서 점심식사를 했고, 25일에는 저녁식사를 했으며, 두 번 다 식사가 끝나자 자기와 딸은 식당에서 나왔고 피고와 클라우더 노인 두 사람만 남았다고 말했다.

코퍼드가 질문했다.

"모트 장의 린네르 식탁보를 넣어두는 장롱은 당신이 관리하고 계십니까, 폴리펙스 부인?"

"네, 내가 관리하고 있습니다."

"피고가 당신과 같이 식사했던 날 밤의 일을 기억하십니까?"

"네."

"그것은 8월 25일이었지요?"

"네."

"다음날인 8월 26일, 린네르 식탁보에 대해 사망한 집사 존 웨더랩이 뭐라고 말하지 않았습니까?"

"했습니다."

"뭐라고 말했습니까?"

"새 식탁보가 필요하다고 말했습니다."

"새 식탁보라고요? 그는 그것이 왜 필요하다고 말했습니까?"

"지난밤 식사가 끝난 뒤 포도주잔이 엎어져 식탁보가 더러워졌기 때문이라고 말했습니다."

"당신은 그 식탁보를 보았습니까?"

"네……."

"집사의 말대로 더럽혀져 있었습니까?"

"더럽혀져 있었습니다."

그 포도주는 클라우더나 찰스가 엎지른 게 아니라 웨더랩 자신이 엎질렀을지도 모른다는 점을 그녀에게 인정시키자 빙은 더 이상 신문하지 않았다. 하지만 그는 한 가지만은 확인시켰다. 찰스가 식사를 같이 한 날 밤, 다시 말해서 알약을 바꿔치기했으리라 추측되는 날 밤 그의 태도에서는 조금도 이상한 흥분 같은 것이 없었다고 증인이 강력히 말하도록 만든 것이다.

그 다음에는 찰스의 집 사용인 롤링즈가 불려나왔다. 그는 아주 난처한 듯이 찰스가 그림을 손질해 와야겠다며 싣고 나갔다가 다시 가져왔다는 것을 말하고, 그 날짜를 댔다.

새뮤엘 툴러브가 불려나오자 찰스는 그림에 대한 일이 드러나겠구나 생각했다. 경찰이 어떻게 툴러브를 찾아냈는지, 아니 대체 왜 그림에 대한 일을 들춰내는지 그는 짐작할 수가 없었다.

앨런돌 거리에서 만난 이 상냥한 신사는 그때까지의 증인들에 비해 훨씬 침착해 보였다. 그는 찰스와 만났을 때의 상황을 찰스도 인정하지 않을 수 없을 만큼 완전하게 설명했다. 찰스가 약 6개월 동안 맡길 테니 돈을 융통해 달라고 그림을 가지고 왔는데, 자기는 그만한 가치가 있다고 인정하여 2천 1백 파운드를 융통해 주었으며 찰스도 그 금액으로 만족했다, 그리고 은행을 거치면 번거롭고 또 외부에 비밀이 새어나갈 염려도 있다고 하기에 현금으로 주었다고 진술했다.

빙 변호사는 여기서도 재치없고 열의없는 반대 신문을 펼쳐 찰스를 분개시켰다. 피고는 약 6개월 안에 찾아갈 생각이라고 말했다는데 틀림없는가, 그 이외의 기간은 말하지 않았는가?

이 물음에 대해 툴르브는 처음에는 피고가 차용기간을 확실히 말할 수 없다기에 절차상 우선 6개월로 정했다는 것, 그리고 자기네가 2년 동안 보관한다는 말을 듣자 그렇다면 충분하며 2년 동안에 자기 사업은 일어서든 망하든 결말이 날 거라고 말했다고 진술했다.

찰스가 이 일을 비밀에 붙여달라고 부탁한 것에 대해 툴르브는 자기 가게를 이용하는 손님들은 대개 그렇게 해주기를 바란다고 증언했다. 즉 손님이 자신의 곤궁 상태가 세상에 알려지는 것을 꺼리기 때문이지, 그 밖에는 아무 뜻도 없다는 것이었다.

이 증언은 그다지 나쁘지 않았다. 그러나 다음 증인의 모습을 보고 찰스는 몸을 떨었다. 등이 굽고 몸이 마른 노인이었다. 안경 너머로 눈을 번뜩이는 모습은 사람이라기보다 늙어빠진 새를 연상시켰다. 이 노인은 이브네다 피보디라고 자기 이름을 밝혔다.

리처드가 신문에 나섰다.

"나는 런던 워털루 역 근처의 스탬포드 거리에서 약국을 경영하고 있습니다. 나는 8월 23일의 일을 기억하고 있습니다. 이날 어떤 신사가 약국에 와서 말벌집을 없애고 싶다며 청산가리를 부탁했지요. 그래서 나는 모르는 사람에게는 독약을 팔 수 없다고 거절했습니다. 신사는 그 점은 알고 있으나 자기 신분을 의심할 필요가 없다고 말하며 '새비튼 시카모어 가로수 거리 더브 코트 장 프랜시스 커즈웰'이라고 인쇄된 명함을 보여주었습니다. 그리고 그 신사는 주머니에서 몇 통의 편지를 꺼내 건네주었습니다. 그것은 모두 우편국을 경유한 것으로 소인도 찍혀 있었고, 수신인의 주소 성명이 모두 같았습니다.

그래서 난 그 손님의 신원을 믿었지요. 하지만 청산가리를 건네주기 전에 확인하기 위해 두 가지 테스트를 해 보았습니다. 나는 새비튼 거리를 알고 있고 또 거기에 사는 의사도 여러 사람 알고 있었습니다. 그래서 그중 한 사람인 데이비스 의사를 알고 있느냐고 물었지요. 그러자 그 손님은 "이든 거리에 사시는 분 말입니까?" 하며 올바른 주소를 대었고, 자기 주치의라며 다른 의사의 이름과 주소도 대었는데 그것도 맞았습니다. 그래서 나는 틀림없다고 굳게 믿었습니다. 그래도 좀더 확실히 알아보기 위해 청산가리를 가지러 들어갔을 때 전화번호부를 들춰 커즈웰 씨의 이름과 명함에 적혀 있는 주소가 틀림없는지 확인해 보았습니다."

리처드 검사가 신문을 계속했다.

"그래서 당신은 독약을 팔았습니까?"

"그렇습니다."

"얼마나 팔았습니까?"

"1온스들이 한 갑…… 벌을 퇴치하기에 적당한 양이었지요."

"독물 구입장부에 서명을 받았습니까?"

"네."

"이 장부가 맞습니까?"

리처드는 조수에게서 장부를 받아 증인에게 건네주었다.

"맞습니다."

"이것이 그 사람의 서명입니까?"

"네. 그 신사가 서명한 것입니다."

"알았습니다. 그런데 피보디 씨……."

리처드의 말투는 연극조로 바뀌었다.

"당신 주위를 둘러보십시오. 이 법정에 프랜시스 커즈웰이라고 하며 당신 약국에서 청산가리를 사간 그 신사가 있습니까?"

노인은 근시안답게 찰스를 뚫어지게 바라보았다.

"네, 있습니다."

"어디 있습니까?"

"피고석에 있는 사람입니다."

"틀림없습니까? 당신은 선서했다는 사실을 잊어서는 안됩니다."

"틀림없습니다."

리처드는 자리에 앉았다. 절망의 구렁텅이속에서 찰스는 이 증언이 법정의 모든 사람, 특히 배심원들에게 효과를 미쳤음을 인정하지 않을 수 없었다. 이렇게 되면 결과는 뻔하다. 이 이상 더 계속해 봐야 무슨 소용이 있겠는가. 이제 그만 중단시키고 되도록 빨리 끝맺는 게 좋겠다. 어차피 틀렸으니까!

그런데 헤픈스톨 변호사가 태연히 소탈하게 아니, 그보다 좀 귀찮은 듯한 표정으로 일어섰다. 반대 신문을 시작하기 전에 그는 몸을 굽혀 빙 변호사에게 뭐라고 귀엣말을 했고, 젊은 변호사의 대답을 듣더니 웃었다. 틀림없이 웃었다.

이제 될 대로 되라는 기분에서 찰스는 일어나 고함을 치고 싶었다. 막대한 돈을 받으면서도 거기에 상당하는 일은 하나도 하지 않은 채 재판 중 소리내어 웃다니, 무슨 짓인가! 찰스는 자신의 기분을 표현할 말조차 잊어버렸다.

헤픈스톨 변호사는 명랑하고 정중한 어조로 시작했다.

"피보디 씨, 당신은 8월 23일 약국에서 피고와 만나 청산가리를 팔았다고 하셨는데, 그 다음 언제 또 피고를 보았습니까?"

증인은 생각에 잠겼다.

"수첩을 보아도 되겠습니까?"

노인은 허가를 얻을 다음 대답했다.

"10월 31일 화요일입니다."

"10월 31일 화요일…… 어디서 보았습니까?"

"콜드 피커비에서 보았습니다."

"무슨 일로 콜드 피커비에서 보았습니까?"

"경찰의 부탁을 받았습니다."

"경찰에서 그 이유를 말하던가요?"

"말했습니다."

"무슨 이유였습니까?"

"독약을 사간 사람을 직접 보고 확인해 달라는 것이었습니다."

"알겠습니다."

헤픈스톨 변호사는 외눈안경을 끼고 있었는데 그것을 벗고 잠시 메모지를 들여다보더니 다시 쓰고 증인과 배심원들을 훑어봄으로써 상당한 효과를 거두었다. 지금 그는 외눈안경을 낀 채 부드럽고 듣기 좋은 목소리로 두 번째 질문을 했다.

"그런데 피보디 씨, 당신이 독약을 팔았다는 그 손님은 당신 약국에 얼마나 있었습니까?"

"얼마 동안이었느냐는 말씀입니까?"

그는 생각했다.

"3, 4분…… 어쩌면 5분쯤이었을지도 모릅니다. 시계를 본 건 아니니까요."

"그야 그렇겠지요. 좋습니다. 그러니까 3분 내지 5분으로 추정하면 된다는 말씀이지요? 그럼, 묻겠습니다만 당신의 약국은 밝습니까, 아니면 어둡습니까?"

"그다지 나쁜 편은 아니라고 생각합니다만……."

그가 우물쭈물하자 헤픈스톨이 그 말을 가로막았다.

"그다지 나쁜 편이 아니라고요? 그건 답변이 되지 않습니다, 피보디 씨, 나는 당신 약국이 밝은지 어두운지 묻고 있습니다. 우리들 중에는 현장에 갔다온 사람이 여러 명 있다는 사실을 잊지 말아주십시오."

증인은 풀이 죽은 듯했다. 그는 변명하듯 말했다.
"그다지 밝지 않은 것 같습니다. 좀더 밝게 고치고 싶지만, 때가 좋지 않아 미루고 있습니다."
"당신을 나무랄 생각은 없습니다. 나는 다만 사실을 알고자 할 뿐입니다. 그러니까 당신 약국은 밝지 않다는 말씀이군요. 왜 그렇습니까? 광선을 가로막는 거라도 있습니까?"
"가게의 크기에 비해 창문이 작기 때문입니다."
"창문이 작아서 가게가 어둡다는 말씀이군요. 그럼, 또 한 가지…… 그 독약을 사간 손님이 광선 쪽으로 얼굴을 향하고 있었습니까, 아니면 등을 돌리고 있었습니까? 배심원 여러분을 위해 대답해 주시지요."
노인은 조금 머뭇거린 다음 대답했다.
"등을 돌리고 있었습니다."
"손님은 광선에 등을 돌리고 있었다…… 그 사람은 어떤 모자를 쓰고 있었습니까?"
피보디는 다시 머뭇거렸다. 헤픈스톨은 목청을 조금 높여 같은 질문을 되풀이했다.
약국 주인은 좀 언짢은 표정으로 대답했다.
"그런 것은 눈여겨보지 않았습니다. 약을 파는 데 정신이 쏠려 모자 같은 것은 주의해 보지도 않았습니다."
헤픈스톨은 아주 정중하게 행동했다.
"약을 파는 데 정신이 쏠려 손님의 모자에는 주의를 기울이지 않으셨다는 말씀이군요. 그러셨겠지요, 피보디 씨. 아까도 말씀드렸지만 당신의 행동을 탓하려는 게 아니라 다만 모자에 주의를 기울이지 않았다는 것을 확인했을 뿐입니다. 그리고 그 손님은 안경을 끼고 있었습니까?"

피보디는 대답을 하려다 언뜻 피고석의 찰스에게로 눈길을 보내더니 망설였다.
헤픈스톨 변호사가 질문을 되풀이했다.
"안경을 끼고 있었습니까?"
"끼고 있었습니다."
그러더니 노인은 다시 고쳐 말했다.
"끼고 있었다고 생각합니다."
헤픈스톨의 목소리가 엄격해졌다.
"당신은 그 신사가 안경을 끼고 있었다고 생각했는데 지금 피고가 안경을 끼고 있지 않아 자신을 잃은 모양이군요. 안 그렇습니까?"
그러자 리처드 검사가 벌떡 일어나 그것은 필요없는 비난이라고 항의했다.
헤픈스톨 변호사가 응수했다.
"필요가 있든 없든 나는 결코 증인을 비난하지 않았습니다. 나는 그 손님이 안경을 끼고 있었는지 어떤지 물었고, 증인은 잘 기억하지 못하겠다는 뜻의 대답을 했습니다. 그렇지요, 피보디 씨?"
노인은 우물쭈물했다. 이윽고 그는 대답했다.
"아닙니다. 지금 생각이 났는데, 그 신사는 안경을 끼고 있었습니다."
"호오, 다시 생각해 보니 안경을 끼고 있었다는 말씀이시군요. 그것은 외눈안경이었습니까, 아니면 여느 안경이었습니까?"
"여느 안경이었다고 생각합니다."
"생각한다고요? 맹세코 여느 안경이었다고 단언하실 수 있습니까?"
피보디는 단언할 수가 없었다. 자신이 없었던 것이다. 그 안경이 테 없는 것이었는지, 금테였는지, 뿔테였는지에 대해서도 대답하지 못했다.

　찰스는 헤픈스톨 변호사의 의도를 알아차리고 고통을 느낄 만큼 극도로 긴장하여 귀를 기울였다.

　그는 자신이 헤픈스톨 변호사를 오해하고 있었음을 알았다. 그는 그 보수에 걸맞는 일을 하고 있었던 것이다. 그는 찰스가 바라는 것을 알고 완벽한 기교로써 그것을 집어내고 있는 것이다. 찰스는 새삼스럽게 거기에 희망을 걸었다.

　헤픈스톨의 부드러우면서도 끈질긴 질문 때문에 피보디는 좀 흥분했다. 헤픈스톨 변호사는 계획적으로 손님의 옷에 대한 질문을 하며 피보디를 다그쳤다. 피보디는 손님이 엷은 황갈색 외투인지 레인코트인지를 입고 있었다고 말했으나, 어느 것이었다고 단정하지는 못했다. 장갑을 끼고 있었는지 반지를 끼고 있었는지에 대해서도 명확한 대답을 하지 못했다. 헤픈스톨 변호사가 이 문제의 질문을 중단했을 때 증인으로서의 그의 신빙성은 몹시 흔들리고 있었다.

　헤픈스톨 변호사는 독물 판매 단속령에 대해 따지고, 그로 하여금 이 법을 위반했음을 인정시켰다. 하지만 피보디는 자신의 잘못을 깨끗이 인정했으므로 예상된 만큼 그의 신용을 떨어뜨리지 못했고, 헤픈스톨 변호사도 이 문제에서 조용히 후퇴했다.

　헤픈스톨 변호사는 다시 신문을 계속했다.

　"피보디 씨, 이 도면을 보십시오."

　그리고 한 장의 약도를 건네주었다.

　"보신 적이 있습니까?"

　"네."

　"무슨 도면입니까?"

　"우리 약국입니다."

　"당신의 약국이지요. 거기에 두 군데 A와 B로 표시한 것이 보이지요?"

"네."

"그것은 무엇을 가리키고 있습니까?"

"청산가리를 팔 때 손님과 내가 서 있었던 위치라고 생각됩니다."

"그 위치가 틀림없습니까? 대체적으로 말입니다."

"틀림없습니다."

"어느 쪽이 손님입니까?"

"A쪽입니다."

"그럼, B는 당신이 서 계셨던 위치겠지요?"

"그렇습니다."

"도면의 설명은 나중에 하겠습니다, 재판장님."

헤픈스톨 변호사는 그 도면을 재판장에게 건네주었다.

이것으로 반대 신문은 끝나고, 홀레스 드링워터라는 증인이 불려나왔다. 자기는 필적감정 전문가인데, 피고의 필적 견본을 얻어 피보디 증인의 독물 구입장부에 기입되어 있는 서명과 비교해 본 결과 그 두 필적은 동일 인물의 것임을 인정한다고 증언했다.

그에 대한 헤픈스톨 변호사의 반대 신문은 지극히 간단했다. 사실 그는 세 가지밖에 묻지 않았다.

"드링워터 씨, 당신은 두 개의 필적이 동일 인물의 것이라고 증언하셨는데, 그것을 맹세할 수 있습니까?"

"할 수 없습니다."

증인은 맹세를 거부했다.

"어떤 전문가이든 마찬가지입니다. 내가 믿는 한 틀림없을 거라고 말씀드릴 수는 있어도 맹세할 수는 없습니다."

"그렇겠지요. 당신은 필적 감정에 경험이 많으십니까?"

"25년 넘게 해왔습니다."

헤픈스톨 변호사의 태도가 갑자기 날카로워졌다.

"그럼 묻겠는데 드링워터 씨, 그처럼 오랜 세월 동안 당신의 의견이 틀린 적이 없었습니까?"

변호사는 몸을 앞으로 내밀고 강렬하고도 험상궂은 눈길을 증인에게 쏟았다. 드링워터는 주저했다.

"그런 적은 없었습니다. 없었다고 생각합니다. 있었다 해도 그리 많지는 않았을 겁니다."

"물론 전지전능할 수는 없을 테니까요."

헤픈스톨 변호사는 나직하게 중얼거리고 자리에 앉았다.

그리고 이소벨 커밍이라는 부인이 불려나왔는데, 그녀는 프랜시스 커즈웰이라는 명함을 주문받은 적이 있다고 인정했다. 그녀는 피고가 그것을 주문한 사람과 비슷하다고 대답했으나 빙 변호사가 확실한 대답을 요구하자 같은 인물이라고 단정하지는 못했다.

다음에 나온 프랜시스 커즈웰은 8월 23일 피보디 노인의 약국에 간 적이 없으며, 아무데서도 청산가리를 산 적이 없을 뿐 아니라 명함을 주문한 적도 없다고 증언했다. 변호인측은 반대 신문을 하지 않았다.

시어맨 부인은 매우 괴로운 표정으로 항해 동안의 찰스의 불안과 흥분에 대해 증언했다. 그녀가 그 점에 대해 찰스에게 묻자, 건강이 나쁘고 신경쇠약에 걸린 듯하여 요양차 항해여행을 하고 있다고 대답했다고 진술했다.

그녀 다음에는 주피터 호의 직원이 나와 찰스가 편지와 전보를 몹시 기다렸다고 증언했다.

빙 변호사는 그 증언들이 모두 단순한 증인의 의견에 지나지 않으며 찰스의 행동에 그것을 증명할 만한 점이 없었음을 인정시키려 노력했다. 이 두 증인이 배심원들에게 그다지 큰 인상을 주지 못한 것 같아 찰스는 만족했다.

쿠크 여행사 직원은 찰스가 순항선 승선권을 샀다고 말했다. 여기 대한 반대 신문에서는 아무 이득도 얻지 못했다.

스필러 앤드 모건 상회의 스필러는 찰스에게 5천 파운드를 융통해 준 사실을 증언했다. 그 앞에 나온 증인들의 경우와 마찬가지로 이 반대 신문에서도 그다지 소득이 없었다.

그 다음은 그레고리 박사가 꽤 오랜 시간에 걸쳐 신문을 받았다. 그는 지난번 시체검증에서 했던 증언——앤드루 노인의 건강상태는 항공여행에 별지장이 없을 정도였다는 말을 다시 되풀이했다. 그리고 청산가리의 작용을 설명하고, 자기 의견으로는 그 독이 알약 속에 섞였다고 가정하면 앞에서 인정된 모든 사실과 일치된다고 진술했다.

분석 전문가인 개빈 그랜트는 그레고리 박사의 증언을 좀더 보충했다. 그는 고인의 시체에서 적출한 내장에 청산가리가 있었다고 증언했다. 그리고 그 양——약 3그레인——은 고인이 복용하던 알약에 꼭 들어갈 수 있으며 또한 죽음으로 몰아넣기에 충분하다고 진술했다.

리처드가 신문을 계속했다.

"그랜트 씨, 당신은 고인이 가지고 있던 병 속의 나머지 알약을 분석해 보았습니까?"

"애플비 경감님으로부터 솔터 소화제를 받았습니다. 그것이 고인이 가지고 있던 알약이라는 말을 들었는데, 그것이라면 분석해 보았습니다."

"자세한 점은 필요없고, 그 함유물을 조사했습니까?"

"그렇습니다. 완전히 분석했습니다."

"고인의 내장에 그 성분과 같은 것이 있었습니까?"

"아니오, 그런 것은 없었습니다."

"그렇다면 고인이 비행기에선 점심식사 뒤 그 알약을 복용하지 않았다는 이야기가 되겠군요. 어떻습니까?"

"발표한 대로 점심식사 바로 뒤에 사망했다면 그 알약은 복용하지 않았다는 이야기가 됩니다. 복용했다면 흔적이 남아 있었을 겁니다."

"피터 몰리 씨의 증언에 따르면, 고인은 점심식사 뒤 알약을 복용했다고 합니다. 이 증언이 옳다고 볼 때, 당신은 이 모순을 설명할 수 있겠습니까?"

"알약을 복용했다면 반드시 그 성분 가운데 어떤 것이 남아 있었을 겁니다."

"그렇겠지요. 나는 그 점을 알고 싶었습니다."

찰스는 다시 반대 신문이 형식적인데 지나지 않다고 느꼈다. 증인을 유도하려는 기색은 보였지만 실제로는 아무것도 얻지 못했다.

그랜트가 증언대에서 내려오자 리처드 검사가 일어나더니 이번에는 자기 차례라고 주장했다. 하지만 이미 1시가 넘었으므로 점심식사를 위해 잠깐 쉬기로 했다.

피고석에서 일어나 층계를 내려오며 찰스는 마침내 최악의 순간이 왔다고 생각했다. 참으로 나쁜 결과가 되어버렸다. 지금까지 상상했던 것보다 백 배나 나쁘다. 청산가리를 샀다는 그 무서운 사실을 경찰이 어떻게 알아냈는지 그는 상상도 할 수 없었다. 지금도 그는 자기가 단서를 남겼다고 생각할 수 없었다.

너무나도 비참한 절망감에 빠져 그는 거의 감각을 잃어버렸다. 그는 자신의 바깥에 있었고, 아주 먼 거리에서 그 자신을 내려다보고 있는 듯한 기분이 들었다. 공판 전체가 남의 일같이 여겨졌다. 바로 그 자신의 목숨이 위기에 놓여 있다는 사실은 느끼지 못한 채 희망이 있을까, 있다면 무엇일까 하고 생각하는 것이었다.

찰스는 기계적으로 음식을 먹었고, 또한 기계적으로 많은 사람들이 절망과 죽음 속으로 내려갔던 비극의 층계를 올라갔다. 아마도 밤이 되기 전에 그도 그 무리에 끼게 될 것이다.

찰스, 다시 희망을 품다

다시 피고석에 앉았을 때 찰스는 짓눌리는 기분이 들었다. 법정과 그리고 거기에 연결된 모든 것을 그는 얼마나 저주했는지 모른다.

커다란 코와 네모진 턱, 얇은 입술과 위엄있는 얼굴의 리처드 블랜더 검사, 헤픈스톨과 그 외눈안경, 그야말로 '실천가'다운 배심장, 그 옆자리의 무기력하고 꿈꾸는 듯한 배심원, 사람좋아 보이는 두 여배심원과 마르고 심술궂어 보이는 또 한 명의 여배심원, 여위고 메마른 얼굴의 재판장, 왼쪽 눈이 사팔뜨기인 정리. 아아, 그들 모두를 찰스는 얼마나 미워하고 저주했는지 모른다.

하지만 그런 것을 생각할 여유는 없었다. 그가 자리에 앉기를 기다렸다가 헤픈스톨이 곧 변론을 시작했다.

그는 깊이 있고 잘 조절된 듣기 좋은 목소리로 시작했다.

"배심원 여러분, 앞으로 부를 증인은 네 사람뿐이며 모두 간단히 끝날 것이므로 전례를 깨고 먼저 증인들을 소환하여 신문한 다음 변론으로 들어가겠습니다. 하지만 꼭 한 가지 지금 말씀드릴 게 있습니다. 나는 내 의뢰인에게 증언을 구하지 않겠다는 것입니다.

현행 법률은 피고가 증언대에서 자신을 위해 증언할 권리를 인정하고 있습니다. 전에는 이 권리를 인정하지 않았습니다. 상황이 뚜렷하지 않아 진상을 아는 사람이 피고 한 사람뿐인 경우가 흔히 있는데, 그 경우 피고가 증언할 수 없다면 정말 무서운 일입니다. 하지만 지금은 다행히도 그 부조리가 거두어졌습니다.

하지만 아무리 좋은 일에도 결함이 있듯이 피고를 증언대에 세우는 법규에도 단점이 있습니다. 아주 뜻밖이고 매우 불행한 결과가 여기에 따르는 것입니다.

지금 이 법정의 피고에게도 증언대에 서기 전 벌써 그 징후가 나타나 있습니다. 배심원 여러분, 이것은 매우 불행한 일입니다. 왜냐하면 대부분의 피고는 유죄이든 무죄이든 끈질긴 반대 신문을 받게 되면 얼마쯤 동요하지 않을 수 없기 때문입니다. 그리고 부당한 일입니다만, 이 동요의 빛이 불행히도 흔히 유죄라는 해석을 가져오는 것입니다.

그렇기 때문에 나는 관례를 깨고 독자적인 견해를 고집하여 앞으로도 피고에게서 다른 수단으로 구체적인 증언을 얻을 수 있는 한 피고를 증언대에 세우지 않겠습니다. 지금 우리는 피고에게서 이미 모든 증언을 들었습니다. 따라서 나는 그를 부를 생각이 없습니다. 조금 지체하고 말았습니다만, 이 의도를 오해하지 마시기 바랍니다.

그럼, 머리말은 이쯤 하고, 증인을 부르기로 하겠습니다. 고드플레이 앤더슨 씨!"

찰스는 고드플레이 앤더슨이라는 이름을 들은 적이 없었다. 그래서 한 씩씩한 젊은이가 증언대에 올라가 선서하는 것을 보자 갑자기 흥미가 솟아올랐다.

빙 변호사가 증인의 이름과 신분을 확인한 다음 물었다.

"당신은 관상대에서 기록계원으로 근무하고 계시지요?"
"그렇습니다."
"당신은 지금 지난해 8월 23일의 런던 날씨에 관한 기록을 가지고 계십니까?"
"가지고 있습니다."
"그날 오전 11시에서 12시까지 어떤 날씨였는지 배심원 여러분에게 말씀해 주시겠습니까?"
"강한 저기압의 중심이……."
"그런 전문적인 것은 필요없습니다, 앤더슨 씨. 우리가 잘 알아들을 수 있는 일반적인 말로 런던의 날씨가 어떠했는지 설명해 주십시오."
"그러지요. 기압계가 29도를 가리키……."
"그것도 전문적입니다. 비가 내리고 있었습니까, 개어 있었습니까?"
"비는 내리지 않았습니다만, 구름이 낮게 드리워지고 습도는……."
"구름이 낮게 드리워져 있었단 말이지요? 좋습니다. 다른 말로 표현한다면 어둠침침한 날이었습니까, 아니면 밝은 날이었습니까?"
"어둠침침한 날이었습니다."
"그러니까 구름이 낮게 드리워져 있어 어둠침침한 날이었다는 말이지요?"

빙 변호사는 자리에 앉았다.

검찰측은 증인으로부터 그 어둠침침이 태양이 비치지 않는 여느 흐린 날의 어둠침침이었지 지독하게 어두운 날은 아니었다는 증언을 끌어내는 것으로 만족해야 했다.

"아서 히긴보섬 씨!"

헤픈스톨이 이름을 부르자 찰스가 알지 못하는 또 한 사람이 증언대에 올라갔다. 몹시 음울한 느낌의 키 작은 사나이로, 어린 폭스테리어처럼 안절부절못하고 있었다.

그는 사진사라고 하며, 피보디 노인의 약국 사진을 찍은 적이 있다고 말했다. 그 사진——증거품 제73, 74, 75, 76——은 재판장과 배심원들 앞으로 제출되었다. 히긴보섬은 이 사진이 표준보다 훨씬 잘 안 나왔음을 인정하고, 약국 안이 너무 어두워 특별히 노출 시간을 길게 잡지 않으면 온전한 사진이 나오지 않는다고 변명했다. 그는 맑게 갠 밝은 날 정오 무렵에 촬영했고, 인공적인 조명은 전혀 쓰지 않았다고 진술했다.

역시 찰스가 모르는 인물이 제3의 증인으로 증언대에 섰다. 모리스 밸로라는 피보디 노인의 약국을 설계한 건축업자였다. 헤픈스톨이 피보디에게 보여 주었던 도면이 이때 다시 제출되었다.

"맞습니다. 이것이 그 도면입니다. 이 도면에 피보디 씨의 설명에 따라 A와 B를 표시했습니다. 그리고 거기서 실험도 해보았습니다. 앞에서 증언이 있었듯이 청산가리를 사러 온 손님이 서 있었다는 위치 A에 피보디 씨를 세워놓고, 그때 피보디 씨가 서 있었다는 위치 B에 내가 서보았습니다. 그 결과 손님은 광선을 등지고 있어 얼굴이 잘 보이지 않는다는 것을 확인했습니다.

그리고 나는 직업적인 입장에서 약국 안을 살펴보았습니다. 약국은 어두컴컴했는데…… 여기에는 두 가지 이유가 있었습니다. 첫째, 방의 크기에 비해 창문이 작기 때문입니다(밸로는 보통 건물이 필요로 하는 창유리의 면적과 비교되는 숫자를 들었다). 둘째, 창유리가 물건으로 가려져 있었기 때문입니다."

이 증언을 뒷받침하기 위해 그는 증거품 제75호 사진을 제시했다. 증거품 제75호는 다시 재판장과 배심원의 검사를 받았다.

이때만은 검찰측 태도에 열의가 없다고 찰스는 느꼈다. 코퍼드가 반대 신문을 했으나 조금도 효과가 없었다. 형식적으로 여겨지는 신문을 하더니 그는 자리에 앉았다.

"아서 뉴포트 씨!"

변호인측의 네 번째 증인은 찰스도 본 적이 있는 사람이었다. 키가 작고 허리굽은 노인으로, 들여다보는 듯한 눈매에 무표정한 얼굴을 하고 있었다. 그는 기술자, 정확히 말하면 필적감정가인데, 여러 가지 자격이 있어 온갖 일을 하고 있다고 말하며 그 하나하나를 자세히 진술했다. 빙 변호사가 그에게 한 장의 종이를 건네주었다.

"뉴포트 씨, 이 서면이 무엇인지 아시겠습니까?"

"알고 있습니다."

"무엇입니까?"

"피고의 필적 견본입니다. 피고가 내 앞에서 쓴 것입니다."

"증거품 제7호를 보십시오."

피보디의 독물 구입장부가 증인에게 건네졌다.

"8월 23일란에 '프랜시스 커즈웰'이라는 서명이 보이지요?"

"네."

"피고가 쓴 것인지 아닌지 아실 수 있겠습니까?"

증인은 불안한 듯이 움직거렸다.

"절대적이라고 말씀드릴 수는 없습니다만, 내 의견으로는 그렇지 않다고 생각합니다."

"피고가 쓴 것이 아니라는 의견이시군요? 고맙습니다."

빙 변호사는 자리에 앉았다.

라이오넬 코퍼드가 이때 벌떡 일어섰다.

"당신은 이 서명이 피고가 쓴 것인지 아닌지 똑똑히 단정할 수는 없다고 증언했지요?"

"절대로 틀림없다고 단정할 수는 없어도, 내 의견으로는 피고가 쓴 것이 아니라고 말했습니다."
"당신은 질문에 대해 확실하다든지 확실하지 않다든지 어느 한쪽으로 대답해야 합니다. 그러니까 당신은 확실하지 않다는 말씀이지요?"
리처드 검사는 애매한 말로 얼버무리려는 상대를 논박한 사람처럼 의기양양하게 자리에 앉았다.
그러나 빙 변호사가 일어섰다.
"절대로 피고가 본 게 아니라고 단정할 수는 없지만 당신 자신의 의견으로서는 그렇다고 생각할 수 없다는 말씀이지요?"
"네, 그렇게밖에 생각할 수 없습니다."
그 이상의 증인이 없었으므로 헤픈스톨이 변론으로 들어갔다.
찰스는 가늘게 몸을 떨었다. 마침내 온 것이다! 그에게는 이것이 마지막 기회였다. 헤픈스톨이 훌륭하게 변론한다면 아직 희망이 있다. 그러나 잘못하면 찰스는 내던져지고, 모든 게 끝장이다…… 찰스는 긴장했다. 그리고 가엾을 정도로 귀를 곤두세웠다.
그는 배심원들의 얼굴을 볼 용기가 나지 않았다. 그들의 얼굴은 찰스의 희망이 얼마나 덧없는 것인가를 말해 주고 있었다. 그들도 귀를 기울이고 있긴 했다. 하지만 그것은 습관이며 그들의 의무이기 때문이었다. 그 궁상맞은 얼굴의 남자마저 이 사건에 대해 의문을 품고 있는 것 같이 보이지 않았다.
헤픈스톨 변호사는 조용하게 대화를 나눌 때 같은 소탈한 말투로 이야기를 시작했다 그의 태도는 마치 다정한 옛친구에게 흥미있는 비밀을 털어놓는 것 같았다. 배심원 편에 서서 그들의 무거운 책임을 함께 나누어 짊어지고, 특히 왕권(王權) 대표자들의 위압으로부터 그들을 지켜주려는 것 같이 보였다.

"재판장님의 허가를 얻어 나는 지금 여러분 앞에서 나의 의뢰인 찰스 스윈번 씨의 변호를 할 수 있는 기회를 얻게 되었습니다."
그는 여기서 잠시 외눈안경을 만지작거린 다음 다시 입을 열었다.
"지금 피고가 놓인 무서운 입장에 대해서는 새삼스럽게 말씀드릴 필요가 없다고 생각합니다. 그의 전부, 그의 행복, 그가 갖는 모든 것…… 아니, 그의 생명 자체가 지금 굉장한 위기에 처해 있습니다.

이처럼 중대한 사건을 여러분은 결코 가볍게 다룰 수 없을 것이며, 또한 결코 가볍게 다루지 않으시리라는 것을 나는 알고 있습니다. 피고에게 불리한 증언뿐만 아니라 그의 편에 서서 하는 변론에 대해서도 충분히 귀기울여 주리라고 믿습니다. 왜냐하면 앞으로 재판장님께서 말씀이 있으리라 생각합니다만, 여러분은 이중의 의무를 지고 있기 때문입니다. 즉 국가에 대한 의무와 피고에 대한 의무가 그것입니다. 여러분이 능력을 다하여 의무를 이행하시리라는 것은 이 법정에 있는 사람 중 어느 누구도 의심하지 않을 것입니다.

여러분은 모두 조금이라도 의문이 있을 경우에는 벌을 주지 않는다는 원칙을 잘 알고 계시리라 생각합니다. 그러므로 죄상에 어떤 의심스러운 생각이 있다면 그것을 피고에게 유리한 일로 보아주셔야 합니다. 이 원칙이 진정으로 무엇을 뜻하는지 잘 생각해 주시기 바랍니다. 이것은 즉 절대로 확실하지 않은 한 유죄 판결을 내려서는 안 된다는 뜻은 아닙니다……. 의심할 여지없이 절대로 확실한 경우란 좀처럼 없으니까요. 그보다도 나는 좀더 보편적인 것을 말하고 있습니다.

용의자가 결백한가 아닌가 하는 문제에 대해 일상생활의 보편적인 일을 판단할 때와 같은 판단력을 행사해야 한다는 뜻입니다.

또 이렇게 말씀드릴 수도 있겠지요. 만일 어떤 사람이 여러분에게 어떤 요구를 했는데, 그 요구를 들어주면 여러분이 큰 희생을 치르게 된다고 가정해 봅시다. 당연히 여러분은 그 요구가 정당한 것인지 어떤지 검토하시겠지요. 그 결과 그 정당성에 대한 입증이 절대적인 것이 아니라 하더라도 상식적으로 옳다고 판단되었을 경우 여러분은 그 희생을 달게 받으실 것입니다. 그렇지 않다면 물론 거부하시겠지요.

지금 이 사건이 바로 그와 똑같습니다. 피고가 유죄라고 생각하신다면 여러분은 어느 정도 의문을 희생시켜서라도 이것을 유죄로 단정지어야 합니다. 하지만 증거가 너무나 불충분하여 희생을 치를 마음이 일어나지 않는다면 여러분은 무죄로 단정내리셔야 합니다.

이 사건에는 피고의 죄상을 부정하기에 충분한 의문이 있고, 이 사건에 대해 검찰측이 열거한 사실은 모두 피고가 아닌 다른 인물의 범행이라고 가정해도 역시 얼마든지 설명할 수 있습니다. 다시 말해서 경찰은 사람을 잘못 보았다는 것이 이 사건에서 내가 펴려는 변론의 요점입니다.

그래서 나는 지금까지의 증언이 범행을 입증하든 않든 관계없이 이 범행이 찰스 스윈번 씨에 의해 저질러진 게 아님을 밝히려 합니다. 이것을 밝히면 배심원 여러분에게 무죄 평결을 청구할 수 있다고 진심으로 믿고 있습니다."

찰스의 심장은 안타깝게 뛰기 시작했다. 정말일까? 말은 저렇게 하지만 정말 변호해 줄 방법이 있을까? 만일 헤픈스톨 변호사가 그렇게 할 수만 있다면 찰스는 살아나게 된다! 찰스는 거의 견딜 수 없을 만큼 긴장했다. 손가락마디가 하얗게 될 정도로 그는 두 손을 꼭 쥐었다.

헤픈스톨 변호사는 말을 이었다.

"내 의뢰인에게 씌워진 죄상은 얼른 보기에 아주 악질적인 것입니다. 그 점에 대해 전적으로 인정하지 않을 수 없습니다. 나의 존경하는 친구 리처드 블랜더 검사가 이 범죄를 미워하고 공격하는 것도 당연한 일입니다.

하지만 내 의뢰인에게 다행스럽게도 그것은 다만 그렇게 보일 뿐입니다. 그렇게 보이는 것도 사실을 멋대로 해석했기 때문입니다. 다행히 그의 결백과 완전히 일치되는 해석이 두 가지 있습니다. 이것을 여러분 앞에 제시하는 일이 내 특권이며 의무라고 생각합니다.

여러분도 똑똑히 아셨으리라 생각합니다만, 지금까지 진술된 증언 가운데 피고를 유죄로 만들 수 있는 것은 하나밖에 없습니다. 정말로 그가 약국에 가서 남의 이름을 대고 증명할 수 없는 용도를 위해 청산가리를 구입했다면 그는 유죄 판결을 받아야겠지요. 그 경우 나는 그를 교수대로 보내는 것을 주저하지 않을 겁니다. 사실 피고가 그런 짓을 했다고 믿는다면 나는 이 법정에 나와 그를 변호하지도 않습니다. 이 증언이야말로 거듭 말씀드리지만 단 하나 그를 유죄로 단정할 수 있는 결정적인 것입니다. 나머지는 모두 다른 사람의 범행이라고 가정해도 역시 또 설명될 수 있는 것들뿐입니다.

그러므로 지금부터 이 점에 대해 자세히 설명하고자 합니다. 우선 피고가 과연 독약을 샀느냐 사지 않았느냐 하는 문제를 다루어 보기로 합시다.

어떤 사람이 독약을 샀다는 것, 어떤 사람이 남의 이름을 대고 옳지 않은 수단으로 독약을 사갔다는 것은 피보디 씨와 프랜시스 커즈웰 씨의 증언에 의해 뚜렷해졌습니다. 따라서 배심원 여러분이 판단해야 할 문제는 그 독약을 산 사람이 피고였느냐 아니면 다른 사람이었느냐 하는 것입니다.

어떤 분은 피보디 씨가 독약을 사간 사람은 바로 피고였다고 단언했잖느냐고 말씀하실지 모릅니다만, 나는 여기에 대해 피보디 씨가 오해하고 계시다고 말씀드리겠습니다. 나는 피보디 씨의 성실성을 조금도 의심하지는 않습니다. 여러분도 나와 마찬가지로 증언대에 나왔던 피보디 씨를 보셨고 그가 아주 정직하게 증언했다는 것을 의심하지 않으시리라 믿습니다.

하지만 피보디 씨도 배심원 여러분이나 나와 마찬가지로 전능하지는 못합니다. 그도 역시 인간입니다. 우리와 마찬가지로 악의없는 잘못을 저지를 수 있습니다. 지금 그가 문제의 인물과 대면했을 때의 상태를 상상해 보시기 바랍니다.

우선 피보디 씨의 시력은 좋다고 할 수 없습니다. 그것은 그가 안경을 끼고 있는 점으로 아실 수 있습니다. 그 안경에는 두꺼운 렌즈가 끼워져 있어 근시임을 나타내 주었습니다. 둘째로, 피보디 씨의 약국은 어두컴컴합니다. 이 점은 그분 스스로가 인정하셨고, 여러분도 이 점에 대해서는 압도적인 증언을 들으셨습니다. 셋째로, 이 독약이 매매된 날에는 날씨가 어두웠습니다. 이미 들으셨겠지만 그 날은 하늘이 잔뜩 흐려 있었습니다. 네째로, 손님은 빛을 등지고 서 있었습니다.

배심원 여러분, 이런 장면을 상상해 주십시오. 어두운 날 어두운 약국에서 근시안인 노인이 빛을 등지고 선 손님의 얼굴을 보고 있는 장면! 이런 상태에서 상대의 얼굴을 충분히 알아보지 못하리라는 것은 누구나 상상할 수 있습니다. 아니, 상상할 수 있다 없다의 문제가 아니라 피보디 씨가 확인하지 못했다는 현실적인 증거가 있습니다. 그는 여러분도 들으셨듯이 상대가 어떤 모자를 쓰고 있었는지도 모르고 있습니다. 안경을 썼는지, 장갑 또는 반지를 끼고 있었는지 어떤지 그런 점에 대해서도 전혀 답변을 하지 못했습니다. 찬찬히 관찰하지 않았기 때문이지요. 너무 어두웠기 때문에 관찰할 수가 없었던 것입니다. 그 자신의 증언에서 그런 결론을 끌어낼 수 있었던 것은 너무나 당연한 일이 아닐까요?

그러므로 나는 망설임없이 단언합니다……. 손님이 돌아간 다음 피보디 씨는 그 특징에 대해 명확한 개념을 머릿속에 넣지 못했다고 말입니다. 피보디 씨는 처음부터 명확한 인상을 잡고 있지 못했기 때문입니다.

다음에 또 한 가지 아주 중요한 점을 그냥 넘겨서는 안됩니다. 문제의 인물이 약국에 있었던 시간을 3분 내지 5분…… 우선 4분이라고 합시다. 이 4분 동안에 피보디 씨는 여러 가지 일을 했기 때문에 손님의 얼굴을 보고 있을 여유가 없었을 겁니다. 명함을 들여다보았고, 신원을 증명하기 위해 내놓은 네 통의 편지를 살폈고, 독약을 가지러 갔으며, 또 전화번호부를 들춰 커즈웰이라는 이름을 찾아보았습니다. 그런 여러 가지 일을 하면서 과연 어느 정도나 손님의 얼굴을 찬찬히 볼 수 있었겠습니까? 고작 1분, 특수한 경우로 친다 해도 2분 이상 손님을 관찰할 시간은 없었을 겁니다.

그리고 그 어두컴컴한 약방에서 2분 동안 보았을 때와 콜드 피커비에서 다시 보고 확인할 때까지 시일이 얼마나 지났는지 생각해주시기 바랍니다. 피보디 씨 자신도 말씀했듯이 거의 10주일이나 지났던 것입니다!

헤픈스톨 변호사는 윗몸을 앞으로 내밀며 설득하는 투로 말을 이었다.

"설마 여러분은 이런 상태에서 피보디 씨가 그 인물을 제대로 알아볼 수 있었으리라 생각하지는 않겠지요? 나와 마찬가지로 여러분도 역시 그런 일이 불능하다는 것을 잘 아실 줄 믿습니다. 그것은 인간으로서 불가능한 일입니다."

헤픈스톨 변호사는 다시 몸을 펴고 잠시 말을 끊었다.

"여러분은 이렇게 물으실지도 모르겠습니다. 그렇다면 피보디 씨는 뒤가 켕기는 동기도 없는 듯한데 어째서 인물감정을 했을까? 그것은 인간이 지닌 어떤 보편적인 경향 때문입니다. 보는 것이 기대했던 것으로 보이는 경향은 피보디 씨뿐만 아니라 여러분과 나는 물론 우리들 누구에게나 있습니다. 바로 이 경우가 그런 경향 때문이었다는 것을 아셔야 합니다. 이 감정이 어떻게 이루어졌는지 생각해 보십시오.

피보디 씨는 런던 경찰당국으로부터 콜드 피커비로 가서 약국에 독약을 사러 왔던 사람인지 아닌지 직접 보고 확인해 달라는 부탁을 받았습니다. 나는 그것이 부당한 수단이라고 당국을 비난하고 싶지는 않습니다. 경찰로서는 달리 방법이 없었겠지요. 어쨌든 피보디 씨는 본인을 만나리라는 것을 예상하고 갔던 것입니다. 그리고 피보디 씨는 콜드 피커비에 가서 그와 비슷한 사람을 보았습니다. 그리하여 잠재의식 때문에 그를 본인이라고 단정했습니다. 이것은 인간성의 표출에 지나지 않습니다.

그런데 배심원 여러분, 여러분은 단순히 이 인물감정의 옳고 그름에 대한 질문을 받은 게 아님을 잊지 마시기 바랍니다. 여러분은 한 사람을 교수대로 보내야 하느냐 아니냐는 질문을 받고 있는 것입니다. 나는 보내지 말아야 한다고 믿습니다. 왜냐하면 거기에는 이유있는 의문점이 한 두 가지가 아니라 많이 있기 때문입니다.

대수롭지 않은 일이라면 얼마쯤 의문점이 있다 해도 그런 증언을 믿어도 좋겠지요. 하지만 사람 목숨과 관계된 그런 증언을 믿는다는 건 용납될 수 없습니다. 여기에 큰 의문이 하나 있습니다. 그 의문이 지닌 은혜를 피고에게 허락하지 않는다면——나는 모든 경우를 생각하고 단언합니다만——여러분뿐만 아니라 그 어느 누구도 이겨낼 수 없는 큰 책임을 짊어지게 될 것입니다.

특히 그 독약을 사간 사람이 '피고와 비슷할' 경우에는 더욱 그렇습니다. 배심원 여러분, 여러분은 그런 경우를 생각해 보셨습니까? 아직 해보지 않으셨다면 지금이라도 생각해 주시기 바랍니다. 이유 있는 의문이 한 가지라도 남아 있어서는 안됩니다. 감히 말씀드립니다만, 그런 애매한 근거로는 고양이 한 마리도 죽일 수 없습니다. 이 점은 여러분도 잘 아실 줄 믿습니다.

지금 나는 여기서 굳이 어떤 종류의 고발을 하려는 건 아닙니다만, 이 사건에는 내 의뢰인과 비슷해 보이고 또한 지금까지 제출된 증거로서 판단할 때 범인이라고 여길 수 있는 사람이 두 명 있습니다. 내가 누구를 지명할지 이미 아시리라 생각합니다만, 그것은 피터 몰리 씨와 죽은 존 웨더랩 집사입니다. 물론 이 두 사람 중 한 사람이 범인이라는 말은 아닙니다만, 모든 증거는 피고와 마찬가지로 이 두 사람을 가리키고 있습니다. 여러분은 세 사람 가운데 누가 범인인지 판단할 수 있는 자료를——나는 여러 가지 점을 고려한 끝에 말씀드리고 있습니다만——하나도 가지고 있지 않습니다.

하지만 여기에 또 한 가지 여러분의 주의를 최대한으로 촉구하고 싶은 매우 중요한 점이 있습니다. 독약을 사간 사람이 지금 내가 말씀드린 세 사람 중 누구였다는 증거가 있습니까? 그리고 그 사람이 살인과 어떤 관계가 있다는 증거가 있습니까? 어떤 사람이 독약을 사갔습니다. 그러나 그 사람이 과연 그것을 앤드루 노인을 죽이는 데 썼는지 어떻게 압니까? 그는 앤드루 클라우더라는 사람의 존재조차 몰랐을지도 모릅니다. 그 사람이 예를 들어 자살하는 데 그것을 쓰지 않았다고 어떻게 단언할 수 있겠습니까?

지금까지 이루어진 증언에 의거해 생각하면 청산가리를 사간 사람과 이 살인을 연결시킬 이유는 하나도 없습니다. 여기에 대해서는 피보디 씨의 증언이 있을 뿐인데, 앞에서 입증했듯 그의 성실성을 의심할 것까지는 없어도 이 증언은 충분히 우리를 납득시키지 못했습니다.

청산가리를 사간 사람에 대한 인물 인정에 대해서는 이것으로 그치겠습니다. 요컨대 그 인물이 내 의뢰인이었다고 단정할 수 없고, 또한 내 의뢰인이었다고 추정할 만한 정당한 이유도 전혀 없다는 것이 내 주장의 요지입니다. 다음은 피고에게 불리하다고 여겨지는 나머지 증언에 대해 생각해 봅시다.

독물 구입장부에 기입된 손님의 필적에 대해서는 아무 말도 하고 싶지 않습니다. 두 전문가가 감정했는데, 아시다시피 한 사람은 피고의 필적이라고 했고, 또 한 사람은 그렇지 않다고 했습니다.

하지만 배심원 여러분, 그렇다고 해서 이 두 전문가 중 한 사람은 정직하고 다른 사람은 거짓말장이라는 건 아닙니다. 두 사람 모두 훌륭한 분임에 틀림없습니다. 그러므로 이것은 그들에게 주어진 문제가 지극히 어려워 정확하게 단정할 만한 수단이 없다는 것을 뜻합니다. 여러분도 아셨으리라 생각합니다만, 두 사람 모두 이것은 단정적이 아닌 자기 의견에 지나지 않는다고 밝혔습니다. 여기서 말씀드리고 싶은 것은, 그들의 증언에서 얻을 수 있는 유일한 결론은 피고가 썼는지 안 썼는지에 대해 크게 의문의 여지가 있다는 것입니다.

이밖에도 아주 애매한 증언으로서 시어맨 부인과 주피터 호 직원의 증언이 있습니다. 이 두 사람은 물론 정직하고 그 증언도 선의에서 나온 것으로 여겨집니다만, 그들은 아마도 피고의 마음속에 파고들어갈 수 있었다고 생각하는 모양입니다! 어떤 사람을 오래 사귀어 그 성격을 알고 있다든지 흥분해 있다든지 이성을 잃고 있다든지 하는 것을 어느 정도 정확하게 알 수 있겠지요. 하지만 내 의뢰인은 이 두 사람을 배 안에서 처음 만났습니다. 그런데 태도가 예사롭지 않았다고 말합니다. 예사로울 때 그의 태도가 어떤지 모르는 그들이 어떻게 예사로웠는지 아닌지 판단할 수 있겠습니까? 그리고 어째서 우편물을 몹시 기다려서는 안 된단 말입니까? 그 무렵 내 의뢰인은 사업이 부진했습니다. 그리하여 사업성적에 강한 관심을 가지고 있었습니다. 이런 막연한 상상을 바탕으로 하여 의견을 내놓는다는 것은 무리한 이야기이며, 따라서 이 증언은 적당치 않으므로 제거해 주시기 바랍니다."

희망이——쉽게 믿을 수 없는 희망이 찰스의 마음에 솟아올랐다. 그는 헤픈스톨 변호사가 이 사건에 대해 아무 노력도 기울이지 않아 자신이 치른 보수에 상당하는 가치가 없는 사람으로 생각했었는데, 지금은 아무리 많이 지불해도 이 변호사에게 진 빚을 다 갚을 수 없으리라 여겨졌다. 헤픈스톨은 그의 목숨을 구해주려 애쓰고 있는 것이다. 그것을 위해 온 힘을 기울이고 있는 것이다. 헤픈스톨에 대한 그의 관심은 괴로우리만큼 강해졌다.

그의 변론은 분명히 배심원들에게 영향을 미쳤다. 배심장만 빼놓고 이미 의견을 굳힌 듯했던 무서운 표정이 그들의 얼굴에서 사라졌다. 지금 그들은 대부분 헤픈스톨의 주장을 납득한 것 같았으나 아직도 그중 두세 사람은 의심스러워하는 표정이었다. 찰스는 자신을 가만히 끌어안았다. 사태는 확실히 호전되고 있었다.

헤픈스톨 변호사의 힘찬 목소리가 다시 이어졌다.

"검찰측에서는 피고가 외숙부를 죽였다고 주장하며 그 동기를 제시하는 데 적잖은 곤란을 겪은 것 같습니다. 아니, 전혀 결론을 얻지 못한 거나 다름없습니다. 애당초 그들이 어떻게 해서 이른바 동기라는 것을 알아냈는지 아십니까? 경찰의 취조에서? 교묘한 탐정적 수사에서? 그렇지 않습니다. 피고 자신에게서 입수한 것입니다. 여러분이 이미 들으신 첫 구술서에도 있듯이 피고 자신이 제공했습니다. 피고는 솔직히 범행동기가 있음을 인정했습니다. 하지만 이것은 그가 범행을 저질렀다는 말은 아닙니다.

여러분을 위해 이것을 간단히 증명해 보겠습니다. 피고 말고도 네 사람이 역시 범행동기를 가지고 있습니다. 특히 피터 몰리 씨는 아주 강력한 동기를 가지고 있습니다. 그와 피고는 똑같이 피해자에게 경제적인 도움을 요청했습니다. 그런데 피고는 성공했으나 피터 몰리 씨는 실패했습니다. 따라서 그의 동기는 피고의 동기보다 강하다고 보아도 좋겠지요. 폴리펙스 부인과 폴리펙스 양 및 집사 존 웨더랩도 각각 클라우더 노인 살해동기를 가지고 있었습니다. 그들은 앤드루 클라우더 씨의 죽음에 의해 이익을 얻게 되는 입장에 있었고, 다른 두 사람만큼 막대한 액수는 아닐지라도 이것을 부정할 자료가 없는 한 그들 중 누군가가 돈에 궁해 있지 않았다고 말할 수는 없습니다.

그러므로 앤드루 클라우더 노인을 살해한 동기를 가진 사람이 다섯 명 있었다는 이야기가 됩니다. 그들 모두가 이 범죄를 저질렀다고 생각할 수는 없겠지요. 따라서 그들 중 몇 사람…… 다섯 명 모두는 아니더라도 그들 중 네 명은 결백합니다.

내가 말하고 싶은 것은 이 결백한 네 명이 범인인 다른 한 사람과 마찬가지로 살해동기를 가졌다는 점입니다. 따라서 동기만으로는 유죄인지 아닌지 결정내릴 수 없으므로 동기문제는 생각하실 필요가 없다고 봅니다. 일이 너무 여러 갈래로 복잡하게 퍼지기 때문에 이 문제에 대해서는 이쯤 하기로 하고, 다음은 두 번째 문제, 독이 든 알약을 복용케 한 문제로 넘어가겠습니다."

헤픈스톨 변호사는 효과를 올리기 위해 잠깐 말을 끊었다. 그는 허리 굽혀 서류를 들여다본 다음 전에도 그랬듯이 외눈안경을 천천히 만지작거리고 배심원들에게로 부드러운 눈길을 던지며 다시 입을 열었다.

"이 점에 대해 나는 경찰측의 지도적 입장에 있는 내 존경하는 친구의 태도에 좀 놀라고 있습니다. 피고가 알약에 독약을 넣어 외숙부에게 먹였다는 전혀 근거 없는 가정을 끌어내다니, 참으로 그답지 못한 태도입니다.

이것은 사건의 중대한 문제 가운데 하나——아마 단 한 가지 중대한 점이라고 해도 좋은데——입니다. 이처럼 중대한 문제에 대해 검찰측이 조그만 증거도 제시하지 못하는 것을 보고 나뿐만 아니라 여러분들도 적잖이 놀랐으리라 믿습니다. 나의 존경하는 친구는 여기에 대해 뭐라고 했습니까? 그 자신의 말을 인용해 봅시다. '만일 알약 속에 독을 넣어 클라우더 노인의 약병에 넣어둘 수만 있다면 그것을 넣은 사람이 멀리 떨어져 그 자리에 없어도 머지않아 노인이 그 약을 먹고 죽으리라는 것을 그는——이것은 물론 피고를 말합니다——충분히 알고 있었다고 말할 수 있습니다'라고 말했지요. 하지만……."

헤픈스톨은 목소리를 높이고 제스처를 크게 했다.

"이것은 피고의 범행을 입증하는 근거가 될 수 없습니다. 그것은 다만 하나의 가능성을 진술한 데 지나지 않습니다. 그런데 이 말에 찬성하라는 것은 너무도 지나친 억지가 아닐까요?

나의 존경하는 친구는 이어서 독약이 한 개의 알약 속에 들어 있었으며, 그 알약이 고인의 약병 속에 넣어져 고인이 그것을 먹고 사망했다는 사실이 바로 그 증거라고 말했습니다. 그리고 그것을 모두 증명할 수 있다고 했습니다만, 내가 보기에 그런 증명은 전혀 이루어지지 않았습니다. 그것은 하나도 증명되지 않았던 겁니다.

배심원 여러분, 생각해 보십시오. 고인이 독이 든 알약을 먹었다고 해서 그것이 피고와 고인의 죽음을 연결시킬 수 있는 이유가 되겠습니까? 이런 빈약한 근거를 가지고는 한 마리의 개도 납득시킬 수 없을 것입니다. 이런 것을 가지고 사람의 목숨을 앗으려 한다면 그야말로 큰일입니다.

8월 25일 저녁식사를 마친 다음 피고는 고인과 단둘이 있었으니까 독이 든 알약을 피해자의 병에 넣었음에 틀림없다, 아니면 독이 든 알약이 넣어진 다른 병과 바꾸어 놓았음에 틀림없다고 말했습니다만, 여기서 이 주장을 차근차근 검토해 주시기 바랍니다. 그리고 두 가지 이유에서 이것을 말살해 주시기 바랍니다.

첫째로, 이 주장은 논리적으로 불완전합니다. 이것을 완전하다고 보면 고인과 단둘이 있었던 사람은 모두 독이 든 알약을 고인의 약병에 넣었다는 이야기가 됩니다. 어리석은 결론이라고 하지 않을 수 없지요. 둘째로, 고인과 단둘이 있었던 것은 피고뿐이 아닙니다. 증언을 들어서 아셨겠지만, 그날 밤 피터 몰리 씨와 클로스비 씨가 모트 장에서 저녁식사를 들었는데, 클로스비 씨가 서류를 가지러 간 사이 피터 몰리 씨는 피해자와 단둘이 있었습니다.

그렇다면 어째서 몰리 씨가 독이 든 알약을 넣었다고는 말하지 않습니까? 그때의 사정으로 보아 집사 웨더랩도, 그리고 다른 두 가족 폴리펙스 부인과 그녀의 딸도 식사 뒤 고인과 단둘이 있었을지도 모릅니다. 그렇다고 해서 그들을 범인으로 단정할 이유가 되지는 않습니다. 따라서 이들 가운데 특별히 피고만 집어내어 범인이라고 단정할 수는 없다고 생각합니다.

나의 존경하는 친구 리처드 검사는 포도주가 엎질러진 것은 피고가 병을 바꿔치기하려고 했기 때문이라고 말했습니다. 나의 존경하는 친구가 반드시 피고가 엎질렀다는 것을 훌륭하게 입증한다면 그렇게 생각될 수도 있겠지요. 하지만 그는 아무 입증도 못했습니다. 피고와 엎질러진 포도주를 연결시킬 만한 근거를 하나도 제시하지 못했던 것입니다. 그보다 나이가 들어 체력이 약해지고 병 때문에 손이 떨렸던 고인이 엎질렀다고 보는 편이 훨씬 자연스럽지 않을까요? 또 웨더랩이 엎지르지 않았다고 어떻게 단정할 수 있겠습니까?

더 이상 장황하게 늘어놓아 여러분을 괴롭힐 필요는 없다고 봅니다. 그림과 5천 파운드의 빚에 대해서도 여러 가지 설명이 있었습니다만, 이것은 완전히 초점에서 벗어난 문제입니다. 앞에서도 말씀드렸듯이 그 무렵 돈에 궁색했다는 사실을 피고 자신은 별로 숨기지 않았습니다.

그의 휴가에 대해서도 똑같은 말을 할 수 있습니다. 어째서 피고는 자기가 원할 때 휴가를 떠나서는 안 됩니까? 이것은 배를 예약한 날짜에서 무언가를 끄집어내려는 경찰측의 궁여지책이라고 해도 좋으리라 생각됩니다. 생각해 보십시오, 피고는 8월 23일 순항선에 대해 알아보았고, 26일에 예약을 신청했습니다. 어디에 부자연스러운 점이 있다는 겁니까?

배심원 여러분, 여러분 가운데 어느 분이든 출항일도 모르고 여행할 생각도 굳히지 않은 채 순항선 선실을 신청하실 분이 있습니까? 피고는 휴가를 떠나야겠다 생각하고 있었는데, 마침 그 기회가 왔으므로 휴가를 떠났을 뿐입니다. 여러분이나 나도 그렇게 할 수 있지요. 그리고 유나 양의 증언은 사건과 전혀 관계 없는데도 경찰측은 그녀와 피고를 성가시게 해주어 참으로 유감입니다."

여기서 다시 헤픈스톨 변호사는 짧게, 아주 짧게 말을 끊음으로써 인상적인 효과를 냈다. 그는 다시 말을 이었다.

"배심원 여러분, 여기서 나는 변론을 정리해 보겠습니다.

한마디로 말해서 검찰측은 내 의뢰인인 피고를 살인과 연결시키는 일에 실패했습니다.

누군가가 청산가리를 사갔습니다. 하지만 그것이 내 의뢰인이었다는 증거는 없습니다. 피보디 씨의 증언은——이것이 중요한 점에 대한 유일한 증거입니다만——본질적으로 믿을 만한 것이 못됩니다. 다른 증언은 갈피를 잡을 수 없어 문제가 되지 않습니다.

배심원 여러분, 본 변호인이 말씀드릴 것은 이것뿐입니다만, 부디 무죄의 평결을 내려주시기 부탁드리는 바입니다."

헤픈스톨 변호사가 자리에 앉자 공판은 내일 다시 열리기로 결정되었다.

찰스는 다시 완전히 낙관적이 되었다. 이 변론에 대해 반박할 방법은 없을 것이다. 배심원 가운데 누구도 반대할 사람이 없을 것이다. 지금까지 짓눌려 있던 강한 절망의 반동이 그에게 일어나서 노래부르며 손이라도 휘젓고 싶은 충동을 느끼게 했다.

그는 살아난 것이다! 그들은 그것을 부정할 수 없다! 나머지 심리는 다만 형식적인 것에 지나지 않으리라.

찰스, 운명을 알다

 다음날 아침 공판정으로 들어갔을 때 찰스의 낙관은 거의 발산되어 버리고 있었다. 이도저도 아닌 애매모호하고 무서운 기간이 끝나가고 있어 기뻤으나, 동시에 그 종결이 가져다줄지도 모를 상황을 생각하며 자잘한 공포의 물결에 씻기고 있었다.
 하지만 그는 마음을 고쳐먹었다. 그 정도의 변론이 있었는데, 결과를 의심할 필요는 없다. 오늘 밤에는 적어도 혐의가 풀릴 것이다. 그러나 그는 그 밖의 경우는 생각하고 싶지 않았다.
 어느 경우이든 오래 생각하고 있을 여유가 없었다. 심리가 다시 열리자 리처드 검사가 선뜻 나와서 최종 논고를 했다. 헤픈스톨 변호사와 마찬가지로 그도 부드러운 목소리로 배심원들에게 그들의 선의와 호의를 확신하고 있는 오랜 친구이기라도 한 듯한 태도로 말했다.
 "배심원 여러분, 나의 존경하는 친구 헤픈스톨 씨의 훌륭한 변론을 듣고 여러분도 나와 마찬가지로 크게 감동을 받았으리라 믿습니다. 이런 종류의 일에 종사하는 사람이 아니고는 그 변론에 담긴 풍부한 식견과 경험과 기교를 도저히 이해할 수 없을 겁니다.

그와 동시에 배심원 여러분, 헤픈스톨 변호사의 주장이 이 사건에 대한 공정한 견해를 여러분에게 제공하는 게 아님을 이해하셔야 합니다. 변호인은 의뢰인을 해방시키는 것——만일 그렇게 할 수만 있다면——이 직무입니다. 처음부터 끝까지 아주 훌륭했지만, 그가 제시한 견해는 고의적으로 한쪽에 치우친 것입니다. 그러므로 그의 주장이 어디까지 긍정할 수 있는 것인지 검토하고, 아울러 사건의 다른 면을 여러분에게 제시하는 게 나의 직무입니다. 그리고 재판장님께서 우리들 사이의 평형을 유지시켜 주실 겁니다. 이제부터 나의 견해를 아주 간단하게 말씀드리겠습니다.

나의 존경하는 친구 헤픈스톨 씨는 피보디 씨 약국에서 청산가리를 산 인물이 피고였다는 피보디 씨의 인정이 정확하다면 피고를 범인으로 단정해야 함을 인정했습니다. 따라서 그는 당연히 이 인정에 의문을 던져야만 했지요. 그리고 사실——이렇게 말씀드려도 괜찮다면——멋지게 해치웠습니다. 하지만 배심원 여러분, 헤픈스톨 씨의 견해도 내 견해도 아닌 여러분 자신의 견해에 의거하여 평결을 내려야 할 배심원 여러분은 그런 훌륭하긴 하나 고의적으로 왜곡된 설로 말미암아 흔들려서는 안됩니다. 잠시 이런 것을 생각해 보십시오.

맨 먼저 나의 존경하는 친구 헤픈스톨 씨는 그날 날씨가 어두워서 피보디 씨의 약국 안이 어두웠다고 말했습니다. 이 말은 모두 인정하기로 하지요.

하지만 배심원 여러분, 여기서 헤픈스톨 씨가 미처 말하지 못한 사실이 있음을 생각해 주시기 바랍니다. 즉 우리의 눈은 환경에 따라 스스로 조절하는 능력을 가지고 있다는 점입니다. 주위가 어두우면 동공이 크게 확대되어 보다 많은 빛을 받아들이게 됩니다. 밝은 장소에서 갑자기 어두운 방으로 들어가면 물건이 잘 보이지 않습니다만, 어두운 방에 하루 종일 있으면 앞의 경우보다 훨씬 잘 보입니다.

피보디 씨는 아침부터 약국에 있었기 때문에 그의 눈은 어둠에 익숙해져 있었을 것입니다. 더구나 그는 그런 장소에서 늘 일해 왔으니까요. 조제한다는 것, 지극히 작은 분량을 저울질해야 하는 섬세한 조제 작업을 그는 그와 비슷하게 어두운 조제실에서 했습니다. 명함의 글씨를 읽는 일도 그리 쉽지 않았을 텐데 피보디 씨는 어쨌든 손님이 내놓은 명함을 읽을 수 있었습니다.

그 다음 헤픈스톨 씨는 피보디 씨가 근시안이라고 말했습니다만, 여러분의 주의를 끌었던 안경…… 바로 그 안경에 의해 근시가 조절되었다는 사실을 모르고 있습니다. 이 공판정의 증인석에서 증언대까지는 약 12피트입니다. 이 정도 거리에서 피보디 씨는 피고의 얼굴이 뚜렷이 보인다고 말했습니다. 근시안이 12피트 거리에서 피고의 얼굴을 뚜렷이 볼 수 있다면, 약국 카운터 너머의 손님 얼굴을 어찌 못 보겠습니까? 물론 볼 수 있습니다.

피보디 씨는 독약을 사간 손님과 1, 2분밖에 대면하지 않았으므로 두 번째 보았을 때 알아보았을 리 없다고 헤픈스톨 씨는 주장했습니다만, 배심원 여러분, 여러분 자신에게도 그런 경험이 있으시리라 생각합니다. 몇 초 동안만 보면 그 얼굴 생김새를 충분히 기억에 새길 수 있지 않습니까? 부디 여러분 자신의 경험을 생각해 주십시오. 그러면 내가 옳다는 것을 아시게 될 겁니다.

사람을 처음 대할 때 우리는 먼저 얼굴을 봅니다. 처음부터 외투나 모자나 장갑에 주의를 기울이는 일은 그다지 없지요. 반드시 얼굴을 보는 법입니다. 그날 아침 피보디 씨도 손님이 들어왔을 때맨 먼저 얼굴을 보았습니다. 모자나 그밖의 것을 기억하지 못하는 게 얼굴을 보지 않았다는 증명이 되지는 못합니다. 이것 역시 여러분 자신의 경험으로 아시리라 생각합니다.

배심원 여러분, 이 인물 인정을 부정하기에 충분할 만큼 올바른 근거는 아무것도 제시되어 있지 않습니다. 하지만 내가 여러분의 주의를 끌고 싶은 것은 비록 어떤 근거가 제시되었다 해도 현실적으로 전혀 영향을 미치지 못한다는 점입니다. 피보디 씨가 상대방의 얼굴을 보았느냐 안 보았느냐에 대해서는 피보디 씨가 유일한 권위자입니다. 그 피보디 씨가 보았다고 하지 않습니까? 약국에서 상대방의 얼굴을 똑똑히 보았다고 했고, 그 뒤 피고를 보고 바로 저 사람이라고 증언했습니다.

그러므로 피보디 씨는 진실을 말했거나 거짓을 말했거나 둘 중 하나입니다. 거짓말을 하고 있다고 생각하신다면 여러분은 피고를 무죄로 단정할 테고, 진실이라고 생각하신다면 유죄 판결을 피할 수 없겠지요.

피보디 씨의 착각이라는 설 때문에 판단을 그르쳐서는 안됩니다. 그처럼 어두운 상태에서는 잘못 볼 수 있다는 것을 그 자신도 잘 알고 있습니다. 그런데도 그는 잘못 보지 않았다고 말했습니다. 자신의 증언이 가져올 결과의 중대성을 충분히 알고 있으면서도 그는 잘못 보지 않았다고 말한 것입니다. 여러분은 이 말을 마음에 새겨 그 신빙성을 스스로 판단하셔야만 합니다."

이 날카로운 논고를 듣고 있는 동안 차가운 공포의 무게가 차츰 찰스의 마음을 짓누르기 시작했다. 짧은 낙관의 기간은 이미 사라졌다. 왜냐하면 사실 헤픈스톨 변호사의 변론에는 결국 아무 내용이 없었기 때문이다. 아아, 헤픈스톨의 변론으로 공판이 끝나주었다면! 배심원들은 아직 완전히 생각을 바꾸지는 않았어도 얼굴에서 의혹의 빛이 사라지고 대신 이전의 결연한 빛이 나타나고 있지 않은가? 아아, 저 사나이의 부드러우면서도 사정없는 목소리만 그치게 할 수 있다면!

그러나 그 목소리는 계속 이어졌다.
"그리고 콜드 피커비에서의 인물 인정이 어떤 뜻에서든 부당하다는 주장은 완전히 머릿속에서 거두어주시도록 부탁드려야겠습니다.

만일 경찰이 피보디 씨에게 '저기에 용의자가 있습니다. 당신 약국에 왔던 사람이 바로 저 남자입니까?' 하고 물었다면 헤픈스톨 씨의 주장이 타당하겠지요. 하지만 여러분도 아시다시피 경찰은 결코 그러지 않습니다.

용의자는 다른 몇 사람과 함께 증인 앞에 나가게 되고 증인은 그 자신의 판단으로 골라내는 것입니다. 이 방법은 매우 공평합니다. 아무튼 문제는 피보디 씨의 증언이 믿을 만한 것인가 아닌가에 달려 있습니다.

그리고 헤픈스톨 변호사는 자기 의뢰인의 혐의를 풀어 주기 위해 다른 두 사람에게 혐의를 씌우는 비열한 수단을 썼습니다. 특히 존 웨더랩을, 죽어서 스스로 변명할 수 없는 인물을 끌어내는 비열한 수단을 썼습니다. 헤픈스톨 씨는 아마 피고를 용의자로 보기 이전에 경찰이 그들을 조사한 사실을 여러분이 모르고 있다고 생각하는 모양입니다. 만일 피터 몰리 씨에 대한 범죄 증거가 있다면 그는 지금 피고석에 서 있을 것입니다.

헤픈스톨 씨는 항해 중 피고의 정신상태에 대한 증언을 부정하려고 했습니다. 이것은 헤픈스톨 씨로서는 당연한 일이겠지요. 왜냐하면 이 증언은 그를 변호하는 데 있어 가장 불리하기 때문입니다. 피고가 드러낸 초조와 불안의 빛을 시어맨 부인과 직원이 꿰뚫어 보았는지 어떤지에 대한 판단은 배심원 여러분에게 맡기기로 하겠습니다. 만일 여러분 자신이 증인 입장에 있다면 어떨까요? 틀림없이 꿰뚫어 보았을 겁니다. 증인들도 꿰뚫어 볼 수 있었습니다. 그래서 그 점을 시인한 거지요.

피고가 냉정과 침착을 잃고 있었다면 그 불안의 원인은 과연 무엇이었을까요? 헤픈스톨 씨는 그의 공장 상태가 나빴기 때문이라고 주장했으나 그렇지 않습니다. 그토록 공장일이 걱정이라면 3주일이나 공장을 떠날 수가 없지요. 그게 아니라 클라우더 노인의 부고를 기다리고 있었기 때문에 침착을 잃고 흥분해 있었던 겁니다. 나는 그렇게 해석합니다. 그리고 이것이 그의 정신상태를 해결하는 유일한 길이라고 믿습니다.

마지막으로 한마디만 더 하겠습니다. 헤픈스톨 씨는 우리가 피고와 알약을 연결시키는 일에 실패했다고 말했습니다. 그리고 그 알약이 어떤 방식으로 마련되었는지조차 모른다고 말했습니다. 경찰 측 논고에서 이 부분이 명확하게 해명되지 않았다면 참으로 유감입니다. 나로서는 명확하게 했다고 생각했는데 그렇지 못했다면 다시 보충 설명을 하겠습니다.

먼저 고인이 독이 든 알약을 먹고 사망했다는 사실을 우리가 어떻게 알았는지 그 경로를 생각해 주시기 바랍니다. 여기에는 네 가지 이유가 있습니다.

첫째, 비행기 안에서 점심식사를 든 다음 고인이 알약을 먹는 것을 피터 몰리 씨가 보았다는 점입니다. 이미 피터 몰리 씨의 증언으로 아셨겠지만, 그는 고인에게 말을 걸기 위해 몸을 앞으로 내밀었을 때 고인이 알약을 먹는 것을 보았습니다.

둘째, 여러분도 이미 아시다시피 그랜트 씨가 시체에 그 소화제 성분이 남아 있지 않았다며, 따라서 고인이 먹은 것은 소화제가 아니라고 증언한 사실입니다.

셋째, 고인이 바로 한 알의 알약에 해당하는 분량의 청산가리를 먹고 사망했다는 점입니다.

넷째, 피터 몰리 씨는 고인이 점심식사를 마친 다음 알약을 먹었다고 증언했습니다. 의사의 말에 따르면 이 독약은 매우 효력이 빠르게 나타난다니까 이것이 점심식사 속에 들어 있었다고 볼 수는 없으며, 만일 그랬다면 고인은 그 알약을 먹을 수 없었겠지요.

이 네 가지 사실을 합리적으로 설명할 수 있는 것은 고인이 먹은 알약에 독약이 들어 있었다는 것밖에 없습니다.

물론 독이 든 알약이 고인의 약병에 넣어진 경로를 정확하게 입증할 수는 없습니다. 만일 그것을 입증할 수 있다면 사흘에 걸친 심리를 할 필요도 없지요. 그러나 입증은 할 수 없어도 상상할 수는 있습니다.

피고는 피해자의 약병과 비슷한 병 밑바닥에 독이 든 알약을 넣었을 것입니다. 그리고 마지막으로 모트 장을 방문한 8월 25일 밤에 피고는 자기가 가지고 간 그 약병을 외숙부의 약병과 바꿔치기한 게 아닐까요? 앤드루 클라우더 노인은 식사 뒤 반드시 알약을 먹었으니까 그날 저녁식사 뒤에도 역시 한 알 먹었을 것입니다. 그때 그 자리에는 이 두 사람만 있었지요. 노인의 주의를 다른 곳으로 돌린 다음 슬쩍 병을 바꿔치기하는 것쯤 아주 간단한 일이었을 겁니다.

이 일과 관련하여 포도주잔이 엎질러진 사실에 특히 주의를 기울여주시기 바랍니다. 포도주잔이 엎질러지는 것은 흔히 있는 일이 아닙니다. 적어도 난폭하게 굴 일도 없고 심한 논쟁을 벌일 일도 없는 조용한 식탁에서는 있을 수 없는 일이지요. 여느 상태에서 무엇 때문에 그런 일이 일어났는지 매우 이해하기 곤란합니다. 하지만 노인의 주의를 끌기 위해 잔을 넘어뜨리고 그 사이에 병을 바꿔치기했다면 곧 이해가 갑니다.

배심원 여러분, 그러나 그런 식으로 병을 바꿔치기했다는 것을 입증할 수는 없습니다. 이 점은 나도 인정합니다. 다른 사람이 있는 앞에서 피고가 그런 짓을 했을 리는 만무합니다. 하지만 여기서 다음 사실을 생각해 주시기 바랍니다.

첫째, 피터 몰리 씨와 분석 전문가의 증언에 의해 고인이 알약에 든 독물로 죽었음이 확실해진다는 것.

둘째, 이 저녁식사 이틀 전 피고가 런던에서 부정한 수단으로 청산가리를 손에 넣었다는 것.

셋째, 식사할 때 피고는 고인의 약병에 독약을 넣을 기회——유일한 기회——를 가졌으며, 바로 이때, 즉 고인과 단둘이 있을 때 포도주가 엎질러졌다는 것.

넷째, 피고에게는 독약을 가지고 가는 일 말고는 이날 모트 장에 가야 할 이유가 없었다는 것.

다섯째, 다음날 그가 부리나케 순항선 선실을 예약했다는 것. 이런 사실들은 피고가 독이 든 알약을 고인의 약병에 넣었다는 강력한 증거가 된다고 생각합니다. 배심원 여러분, 이런 추측이 옳은지 그른지는 여러분의 판단에 맡기겠습니다.

지금까지 내가 주장한 바를 요약해 보겠습니다. 피고는 이 범죄를 저지를 유력한 동기와 충분한 기회를 가지고 있었으며, 그의 몇 가지 행위는 그를 범인으로 가정할 때에만 설명이 가능한 것이어서 클라우더 노인의 죽음을 이밖에는 달리 설명할 수가 없습니다."

리처드 검사는 '우리의 조국 대영제국에 있어' 생명이 안전하기를 바란다면 배심원들은 두려워할 것 없이 사심을 버리고 의무를 다해야 한다는 짧은 맺음말을 남기고 자리에 앉았다.

다시 잔잔한 물결 같은 동요가 법정 안에 흘렀다. 이제 이 길고 무서운 드라마의 한 막이 끝났다. 또다시 찰스는 불안과 공포 속으로 가라앉았다. 문제는 재판장이 이것을 총괄하여 어떻게 끌고 가느냐에 달려 있다.

엘리엇 재판장은 공평하지만 엄격하기 그지없는 사람으로 알려져 있다. 몸집 작은 이 노신사가 몸을 움직였다. 그는 배심원을 향해 말하려고 몸을 옆으로 조금 돌렸다. 서두르지도 주저하지도 않고 그는 입을 열었다. 나직하지만 뚜렷한 목소리가 법정 구석구석까지 울렸다.

"배심원 여러분, 피고는 모살혐의로 기소되어 있습니다. 그러므로 자잘한 증거를 조사해 보기 전, 이 사건에서의 여러분의 의무에 대해 한마디 해두고 싶습니다.

여러분은 두 가지 의무, 즉 죄있는 사람을 단죄할 의무와 결백한 사람을 해방시킬 의무를 가지고 있습니다. 이 두 가지는 똑같이 중요합니다.

만일 결백하다면 피고는 이 무서운 혐의에서 벗어나 그 인격에 조그마한 오점도 남기는 일없이 법정을 나서야 합니다. 이것이 얼마나 중요한가는 말할 나위도 없습니다. 하지만 만일 죄가 있다면 그 범죄 때문에 고통받아야 한다는 것도 역시 중대하다는 것을 잊어서는 안 됩니다.

범인이 붙잡혀도 벌을 받지 않게 된다면 범죄는 잇달아 일어날 것이며 생명도 재산도 안전하지 못하게 되겠지요. 그러므로 변호인도 말했듯이 여러분에게는 피고에 대한 의무와 국가에 대한 의무가 있는 셈입니다. 이 두 가지 의무를 모두 이행하기 위해 여러분은 진지하고 신중하게 모든 증거를 검토하시리라고 믿습니다.

그럼, 이 사건을 전체적으로 총괄해 보겠습니다. 피고 찰스 허글레이브 스윈번은……"

이리하여 또다시 성가신 과정이 되풀이되었다. 클라우더 집안과 공장의 역사, 찰스의 곤란한 재정 상태, 여기에 대해 세워진 해결책, 독약 구입, 알약에 얽힌 가정, 찰스의 휴가…….

고맙게도 찰스 자신은 허탈을 느끼기 시작하고 있었다. 사건과 아무 관계없는 사소한 일이 머릿속을 차지하고 있어 그 자신도 깜짝 놀랐다. 그런 일이 자기의 생사에 관계되는 재판장의 낮은 목소리를 밀어내는 경우도 있었다.

피고석 앞 널빤지에 틈이 있는데, 지난 이틀 동안의 공판 때도 그랬지만 그는 그 틈을 더듬어 끝에서 끝으로 눈길을 옮겼다. 몇 인치 아래에 또 하나의 틈이 있었다. 그것은 널빤지 마디 둘레를 크게 꺾어들었다. 찰스는 이 틈들의 커브와 주름의 위치를 모두 외워버렸다. 그 널빤지 위에 작은 거미가 기어가고 있었다. 찰스에게는 그것이 재판보다 중요한 듯한 느낌이 들었다. 그는 거미가 틈으로 다가가는 것을 지켜보고 있었다. 틈으로 빠져나갈 수 있을까? 그는 거의 숨도 쉬지 않고 지켜보고 있었다. 빠져나갔다! 잠시 머뭇거리는 듯싶었으나 마침내 거미는 그 틈을 빠져나갔다. 거미는 더욱 앞으로 나가더니 다른 널빤지와의 사이로 모습을 감추었다.

아직도 낮은 목소리가 조용히 이어지고 있었다. 재판장의 의견은 매우 공평하고 또한 중립적이었다. 배심원들을 어느 쪽으로도 유도하지 않았다. 배심원들은 누구의 힘도 빌지 않고 스스로 결정내려야만 했다. 희망과 절망이 찰스의 마음속을 오갔다.

낮은 목소리가 조용히 계속되었다.

"경찰측이나 변호인측이 모두 피보디 씨 증언의 중요성을 역설하는 것은 당연합니다. 여러분이 독약을 사간 사람이 피고였다는 피보디 씨의 증언을 인정하느냐 다른 사람이었다고 생각하느냐에 따라 평결은 크게 달라질 것입니다.

이 판단은 지금 여러분이 들은 검찰측과 변호인측을 대표하는 훌륭한 두 분의 말보다 자신의 양식과 입장과 인물과 생활에 대한 지식에 의해 내려야 합니다. 여러분 자신이 이미 밝혀진 상황의 피보디 씨 약국에 서 있다고 생각하셔야 합니다. 그리고 약 10주일 뒤 그때의 손님 얼굴을 알아볼 수 있는지 어떤지 생각해야 합니다. 이것은 의론이라기보다 상식과 경험의 문제입니다.

만일 피고가 독약을 샀다고 판단한다면 여러분은 아마 유죄 평결을 내려야겠지요. 다른 목적에 쓰기 위해 샀다고 한다면 당연히 변호인측에서 그 점을 주장했을 것이기 때문입니다. 그러나 피고가 독약을 샀다는 사실에 의문이 있다면 다른 사실을 샅샅이 검토하여 이것이 결론으로 이끌고 가기에 충분한지 어떤지 판단해야 합니다.

그럼, 별실에서 평의하시기 바랍니다. 법률상의 문제로 미심쩍은 점이 있으면 기꺼이 질문에 응하겠습니다."

이윽고 배심원들은 줄줄이 나갔고, 찰스는 다시 불길한 층계를 통해 아래로 끌려갔다.

재판장의 말에서 그는 조금도 위안을 얻을 수가 없었다.

그에게 불리한 말은 없었다. 그러나 그에게 유리한 점은 모두 지적되어 있었다. 이 재판장의 총괄 속에 분개할 만한 점은 하나도 없었다. 하지만 그와 동시에 재판장은 그의 편을 들고 있지도 않았다. 그에게 불리한 점 역시 모두 제출되어 있었다. 그에게 유리한 점도 불리한 점도 특별히 강조되어진 것은 하나도 없었다.

배심원의 얼굴에서도 그는 많은 것을 읽어낼 수가 없었다. 배심장은 여전히 '유죄'라고 마음을 굳히고 있는 모양이었으나 다른 배심원들의 표정은 그리 간단히 읽을 수가 없었다. 만일 배심장이 억센 사람이라면 사태는 좋지 않은 방향으로 기울어질 것이라는 생각이 들었다. 마음이 좁은 사람은 그 자신의 이유 때문에 억세어지는 수가 많다.

외숙부를 죽인다는 생각이 처음 떠올랐을 때부터 찰스는 이따금 시간이라는 게 얼마나 끔찍이 더디게 가는지 알았다. 하지만 이 지방재판소 대기실에서만큼 그것을 뼈저리게 느낀 적은 없었다. 이 끔찍한 중간휴식 시간이 끝나주기만 한다면 불리한 평결이든 무엇이든 빨리 결정이 내려져도 상관없다고 수없이 생각했다. 하지만 곧 불리한 평결이 실제로 무엇을 뜻하는가 되새겨보고는 낭패와 저주와 공포로 떨었다.

시간은 느릿느릿 아무 일없이 지나가 찰스는 일종의 방심상태에 빠졌다. 또다시 그 자신에게서 빠져나간 듯한 이상한 기분, 먼 곳에서 자기 자신을 내려다보는 듯한 기분, 그리고 이 경험이 어떤 다른 사람의 경험인 듯한 기분이 들었다.

지난날의 여러 가지 일들이 머리에 떠올랐다. 새로 처음부터 다시 할 수 있다면 가지고 있는 모든 것을 내놓아도 아깝지 않다고 생각했다. 가책을 느끼지 않는 양심과 자유가 있다면 가난해도 좋다! 그렇게만 된다면 얼마나 고맙게 생각하겠는가! 유나! 그는 유나 때문에 자기를 희생했다. 그런데 그녀는 사건이 일어나자마자 그를 버렸다. 유나를 생각하면 고통이 더해질 뿐이었다.

끝없는 시간 뒤에 끝없는 시간이 이어졌고, 아무 움직임도 없었다. 교도관들이 배심원들은 오늘 밤 꼼짝 못하게 갇힌 채 지내고 평결은 내일로 미루어질지도 모른다는 말을 서로 주고받았다.

찰스는 정말 그렇게 된다면 자기는 미쳐버릴지도 모른다고 생각했다. 자신의 정신상태가 밤새도록 계속되는 이런 중간휴식을 이겨내리라고 생각되지는 않았다.

갑자기 그는 다시 그 층계로 끌려올라갔다. 배심원들이 돌아왔다! 그들의 얼굴을 보는 순간 찰스는 진실을 알았다. 모든 것을 잃었다는 진실을!

다행히도 그는 감각을 잃어가고 있었기 때문에 그 자리에서 벌어지고 있는 일을 일부밖에 의식하지 못했다. 재판장이 운명적인 평결 결과를 물었다. 배심원의 평결은 결정되어 있었다——'유죄'였다.

꿈꾸는 듯한 기분으로 찰스는 누군가가 그에게 묻는 소리를 들었다. 아니, 그것은 이 피고석에 서 있는 다른 누구에게 묻는 것일까?

"이 판결에 대해 무언가 할 말이 없소?"

나에게 하는 말일까? 그는 알 수가 없었다.

거의 귀담아듣지도 않았다. 그는 대답하지 않았다. 그들은 자기를 교수대로 보내려 하고 있는 것이다. 무슨 말을 할 수 있다 해도 아무 소용이 없다.

잠시 시간이 흐른 다음 그는 무서운 판결을 들었다. 모든 것은 끝나버렸다!

교도관들이 그 층계를 가리키고 있었다. 그들의 부축을 받으며 반쯤 무의식 상태로 찰스는 층계를 내려가고 있었다.

프렌치, 설명을 시작하다

　비극적인 재판이 끝난 날로부터 2, 3주일쯤 지난 어느 날 저녁 런던의 어떤 호텔 한 방에서 작은 모임이 있었다. 모인 사람은 줄리앙 헤픈스톨, 에벌러드 빙, 앨릭잰더 킬터, 그리고 루커스 총경과 프렌치 경감이었다. 그것은 단순한 사교적인 모임이 아니라 빙이 자신의 목적을 위해 연 것이었다.

　콜드 피커비 사건은 결정된 종국을 향해 급속히 나아갔다. 형식대로 항소가 제기되었으나 기각당하여 찰스 스윈번은 그처럼 필사적으로 벗어나려고 애쓴 운명의 손에 붙잡히고 말았다.

　빙은 이 사건에 대한 흥미, 단순한 아카데믹한 것 이상의 흥미에 사로잡혀 있었다. 그는 어떤 필명으로 범죄 관계 작품을 틈틈이 쓰고 있었다. 이미 네 개의 유명한 재판사건이 그의 손에 의해 작품으로 씌어졌고, 지금도 출판사로부터 이번 콜드 피커비 사건에 대한 작품을 써달라는 부탁을 받았던 것이다. 그것을 쓰기 위한 자료를 모으려는 것이 지금 그의 목적이었다.

　이미 그는 하나의 계획을 가지고 있었으며, 출판사의 적극적인 동의를 얻어두었다. 그는 가능한 대로 한 장(章)을 더 덧붙여 거기에 이 사건의 수사 경과를 써야겠다고 마음먹었다. 모든 경과를 경찰의 눈에 비친 대로 쓸 생각이었다. 먼저 타살혐의가 생긴 일부터 쓰기 시작하여 수사의 발전을 더듬어 나가다가 수사가 거둬들인 수확에 대해, 그리고 마지막에는 그러한 수사 결과에 이르게 된 결론을 쓰고 끝맺을 작정이었다.

경찰이 알아낸 사실을 모두 공표하는 것은 여러 가지 이유로 곤란하겠지만, 협의에서 확정까지의 일반적인 경과는 발표할 수 있으리라. 이것도 결국 사실에 근거를 둔 하나의 미스터리소설이다. 빙은 그것이 어느 정도나 가능한지 짐작할 수 없었지만 해보는 데까지 하리라 마음먹었다.

그러기 위해서는 먼저 당국의 양해를 얻어야만 했다. 빙은 이 목적을 위해 런던 경시청 부총감 모티머 에리슨을 만났다. 그는 빙의 부탁을 받아들여 관계 서류를 모두 열람해도 좋다고 허가했다. 다음에는 루커스 총경과 프렌치 경감과 교섭해야 했는데, 두 경찰관의 수훈을 본명으로 공표하겠다는 제안으로 이 계획은 순조롭게 진행되었다.

킬터는 도와달라는 말을 듣자 갑자기 일에 흥미를 느껴 자신과 루커스가 런던에 있는 기회를 이용하여 관계자들을 모두 자기가 묵고 있는 이 호텔로 초대했다. 헤픈스톨도 흥미를 가지고 이 모임에 참석하고 싶다고 말했다.

드디어 때는 무르익었다. 식사가 끝난 것이다. 요리도 좋았고 술도 좋았다. 손님들은 이 세상도 그다지 나쁘지 않으니 무언가 묻고 싶은 일이 있으면 뭐든지 대답해 주겠다는 기분이 되어 있었다. 방 안도 쾌적했다. 의자는 푹신했고 불은 빨갛게 타올랐다. 위스키 잔이 돌려지고, 포도주를 원하는 사람에게는 포도주가 나왔다.

킬터는 근사한 코로나 코로나를 한 상자 내놓았다. 그는 확실히 온 힘을 다해 빙을 도와주려 하고 있었다. 거기에는 전혀 이유가 없는 것도 아닌 듯싶었다.

술과 담배가 두루 돌려지고 모두들 기분이 좋아보이는 것을 확인하자 킬터는 빈틈없이 루커스 총경과 프렌치 경감에게 말을 걸었다.

"콜드 피커비에서는 당신들 두 분에게 완전히 당했지만 이 다음에는 틀림없이 앙갚음을 하겠습니다.

그건 그렇고, 나는 두 분의 이야기에 큰 기대를 걸고 있습니다. 어떻게 그런 것을 모두 알아내셨는지 나로서는 기적이 아닌가 하는 생각마저 듭니다. 지금도 당신들이 밟은 수사과정을 짐작할 수가 없습니다. 안 그렇습니까, 헤픈스톨 씨?"

대선배는 크게 고개를 끄덕였다.

"정말 훌륭했습니다!"

헤픈스톨도 역시 빙을 도와줄 생각인 모양이었다.

"지금까지 한 번도 들어본 적이 없을 만큼 멋지게 하셨습니다. 루커스 총경님, 당신이 경시청과 곧 연락을 취한 것은 정말 훌륭한 판단이었으며, 프렌치 경감님에게 크게 도움을 주었을 겁니다. 그리고 이 일에서 애플비 경감의 공적을 잊어서는 안되겠지요. 프렌치 경감님도 이 어려운 사건을 정말 잘 해결하셨습니다. 어서 빨리 그 경과를 들었으면 싶습니다."

어느 돌이든 뒤집어보지 않고는 그냥 두지 않겠다는 은근한 생각을 풍기며 빙이 맞장구쳤다.

"동감입니다. 여기에 대해 좀 말씀드릴 것이 있습니다."

그는 프렌치 경감에게 싱긋 미소지어 보이고 뜻있는 듯이 다른 사람들의 얼굴을 둘러보았다.

"이것은 이미 비밀이 아닙니다만, 여기 계신 분들 중에는 아직 모르고 계신 분이 있으실지도 모르겠군요. 헤픈스톨 씨, 당신은 '프렌치 경감님'이라 불렀는데, 앞으로 한 달만 있으면 그렇게 부르지 못합니다. 그 뒤부터는 '프렌치 주임 경감님'이라고 불러야 합니다! 얼마나 유쾌한 일입니까?"
킬터가 크게 외쳤다.
"그거 참, 멋지군요! 아주 기쁜 소식입니다. 여러분, 건배합시다. 프렌치 주임 경감님을 위해 건배합시다! 그에게 건강이 깃들어 이 당연한 승진을 오래오래 즐기도록 빕시다!"
프렌치 경감은 좀 당황했으나 확실히 기쁜 모양이었다. 그는 미첼 주임 경감이 3주일 뒤 퇴직하므로 그 후임으로 선출되었다고 설명하고 그들의 축하에 답했다. 모두들 박수를 쳤다. 빙이 바라던 대로 분위기는 아주 부드러웠다.
잠시 뒤 루커스 총경이 물었다.
"이것도 책과 관계가 있습니까, 빙 씨? 당신은 대체 우리에게서 무엇을 바라고 있습니까?"
빙은 그때까지의 들뜬 기분을 털어버리듯이 손을 흔들고 갑자기 진지한 표정을 지었다.
"지장이 없으시다면, 당신들이 어떻게 요술을 부렸는지 설명해 주셨으면 합니다. 먼저 총경님부터 어째서 타살로 추정하셨고 어째서 경시청과 연락을 취해야겠다고 생각하셨는지 설명해 주시기 바랍니다. 그 다음에는 프렌치 경감님께 현장에 닿았을 때의 첫인상과 그 뒤 공판에 이르기까지의 경과를 묻고 싶습니다."
루커스 총경이 대답했다.
"그렇습니까? 이런 일이 책에 나온다니 좀 뜻밖입니다. 그러나 상사가 허락한 일이고 나도 개인적으로 이의가 없으니 알고 있는 것이라면 무엇이든지 모두 말씀드리지요. 프렌치 경감, 자네도 모티머 부총감의 허락을 받았겠지?"

"네, 선선히 승낙해 주셨습니다."

헤픈스톨이 말했다.

"이것을 발표하면, 수사 당국의 실태를 일반 사람들에게 알리는 하나의 새로운 수단이 됩니다. 적어도 나는 그렇게 생각합니다. 사람들은 경찰에 대해 이해하려 하지 않고 비판만 합니다만, 이것이 좋은 답변이 될 겁니다. 그리고 사람들은 실태를 알면 비판하지 않는다는 사실을 당국 역시 이제야 알게 된 셈이지요."

그러자 루커스 총경이 말했다.

"그런 점에서 보면 당국을 믿지 않은 것이 옳았다고 볼 수 있을지도 모릅니다."

이것은 이 방의 분위기가 얼마나 부드러웠는지 가리켜주는 말이었다.

헤픈스톨이 동의했다.

"정말 그렇습니다. 그건 그렇고, 빙 씨, 아무리 유쾌해도 한 달이고 두 달이고 이렇게 앉아 있을 수만은 없지 않겠습니까? 이제 슬슬 시작하는 게 어떨까요?"

빙은 노트를 폈다. 그는 숙련된 속기사였다.

"그럼 루커스 총경님, 타살이라고 판단한 이유와 경시청에 연락한 이유를 말씀해 주시겠습니까?"

루커스 총경은 이런 경우에 누구나 하는 준비를 했다. 그는 여송연을 불이 빨갛게 보일 때까지 빨았고, 위스키를 마셨으며 헛기침을 한 다음 의자에 더욱 편한 자세로 고쳐 앉았다. 그리고 나서 입을 열었다.

"그것은 별로 어렵지 않았습니다. 우선 어떤 부자 노인이 죽었는데, 거기에 불려간 프랑스 의사가 자연사가 아니라고 보았습니다. 그 의사나 프랑스 경찰의 제안이 없었어도 틀림없이 시체는 해부되 없을 것입니다. 해부 결과 독물에 의한 사망이라는 판단이 내려졌습니다. 따라서 당연히 사고인가, 자살인가, 타살인가 하는 문제가 생겼지요.

이 경우 사고는 해당이 안됩니다. 같은 음식을 서른 명이나 되는 사람이 먹었는데 몸에 이상이 생긴 사람은 하나도 없었으니까요. 따라서 이것은 고인에게만 관계있고 다른 승객에게는 관계없다는 결론이 나옵니다. 청산가리는 아무 데나 있는 독약이 아니고 흔히 사용되는 것도 아닙니다. 그것은 비교적 구하기 힘든 물건입니다. 그러므로 일부러 비행기 안에 가지고 들어갔다는 결론이 됩니다. 그렇다면 확실한 증거는 없지만 자살 아니면 타살 둘 중의 하나겠지요.

자살이라고 보려면 세 가지 곤란한 점이 생깁니다. 그 중 두 가지는 대수롭지 않지만 한 가지는 중요합니다. 그 대수롭지 않은 두 가지 곤란한 점 중 하나는 자살할 만한 동기가 없다는 것입니다. 클라우더 노인은 원기왕성하지는 못했어도 자살할 만큼 건강이 나빴다고는 아무도 생각지 않았습니다. 오히려 살아야 할 동기가 있었습니다. 그는 자기 딸을 몹시 만나보고 싶어했습니다. 그래서 그 지루한 여행을 떠난 것입니다. 그리고 여행이 거의 끝나가는 참이었으므로 적어도 그 여행을 중단하고 싶어했다고 볼 수는 없습니다. 두 번째로 곤란한 점은 그의 태도에 자살을 암시할 만한 점이 없었다는 겁니다. 그런 비상 수단을 생각하고 있었다면 어떤 표시가 조금이라도 나타났을 텐데 특별히 침울하지도 않았고 흥분이나 긴장된 빛도 보이지 않았습니다.

그것은 어찌되었든 세 번째 곤란한 점이야말로 정말 중요합니다. 만일 그가 독약을 가지고 비행기에 탔다면 갑이나 병 같은 용기에 넣어가지고 왔을 텐데 아무 데서도 그것을 찾아낼 수 없었습니다.

그래서 타살인지도 모른다는 결론을 내렸지요."
킬터가 물었다.
"용기는 시체를 비행기에서 내릴 때 없어졌을지도 모른다고 검시관이 말했는데, 그 점은 어떻게 생각하십니까?"
총경은 어깨를 으쓱했다.
"그럴 수도 있겠지요. 하지만 프랑스 경찰이 일을 처리했는데, 용기가 없어지도록 했겠습니까? 프랑스 경찰이 얼마나 우수한지는 알고 계시지요?"
"맞습니다, 루커스 총경님."
루커스 총경은 이야기를 계속했다.
"나는 애플비 경감에게 모트 장을 조사하도록 시켰습니다. 그 보고 가운데 노인이 숙련된 아마추어 사진가라는 항목이 있었습니다. 나는 사진에 청산가리를 쓴다는 것을 알고 있었으므로 바로 이것이구나 생각했지요. 그래서 분석가인 그랜트 씨에게 부탁했더니 청산가리가 사용되었다는 사실을 밝혀냈습니다. 그리고 모트 장을 조사한 결과 아시다시피 청산가리가 나온 겁니다."
빙이 끼어들었다.
"시체검증 때 검시관이 한 말이 바로 그것이었군요."
"그렇습니다. 하지만 우리끼리 이야기입니다만, 검시관은……."
루커스는 천천히 윙크하며 비난의 제스처를 멋지게 해보였다.
"거기에는 아무 뜻도 없었습니다. 그러나 검시관의 의견이 범인으로 하여금 마음을 놓게 할 것 같아 그 잘못을 지적하지 않았지요."
그러자 빙이 항의했다.
"총경님, 그 이야기를 그냥 넘기시면 안 됩니다. 전혀 무슨 뜻인지 모르겠군요. 좀더 자세히 설명해 주십시오. 중간을 뛰어넘지 마시고."

"이해하지 못하시는 것도 무리가 아니겠지요. 애플비 경감이 발견한 것에 대해 이야기하지 않았으니까요. 그 청산가리 병에는 온통 먼지가 끼어 있었고, 아무 데도 지문이 묻어 있지 않았습니다. 꽤 오랫동안 손대지 않았다는 증거지요."
빙이 소리질렀다.
"그랬었군요! 이제 알았습니다. 하지만 어째서 그때 검시관에게 그 이야기를 하지 않으셨지요?"
"묻지 않았으니까요. '그 병에 지문이 있었습니까?' 하고 맨 먼저 물어야 원칙인데, 검시관은 묻지 않았습니다. 만약 그것이 쓸모있는 실수가 아니었다면 지적했겠지요. 하지만 그 덕분에 범인에게 경계심을 갖지 않게 하고 수사를 진행할 수 있었습니다."
"잘 알았습니다. 그렇다면 처음부터 타살이라는 것을 알고 계셨다는 말씀이군요?"
"그렇지요. 가장 있음직한 일이었으니까요. 하지만 클라우더 노인이 종이에 청산가리를 싸가지고 비행기에 올랐는데 그 종이를 발견하지 못했을지도 모르므로, 절대로 타살이라고 확신할 수는 없었습니다. 그러나 수사를 계속해야 한다고 생각할 만큼은 의심이 짙었습니다. 그리고 유언장 내용을 알았을 때 그 동기를 짐작했지요."
"유언장 내용은 어떻게 아셨습니까?"
"유산 수취인에게서 들었습니다. 물론 두 번째 시체검증을 하기 전의 일입니다. 두 번째 시체검증을 위해 우리가 아직도 수사를 계속하고 있다고 생각했기 때문에 유산 수취인들은 모두 우리를 피하지 않았습니다. 그런 짓을 하면 유언장 내용이 알려졌을 때 의심받을 테니까요."
빙은 말없이 고개를 끄덕였고 루커스 총경은 잠시 사이를 두었다가 다시 이야기를 계속했다.

"그때는 사실 알약 속에 독이 들어 있었다는 것을 몰랐습니다. 우리가 유심히 살펴본 사람은 피터 몰리 씨와 집사 웨더랩 두 사람이었지요. 나는 피터 몰리 씨를 의심했습니다. 왜냐하면 비행기 안에서 그는 클라우더 노인의 어깨에 몸을 기대다시피했다고 하므로, 웨더랩의 주의를 다른 곳으로 돌려놓고 그 사이에 독약을 음식 속에 떨어뜨리지 않았나 의심이 갔거든요. 물론 증거는 없었습니다만. 알약에 생각이 미친 것은 그 뒤의 일입니다. 그러자 수사범위가 갑자기 넓어져 거의 모든 사람에게 혐의가 걸린 셈이 되었지요.

경시청에 연락해야겠다고 생각한 것은 바로 이 단계에 이르렀을 때였습니다. 결국 경시청에 연락하기로 결정되었지요. 사건의 성질이 그랬기 때문이 아니라 우리만으로는 일손이 모자랐기 때문이었습니다. 그리고 달리 믿을 만한 사람이 없었기 때문에 프렌치 경감을 불렀는데, 정말 잘했다고 생각합니다. 프렌치 경감이 이 사건을 처리하는 동안 애플비 경감은 강도사건을 해결했거든요. 티즐필드의 어떤 집에 강도질하러 들어갔던 혼비와 시밍턴 두 녀석이 같은 순회재판소에서 형을 언도받았답니다."

킬터가 말했다.

"아주 재미있군요, 루커스 총경님. 모두들 자살로 보고 있을 때 당신은 타살로 생각하고 프렌치 경감님께 수사를 맡기셨단 말씀이지요? 빙 씨, 이제 알 것 같지 않습니까?"

빙은 얼굴을 빛내며 대답했다.

"네, 이제 알 것 같습니다."

그리고는 프렌치 쪽을 보고 부탁했다.

"경감님, 그럼 그 다음을 계속해 주시겠습니까? 그러면 아주 멋진 소설이 나올 것 같은데요."

이야기할 차례가 되자 프렌치 경감도 역시 같은 준비를 갖춘 다음 설명을 시작했다.
 "현장에 가서 내가 맨 먼저 한 일은 들은 사실을 하나하나 체크하는 것이었습니다."
 그는 루커스 총경을 보며 히죽 웃어보였다.
 "왜냐하면 그때 나는 아직 루커스 총경님도 애플비 경감도 모르고 있었으니까요. 그래서 이분들로부터 들은 사실을 그대로 받아들이지 않고 하나하나 직접 체크했던 것입니다."
 빙이 중얼거렸다.
 "당연하다고 생각합니다. 나도 경찰이 어떤지 알고 있습니다. 아마 저 자신도 틀림없이 그렇게 했을 겁니다. 총경님, 어떻습니까?"
 "기가 막히는군!"
 루커스 총경은 한숨을 내쉬었다.
 "우리는 가지고 있는 자료를 모두 제공함으로써 일을 시작할 수 있도록 해주었지요. 자료는 그러기 위해 입수한 것이니까요. 그런데 프렌치 경감, 우리가 제공한 자료가 고스란히 자네 것이 될 텐데도 자네는 그 자료를 일일이 체크했단 말인가?"
 "네, 그렇습니다."
 프렌치는 다시 또 히죽 웃었다.
 "나는 타살일지도 모른다는 사건을 맡은 것이므로 맨 먼저 해야 할 일은 정말 타살인가 아닌가 확인하는 것이었지요. 나는 우선 타살로 가정하고 그 결과를 보는 것이 좋겠다고 생각했습니다. 그리하여 누가 죽였느냐 하는 것보다 이 살인이 어떤 방법으로 이루어졌는가 하는 문제부터 시작했지요.

 내가 보기에 여기에는 세 가지 가능성밖에 없었습니다. 집사 웨더랩이 노인의 음식에 독약을 넣었거나, 피터 몰리 씨가 넣었거나, 아니면 처음부터 병 속에 들어 있었거나, 이 세 가지 중 하나였습니다.

 음식에 독약을 넣는다는 것은 확실히 위험을 무릅써야 하는 일입니다. 다른 사람이 보고 있지 않는다 해도 노인 자신에게 들킬지 모르니까요. 그러나 만일 처음부터 병 속에 들어 있었다면 그것을 넣은 범인에게는 절대로 혐의가 돌아가지 않겠지요. 두 가지 가능성을 저울질해 보고——그냥 그래보았을 뿐 별다른 뜻이 있었던 건 아닙니다——나는 아무래도 알약 쪽으로 저울이 기울어진다고 판단했습니다.

 또 한 가지, 나는 청산가리의 효과가 대단히 빠르다는 사실을 알고 있었습니다. 테일러가 쓴 책을 들춰보고 그 효과가 상상 이상으로 빠르게 나타난다는 사실을 알았지요. 그 책에는 틀림없이 몇 분, 경우에 따라서는 몇 초 안에 완전히 의식을 잃는다고 씌어 있었습니다. 그래서 식사 뒤 독약이 몸에 들어갔으리라는 추리가 생겨나와 알약을 의심하게 되었지요."

헤픈스톨이 칭찬했다.

"훌륭합니다, 경감님!"

프렌치 경감은 설명을 계속했다.

"그런 다음 나는 분석가를 만났습니다. 그는 흥미있는 사실을 가르쳐 주더군요. 우선 그는 알약이 독약의 중개물로서 크게 쓸모가 있다는 사실을 보증했고, 또 시체에서 검출된 독물의 양이 꼭 그 알약에 들어갈 만한 양임을 증언해 주었습니다. 게다가 그 양은 보통 사람에게 충분할 뿐만 아니라 심장이 약한 사람에게는 지나칠 만한 치사량이었습니다. 여기까지는 순조롭게 되어갔습니다.

 그런데 더욱 유력한 일이 있었습니다. 이것도 분석가가 가르쳐준 일입니다만, 청산가리는 보통 고체입니다. 따라서 그것을 먹이려면 알약으로 만드는 게 가장 이상적이라는 겁니다. 그냥 음식에 넣으면 뼈나 모래처럼 발견될 것이고, 뱉어 버릴지도 모르니까요."
빙이 감탄한 듯이 말했다.
"정말 굉장한데요. 거기까지는 미처 몰랐군요."
"이 문제는 상당히 확정적이라고 나는 생각했습니다. 피터 몰리 씨나 웨더랩이 사람 눈이 많은 그런 장소에서 병에 담긴 액체를 노인의 음식에 끼얹었다고 생각할 수는 없으니까요. 그렇다면 고체 상태로 사용되었다는 이야기가 되는데, 고체 상태라면 여느 음식에 그냥 넣을 수 없으므로 역시 알약이 떠오르게 되지요. 분말로 만들 경우도 있으므로 물론 이것이 결정적이라고 할 수는 없었지만, 아무튼 알약이 가장 편리한 방법이 아닐까 하고 생각했습니다.

다음에 또 한 가지 머리에 떠오르는 것이 있었습니다. 즉 알약을 쓰면 범인은 절대로 안전하다고 여길 만한 알리바이를 만들 수 있다는 것입니다. 병 속에 독이 든 알 약을 넣기만 하면 희생자가 죽었을 때 범인은 얼마든지 멀리 떨어져 있을 수 있으니까요."
킬터가 물었다.
"범죄 장소에서 멀리 떨어져 있었다는 것이 결정적인 알리바이처럼 보이지만, 실은 그렇지 않았다는 말씀이지요?"
"그렇습니다. 하지만 평범한 두뇌를 가진 사람에게는 이것이 무난히 통용되었겠지요. 현장에 없었는데 어떻게 혐의가 걸리겠는가 생각할 테니까요. 그리고 현장에서 멀리 떨어져 있을수록, 완전히 모습을 감출수록 완벽한 것처럼 생각되겠지요. 이치에 맞든 맞지 않든 그것이 사람의 생각 아닙니까?"
헤픈스톨이 동의했다.
"그건 그렇습니다. 같은 입장에 있었다면 나도 역시 그렇게 생각했을 것입니다."
빙이 말했다.

"그런 것을 믿으면 안 된다는 교훈을 얻은 셈이군요. 상당히 재미있는데요, 프렌치 경감님. 그 다음을 계속해 주십시오."
프렌치 경감은 정색을 하고 이야기를 다시 시작했다.
"그러나 여기에 또 한 가지 문제가 있었습니다. 고인은 그 병을 늘 몸에 지니고 다녔기 때문에 독이 든 알약을 거기에 넣기가 쉽지 않다는 점입니다. 이 쉽지 않다는 사실이 범인에게는 유리하게 보였던 모양입니다. 아무도 그처럼 불가능에 가까운 일을 했다고 의심하지는 않겠지 하고, 내 말뜻을 아시겠습니까?"
모두들 고개를 끄덕였다.
"하지만 그만한 계획을 꾸밀 수 있을 만큼 지혜있는 사람이라면 그 정도의 곤란쯤은 어떻게든 넘길 수 있었을 거라고 나는 생각했습니다. 어쨌든 이때에는 일단 독약의 중개물을 알약이라고 결론지었지요. 그래서 나는 사건 당시 가장 훌륭한 알리바이를 가지고 있는 사람들을 노트에 적어나갔습니다."
킬터가 외쳤다.
"흐음! 그렇다면 범인이 가장 의지했던 호신(護身) 수단이 당신을 범인에게 데려다준 셈이군요."
"그런 일은 흔히 있습니다. 혐의를 벗어나려는 잔꾀가 교묘하면 교묘할수록, 공들여져 있으면 있을수록 잔꾀라는 것이 뚜렷해지거든요. 내 경험으로 보건대 범인에게 너무 지혜가 없으면 오히려 잡기 힘듭니다. 어떻게 생각하십니까, 총경님?"
루커스 총경은 고개를 끄덕였다.
"나도 그렇게 생각하네. 자기 지혜로 자기를 묶는 셈이지. 우리에게는 편리한 일이지만."
프렌치 경감은 설명을 이어나갔다.
"그래서 나는 알리바이를 무시하고 먼저 수상쩍다고 여겨지는 사람의 명단을 만들었지요. 이것은 지루하고 재미도 없는 일이므로 결과만 말씀드리겠습니다.

명단에 올려진 사람은 피터 몰리 씨와 그의 부인, 찰스 스윈번 씨, 폴리펙스 부인, 마거트 양, 웨더랩과 두 하녀, 클로스비 씨, 그 밖에도 두세 명 있었습니다. 이들은 내가 신문할 때 이름을 알게 된 사람들인데, 모두 유언장에 의해 이익을 얻게 되고 알약병에 접근할 수 있는 사람들이었다는 사실을 알았습니다.

이 가운데에서 상식적으로 판단하여 우선 가능성이 적다고 여겨지는 부인들과 클로스비 씨를 제거하자 가장 유력한 용의자로 피터 몰리, 찰스 스윈번, 존 웨더랩 세 사람이 남더군요. 물론 나는 이 명단을 결정적인 것으로 생각지는 않았으므로 언제든지 변경할 작정이었지요.

그리고 나는 사건 당시 스윈번 씨가 지중해로 향하는 유람선을 타고 있었다는 사실에 적잖이 흥미를 느꼈습니다. 나는 생각했지요. 이것이 내가 기대하고 있던 알리바이가 아닐까?"

"그물이 꽤 좁혀지는군요" 하고 헤픈스톨이 말했다.

"아닙니다, 아직도 멀었습니다. 다만 수사의 선을 지도에 그려놓은 정도에 지나지 않았습니다.

그 다음 나는 웨더랩을 만나 가능한 한 많은 것을 알아냈습니다. 그의 말에 따르면 요즈음 몰리 씨와 스윈번 씨가 전에 없이 자주 찾아왔는데, '어떤 비밀스러운 용건'이 있는 모양이었다는 겁니다.

물론 두 사람 다 그 용건이 무엇인지 말했습니다. 스윈번 씨는 여행떠나기 전 모트 장에서 점심식사와 저녁식사를 했고, 피터 몰리 씨도 점심식사를 했습니다. 그리고 몰리 씨가 그곳에서 저녁식사를 한 것은 클라우더 노인이 사망하기 전날이었습니다.

웨더랩에게 두 사람이 고인과 단둘이 있었던 적은 없었느냐고 물었더니 스윈번 씨가 점심식사와 저녁식사 뒤 꽤 오랫동안 고인과 함께 있었고, 몰리 씨는 점심식사가 끝난 다음 역시 한참 동안 단둘이 있었다고 말했습니다. 저녁식사 때는 클로스비 씨도 몰리 씨와 함께 있었습니다. 하지만 클로스비 씨의 증언에 의해 외투에 넣어둔 서류를 가지러 방에서 나간 뒤 2, 3분 동안 몰리 씨가 고인과 단둘이 있었다는 사실을 알았습니다.

이때 웨더랩이 그때는 대수롭지 않게 생각했으나 나중에 대단히 중요하게 여겨진 진술을 했습니다. 스윈번 씨가 저녁식사를 한 날 밤의 일을 어째서 그토록 똑똑히 기억하고 있느냐고 묻자, 그날 밤 식탁보가 더러워져서 여느 때보다 하루 일찍 갈아야 했기 때문이라고 대답했던 것입니다. 어째서 더러워졌느냐고 물었더니 포도주가 엎질러졌기 때문이라고 하더군요.

이 일에 어떤 뜻이 담겨 있는 게 아닌가 하는 생각이 든 것은 그날 밤 잠자리에 든 다음이었습니다.

그때까지 나는 독이 든 알약을 어떻게 고인의 병 속에 넣을 수 있었을까 하는 수수께끼를 풀지 못했습니다. 내가 들은 바에 따르면 클라우더 노인은 언제나 그 약병을 조끼주머니에 넣어가지고 다니며 다른 곳에 놓지 않았다는 것이었습니다. 게다가 잠귀가 아주 밝았다고 하니 밤에 노인의 침실로 들어가 병에 손을 댔다면 틀림없이 잠을 깼을 것입니다.

물론 수면제라도 먹이면 문제는 달라지지요. 그러나 수면제를 먹인 사실을 암시하는 것은 하나도 없었습니다.

그리고 건강이 좋지 못한 노인은 그리 쉽게 속아넘어가지 않는 법입니다. 그래서 나는 노인이 만약 알약을 꺼냈을 때 포도주가 엎질러졌다면 노인의 주의가 그쪽으로 쏠렸을 테니까, 그동안 독이 든 알약을 노인의 병 속에 넣을 수 있지 않았을까 하는 생각이 들었습니다.

 그러나 이 생각에도 완전히 만족할 수가 없었습니다. 그냥 슬쩍 떨어뜨려 넣었다면 노인은 하루나 이틀 안에 그 약을 먹었겠지요. 그러므로 독이 든 알약은 병 밑바닥에 있었다고 생각해야 합니다.

 이때 문득 어떤 생각이 떠올랐습니다. 다른 약병 속에 미리 독이 든 알약을 넣어가지고 있다가 기회를 보아 슬쩍 바꿔치기할 수 있지 않을까 하는 것이었지요. 그런 방법이라면 눈깜짝할 사이에 할 수 있을 겁니다. 포도주를 엎질러 노인의 주의를 그쪽으로 끌어놓고 그동안 해치우는 거지요. 물론 이것은 단순한 상상에 지나지 않지만, 그렇게 생각하니 모든 단서가 완전히 한 방향을 가리키고 있더군요."

프렌치 경감은 말을 끊었다. 확실히 그는 모두의 주의를 완전히 끌고 있었다. 모두들 긴장한 표정으로 귀기울이고 있었다. 그러나 킬터는 주인으로서의 의무를 잊을 만큼 열중해 있지는 않았다. 그는 프렌치 경감에게 말했다.

"어서 잔을 비우십시오, 경감님. 이야기를 하면 몹시 목이 마르지요. 그리고 빙 씨, 위스키를 더 들지 않겠습니까? 루커스 총경님, 바로 뒤에 여송연이 있습니다."

그는 난로에 소나무 장작을 던져넣고 상냥하게 모두들을 둘러보았다.

"대접이 아주 훌륭하군요, 킬터 씨."

헤픈스톨이 여송연을 한 대 빼들고 그 상자를 루커스 총경에게 넘겨 주었다.

"사건이 끝날 때마다 이런 모임이 있으면 좋겠는데요."

그러자 빙이 맞장구쳤다.

"동감입니다. 그래, 포도주 건은 당신의 추측이 맞았습니까?"

프렌치 경감이 대답했다.

"아니오, 유감스럽게도 그것은 하나의 의견에 지나지 않았습니다. 하지만 어쨌든 나는 그것을 염두에 두고 수사를 진행시켰습니다. 그리고 웨더랩과 이야기하는 동안 그는 관계가 없다는 생각이 들기 시작했습니다. 하지만 이 역시 확실한 근거가 없어 단정내리지 못한 채 하나의 의견에 그쳤으나, 우선 몰리 씨와 스윈번 씨를 조사해야겠다고 마음먹는 데 큰 영향을 미쳤습니다.

당신이 공판정에서 지적하셨듯이 스윈번 씨는 돈을 융통해 달라고 했다가 어느 정도 성공했으나 몰리 씨는 전혀 얻지 못했습니다. 그것만으로도 스윈번 씨보다 몰리 씨 쪽의 동기가 더 강하다고 볼 수 있었지요. 그래서 나는 먼저 몰리 씨를 조사했습니다. 그리고 그가 청산가리를 산 일이 있는지 어떤지 확인해 보려고 했지요.

만일 그가 샀다면 가까운 곳이 아니라 멀리 떨어진 큰 도시로 나가 샀을 겁니다. 그런데 노인이 죽기 전 4주 일 동안 그는 집을 비운 적이 한 번도 없었다는 사실을 알았습니다.

그 다음 같은 질문을 스윈번 씨에게 해보고 나는 곧 자신이 올바른 길을 가고 있음을 느꼈지요. 스윈번 씨는 전반적으로 아주 솔직했습니다. 이상할 정도로 솔직했습니다. 자기 행동에 대해 조금도 감추려는 기색이 없었지요. 그래서 나는 마음을 푹 놓고 있구나 하고 생각했습니다.

그는 8월 17일 이전에 외숙부와 의논했다는 것, 그날은 화요일이었는데 노인과 점심식사를 함께 했다는 것 등을 솔직히 말했습니다. 그 점심식사가 끝난 뒤 단둘이 있었습니다. 그리고 다음 월요일인 8월 21일, 그는 런던으로 가서 이틀 밤을 지내며 리딩 기계공장을 방문했지요.

그리고 23일 수요일에 돌아와 이틀 뒤인 25일 금요일에 모트 장에서 저녁식사를 했으며 식사가 끝나자 다시 또 외숙부와 단둘이 있었습니다. 덧붙여 말씀드립니다만, 포도주가 엎질러진 것은 바로 이때였습니다.

스윈번 씨는 나에게 이런 일들을 이야기할 때 자기가 자신을 위태롭게 할 만한 사실을 지껄이고 있다는 것을 몰랐지요.

내 생각은 차츰 뚜렷한 형태를 이루기 시작했습니다. 17일 목요일, 모트 장에서 점심식사를 든 다음 1천 파운드의 수표를 받았을 때 스윈번 씨는 그 이상의 돈을 얻지 못하리라는 것을 깨닫고 살인을 결심하지 않았을까 생각했지요. 이 점심식사 뒤 외숙부가 알약을 먹는 것을 보았을 테니 그 수법을 이때이거나 아니면 그 직후에 생각해 냈을 겁니다.

문제는 독약을 어떻게 구입했느냐 하는 것인데, 그 고장에서 구입해서는 안 된다는 것을 그도 알고 있었겠지요. 그것을 구입하는 데 런던보다 더 편리한 곳이 또 있겠습니까? 그래서 그는 런던으로 갔습니다. 그리고 무난히 청산가리를 구입했습니다. 돌아와 알약을 만들어가지고 그것을 자기가 사온 약병에 넣었지요. 이틀 뒤 모트 장에서 저녁식사를 들었는데, 그때 포도주를 엎질렀으며, 그 혼란 속에서 약병을 바꿔치기했습니다.

이것이 내가 생각한 새로운 가정이었습니다. 물론 하나의 가설에 지나지 않지만 앞으로 나아가기 전에 확인해 볼 가치가 있다고 나는 판단했습니다."

프렌치 경감은 다시 한숨돌렸다. 모두들은 감탄의 말을 중얼거렸다.

프렌치, 설명을 끝내다

프렌치 경감은 다시 말을 이었다.
"스윈번 씨와 만날 때 그에게 혐의를 두고 있다는 것을 눈치채게 하면 좋지 않으므로 그런 불안을 느끼지 않도록 나는 최선을 다했습니다. 아직 검거 단계에 이르지 않았는데 굳이 경계심을 갖게 할 필요는 없었으니까요. 나와 만난 다음 그는 마음을 푹 놓은 것 같았습니다. 사실 그는 나를 좀 얕보며 저런 사람이라면 겁낼 것 없다고 생각한 모양입니다.

내가 그 다음에 해야 할 일은 물론 런던으로 가는 것이었으므로 다음날 나는 경시청으로 돌아왔습니다.

나는 스윈번 씨의 말이 틀림없다고 믿었으나 확인하기 위해 그의 진술대로 직접 확인해 나갔습니다. 역시 그대로였습니다. 그는 21일과 22일 이틀 동안 노덤벌랜드 가로수거리의 콘월 호텔에 묵었으며 22일은 리딩에 가서 자기 공장에 설치할 세 대의 기계일로 엔디코트 브라더즈의 지배인을 만났습니다. 모두 그가 진술한 그대로였습니다.

하지만 호텔에서 들은 이야기로 한 가지 사실을 알아냈습니다. 리딩에 가 있던 시간보다 런던에 있는 시간이 많았음을 알아차린 겁니다. 이틀째인 22일에는 일찌감치 아침식사를 마치고 외출했는데, 저녁때까지 돌아오지 않았다고 호텔 짐꾼은 말했습니다. 그런데 리딩의 공장에는 30분밖에 있지 않았으므로 모두 합해도 리딩 방문에 걸린 시간은 세 시간도 채 안됩니다. 그 밖의 시간을 그는 어디서 보냈을까요? 물론 온당한 용건이 있었을지도 모르고 또 없었을지도 모르지만, 어쨌든 내가 얻은 자료는 상당히 유망했습니다.

그동안 나는 끊임없이 그가 독약을 구입한 경로를 생각했습니다. 그리하여 많은 가능성을 생각할 수 있었습니다.

잘 아는 약국에 가서 사진에 쓸 것이라거나 금이며 은도금 및 화학실험 연구나 말벌 또는 청산가리로 퇴치할 수 있는 동물에 쓰겠다며 당당하게 구입했을지도 모르지만, 이 가능성은 참으로 희박합니다. 그렇다면 어떤 다른 실재인물이나 가공인물로 꾸며 얼굴이 알려지지 않은 다른 고장으로 가서 같은 구실로 구입했을까? 아니면 의원이나 약국으로 몰래 숨어들어가 훔쳐냈을까? 의사의 승용차에서 독물을 도난당하는 일은 흔히 있지요. 어떤 수단을 써서 의사로 하여금 그 독물을 들고 자동차에 오르게 한 다음 기회를 보아 슬쩍 훔치는 겁니다.

하지만 그런 도난사건이 있었다는 신고도 없으므로 나머지 가능성 가운데 남의 이름을 도용한 경우가 가장 유력할 것 같아 우선 이 가정 밑에서 일을 진행시키기로 했습니다. 만일 어떤 약국에서 그것을 샀다면 독물 구입장부에 서명했을 것이므로 장부를 조사해 보면 단서가 잡히리라 생각되었습니다.

그래서 경시청에 부탁하여 온 런던의 약국을 모조리 조사시켰지요. 8월 21일과 22일과 23일 날짜로 청산가리를 사간 사람의 이름을 모조리 베껴오도록 부탁한 것입니다. 해당자는 런던 시내에서 겨우 열 일곱 명밖에 안되었습니다. 나는 전화로 그 열 일곱 명을 조회해 보았습니다. 그중 열 여섯 명은 확인되었지만, 한 명만은 전혀 그런 사실이 없다는 것이었습니다.

이 열 일곱 명째의 사람이 바로 새비튼의 커즈웰 씨였는데, 그가 피보디 씨의 약국에서 청산가리를 사간 것으로 기록되어 있었습니다. 나는 피보디 씨를 만나 그가 법규를 위반하고 알지도 못하는 사람에게 독물을 팔았다는 사실을 확인했습니다. 그리하여 나는 자신이 겨우 올바른 길을 더듬어가고 있음을 확신했습니다.

일을 확실히 하기 위해 커즈웰 씨와 피보디 씨를 대면시켰는데, 피보디 씨는 그 독물을 사간 사람이 아님을 확인해 주었습니다. 이제 남은 문제는 이것이 스윈번 씨인가 아닌가 하는 것뿐이었습니다.

이 점을 결정짓기 위해 나는 피보디 씨를 콜드 피커비로 데러왔지요. 당신은 이것을 가지고 나를 비꼬았습니다만……."
프렌치 경감은 헤픈스톨의 얼굴을 보며 미소 지었다.
"나는 피보디 씨가 선입관을 갖지 않도록 주의했습니다. 나는……."
헤픈스톨이 말을 가로막았다.
"그것은 단순히 업무상의 흥정에 지나지 않았습니다. 경감님, 당신이 부당한 수단을 썼다고는 조금도 생각지 않았습니다. 물론 할 말은 실컷 했습니다만."
"정말 말솜씨가 대단하시더군요."
프렌치 경감은 다시 또 웃었다.
"그건 그렇고, 되풀이해 말씀드립니다만, 나는 그에게 선입관을 갖게 하고 싶지 않았습니다. 그래서 나는 전기 회사에서 캔버스 칸막이를 빌어 클럽 근처의 큰길 맨홀 둘레에 세워놓고 점심시간 조금 전에 피보디 씨와 함께 그 안에 들어가 스원번 씨가 지나가면 알려달라고 부탁했지요.

그러자 그는 클럽으로 들어가는 스원번 씨를 곧 가려냈습니다. 그러나 인물 감정으로는 아직 충분하다고 할 수 없어 스원번 씨가 나올 때까지 또 기다렸지요. 스원번 씨는 이번에는 칸막이 쪽을 보며 우리에게서 4, 5피트 떨어진 곳을 지나갔습니다. 피보디 씨는 절대로 틀림없다고 맹세했습니다. 일은 그렇게 된 것입니다."
"그랬다면 틀림이 없지요. 그래서 그를 유죄로 확신하셨습니까?"
"완전히 확신을 얻었습니다. 하지만——이것이 실은 좋지 않았습니다만——좀더 증거를 굳힐 때까지 체포를 미루었습니다."
빙이 말참견했다.
"좋지 않았다니요? 그 점에서도 당신의 방식은 옳았다고 생각되는데요."
"전혀 짐작지도 못했던 위험을 저지르고 말았습니다. 그때 곧 조치를 취했더라면 또 하나의 살인사건은 막을 수 있었을 텐데……."
네 사람은 모두 눈을 크게 떴다. 킬터가 물었다.
"또 하나의 살인사건? 아아, 웨더랩 사건 말이군요. 이거 참. 스원번 씨가 그 사건으로 또 기소되어 있다는 것을 잊고 있었군요. 클라우더 사건으로 머릿속이 가득차 있어 그것이 또 한 가지 사건을 머리에서 밀어내고 말았습니다. 당신은 그 사건에서도 그가 유죄라고 믿으십니까?"
"틀림없이 유죄라고 확신합니다. 판결이 내려진 사건 이상으로 확정적인 증거가 있습니다. 그런 경우는 물론 없겠지만, 만일 첫번째 사건에서 무죄가 된다 해도 웨더랩 사건으로 그는 반드시 유죄가 됩니다."

킬터가 말했다.

"그 설명을 꼭 듣고 싶군요."

그러자 빙이 거들었다.

"나도 역시 그렇습니다. 프렌치 경감님, 그 사건도 이야기해 주시지요."

"알았습니다. 하지만 아직 이야기가 거기까지 나아가지 않았습니다."

"그럼, 아까 그 이야기를 계속해 주십시오. 꼭 듣고 싶은 부분이니까요."

헤픈스톨이 맞장구쳤다.

"물론이지요. 바야흐로 절정에 이르고 있는 참인데. 나는 크게 흥미를 느끼며 촉각을 곤두세우고 있습니다."

"아까도 말씀드렸듯이 스윈번 씨를 곧 체포하지 않은 것은 실책이었습니다. 그러나 그 당시로서는 잘되어가고 있다고 마음놓고 증거를 굳히는 데 힘을 기울였지요. 나는 먼저 필적부터 손댔습니다. 그것은 성공을 거두었습니다. 감정사는 독물 구입장부의 서명을 완전히 스윈번 씨 것으로 단정하는 듯했습니다. 그 다음 나는 순항선을 조사했지요. 만일 스윈번 씨가 범인이라면 클라우더 노인의 부고를 받을 때까지 안절부절못했을 테고, 결백했다면 태평스럽게 즐겼을 테니까요. 나는 이 점을 확인해 보려고 했습니다.

그래서 여행사 직원들을 만났지요. 그 결과 주피터 호는 지중해를 항해 중이며, 사흘 뒤 바르셀로나에 닿는다는 것을 알았습니다. 그래서 상사의 허가를 얻어 바르셀로나에 가서 몇몇 선원들을 만났지요. 스윈번 씨는 구경을 마치고 돌아오면 맨 먼저 우편물에 대해 물었고, 편지나 전보가 닿으면 자기 앞으로 온 게 아닌가 하고 몹시 마음을 죄었답니다. 그리고 나는 배 안에서 특별히 가까이 지낸 손님을 조사하여 그 신원을 알아냈습니다. 그래서 알게 된 사람이 시어맨 부인이었습니다. 이 부인이 항해 중 그가 안절부절못했다고 증언한 것을 기억하고 계시겠지요. 이런 자료가 모두 내 머릿속의 생각을 굳히는 데 도움이 되었습니다. 그리고 스윈번 씨가 순항선을 타겠다고 신청한 날짜의 문제가 있는데, 이것은 나에게는 아주 귀중한 자료였습니다.

그는 쿠크 여행사를 통해 배 예약을 했는데 그 여행사에서 날짜를 알아냈지요. 이 부분은 기억하고 계시겠지요? 범행을 결심했을 때 그는 알리바이의 필요성을 느껴 여행사에 문의했고, 외숙부의 약병에 독이 든 알약을 넣자 곧 쿠크 여행사에 전화를 걸어 그전에 알아두었던 순항선의 선실을 예약했습니다."

헤픈스톨이 항의했다.

"하지만 그 자체로서는 이상할 것 없지 않습니까. 결백했다 해도 그와 똑같은 행동을 했을지 모르니까요."

"옳은 말씀입니다. 하지만 다른 행동과 여러 가지로 대조해 보면 충분히 쓸모가 있습니다. 이 증거는 누적된 것이거든요."

"그 뜻은 알겠습니다."

"그런데 말입니다, 여러분. 바르셀로나에서 돌아온 나는 웨더랩이 실종되었다는 소식을 들었습니다. 이것이 고전 살인사건과 어떤 관계가 있을지도 모른다는 생각은 누구나 할 수 있는 일이지요. 그래서 의논 끝에 루커스 총경님께서 나에게 지난번 사건의 일부로서 이것도 함께 맡으라고 말씀하셨습니다."

프렌치 경감은 한숨돌렸다. 그리고 아무도 입을 열지 않자 다시 이야기를 계속했다.

"이 단계에서 클라우더 살해사건에 대해 또 한 가지 말씀드려 두고 싶은 일이 있습니다. 실은 그 점에 손댄 것은 스윈번 씨를 체포한 뒤였습니다만, 이야기의 앞뒤가 바뀌어도 괜찮겠지요?"
"괜찮고말고요. 어서 하십시오." 빙이 말했다.
"그렇습니까? 그럼…… 스윈번 씨를 체포한 다음 나는 그의 서재를 수사했습니다. 그때——다른 경우에도 그런 조치를 취합니다만——책상에 있는 압지를 압수하여 잉크 자국을 사진으로 찍게 했는데, 거기에 여러 가지 주소 성명이 적혀 있었습니다.

그것을 하나하나 조사해 보았으나 이렇다할 뜻이 없었습니다. 그런데 하나만은 알아볼 수 없는 주소와 이름이 있었습니다. 마지막이 W. C. 2.로 끝나 있었는데, 아무래도 사업 관계인 것 같았습니다. 어떻게 해서든 밝혀내고 싶은 생각이 들더군요."
프렌치 경감은 주머니에서 종이 한 장을 꺼내 건네주었다. 네 사람은 그 위에 얼굴을 모았다. 거기에는 다음과 같이 씌어 있었다.

    Messrs, J

             treet

        d,

        ndon, W.C.2.

프렌치 경감은 말을 이었다.
"이 부분은 똑똑히 보입니다만, 다른 글자와 겹쳐진 부분은 아무래도 읽을 수가 없었습니다. 그것을 읽으려면 우선 그 행(行)의 길이를 알아야 합니다. 물론 흔히 쓰는 방법이지만, 나는 이런 식으로 그것을 알아냈지요.

Messrs, J라는 것은 확실하고, 그 다음에 이어 있을 이름이나 글짜는 잘 알 수 없으나 길이는 뚜렷합니다. 다른 글자는 길이도 알 수 없었지만 나는 이렇게 짐작했지요.

　마지막 행은 틀림없이 London(런던)으로 시작되어 있습니다. 나는 되도록 여기에 어울리는 간격으로 Lo를 써넣어보았습니다. 그리고 Messrs의 M에서 London의 L에 걸쳐 직선을 긋고 여기를 제2행과 제3행의 첫머리로 가정해 보았습니다. 그렇게 함으로써 제3행의 길이를 짐작할 수 있었지요. 여기에 Strand라는 글자를 집어넣어보았습니다. 이 길이 단어로서 d로 끝나는 것이 별로 머리에 떠오르지 않아 틀림없이 이것이라고 생각했습니다."
킬터가 감탄했다.
"대단하십니다!"
"뭐, 별것도 아닙니다. 하지만 그렇게 맞추어놓았더니 이 번에는 다른 문제가 생겼습니다. 나머지를 완성시키는 일이었지요."
그는 다음과 같이 씌어 있는 다른 종이를 내놓았다.

Messrs J xxxxxxxxxx
　xxxxxxxxxx Street
　　　Strand,
　　　　London, W. C. 2.

"이 street 앞에 대체로 열 두 글자나 되는 이름을 집어넣어보려고 한참 동안 생각해 보았는데, 정말 어리석은 짓이었습니다. 다행히도 찾아내지 못했습니다만. 왜냐하면 만일 찾아냈다면 틀렸을 테니까요."
헤픈스톨이 말했다.
"번지가 씌어 있다는 것을 잊으셨군요?"
프렌치는 그 말을 시인했다.

"그렇습니다. 번지를 계산에 넣으면 여섯 자 내지 여덟 자의 길이로 줄어듭니다. 여기에 들어맞는 거리 이름은 Bedford, Surrey, Norfolk, Arundel 그 밖에 여러 가지가 있습니다. 결국 전화번호부를 들춰 적당히 들어맞는 거리 이름과 Messrs, J로 시작되는 이름을 찾아내는 수밖에 없었는데, 이 일은 뜻밖에도 쉽게 해결되었습니다. 거기에 맞을 듯한 것은 일곱 개밖에 없었지요. Messrs, J로 시작된데다 대체적인 길이도 알고 있었으니까요."

"그랬겠지요" 하고 빙이 머리를 끄덕이며 말했다.

"무언가 잡힐 것 같은 희망에서 나는 갖가지 업종으로 나뉘어 있는 일곱 개의 이름을 죽 훑어보았습니다. 출판사, 미술 재료상, 두개의 법률사무소, 약국, 구두방 등이 있었는데, 그중 전당포가 가장 수상쩍다는 생각이 들어 맨 먼저 거기부터 가보았습니다. Messrs Jamieson & Truelove(제이미슨 앤드 툴러브 상회)'라는 것이 그 이름이었는데, 아주 정확하게 찾아간 셈입니다. 스원번 씨가 거래한 전당포가 바로 이곳이었으니까요. 그는 독약을 사러 런던으로 왔을 때 열 네 점의 그림을 들고 와 약 6개월 기한으로 돈을 빌려간 것입니다. 이 그림은 약 3천 파운드 가치가 나가는 것인데, 제이미슨 앤드 툴러브 상회에서는 2천 1백 파운드를 빌려주었답니다.

스원번 씨는 클라우더 노인의 시체검증이 끝난 직후인 10월 6일에 그 그림을 찾아갔습니다. 그의 책상 속에 있던 서류 속에서 나는 그 전날인 10월 5일에 그가 베드포드의 금융업자 스필러 앤드 모건 상회와 교섭하여 그가 받게 되어 있는 유산을 담보로 5천 파운드를 빌린 사실을 알아냈습니다. 그 돈의 일부로 그림을 찾아갔음이 틀림없으며, 그 이유 또한 분명합니다. 자기 집에서 그림이 없어진 사실이 알려지면 곤란하지요. 자기가 경제적으로 곤란하다는 것이 더욱 드러나게 될 테니까요.

이런 일들이 모두 어떤 작용을 했는지 이미 아셨으리라 생각합니다. 사건 전에 그는 경제적으로 막다른 골목에 다다라 있었습니다. 파멸을 피할 유일한 수단으로서 그는 외숙부를 살해하기로 결심했던 것입니다. 외숙부의 유언장이 공표되기만 하면 어떻게든 헤쳐나갈 수 있겠지만 그때까지, 외숙부가 죽을 때까지도 버텨나갈 만한 현금이 없었습니다. 그 뒤 생각대로 일이 진행되어 5천 파운드를 빌릴 수 있었고 그 돈으로 그림을 돌려받을 수 있게 된 셈이지요."
빙이 물었다.
"그것을 경시청에 보고했습니까? 그러니 먹혀들어갈 리가 없었지요. 우리가 진 것도 당연했군요. 어떻게 생각하십니까, 헤픈스톨 씨?"
헤픈스톨은 똑똑히 말했다.
"처음부터 나는 승산이 있다고 생각지 않았답니다."
그러자 킬터가 쾌활하게 말했다.
"지푸라기가 없으면 벽돌을 만들 수 없지요(재료가 없으면 일을 할 수 없다는 뜻)."
헤픈스톨이 다시 말했다.
"어쨌든 진흙이 없으니 할 수 있겠습니까? 프렌치 경감님, 클라우더 사건은 아주 재미있었습니다. 하지만 이것으로 끝내시면 안됩니다. 우리는 모두 웨더랩 사건에 대해서도 알고 싶습니다. 그 사건은 어땠습니까?"
이때 킬터가 나섰다.
"잠깐 숨 좀 돌리는 게 좋겠군요."
그는 프렌치 경감 쪽으로 위스키 병을 밀어주었다.
"손수 따르시지요, 경감님. 기름을 치면 혀가 잘 돌아갑니다."
잠시 잡담이 이어졌다. 이윽고 프렌치는 다시 이야기를 시작했다.

"웨더랩이 실종됐다는 말을 듣고 우리가 맨 먼저 생각한 것은 이 실종이 클라우더 사건과 관계가 있느냐 없느냐 하는 것이었습니다. 총경님, 안 그렇습니까?"

루커스 총경은 여송연 연기를 천천히 빨아들였다. 그리고 나서 대답했다.

"그랬지. 관계가 없는 것 같이 보이지는 않더군요. 그렇다고 뚜렷한 이유가 있었던 것은 아닙니다만, 두 사건이 때와 장소가 같고 관계자들 사이에서 일어났으니 어떤 연관성이 없다면 오히려 이상하지요."

"그렇게 생각하는 것은 당연합니다."

헤픈스톨이 동의하자 빙도 고개를 끄덕였다.

"그래서 우리는 두 사건 사이에 어떤 연관성이 있다고 보았습니다. 루커스 총경님의 지시가 있었으므로 나는 블레이 경사가 찾아낸 자료를 가지고 현장으로 갔습니다. 여러분, 블레이 경사의 보고를 기억하고 계십니까? 웨더랩이 실종되었고, 서재의 책상서랍이 비틀어 열려 있었으며, 1백 몇 파운드의 현금이 없어졌고, 서재의 프랑스 식 창문 열쇠가 사라졌다는 보고 말입니다."

"네, 똑똑히 기억하고 있습니다."

"처음에 생각한 것은 웨더랩이 스스로 모습을 감추었는가 아닌가 하는 문제였습니다. 그가 책상서랍을 비틀어 열었느냐 아니냐와 연결시켜 생각해 보았지요. 여기에는 두 가지 가능성이 있습니다. 그가 책상을 비틀어 열어 돈을 훔쳐가지고 도망쳤느냐, 아니면 도둑이 책상을 비틀어 열자 그가 도둑을 붙잡으려고 격투하다 살해됐느냐…… 나는 총경님과 그 부하의 도움을 받으며 이 경우에 늘 하는 본격적인 조사를 시작했습니다. 얼마 안 가서 첫번 째 가능성이 아님을 알 수 있는 자료를 발견했습니다.

세 가지였습니다. 첫째, 웨더랩이 슈트케이스며 다른 소지품들을 가지고 나가지 않았다는 것이었습니다. 그 소지품들은 그다지 값나가는 게 아니었지만 웨더랩 같은 신분의 사람에게는 소중한 물건이거든요. 그것을 놓아둔 것으로 보아 자진해서 집을 나간 건 아니라고 나는 생각했습니다.

하지만 우리는 그보다도 훨씬 유력한 증거를 발견했습니다. 그의 슈트케이스 속에 쇠가 잠겨진 저금통이 있고, 거기에 현금이 들어 있었던 것입니다. 지폐로 53파운드나 들어 있었지요. 집을 도망쳐 나갔다면 저금을 남겨두고 갈 리가 없습니다. 이것이 두 번째의 유력한 사실이었지요.

세 번째 사실은 그리 유력하지 못하지만 그래도 하나의 충분한 자료가 됩니다. 갈 만한 길목, 역, 버스 정류장 등 그 밖에도 자세히 알아보았습니다만 그의 행적을 잡을 수가 없었습니다. 아무에게도 들키지 않고 그 고장을 떠날 수도 있겠지만, 그것은 그리 쉬운 일이 아니지요. 이 세 가지 이유, 특히 두 번째 이유에서 그가 다시 돌아올 생각으로 나갔다고 나는 단정했습니다. 그럼, 그가 돈을 훔쳤을까요?

물론 자기가 훔치고 도둑이 들어와서 책상을 비틀어 열기에 잡으려고 했는데 달아나버렸다고 거짓말할 수도 있겠지요. 하지만 나는 이것이 조작된 일이 아니라 실제로 일어난 사건 같다고 생각했습니다. 사실 그렇게밖에 해석할 수가 없었으니까요.

이 생각은 웨더랩과 클라우더 두 사건 사이에 관련이 있다는 우리의 처음 견해와 일치하지 않습니다. 하지만 그것은 문제가 아닙니다. 사건을 맡은 이상 진상을 알아내는 일이 중요하지 그것이 어떤 일인가는 그다지 문제가 아니기 때문입니다.

나는 웨더랩이 도둑을 뒤쫓아갔다고 가정하고 골똘히 생각해 보았습니다. 그리고 깊이 생각할수록 그가 정말 도둑을 뒤쫓아갔다면 틀림없이 살해당했으리라는 기분이 강해졌습니다. 도둑을 뒤쫓아 갔다면 스스로 모습을 감출 리도 없고 유괴당할 리도 없습니다. 그러므로 살해당했다는 게 유일한 해답인 것처럼 여겨졌습니다. 물론 이 살해설은 상상에서 나온 것이었지요. 하지만 파고들어가 볼만한 것이었습니다."

헤픈스톨이 동의했다.

"달리 생각할 만한 방법이 있을 것 같지 않군요."

킬터가 덧붙였다.

"나도 그렇게 생각합니다. 웨더랩의 방에 돈이 남겨져 있었다는 사실이 그것을 증명해 주지 않습니까."

프렌치 경감이 다시 설명을 이어갔다.

"만일 살해당했다면 범인은 시체 처리가 문제였겠지요. 이 점을 파헤치면 범인을 잡을 수 있지 않을까? 그래서 나는 시체가 숨겨져 있을 만한 장소를 곰곰이 생각해 보았습니다. 가장 가능성있는 일은 어딘가에 묻었을지 모른다는 것이었습니다. 조사해 볼 가치가 있다고 생각하여 찾아보았습니다만 파묻은 흔적이 없었습니다. 채석장 자리, 우물, 광산의 웅덩이, 동굴에도 없고, 그밖의 짚이는 곳은 모조리 찾아보았으나 없었습니다.

그리하여 내 생각은 마침내 호수 쪽으로 돌아갔지요. 시체에 추를 달아 가라앉히면 감쪽같이 숨길 수 있을 테니까요.

호수를 한 바퀴 돌아보고 호수가는 얕아서 도저히 물가에 시체를 숨길 수 없음을 알았습니다. 그때 보트에 눈길이 갔고, 보트 하우스를 조사하기 시작했습니다.

그 순간 나는 수사가 본궤도에 올랐음을 알았습니다. 보트 하우스에는 두 척의 보트가 있고 두 쌍의 노가 있었습니다. 한 척의 보트와 한 쌍의 노에는 먼지가 잔뜩 앉아 있는데, 다른 한 척의 보트는 먼지가 많이 걷혀 있고 노 역시 마찬가지였으니까요. 더구나 이 노는 좀 젖어 있었습니다."
프렌치 경감의 말을 듣고 있던 사람들이 모두 고개를 끄덕였다.
"상당히 확정적이 되었군요" 하고 헤픈스톨이 온화하게 말했다.
"그렇습니다. 수소문을 해보았으나 보트를 사용한 사람은 아무도 없었습니다. 그렇다면 호수 바닥을 훑어보는 수밖에 없다는 생각이 들더군요. 그래서 총경님의 도움을 얻어 바닥을 뒤진 결과 시체를 찾아냈습니다.

이 시체에서 우리는 세 가지 흥미있는 사실을 발견했습니다. 첫째는 도난당한 지폐가 없고, 둘째는 서재의 프랑스 식 창문 열쇠를 가지고 있지 않았으며, 셋째는 웨더랩의 시계가 2시 24분에서 멎어 있었던 겁니다.

이런 사실은 나에게 많은 참고 자료를 제공해 주었습니다. 지폐와 열쇠가 없으니 웨더랩은 도둑이 아니라는 것, 그리고 도둑이 동시에 살인범인이라고 단정해도 좋다는 것. 만일 그렇지 않다면 제3의 인물이 등장해야 하는데, 제3의 인물은 적어도 합리적으로 존재할 것 같지 않았습니다.

하지만 가장 흥미있었던 것은 시계가 멎은 시간이었지요. 그것은 살인한 시간, 아니면 그 직후 시체가 호수에 던져진 시간을 가리킨다고 생각했습니다. 그런데 3시 전후에 몰리 부인이 책상을 비틀어 여는 소리를 들었단 말입니다. 따라서 살인은 도둑질한 다음이 아니라 그전에 이루어졌다는 결론이 나옵니다. 나는 웨더랩이 도둑 기척을 듣고 뒤따라나온 게 아니라고 생각하게 되었지요. 그리하여 다른 가설을 세워야만 했습니다."
빙이 감탄하며 말했다.

"정말 재미있습니다, 프렌치 경감님. 그래서 웨더랩이 훔치지 않았다는 것이 결정적으로 증명된 셈이로군요."
"그렇습니다. 아주 결정적으로 증명된 셈이지요. 나는 웨더랩이 어떤 약속때문에 집에서 나온 게 아니었을까 하는 생각이 들기 시작했습니다. 그밖에 집에서 나올 이유는 없을 것 같았기 때문입니다.

이 일을 잘 생각하고 있는데 열쇠 문제가 머리에 떠올랐지요. 웨더랩이 약속을 지키기 위해 집을 나갔다면 돌아올 생각이 있었음에 틀림없습니다. 따라서 서재의 프랑스 식 창문 열쇠를 가지고 나갔을 겁니다. 그렇다면 살해자는 틀림없이 몰래 집 안으로 들어가기 위해 열쇠를 가졌겠지요. 그러면 살해자는 단순히 열쇠만을 얻기 위해 웨더랩을 불러냈을까 하는 의문이 당연히 생깁니다.

그러나 이것은 별로 있음직한 일이 아닙니다. 누구든 열쇠 하나를 얻기 위해 사람을 죽이지는 않겠지요. 거기에는 무언가 반드시 이유가 있습니다.

이때 나는 중대한 사실을 깨달았습니다. 그것은 보트 하우스는 늘 잠겨 있었는데 범인이 어떻게 들어갔는가 하는 점이었지요. 하지만 이 문제는 곧 해결되었습니다. 보트 하우스에서 만나기로 하고 웨더랩이 그 열쇠를 가지고 갔다고 생각하면 충분히 이치가 맞아드니까요."
프렌치 경감이 잠시 말을 끊자 킬터가 중얼거렸다.
"있음직한 일이군요."
"그렇습니다. 하지만 그 다음을 생각해 보십시오. 살해자는 무언가를 훔치기 위해 모트 장으로 갈때 보트 하우스의 열쇠를 가지고 갔습니다. 보트 하우스와 호수에 주의를 끌게 하지 않기 위해 반드시 그렇게 했을 겁니다. 이 상상이 맞는다면, 그 다음 그는 어떻게 했을까요? 그는 그것을 홀의 못에 걸었을 겁니다. 늘 걸어두는 그 자리에 말입니다."

사람들은 알겠다는 눈길을 나누고 귀를 기울였다. 프렌치 경감은 이야기를 계속했다.

"보트 하우스에 주의가 쏠리지 않았다면 이것은 아주 훌륭한 착상이었지요. 그런데 실은 이것이 그만 최대의 단서가 되고 말았습니다. 범인은 어떻게 열쇠가 늘 거기에 걸려 있었다는 것을 알았을까요? 이것 역시 나의 상상이 맞는다는 전제 아래 하는 이야기입니다만, 나는 곧 범인은 모트 장의 사정을 잘 아는 사람임에 틀림없다고 깨달았습니다."

다시 잔물결 같은 움직임이 듣는 사람들 사이에 퍼졌다.

그들은 모든 것을 이해했으며 소리없는 말로 수긍했다. 프렌치 경감은 한숨돌렸다. 그동안 킬터가 다시 모두의 술잔을 채웠다. 빙은 주머니에서 새 연필을 꺼냈다.

경감은 이야기를 계속했다.

"앞에서도 설명드렸듯이 그때 나는 아직 증거를 완전히 갖추지 못했으나 스윈번 씨가 클라우더 사건의 범인이라는 상당한 확신을 가지고 있었습니다. 그래서 나는 당연히 이렇게 생각했지요. 처음 생각했던 대로 웨더랩 살해는 클라우더 사건과 관련이 있을까? 그리고 그 범인 역시 스윈번일까? 어쨌든 본인에게 넌지시 물어보니, 그는 보트 하우스의 열쇠가 어디 있는지 알고 있더군요.

그 다음 웨더랩의 시체검증이 열렸는데, 검시관과 나는 미리 짜고서 웨더랩이 도둑을 쫓아가다 살해당했다는 설을 주장했지요. 이것은 스윈번 씨로 하여금 자신에게 혐의가 걸려 있지 않다고 생각하도록 만드는 데 상당히 효과가 있었습니다."

"나쁜 사람들 같으니라구!" 헤픈스톨이 투덜거렸다.

빙이 맞장구쳤다.

"이 사람들은 당해낼 수 없답니다."

프렌치 경감은 씁쓰레하게 웃었다.

"스윈번 씨를 범인으로 가정하면 그날 밤의 사정에 대해 하나의 가설을 세울 수가 있습니다. 스윈번 씨와 웨더랩은 어떤 은밀한 용건이 있었다고 보는 겁니다. 그 일에 대해 두 사람이 의논하기로 했는데, 스윈번 씨가 보트 하우스에서 만나자고 했지요. 아마 무언가 불빛을 필요로 하는 일이 있었던 모양입니다. 누가 보면 곤란하니까 건물 안에서 만나는 게 좋다고 말했겠지요. 그래서 그들은 보트 하우스에서 만났습니다. 달리 또 마땅한 건물은 없었으니까요. 그리하여 스윈번 씨는 거기서 웨더랩을 죽이고 주머니에 있던 서재의 창문 열쇠를 꺼낸 다음 시체는 호수에 가라앉히고 모트 장으로 갔습니다. 서재에 들어가 책상을 비틀어 열었고, 보트 하우스의 열쇠는 제자리에 걸어두었습니다. 동기 문제가 남아 있습니다만, 나는 우선 그것은 제쳐놓고 그날 밤의 일만 생각했지요."

"아마 그 상상이 맞을 겁니다."

"나도 그렇게 생각합니다. 그래서 그 다음은 증거를 찾기 시작했지요. 세 가지 단서가 있었습니다. 나는 내 머리에 떠올랐던 것, 떠올랐다가 버린 것들을 죄다 말씀드릴 생각은 없습니다. 아무튼 결과로 이끌어간 것만 말씀드리지요. 이 세 가지 단서 중 하나는 책상의 연한 나뭇결에 남아 있던 쇠지렛대 자국입니다. 나는 그 흔적에 강한 인상을 받았습니다. 그리고 나머지는 두 자루의 연관과 그것을 시체에 묶은 끈입니다.

나는 신문하던 중 스윈번 씨가 뉴캐슬에 가려고 한다는 것을 알았습니다. 그래서 지난번 그가 집을 비운 사이의 날짜에 대한 것을 확인하기 위해 왔다며 그의 자택을 방문했지요. 사용인과 함께 집 둘레도 한 바퀴 돌아보았습니다. 나는 스윈번 씨가 작업장을 가지고 있음을 알았습니다. 그때는 그냥 나왔지만, 사용인이 들어가기를 기다렸다가 몰래 다시 작업장으로 가서 두루 살폈지요. 거기서 내가 찾고 있던 것을 발견했습니다. 쇠지레가 있었던 겁니다. 확대사진을 만들 필요도 없이 날 끝의 불규칙한 모양이 책상에 남은 자국과 꼭 맞는 걸 알았습니다. 시체에 연관을 묶을 때 쓴 것과 똑같은 종류의 끈 뭉치도 찾아냈고, 연관에 대해서도 확실한 증거를 잡았습니다.

빠뜨렸습니다만, 두 자루의 연관 중 짧은 것은 긴 것에서 톱으로 잘라낸 것이었지요. 그 양쪽 끝에 톱으로 자른 자국이 남아 있는데, 그 두툴두툴한 부분이 작업장에 남아 있던 연관의 끝부분과 꼭 맞았습니다. 그리고 스윈번 씨의 작업장에는 날에 납가루가 묻은 톱이 있었고, 바이스 밑에 납가루가 흩어져 있었습니다."

헤픈스톨이 말했다.

"그 정도라면 증거는 충분하지요. 이젠 단정을 내려도 문제 없겠군요."

"나도 그렇게 생각합니다. 하지만 덧붙여 말씀드리는 편이 좋을 것 같군요. 체포한 뒤 스윈번 씨의 서류 속에서 연관 공사 청구서가 나왔습니다. 그래서 연관공과도 만나 보았는데, 연관은 그의 집 공사를 할 때 쓰다 남은 것이라고 증언했습니다. 한쪽 끝에는 그 자신이 자른 자국이 남아 있었습니다."

헤픈스톨이 단언했다.

"정말 완벽합니다! 이토록 명쾌한 설명은 들은 적이 없습니다. 그러나 아직 설명되지 않은 부분이 있군요."

프렌치 경감은 어깨를 으쓱했다.

"동기 말씀이지요? 그건 아직 충분히 설명할 수가 없군요. 동기를 입증할 수가 없단 말입니다. 내 의견을 말씀드릴 수는 있어도 증거

제시는 불가능합니다."

"당신의 의견이면 됩니다. 어서 말씀하십시오."

"웨더랩이 나에게 모트 장에서 식사할 때 스윈번 씨가 포도주를 엎질렀다고 말한 것을 기억하고 계시지요? 그래서 말씀인데, 나는 웨더랩이 그 이상의 사실을 알고 있었지 않았나 생각합니다.

만일 그가 병을 바꿔치는 현장, 또는 그 비슷한 어떤 치명적인 광경을 보았다고 가정해 봅시다. 그래서 그가 그 일을 들이대며 돈을 뜯어내려고 스윈번 씨에게 협박하기 시작했다고 가정합시다. 그러면 나머지 부분이 모두 설명되지요. 스윈번 씨는 자기를 지키기 위해 그를 죽이는 수밖에 없다 생각하고 돈을 줄 테니 보트 하우스로 오라고 하여 쉽사리 그를 불러냈겠지요. 돈을 세려면 불빛이 필요한데, 그러기 위해서는 사람 눈에 띄지 않는 보트 하우스가 좋을 거라고 말했겠지요."

"하지만 그건 지폐 도난에 대한 설명이 되지 않습니다."

"알고 있습니다."

프렌치 경감은 미소 지었다.

"이것 역시 증거는 없습니다만 나는 이렇게 생각합니다. 스윈번 씨는 무언가를, 그것이 있으면 자기 몸이 안전하다고 생각될 만한 어떤 것을 찾고 있었다고 생각됩니다. 그러다 우연히 지폐를 발견했는데, 그것을 훔쳐가면 웨더랩에게 혐의를 씌울 수 있으리라 계산했겠지요. 하지만 아마도 이것은 그 자리에서 떠오른 착상이지 처음부터 세운 계획은 아니었을 겁니다."

"그랬겠지요. 그런데 대체 무엇을 찾고 있었을까요?"

프렌치 경감은 다시 어깨를 으쓱했다.

"이것도 상상이라 증명할 수는 없습니다만, 웨더랩은 그가 범인임을 알고 있었고 그와 흥정하려면 어떤 방위수단이 필요했던 게 아닐까요? 이 경우 그 수단이란 한 통의 봉인된 서류였을지 모릅니다. 웨더랩은 스윈번 씨에게 봉인된 서류를 피터 몰리 씨에게 맡겨 두었는데, 자기 몸에 어떤 일이 생겼을 경우 그것을 열어보도록 부탁했다고 말했을 겁니다. 하지만 그는 그런 짓을 하지 않았습니다. 나는 그 점에 대해 피터 몰리 씨에게 물어보았지요. 다만 스윈번 씨를 협박하기 위해 그런 말을 한 듯합니다. 스윈번 씨가 책상을 비틀어 연 것은 이 증거서류를 가져가기 위해서가 아니었을까요."

헤픈스톨이 미소 지었다.

"있음직한 일입니다만, 증명할 길은 없겠군요."

"네, 증명할 수는 없습니다. 하지만 생각해 주셔야 할 것은, 우리는 무슨 목적으로 책상을 비틀어 열었는가 하는 것은 밝힐 필요가 없다는 점입니다. 우리는 스윈번 씨가 웨더랩을 살해했다는 사실을 입증하면 됩니다. 그리고 그것은 의문의 여지가 없을 만큼 입증되었습니다."

헤픈스톨은 그 말을 인정했다.

"맞습니다. 그러니까 경감님, 이제 우리에게 남겨진 일은 당신과 총경님과 애플비 경감님을 축하해 드리는 것 뿐이군요. 이 이상 더 훌륭하게 해결된 사건은 없을 것입니다. 안 그렇습니까, 빙 씨?"

빙은 그 질문에 어울리는 대답을 했다. 그리고 나서 그는 덧붙여 말했다.

"그런데 프렌치 경감님, 한 가지 문제가 있습니다. 내 책에서 당신을 '프렌치 경감'이라고 불러야 할지 아니면 '프렌치 주임 경감'이라고 불러야 할지 모르겠는데요."

프렌치 경감은 아주 기분좋아하며 너무 심하게 잡아당기면 다리가 빠진다고 대답했다.

그리고 이 모임은 끝났다.

프렌치, 설명을 끝내다 421

완전범죄의 허실을 추적하는 재미

리얼리즘 미스터리소설의 거두인 크로프츠의 수많은 작품 가운데서도 《크로이든발 12시 30분》은 대단히 이색적인 존재이다. 왜냐하면 크로프츠가 특히 즐겨 쓰는 극명한 범행경로의 수사묘사를 도서(倒敍 ; 역사적인 시간의 흐름을 거슬러 올라가는 기법)미스터리소설의 형식을 응용하여 그 특징을 유감없이 보여주고 있기 때문이다.

즉 1933년 9월 7일 오후 12시 30분, 런던에 가까운 크로이든 공항에서 여객기가 활주로를 날아오르는 장면에서 이 이야기는 시작되지만 비행기가 파리에 도착했을 때 승객 가운데 한 사람이 좌석에서 죽은 채 발견되는 제1장과 마지막 2장을 빼고는 살의를 품게 되는 심리에서 계획, 실행, 재판에서 일희일비하는 모든 과정들은 모두 범인의 시점에서 그려진다. 그리고 마지막 2장은 탐정역을 맡은 프렌치 경감이 수사 후일담을 전하는 형식으로 보통 미스터리소설의 서술법을 거꾸로 한, 이를테면 도서미스터리소설의 전형이 되는 셈이다.

도서미스터리소설이라는 새로운 수법은 오스틴 프리먼이 1912년 간행한 《노래하는 백골》에서 시작되었다. 이것은 먼저 범죄를 묘사한 뒤 이어서 범죄 탐색과 해결에 이르는 종래 미스터리소설의 역과정을 거치는 새로운 기풍을 만들어낸 중편 작품집으로, 모두 다섯 편을 수록하고 있다. 그 서문에서 프리먼은 자신의 포부를 이야기하고 있다. "이제까지의 미스터리소설에서는 모든 흥미가 '범인은 누구인가'라는 의문에만 집중되어 있다. 범죄의 해결은 비밀로 다뤄지고, 마지막 순간까지 열심히 가려진다. 그리하여 그 비밀이 폭로되는 순간이 바로 작품의 클라이맥스와 연결되는 것이다. 나는 늘 이러한 일이 무언가 잘못되어 있다고 생각했다. 현실생활에서 범죄의 해결이라고 하는 것은 실제적인 이유로 굉장히 중요한 문제가 된다. 그러나 그럴 이유가 전혀 없는 소설이라고 하는 테두리 안에서라면 독자의 흥미는 단순한 행동의 의외의 결과라든지, 한 치의 의심도 없었던 우연한 관계가 의미심장하게 드러난다든지, 또는 더 나아가 겉모습은 지리멸렬한 숱한 사실에서 계통이 잡힌 어떤 증거를 찾아내는 것에 향해져야 하리라 생각한다. 독자는 '누가 범인인가'라는 문제에는 사실 그리 큰 호기심을 갖고 있지 않을 것이다. 오히려 '어떻게 그 범죄를 파헤치는가' 하는 점에 훨씬 더 많은 흥미를 안고 있다고 생각한다. 바꿔 말하면 총명한 독자는, 마지막 결과보다 책 속에서 사건을 추적하는 제 동료의 행동에 특히 더 많은 관심을 갖고 있다는 말이다."

이 제안에 대해 고개를 갸웃한 독자도 많았는데, 우선 《미스터리작가론》의 저자 더글러스 톰슨이 제일 먼저 불만을 표명하였다. 그는 프리먼이 범죄수사 과정을 흥미롭게 그려내는 능력을 갖고 있어서 너무 독단적이 되어버렸다, 자랑처럼 들릴지도 모르겠지만 결코 그런 것은 아니라고 말을 하면서도, 독자가 '총명'해졌다고 하여 두려움, 흥분, 극적인 대단원을 희생시키고 대신 '눈물 없는 과학'으로만 작품을 채웠다고 개탄했다.

미스터리소설의 흥미는 분명 '누가 범인이냐'는 문제만이 아니다. 단지 그것만 알고 싶을 뿐이라면 마지막 페이지를 넘겨보면 충분히 만족할 것이니까. 그러므로 범죄를 밝혀가는 추리 과정이 당연히 가장 중요한 요소가 되겠고, 그런 조건 위에서 '범인이 누구냐'는 요소가 하나 더 추가됨으로써 한층 더 흥미를 자극하고 효과를 발휘하게 된다고 볼 수 있다.

《노래하는 백골》속에서도 최우수작으로 꼽히는〈오스카 브로드스키 사건〉은 제1부가 '범죄의 수법'이고 제2부가 '발각되는 과정'으로 나눠져 있는데, 전반에서는 범인의 완전범죄계획을 그리고 있는 것처럼 보이게 해놓고 2부에서는 그 범죄의 허점을 과학적 수사로 파헤쳐 보이는 재미를 노리고 있다.

'범인은 누구인가'라는 면을 너무 중요시하는 데서 생각도 못한 기이한 범인을 제공하려는 눈물겨운 노력이 유발하는 나쁜 버릇들이 더러 눈에 띄는데, 그런 점에서 범죄 추적과정에 더 중점을 주어야 한다는 의견이 설득력을 얻는다.

1931년《살의》에 이어, 34년에는 크로프츠의 이 작품이, 35년에는 리처드 헐의《백모살인사건》이, 38년에는 이든 필포츠의《극악한 사람의 초상》이 나오게 되면서 도서미스터리소설(Inverted Detective Story)이라는 명칭이 새로 붙게 되었고, 정식으로 하나의 유파를 형성하게 되었다.

《크로이든발 12시 30분》은 작가의 15번째 작품이다. 그는 처녀작《통》을 시작으로《폰슨 사건》《프렌치 경감 최대의 사건》《스타벨 사건》《마길 경의 마지막 여행》등에서 종래의 미스터리소설에서는 보지 못한 새로운 경지를 개척했다.

크로프츠는 17세에 견습 토목기사가 되었다. 40세에 큰 병을 앓고 난 뒤 미스터리소설을 써내면서 본직인 철도토목의 업무와 창작을 병행하는 생활을 오래 계속했다. 결과적으로 건강에 심한 무리가 왔지만 50세가 되어서야 마침내 기술자 생활을 과감히 청산하고 소설에만 전념하면서 75세까지 장편을 발표했다.

미스터리소설 작가 중에는 특이한 경력을 가진 사람도 많지만 크로프츠처럼 토목기사 출신은 일찍이 예가 없었다. 그는 직업적 지식뿐 아니라 자기의 성격까지 최대한으로 살려서 희귀한 작풍을 수립했다. 건성으로 힘들이지 않고 알아맞히는 천재탐정들만 판치는 미스터리 작품을 비난하면서, 철두철미 몸을 움직여 실마리를 더듬어가는 보통사람으로서의 탐정에 주목했다. 실 끝이 끊어져 있으면 다른 실마리를 더듬어 다시 처음부터 시작하는 놀라운 끈기와 불굴의 집념을 보여주는 그의 현실 묘사는 참으로 박력에 넘친다.

십 수년 동안 수사과정의 정밀한 서술을 계속해온 그가, 도서현상에서 어떤 깨달음을 얻고 그 수법을 범죄계획에 이용해보고 싶다고 생각하게 된 것은 지극히 자연스런 과정이었다. 흥미가 생긴 그는 최대한 기발함을 피했다. 동기 또한 그다지 자신 없는 연애묘사에 치우치지 않도록 이중으로 대비해두었고, 범행 방법도 실현가능하고 안전한 것만 골랐다. 그리하여 방법이나 수단이 독자의 의표에서 벗어나 깜짝 놀라게 할 일은 전혀 없도록 만들었다. 만약 독자의 가슴 속에서 좋지 못한 염원이 고개를 들 무렵이면 슬며시 떠오를 그런 종류의 범죄를 택하여, 특이하고 기발하지는 않은 대신 누구라도 실행 가능한 범죄를 생각해냈다. 따라서 마치 우리들이 주도면밀한 범행계획을 짜는 듯한 착각에 빠져드는 생생함을 한껏 맛보게 하는 작품이 되었다.

살해방법도 안전하고 타당한데다 독약 구입 방법도 감탄이 절로 나오도록 확실했으므로, 범인과 마찬가지로 독자들조차 아무리 생각해 보아도 전혀 결함이 없는 듯한 엄청난 자신감이 생기게 된다. 사실

법정장면에서도 어떻게든 빠져나갈 수 있었을 정도였으니까.

그러나 이것만으로는 사건 해결의 결정적인 방법이 되지 않았으므로 제2의 살인을 감행시켰다. 독약을 집어넣은 병을 바꿔치기하는 장면을 집사가 목격한다는 것은 우연이므로, 이 두 사건은 필연적 관련성이 결여되는, 참으로 아쉬움이 남는 부분이다. 그리고 제2사건에서는 범인도 동요되어 미처 방법을 생각해낼 여유없이 증거를 남기게 되는 셈인데, 작가는 제1차 범행계획만으로도 단서가 있었다는 점을 입증해보이려고 무진 애를 쓰고 있다.

종래의 작품이라면 프렌치 경감이든 그를 대신할 경찰 관계자든 지칠 줄 모르고 범인을 추적해가는 경로를 그렸겠지만, 이 작품에서는 그야말로 범인과 완전히 뒤바뀌어서 경감의 활약은 그늘 속으로 사라지고 나중에 겨우 대략적인 설명을 하는 데 그치고 있다. 새삼스레 범행과정을 면밀히 그려낸다 한들 오히려 사족이라고 생각했던 것이다.

크로프츠의 이 작품이 성공한 데에는 무엇보다 사실적인 묘사가 열쇠가 되었다. 미스터리소설의 탐정들은 솜씨 좋게 재료를 척척 늘어놓음으로써 별로 힘들이지 않고 예전에 일어난 사건들의 성격을 설명해주는데, 그것은 미스터리소설이 수수께끼의 해결로 끝나야 한다는 약속에 얽매여 있기 때문이며, 또한 얘기에서도 재미가 요구되었기 때문이다. 그러나 실제로는 범인이 잡히지 않는 한, 또는 무슨 방법으로 고백하지 않는 한, 해명되지 않는 진상이 남게 되는 것이다. 이 책에서도 독자들에게는 알려주지만 범인이 고백하지 않으므로 범인과 피해자가 왜 만났는지, 지폐가 왜 도둑맞았는지 하는 문제에 대해서는 프렌치 경감의 추측만 남게 된다. 그러한 점에서는 크로프츠가 탐정추리의 한계를 솔직히 인정하고 있는 듯하여 도리어 호감을 느끼게 된다.

단지 이 형식은 앞에서도 말했듯이 '범인이 누군가'라는 큰 수수께끼의 요소를 희생으로 하고 있기 때문에 쉽사리 몇 번이고 되풀이될 수 있는 형식이 아니었다. 그저 현실적인 수사방법에 입각하여 크로프츠가 당연히 한번은 시험해보고 싶은 형식이었으며, 또한 그의 생각대로 크게 성공한 작품이다. 이 도서형식에 편승하려면 역시 《살의》의 선을 잡아당겨서 심리스릴러로 나아가야만 하지, 그 밖에는 달리 활로가 없었을 것으로 생각된다.

1951년에 간행된 에드워드 어타이어의 《가느다란 선》은, 도입부에 범죄현장을 그리고 나중에 서서히 밝혀지는 과정에 주축을 두는 도서형식과는 차이가 나지만, 살인범의 공포를 그린 범죄 심리소설로는 아주 탁월한 면모를 보이고 있다. 범인이 밝혀지는 과정은 전혀 그려지지 않았으나 심리적 서스펜스는 좀처럼 찾아보기 어려울 정도로 뛰어나다.

도서형식의 미스터리소설은 이후 더 발전하는 일이 적어 크로프츠의 이 작품은 모든 미스터리소설 가운데서도 특이한 광채를 발하는 작품으로 오래 기억되리라 생각한다.